Diogenes Taschenbuch 20264

de
te
be

Anton Čechov

Flattergeist

Erzählungen 1888–1892

Aus dem Russischen von Gerhard Dick, Ada Knipper und Hertha von Schulz
Herausgegeben und mit Anmerkungen von Peter Urban

Diogenes

Hertha von Schulz übersetzte
die Erzählung ›Flattergeist‹,
Gerhard Dick und Ada Knipper
die übrigen Erzählungen
Umschlagzeichnung von
Tomi Ungerer

Veröffentlicht als Diogenes Taschenbuch, 1976
Lizenzausgabe mit freundlicher Genehmigung des
Winkler Verlags
Übersetzungsrechte beim Verlag Rütten & Loening, Berlin

20/99/8/6
ISBN 3 257 20264 4

Inhalt

Die Macht des Bösen

Im fünften Jahrhundert ging wie heute jeden Morgen die Sonne auf, und jeden Abend begab sie sich zur Ruhe. Des Morgens, wenn die ersten Strahlen den Tau küßten, belebte sich die Erde, die Luft war erfüllt von Lauten der Freude, des Entzückens und der Hoffnung, und des Abends wurde die gleiche Erde still und tauchte in die Schatten der Dunkelheit. So glich ein Tag dem anderen und eine Nacht der anderen. Zuweilen zogen sich Wolken zusammen, und der Donner grollte böse, oder es fiel eine Sternschnuppe vom Himmel, oder es kam ein bleicher Mönch gelaufen und erzählte den Brüdern, er habe in der Nähe des Klosters einen Tiger gesehen – das war alles, und wieder glich ein Tag dem anderen und eine Nacht der anderen.

Die Mönche arbeiteten und beteten zu Gott, und ihr alter Prior spielte auf der Orgel, verfaßte lateinische Verse und schrieb Noten. Dieser wunderbare Greis hatte eine ungewöhnliche Gabe. Er spielte die Orgel mit solcher Kunstfertigkeit, daß sogar die ältesten Mönche, deren Gehör gegen Ende ihres Lebens schwach geworden war, nicht die Tränen zurückhalten konnten, wenn aus seiner Zelle die Töne der Orgel drangen. Wenn er von einer Sache sprach, und sei es von der allergewöhnlichsten, von Bäumen zum Beispiel, von Tieren oder vom Meere, konnte man ihm nicht ohne Lächeln oder ohne Tränen lauschen, und es war, als tönten in seiner Seele die gleichen Saiten wie auf der Orgel. Wenn er aber zürnte oder sich einer starken Freude hingab oder von etwas Schrecklichem oder Großem zu sprechen begann, dann überwältigte ihn leidenschaftliche Erregung, in seine blitzenden Augen traten Tränen, sein Antlitz rötete sich, die Stimme hallte wie der Donner, und die Mönche spürten, wenn sie ihn hörten, wie seine Erregung ihre Seele ergriff; in solchen herrlichen, wunderbaren Minuten war seine Macht grenzenlos, und hätte er seinen Mönchen befohlen, sich ins Meer zu stürzen, sie hätten sich alle entzückt beeilt, seinem Willen zu gehorchen. Seine Musik, seine Stimme und seine Verse, mit denen er Gott, den Himmel und die Erde pries, waren für die Mönche ein Quell ständiger Freude. Bei der Einförmigkeit des Lebens ergab es sich, daß sie die Bäume und die Blumen, der Frühling und der Herbst langweilten, daß das Rauschen des Meeres ihr Ohr ermüdete und daß ihnen der Gesang der Vögel unangenehm wurde, aber die Talente des alten Priors brauchten sie so nötig wie das tägliche Brot.

Es verstrichen Jahrzehnte, und immer noch glich ein Tag dem anderen und eine Nacht der anderen. Außer wilden Vögeln und anderen Tieren zeigte sich in der Nähe des Klosters keine einzige Seele. Die nächste menschliche Wohnstätte lag weit entfernt, und um vom Kloster zu ihr oder von ihr zum Kloster zu gelangen, mußte man an die hundert Kilometer durch die Einöde laufen. Zu solcher Wanderung entschlossen sich nur Menschen, die das Leben verachteten, ihm den Rücken kehrten und in das Kloster gingen wie in das Grab.

Wie groß war deshalb das Erstaunen der Mönche, als eines Nachts an ihre Tore ein Mann pochte, der sich als Stadtmensch und als der gewöhnlichste Sünder erwies, einer, der das Leben liebte. Ohne den Segen des Priors zu erbitten oder zu beten, forderte dieser Mensch Speise und Trank. Auf die Frage, wie er aus der Stadt in diese Einöde geraten sei, erzählte er eine lange Jagdgeschichte: Er war auf die Jagd gegangen, hatte zuviel getrunken und sich dann verirrt. Als sie ihm vorschlugen, in das Kloster einzutreten und seine Seele zu retten, antwortete er lächelnd: »Ich bin nicht der Eure.«

Nachdem er gegessen und getrunken hatte, besah er sich die Mönche, die ihn bedienten, wiegte vorwurfsvoll das Haupt und sprach:

»Ihr Mönche tut nichts! Ihr kennt weiter nichts als Essen und Trinken. Aber rettet man so eine Seele? Überlegt doch: Während ihr hier ruhig dasitzt, eßt, trinkt und von der Seligkeit träumt, kommen eure Nächsten um und fahren zur Hölle. Seht euch mal an, was in der Stadt los ist! Die einen sterben vor Hunger, die anderen, die nicht wissen, wohin mit dem Geld, stürzen sich ins Verderben und kommen um wie die Fliegen, die am Honig kleben. Unter den Menschen gibt es weder Glauben noch Wahrheit! Wer soll sie retten? Wer soll ihnen predigen? Ich etwa, der ich von morgens bis abends betrunken bin? Gab euch denn Gott einen demütigen Sinn und ein liebendes Herz dafür, daß ihr hier in euren vier Wänden sitzt und nichts tut?«

Die trunkenen Reden des Stadtmenschen waren vermessen und unschicklich, aber sie wirkten sehr seltsam auf den Prior. Der Alte sah sich nach seinen Mönchen um, er erbleichte und sagte:

»Brüder, er spricht die Wahrheit! Die armen Menschen verkommen wirklich aus Unwissenheit und Schwachheit in Laster und Unglauben, und wir rühren uns nicht von der Stelle, als ginge es uns nichts an. Weshalb soll ich nicht hingehen und sie an Christus erinnern, den sie vergessen haben?«

Die Worte des Städters hatten den Alten gepackt; am nächsten Tag nahm er seinen Stock, verabschiedete sich von den Brüdern und begab sich in die Stadt. Und die Mönche blieben ohne Musik, ohne seine Reden und Verse zurück.

Sie langweilten sich einen Monat und zwei, doch der Alte kam nicht wieder. Endlich, nach Ablauf des dritten Monats hörte man das bekannte Klopfen seines Stockes. Die Mönche stürzten ihm entgegen und überschütteten ihn mit Fragen; er aber, statt sich über sie zu freuen, begann bitterlich zu weinen und sprach nicht ein einziges Wort. Die Mönche merkten, daß er sehr gealtert und abgemagert war; auf seinem Gesicht malten sich Müdigkeit und tiefer Kummer, und als er weinte, sah er aus wie ein Mensch, den man sehr gekränkt hat.

Die Mönche begannen ebenfalls zu weinen, und sie fragten voller Teilnahme, weshalb er weine und warum sein Gesicht so finster sei, er aber sagte kein Wort und schloß sich in seiner Zelle ein. Sieben Tage saß er für sich allein, er aß nicht, er trank nicht, er spielte nicht auf der Orgel, sondern er weinte nur. Auf das Klopfen an seiner Tür und auf die Bitten der Mönche, herauszukommen und seine Trübsal mit ihnen zu teilen, antwortete er mit tiefem Schweigen.

Endlich kam er heraus. Nachdem er alle Mönche um sich versammelt hatte, erzählte er mit verweintem Gesicht, bekümmert und entrüstet, wie es ihm in den letzten drei Monaten ergangen war. Seine Stimme war ruhig, und die Augen lächelten, als er seinen Weg vom Kloster in die Stadt beschrieb. Auf dem Weg, so sprach er, hätten die Vögel gesungen, die Bäche gerauscht, und süße, junge Hoffnungen hätten seine Seele erregt; er ging und fühlte sich wie ein Soldat, der in den Krieg zieht und vom Sieg überzeugt ist; träumend schritt er dahin, verfaßte Verse und

Hymnen und merkte nicht, daß er das Ende des Weges erreicht hatte.

Aber seine Stimme bebte, seine Augen blitzten auf, und er erglühte vor Zorn, als er von der Stadt und den Menschen sprach. Niemals im Leben hatte er gesehen, ja er hatte es sich nicht einmal vorzustellen gewagt, was er erlebte, als er in die Stadt kam. Hier sah und begriff er zum erstenmal im Leben, wie mächtig der Teufel ist, wie schön das Böse und wie schwach, kleinmütig und nichtswürdig die Menschen sind. Durch einen unglücklichen Zufall war das erste Gebäude, das er betrat, ein Haus des Lasters. An fünfzig Menschen, die viel Geld besaßen, vergnügten sich hier, aßen und tranken im Übermaß. Trunken vom Wein sangen sie Lieder und redeten keck schreckliche, abscheuliche Worte, die ein gottesfürchtiger Mensch nicht auszusprechen wagt. Grenzenlos frei, kühn und glücklich, fürchteten sie weder Gott noch Tod, noch Teufel, sondern redeten und handelten so, wie sie wollten, und gingen dorthin, wohin ihre Begierde sie trieb. Und der Wein, klar wie Bernstein und golden funkelnd, war offenbar ungeahnt süß und aromatisch, denn jeder Trinkende lächelte selig und begehrte noch mehr davon. Auf das Lächeln der Menschen antwortete er ebenfalls mit einem Lächeln, und wenn man ihn trank, funkelte er fröhlich, als wisse er, welch teuflischer Reiz sich in seiner Süße verberge.

Der Alte, der immer mehr in Harnisch geriet und vor Zorn weinte, beschrieb weiter, was er gesehen. Auf dem Tisch, inmitten der Zecher, so erzählte er, stand ein halbnacktes Weib. Etwas Schöneres und Reizvolleres könne man sich nicht vorstellen und in der Natur nicht finden. Diese junge, langhaarige braune Dirne, mit schwarzen Augen und wulstigen Lippen, schamlos und frech, nackt, bleckte die schneeweißen Zähne und lächelte, als wolle sie sagen: Seht her, wie schamlos und wie schön ich bin! Seide und Brokat fielen in herrlichen Falten von ihren Schultern, aber die Schönheit wollte sich nicht unter Kleidern verbergen, und wie das junge Grün aus der Frühlingserde, so drängte sie sich gierig durch die Falten. Die schamlose Frau trank Wein, sang Lieder und gab sich jedem hin, der sie begehrte.

Weiterhin beschrieb der Alte, und er ballte dabei vor Zorn die Fäuste, Turniere, Stierkämpfe, Theater und Künstlerateliers, in denen man nackte Frauen malte und aus Ton formte. Er sprach voller Begeisterung, schön und klangvoll, als spiele er auf unsichtbaren Saiten, und die Mönche saßen wie versteinert, lauschten gierig seinen Reden und keuchten vor Entzücken ... Nachdem der Alte alle Lockungen des Teufels beschrieben hatte, die Schönheit des Bösen und die bezaubernde Grazie eines verführerischen Frauenkörpers, verfluchte er den Teufel, wandte sich ab und verbarg sich hinter seiner Tür ... Als er am nächsten Morgen aus seiner Zelle trat, war kein einziger von den Mönchen mehr im Kloster. Sie waren alle auf dem Weg zur Stadt.

Schlafen, nur schlafen

Es ist Nacht. Varka, ein Kindermädchen von dreizehn Jahren, schaukelt die Wiege, in der das Kind liegt, und summt dazu kaum hörbar vor sich hin: »Eiapopeia, ich sing dir ein Lied ...«

Vor dem Heiligenbild brennt ein grünes Lämpchen; durch das ganze Zimmer spannt sich von einer Ecke bis zur anderen eine Leine, an der Windeln und große schwarze Beinkleider hängen. Von dem Lämpchen fällt ein großer grüner Lichtfleck auf die Zimmerdecke; die Windeln und die Beinkleider werfen auf den Ofen, auf die Wiege und auf Varka lange Schatten. Wenn das Lämpchen zu flackern beginnt, werden Fleck und Schatten lebendig, als bewege sie der Wind. Die Luft ist stickig, und es riecht nach Kohlsuppe und Schuhwerk.

Das Kind weint. Es ist vom Weinen schon längst heiser und erschöpft, aber es schreit noch immer, und man weiß nicht, wann es aufhören wird. Varka aber möchte schlafen. Die Augen fallen ihr zu, der Kopf wird schwer, der Hals tut ihr weh. Sie kann weder die Lider noch die Lippen bewegen, und es kommt ihr vor, als sei ihr Gesicht ausgetrocknet und erstarrt, als sei ihr Kopf so klein geworden wie ein Stecknadelkopf.

»Eiapopeia, ich koch dir 'nen Brei ...« summt sie vor sich hin.

Im Ofen zirpt ein Heimchen. Im Nebenzimmer, hinter der Tür, schnarchen der Hausherr und der Geselle Afanasij ... Die Wiege knarrt kläglich, Varka summt vor sich hin – das alles fließt zusammen in eine nächtliche, einschläfernde Musik, wie man sie so gern hört, wenn man sich ins Bett legt. Jetzt aber reizt diese Musik und quält nur, weil sie einschläfernd wirkt, und Varka darf noch nicht schlafen; wenn sie, was Gott verhüten möge, einschlafen sollte, werden die Wirtsleute sie prügeln.

Das Lämpchen flackert. Der grüne Fleck und die Schatten geraten in Bewegung, schleichen sich in Varkas halbgeöffnete, unbewegliche Augen und werden in ihrem halb eingeschlummerten Hirn zu nebelhaften Traumgebilden. Sie sieht dunkle Wolken, die am Himmel hintereinander herjagen und wie ein Kind schreien. Da aber kommt Wind auf, die Wolken sind verschwunden, und Varka sieht eine breite schlammbedeckte Landstraße vor sich; auf der Straße ziehen Fuhrwerke, schleppen sich Menschen mit Rucksäcken, Schatten eilen vor und zurück; zu beiden Seiten sieht man durch den kalten, rauhen Nebel Wälder. Mit einemmal fallen die Menschen mit den Rucksäcken und den Schatten auf die Erde in den Schlamm. »Wozu das?« fragt sich Varka. »Schlafen, schlafen!« antwortet man ihr. Und sie schlafen fest ein und schlummern selig, und auf den Telegrafendrähten sitzen Krähen und Elstern, sie schreien wie ein Kind und bemühen sich, die Schlafenden zu wecken.

»Eiapopeia, ich sing dir ein Lied ...« summt Varka vor sich hin und sieht sich nun schon in einer stickigen, dunklen Bauernhütte.

Auf dem Fußboden wälzt sich ihr verstorbener Vater Efim Stepanov. Sie kann ihn nicht sehen, aber sie hört, wie er sich vor Schmerz auf dem Fußboden hin und her wirft und dabei stöhnt. Ihm ist, wie er sagt, »der Bruch rausgetreten«. Die Schmerzen sind so groß, daß er kein einziges Wort sprechen kann, er zieht nur die Luft ein und klappert mit den Zähnen, das klingt wie ein Trommelwirbel:

»Bubububu ...«

Pelageja, die Mutter, ist in das Gutshaus zu den Herrschaften gelaufen, um ihnen zu sagen, Efim liege im Sterben. Sie ist schon einige Zeit fort und müßte längst wieder zurück sein. Varka liegt auf dem Ofen, sie kann nicht schlafen und horcht auf das »Bububu« des Vaters. Da aber hört man, wie ein Wagen vor der Hütte vorfährt. Die Herrschaften haben den jungen Arzt aus der Stadt geschickt, der gerade bei ihnen zu Besuch weilt. Der Doktor tritt in die Hütte; man kann ihn in der Dunkelheit nicht sehen, aber man hört, wie er hustet und die Tür zuschlägt.

»Macht Licht«, sagt er.

»Bububu ...« antwortet Efim.

Pelageja stürzt zum Ofen und beginnt die Scherbe mit den Streichhölzern zu suchen. Eine Minute vergeht in Schweigen. Der Arzt kramt in seinen Taschen und zündet ein eigenes Streichholz an.

»Gleich, Väterchen, gleich«, sagt Pelageja, stürzt aus der Hütte und kehrt wenig später mit einem Kerzenstummel zurück.

Efim hat rosige Wangen, seine Augen glänzen, und sein Blick

ist seltsam durchdringend, als sähe Efim durch die Hütte und den Arzt hindurch.

»Nun, was ist los? Was hast du dir da ausgedacht?« sagt der Arzt und beugt sich über ihn. »Sieh mal an! Hast du das schon lange?«

»Was denn? Zeit zu sterben ist's, Euer Wohlgeboren ... 's geht bald zu Ende mit mir ...«

»Red keinen Unsinn ... Wir bringen dich schon wieder auf die Beine!«

»Wie's beliebt, Euer Wohlgeboren, danke ergebenst, ich weiß aber ... Wenn der Tod gekommen ist, da ist eben nichts zu machen.«

Etwa eine Viertelstunde lang befaßt sich der Doktor mit Efim; dann erhebt er sich und sagt: »Da kann ich nicht helfen ... Du mußt ins Krankenhaus und dich dort operieren lassen. Fahr aber gleich los ... Du mußt unbedingt hinfahren! Es ist schon ein bißchen spät, im Krankenhaus schlafen sie schon alle, aber das macht nichts, ich gebe dir einen Zettel mit. Hörst du?«

»Väterchen, womit soll er denn fahren?« fragt Pelageja. »Wir haben kein Pferd.«

»Macht nichts, ich werde die Herrschaften bitten, sie geben dir ein Pferd.«

Der Arzt geht, die Kerze verlischt, und wieder hört man: »Bububu ...« Nach einer halben Stunde kommt jemand zur Hütte gefahren – die Herrschaften haben einen kleinen Wagen geschickt, um Efim ins Krankenhaus zu bringen. Der macht sich fertig und fährt los ...

Nun aber bricht ein schöner, klarer Morgen an. Pelageja ist nicht zu Hause – sie ist ins Krankenhaus gegangen, um dort zu erfahren, was mit Efim los ist. Irgendwo weint ein Kind, und Varka hört, wie jemand mit ihrer Stimme singt:

»Eiapopeia, ich sing dir ein Lied ...«

Pelageja kehrt zurück; sie bekreuzigt sich und flüstert:

»In der Nacht haben sie ihn eingerenkt, und gegen Morgen hat er seinen Geist aufgegeben ... Gott schenke ihm das Himmelreich und die ewige Ruhe ... Sie sagen, wir haben ihn zu spät gebracht ... Hätten früher kommen sollen ...«

Varka geht in den Wald und weint dort, aber plötzlich schlägt sie jemand mit solcher Gewalt in den Nacken, daß sie mit der Stirn an eine Birke schlägt. Sie öffnet die Augen und sieht vor sich den Hausherrn, den Schuster.

»Was soll das heißen, du Luder?« sagt er. »Das Kind weint, und du schläfst?«

Er zerrt sie schmerzhaft am Ohr, aber sie schüttelt den Kopf, schaukelt die Wiege und summt ihr Lied. Der grüne Fleck und die Schatten der Beinkleider und Windeln schwanken, blinzeln ihr zu und bemächtigen sich abermals ihres Gehirns. Wieder sieht sie die mit Schlamm bedeckte Landstraße. Die Menschen mit den Rucksäcken und die Schatten haben sich hingelegt und schlafen fest. Als Varka sie so ansieht, verspürt sie den leidenschaftlichen Wunsch zu schlafen: mit Wonne würde sie sich hinlegen, aber Mutter Pelageja geht neben ihr und treibt sie weiter. Sie eilen beide in die Stadt, um Arbeit zu suchen.

»Ein Almosen, um Christi willen!« bittet die Mutter die Vorübergehenden. »Erweisen Sie göttliche Barmherzigkeit, liebe Leute!«

»Gib das Kind her!« antwortet ihr eine bekannte Stimme. »Gib das Kind her!« wiederholt dieselbe Stimme, aber bereits ärgerlich und schneidend. »Du schläfst, du niederträchtiges Ding?«

Varka springt auf, sieht sich um und begreift, was los ist: Keine Landstraße, keine Pelageja, keine Vorübergehenden sind da – mitten im Zimmer steht allein die Hausfrau, die gekommen ist, ihr Kind zu stillen. Während die dicke, breitschultrige Frau das Kind stillt und beruhigt, steht Varka da, sieht zu und wartet, bis sie fertig ist. Hinter den Fenstern blaut schon der Himmel, die Schatten und der grüne Fleck an der Decke sind merklich blasser geworden. Bald ist der Morgen da.

»Nimm!« sagt die Hausfrau und knöpft sich auf der Brust das Hemd zu. »Es weint. Man wird es wohl behext haben.«

Varka nimmt das Kind, legt es in die Wiege und schaukelt es wieder. Der grüne Fleck und die Schatten verschwinden allmählich, und schon ist niemand mehr da, der sich in ihren Kopf schleichen und ihr Gehirn benebeln kann. Aber schlafen möchte sie nach wie vor, schrecklich gern schlafen! Varka legt ihren Kopf auf den Rand der Wiege und schaukelt mit dem ganzen Körper, um das Schlafbedürfnis zu unterdrücken, aber die Augen fallen ihr trotzdem zu, und der Kopf wird schwer.

»Varka, heiz den Ofen!« ruft der Hausherr hinter der Tür.

Es ist also schon Zeit, aufzustehen und an die Arbeit zu gehen. Varka verläßt die Wiege und läuft in die Scheune nach Holz. Sie freut sich. Beim Laufen und Gehen ist der Wunsch zu schlafen nicht mehr so stark wie im Sitzen. Sie bringt das Holz, heizt den Ofen und spürt, wie sich ihr erstarrtes Gesicht entspannt und wie die Gedanken klar werden.

»Varka, setz den Samovar auf!« schreit die Hausfrau.

Varka macht Späne, und sie hat sie kaum anzünden und in den Samovar stecken können, als ein neuer Befehl ertönt.

»Varka, putz dem Herrn die Galoschen!«

Sie setzt sich auf den Fußboden, putzt die Galoschen und denkt, wie schön es sein müßte, den Kopf in eine große, tiefe Galosche zu stecken und ein wenig darin zu schlummern ... Und auf einmal wird die Galosche größer, schwillt an und füllt schon die ganze Stube aus; Varka läßt die Bürste fallen, schüttelt aber sogleich den Kopf, reißt die Augen auf und bemüht sich, so zu gucken, daß die Gegenstände nicht wachsen und nicht vor ihren Augen tanzen.

»Varka, wisch draußen die Treppe, sonst muß man sich vor den Kunden schämen!«

Varka wischt die Treppe, räumt die Zimmer auf, heizt noch den anderen Ofen und läuft in den Laden. Es gibt viel Arbeit, sie hat keine freie Minute.

Nichts aber ist so schwer, wie am Küchentisch auf einem Fleck zu stehen und Kartoffeln zu schälen. Der Kopf will auf den Tisch sinken, die Kartoffeln verschwimmen vor den Augen, das Messer fällt aus der Hand, und neben ihr läuft, die Ärmel hochgekrempelt, die dicke, zornige Hausfrau hin und her und spricht so laut, daß es in den Ohren dröhnt. Ebenso qualvoll ist es, beim Mittagessen zu bedienen, Wäsche zu waschen, zu nähen. Es gibt Augenblicke, da möchte sie, wo sie geht und steht, sich auf den Fußboden legen und schlafen.

Der Tag geht vorbei. Als Varka sieht, wie es in den Fenstern dunkel wird, preßt sie ihre erstarrenden Schläfen, lächelt und weiß selbst nicht, worüber sie sich freut. Die Abenddämmerung liebkost ihre zufallenden Augen und verspricht baldigen tiefen Schlaf. Am Abend bekommen die Wirtsleute Gäste.

»Varka, stell den Samovar auf!« schreit die Hausfrau.

Der Samovar der Wirtsleute ist klein, und bis die Gäste genug Tee getrunken haben, muß sie ihn fünfmal heiß machen. Nach dem Tee steht Varka eine ganze Stunde auf einem Fleck, schaut die Gäste an und erwartet Aufträge.

»Varka, lauf und hol drei Flaschen Bier!«

Sie reißt sich los und bemüht sich, möglichst schnell zu laufen, um den Schlaf zu verscheuchen.

»Varka, hol Vodka! Varka, wo ist der Korkenzieher? Varka, mach den Hering sauber!«

Aber da sind die Gäste endlich weg; die Lichter verlöschen, die Wirtsleute legen sich schlafen.

»Varka, wiege das Kind!« lautet der letzte Befehl.

Im Ofen zirpt ein Heimchen; der grüne Fleck an der Decke und die Schatten der Beinkleider und der Windeln schleichen sich wieder in Varkas halbgeöffnete Augen, blinzeln ihr zu und benebeln ihr Hirn.

»Eiapopeia«, summt sie, »ich sing dir ein Lied ...«

Das Kind schreit und ist vom Schreien schon ganz erschöpft. Varka erblickt wieder die schmutzige Landstraße, die Menschen mit den Rucksäcken, Pelageja, Vater Efim. Sie versteht und erfaßt alles, nur eins kann sie im Halbschlaf nicht begreifen, was das für eine Kraft ist, die sie an Händen und Füßen fesselt, bedrückt und am Leben hindert. Sie schaut sich um und sucht diese Kraft, um sich von ihr zu befreien, aber sie kann sie nicht finden. Schließlich spannt sie, schon ganz erschöpft, alle ihre Kräfte und Sinne an, schaut nach oben auf den flimmernden Fleck, und als sie angestrengt auf das Schreien horcht, findet sie den Feind, der sie am Leben hindert.

Dieser Feind ist das Kind.

Sie lacht. Sie wundert sich, warum sie eine so einfache Sache nicht eher begriffen hat. Der grüne Fleck, die Schatten und das Heimchen, so meint sie, lachen und wundern sich ebenfalls.

Die Wahnvorstellung beginnt sich Varkas zu bemächtigen. Sie steht von ihrem Schemel auf und wandert, mit breitem Lächeln und ohne mit der Wimper zu zucken, durch die Stube. Sie fühlt sich wohl, und es prickelt sie bei dem Gedanken, daß sie sich gleich von dem Kind befreien wird, durch das sie an Händen und Füßen gefesselt ist ... Das Kind töten, und dann schlafen, schlafen, schlafen ...

Lachend, dem grünen Fleck zublinzelnd und ihn mit dem Finger drohend, schleicht sich Varka zu der Wiege und beugt sich über das Kind. Nachdem sie es erwürgt hat, legt sie sich schnell auf den Fußboden, lacht vor Freude, daß sie nun schlafen kann, und schon nach wenigen Augenblicken schläft sie fest wie eine Tote ...

Ein unangenehmer Vorfall

Der Zemstvoarzt Grigorij Ivanovič Ovčinnikov, ein Mann von etwa fünfunddreißig Jahren, abgezehrt und nervös, bei seinen Kollegen bekannt durch seine kleinen medizinisch-statistischen Arbeiten sowie durch seine leidenschaftliche Hingabe an die sogenannten ›Daseinsfragen‹, machte eines Morgens in seinem Krankenhaus Visite. Ihm folgte wie gewöhnlich der Heilgehilfe Michail Zacharovič, ein älterer Mann mit feistem Gesicht, angeklatschten fettigen Haaren und einem Ring in dem einen Ohr.

Kaum hatte der Arzt mit dem Rundgang begonnen, als ihm ein unbedeutender Umstand höchst verdächtig vorkam – die Weste des Heilgehilfen war zerknittert und rutschte hartnäckig hoch, obwohl er sie dauernd zurechtzupfte und zu glätten versuchte. Das Hemd des Heilgehilfen war zerknautscht und stand ebenfalls ab; auf dem langen schwarzen Überrock, auf den Beinkleidern und sogar auf der Halsbinde schimmerte hier und da eine Bettfeder ... Offensichtlich hatte der Heilgehilfe die ganze Nacht in Kleidern geschlafen, und der Miene nach zu urteilen, mit der er immer wieder die Weste zurechtzupfte und die Halsbinde glattstrich, behinderte ihn die Kleidung.

Der Arzt blickte ihn durchdringend an und begriff, was los war. Der Heilgehilfe hielt sich gerade und antwortete vernünftig auf alle Fragen, aber sein verdrießliches, stumpfsinniges Gesicht, seine trüben Augen, die Gänsehaut, die ihm über Hals und Arme lief, die unordentliche Kleidung sowie – und das war die Hauptsache – die angespannte Selbstbeherrschung und der Wunsch, seinen Zustand zu verbergen, zeugten davon, daß er eben erst aufgestanden, nicht ausgeschlafen und betrunken war, schwer betrunken vom gestrigen Abend her ... Er durchlebte den quälenden Zustand des ›Katzenjammers‹, litt und war offenbar sehr unzufrieden mit sich selbst.

Der Arzt, der den Heilgehilfen nicht mochte und dafür auch seine Gründe hatte, fühlte ein heftiges Verlangen, ihm zu sagen: Wie ich sehe, sind Sie betrunken! Ihm waren mit einemmal die Weste, der langschößige Überrock und der Ring in dem fleischigen Ohr zuwider, aber er unterdrückte seine Wut und sagte sanft und zuvorkommend wie immer:

»Haben Sie Gerasim Milch gegeben?«

»Jawohl!« erwiderte Michail Zacharyč ebenfalls sanft.

Während er mit dem kranken Gerasim sprach, warf der Doktor einen Blick auf das Krankenblatt, auf dem die Temperatur verzeichnet war, und da er eine neue Welle des Hasses in sich aufsteigen spürte, hielt er den Atem an, um nicht zu sprechen, aber er konnte sich nicht beherrschen und fragte keuchend und grob:

»Weshalb ist die Temperatur nicht notiert?«

»Aber sie ist ja notiert«, versetzte Michail Zacharyč sanft, doch nachdem er einen Blick auf das Krankenblatt geworfen und sich überzeugt hatte, daß die Temperatur tatsächlich nicht notiert war, zuckte er bestürzt die Achseln und murmelte: »Ich weiß nicht, das hat wahrscheinlich Nadežda Osipovna . . .«

»Und die Temperatur von gestern abend ist auch nicht notiert!« fuhr der Arzt fort. »Sie betrinken sich nur, hol Sie der Teufel! Auch jetzt sind Sie betrunken wie ein Schuster! Wo ist Nadežda Osipovna?«

Die Hebamme Nadežda Osipovna war nicht in den Krankenzimmern, obwohl sie jeden Morgen beim Anlegen der Verbände anwesend sein mußte. Der Doktor blickte sich um, und es wollte ihm scheinen, das Zimmer sei nicht aufgeräumt, alles sei umhergeworfen, nichts von dem, was zu tun war, sei gemacht und alles stehe so ab und sei so zerknautscht und mit Federn bedeckt wie die störrische Weste des Heilgehilfen; es gelüstete ihn, die weiße Schürze herunterzureißen, aufzuschreien, alles hinzuwerfen, auszuspucken und wegzugehen. Aber er nahm sich zusammen und setzte den Rundgang fort.

Auf Gerasim folgte ein chirurgischer Fall mit Zellgewebsentzündung im rechten Arm. Diesem Patienten mußte ein Verband angelegt werden. Der Arzt setzte sich vor ihn auf einen Hocker und machte sich an dem Arm zu schaffen.

Gestern abend waren sie zu einem Namenstag . . . dachte er, während er langsam den Verband abnahm. Wartet nur, ich werde euch den Namenstag schon zeigen! Jedoch – was kann ich tun? Gar nichts kann ich tun. Er betastete auf dem geschwollenen, feuerroten Arm den Eiterherd und rief:

»Skalpell!«

Michail Zacharyč, bemüht zu beweisen, daß er fest auf den Beinen stand und zum Arbeiten fähig war, stürzte von seinem Platz und reichte eilends ein Skalpell.

»Nicht das! Geben Sie mir eins von den neuen!« sagte der Arzt.

Der Heilgehilfe trippelte zu dem Stuhl, auf dem der Kasten mit Verbandmaterial stand, und wühlte hastig darin herum. Er flüsterte lange mit den Krankenwärterinnen, rückte den Kasten auf dem Stuhl hin und her, raschelte und ließ zweimal etwas fallen; der Doktor aber saß da, wartete und spürte erregtes Flüstern und Rascheln hinter seinem Rücken.

»Wird's bald?« fragte er. »Sie haben sie wahrscheinlich unten vergessen . . .«

Der Heilgehilfe eilte zu ihm und reichte ihm zwei Skalpelle, wobei er sich nicht in acht nahm und ihn von der Seite anhauchte.

»Das sind nicht die richtigen!« sagte der Doktor gereizt. »Ich habe Ihnen doch deutlich erklärt, Sie sollen mir eins von den neuen geben. Aber gehen Sie und schlafen Sie sich aus, Sie riechen ja wie eine Kneipe! Sie sind nicht zurechnungsfähig!«

»Was für Messer brauchen Sie denn noch?« fragte der Heilgehilfe gereizt und zuckte unschlüssig die Achseln.

Er ärgerte sich über sich selbst, und es war ihm peinlich, daß ihn die Patienten und die Wärterinnen unverwandt anstarrten; und um zu zeigen, daß es ihm nicht peinlich war, lächelte er gezwungen und wiederholte:

»Was für Messer brauchen Sie denn noch?«

Dem Arzt traten die Tränen in die Augen, und seine Hände zitterten. Er mußte sich zusammennehmen und sagte mit bebender Stimme:

»Gehen Sie und schlafen Sie sich aus! Ich mag nicht mit Betrunkenen sprechen . . .«

»Sie können mich für diese Sache nur disziplinarisch bestrafen«, fuhr der Heilgehilfe fort, »wenn ich aber, angenommen, betrunken bin, so hat niemand das Recht, mir etwas zu befehlen. Ich arbeite doch? Was wollen Sie noch mehr? Ich arbeite doch!«

Der Arzt sprang auf, und ohne sich über seine Bewegungen Rechenschaft abzulegen, holte er aus und schlug dem Heilgehilfen mit voller Kraft ins Gesicht. Er begriff selbst nicht, weshalb, aber er empfand große Befriedigung, daß der Faustschlag so gut gesessen hatte und daß der solide, anständige, fromme Familienvater, der sich seines Wertes bewußt war – daß dieser Mann taumelte, wie ein Ball hüpfte und sich auf einen Hocker setzte. Allzugern hätte er noch einmal zugeschlagen, aber als er neben dem verhaßten Gesicht die bleichen, erregten Gesichter der Wärterinnen bemerkte, empfand er keine Befriedigung mehr, sondern winkte ab und rannte aus dem Krankenzimmer.

Auf dem Hof begegnete ihm die in das Krankenhaus eilende Nadežda Osipovna – ein Mädchen von siebenundzwanzig Jahren mit gelblichem Teint und aufgelöstem Haar. Ihr rosafarbenes Kattunkleid war unten am Saum sehr eng, deshalb machte sie kleine Trippelschritte. Sie raschelte mit dem Kleid, bewegte die Schultern im Takt ihrer Schritte und wiegte den Kopf, als singe sie in Gedanken eine fröhliche Melodie.

Aha, die Nixe! dachte der Doktor; ihm war eingefallen, daß man die Hebamme im Krankenhaus mit diesem Spitznamen neckte, und er fühlte sich wohl bei dem Gedanken, daß er diese trippelnde, in sich selbst verliebte Modepuppe gleich herunterputzen würde.

»Wo stecken Sie denn?« rief er, als sie beide auf gleicher Höhe waren. »Weshalb sind Sie nicht im Krankenhaus? Die Temperatur ist nicht gemessen, überall herrscht Unordnung, der Heilgehilfe ist betrunken, und Sie schlafen bis zwölf ...! Suchen Sie sich bitte eine andere Stelle! Hier werden Sie nicht länger arbeiten!«

Als der Arzt in seine Wohnung kam, riß er die weiße Schürze und das Handtuch herunter, mit dem er gegürtet war, schleuderte beides wütend in die Ecke und ging in seinem Arbeitszimmer auf und ab.

»Mein Gott, was für Menschen, was für Menschen!« sprach er vor sich hin. »Das sind keine Gehilfen, sondern Feinde des Berufs! Ich habe nicht die Kraft, länger hier zu arbeiten! Ich kann nicht! Ich gehe weg!«

Sein Herz klopfte heftig, er zitterte und wollte weinen, und um sich von diesen Empfindungen zu befreien und sich zu beruhigen, vergegenwärtigte er sich, wie sehr er im Recht war und wie gut er daran getan hatte, dem Heilgehilfen eine zu langen. Vor allen Dingen war es ekelhaft, daß der Heilgehilfe nicht auf normalem Weg in das Krankenhaus gekommen war, sondern durch die Protektion seiner Tante, die bei dem Vorsitzenden des Zemstvos als Kinderfrau diente. (Er konnte den Anblick dieser einflußreichen Tante nicht ertragen, und es widerte ihn an, wenn sie zur Behandlung ins Krankenhaus kam, sich hier wie zu Hause aufführte und verlangte, außer der Reihe abgefertigt zu werden.) Der Heilgehilfe war undiszipliniert, wußte wenig, und das, was er wußte, verstand er nicht. Er war dem Alkohol ergeben, frech, schmutzig, nahm von den Patienten Schmiergelder und verkaufte die Krankenhausmedikamente. Jeder wußte, daß er praktizierte und die heimlichen Krankheiten der jungen Kleinbürger kurierte, wobei er irgendwelche eigenen Mittel anwandte. Wenn er nur einfach ein Scharlatan wäre, wie es viele gab – aber das war ein überzeugter und insgeheim protestierender Scharlatan. Er setzte hinter dem Rücken des Doktors den Kranken Schröpfköpfe an und ließ sie zur Ader; bei Operationen assistierte er mit ungewaschenen Händen und stocherte immer mit einer schmutzigen Sonde in den Wunden herum – das genügte, um zu begreifen, wie tief und heftig er die Heilkunst des Doktors mit ihrer Gelehrsamkeit und Pedanterie verachtete.

Als seine Finger nicht mehr zitterten, setzte sich der Arzt an den Tisch und schrieb an den Vorsitzenden des Zemstvos folgenden Brief: »Verehrter Lev Trofimovič! Wenn Ihre Verwaltung nach Erhalt dieses Briefes nicht den Heilgehilfen Smirnovskij entläßt und mir nicht das Recht zugesteht, meine Mitarbeiter selbst auszuwählen, werde ich mich genötigt sehen (natürlich nicht ohne Bedauern), Sie zu bitten, mich nicht länger als Arzt des Krankenhauses von N. zu betrachten und für einen Nachfolger für mich zu sorgen. Eine Empfehlung an Ljubov Fëdorovna und an Jus. Hochachtungsvoll G. Ovčinnikov.« Als er den Brief noch einmal durchlas, fand der Doktor, daß er zu kurz und nicht kühl genug war. Zudem war die Empfehlung an Ljubov Fëdorovna und an Jus – diesen Spitznamen führte der jüngste Sohn des Vorsitzenden – in einem dienstlichen und offiziellen Schreiben mehr als unpassend.

Was, zum Teufel, soll dieser Jus hier? dachte der Arzt, zerriß den Brief und überlegte sich einen neuen. Gnädiger Herr ... dachte er, während er sich an das geöffnete Fenster setzte und die Enten mit ihren Küken betrachtete, die schwankend und stolpernd den Weg entlangeilten, offenbar zum Teich hin. Eins der Entchen pickte auf dem Weg ein Stückchen Darm auf, würgte daran und piepste aufgeregt; ein zweites Entchen eilte hinzu, zog dem ersten den Darm aus dem Schlund und würgte ebenfalls ... Ein Stück weiter, am Zaun, in dem wie Spitzengewebe wirkenden Schatten, den die jungen Linden auf das Gras warfen, schlenderte die Köchin Darja herum und sammelte Sauerampfer für die Suppe ... Man hörte Stimmen ... Der Kutscher Zot mit einem Zaum in der Hand und der im Krankenhaus beschäftigte Bauer Manuilo in schmutziger Schürze standen neben der Scheune, unterhielten sich und lachten.

Sie reden darüber, daß ich den Heilgehilfen geschlagen habe ... dachte der Doktor. Noch heute wird der ganze Kreis von diesem Skandal erfahren ... Also: Gnädiger Herr! Wenn Ihre Verwaltung nicht die Entlassung ...

Der Arzt wußte wohl, daß die Verwaltung ihn auf keinen Fall gegen den Heilgehilfen eintauschen würde, sie wäre eher bereit, im ganzen Kreis keinen einzigen Heilgehilfen zu haben, als einen so ausgezeichneten Mann wie Doktor Ovčinnikov zu verlieren. Höchstwahrscheinlich würde Trofimovič, sofort nachdem er den Brief erhalten hatte, mit einer Trojka zu ihm gefahren kommen und sagen: Was haben Sie sich denn da ausgedacht, mein Bester? Was soll das heißen, mein Lieber? Christus mit Ihnen! Wozu? Weshalb? Wo ist er? Lassen Sie die Kanaille herkommen! Wegjagen! Unbedingt wegjagen! Daß mir der Schurke morgen nicht mehr hier ist! – Dann wird er mit dem Doktor zu Mittag speisen und sich danach mit dem Bauch nach oben auf das himbeerfarbene Sofa legen, er wird das Gesicht mit einer Zeitung bedecken und schnarchen; wenn er ausgeschlafen hat, wird er Tee trinken und den Doktor mitnehmen, damit er bei ihm übernachtet. Und die ganze Geschichte endet dann so: der Heilgehilfe bleibt im Krankenhaus, und der Arzt bittet nicht um seine Entlassung.

Im Grunde seines Herzens wollte der Doktor jedoch eine solche Lösung nicht. Er wollte gern, daß die Tante des Heilgehilfen triumphierte und daß die Verwaltung ihn ohne Rücksicht auf seine achtjährige gewissenhafte Tätigkeit, ohne Rücksprachen, ja sogar mit Vergnügen sein Entlassungsgesuch annahm. Er träumte davon, wie er das Krankenhaus verlassen würde, an das er sich gewöhnt hatte, und wie seine Kollegen ihm eine Sympathieadresse überreichen würden ...

Auf der Straße tauchte die Nixe auf. Mit kleinen Schritten und mit dem Kleid raschelnd, trat sie ans Fenster und fragte:

»Grigorij Ivanyč, werden Sie selbst die Patienten empfangen, oder soll das ohne Sie vor sich gehen?«

Ihre Augen aber sprachen: Du hast dich ereifert, doch nun hast du dich wieder beruhigt und schämst dich; ich aber bin großmütig und bemerke das nicht.

»Gut, ich komme gleich«, erwiderte der Doktor.

Er band sich die Schürze wieder um, gürtete sich mit dem Handtuch und ging ins Krankenhaus.

Es war schlecht, daß ich weggelaufen bin, nachdem ich ihn geschlagen hatte ... dachte er unterwegs – das sieht so aus, als sei ich verlegen geworden oder erschrocken ... Wie ein Gymnasiast habe ich mich benommen ... Sehr schlecht!

Er glaubte, die Patienten würden ihn, wenn er ins Zimmer träte, peinlich berührt ansehen und ihm selbst würde es peinlich sein; als er aber eintrat, lagen die Kranken ruhig auf ihren Betten und beachteten ihn kaum. Das Gesicht des schwindsüchtigen Gerasim zeigte völlige Gleichgültigkeit und schien zu sagen: Er hat es dir nicht recht gemacht, und da hast du ihn ein wenig belehrt ... Ohne das geht es nicht, mein Lieber.

Der Arzt schnitt auf dem feuerroten Arm zwei Eiterherde auf und legte einen Verband an; darauf begab er sich zur Frauenabteilung, wo er eine Bäuerin am Auge operierte. Die ganze Zeit ging die Nixe hinter ihm her und war ihm behilflich; sie zog eine Miene, als sei nichts geschehen und alles in bester Ordnung. Nach der Visite begann die Behandlung der ambulanten Patienten. In dem kleinen Behandlungszimmer des Arztes stand das Fenster sperrangelweit offen. Man brauchte sich nur auf das Fensterbrett zu setzen und sich ein wenig hinauszulehnen, und schon sah man das junge Gras, nur eine Armlänge entfernt. Am Vorabend hatte es ein heftiges Gewitter gegeben, daher war das Gras niedergedrückt und glänzte. Der Fußweg, der unweit des Fensters vorbeilief und zu einer Schlucht führte, sah wie gewaschen aus, ebenfalls das zerbrochene Apothekengeschirr, das achtlos weggeworfen am Wege lag; es spiegelte sich in der Sonne und sandte blendend-grelle Strahlen aus. Ein Stück weiter drängten sich hinter dem Fußweg junge Tannen aneinander, in prächtige grüne Gewänder gekleidet; hinter ihnen standen Birken, ihre Stämme waren weiß wie Papier, und durch ihr grünes Laub, das im Wind leicht zitterte, leuchtete der endlose blaue Himmel. Schaute man aus dem Fenster, dann wandten die Stare, die auf dem Fußweg herumhüpften, ihre albernen Schnäbel nach dem Fenster und überlegten, ob sie erschrecken sollten oder nicht. Und nachdem sie beschlossen hatten zu erschrecken, flogen sie nacheinander mit fröhlichem Geschrei auf die Birkenwipfel, als wollten sie sich über den Doktor lustig machen, weil er nicht fliegen konnte ...

Durch den schweren Jodoformgeruch spürte man die Frische und das Aroma des Frühlingstages ... Es tat gut zu atmen!

»Anna Spiridonovna!« rief der Arzt.

In das Behandlungszimmer trat eine junge Bauersfrau in einem roten Kleid, sie blickte auf das Heiligenbild und bekreuzigte sich.

»Wo tut's weh?« fragte der Doktor.

Die Frau schielte mißtrauisch auf die Tür, durch die sie hereingekommen war, sowie auf das Türchen, das in den Apothekenraum führte, trat näher an den Arzt heran und flüsterte:

»Ich krieg keine Kinder!«

»Wer hat sich noch nicht eingetragen?« rief die Nixe in der Apotheke. »Kommen Sie her zum Eintragen!«

Er ist schon deshalb ein Rindvieh, dachte der Arzt, während er die Frau untersuchte, weil er mich veranlaßt hat, das erstemal im Leben zu prügeln. Nie im Leben habe ich geprügelt.

Anna Spiridonovna ging wieder. Nach ihr kam ein alter Mann mit einer üblen Krankheit, darauf eine Bauersfrau mit drei Kindern, die an Krätze litten, und die Arbeit ging flott voran. Der Heilgehilfe ließ sich nicht blicken. Hinter dem Türchen zur Apotheke zwitscherte fröhlich, mit dem Kleid raschelnd und dem Geschirr klappernd, die Nixe; dauernd kam sie ins Behandlungszimmer, um bei einer Operation zu helfen oder Rezepte entgegenzunehmen, und das alles tat sie mit einer Miene, als sei alles in bester Ordnung.

Sie freut sich, daß ich den Heilgehilfen geschlagen habe, dachte der Arzt und lauschte auf die Stimme der Hebamme. Sie und der Heilgehilfe sind doch wie Hund und Katze, und es wird für sie ein Festtag sein, wenn er entlassen wird. Und auch die Schwestern werden sich wohl freuen ... Wie widerlich das ist!

Als die Sprechstunde in vollem Gange war, hatte er den Eindruck, die Hebamme, die Wärterinnen und sogar die Patienten seien absichtlich bemüht, gleichgültig und fröhlich auszusehen. Sie hatten anscheinend begriffen, daß es ihm peinlich und unangenehm war, aber aus Taktgefühl machten sie eine Miene, als würden sie nichts merken. Er aber schrie, um ihnen zu zeigen, daß es ihm überhaupt nicht peinlich war, böse:

»He, ihr da! Macht die Tür zu, sonst zieht's!«

Aber ihm war es doch peinlich, und es war ihm schwer ums Herz. Nachdem er fünfundvierzig Patienten abgefertigt hatte, verließ er, ohne sich zu beeilen, das Krankenhaus. Die Hebamme, die bereits in ihrer Wohnung gewesen war und ein grellrotes Tuch über die Schultern geworfen hatte, eilte mit einer Zigarette zwischen den Lippen und einer Blume in dem aufgelösten Haar aus dem Hof, wohl um zu praktizieren oder einen Besuch zu machen. Auf der Schwelle des Krankenhauses saßen ein paar Patienten und wärmten sich schweigend in der Sonne. Wie zuvor lärmten die Stare und jagten hinter den Käfern her. Der Arzt blickte umher und dachte, daß von all diesen gleichförmigen, friedlichen Leben sich das Leben zweier Menschen kraß abhob und, gleich zwei verstimmten Tasten auf einem Klavier, zu nichts mehr nütze war – das Leben des Heilgehilfen und das seinige. Wahrscheinlich hatte sich der Heilgehilfe schon hingelegt, um sich auszuschlafen, konnte aber nicht einschlafen bei dem Gedanken, daß er schuldig war, tätlich beleidigt worden war und seine Stellung verloren hatte. Seine Lage war qualvoll. Dem Doktor aber, der vorher noch niemals jemanden geschlagen hatte, war zumute, als habe er für immer seine Unschuld verloren. Er beschuldigte nicht mehr den Heilgehilfen und rechtfertigte sich nicht mehr, sondern fragte sich immer wieder, wie es geschehen konnte, daß er, ein ordentlicher Mensch, der früher nicht einmal einen Hund geschlagen hatte, sich so vergessen konnte. Als er wieder in seiner Wohnung war, legte er sich im Arbeitszimmer auf das Sofa, mit dem Gesicht zur Rückenlehne, und hing seinen Gedanken nach:

Er ist ein schlechter Mensch und schadet der Sache; in den drei

Jahren, die er hier arbeitet, hat sich in meinem Herzen allerlei angesammelt, aber trotzdem ist mein Verhalten in keiner Weise zu rechtfertigen. Ich habe mir das Recht des Stärkeren zunutze gemacht. Er ist mein Untergebener, schuldig und dazu noch betrunken, und ich bin sein Vorgesetzter, im Recht und nüchtern ... Das bedeutet, ich bin stärker. Zweitens habe ich ihn vor Leuten geschlagen, die mich für eine Autorität halten und so habe ich ihnen ein ganz übles Beispiel gegeben ...

Der Doktor wurde zum Mittagessen gerufen ... Er aß einige Löffel Kohlsuppe und legte sich, nachdem er vom Tisch aufgestanden war, wieder auf das Sofa.

Was soll ich jetzt tun? dachte er weiter. – Ich muß ihm so schnell wie möglich Genugtuung verschaffen ... Aber auf welche Weise? Als praktisch denkender Mensch hält er Duelle für eine Dummheit, oder er begreift gar nicht, was das ist. Wenn ich ihn in demselben Krankenzimmer vor den Wärterinnen und den Patienten um Entschuldigung bitte, so wird diese Entschuldigung nur mich zufriedenstellen, nicht aber ihn; er, ein beschränkter Mensch, wird meine Entschuldigung als Feigheit auffassen und glauben, ich hätte Angst, daß er sich bei der vorgesetzten Behörde beschweren werde. Außerdem würde eine solche Entschuldigung die Disziplin im Krankenhaus untergraben. Soll ich ihm Geld anbieten? Nein, das wäre unmoralisch und würde wie Bestechung aussehen. Wenn ich mich nun, nehmen wir mal an, zur Entscheidung dieser Frage an unsere vorgesetzte Behörde, das heißt an das Zemstvo, wendete ... Sie könnte mir einen Verweis erteilen oder mich entlassen ... Aber das wird sie nicht tun. Und es wäre auch ganz unpassend, die Verwaltung mit internen Angelegenheiten des Krankenhauses zu behelligen, außerdem hat sie keinerlei Recht darauf ...

Etwa drei Stunden nach dem Essen begab sich der Doktor zum Teich, um zu baden, und dachte dabei: Könnte ich nicht so vorgehen, wie alle unter ähnlichen Umständen vorgehen? Das heißt – er soll mich ruhig vor Gericht bringen. Ich habe zweifellos schuld, ich werde mich nicht rechtfertigen, und der Friedensrichter wird mich zu Arrest verurteilen. Auf diese Weise wird der Beleidigte befriedigt sein, und diejenigen, die mich für eine Autorität halten, werden sehen, daß ich im Unrecht bin.

Dieser Gedanke entlockte ihm ein Lächeln. Er freute sich und meinte schon, die Frage sei glücklich gelöst und eine gerechtere Lösung gar nicht möglich.

Na also, vortrefflich! dachte er, während er ins Wasser stieg und zusah, wie ein Schwarm kleiner, goldgelber Karauschen vor ihm flüchtete. Soll er mich verklagen ... Das wird um so günstiger für ihn sein, da unsere dienstlichen Beziehungen bereits abgebrochen sind und nach diesem Skandal sowieso einer von uns beiden die längste Zeit im Krankenhaus gewesen ist ...

Am Abend ließ der Doktor den Kutschwagen anspannen, um zum Bezirkskommandanten zum Kartenspiel zu fahren. Als er in Hut und Mantel schon reisefertig in seinem Arbeitszimmer stand und sich die Handschuhe anzog, öffnete sich knarrend die Außentür, und jemand betrat geräuschlos die Diele.

»Wer ist da?« fragte der Arzt.

»Ich bin's ...« erwiderte der Ankömmling mit dumpfer Stimme.

Dem Doktor klopfte auf einmal das Herz, und vor Scham und unbegreiflicher Angst wurde ihm ganz kalt. Der Heilgehilfe Michail Zacharyč – denn er war es – räusperte sich leise und betrat zaghaft das Arbeitszimmer. Nach kurzem Schweigen sagte er mit dumpfer, schuldbewußter Stimme:

»Verzeihen Sie mir, Grigorij Ivanyč!«

Der Arzt geriet in Verwirrung und wußte nicht, was er sagen sollte. Er begriff, daß der Heilgehilfe nicht aus christlicher Demut und nicht deshalb sich erniedrigte und um Verzeihung bat, weil er mit seiner Demut den Beleidiger vernichten wollte, sondern einfach aus Berechnung: Wenn ich mich überwinde und um Verzeihung bitte, dann wird man mich vielleicht nicht wegjagen und mir nicht das Brot nehmen ... Was kann für die menschliche Würde kränkender sein?

»Verzeihen Sie ...« wiederholte der Heilgehilfe.

»Hören Sie ...« versetzte der Doktor, bemüht, den anderen nicht anzusehen, da er immer noch nicht wußte, was er sagen sollte. »Hören Sie ... Ich habe Sie beleidigt und ... und muß dafür meine Strafe bekommen, das heißt Ihnen Genugtuung geben ... Duelle erkennen Sie nicht an ... Ich erkenne sie übrigens auch nicht an. Ich habe Sie beleidigt, und Sie ... Sie können mich beim Friedensrichter verklagen, und ich bekomme meine Strafe ... Aber wir können nicht mehr zusammen hierbleiben ...

Einer von uns beiden, entweder Sie oder ich, muß gehen!« (Mein Gott! Das hätte ich nicht sagen sollen! dachte der Arzt erschrocken. – Wie dumm, wie dumm!) »Mit einem Wort, reichen Sie ein Gesuch ein. Wir können nicht mehr zusammenarbeiten! Sie oder ich ... Reichen Sie es schon morgen ein!«

Der Heilgehilfe blickte den Arzt mißtrauisch an, und in seinen dunklen, trüben Augen glomm ganz unverhüllte Verachtung. Er hatte den Doktor immer für einen unpraktischen, launischen Burschen gehalten, jetzt aber verachtete er ihn wegen seines Zitterns und der unverständlichen Hast in seinen Worten ...

»Ich werde auch eine Beschwerde einreichen«, sagte er finster und böse.

»Ja, reichen Sie sie nur ein!«

»Sie denken wohl, ich beschwere mich nicht? Ich tue es ... Sie dürfen nicht prügeln. Sie sollten sich was schämen! Nur betrunkene Bauern prügeln sich, Sie aber sind ein gebildeter Mensch ...«

In der Brust des Arztes flammte unerwartet der ganze Haß auf, und er schrie aus vollem Halse:

»Scheren Sie sich raus!«

Der Heilgehilfe rührte sich unwillig von der Stelle – er hatte eigentlich noch etwas sagen wollen –, ging in die Diele und blieb dort nachdenklich stehen. Und als er einen Gedanken gefaßt hatte, ging er entschlossen weg ...

»Wie dumm, wie dumm«, murmelte der Doktor, als der andere ging. »Wie ist das alles dumm und gemein!«

Er fühlte, daß er sich dem Heilgehilfen gegenüber soeben wie ein Schuljunge benommen hatte, und er begriff, daß alle seine Gedanken über das Gericht dumm waren und die Frage nicht lösten, sondern sie nur verwirrten.

Wie dumm! dachte er, als er in der Kutsche saß und als er danach bei dem Bezirkskommandanten Whint spielte. – Bin ich denn so ungebildet und kenne ich das Leben so wenig, daß ich nicht imstande bin, diese einfache Frage zu lösen? Nun, was soll ich tun?

Am anderen Morgen sah der Doktor, wie die Frau des Heilgehilfen sich in einen Wagen setzte und irgendwohin fuhr, und er dachte: Sie will bestimmt zum Tantchen! Soll sie nur!

Das Krankenhaus mußte ohne Heilgehilfen auskommen. Der

Arzt hätte eine Erklärung an die Verwaltung richten sollen, aber er konnte sich immer noch nicht über die Form des Briefes klarwerden. Nun mußte der Sinn des Briefes folgender sein: Ich bitte den Heilgehilfen zu entlassen, obwohl er nicht schuld hat, sondern ich. – Diesen Gedanken jedoch so auszudrücken, daß die Sache nicht dumm und peinlich wirkte, war für einen ordentlichen Menschen beinahe unmöglich.

Nach zwei oder drei Tagen wurde dem Arzt berichtet, der Heilgehilfe sei mit seiner Beschwerde bei Lev Trofimovič gewesen. Der Vorsitzende hatte ihn nicht zu Wort kommen lassen, er hatte mit den Füßen gestampft und ihn angeschrien: »Ich kenne dich! Raus! Ich will nichts hören!« Von Lev Trofimovič war der Heilgehilfe in die Verwaltung gefahren und hatte dort den Doktor schlechtgemacht. Ohne die Ohrfeige zu erwähnen und ohne etwas für sich zu erbitten, hatte er der Verwaltung gemeldet, der Arzt habe sich mehrfach in seinem Beisein abfällig über die Verwaltung und den Vorsitzenden geäußert; außerdem behandle er die Patienten nicht, wie es sich gehöre, fahre unpünktlich zu den Hausbesuchen und so fort. Als der Doktor davon erfuhr, lachte er auf und dachte: So ein Trottel! Er schämte sich, und es tat ihm leid, daß der Heilgehilfe Dummheiten machte, je mehr Dummheiten der Mensch zu seiner Verteidigung beging, um so schutzloser und schwächer mußte er demnach sein.

Genau eine Woche nach dem beschriebenen Morgen erhielt der Arzt eine Vorladung vom Friedensrichter.

So was Dummes ... dachte er, als er die Empfangsbescheinigung unterschrieb. Etwas Dümmeres konnte man sich wohl nicht ausdenken.

Und als er an einem trüben, ruhigen Morgen zum Friedensrichter fuhr, war ihm nicht mehr peinlich, sondern ärgerlich und widerwärtig zumute. Er zürnte mit sich selbst, mit dem Heilgehilfen und mit den Umständen ...

Ich werde vor Gericht einfach sagen: Schert euch alle zum Teufel! dachte er wütend. Ihr seid alle Esel und versteht überhaupt nichts!

Als er vor dem Büro des Friedensrichters angelangt war, erblickte er auf der Schwelle drei seiner Krankenwärterinnen, die als Zeuginnen geladen waren, sowie die Nixe. Beim Anblick der Frauen und der lebensfrohen Hebamme, die vor Ungeduld von einem Bein aufs andere trat und vor Vergnügen ganz rot wurde, als sie den Hauptthelden des bevorstehenden Prozesses erblickte, gelüstete es den ergrimmten Arzt, sich wie ein Habicht auf sie zu stürzen und sie anzufahren: Wer hat Ihnen erlaubt, das Krankenhaus zu verlassen? Scheren Sie sich gefälligst sofort nach Hause! – Er beherrschte sich jedoch, bemühte sich, ruhig zu erscheinen, und drängte sich durch die Menge der Bauern in das Amtszimmer. Der Raum war leer, die Kette des Friedensrichters hing über der Sessellehne. Der Doktor ging in das Zimmer des Schriftführers. Dort erblickte er einen jungen Mann mit hagerem Gesicht, der eine Leinenjacke mit abstehenden Taschen anhatte – den Schriftführer, sowie den Heilgehilfen, der am Tisch saß und aus Langeweile das Vorstrafenregister durchblätterte. Beim Eintritt des Doktors erhob sich der Schriftführer; der Heilgehilfe geriet in Verwirrung und erhob sich ebenfalls.

»Ist Aleksandr Archipovič noch nicht da?« fragte der Arzt verwirrt.

»Noch nicht. Sind noch zu Hause ...« antwortete der Schriftführer.

Das Amtszimmer befand sich auf dem Gutshof des Friedensrichters in einem Seitenflügel; der Richter selbst wohnte im großen Haus. Der Doktor verließ das Amtszimmer und ging gemächlich zum Haus. Er traf Aleksandr Archipovič im Eßzimmer beim Samovar. Der Friedensrichter stand ohne Rock und Weste, in einem auf der Brust aufgeknöpften Hemd neben dem Tisch, hielt mit beiden Händen einen Teekessel und goß sich Tee in ein Glas, der so dunkel wie Kaffee war. Als er den Gast erblickte, zog er schnell ein zweites Glas zu sich heran, schenkte es voll und fragte, ohne ihn zu begrüßen:

»Möchten Sie mit Zucker oder ohne?«

Einstmals, vor langer Zeit, hatte der Friedensrichter bei der Kavallerie gedient; jetzt stand er für seine langjährige Tätigkeit als Wahlbeamter im Rang eines Wirklichen Staatsrates, trotzdem aber hatte er weder seine Militäruniform noch seine militärischen Gewohnheiten abgelegt. Er hatte einen langen Schnurrbart wie ein Polizeimeister und trug Hosen mit Vorstößen, und alle seine Worte und Taten waren von militärischer Grazie erfüllt. Wenn er sprach, legte er leicht den Kopf in den Nacken und schmückte die Rede mit dem kräftigen »äääh ...« eines Generals, zuckte die Schultern und rollte mit den Augen. Wenn er grüßte oder zu rauchen anbot, dann schlug er die Hacken zusammen, und beim Gehen klirrte er so vorsichtig und zärtlich mit den Sporen, als verursache jeder Ton der Sporen ihm einen unerträglichen Schmerz.

Nachdem er den Doktor zum Tee eingeladen hatte, strich er sich über die breite Brust und den Bauch, seufzte tief und sagte:

»Hm-ja ... Vielleicht möchten Sie, äääh ... Vodka trinken und einen Imbiß? Äääh?«

»Nein, danke, ich bin satt.«

Beide spürten, daß sie ein Gespräch über den Krankenhausskandal nicht umgehen konnten, und beiden war es peinlich. Der Arzt schwieg. Der Friedensrichter fing mit einer graziösen Handbewegung eine Mücke, die ihn in die Brust gestochen hatte, betrachtete sie aufmerksam von allen Seiten und ließ sie frei; dann seufzte er tief, richtete seinen Brief auf den Doktor und fragte bedächtig:

»Hören Sie, weshalb jagen Sie ihn nicht weg?«

Der Doktor bemerkte in der Stimme des anderen einen teilnahmsvollen Unterton; er tat sich auf einmal selber leid, und er spürte, wie erschöpft und zerschlagen er von den in der vergangenen Woche durchlebten Mißhelligkeiten war. Mit einem Gesichtsausdruck, als sei seine Geduld nun wirklich zu Ende, erhob er sich vom Tisch, verzog gereizt das Gesicht, zuckte die Schultern und sagte:

»Wegjagen! Wie Sie das alles beurteilen, bei Gott ... Erstaunlich, wie Sie das alles beurteilen! Kann ich ihn denn wegjagen? Sie sitzen hier und denken, ich sei in meinem Krankenhaus der Herr und könne machen, was ich will! Erstaunlich, wie Sie das alles beurteilen! Kann ich vielleicht den Heilgehilfen wegjagen, wenn seine Tante bei Lev Trofimyčs Kinderfrau ist und wenn Lev Trofimyč solche Klatschbasen und Lakaien wie diesen Zacharyč braucht? Was kann ich tun, wenn das Zemstvo uns Ärzte so geringschätzt und uns bei jedem Schritt Knüppel zwischen die Beine wirft? Hol sie der Teufel, ich will nicht länger dort arbeiten, das ist alles! Ich will nicht!«

»Nun, nun, nun ... Sie messen der Sache zuviel Bedeutung bei, mein Bester, sozusagen ...«

»Der Adelsmarschall bemüht sich aus Leibeskräften, zu beweisen, daß wir alle Nihilisten sind, er bespitzelt und traktiert uns wie seine Schreiber. Was für ein Recht hat er, in meiner Abwesenheit ins Krankenhaus zu kommen und dort die Krankenwärterinnen und Patienten auszufragen? Ist das etwa nicht kränkend? Und Ihr beschränkter Semën Alekseič da, der selbst pflügt und nicht an die Medizin glaubt, weil er gesund und satt ist wie ein Ochse, schimpft uns lauthals und ins Gesicht Schmarotzer und neidet uns das Brot! Der Teufel soll ihn holen! Ich arbeite vom frühen Morgen bis spät in die Nacht, kenne keine Atempause, ich bin hier nötiger als alle diese Narren, Scheinheiligen, Reformatoren und sonstigen Clowns zusammengenommen! Ich habe bei der Arbeit meine Gesundheit eingebüßt, und statt dankbar zu sein, neidet man mir das Brot! Ich danke ergebenst! Jeder hält sich für berechtigt, seine Nase in fremde Angelegenheiten zu stecken, zu belehren, zu kontrollieren! Dieses Ihr Verwaltungsmitglied Kamčatskij erteilte den Ärzten auf der Zemstvoversammlung einen Verweis, weil bei uns zuviel Jodkalium verbraucht wird, und er empfahl uns, bei der Verwendung von Kokain vorsichtiger zu sein! Was versteht der denn davon, frage ich Sie? Was geht ihn das an? Weshalb belehrt er Sie nicht beim Richten?«

»Aber . . . aber er ist doch ein Grobian, mein Bester, ein Speichellecker . . . Den darf man gar nicht ernst nehmen . . .«

»Ein Grobian, ein Speichellecker, gleichwohl haben Sie diesen Schwätzer als Mitglied wählen lassen und erlauben ihm, seine Nase hier hineinzustecken! Da lächeln Sie! Für Sie sind das alles Kleinigkeiten, Bagatellen, Sie müssen aber begreifen, daß es von diesen Kleinigkeiten so viele gibt, daß sich das ganze Leben aus ihnen zusammensetzt, wie ein Berg aus Sandkörnern! Ich kann nicht mehr! Es geht über meine Kraft, Aleksandr Archipyč! Noch eine Winzigkeit, und ich versichere Ihnen, ich werde nicht nur die Leute in die Fresse schlagen, sondern auf sie schießen! Begreifen Sie doch, daß ich keine Drähte, sondern Nerven habe. Ich bin genauso ein Mensch wie Sie . . .«

Dem Doktor füllten sich die Augen mit Tränen, und seine Stimme zitterte; er wandte sich ab und blickte durchs Fenster. Schweigen trat ein.

»Hm-ja, Verehrtester«, murmelte der Friedensrichter nachdenklich. »Andererseits, wenn man nüchtern urteilt, so ...« (Der Friedensrichter fing eine Mücke und betrachtete sie von allen Seiten, wobei er angestrengt die Augen zusammenkniff, dann zerdrückte er sie und warf sie in den Spülnapf) »... so, sehen Sie, liegt auch kein Grund vor, ihn wegzujagen. Jagen Sie ihn weg, dann tritt ein anderer an seine Stelle, der genauso ist, vielleicht sogar noch schlimmer. Und wenn Sie hundertmal die Leute auswechseln, einen guten finden Sie nicht ... Es sind alles Schurken.« (Der Friedensrichter streichelte sich die Achselhöhle und rauchte langsam eine Zigarette an.) »Mit dieser bösen Tatsache muß sich jeder abfinden. Ich muß Ihnen sagen, daß man heutzutage ehrliche und nüchterne Mitarbeiter, auf die man sich verlassen kann, nur unter der Intelligenz und den Bauern findet, unter diesen beiden Extremen also, und nur dort. Sie können sozusagen den ehrlichsten Arzt finden, den hervorragendsten Pädagogen, den ehrenhaftesten Pflüger oder Schmied, aber Leute aus dem Mittelstand, das heißt, wenn ich es so ausdrücken darf, Leute, die aus dem Volk gekommen sind, aber nicht die Intelligenz erreicht haben, bilden ein Element der Unzuverlässigkeit. Daher fällt es sehr schwer, einen ehrlichen und immer nüchternen Heilgehilfen, Schreiber, Gutsverwalter oder so etwas Ähnliches zu finden. Ungemein schwer! Ich bin seit Olims Zeiten im Justizdienst und habe während meiner ganzen Dienstzeit nicht ein einziges Mal einen ehrlichen und immer nüchternen Schreiber gehabt, obwohl ich sie zeit meines Lebens scharenweise davongejagt habe. Ein Volk ohne jede moralische Disziplin, von Prinzipien ganz zu schweigen, sozusagen ...«

Wozu sagt er das? dachte der Doktor. – Wir sprechen beide nicht von dem, was not tut.

»Da hat doch erst am letzten Freitag«, fuhr der Friedensrichter fort, »mein Djužinskij, können Sie sich das vorstellen, so ein Ding gedreht. Da hat er doch am Abend ein paar Betrunkene, weiß der Teufel, was für Leute das waren, zu sich eingeladen und hat mit ihnen im Amtszimmer die ganze Nacht durchgesoffen. Wie gefällt Ihnen das? Ich habe gar nichts gegen das Trinken. Trink, zum Teufel, aber wozu fremde Leute ins Amtszimmer lassen? Denn, urteilen Sie selbst, es ist nur die Sache eines Augenblicks, um dort aus den Akten irgendein Dokument, einen Wechsel und so weiter zu stehlen! Und was denken Sie?

Nach dieser Orgie mußte ich zwei Tage lang alle Akten überprüfen, ob nicht was fehlte ... Nun, was wollen Sie mit diesem Schuft machen? Wegjagen? Schön ... Aber wer garantiert Ihnen, daß nicht der nächste noch schlimmer ist?«

»Und wie soll man ihn wegjagen?« versetzte der Doktor. »Einen Menschen wegjagen, ist leicht gesagt ... Wie kann ich ihn wegjagen und ihm sein Brot nehmen, wenn ich weiß, daß er Familie hat und hungert? Wo soll er mit seiner Familie bleiben?«

Weiß der Teufel, was ich da rede! dachte er, und es kam ihm seltsam vor, daß er sein Bewußtsein durchaus nicht auf einen einzigen, bestimmten Gedanken oder auf ein einziges Gefühl fixieren konnte. – Das kommt daher, weil ich oberflächlich bin und nicht zu denken verstehe! dachte er.

»Der Mann aus dem Mittelstand, wie Sie ihn genannt haben, ist unzuverlässig«, fuhr er fort. »Wir jagen ihn weg, beschimpfen ihn, schlagen ihn in die Visage, aber man muß sich doch in seine Lage versetzen. Er ist weder Bauer noch Herr, weder Fisch noch Fleisch; seine Vergangenheit ist bitter, in der Gegenwart hat er nur fünfundzwanzig Rubel im Monat, eine hungrige Familie und eine untergeordnete Stellung, in der Zukunft blühen ihm dieselben fünfundzwanzig Rubel und dieselbe abhängige Stellung, und wenn er hundert Jahre dient. Er hat keine Bildung und kein Eigentum; zu lesen und in die Kirche zu gehen hat er keine Zeit, uns aber hört er nicht, weil wir ihn nicht nahe an uns heranlassen. So lebt er von einem Tag zum anderen, bis zu seinem Tode, ohne Hoffnung auf Besserung, er ißt sein kärgliches Mittagbrot und fürchtet, daß man ihn jeden Augenblick aus der Dienstwohnung verjagt und er dann nicht weiß, wo er seine Kinder unterbringen soll. Na, sagen Sie selbst, wie soll er da nicht trinken und stehlen? Wo sollen da die Prinzipien herkommen!«

Wir wälzen schon soziale Probleme, scheint mir, dachte er. – Und wie ungereimt, mein Gott! Und was soll das alles?

Man hörte es klingeln. Jemand kam in den Hof gefahren, zunächst zum Büro, dann zur Freitreppe des großen Hauses.

»Er ist selbst gekommen«, sagte der Friedensrichter und blickte durchs Fenster. »Na, der wird Sie schön abkanzeln!«

»Aber bitte, lassen Sie mich schnell wieder gehen ...« bat der

Arzt. »Wenn es möglich ist, nehmen Sie meine Sache außer der Reihe vor. Ich habe, weiß Gott, keine Zeit.«

»Gut, gut ... Ich weiß nur noch nicht, mein Bester, ob ich für diese Sache zuständig bin. Ihre Beziehungen zu dem Heilgehilfen sind sozusagen dienstlicher Art, und außerdem haben Sie ihm bei der Ausübung dienstlicher Obliegenheiten eine runtergehauen. Übrigens bin ich mir da nicht ganz klar. Fragen wir erst Lev Trofimovič.«

Man hörte eilige Schritte und jemanden schwer atmen, und in der Tür erschien Lev Trofimovič, der Vorsitzende, ein grauer und kahlköpfiger Greis mit langem Bart und roten Wangen.

»Meine Verehrung ...« sagte er ganz außer Atem. »Uff, du meine Güte! Laß mir mal Kvas bringen, Richter! Das ist noch mein Tod ...«

Er ließ sich in einen Sessel fallen, sprang aber sogleich wieder auf, lief zu dem Doktor, starrte ihm ärgerlich in die Augen und rief mit einer kreischenden Tenorstimme:

»Bin Ihnen außerordentlich zu Dank verpflichtet, Grigorij Ivanyč! Bin Ihnen wirklich verpflichtet, ich danke Ihnen. Ich werde Ihnen das ewig nicht vergessen! So handeln Freunde nicht! Wie Sie wollen, aber das ist gewissenlos von Ihnen! Warum haben Sie mich nicht informiert? Was bin ich für Sie? Wer? Ein Feind oder ein Fremder? Bin ich Ihr Feind? Habe ich Ihnen denn schon jemals etwas verweigert? Wie?«

Mit aufgerissenen Augen und nervös zuckenden Fingern trank der Vorsitzende gierig den Kvas, wischte sich schnell die Lippen und fuhr fort:

»Bin Ihnen sehr, sehr dankbar! Warum haben Sie mich nicht informiert? Wenn Sie für mich auch nur ein bißchen Zuneigung hätten, wären Sie zu mir gekommen und hätten mir alles wie einem Freund erzählt: ›Mein lieber Lev Trofimovič, so und so‹, hätten Sie gesagt ... ›Da ist so eine Geschichte und so weiter ...‹ Ich hätte die Sache im Handumdrehen in Ordnung gebracht, und es wäre gar nicht erst zu diesem Skandal gekommen ... Dieser Trottel ist wohl nicht recht bei Trost, schlendert im Kreis herum, schmiedet Ränke und klatscht bei den Weibern, und Sie, man schämt sich, es zu sagen, verzeihen Sie den Ausdruck, haben sich, weiß der Teufel, was ausgedacht und diesen

Dummkopf veranlaßt, zum Gericht zu laufen! So eine Schande, nein, so eine Schande! Alle fragen mich, was los ist, wie und was, und ich, der Vorsitzende, weiß von nichts, habe keine Ahnung, was sich da bei Ihnen tut. Denn zu mir kommen ist ja nicht notwendig! Bin Ihnen sehr, sehr dankbar, Grigorij Ivanyč!«

Der Vorsitzende verbeugte sich so tief, daß er ganz rot wurde, dann trat er ans Fenster und rief:

»Žigalov, ruf mal Michail Zacharyč her! Sag ihm, er soll sofort herkommen! – Das ist nicht schön«, sprach er und trat vom Fenster zurück. »Sogar meine Frau ist beleidigt, und sie ist Ihnen doch gewogen, scheint mir. Sie spintisieren zuviel, meine Herren! Sie beurteilen alles verstandesmäßig, nach Prinzipien, mit allerlei Winkelzügen, aber was kommt bei Ihnen heraus, nur eins: Sie verdunkeln bloß die Sache ...«

»Und Sie beurteilen alles nicht verstandesmäßig, was kommt denn da bei Ihnen heraus?« fragte der Doktor.

»Was bei uns herauskommt? Das kommt bei uns heraus: Sie würden sich und uns Schande machen, wäre ich nicht sofort hierhergefahren ... Ihr Glück, daß ich gekommen bin!«

Der Heilgehilfe trat ein und blieb an der Schwelle stehen. Der Vorsitzende stellte sich neben ihn, steckte die Hände in die Taschen, räusperte sich und sagte:

»Bitte den Doktor sofort um Verzeihung!«

Der Arzt errötete und lief in ein anderes Zimmer.

»Da siehst du, der Doktor will deine Entschuldigung gar nicht annehmen!« fuhr der Vorsitzende fort. »Er wünscht, daß du deine Reue nicht mit Worten, sondern mit der Tat beweist. Versprichst du, daß du von heute ab gehorchen und immer nüchtern sein wirst?«

»Jawohl ...« erwiderte der Heilgehilfe mürrisch mit tiefer Stimme.

»Paß bloß auf! Sieh dich um Gottes willen vor! Ich schmeiß dich im Handumdrehen raus! Wenn was passiert, dann bitte nicht um Gnade ... So, nun marsch nach Hause ...«

Für den Heilgehilfen, der sich schon mit seinem Unglück abgefunden hatte, war diese Wendung der Dinge eine unerwartete Überraschung. Er wurde richtig blaß vor Freude. Er wollte etwas sagen und streckte die Hand vor, aber er sagte nichts, sondern lächelte nur stumpfsinnig und ging hinaus.

»Das wär's!« meinte der Vorsitzende. »Da ist keine Gerichtsverhandlung mehr nötig.«

Er atmete erleichtert auf, schaute sich mit einer Miene, als habe er gerade eine sehr schwierige und wichtige Angelegenheit geregelt, den Samovar und die Gläser an, wischte sich die Hände ab und sagte:

»Selig sind die Friedensrichter ... Gieß mir mal ein Gläschen ein, Saša. Aber laß mir erst einen kleinen Imbiß bringen ... Na, und ein bißchen Vodka ...«

»Meine Herren, das ist doch unmöglich!« rief der Arzt, als er, immer noch rot und die Hände ringend, ins Eßzimmer trat. »Das ... das ist ja eine Komödie! Abscheulich ist das! Ich kann nicht mehr. Lieber zwanzigmal verurteilt werden, als die Fragen so operettenhaft lösen. Nein, ich kann nicht mehr!«

»Was wollen Sie denn?« antwortete der Vorsitzende bissig. »Ihn wegjagen? Bitte, ich jage ihn weg ...«

»Nein, nicht wegjagen ... Ich weiß nicht, was ich will, aber sich so, meine Herren, dem Leben gegenüber zu verhalten ... ach, mein Gott! Das ist doch eine Qual!«

Der Doktor begann nervös auf und ab zu gehen und seinen Hut zu suchen, und da er ihn nicht fand, ließ er sich erschöpft in einen Sessel fallen.

»Abscheulich!« wiederholte er.

»Mein Bester«, flüsterte der Friedensrichter, »teilweise kann ich Sie verstehen, sozusagen ... Sie sind ja an diesem Vorfall schuld! Jemanden in die Visage zu hauen, das ist am Ende des neunzehnten Jahrhunderts – das ist, gewissermaßen, wie Sie wollen, ungehörig ... Er ist ein Schurke, a-a-aber geben Sie zu, auch Sie haben sich unvorsichtig benommen ...«

»Natürlich!« fiel der Vorsitzende zum Zeichen seiner Zustimmung ein.

Man brachte Vodka und einen Imbiß. Der Doktor leerte zum Abschied mechanisch ein Glas und biß in ein Radieschen. Auf dem Rückweg zum Krankenhaus waren seine Gedanken in einen Nebelschleier gehüllt wie das Gras an einem Herbstmorgen.

Habe ich denn, so dachte er, in der letzten Woche nur deshalb so viel gelitten, so viel nachgedacht und gesprochen, damit alles so sinnlos und gemein endet! Wie dumm! Wie dumm!

Er schämte sich, weil er fremde Menschen in seine persönlichen Angelegenheiten hineingezogen hatte, er schämte sich der Worte, die er zu diesen Leuten gesagt, des Vodkas, den er getrunken hatte aus lieber Gewohnheit, er schämte sich seines unverständlichen, oberflächlichen Denkens ...

Als er im Krankenhaus angelangt war, machte er sofort Visite. Der Heilgehilfe ging neben ihm, er trat leise auf wie ein Kater und beantwortete leise seine Fragen ... Und der Heilgehilfe, die Nixe und die Krankenschwestern zogen eine Miene, als sei nichts geschehen und alles in bester Ordnung. Und auch der Arzt selbst bemühte sich, so gut er konnte, mit ganzer Kraft, gleichgültig zu erscheinen. Er befahl, er zürnte und scherzte mit den Patienten, aber in seinem Hirn bohrte es unablässig:

Wie dumm, wie dumm, wie dumm ...

Lichter

Hinter der Tür bellte aufgeregt ein Hund. Wir – der Ingenieur Ananjev, sein Gehilfe, der Student von Stenberg, und ich – verließen die Baracke, um nachzusehen, wen er verbellte. Ich war in der Baracke zu Gast und hätte nicht mit hinauszugehen brauchen, aber, offen gesagt, mir war von dem genossenen Wein ein wenig schwindlig, und ich war froh, an die frische Luft zu kommen.

»Niemand da ...«, sagte Ananjev, als wir draußen waren. »Warum führst du uns an, Azorka? Dummkopf!«

Ringsum war keine Menschenseele. Der Dummkopf Azorka, ein schwarzer Hofhund, der sich wohl wegen seines grundlosen Bellens bei uns entschuldigen wollte, kam zaghaft näher und wedelte mit dem Schwanz. Der Ingenieur bückte sich und streichelte ihn zwischen den Ohren.

»Was bellst du denn unnütz, du Luder?« fragte er in einem Ton, in dem gutmütige Menschen mit Kindern und Hunden reden. »Hast wohl schlecht geträumt, was ...? Ich empfehle ihn Ihrer Aufmerksamkeit, Doktor«, sagte er, zu mir gewandt, »er ist ein erstaunlich feinnerviges Geschöpf! Können Sie sich vorstellen, er verträgt das Alleinsein nicht, er hat dauernd schreckliche Träume und leidet an Alpdrücken, und wenn man ihn anschreit, wird er richtig hysterisch.«

»Ja, ein zartbesaiteter Hund ...« bestätigte der Student.

Azorka merkte anscheinend, daß wir von ihm sprachen; er hob die Schnauze und winselte kläglich, als wollte er sagen: Ja, zuweilen habe ich unerträglich zu leiden, Sie müssen das bitte entschuldigen!

Es war eine sternklare, aber dunkle Augustnacht. Da ich mich vorher noch nie im Leben in einer so außergewöhnlichen Situation befunden hatte wie zufällig jetzt, kam mir diese Sternennacht dunkler und unfreundlicher vor, als sie tatsächlich war. Ich befand mich an einer Eisenbahnlinie, die gerade gebaut wurde. Der hohe, halb fertige Damm, die Haufen von Sand, Lehm und Schotter, die Baracken, Gruben und herumstehenden Schubkarren, die flachen Erhebungen über den Erdhütten, in denen die

Arbeiter wohnten – das alles bildete einen Wirrwarr, der, in einfarbige Finsternis getaucht, der Erde ein seltsames, wildes Aussehen verlieh, das an die Zeiten des Chaos gemahnte. In allem, was ich vor Augen hatte, herrschte derart wenig Ordnung, daß es irgendwie seltsam war, inmitten der scheußlich zerwühlten, mit nichts mehr zu vergleichenden Erde Silhouetten von Menschen und schlanke Telegrafenmasten zu erblicken; beides verdarb die Geschlossenheit des Bildes und schien nicht zu dieser Welt zu gehören. Es war still, und man hörte lediglich, wie hoch über unseren Köpfen die Telegrafendrähte ihre eintönige Melodie summten.

Wir kletterten auf den Damm und schauten von oben über das Land. Etwa hundert Meter von uns entfernt, dort wo Schlaglöcher, Gruben und Haufen mit dem nächtlichen Dunkel verschmolzen, blinkte ein mattes Licht. Dahinter leuchtete ein zweites und ein drittes, dann, etwa hundert Schritt entfernt, glänzten zwei rote Augen – wahrscheinlich die Fenster einer Baracke –, und eine lange Reihe solcher Lichter zog sich, immer dichter und matter werdend, die Strecke entlang bis hin zum Horizont, wo sie in einem Halbkreis nach links abbogen und in dem fernen Dunkel verschwanden. Die Lichter bewegten sich nicht. In ihnen, in der nächtlichen Stille und in dem trostlosen Lied der Telegrafendrähte spürte man etwas Gemeinsames. Es schien, als sei ein wichtiges Geheimnis unter dem Damm vergraben, von dem nur die Lichter, die Nacht und die Drähte etwas wußten ...

»Was für eine Pracht, meine Herren«, meinte Ananjev seufzend. »So viel Weite, so viel Schönheit, mehr als genug! Und erst der Damm hier! Das ist kein Damm, mein Lieber, sondern ein Montblanc! Er kostet Millionen ...«

Von den Lichtern und dem Millionen kostenden Damm entzückt, klopfte der vom Wein berauschte und sentimental gestimmte Ingenieur dem Studenten von Štenberg auf die Schulter und fuhr scherzend fort:

»Warum sind Sie so nachdenklich geworden, Michail Michajlyč? Ist es denn nicht angenehm, das Werk seiner Hände zu betrachten? Im vorigen Jahr war hier noch kahle Steppe, es gab keine Menschenseele, und sehen Sie jetzt – Leben und Zivilisation! Und wie schön das alles ist, weiß Gott! Wir bauen zusammen die Eisenbahnlinie, und nach uns, so in hundert oder zweihundert Jahren, werden gute Menschen hier Fabriken, Schulen und Krankenhäuser errichten, und – Maschinen werden rattern! Was?«

Der Student stand regungslos, die Hände in den Taschen, und konnte die Augen nicht von den Lichtern losreißen. Er vernahm die Worte des Ingenieurs nicht und durchlebte offenbar eine Stimmung, in der man nicht sprechen und nichts hören möchte. Nach langem Schweigen drehte er sich zu mir um und sagte leise:

»Wissen Sie, an was diese endlosen Lichter erinnern? Sie rufen in mir die Vorstellung an etwas längst Gestorbenes wach, an etwas, was es vor Jahrtausenden gegeben hat, wie etwa ein Lager der Amalekiter oder Philister. Es ist, als ob irgendein alttestamentliches Volk ein Lager aufgeschlagen hat und den Morgen erwartet, um gegen Saul oder David zu kämpfen. Um die Illusion vollständig zu machen, bedarf es nur noch der Posaunenklänge und Posten, die sich in irgendeiner äthiopischen Sprache gegenseitig anrufen.«

»Möglich . . .« meinte der Ingenieur zustimmend.

Wie absichtlich fegte ein Windstoß vorbei und brachte einen Ton mit, der sich wie Waffengeklirr anhörte. Darauf trat Schweigen ein. Ich weiß nicht, woran der Ingenieur und der Student jetzt dachten, es kam mir aber so vor, als sähe auch ich tatsächlich etwas längst Vergangenes vor mir und als hörte ich sogar Posten in einer unverständlichen Sprache reden. Meine Einbildungskraft beeilte sich, mir Zelte, seltsame Menschen, deren Kleidung und ihre Rüstung auszumalen . . .

»Ja«, murmelte der Student nachdenklich. »Einstmals lebten auf dieser Welt Philister und Amalekiter, sie führten Kriege und spielten ihre Rolle, aber heute sind sie spurlos verschwunden. So wird es auch uns ergehen. Heute bauen wir eine Eisenbahnlinie, stehen hier und philosophieren, aber in zweitausend Jahren wird von diesem Damm und von all diesen Menschen, die nach der schweren Arbeit jetzt schlafen, kein Staubkorn mehr übrig sein. Eigentlich ist das doch furchtbar!«

»Sie sollten diese Gedanken bleibenlassen . . .« sagte der Ingenieur ernst und belehrend.

»Warum?«

»Nun darum . . . Mit solchen Gedanken sollte man das Leben beenden, aber nicht beginnen . . . Sie sind dafür noch zu jung.«

»Warum denn?« wiederholte der Student.

»Alle diese Gedanken über Vergänglichkeit und Nichtigkeit, über Sinnlosigkeit des Lebens, über die Unvermeidbarkeit des Todes, über das Dunkel des Grabes und so fort, alle diese hohen Gedanken, mein Guter, sage ich, sind richtig und natürlich im Alter, wenn sie das Produkt langer innerer Auseinandersetzungen sind, durchlitten wurden und tatsächlich einen geistigen Reichtum bedeuten; für ein junges Hirn jedoch, das eben erst selbständig zu leben begonnen hat, sind sie einfach ein Unglück! Ein Unglück!« wiederholte Ananjev und machte eine wegwerfende Handbewegung. »Meiner Meinung nach ist es in Ihrem Alter besser, überhaupt keinen Kopf auf den Schultern zu haben, als die Gedanken in solche Richtung zu lenken. Ich meine es ernst, Baron. Schon längst hatte ich mir vorgenommen, mit Ihnen darüber zu sprechen, denn ich habe schon vom ersten Tag unserer Bekanntschaft an bei Ihnen eine Neigung zu diesen verwünschten Gedanken bemerkt!«

»Mein Gott, weshalb sind sie denn verwünscht?« fragte der Student lächelnd, und an seiner Stimme und seinem Gesicht war zu merken, daß er lediglich aus Höflichkeit antwortete und daß ihn der Streit überhaupt nicht interessierte.

Die Augen fielen mir zu. Ich träumte, daß wir uns gleich nach dem Spaziergang gegenseitig eine gute Nacht wünschen und uns schlafen legen würden, aber mein Traum sollte sich nicht so bald erfüllen. Als wir in die Baracke zurückgekehrt waren, räumte der Ingenieur die leeren Flaschen vom Tisch und stellte sie unter das Bett, dann holte er aus einem großen Flechtkorb zwei neue, entkorkte sie und setzte sich an seinen Arbeitstisch in der offenkundigen Absicht, mit dem Trinken, Reden und Arbeiten fortzufahren. Während er ein wenig an seinem Glas nippte, machte er mit dem Bleistift Vermerke auf einigen Zeichnungen und fuhr fort, dem Studenten zu beweisen, daß seine Gedanken unpassend seien. Der Student saß neben ihm und prüfte schweigend irgendwelche Rechnungen. Er hatte ebenso wie ich keine Lust zu sprechen oder zuzuhören. Um die anderen nicht bei der Arbeit zu stören und in der Erwartung, man werde mir jeden Augenblick vorschlagen, mich zu Bett zu legen, saß ich unweit des Tisches auf dem krummbeinigen Feldbett des Ingenieurs und blies Trübsal. Es ging bereits auf ein Uhr.

Aus Langeweile beobachtete ich meine neuen Bekannten. Weder Ananjev noch den Studenten hatte ich jemals zuvor gesehen, ich hatte sie erst in der fraglichen Nacht kennengelernt. Am späten Abend kehrte ich zu Pferde vom Jahrmarkt zurück, zu dem Gutsbesitzer, bei dem ich zu Gast war, verfehlte aber in der Dunkelheit den Weg und verirrte mich. Als ich neben der Straße entlangritt und merkte, wie es immer dunkler wurde, fiel mir das ›Dampfroß‹ ein, das Fußgängern und Reitern auflauerte; da bekam ich es mit der Angst und klopfte an die erste beste Baracke. Dort wurde ich von Ananjev und dem Studenten freundlich aufgenommen. Wie das bei Menschen zu sein pflegt, die, einander fremd, vom Zufall zusammengeführt werden, lernten wir uns schnell kennen, schlossen Freundschaft und fühlten uns beim Tee und dann beim Wein bereits so, als wären wir schon jahrelang miteinander bekannt. Nach kaum einer Stunde wußte ich bereits, wer sie waren und wie das Schicksal sie aus der Hauptstadt in die ferne Steppe verschlagen hatte, und sie wußten, wer ich war, was ich tat und wie ich eingestellt war.

Der Ingenieur Nikolaj Anastasjevič Ananjev war ein stämmiger Mann, er hatte breite Schultern und begann, nach seinem Äußern zu urteilen, wie Othello bereits ›in das Tal der vorgerückten Jahre hinabzusteigen‹ und übermäßig dick zu werden. Er befand sich genau in dem Alter, in dem man von den Brautwerberinnen als ›Mann in den besten Jahren‹ bezeichnet wird, das heißt, er war weder jung noch alt, liebte es, gut zu essen, zu trinken und die Vergangenheit zu preisen, kam beim Gehen leicht außer Atem, schnarchte beim Schlafen und legte im täglichen Umgang bereits jene ruhige, gelassene Gutmütigkeit an den Tag, wie sie ordentliche Menschen annehmen, wenn sie in die Rangklasse der Stabsoffiziere aufrücken und korpulent werden. Sein Kopf- und Barthaar war noch längst nicht grau, aber er nannte bereits, ungewollt und ohne es zu merken, die jungen Leute herablassend ›mein Guter‹ und fühlte sich schon irgendwie berechtigt, sie wegen ihrer Denkweise zur Rede zu stellen. Seine Bewegungen und seine Stimme waren ruhig, fließend und selbstbewußt, wie es bei einem Menschen der Fall ist, der wohl weiß, daß er den richtigen Weg eingeschlagen, daß er seine feste Tätigkeit, sein festes Brot und seine festen Ansichten hat . . . Sein braungebranntes Gesicht mit der fleischigen Nase und sein muskulöser Nacken schienen zu sagen: Ich bin satt, gesund und mit mir zufrieden, und es wird die Zeit kommen, da werdet ihr Jungen auch satt, gesund und mit euch zufrieden sein ... Er trug ein Kattunhemd mit seitlichem Schlitz und weite Leinenhosen, die in großen Stiefeln steckten. An einigen Kleinigkeiten, wie zum Beispiel dem bunten wollenen Gürtel, dem gestickten Kragen und den Flicken auf dem Ellbogen, konnte ich erraten, daß er verheiratet war und aller Wahrscheinlichkeit nach von seiner Frau zärtlich geliebt wurde.

Baron Michail Michailovič von Štenberg war jung, drei- oder vierundzwanzig Jahre alt, und Student am Institut für Verkehrswesen. Einzig das rote Haar und das dünne Bärtchen, allenfalls auch noch eine gewisse Grobheit und Trockenheit der Gesichtszüge erinnerten an seine Abstammung vom baltischen Adel, alles übrige aber – Vorname, Glaube, Denken, Manieren und Gesichtsausdruck – war rein russisch. Bekleidet war er genauso wie Ananjev mit einem blusenartigen Kattunhemd und mit großen Stiefeln; mit seiner leicht gebeugten Gestalt, den lange nicht mehr geschnittenen Haaren und dem gebräunten Gesicht sah er weder einem Studenten noch einem Baron, sondern eher einem gewöhnlichen russischen Handwerksgesellen ähnlich. Er sprach wenig und bewegte sich nicht viel, trank den Wein ungern und ohne Appetit, prüfte mechanisch die Berechnungen und schien die ganze Zeit über an etwas zu denken. Seine Bewegungen und seine Stimme waren ebenfalls ruhig und fließend, aber seine Ruhe war anders als die des Ingenieurs. Das sonnenverbrannte, leicht spöttische, nachdenkliche Gesicht, die etwas mißtrauisch blickenden Augen und die ganze Gestalt zeugten von einer seelischen Flaute, einer geistigen Trägheit ... Er machte eine Miene, als sei es ihm völlig einerlei, ob vor ihm ein Licht brenne oder nicht, ob der Wein gut oder widerwärtig schmecke, ob die Berechnungen, die er prüfte, stimmten oder nicht ... Und seinem klugen, ruhigen Gesicht konnte ich entnehmen: Einstweilen sehe ich weder in einer festen Tätigkeit noch in einem festen Einkommen oder einer festen Ansicht etwas Gutes. Das alles ist Unsinn. Ich war in Petersburg, jetzt sitze ich hier in der Baracke, von hier aus werde ich im Herbst wieder nach Petersburg gehen, und im Frühjahr gehe ich dann wieder hierher ... Was für einen

Sinn das alles hat, weiß ich nicht, das weiß niemand ... Infolgedessen gibt es da auch gar nichts zu erläutern.

Dem Ingenieur hörte er ohne Interesse und mit jener herablassenden Gleichgültigkeit zu, mit der Kadetten der oberen Klassen einem gutmütigen Aufseher zuhören, der in Fahrt gekommen ist. Es schien, als sei alles, was der Ingenieur sagte, für ihn nichts Neues und als könne er, wäre er nicht zu träge zum Reden gewesen, etwas Neueres und Gescheiteres sagen.

Ananjev hatte sich inzwischen noch nicht beruhigt. Er hatte den gutmütig-spöttischen Ton aufgegeben und sprach ernst, ja sogar mit Leidenschaft, was gar nicht zu seinem ruhigen Gesichtsausdruck paßte. Offensichtlich war er abstrakten Problemen gegenüber nicht gleichgültig, er liebte sie, verstand sie aber nicht und war nicht gewohnt, sie zu behandeln. Die mangelnde Gewohnheit schlug sich so stark in seiner Ausdrucksweise nieder, daß ich nicht gleich verstand, was er wollte.

»Ich hasse diese Gedanken von ganzem Herzen!« sagte er. »In meiner Jugend krankte ich selber daran, noch heute bin ich nicht ganz frei davon, und ich sage Ihnen, sie haben mir nichts als Unheil gebracht – vielleicht deshalb, weil ich dumm bin und diese Gedanken für mich böhmische Dörfer waren. Das ist so verständlich! Die Gedanken über die Sinnlosigkeit des Lebens, über die Nichtigkeit und Vergänglichkeit der sichtbaren Welt, das salomonische ›Eitelkeit der Eitelkeiten‹ bildeten immer und bilden noch heute die höchste und letzte Stufe des menschlichen Denkens. Ist der Denkende bis zu dieser Stufe gelangt, dann heißt es – bis hierher und nicht weiter! Damit ist die Tätigkeit eines normalen Hirns vollendet, das ist natürlich und liegt in der Ordnung der Dinge. Unser Unglück besteht jedoch darin, daß wir gerade an diesem Punkt zu denken anfangen. Wo normale Menschen aufhören, da fangen wir an. Sofort, kaum daß unser Gehirn selbständig arbeitet, schwingen wir uns auf die allerhöchste, die letzte Stufe und wollen nicht die unteren Stufen kennenlernen.«

»Wieso ist das von Übel?« fragte der Student.

»So begreifen Sie doch, das ist anomal!« rief Ananjev und sah ihn beinahe wütend an. »Wenn wir diese Fähigkeit erlangt haben, ohne Zuhilfenahme der unteren Stufen die höchste zu erklimmen, dann hat die ganze lange Stufenleiter, das heißt das ganze Leben mit seinen Farben, Tönen und Gedanken, für uns jeglichen Sinn verloren. Daß in Ihrem Alter bei einer solchen Denkweise Übles und Absurdes herauskommt, das können Sie aus jedem Schritt Ihres vernünftigen, selbständigen Lebens erkennen. Nehmen wir an, Sie setzen sich in diesem Augenblick hin und lesen Darwin oder Shakespeare. Kaum haben Sie eine Seite gelesen, da beginnt das Gift schon zu wirken – und Ihr ganzes langes Leben sowie Shakespeare und Darwin sind für Sie Unsinn, ungereimtes Zeug, weil Sie wissen, daß Sie sterben werden, daß Shakespeare und Darwin gestorben sind, daß ihre Gedanken weder sie selbst noch die Erde noch Sie gerettet haben und daß, wenn so das Leben seinen Sinn verloren hat, alle diese Wissenschaften, die Poesie und die hohen Gedanken nur eine nutzlose Spielerei, das müßige Spielzeug erwachsener Kinder sind. Und schon auf der zweiten Seite hören Sie auf zu lesen. Jetzt, nehmen wir mal an, kommen die Leute zu Ihnen als einem klugen Menschen und fragen Sie nach Ihrer Meinung, beispielsweise über den Krieg – ist er wünschenswert und moralisch oder nicht? Als Antwort auf diese schreckliche Frage zucken Sie nur die Achseln und beschränken sich auf irgendwelche Gemeinplätze, weil es Ihnen bei Ihrer Denkweise völlig einerlei ist, ob Hunderttausende von Menschen eines gewaltsamen oder eines natürlichen Todes sterben. In dem einen wie dem anderen Falle ist das Ergebnis genau das gleiche – Staub und Vergessen. Wir bauen zusammen eine Eisenbahnlinie. Wozu, frage ich Sie, sollen wir uns den Kopf zerbrechen, über Verbesserungen grübeln, uns über die Routinearbeit erheben, die Arbeit bedauern, stehlen oder nicht stehlen, wenn wir wissen, daß sich diese Linie nach zweitausend Jahren in Staub verwandelt haben wird? Und so weiter und so fort ... Sie geben doch zu, daß bei solch einer unglückseligen Denkweise keinerlei Fortschritt möglich wäre, keine Wissenschaft, keine Kunst, nicht einmal das Denken selbst. Wir glauben, wir seien klüger als die Masse und als Shakespeare, in Wirklichkeit aber kommt bei unserer Denkarbeit nichts heraus, weil wir keine Lust haben, auf eine niedrigere Stufe hinabzusteigen, aber noch höher hinauf nicht können, und so bleibt unser Gehirn auf dem Gefrierpunkt stehen – und es geht weder vor noch zurück ... Ich befand mich etwa sechs Jahre unter dem Druck dieser Gedanken und habe, das schwöre ich Ihnen bei

Gott, in dieser ganzen Zeit kein einziges vernünftiges Buch gelesen, ich bin um keinen Deut klüger geworden und habe meinen Moralkodex um keinen einzigen Buchstaben bereichert. Ist das etwa kein Unglück? Nicht genug, daß wir selbst vergiftet sind, wir tragen auch noch Gift in das Leben unserer Mitmenschen. Wenn wir mit unserem Pessimismus wenigstens dem Leben entsagen, uns in Höhlen zurückziehen oder uns zu sterben beeilen wollten – in Wirklichkeit aber sind wir den allgemeinen Gesetzen unterworfen, leben, fühlen, lieben Frauen, erziehen Kinder und bauen Bahnlinien!«

»Von unseren Gedanken wird niemandem warm oder kalt ...« sagte der Student unwillig.

»Nein, das lassen Sie schon ... ach, hören Sie auf! Was wissen Sie denn vom Leben; haben Sie aber erst einmal so lange gelebt wie ich, mein Lieber, dann werden Sie auch die Schweinerei kennenlernen. Unser Denken ist nicht so unschuldig, wie Sie meinen. Im praktischen Leben, im Zusammenprall mit den anderen, führt es nur zu Schrecken und Dummheiten. Ich habe Situationen durchgemacht, die ich meinem ärgsten Feind nicht wünsche.«

»Zum Beispiel?« fragte ich.

»Zum Beispiel?« wiederholte der Ingenieur; er überlegte, lächelte und antwortete: »Nehmen wir zum Beispiel nur einmal folgenden Fall. Richtiger gesagt, das ist kein Fall, sondern ein ganzer Roman nebst Schürzung und Lösung des Knotens. Eine ausgezeichnete Lektion! Ach, was für eine Lektion!«

Er schenkte uns und sich Wein ein, trank, strich sich mit den Händen über seine breite Brust und fuhr, mehr an mich als an den Studenten gewandt, fort:

»Es war im Sommer des Jahres 187., bald nach dem Krieg und der Beendigung meiner Studien. Ich fuhr in den Kaukasus und verweilte auf der Durchreise etwa fünf Tage in der Hafenstadt N. Dazu muß ich Ihnen sagen, daß ich in dieser Stadt geboren und aufgewachsen bin, daher ist es nicht verwunderlich, daß mir N. außergewöhnlich gemütlich, warm und schön vorkam, obwohl es sich dort für einen Großstadtmenschen ebenso langweilig und ungemütlich lebt wie in jeder beliebigen Provinzstadt wie Čuchloma oder Kašira. Voller Wehmut ging ich am Gymnasium vorüber, an dem ich einst gelernt hatte, voller Wehmut ging ich in dem sehr bekannten Stadtgarten spazieren und machte den traurigen Versuch, mir die Menschen näher anzuschauen, die ich lange nicht mehr gesehen hatte, an die ich mich aber erinnerte ... Alles voller Wehmut ...

Unter anderem fuhr ich eines Abends zu der sogenannten ›Quarantäne‹. Das war ein kleines lichtes Wäldchen, in dem es einstmals zur Pestzeit tatsächlich ein Quarantänelager gegeben hatte; jetzt aber wohnten dort Sommerfrischler. Von der Stadt bis dorthin sind es vier Verst. Man fährt auf einer guten, bequemen Straße und sieht zur Linken das blaue Meer, zur Rechten die unendliche, düstere Steppe; man atmet leichter, die Blicke schweifen weit. Das Wäldchen selbst liegt an der Küste.

Nachdem ich meinen Droschkenkutscher entlassen hatte, ging ich durch das bekannte Tor, durchschritt zuallererst die Allee und wandte mich dann einer kleinen Steinlaube zu, die ich in der Kinderzeit so geliebt hatte. Meiner Meinung nach war diese runde, schwerfällige, auf plumpen Säulen stehende Laube, die in sich die lyrische Stimmung eines alten Grabdenkmals mit der Grobschlächtigkeit eines Sobakevič vereinte, der poetischste Fleck in der ganzen Stadt. Sie stand unmittelbar am Rande des Steilufers, und man konnte von ihr aus sehr gut das Meer sehen.

Ich setzte mich auf eine Bank, beugte mich über das Geländer und blickte nach unten. Von der Laube aus führte, vorbei an Lehmklumpen und Kletten, ein Pfad die fast senkrecht abfallende Steilküste hinunter; wo er endete, weit unten am sandigen Ufer, schäumten träge und murmelten zärtlich leichte Wellen. Das Meer war ebenso erhaben, endlos und unfreundlich wie vor sieben Jahren, als ich nach Absolvierung des Gymnasiums nach der Hauptstadt abreiste. In der Ferne zeichnete sich dunkel eine Rauchfahne ab – dort fuhr ein Dampfer, und außer diesem kaum sichtbaren und unbeweglichen Streifen und den Seeschwalben, die über das Wasser huschten, gab es nichts, was das eintönige Bild des Menschen und des Himmels belebte. Rechts und links der Laube erstreckte sich die unebene, lehmige Küste ...

Sie wissen, wenn ein schwermütig gestimmter Mensch mit dem Meer oder überhaupt mit einer Landschaft, die ihn großartig dünkt, allein bleibt, so mischt sich in seine Schwermut die Gewißheit, daß er unbekannt lebt und unbekannt sterben wird, und reflexartig greift er zum Bleistift und schreibt eilends und wahllos seinen Namen irgendwohin. Wahrscheinlich sind deshalb alle abgelegenen Eckchen, so wie meine Laube, immer mit Bleistiftnotizen vollgeschmiert und von Taschenmessern zerschnitten. Wenn ich mich recht entsinne, so las ich, während ich mich über das Geländer beugte, folgendes: ›Z. A. (das heißt: Zum Andenken) Ivan Korolkov, 16. Mai 1876.‹ Neben Korolkovs Eintragung hatte sich irgendein örtlicher Träumer verewigt und noch hinzugefügt: ›Am Meeresufer wogenwild, stand er, von hoh'n Ideen erfüllt.‹ Seine Unterschrift war verträumt und kraftlos wie feuchte Seide. Irgendein Kroß, wahrscheinlich ein sehr kleiner und unbedeutender Mensch, war sich seiner Nichtigkeit so stark bewußt geworden, daß er mit seinem Taschenmesser in tiefen, daumenlangen Buchstaben seinen Namen eingeritzt hatte. Ich holte mechanisch einen Bleistift aus der Tasche und trug mich ebenfalls an einer Säule ein. Aber das alles gehört nicht zum Thema ... Verzeihen Sie, ich verstehe es nicht, mich beim Erzählen kurz zu fassen.

Mir war traurig zumute, und ich langweilte mich ein wenig. Die Langeweile, die Stille und das Murmeln der Wellen brachten mich allmählich auf dieselben Gedanken, von denen wir gerade gesprochen haben. Damals, am Ende der siebziger Jahre, begann diese Denkweise beim Publikum Mode zu werden, zu Beginn der achtziger Jahre fand sie dann nach und nach Eingang in die Literatur, die Wissenschaft und die Politik. Ich war damals nicht älter als sechsundzwanzig Jahre, aber ich wußte bereits sehr gut, daß das Leben kein Ziel und keinen Sinn hat, daß alles Lug und Trug ist, daß das Leben in der Katorga auf der Insel Sachalin sich dem Wesen und dem Resultat nach durch nichts von dem Leben in Nizza unterscheidet, daß der Unterschied zwischen dem Gehirn Kants und dem einer Fliege keine wesentliche Bedeutung hat, daß auf dieser Welt niemand im Recht oder schuldig ist, daß alles Unsinn und dummes Zeug ist und daß alles zum Teufel gehen soll! Ich lebte, als ob ich damit einer geheimnisvollen Kraft, die mich zu leben zwang, einen Gefallen tat – schau mal, Kraft, ich gebe für dieses Leben keinen Heller, aber ich lebe! Meine Gedanken bewegten sich in einer bestimmten Richtung, aber auf alle möglichen Arten; ich ähnelte in dieser Hinsicht jenem Kochkünstler, der allein aus Kartoffeln Hunderte schmackhafter Gerichte zu bereiten verstand. Zweifellos war ich einseitig und bis zu einem gewissen Grade sogar engstirnig, damals aber meinte ich, der Horizont meiner Gedanken habe weder Anfang noch Ende und mein Denken sei weit wie das Meer. Nun ja, soweit ich von mir aus urteilen kann, enthält das Denken, von dem hier die Rede ist, in seinem Wesen etwas Anziehendes, Narkotisierendes, so wie Tabak oder Morphium. Es wird zur Gewohnheit und zum Bedürfnis. Jede Minute der Einsamkeit und jede passende Gelegenheit benutzt man, um in wollüstigen Gedanken über die Sinnlosigkeit des Lebens und die Dunkelheit des Grabes zu schwelgen. Als ich in der Laube saß, promenierten gesittet durch die Allee griechische Kinder mit langen Nasen. Ich benutzte diese passende Gelegenheit und lenkte, nachdem ich die Kinder betrachtet hatte, meine Gedanken in folgende Richtung: Wozu, fragte ich mich, wurden diese Kinder geboren, und wozu leben sie? Liegt denn in ihrer Existenz auch nur der geringste Sinn? Sie wachsen auf, wissen selbst nicht wozu, leben in dieser Öde ohne jegliche Notwendigkeit und sterben eines Tages ...

Ich ärgerte mich regelrecht über diese Kinder, weil sie gesittet spazierengingen und sich ernsthaft unterhielten, als schätzten sie tatsächlich ihr einfaches, farbloses Leben und wüßten, wozu sie auf der Welt seien ... Ich entsinne mich, wie hinten am Ende der Allee drei weibliche Gestalten auftauchten. Die drei jungen Damen – die eine in einem rosafarbenen Kleid, die beiden anderen ganz in Weiß – gingen untergehakt, unterhielten sich und lachten. Ich verfolgte sie mit den Augen und dachte bei mir: Es wäre schön, jetzt aus Langeweile so für zwei Tage mit irgendeiner Frau ein Verhältnis zu haben!

Beiläufig fiel mir ein, daß ich bei meiner Petersburger Gnädigen zum letztenmal vor drei Wochen gewesen war, und ich dachte, daß mir ein flüchtiges Abenteuer jetzt sehr gelegen käme. Das mittlere der drei Mädchen schien jünger und hübscher als ihre Gefährtinnen und, nach ihrem Benehmen und ihrem Lachen zu urteilen, Gymnasiastin einer oberen Klasse zu sein. Ich betrachtete nicht ohne unsaubere Gedanken ihre Brust, und gleichzeitig dachte ich von ihr: Sie wird Musik und gutes Benehmen lernen, irgendeinen – Gott verzeih mir – griechischen Krämer heiraten, farblos, öde und ohne jede Notwendigkeit dahinleben, eine Menge Kinder bekommen, ohne selbst zu wissen warum, und schließlich sterben. Ein sinnloses Leben!

Ich muß sagen, daß ich es im allgemeinen meisterhaft verstand, meine hohen Gedanken mit der niedrigsten Prosa zu kombinieren. Die Gedanken an die Dunkelheit des Grabes hinderten mich nicht, den Brüsten und Beinchen den schuldigen Tribut zu zollen. Unseren lieben Baron hindern seine hochfliegenden Gedanken ebensowenig daran, sonnabends nach Vukolovka zu fahren und sich dort als Don Juan zu betätigen. Wenn ich offen und ehrlich sein soll, dann waren, soweit ich mich entsinnen kann, meine Beziehungen zu Frauen äußerst kränkend. Wenn ich heute an die Gymnasiastin denke, dann muß ich wegen meiner damaligen Gedanken erröten, damals aber war mein Gewissen völlig ruhig. Ich, der Sohn ehrbarer Eltern, ein Christ, der Hochschulbildung genossen hatte und von Natur aus weder böse noch dumm war, spürte nicht die geringste Unruhe, wenn ich den Frauen, wie die Deutschen sagen, *Blutgeld* zahlte oder wenn ich die Gymnasiastin mit beleidigenden Blicken verfolgte ... Das schlimme ist, daß die Jugend ihre eigenen Rechte besitzt und unser Denken im Prinzip nichts gegen diese Rechte hat, seien sie nun gut oder widerwärtig. Wer da weiß, daß das Leben sinnlos und der Tod unvermeidlich ist, der verhält sich gegenüber dem Kampf mit der Natur und dem Begriff der Sünde recht gleichgültig; ob du kämpfst oder nicht – in jedem Fall wirst du sterben und untergehen ... Zweitens, meine Herren, führt unser Denken schon bei sehr jungen Menschen zu einem Verstandeskult. Die Vorherrschaft des Verstandes über unser Herz ist erdrückend. Das unmittelbare Gefühl, die Begeisterung – sie werden erstickt von kleinlicher Analyse. Wo aber Verstandeskult herrscht, dort ist Kälte, und kalte Menschen – ich bekenne es offen – kennen keine Keuschheit. Diese Tugend kennen nur diejenigen, die ihre Herzenswärme behalten haben und fähig sind zu lieben. Drittens leugnet unser Denken, wenn es den Sinn des Lebens leugnet, ebenso auch den Sinn jeder einzelnen Persönlichkeit. Wenn ich den Persönlichkeitswert irgendeiner Natalja Stepanovna leugne, dann ist begreiflich, daß es mir völlig einerlei ist, ob sie gekränkt ist oder nicht. Heute habe ich ihre menschliche Würde gekränkt, dafür habe ich ihr Blutgeld gezahlt, und morgen denke ich schon nicht mehr an sie.

So saß ich also in der Laube und beobachtete die Mädchen. In der Allee tauchte noch eine weibliche Gestalt auf mit unbedecktem blonden Kopf und einem gestrickten weißen Tuch über den Schultern. Sie promenierte die Allee entlang, kam dann zur Laube und schaute, die Hände auf das Geländer gestützt, nach unten und über das Meer in die Ferne. Beim Eintritt hatte sie mir keinerlei Beachtung geschenkt, als habe sie mich überhaupt nicht bemerkt. Ich maß sie von den Füßen bis zum Kopf – und nicht von Kopf bis Fuß, wie man die Männer ansieht – und fand, sie sei jung, nicht älter als fünfundzwanzig, lieblich anzusehen und gut gebaut; aller Wahrscheinlichkeit nach war sie kein Mädchen mehr und gehörte zu den Anständigen. Sie war hausbacken, aber modisch und geschmackvoll gekleidet, so wie sich im allgemeinen alle intelligenten Damen in N. kleiden.

Mit der müßte man ein Verhältnis haben, dachte ich, während ich ihre schöne Taille und ihre Hände betrachtete. Ganz passabel ... Sicher ist sie die Gattin irgendeines Äskulaps oder Gymnasiallehrers ...

Aber mit ihr ein Verhältnis zu beginnen, das heißt, sie zur Heldin einer jener improvisierten Abenteuer zu machen, auf die Touristen so versessen sind, das war nicht leicht, ja kaum möglich. Das spürte ich, als ich in ihr Gesicht sah. Sie machte eine Miene, als langweilten sie das Meer, der ferne Rauch und der Himmel schon seit langem und als ermüdeten sie ihre Augen. Sie war offensichtlich matt und verdrossen und dachte an etwas Trauriges, ihr Gesicht zeigte nicht einmal jenen eitlen, gezwungen gleichgültigen Ausdruck, wie ihn beinahe jede Frau hat, wenn sie in ihrer Nähe die Anwesenheit eines unbekannten Mannes bemerkt.

Die Blondine maß mich mit einem flüchtigen und gelangweilten Blick, setzte sich auf die Bank und sann vor sich hin, und an ihrem Blick merkte ich, daß ich sie nicht interessierte und ich mit meiner hauptstädtischen Physiognomie bei ihr auch nicht die geringste Neugier erregte. Trotzdem beschloß ich, mit ihr ein Gespräch anzuknüpfen, und fragte:

›Gnädigste, gestatten Sie mir die Frage, um wieviel Uhr fahren die Liniendroschken von hier in die Stadt?‹

›Ich glaube, um zehn oder um elf ...‹

Ich bedankte mich. Sie schaute mich einige Male an, und auf ihrem leidenschaftslosen Gesicht blitzte plötzlich Neugier und dann so etwas wie Verwunderung auf ... Ich beeilte mich, mir den Anschein der Gleichgültigkeit zu geben und die gebührende Haltung einzunehmen – sie biß an! Sie erhob sich unvermittelt, als hätte etwas sie schmerzhaft gestochen, lächelte sanft und fragte schüchtern, während sie mich eilig musterte:

›Hören Sie, Sie sind doch Ananjev?‹

›Ja, ich bin Ananjev . . .‹ erwiderte ich.

›Und mich erkennen Sie nicht? Nein?‹

Ich wurde ein wenig verlegen, blickte sie aufmerksam an, und, können Sie sich das vorstellen, ich erkannte sie nicht an ihrem Gesicht, nicht an der Gestalt, sondern an ihrem sanften, müden Lächeln. Es war Natalja Stepanovna oder, wie sie genannt wurde, Kisočka, dieselbe, in die ich vor sieben oder acht Jahren bis über beide Ohren verliebt gewesen war, als sie noch die Schulkleidung trug. Ihr Taten längst vergessener Tage, ihr Sagen uralter Zeiten . . . Ich entsann mich Kisočkas, der kleinen, schmächtigen Gymnasiastin von fünfzehn, sechzehn Jahren, als sie so etwas wie den Gymnasiastengeschmack verkörperte, von der Natur speziell für die platonische Liebe erschaffen. Was für ein reizendes Mädchen! Blaß, zart, leicht – man meinte, man brauche sie nur anzupusten, und sie würde wie eine Daunenfeder bis zum Himmel fliegen –, ein sanftes, verlegenes Gesicht, kleine Händchen, langes, bis zum Gürtel reichendes weiches Haar, eine schmale Wespentaille – alles in allem etwas Ätherisches, Durchsichtiges, gleich dem Licht des Mondes, mit einem Wort, vom Standpunkt eines Gymnasiasten eine unbeschreibliche Schönheit . . . Ich war in sie verliebt bis dorthinaus! Nachts konnte ich nicht schlafen und schrieb Verse . . . Manchmal saß sie abends im Stadtgarten auf einer Bank, und wir Gymnasiasten drängten uns um sie herum und betrachteten sie andächtig . . . Als Antwort auf alle unsere Komplimente, Posen und Seufzer krümmte sie sich nervös zusammen, als fröstelte es sie in der abendlichen Feuchtigkeit, sie blinzelte und lächelte sanft und glich dann sehr einem kleinen hübschen Kätzchen; wenn wir sie anschauten, verspürte jeder von uns den Wunsch, sie zu liebkosen und sie wie eine Katze zu streicheln – daher ihr Spitzname Kisočka.

In den sieben oder acht Jahren, die seitdem vergangen waren, hatte sich Kisočka stark verändert. Sie war kräftiger und voller geworden und hatte ihre Ähnlichkeit mit einem weichen, flaumigen Kätzchen völlig verloren. Ihre Züge waren nicht so sehr gealtert oder verwelkt als vielmehr matter und strenger geworden, ihr Haar kam mir kürzer vor, ihre Gestalt höher und die Schultern fast doppelt so breit, aber was die Hauptsache war, auf ihrem Gesicht zeigte sich bereits ein Ausdruck mütterlicher Reife und Ergebenheit, wie ihn anständige Frauen in ihrem Alter besitzen und wie ich ihn früher natürlich nicht an ihr bemerkt hatte ... Mit einem Wort, von ihrem früheren schulmädchenhaften und platonischen Wesen war lediglich das sanfte Lächeln übriggeblieben, mehr nicht ...

Wir kamen ins Gespräch. Als Kisočka erfuhr, daß ich schon Ingenieur sei, freute sie sich ungemein.

›Wie schön das ist!‹ sagte sie und schaute mir freudig in die Augen. ›Ach, wie schön! Und was seid ihr alle für prächtige Burschen! In Ihrem ganzen Jahrgang gibt es keinen einzigen Versager, alle sind sie was geworden. Der eine ist Ingenieur, der andere Arzt, der dritte Lehrer, der vierte soll jetzt in Petersburg ein berühmter Sänger sein ... Alle seid ihr Prachtkerle, alle! Ach, wie schön das ist!‹

In Kisočkas Augen leuchteten ehrliche Freude und Wohlwollen. Sie betrachtete mich bewundernd wie eine ältere Schwester oder eine frühere Lehrerin. Ich schaute in ihr liebes Gesicht und dachte bei mir: Schön wär's, sie heute zu haben!

›Entsinnen Sie sich noch, Natalja Stepanovna‹, fragte ich, ›wie ich Ihnen einmal im Garten einen Blumenstrauß mit einem Briefchen überreichte? Sie lasen mein Briefchen, und über Ihr Gesicht flog Erstaunen ...‹

›Nein, daran erinnere ich mich nicht‹, erwiderte sie lachend. ›Aber ich entsinne mich, wie Sie meinetwegen Florence zum Duell fordern wollten ...‹

›Nun, daran kann ich mich wieder nicht erinnern ...‹

›Ja, was gewesen ist, ist vorbei ...‹ meinte Kisočka seufzend. ›Einst war ich euer Abgott, aber heute ist es an mir, zu euch aufzuschauen ...‹

Aus der weiteren Unterhaltung erfuhr ich, daß Kisočka zwei Jahre nach Absolvierung des Gymnasiums einen Bürger der Stadt geheiratet hatte, der halb Grieche, halb Russe war; er war entweder in einer Bank oder bei einer Versicherung angestellt und befaßte sich nebenbei mit Getreidehandel. Er hatte einen ausgefallenen Familiennamen, so ähnlich wie Populaki oder Skarandopulo ... Weiß der Teufel, ich habe ihn vergessen ... Von sich sprach Kisočka übrigens wenig und ungern. Die Unterhaltung drehte sich nur um mich. Sie erkundigte sich nach meinem Institut, nach meinen Kameraden, nach Petersburg und nach meinen Plänen, und alles, was ich sagte, erregte ihr lebhaftes Entzücken, und sie rief jedesmal: ›Ach, wie schön das ist!‹

Wir stiegen zum Meer hinunter, gingen am Strand spazieren und kehrten, als vom Meer her abendliche Kühle herüberwehte, nach oben zurück. Die ganze Zeit drehte sich das Gespräch um mich und um die Vergangenheit. Wir gingen spazieren, bis in den Fenstern der Landhäuser die Reflexe der Abendröte zu erlöschen begannen.

›Gehen wir zu mir Tee trinken‹, schlug Kisočka vor. ›Wahrscheinlich steht der Samovar schon längst auf dem Tisch ... Ich bin allein zu Haus‹, sagte sie, als zwischen dem Grün der Akazien ihr Landhaus auftauchte. ›Mein Mann ist immer in der Stadt und kommt erst nachts heim, und das auch nicht jeden Tag, und ich langweile mich, ehrlich gesagt, fast zu Tode.‹

Ich ging hinter ihr und bewunderte ihren Rücken und ihre Schultern. Es gefiel mir, daß sie verheiratet war. Für flüchtige Abenteuer eignen sich verheiratete Frauen besser als Mädchen. Ebenso gefiel es mir, daß ihr Mann nicht daheim war ... Gleichzeitig aber spürte ich, daß es kein Abenteuer geben würde ...

Wir traten ins Haus. Die Zimmer waren klein und niedrig, die Möbel landhausmäßig (für das Landhaus bevorzugt der Russe unbequeme, schwere und glanzlos gewordene Möbel, die zum Wegwerfen zu schade sind und die man sonst nirgendwo lassen kann), aber an verschiedenen Kleinigkeiten merkte man trotzdem, daß Kisočka und ihr Gatte nicht ärmlich lebten und fünf- bis sechstausend Rubel im Jahr ausgaben. Wie ich mich entsinne, stand in der Mitte der Stube, die Kisočka als Eßzimmer bezeichnete, ein runder Tisch, der aus unerfindlichen Gründen sechs Beine hatte; darauf standen ein Samovar und Teetassen, und am Rande des Tisches lagen ein aufgeschlagenes Buch, ein Bleistift und ein Schreibheft. Ich schaute in das Buch und erkannte die arithmetische Aufgabensammlung von Malinin und Burenin. Aufgeschlagen war, wie ich mich noch heute entsinne, die ›Gesellschaftsrechnung‹.

›Mit wem lernen Sie da?‹ fragte ich Kisočka.

›Mit niemandem ...‹ erwiderte sie. ›Das mache ich so ... Aus Langeweile erinnere ich mich an die alten Zeiten und rechne die Aufgaben.‹

›Haben Sie Kinder?‹

›Ich hatte einen Jungen, aber er ist nach einer Woche gestorben.‹

Wir tranken Tee. Von mir entzückt, sprach Kisočka wieder davon, wie schön es sei, daß ich Ingenieur bin, und wie sie sich über meine Erfolge freue. Und je mehr sie sprach und je aufrichtiger sie lächelte, um so überzeugter war ich, daß ich unverrichteter Dinge von ihr weggehen würde. Ich war damals in bezug auf Liebesabenteuer bereits Fachmann und verstand meine Erfolgschancen richtig einzuschätzen. Man kann unbedenklich auf Erfolg rechnen, wenn man einer dummen Gans nachsteigt oder einer Frau, die ebensolche Abenteuer und Gefühle sucht wie man selbst, oder auch einem gewitzten Frauenzimmer, dem man fremd ist. Wenn man aber auf eine Frau trifft, die seriös und nicht dumm ist, deren Gesicht müde Ergebenheit und Wohlwollen ausdrückt, die sich ehrlich über unsere Anwesenheit freut und, vor allem, die einen achtet – da kann man den Rückzug antreten. Um hier Erfolg zu haben, braucht man mehr Zeit als nur einen Tag.

Kisočka erschien bei der abendlichen Beleuchtung noch interessanter als am Tage. Sie gefiel mir immer mehr, und ich war ihr offensichtlich ebenfalls sympathisch. Und die Umstände waren ja für ein Abenteuer denkbar günstig – der Mann war nicht zu Hause, kein Diener zu sehen, Stille ringsum ... Sowenig ich auch an einen Erfolg glaubte, ich beschloß trotzdem, auf jeden Fall einen Angriff zu versuchen. Als erstes mußte ich unbedingt zu einem familiären Ton übergehen und Kisočkas lyrisch-ernste Stimmung in eine leichtere verwandeln ...

›Lassen Sie uns das Thema wechseln, Natalja Stepanovna‹, begann ich. ›Sprechen wir von etwas Lustigem ... Vor allem erlauben Sie mir, Sie zum Andenken an früher Kisočka zu nennen.‹

Sie erlaubte es.

›Sagen Sie bitte, Kisočka‹, fuhr ich fort, ›was ist eigentlich in das hiesige schöne Geschlecht gefahren? Was ist mit ihm los? Erst waren sie so gesittet und tugendsam, jetzt aber, ich bitte Sie, nach wem man auch fragt, man bekommt Dinge zu hören, daß einem angst und bange um die Menschen wird ... Die eine ist mit einem Offizier weggelaufen, die andere ist verschwunden und hat einen Gymnasiasten mitgelockt, die dritte, eine verheiratete Frau, ist ihrem Mann mit einem Schauspieler durchgebrannt und so weiter und so fort ... Eine richtige Epidemie! So wird wohl in Ihrer Stadt bald kein einziges Mädchen und keine junge Frau mehr übrigbleiben!‹

Ich redete in einem oberflächlichen, koketten Ton. Hätte mich Kisočka als Antwort angelacht, dann hätte ich wie folgt gesagt: Passen Sie nur auf, Kisočka, daß Sie hier nicht von irgendeinem Offizier oder Schauspieler entführt werden! Sie würde die Äuglein niederschlagen und antworten: Wer sollte Lust haben, so eine wie mich zu entführen? Es gibt Jüngere und Schönere ... Und ich würde ihr entgegnen: Wo denken Sie hin, Kisočka, ich wäre der erste, der Sie mit Vergnügen entführen würde! Und in dieser Art weiter, und zu guter Letzt hätte ich mein Schäfchen im trocknen.

Aber Kisočka lachte mich nicht an, sondern machte im Gegenteil ein ernstes Gesicht und seufzte.

›Es stimmt alles, was man erzählt ...‹ sagte sie. ›Meine Kusine Sonja ist ihrem Mann mit einem Schauspieler durchgebrannt. Das ist natürlich nicht schön ... Jeder Mensch muß erdulden, was ihm das Schicksal auferlegt hat, aber ich verurteile sie nicht und klage sie nicht an ... Die Umstände sind manchmal stärker als der Mensch!‹

›So ist es, Kisočka, aber was für Umstände können eine ganze Epidemie hervorrufen?‹

›Das ist sehr einfach und verständlich ...‹ sagte Kisočka und zog die Augenbrauen hoch. ›Bei uns wissen die intelligenten Frauen und Mädchen überhaupt nicht, was sie anfangen sollen. Zum Studium wegfahren oder Lehrerin werden, überhaupt ihren Ideen und Zielen leben, wie es die Männer tun, das kann nicht jede. Man muß heiraten ... Und wen soll man heiraten? Ihr jungen Männer absolviert das Gymnasium, fahrt zur Universität und kehrt nie mehr in die Heimatstadt zurück, ihr heiratet in der Hauptstadt, und die Mädchen bleiben zurück ...! Wen soll sie heiraten? Nun, da es keine ordentlichen, gebildeten

Menschen gibt, heiraten sie weiß Gott wen, irgendwelche Makler oder Halbgriechen, die nichts weiter können als trinken und im Klub randalieren ... Die Mädchen heiraten sozusagen sinnlos ... Wie ist das Leben danach? Das wissen Sie. Selbst eine gebildete, wohlerzogene Frau lebt mit einem dummen, schwierigen Mann zusammen; begegnet ihr ein intelligenter Mann, ein Offizier, Schauspieler oder Arzt, nun, so verliebt sie sich gleich, das Leben wird ihr unerträglich, sie läuft ihrem Mann weg. Und man kann sie nicht verurteilen!‹

›Wenn es so ist, Kisočka, wozu dann überhaupt heiraten?‹ fragte ich.

›Natürlich‹, erwiderte Kisočka und seufzte, ›aber jedes Mädchen glaubt doch, es sei besser, einen Mann zu haben, als gar nichts ... Überhaupt, Nikolaj Anastasjevič, hier lebt man schlecht, sehr schlecht! Die Mädchen wie die verheirateten Frauen ersticken fast ... Da lacht man über Sonja, weil sie weggelaufen ist, noch dazu mit einem Schauspieler, wenn man ihr aber ins Herz sehen könnte, würde man nicht lachen ...‹«

Hinter der Tür bellte wieder Azorka. Er fletschte wütend die Zähne und schien jemanden zu verbellen, dann heulte er bang auf und sprang mit dem ganzen Körper rückwärts gegen die Barackenwand ... Ananjevs Gesicht verzog sich mitleidig; er unterbrach seine Erzählung und ging hinaus. Etwa zwei Minuten lang hörte man, wie er hinter der Tür den Hund beruhigte: »Guter Hund! Armer Hund!«

»Unser Nikolaj Anastasjič redet gern«, sagte Štenberg lächelnd. »Ein guter Mensch!« fügte er nach kurzem Schweigen hinzu.

Als der Ingenieur in die Baracke zurückgekehrt war, schenkte er wieder Wein in unsere Gläser, strich sich lächelnd über die Brust und fuhr fort:

»So war also mein Angriff erfolglos geblieben. Da war nichts zu machen, ich stellte meine unsauberen Gedanken bis zu einer passenderen Gelegenheit zurück, söhnte mich mit meinem Schicksal aus und resignierte, wie man so sagt. Überdies beeindruckt von Kisočkas Stimme, der abendlichen Atmosphäre und der Stille, verfiel ich allmählich selbst in eine ruhige, lyrische Stimmung. Ich entsinne mich, wie ich an dem sperrangelweit geöffneten Fenster im Sessel saß und auf die Bäume und den dunkel gewordenen Himmel blickte. Die Silhouetten der Akazien und Linden waren dieselben wie vor acht Jahren; ebenso wie damals, in meiner Kindheit, klimperte irgendwo in der Ferne ein verstimmtes Klavier; die Leute schlenderten noch genauso durch die Alleen, aber es waren nicht mehr dieselben Menschen. Durch die Alleen schritten nicht mehr ich, meine Kameraden und die Gegenstände meiner Leidenschaft, sondern fremde Gymnasiasten, fremde Mädchen. Und mir wurde schwer ums Herz. Als ich, auf meine Fragen nach Bekannten, fünfmal von Kisočka die Antwort: ›Tot!‹ erhalten hatte, wich meine Schwermut einem Gefühl, das man bei der Totenmesse für einen guten Menschen empfindet. Und während ich so am Fenster saß, auf die promenierenden Leute schaute und das Klimpern des Klaviers vernahm, sah ich zum erstenmal im Leben mit eigenen Augen, wie gierig die eine Generation darauf versessen ist, die andere abzulösen, und welche schicksalhafte Bedeutung im Leben des Menschen schon bloße sieben oder acht Jahre haben.

Kisočka stellte eine Flasche Dessertwein auf den Tisch. Ich trank viel; der Wein stieg mir zu Kopf, und ich begann des langen und breiten zu erzählen. Kisočka hörte zu und war wie zuvor von mir und meinem Verstand entzückt. Die Zeit verging. Der Himmel war schon so dunkel geworden, daß die Silhouetten der Akazien und Linden zusammenflossen; die Leute promenierten nicht mehr durch die Alleen, das Klavier war verstummt, und man hörte nur noch das einförmige Rauschen des Meeres.

Junge Menschen sind einander alle gleich. Seien Sie lieb und freundlich zu einem jungen Menschen, bewirten Sie ihn mit Wein und geben Sie ihm zu verstehen, daß er interessant ist, und er wird auf seinem Stuhl sitzen wie angewachsen, er wird die Zeit vergessen und endlos reden ... Den Gastgebern fallen die Augen zu, es ist Zeit zum Schlafengehen, aber er sitzt und redet immer noch. So war es auch mit mir. Einmal sah ich zufällig auf die Uhr – es war halb elf. Ich wollte mich verabschieden.

›Trinken Sie noch ein Schlückchen auf den Weg‹, meinte Kisočka.

Ich trank, redete wieder lange, vergaß, daß es an der Zeit war aufzubrechen, und setzte mich wieder. Auf einmal hörte man

Männerstimmen, Schritte und Sporenklirren. An den Fenstern gingen Menschen vorbei und blieben neben der Tür stehen.

›Ich glaube, mein Mann ist gekommen ...‹ sagte Kisočka und horchte.

Die Tür klappte, man hörte Stimmen bereits in der Diele, und ich sah zwei Männer an der zum Eßzimmer führenden Tür vorbeigehen – einen korpulenten, bejahrten, dunkelhäutigen Mann mit gebogener Nase, der einen Strohhut trug, und einen jungen Offizier in einem weißen Uniformrock. Als sie an der Tür vorbeigingen, schauten sie mich und Kisočka gleichgültig und flüchtig an, und es kam mir vor, als seien beide betrunken.

›Sie hat dich also belogen, und du hast ihr geglaubt!‹ – so hörte man einen Augenblick später eine laute Stimme mit stark nasaler Aussprache sagen. ›Erstens war das nicht im großen Klubraum, sondern im kleinen.‹

›Du zürnst, Jupiter, also bist du im Unrecht ...‹ sagte die andere Stimme, die offenbar dem Offizier gehörte, unter Lachen und Husten. ›Hör mal, kann ich bei dir übernachten? Sag ehrlich – störe ich dich nicht?‹

›Was für eine Frage? Du kannst nicht nur, du mußt sogar. Was möchtest du, Bier oder Wein?‹

Beide saßen zwei Zimmer von uns entfernt, sprachen laut und interessierten sich anscheinend weder für Kisočka noch für ihren Gast. Bei der Rückkehr ihres Mannes war mit Kisočka eine merkliche Veränderung vor sich gegangen. Zuerst wurde sie rot, dann bekam ihr Gesicht einen schüchternen, schuldbewußten Ausdruck; sie wurde unruhig, und mir schien, es sei ihr peinlich, mir ihren Mann zu zeigen, und sie wolle, daß ich gehe.

Ich begann mich zu verabschieden. Kisočka begleitete mich bis zur Treppe. Ich entsinne mich noch gut ihres sanften, traurigen Lächelns und des zärtlichen, unterwürfigen Blickes, als sie mir die Hand drückte und sagte:

›Wahrscheinlich sehen wir uns nie wieder ... Nun, Gott gebe Ihnen alles Gute. Ich danke Ihnen!‹

Kein einziger Seufzer, keine einzige Phrase. Beim Abschied hielt sie eine Kerze in der Hand; helle Lichtflecke huschten ihr über Gesicht und Hals, als jagten sie hinter ihrem traurigen Lächeln her. Ich stellte mir die frühere Kisočka vor, die ich zuweilen wie ein Kätzchen hatte streicheln wollen; ich schaute aufmerksam die jetzige Kisočka an, und mir fielen, ich weiß nicht warum, ihre Worte ein: ›Jeder Mensch muß erdulden, was ihm das Schicksal auferlegt hat‹ – und mir wurde schwer ums Herz. Mein Instinkt erriet und mein Gewissen flüsterte mir, einem glücklichen und gleichgültigen Menschen, zu, daß vor mir ein guter, wohlwollender und liebender, aber gequälter Mensch stehe...

Ich verbeugte mich und ging zum Tor. Es war bereits dunkel. Im Süden brechen die Julinächte zeitig herein, und es dunkelt rasch. Gegen zehn Uhr ist es gewöhnlich schon so finster, daß man die Hand vor Augen nicht sieht. Ehe ich tastend das Tor erreichte, mußte ich zwei Streichhölzer anzünden.

›Kutscher!‹ rief ich, als ich aus dem Tor trat; kein Laut, kein Seufzer antwortete mir ... ›Kutscher!‹ wiederholte ich. ›He! Droschke!‹

Doch kein Kutscher ließ sich blicken. Es war totenstill. Ich hörte nur, wie das Meer einschläfernd rauschte und wie mein Herz von dem Wein klopfte. Ich blickte zum Himmel hinauf – kein einziger Stern. Es war finster und trübe; offenbar war der Himmel bedeckt. Ich zuckte die Achseln, lächelte albern und rief noch einmal, nicht mehr so entschlossen, nach einem Kutscher.

›Utsch!‹ antwortete das Echo.

Zu Fuß vier Verst querfeldein laufen, noch dazu in der Dunkelheit, das war keine sehr erfreuliche Aussicht. Ehe ich mich entschloß, zu Fuß zu gehen, überlegte ich lange und rief wiederholt nach einem Kutscher, dann zuckte ich die Achseln und kehrte langsam ohne ein bestimmtes Ziel zu dem Wäldchen zurück. Dort war es schrecklich finster. Hier und da schimmerten zwischen den Bäumen trübe die Fenster der Landhäuser. Eine Krähe, von meinen Schritten erwacht und von den Streichhölzern erschreckt, mit denen ich den Weg bis zur Laube beleuchtete, flog von einem Baum auf einen anderen und raschelte im Laubwerk. Ich ärgerte und schämte mich, und die Krähe schien das zu verstehen und wollte mich necken – krrra! Ich war ärgerlich, weil ich zu Fuß gehen mußte, und ich schämte mich, weil ich bei Kisočka wie ein Schulbub ins Schwatzen geraten war.

Ich gelangte zu der Laube, fand tastend die Bank und setzte mich. Weit unten, in der tiefen Finsternis, murmelte leise und böse das Meer. Ich entsinne mich, daß ich wie blind war und weder das Meer noch den Himmel, ja nicht einmal die Laube sah, in der ich saß, und es kam mir bereits vor, als bestehe die ganze Welt nur aus den Gedanken, die durch meinen vom Wein benebelten Kopf schwirrten, und aus einer unsichtbaren Kraft, die irgendwo unten eintönig rauschte. Dann aber, als ich einschlummerte, wollte mir scheinen, daß nicht das Meer rausche, sondern meine Gedanken, und die ganze Welt allein aus mir bestehe. Und nachdem ich auf diese Weise die ganze Welt in mir selbst konzentriert hatte, vergaß ich Kutscher, Stadt und Kisočka und gab mich einem Gefühl hin, das ich so liebte. Es war das Gefühl der furchtbaren Einsamkeit, bei dem man meint, man existiere in dem finsteren und gestaltlosen Weltall nur ganz allein. Es ist ein stolzes, dämonisches Gefühl, nur einem Russen verständlich, dessen Gedanken und Empfindungen ebenso weit, grenzenlos und rauh sind wie die russischen Ebenen, Wälder und Schneefelder. Wäre ich ein Maler, ich würde unbedingt den Gesichtsausdruck eines russischen Menschen gestalten, wenn er unbeweglich dasitzt, mit untergeschlagenen Beinen, den Kopf in die Hände gestützt, und sich diesem Gefühl hingibt ... Neben diesem Gefühl stehen die Gedanken an die Sinnlosigkeit des Lebens, an den Tod und das Dunkel des Grabes ... Diese Gedanken sind keinen roten Heller wert, aber der Gesichtsausdruck ist wahrscheinlich wunderbar ...

Als ich so dasaß und döste und mich nicht entschließen konnte aufzubrechen – ich fühlte mich wohl und behaglich –, da hoben sich plötzlich von dem gleichmäßigen, einförmigen Rauschen des Meeres, wie Punkte auf einer Kanevasstickerei, einzelne Laute ab, die meine Aufmerksamkeit von mir ablenkten ... Jemand schritt hastig durch die Allee. Als dieser Jemand die Laube erreicht hatte, blieb er stehen, schluchzte wie ein Mädchen und fragte mit der Stimme eines weinenden Mädchens:

›Mein Gott, wann wird denn das alles endlich einmal aufhören? Herrgott!‹

Nach der Stimme und dem Weinen zu urteilen, war es ein Mädchen von zehn, zwölf Jahren. Sie trat unschlüssig in die Laube, setzte sich und begann laut zu beten und zu klagen ...

›Herrgott!‹ sagte sie gedehnt und weinte dabei. ›Das ist doch unerträglich! Das hält doch der Geduldigste nicht aus! Ich dulde und schweige, aber versteh mich, ich will doch leben ... Ach, mein Gott, mein Gott!‹

Und so weiter und so fort ... Ich wollte das Mädchen gern ansehen und mit ihm sprechen. Um sie nicht zu erschrecken, seufzte ich zunächst hörbar und hüstelte, darauf zündete ich vorsichtig ein Streichholz an ... Licht blitzte durch die Finsternis und beleuchtete die weinende Gestalt. Es war Kisočka ...«

»Sieh mal einer an«, meinte von Štenberg seufzend. »Tiefschwarze Nacht, Meeresrauschen, die leidende *sie*, *er* mit dem Gefühl grenzenloser Einsamkeit ... weiß der Teufel! Es fehlen nur noch Tscherkessen mit Dolchen.«

»Ich erzähle keine Märchen, sondern Tatsachen.«

»Nun, meinetwegen Tatsachen ... Das alles nützt keinem und ist schon längst bekannt ...«

»Warten Sie noch mit Ihrer Mißbilligung, lassen Sie mich erst zu Ende erzählen!« sagte Ananjev und winkte ärgerlich ab. »Stören Sie mich bitte nicht! Ich erzähle das nicht Ihnen, sondern dem Doktor ... Nun«, fuhr er fort, an mich gewandt und den Studenten von der Seite anblickend; dieser beugte sich über seine Berechnungen und schien sehr zufrieden, daß er den Ingenieur geneckt hatte. »Nun, Kisočka wunderte sich nicht und erschrak nicht, wie sie mich erblickte, als hätte sie es gewußt, daß sie mich in der Laube antreffen würde. Sie atmete stoßweise und zitterte am ganzen Leib wie im Fieber, und soweit ich beim Schein der nacheinander angezündeten Streichhölzer erkennen konnte, war ihr tränenfeuchtes Antlitz nicht mehr das kluge, ergebene und müde Gesicht von vorhin, sondern irgendwie anders; ich kann es bis heute noch nicht verstehen. Es drückte weder Schmerz noch Unruhe, noch Trauer aus, nichts von alledem, was ihre Worte und ihre Tränen ausdrückten ... Ich gestehe, daß es mir wahrscheinlich, weil ich es nicht verstehen konnte, stumpfsinnig und trunken vorkam.

›Ich kann nicht mehr ...‹ stammelte Kisočka mit der Stimme eines weinenden Mädchens. ›Es geht über meine Kräfte, Nikolaj Anastasjevič! Verzeihen Sie, Nikolaj Anastasjevič ... Ich bin nicht imstande, so weiterzuleben ... Ich fahre in die Stadt zu meiner Mutter ... Begleiten Sie mich ... Um Gottes willen, begleiten Sie mich!‹

In Gegenwart weinender Menschen kann ich weder sprechen noch schweigen. Ich war ganz verwirrt und murmelte zum Trost allerlei Unsinn.

›Nein, nein, ich gehe zu meiner Mutter!‹ sagte Kisočka entschlossen, wobei sie aufstand und krampfhaft meine Hand ergriff – ihre Hände und ihre Ärmel waren naß von Tränen. ›Verzeihen Sie, Nikolaj Anastasjevič, ich fahre ... Ich kann nicht mehr ...‹

›Kisočka, es ist doch kein einziger Kutscher da‹, entgegnete ich. ›Womit wollen Sie fahren?‹

›Macht nichts, dann gehe ich zu Fuß ... Es ist ja nicht weit. Doch ich bin nicht mehr imstande ...‹

Ich war verwirrt, aber ungerührt. Ich glaubte, in Kisočkas Tränen, in ihrem Zittern und ihrem stumpfsinnigen Gesichtsausdruck ein oberflächliches französisches oder kleinrussisches Melodrama zu spüren, wo jeder Zolotnik hohlen, unwichtigen Kummers mit einem Pud Tränen gelöscht wird. Ich verstand sie nicht und wußte, daß ich sie nicht verstand, ich hätte schweigen sollen, aber aus irgendeinem Grund, wahrscheinlich damit mein Schweigen nicht als Abgestumpftheit ausgelegt würde, hielt ich es für nötig, ihr gut zuzureden, sie solle nicht zur Mutter fahren und zu Hause bleiben. Wer weint, hat es nicht gern, wenn jemand seine Tränen sieht. Aber ich entzündete Streichholz auf Streichholz, so lange, bis die Schachtel leer war. Wozu diese wenig großmütige Illumination nötig war, begreife ich bis heute nicht. Ganz allgemein sind kaltherzige Leute oft ungeschickt, ja sogar dumm.

Zu guter Letzt nahm Kisočka meinen Arm, und wir gingen los. Als wir aus dem Tor traten, wandten wir uns nach rechts und wanderten gemächlich die weiche, staubige Landstraße entlang. Es war dunkel; als sich meine Augen allmählich an die Finsternis gewöhnt hatten, konnte ich die Silhouetten alter, aber dürrer Eichen und Linden unterscheiden, die zu beiden Seiten der Straße standen. Bald zeichnete sich zur Rechten als schwarzer Streifen das unebene Steilufer ab, hier und da durchschnitten von tiefen Schluchten und ausgewaschenen Rinnen. Um die Schluchten drängten sich niedrige Büsche, die an sitzende Menschen erinnerten. Mir wurde unheimlich zumute. Ich schielte mißtrauisch zum Ufer hin, und tatsächlich erschreckten das Rauschen des Meeres und die Stille des Feldes meine Phantasie in unangenehmer Weise. Kisočka schwieg. Sie hörte nicht auf zu zittern, und wir hatten kaum eine halbe Verst zurückgelegt, da war sie schon vom Gehen müde und ganz außer Atem. Ich schwieg gleichfalls.

Eine Verst von der ›Quarantäne‹ entfernt steht ein verlassenes vierstöckiges Gebäude mit einem sehr hohen Schornstein, dort war einstmals eine Dampfmühle. Es steht einsam am Strand; tagsüber ist es vom Meer und vom Land aus weithin zu sehen. Weil das Gebäude verlassen ist und niemand darin wohnt und weil dort ein Echo haust, das Schritte und Stimmen der Vorübergehenden deutlich wiederholt, wirkt es sehr geheimnisvoll. Und nun stellen Sie sich vor, wie ich in dunkler Nacht Arm in Arm mit einer Frau, die ihrem Mann wegläuft, an einem langen, hohen Koloß vorbeigehe, der jeden meiner Schritte wiederholt und mich aus Hunderten von schwarzen Fenstern regungslos anstarrt. Ein normaler junger Mann würde unter diesen Umständen romantisch werden, ich aber schaute auf die dunklen Fenster und dachte: Das ist alles imposant, aber es kommt eine Zeit, da ist von diesem Gebäude, von Kisočka und ihrem Kummer, von mir und meinen Gedanken kein Staubkörnchen mehr übrig ... Alles ist nichtig und eitel ...

Als wir auf der Höhe der Mühle waren, blieb Kisočka plötzlich stehen, machte ihren Arm frei und sagte, aber nicht mehr mit der Stimme eines Mädchens, sondern mit ihrer eigenen:

›Nikolaj Anastasjevič, ich weiß, daß Ihnen das alles seltsam vorkommt. Aber ich bin furchtbar unglücklich! Sie können sich nicht vorstellen, wie unglücklich ich bin! Es ist unmöglich, sich das vorzustellen! Ich erzähle Ihnen das nicht, weil man das einfach nicht erzählen kann ... So ein Leben, so ein Leben ...‹

Kisočka sprach nicht zu Ende, sie biß die Zähne zusammen und stöhnte so heftig, daß es schien, sie bemühe sich mit ganzer Kraft, nicht vor Schmerz aufzuschreien.

›So ein Leben!‹ wiederholte sie voller Abscheu in singendem Tonfall und mit dem südlichen, schon ein wenig ukrainischen Akzent, der, besonders bei Frauen, einer erregt gesprochenen Rede den Charakter des Gesanges verleiht. ›So ein Leben! Ach, mein Gott, mein Gott, was ist das bloß? Ach, mein Gott, mein Gott!‹

Gerade als wollte sie das Geheimnis ihres Lebens enträtseln, zuckte sie zweifelnd die Achseln; sie schüttelte den Kopf und schlug die Hände zusammen. Sie sprach in singendem Tonfall, bewegte sich graziös und anmutig und erinnerte mich dabei an eine berühmte ukrainische Schauspielerin.

›Mein Gott, ich lebe ja wie in einer Grube!« fuhr sie fort und rang die Hände. ›Wenn ich auch nur einen Augenblick in Freuden leben könnte, wie ein Mensch leben! Ach, mein Gott, mein Gott! Ich bin so tief gesunken, daß ich mit einem fremden Menschen nachts von meinem Mann weglaufe wie ein sittenloses Frauenzimmer. Was kann ich nach alldem noch Gutes erwarten?‹

Ich ergötzte mich an ihren Bewegungen und ihrer Stimme und verspürte mit einemmal Befriedigung darüber, daß sie mit ihrem Mann nicht in Eintracht lebte. Es wäre schön, mit ihr ein Verhältnis zu haben! schoß es mir durch den Kopf, und dieser mitleidlose Gedanke hielt sich in meinem Hirn, verließ mich den ganzen Weg nicht und lächelte mir immer verführerischer zu ...

Anderthalb Verst hinter der Mühle mußten wir uns, um zur Stadt zu gelangen, nach links wenden und an einem Friedhof vorbeigehen. An der Friedhofsecke steht eine steinerne Windmühle, neben ihr eine kleine Hütte, in der ein Müller wohnt. Wir kamen an der Mühle und der Hütte vorbei, bogen nach links ab und gelangten an das Friedhofstor. Hier blieb Kisočka stehen und sagte:

›Ich kehre um, Nikolaj Anastasjevič! Gehen Sie mit Gott, ich kehre um. Ich fürchte mich nicht!‹

›Das wäre noch schöner!‹ entgegnete ich erschrocken. ›Wenn wir gehen, dann gehen wir zusammen ...‹

›Ich habe mich unnütz ereifert ... Alles ist aus Lappalien entstanden. Durch Ihre Unterhaltung haben Sie mich an meine Vergangenheit erinnert, Sie haben mich auf verschiedene Gedanken gebracht ... Ich war traurig und wollte weinen, und mein Mann behandelte mich in Gegenwart des Offiziers grob, da konnte ich es eben nicht mehr aushalten ... Und wozu soll ich zu meiner Mutter in die Stadt laufen? Werde ich dadurch etwa glücklicher? Ich muß umkehren ... Aber trotzdem ... gehen wir weiter!‹ sagte Kisočka und lachte. ›Es ist schon egal!‹

Mir fiel ein, daß an den Friedhofstoren geschrieben steht: ›Es kommt die Stunde, da die Toten werden die Stimme des Sohnes Gottes hören‹, und ich wußte wohl, daß früher oder später die Zeit kommen würde, da ich, Kisočka und auch ihr Gatte und der Offizier im weißen Uniformrock unter dunklen Bäumen hinter der Friedhofsmauer liegen würden, ich wußte, daß an meiner Seite ein unglücklicher, beleidigter Mensch schritt – das alles erkannte ich sehr klar, gleichzeitig aber beunruhigte mich die geheime, unangenehme Befürchtung, Kisočka werde umkehren und ich könne ihr nicht sagen, was zu sagen war. Zu keiner anderen Zeit verflochten sich in meinem Kopf edelste Gedanken so eng mit Gedanken niedrigster, tierischer Primitivität wie in dieser Nacht ... Schrecklich!

Unweit des Friedhofs fanden wir einen Kutscher. Als wir bis zu der großen Straße gefahren waren, in der Kisočkas Mutter wohnte, entließen wir den Kutscher und gingen zu Fuß weiter. Kisočka hatte die ganze Zeit geschwiegen, ich aber sah sie an und ärgerte mich über mich selbst: Warum fängst du nicht an? Es ist höchste Zeit! Zwanzig Schritte vor dem Hotel, in dem ich wohnte, blieb Kisočka an einer Laterne stehen und begann zu weinen.

›Nikolaj Anastasjevič!‹ sagte sie weinend und sah mich mit feuchten, glänzenden Augen an. ›Ich werde Ihre Anteilnahme nie vergessen ... Was für ein guter Mensch Sie sind! Und ihr alle seid so tapfere Burschen! Ehrlich, großmütig, herzlich und klug ... Ach, wie schön das ist!‹

Sie sah in mir einen intelligenten und in jeder Beziehung vorbildlichen Menschen, und auf ihrem nassen, lachenden Gesicht war neben der Rührung und dem Entzücken über meine Person auch der Kummer zu lesen, daß sie so gute Menschen nur selten zu sehen bekam und daß Gott ihr nicht das Glück beschert hatte, einen solchen zu heiraten. Sie stammelte: ›Ach, wie schön das ist!‹ Die kindliche Freude auf ihrem Gesicht, die Tränen, das sanfte Lächeln, die weichen Haare, die unter dem Kopftuch hervorlugten, und das nachlässig um den Kopf gebundene Tuch selbst – all das erinnerte mich beim Schein der Laterne an die frühere Kisočka, die ich hatte streicheln wollen wie ein – Kätzchen ...

Ich konnte mich nicht mehr beherrschen und fing an, ihre Haare, ihre Schultern, ihre Hände zu streicheln ...

›Kisočka, was willst du denn?‹ stammelte ich. ›Willst du, daß ich mit dir bis ans Ende der Welt gehe? Ich hole dich aus dieser Grube heraus und schenke dir das Glück. Ich liebe dich ... Fahren wir, mein Schatz? Ja? Gut so?‹

Ungläubiges Erstaunen überzog Kisočkas Gesicht. Sie trat von der Laterne zurück und betrachtete mich verblüfft und mit großen Augen. Ich packte sie fest am Arm, bedeckte ihr Gesicht, ihren Hals und ihre Schultern mit Küssen und fuhr fort mit Schwüren und Versprechungen. In Liebesangelegenheiten sind Schwüre und Versprechungen beinahe eine physiologische Notwendigkeit. Ohne sie geht es nicht. Mitunter weiß man, daß man lügt und daß Versprechungen unnötig sind, trotzdem schwört man und macht Versprechungen. Die verblüffte Kisočka wich immer weiter zurück und sah mich mit großen Augen an . . .

›Nicht doch! Nicht doch!‹ stammelte sie und schob mich von sich weg.

Ich umarmte sie fest. Sie begann plötzlich hysterisch zu weinen, und ihr Gesicht bekam denselben geistlosen, stumpfsinnigen Ausdruck, den ich schon in der Laube bei ihr gesehen hatte, als ich die Streichhölzer anzündete . . . Ohne auf ihr Einverständnis zu warten und ohne sie zu Worte kommen zu lassen, zog ich sie mit Gewalt ins Hotel . . . Sie war wie in einem Starrkrampf und ging keinen Schritt, aber ich nahm sie am Arm und trug sie beinahe . . . Ich entsinne mich noch, daß eine Gestalt mit rotem Mützenschirm mich erstaunt ansah und sich vor Kisočka verbeugte, als wir uns die Treppe hinaufbegaben . . .«

Ananjev wurde rot und verstummte. Schweigend ging er neben dem Tisch auf und ab, kratzte sich verdrießlich den Nacken und zuckte wiederholt krampfhaft die Achseln und die Schulterblätter, als laufe ihm ein Schauer über den breiten Rükken. Die Erinnerungen waren für ihn beschämend und nicht leicht, und er kämpfte mit sich selbst . . .

»Schlecht!« sagte er, trank sein Glas Wein aus und schüttelte den Kopf. »Es heißt, den Medizinstudenten werde jedesmal bei der Einführungsvorlesung über Frauenkrankheiten geraten, sie sollten, bevor sie eine kranke Frau entkleiden und untersuchen, daran denken, daß sie alle eine Mutter, eine Schwester, eine Braut haben . . . Dieser Rat würde nicht nur für Mediziner taugen, sondern für alle, die so oder so im Leben mit Frauen zusammentreffen. Oh, wie gut verstehe ich jetzt diesen Ratschlag, jetzt, da ich Frau und Tochter habe! Mein Gott, wie gut! Aber hören Sie zu, was weiter kam . . . Nachdem Kisočka meine

Geliebte geworden war, sah sie die Sache anders an als ich. Vor allen Dingen liebte sie mich leidenschaftlich und tief. Was für mich eine amouröse Improvisation bedeutete, war für sie eine völlige Umwälzung ihres Lebens. Ich entsinne mich, daß ich meinte, sie habe den Verstand verloren. Das erstemal im Leben glücklich, scheinbar um fünf Jahre jünger geworden, mit erregtem, begeistertem Gesicht und vor Glück ganz außer sich, lachte und weinte sie abwechselnd und phantasierte unaufhörlich laut davon, wie wir morgen in den Kaukasus fahren würden und von dort im Herbst nach Petersburg und wie wir dann zusammen leben könnten . . .

›Um meinen Mann brauchst du dir keine Sorgen zu machen‹, meinte sie beruhigend. ›Er ist verpflichtet, in die Scheidung einzuwilligen. Die ganze Stadt weiß, daß er mit der älteren von den Kostovičs lebt. Ich werde geschieden, und wir können dann heiraten.‹

Wenn Frauen lieben, akklimatisieren sie sich rasch und gewöhnen sich schneller an die Menschen als Katzen. Kisočka war erst etwa anderthalb Stunden in meinem Hotelzimmer, und schon fühlte sie sich wie zu Hause und hantierte mit meinen Habseligkeiten, als wären es ihre eigenen. Sie packte meine Sachen in den Koffer, schalt mich, weil ich meinen neuen Mantel nicht an den Nagel gehängt, sondern wie einen Lumpen auf einen Stuhl geworfen hatte und so fort. Ich sah sie an, hörte ihr zu und empfand Müdigkeit und Ärger. Mich berührte ein wenig unangenehm der Gedanke, daß eine anständige, ehrbare und leidende Frau so leicht, in kaum drei, vier Stunden, die Geliebte des ersten besten Mannes geworden war. Sehen Sie, das gefiel mir, einem anständigen Mann, nicht. Dann wirkte es auf mich unangenehm, daß Frauen wie Kisočka seicht und unseriös sind, das Leben allzusehr lieben und sogar von einer solchen Lappalie, wie es doch in Wirklichkeit die Liebe zu einem Manne ist, zu Glück, Leid und einer Umwälzung des ganzen Lebens emporgetragen werden. Auch war ich jetzt, da ich befriedigt war, auf mich selbst ärgerlich, weil ich mich dumm benommen und mich an eine Frau gehängt hatte, die ich notgedrungen hintergehen mußte . . . Und ich muß bemerken, daß ich trotz meiner Unanständigkeit die Lüge nicht ertragen konnte.

Ich entsinne mich, wie Kisočka mir zu Füßen saß, den Kopf

auf meine Knie legte und mich mit glänzenden, verliebten Augen ansah und fragte:

›Kolja, liebst du mich? Sehr? Wirklich sehr?‹

Und sie lachte vor Glück ... Das erschien mir sentimental, süßlich und nicht gescheit; außerdem war ich inzwischen in einer Stimmung, in der ich vor allem anderen ›Gedankentiefe‹ suchte.

›Kisočka, du solltest nach Haus gehen‹, sagte ich zu ihr, ›sonst suchen deine Angehörigen dich schließlich noch in der Stadt. Und es wäre auch ungehörig, wenn du erst gegen Morgen zu deiner Mutter kämst ...‹

Kisočka stimmte mir zu. Beim Abschied vereinbarten wir, daß wir uns am nächsten Mittag im Stadtgarten treffen würden, und einen Tag später wollten wir dann zusammen nach Pjatigorsk fahren. Ich begleitete sie bis auf die Straße, und, das weiß ich noch, ich liebkoste sie unterwegs zärtlich und aufrichtig. Einen Augenblick lang bedauerte ich unendlich, daß sie mir so grenzenlos vertraute, und ich hätte beinahe beschlossen, sie nach Pjatigorsk mitzunehmen, aber als mir einfiel, daß in meinem Koffer nur sechshundert Rubel waren und daß es im Herbst viel schwieriger sein würde, sie loszuwerden, als jetzt, da beeilte ich mich, mein Mitleid zu unterdrücken.

Wir kamen zu dem Haus, in dem Kisočkas Mutter wohnte. Ich zog an der Klingelschnur. Als hinter der Tür Schritte laut wurden, machte Kisočka plötzlich ein ernstes Gesicht, schaute zum Himmel empor und bekreuzigte mich mehrmals hastig wie einen Knaben; darauf ergriff sie meine Hand und drückte sie an ihre Lippen.

›Bis morgen‹, sagte sie und verschwand hinter der Tür.

Ich ging auf den gegenüberliegenden Gehsteig und beobachtete von dort das Haus. Anfangs war es hinter den Fenstern dunkel, dann blitzte in einem der Fenster schwach der bläuliche Lichtschein einer Kerze auf; das Licht wurde größer und strahlender, und ich sah, wie mit dem Licht verschiedene Schatten durch das Zimmer huschten.

Man hat sie nicht erwartet, dachte ich.

In mein Hotelzimmer zurückgekehrt, zog ich mich aus, trank Dessertwein, aß frischen Kaviar, den ich am Tag auf dem Markt gekauft hatte, begab mich gemächlich zu Bett und schlief den tiefen, ruhigen Schlaf des Touristen.

Am nächsten Morgen erwachte ich mit Kopfschmerzen und in übler seelischer Verfassung. Etwas beunruhigte mich.

Was ist los? fragte ich mich, bemüht, den Grund für meine Unruhe zu entdecken. Was regt mich denn auf?

Ich erklärte meine Unruhe mit der Befürchtung, am Tage könne vielleicht Kisočka zu mir kommen und mich an der Abreise hindern, und ich würde lügen und mich vor ihr verstellen müssen. Ich kleidete mich schnell an, packte meine Sachen und verließ das Hotel, nachdem ich den Portier beauftragt hatte, mein Gepäck für sieben Uhr abends zum Bahnhof zu schaffen. Den ganzen Tag verbrachte ich bei einem befreundeten Arzt, und am Abend hatte ich die Stadt bereits verlassen. Wie Sie sehen, hinderte mich meine Denkweise nicht, in schimpflicher, verräterischer Weise die Flucht zu ergreifen . . .

Die ganze Zeit, während ich bei meinem Freund saß und dann zum Bahnhof fuhr, quälte mich Unruhe. Ich glaube, ich fürchtete eine Begegnung mit Kisočka und einen Skandal. Auf dem Bahnhof hielt ich mich bis zum zweiten Glockenzeichen in der Toilette auf, und als ich dann zu meinem Abteil schlich, war ich ganz bedrückt, und ich hatte das Gefühl, als sei ich von Kopf bis Fuß in gestohlene Sachen gekleidet.

Mit welcher Ungeduld und Furcht erwartete ich das dritte Glockenzeichen!

Da aber ertönte das rettende Signal, und der Zug setzte sich in Bewegung; wir eilten am Gefängnis und den Kasernen vorbei und fuhren hinaus in die freie Ebene, aber zu meinem großen Erstaunen verließ mich die Unruhe nicht, und ich fühlte mich immer noch wie ein Dieb, der schrecklich gern flüchten möchte. Wie sonderbar! Um mich zu zerstreuen und zu beruhigen, schaute ich aus dem Fenster. Der Zug fuhr entlang der Küste. Das Meer war glatt, und heiter und ruhig spiegelte sich der türkisfarbene Himmel darin, fast bis zur Hälfte in den lieblichen, golden schimmernden Purpur des Sonnenuntergangs getaucht. Hier und dort tauchten schwärzlich die kleinen Boote und Flöße der Fischer auf. Die Stadt, reinlich und hübsch wie Spielzeug, stand auf dem hohen Ufer und überzog sich schon mit abendlichem Nebel. Die goldenen Kuppeln ihrer Kirchen, die Fenster und das grüne Laub reflektierten die untergehende Sonne, sie glühten und schwanden dahin wie schmelzendes Gold . . . Der Duft der

Ebene mischte sich mit der milden Feuchte, die vom Meer herüberwehte.

Der Zug flog schnell dahin. Man hörte das Gelächter der Reisenden und der Schaffner. Allen war froh und leicht zumute, aber meine unbegreifliche Unruhe wuchs immer mehr ... Ich blickte auf den leichten Nebel, der über der Stadt lag, und ich stellte mir vor, wie in diesem Nebel, an den Kirchen und Häusern vorbei, mit geistlosem, stumpfem Gesicht eine Frau umherirrte, die mich suchte und mit mädchenhafter Stimme oder in singendem Tonfall wie eine ukrainische Schauspielerin stöhnte: ›O mein Gott, mein Gott!‹ Ich sah ihr ernstes Gesicht und ihre großen sorgenvollen Augen vor mir, als sie mich am Abend zuvor bekreuzigt hatte wie einen lieben Verwandten, und unwillkürlich blickte ich auf meine Hand, die sie gestern geküßt hatte.

Bin ich etwa verliebt? fragte ich mich und kratzte mich an der Hand.

Erst mit Anbruch der Nacht, als die anderen Reisenden schliefen und ich mit meinem Gewissen allein geblieben war, wurde mir verständlich, was ich bis dahin überhaupt nicht begreifen konnte. Im Halbdunkel des Abteils stand Kisočkas Gestalt vor meinen Augen und verließ mich nicht, und ich erkannte bereits klar, daß ich etwas Böses getan hatte, das gleichbedeutend mit einem Mord war. Mir schlug das Gewissen. Um meine unerträglichen Empfindungen zu betäuben, wollte ich mir weismachen, daß alles eitel und nichtig sei, daß ich und Kisočka sterben und vergehen würden, daß ihr Kummer unbedeutend im Vergleich zum Tode sei und so weiter und so fort ... Schließlich gebe es keine Willensfreiheit, und ich sei folglich nicht schuldig; alle diese Argumente aber reizten mich nur und gingen sogleich zwischen anderen Gedanken unter. An der Hand, die Kisočka geküßt hatte, verspürte ich ein Gefühl der Schwermut ... Bald legte ich mich hin, bald stand ich wieder auf; auf den Bahnhöfen trank ich Vodka und zwang mich, belegte Brote zu essen; und wieder versuchte ich mich zu überzeugen, daß das Leben keinen Sinn habe, aber es half nichts. In meinem Kopf arbeitete es in seltsamer und, wenn Sie wollen, auch lächerlicher Art und Weise. Die verschiedenartigsten Gedanken drängten sich ungeordnet, verwirrten sich und störten einander, und ich, der Denker, die

Stirn gesenkt, begriff nichts und konnte mich überhaupt nicht in diesem Wirrwarr notwendiger und unnötiger Gedanken zurechtfinden. Es zeigte sich, daß ich, der Denker, mir noch nicht einmal die Technik des Denkens angeeignet hatte und daß ich ebensowenig in meinem eigenen Kopf Ordnung halten konnte wie Uhren reparieren. Das erstemal im Leben dachte ich eifrig und angestrengt nach, und das erschien mir so seltsam, daß ich glaubte: ich werde verrückt! Wessen Verstand nicht immer, sondern lediglich in schwierigen Augenblicken arbeitet, dem kommt oft der Gedanke an Wahnsinn.

Auf diese Weise quälte ich mich die ganze Nacht, den nächsten Tag und noch die folgende Nacht, und nachdem ich mich überzeugt hatte, wie wenig mir mein Denken half, ging mir ein Licht auf, und ich begriff endlich, was für ein Subjekt ich war. Ich begriff, daß meine Gedanken keinen Pfifferling wert waren und daß ich, bevor ich Kisočka begegnete, noch gar nicht zu denken begonnen hatte, ja nicht einmal einen Begriff davon hatte, was ernsthaftes Denken heißt. Nun, da ich gelitten hatte, begriff ich, daß ich weder Überzeugungen noch einen bestimmten Moralkodex besaß, weder Herz noch Verstand. Mein ganzer geistiger und moralischer Reichtum bestand aus Spezialkenntnissen, Bruchstücken, nutzlosen Erinnerungen, fremden Gedanken – das war alles, und meine psychischen Bewegungen waren unkompliziert und primitiv wie die eines Jakuten ... Wenn ich nicht gern log, nicht stahl, nicht tötete und überhaupt keine offensichtlich groben Fehler beging, so geschah das nicht kraft meiner Überzeugungen – ich besaß gar keine –, sondern einfach deshalb, weil ich an Händen und Füßen durch Ammenmärchen und Spießermoral gebunden war, die mir in Fleisch und Blut übergegangen waren und die mich unmerklich in meinem Leben leiteten, wenn ich sie auch als Unsinn ansah ...

Ich begriff, daß ich kein Denker war, kein Philosoph, sondern einfach ein Virtuose. Gott gab mir ein gesundes, kraftvolles russisches Hirn mit den Ansätzen eines Talents. Und nun stellen Sie sich dieses Gehirn im sechsundzwanzigsten Lebensjahr vor, nicht abgerichtet, sondern völlig frei von Gedankenballast, von keinem Gepäck beschwert, sondern nur oberflächlich berührt von einigen Kenntnissen auf dem Gebiet des Ingenieurwesens. Es ist jung und physiologisch auf Tätigkeit versessen, es sucht sie, und plötzlich fällt ganz zufällig von außen der schöne, volle Gedanke von der Sinnlosigkeit des Lebens und dem Dunkel des Grabes hinein. Das Gehirn saugt ihn gierig auf, stellt ihm seinen ganzen Raum zur Verfügung und beginnt auf ihm in allen Tonarten zu spielen, wie die Katze mit der Maus. Das Gehirn kennt keine Gelehrsamkeit, kein System, aber das schadet nichts. Mit seinen eigenen, natürlichen Kräften bewältigt es nach der Art eines Autodidakten den großen Gedanken, und es vergeht kein Monat, da bereitet der Besitzer des Gehirns schon allein aus Kartoffeln hundert schmackhafte Gerichte und hält sich für einen Denker ...

Diese Virtuosität, das Spiel mit einem seriösen Gedanken, hat unsere Generation in die Wissenschaft, die Literatur, die Politik und überall da hineingetragen, wohin zu gehen sie nicht zu faul war, und mit Virtuosität hat sie ihre eigene Gefühlskälte, ihre Langeweile, ihre Einseitigkeit hineingelegt, und wie mir scheint, hat sie bereits der Masse mit Erfolg eine neue, bis dahin nicht vorhandene Einstellung zu dem seriösen Gedanken anerzogen.

Meine Abnormität und völlige Unwissenheit begriff und würdigte ich im Unglück. Mein normales Denken begann, wie ich jetzt meine, erst in der Zeit, als ich auf den Anfang zurückkam, das heißt, als ich von meinem Gewissen zurück nach N. gejagt wurde, wo ich schlicht und einfach vor Kisočka beichtete, sie wie ein kleiner Junge um Verzeihung bat und mit ihr zusammen weinte ...«

Ananjev beschrieb kurz sein letztes Wiedersehen mit Kisočka und verstummte dann.

»Jaja ...« murmelte der Student, als der Ingenieur geendet hatte. »Es gibt schon Sachen auf dieser Welt!« Auf seinem Gesicht malte sich nach wie vor geistige Trägheit, anscheinend hatte ihn Ananjevs Erzählung in keiner Weise berührt. Erst als sich der Ingenieur nach einer kurzen Pause erneut anschickte, seinen Gedanken zu entwickeln und zu wiederholen, was er bereits zu Anfang gesagt hatte, verzog der Student gereizt das Gesicht, stand auf und trat an sein Bett. Er bereitete sein Lager und zog sich aus.

»Sie machen jetzt eine Miene, als hätten Sie tatsächlich jemanden überzeugt«, sagte er gereizt.

»Ich hätte jemanden überzeugt?« fragte der Ingenieur.

»Beanspruche ich denn das, mein Guter? Gott bewahre! Sie zu überzeugen ist unmöglich. Zu Überzeugungen können Sie nur auf dem Wege persönlicher Erfahrungen und Leiden gelangen.«

»Und dann ist es auch eine erstaunliche Logik«, brummte der Student, während er sein Nachthemd anzog. »Die Gedanken, die Sie so wenig lieben, sind für junge Menschen verhängnisvoll, für die Alten aber, wie Sie sagen, bilden sie die Norm. Ausgerechnet um das weiße Haar handelt es sich ... Woher dieses Privileg des Alters? Wenn diese Gedanken schon Gift sind, dann Gift für alle gleichermaßen.«

»Nein, mein Guter, sagen Sie das nicht«, entgegnete der Ingenieur und zwinkerte verschmitzt mit einem Auge. »Sagen Sie das nicht. Alte Leute sind erstens keine Virtuosen. Ihr Pessimismus kommt nicht von außen und nicht zufällig zu ihnen, sondern aus der Tiefe des eigenen Hirns und erst, nachdem sie allerlei Hegel und Kant studiert, viel durchgemacht und eine Unmenge Fehler begangen haben, mit einem Wort, nachdem sie die ganze Stufenleiter von unten nach oben zurückgelegt haben. Ihr Pessimismus hat die persönliche Erfahrung wie auch eine solide philosophische Entwicklung hinter sich. Zweitens ist bei alten Denkern der Pessimismus kein Unsinn wie bei uns beiden, sondern Weltschmerz und Leiden; er hat bei ihnen eine christliche Kehrseite, weil er der Menschenliebe entspringt und dem Nachdenken über den Menschen und weil er völlig frei von dem Egoismus ist, der bei den Virtuosen zu bemerken ist. Sie, mein Lieber, verachten das Leben, weil sein Sinn und Zweck gerade Ihnen verborgen ist, und Sie fürchten nur Ihren eigenen Tod; der wirkliche Denker aber leidet, weil die Wahrheit allen verborgen ist, und er fürchtet für alle Menschen. Beispielsweise wohnt nicht weit von hier der Staatsförster Ivan Aleksandryč. Das ist ein guter Alter. Einstmals ist er irgendwo Lehrer gewesen und hat hin und wieder geschrieben, weiß der Teufel, was es war, doch war er ein bemerkenswert kluges Haus, und auf dem Gebiet der Philosophie hatte er was weg. Er las viel, und auch jetzt liest er ständig. Nun, also neulich traf ich ihn in dem Abschnitt Grusovo. Dort wurden zu dieser Zeit gerade Eisenbahnschwellen und Schienen gelegt. Die Arbeit war einfach, aber Ivan Aleksandryč als Nichtfachmann kam sie wie eine Zauberei vor. Um eine Schwelle zu legen und eine Schiene darauf zu befestigen, braucht ein erfahrener Meister weniger als eine Minute. Die Arbeiter waren in Fahrt und arbeiteten wirklich geschickt und schnell, besonders einer dieser Burschen ließ den Hammer ungewöhnlich gewandt auf den Nagelkopf fallen und trieb ihn mit einem Schlag ein; der Hammergriff war an die zwei Meter, jeder Nagel einen Fuß lang. Ivan Aleksandryč sah den Arbeitern lange zu, er war gerührt und sagte mit Tränen in den Augen zu mir: ›Wie schade, daß diese vortrefflichen Menschen sterben müssen!‹ Diesen Pessimismus kann ich verstehen ...«

»Das alles beweist und erklärt gar nichts«, sagte der Student und deckte sich mit der Bettdecke zu, »das alles heißt nur Wasser in einem Mörser stampfen! Niemand weiß etwas, und nichts läßt sich mit Worten beweisen.« Er blickte unter der Bettdecke hervor, hob ein wenig den Kopf und sprach schnell, wobei er gereizt das Gesicht verzog: »Man muß schon sehr naiv sein, um an die menschliche Rede und Logik zu glauben und ihr entscheidende Bedeutung beizumessen. Mit Worten kann man alles beweisen und alles widerlegen, was man will, und bald werden die Menschen die Technik der Sprache bis zu einem solchen Grad vervollkommnet haben, daß man mathematisch richtig beweisen wird, daß zwei mal zwei – sieben ist. Ich höre gern zu und lese gern, aber glauben kann und will ich nicht, danke bestens. Ich glaube Gott allein, aber Ihnen glaube ich nicht, und wenn Sie auch bis zum Sankt Nimmerleinstag redeten und noch fünfhundert Kisočkas verführten, es sei denn, ich verliere den Verstand ... Gute Nacht!«

Der Student steckte den Kopf unter die Bettdecke, drehte sich mit dem Gesicht zur Wand und gab mir mit dieser Bewegung zu verstehen, daß er nicht mehr zuzuhören und zu sprechen wünsche. Damit war der Streit beendet.

Bevor wir uns schlafen legten, verließen der Ingenieur und ich die Baracke, und noch einmal sah ich die Lichter.

»Wir haben Sie mit unserem Geschwätz ermüdet«, sagte Ananjev gähnend und sah nach dem Himmel. »Nun, was ist dabei, mein Lieber! In dieser Einöde gibt es nur ein Vergnügen, Wein trinken und philosophieren ... So ein Damm, mein Gott!« fügte er gerührt hinzu, als wir an den Damm kamen. »Das ist kein Damm mehr, sondern schon der Berg Ararat.«

Er schwieg ein wenig und sagte dann:

»Den Baron erinnern diese Lichter an die Amalekiter, mir aber scheint, sie ähneln menschlichen Gedanken ... Wissen Sie, die Gedanken jedes einzelnen Menschen sind genauso unordentlich verstreut, sie ziehen sich durch die Dunkelheit, entlang einer Linie, irgendwohin zu einem Ziel und verschwinden irgendwo, ohne etwas erhellt oder die Nacht erleuchtet zu haben – weit im Alter ... Aber Schluß mit dem Philosophieren! Es ist Zeit fürs Heiabett ...«

Als wir wieder in der Baracke waren, bat mich der Ingenieur inständig, ich solle mich unbedingt in sein Bett legen.

»Nun, bitte«, sagte er flehend und legte beide Hände aufs Herz. »Ich bitte Sie! Meinetwegen seien Sie unbesorgt. Ich kann schlafen, wo ich will, und ich lege mich noch nicht gleich hin ... Tun Sie mir den Gefallen!«

Ich willigte ein, zog mich aus und legte mich hin, er aber setzte sich an den Tisch und machte sich an seine Zeichnungen.

»Unsereiner hat zum Schlafen keine Zeit, mein Lieber«, sagte er mit halblauter Stimme, als ich mich hingelegt und die Augen geschlossen hatte. »Wer eine Frau und ein paar Kinder hat, der kommt nicht zum Schlafen. Jetzt mußt du sie ernähren und kleiden, auch für später mußt du etwas zurücklegen. Ich habe zwei – einen Sohn und eine Tochter ... Der kleine Bengel hat eine hübsche Fratze ... Er ist noch nicht sechs Jahre alt, aber er hat ungewöhnliche Fähigkeiten, das kann ich Ihnen versichern ... Ich hatte doch irgendwo Bilder von ihnen ... Ach, Kinderchen, meine Kinderchen!« Er kramte in den Papieren, fand die Bilder und betrachtete sie. Ich schlief ein ...

Ich wurde von dem Gebell Azorkas und von lauten Stimmen geweckt. Von Štenberg, in Unterwäsche, barfuß und mit zerzausten Haaren, stand auf der Türschwelle und unterhielt sich laut mit jemandem. Es wurde bereits hell ... Die bläulichtrübe Morgendämmerung blickte durch die Tür, die Fenster und die Ritzen der Baracke und warf ein schwaches Licht auf mein Bett, auf den Tisch mit den Papieren und auf Ananjev. Auf dem Fußboden, auf einen Filzumhang ausgestreckt, ein ledernes Kissen unter dem Kopf und die breite behaarte Brust vorgewölbt, schlief der Ingenieur und schnarchte so laut, daß ich den Studenten, der jede Nacht mit ihm in einem Raum schlafen mußte, herzlich bedauerte.

»Weshalb sollen wir das abnehmen?« schrie von Štenberg. »Das betrifft uns nicht! Fahr damit zu Ingenieur Čalisov! Von wem sind die Kessel?«

»Von Nikitin ...« erwiderte mürrisch eine Baßstimme.

»Nun, dann fahr damit zu Čalisov ... Das ist nicht für unseren Abschnitt bestimmt. Was, zum Teufel, stehst du noch hier? Fahr zu!«

»Euer Wohlgeboren, wir waren schon bei Herrn Čalisov!« erwiderte die Baßstimme noch mürrischer. »Gestern haben wir ihn den ganzen Tag an der Strecke gesucht, und in seiner Baracke hat man uns gesagt, er ist nach dem Abschnitt Dymkovo gefahren. Nehmen Sie doch die Ladung ab, bitte, seien Sie so gut. Wie lange sollen wir noch damit herumfahren?! Wir fahren immerzu die Strecke entlang, und kein Ende ist abzusehen ...«

»Was ist los?« röchelte Ananjev, der erwacht war und schnell den Kopf hob.

»Von Nikitin bringt man Kessel«, erwiderte der Student, »und bittet, wir sollen sie abnehmen. Seit wann geht uns denn die Abnahme was an?«

»Jagen Sie sie zum Teufel!«

»Seien Sie so gut, Euer Wohlgeboren, bringen Sie doch die Sache in Ordnung! Die Pferde haben zwei Tage nichts gefressen, das wird den Herrn wohl ärgern. Soll ich etwa zurückfahren? Die Eisenbahn hat die Kessel bestellt, also muß sie sie auch abnehmen ...«

»So begreif doch, du Holzkopf, daß uns das nichts angeht! Fahr zu Čalisov!«

»Was ist los? Wer ist da?« röchelte Ananjev wieder. »Der Teufel soll sie holen mit Haut und Haaren!« fügte er ärgerlich hinzu, wobei er sich erhob und zur Tür ging. »Was ist los?«

Ich kleidete mich an und trat zwei Minuten später aus der Baracke. Ananjev und der Student, beide barfuß und in Unterwäsche, erklärten hitzig und ungeduldig etwas einem Bauern, der ohne Mütze und mit einer Peitsche in der Hand vor ihnen stand und offenbar nicht kapierte. Das Gesicht der beiden zeigte die gewöhnlichen Alltagssorgen.

»Wozu brauchen wir deine Kessel?« schrie Ananjev. »Soll ich sie mir vielleicht auf den Kopf setzen? Wenn du Čalisov nicht angetroffen hast, so such seinen Gehilfen, aber uns laß in Ruhe!«

Als der Student mich erblickte, fiel ihm wohl das nächtliche Gespräch ein, und auf seinem verschlafenen Gesicht verschwand die Sorge, und es erschien wieder der Ausdruck geistiger Trägheit. Er machte eine wegwerfende Handbewegung zu dem Bauern hin und trat nachdenklich beiseite.

Der Morgen war nebligtrüb. An der Strecke, wo nachts die Lichter gebrannt hatten, wimmelte es von Arbeitern, die aus dem Schlaf erwacht waren. Man hörte Stimmen und das Knarren von Schubkarren. Der Arbeitstag begann. Ein Pferdchen, mit Stricken angeschirrt, quälte sich schon den Damm hinauf und schleppte, den Hals aus Leibeskräften angespannt, einen Wagen mit Sand hinter sich her . . .

Ich verabschiedete mich. Vieles war über Nacht gesagt worden, aber ich nahm keine einzige gelöste Frage mit, und von dem ganzen Gespäch waren jetzt am Morgen in meinem Gedächtnis wie in einem Filter nur die Lichter und die Gestalt Kisočkas geblieben. Ich bestieg mein Pferd, warf einen letzten Blick auf den Studenten und Ananjev, auf den hysterischen Hund mit den matten, gleichsam trunkenen Augen, auf die Arbeiter, die im Frühnebel verschwommen zu sehen waren, auf den Damm und das Pferdchen mit dem angespannten Hals, und ich dachte bei mir: Nichts begreift man auf dieser Welt!

Als ich dem Pferd einen Schlag versetzte und die Strecke entlangritt und als ich wenig später nur noch die endlose, düstere Ebene und den trüben, kalten Himmel vor mir sah, fielen mir wieder die Fragen ein, die wir in der Nacht behandelt hatten. Ich dachte, und die von der Sonne ausgedorrte Ebene, das gewaltige Himmelsgewölbe, der weit hinten dunkelnde Eichenwald und die dunstige Ferne schienen es mir auch zu sagen: Ja, man begreift nichts auf dieser Welt!

Im Osten ging die Sonne auf . . .

Die Schönen

I

Ich entsinne mich noch, wie ich als Schüler der fünften oder sechsten Gymnasialklasse mit meinem Großvater von dem Dorf Bolšaja Krepkaja im Dongebiet nach Rostov fuhr. Es war ein glühendheißer, zum Sterben langweiliger Augusttag. Von der Hitze und dem trockenen, heißen Wind, der uns Staubwolken entgegenjagte, klebten die Augen, und der Mund war wie ausgetrocknet. Man mochte weder schauen noch sprechen, noch denken, und jedesmal, wenn der vor sich hin dösende Kutscher, der Ukrainer Karpo, dem Pferd eins mit der Peitsche überzog und beim Ausholen meine Mütze traf, protestierte ich nicht, gab keinen Laut von mir, sondern blickte nur, aus dem Halbschlaf aufgewacht, verzagt und demütig in die Ferne, ob nicht durch den Staub hindurch ein Dorf zu sehen sei. Um die Pferde zu füttern, machten wir in dem großen armenischen Dorf Bachči-Salach bei einem reichen Armenier halt, mit dem mein Großvater bekannt war. Nie im Leben habe ich eine schlimmere Karikatur gesehen als diesen Armenier. Stellen Sie sich ein kleines, geschorenes Köpfchen vor mit buschigen, herabhängenden Augenbrauen, einer Vogelnase, einem langen grauen Schnurrbart und einem breiten Mund, aus dem eine lange türkische Kirschholzpfeife herausragt; das Köpfchen klebte ungeschickt auf einem hageren, gebeugten Körper, der in einem phantastischen Kostüm steckte, in einer roten Jacke mit kurzen Schößen und himmelblauen weiten Pluderhosen. Diese Gestalt schlurfte breitbeinig in Pantoffeln einher, nahm beim Sprechen nicht die Pfeife aus dem Mund und legte echt armenische Würde an den Tag – er lächelte nicht, glotzte nur und bemühte sich, seinen Gästen so wenig Achtung wie möglich zu erweisen.

In den Räumen des Armeniers gab es weder Wind noch Staub, doch es war dort ebenso unangenehm, schwül und langweilig wie in der Steppe und auf der Landstraße. Ich entsinne mich, wie ich, staubbedeckt und von der Hitze erschöpft, in der Ecke auf einer grünen Truhe saß. Die ungestrichenen Holzwände, die Möbel und der ockerfarbene Fußboden rochen nach trockenem, von der Sonne ausgedörrtem Holz. Wohin man auch sah, überall gab es Fliegen, Fliegen, Fliegen ... Mein Großvater und der Armenier sprachen halblaut vom Viehweiden, vom Düngen und von den Schafen ... Ich wußte, daß man den Samovar eine ganze Stunde lang aufstellen würde, daß der Großvater mindestens eine Stunde Tee trinken und sich dann für zwei Stunden schlafen legen würde, daß ich ein Viertel des Tages würde warten müssen, und danach kämen dann wieder Hitze, Staub und holprige Fahrwege. Ich hörte die beiden Stimmen flüstern, und mir wollte es auf einmal scheinen, ich sähe den Armenier, den Geschirrschrank, die Fliegen und die Fenster, durch die die Sonne hereinbrannte, schon seit langer Zeit und würde das alles noch bis in die ferne Zukunft sehen, und mich übermannte der Haß auf die Steppe, die Sonne und die Fliegen.

Eine Ukrainerin mit einem Kopftuch brachte auf einem Tablett Geschirr herein, danach einen Samovar. Ohne Eile trat der Armenier auf den Flur und rief:

»Maša! Komm Tee eingießen! Wo bist du? Maša!«

Man hörte eilige Schritte, und ins Zimmer kam ein etwa sechzehnjähriges Mädchen in einem einfachen Kattunkleid, um den Kopf ein weißes Tüchlein. Sie stand mit dem Rücken zu mir, als sie das Geschirr abwusch und den Tee einschenkte, und ich bemerkte nur, daß sie eine schmale Taille hatte und barfüßig war; tief herabfallende Hosen bedeckten ihre nackten kleinen Fersen.

Der Hausherr lud mich zum Teetrinken ein. Als ich mich an den Tisch setzte, schaute ich dem Mädchen, das mir ein Glas reichte, ins Gesicht, und ich hatte plötzlich ein Gefühl, als streiche ein Windstoß über meine Seele und blase alle Eindrücke des Tages mit ihrer Langeweile und ihrem Staub hinweg. Ich erblickte die bezaubernden Züge des allerschönsten Gesichts, das mir je im Wachen oder Träumen begegnet war. Vor mir stand eine Schönheit, das hatte ich blitzartig, gleich auf den ersten Blick, begriffen.

Ich bin bereit zu beschwören, daß Maša eine wirkliche Schönheit war, aber beweisen kann ich es nicht. Manchmal drängen sich ungeordnet Wolken am Horizont, und die Sonne, hinter ihnen versteckt, bemalt sie und den Himmel mit allen möglichen Farben – purpurrot, orange, goldgelb, violett und schmutzigrosa. Das eine Wölkchen sieht aus wie ein Mönch, das andere wie ein Fisch, das dritte wie ein Türke mit einem Turban. Ein feuriger Schein überzieht ein Drittel des Himmels, er spiegelt sich in dem Kreuz der Kirche und in den Fenstern des Herrenhauses, wird vom Fluß und den Wasserpfützen reflektiert und flackert in den Bäumen; weit in der Ferne fliegt vor dem Hintergrund des Abendrots ein Schwarm Wildenten, er sucht irgendwo ein Nachtlager ... Der Hirtenjunge, der die Kühe heimtreibt, der Landmesser, der in seiner Kalesche über den Damm fährt, die promenierenden Herrschaften – sie alle schauen auf den Sonnenuntergang, und alle, ohne Ausnahme, finden ihn außerordentlich schön; aber niemand weiß und niemand kann sagen, worin diese Schönheit eigentlich besteht.

Nicht ich allein fand die junge Armenierin schön. Mein Großvater, ein achtzigjähriger Greis und harter Mann, den Frauen und den Schönheiten der Natur gegenüber gleichgültig, schaute eine ganze Minute lang Maša zärtlich an und fragte:

»Ist das Ihre Tochter, Avet Nazaryč?«

»Ja, das ist meine Tochter ...« antwortete der Wirt.

»Ein hübsches Fräulein«, bemerkte mein Großvater lobend.

Ein Künstler hätte die Schönheit der Armenierin als klassisch und streng bezeichnet. Sie war von jener Schönheit, bei deren Betrachtung man, Gott weiß woher, die Überzeugung gewinnt, man habe regelmäßige Züge erblickt, und Haare, Augen, Nase, Mund, Hals, Brust und alle Bewegungen des jungen Körpers erklängen in einem einzigen, harmonischen Akkord, bei dem die Natur nicht den geringsten Fehler begangen hat; man meint geradezu, eine ideal schöne Frau müsse geradeso eine Nase wie Maša haben, ebenmäßig und mit einer leichten Krümmung, genauso große dunkle Augen, genauso lange Wimpern, einen genauso schmachtenden Blick; ihr lockiges schwarzes Haar und die Augenbrauen paßten zu der zarten weißen Farbe der Stirn und der Wangen wie das grüne Schilf zu einem stillen Flüßchen. Mašas weißer Hals war noch zart und ihre junge Brust schwach entwickelt, aber um sie aus Stein zu meißeln, müßte man wohl ein gewaltiges schöpferisches Talent besitzen. Man schaut, und allmählich wandelt einen die Lust an, Maša etwas ungewöhnlich Angenehmes, Aufrichtiges, Schönes zu sagen, etwas ebenso Schönes, wie sie selbst ist.

Anfangs war es peinlich und beschämend für mich, daß Maša mich überhaupt nicht beachtete und die ganze Zeit zu Boden blickte; es kam mir so vor, als ob eine besondere Luft, glücklich und stolz, sie von mir trennte und eifersüchtig vor meinen Blicken verberge.

Das ist deshalb, dachte ich, weil ich ganz staubig und braungebrannt, weil ich noch ein Bub bin.

Dann aber vergaß ich allmählich mich selbst und überließ mich ganz dem Schönheitsempfinden. Ich dachte nicht mehr an die Langeweile der Steppe, nicht an den Staub, hörte nicht mehr das Gesumm der Fliegen und schmeckte nicht mehr den Tee; ich spürte nur, daß, durch den Tisch von mir getrennt, ein schönes Mädchen vor mir stand.

Auf mich wirkte die Schönheit irgendwie seltsam. Maša erregte in mir kein Begehren, kein Entzücken und keine Wonne, sondern schwere, wenn auch angenehme Trauer. Diese Trauer war unbestimmt und verworren wie ein Traum. Ohne zu wissen warum, bedauerte ich mich, den Großvater, den Armenier und sogar das Mädchen, und mir war, als hätten wir alle vier etwas Wichtiges und Lebensnotwendiges verloren, das wir nie wiederfinden würden. Mein Großvater war ebenfalls in wehmütiger Stimmung. Er sprach nicht mehr vom Düngen und von den Schafen, sondern schwieg und blickte Maša versonnen an.

Nach dem Tee legte sich der Großvater schlafen; ich verließ das Haus und setzte mich auf die Freitreppe. Wie alle Häuser in Bachči-Salach stand das Haus in der prallen Sonne; es gab weder Bäume noch Schutzdächer noch Schatten. Der große Hof des Armeniers, ganz bewachsen mit Melde und Malven, war trotz der großen Hitze voller Leben und Fröhlichkeit. Hinter einem der niedrigen Flechtzäune, die hier und da den großen Hof zerteilten, wurde gedroschen. Rings um einen Pfahl, der genau in der Mitte des Dreschplatzes eingerammt war, liefen zwölf Pferde, die, aneinander gekoppelt, einen langen Radius bildeten. Daneben schritt ein Ukrainer mit langer Weste und breiten Pluderhosen, er knallte mit der Peitsche und schrie in einem Ton, als wolle er die Pferde reizen und mit der Macht prahlen, die er über sie besaß: »Aaah, ihr Verfluchten! Aaah ... verrecken sollt ihr! Habt wohl Angst?«

Die braunen, weißen und scheckigen Pferde, die nicht begriffen, weshalb man sie zwang, immer im Kreise zu laufen und Weizenstroh zu pressen, liefen unwillig und nur mit Überwindung und bewegten gekränkt ihre Schweife. Unter ihren Hufen hervor trieb der Wind ganze Wolken goldener Spreu, wirbelte sie hoch und trug sie weit hinter den Zaun. Neben den hohen, frischen Getreideschobern arbeiteten Bauersfrauen mit Rechen und fuhren Karren hin und her; hinter den Schobern lief auf einem anderen Hof ebenfalls ein Dutzend solcher Pferde um den Pfahl herum, knallte ebenfalls ein solcher Ukrainer mit der Peitsche und machte sich über die Pferde lustig.

Die Stufen, auf denen ich saß, waren glühendheiß; aus dem dünnen Treppengeländer und den Fensterrahmen quoll infolge der Hitze hier und da Baumharz; in den Schattenstreifen unter den Stufen und unter den Fensterläden preßten sich rote Insekten aneinander. Die Sonne brannte mir auf Kopf, Brust und Rücken, aber ich bemerkte es nicht und fühlte nur, wie hinter mir im Flur und in den Räumen nackte Füße über den Holzfußboden stapften. Als Maša das Geschirr abgeräumt hatte, kam sie die Stufen heruntergelaufen, wobei sie mich mit einem Windhauch streifte, und flog wie ein Vogel zu einem kleinen, verrußten Anbau, wahrscheinlich der Küche, von wo der Geruch gebratenen Hammelfleisches herüberwehte und zornige armenische Worte zu hören waren. Sie verschwand in der dunklen Tür, und statt ihrer erschien auf der Schwelle eine alte, bucklige Armenierin mit rotem Gesicht; sie trug grüne Pluderhosen. Die Alte war wütend und schimpfte auf jemanden. Kurz darauf erschien Maša wieder auf der Schwelle, gerötet von der Küchenhitze und mit einem großen Laib Schwarzbrot auf der Schulter; unter der Last des Brotes malerisch gebeugt, eilte sie über den Hof zum Dreschplatz, sprang über den Zaun und verschwand, in eine Wolke goldener Spreu getaucht, hinter den Karren. Der Ukrainer, der die Pferde antrieb, senkte die Peitsche, verstummte und sah eine Minute lang schweigend zu den Karren hinüber; als dann das Mädchen wieder neben den Pferden auftauchte und über den Zaun sprang, verfolgte er sie mit den Augen und schrie in einem Ton, als sei er verärgert, die Pferde an:

»Ach, krepiert doch, ihr Teufel!«

Die ganze Zeit hörte ich dann ununterbrochen die Schritte ihrer bloßen Füße, und ich sah, wie sie mit ernstem, besorgtem Gesicht über den Hof eilte. Bald lief sie die Stufen hinauf, wobei sie mich mit einem Windhauch streifte, bald in die Küche, bald auf den Dreschplatz, bald hinter das Tor, und ich konnte gar nicht so schnell den Kopf drehen, um ihr zu folgen.

Und je öfter sie mit ihrer Schönheit vor meinen Augen vorbeihuschte, desto größer wurde meine Wehmut. Ich bedauerte mich und sie und den Ukrainer, der sie jedesmal traurig mit den Blicken begleitete, wenn sie durch eine Wolke von Spreu zu den Karren eilte. War ich auf ihre Schönheit neidisch, oder bedauerte ich, daß dieses Mädchen nicht die Meine war und niemals die Meine werden würde und daß ich ihr fremd war; fühlte ich verwirrt, daß ihre seltene Schönheit zufällig, nicht notwendig und wie alles auf der Welt nicht von langer Dauer war, oder war meine Wehmut vielleicht jenes besondere Gefühl, wie es in einem Menschen durch den Anblick wirklicher Schönheit erregt wird – Gott allein weiß es!

Drei Stunden des Wartens waren unmerklich vergangen. Es wollte mir scheinen, ich hätte mich an Maša noch gar nicht satt sehen können, als Karpo zum Fluß hinunterritt, das Pferd baden ließ und bereits wieder anspannte. Das nasse Pferd schnaufte vor Behagen und schlug mit den Hufen gegen die Wagendeichseln. Karpo rief es an: »Zuuu – rück!« Da erwachte der Großvater. Maša machte uns das knarrende Tor auf, wir setzten uns auf den Wagen und fuhren aus dem Hof. Wir fuhren schweigend, als seien wir aufeinander böse.

Als nach zwei oder drei Stunden in der Ferne Rostov und Nachičevan auftauchten, blickte sich Karpo, der die ganze Zeit geschwiegen hatte, flink um und sagte:

»Ein feines Mädel hat dieser Armenier!«

Und er versetzte dem Pferd eins mit der Peitsche.

II

Ein andermal, ich war schon Student, fuhr ich mit der Eisenbahn nach dem Süden. Es war im Mai. Auf einer Station, ich glaube zwischen Belgorod und Charkov, verließ ich das Abteil, um auf dem Bahnsteig ein wenig auf und ab zu gehen.

Über dem Stationsgärtchen, dem Bahnsteig und dem anliegenden Feld lag schon der Schatten des Abends, den Bahnhof hüllte bereits die Dämmerung ein, doch an den Spitzen der Rauchschwaden, die von der Lokomotive aufstiegen und zart rosa getönt waren, konnte man erkennen, daß die Sonne noch nicht ganz untergegangen war.

Als ich den Bahnsteig entlangschritt, bemerkte ich, daß die Mehrzahl der promenierenden Reisenden neben einem Wagen der zweiten Klasse auf und ab ging und herumstand, und das mit einer Miene, als säße in diesem Wagen irgendein berühmter Mensch. Unter den Neugierigen, die ich neben diesem Wagen antraf, befand sich auch mein Reisegefährte, ein Artillerieoffizier, ein kluger Bursche, warmherzig und sympathisch wie alle, mit denen man unterwegs durch Zufall und für eine kurze Zeit bekannt wird.

»Was gibt's hier zu sehen?« fragte ich.

Er antwortete nicht und wies nur mit den Augen auf eine weibliche Gestalt. Es war ein junges Mädchen von etwa siebzehn oder achtzehn Jahren, in einem russischen Kostüm; sie war barhäuptig und trug eine Mantille, die sie sich nachlässig über eine Schulter geworfen hatte, sie schien keine Reisende zu sein, sondern die Tochter oder die Schwester des Stationsvorstehers. Sie stand neben dem Wagenfenster und unterhielt sich mit einer älteren Dame. Bevor ich mir noch darüber Rechenschaft ablegen konnte, was ich sah, wurde ich plötzlich von dem gleichen Gefühl übermannt, wie ich es seinerzeit in dem armenischen Dorf empfunden hatte.

Das Mädchen war eine außergewöhnliche Schönheit, daran zweifelten weder ich noch die anderen, die sie mit mir zusammen anschauten.

Wenn ich, wie es üblich ist, ihr Äußeres im Detail beschreiben soll, so war wirklich schön an ihr allein das wellige, dichte blonde Haar, das nur von einem schwarzen Bändchen zusammengehalten wurde; alles übrige aber war entweder unregelmäßig oder sehr gewöhnlich. War es ihre besondere Art zu kokettieren, oder rührte es von ihrer Kurzsichtigkeit her – jedenfalls kniff sie die Augen ständig zusammen; die Nase war leicht aufgestülpt, ihr Mund klein, ihr Profil schwach und wenig ausgeprägt, die Schultern schmaler, als es ihrem Alter entsprach. Trotzdem machte das Mädchen den Eindruck einer wirklichen Schönheit, und wie ich sie so anschaute, konnte ich mich überzeugen, daß ein russisches Gesicht, um schön zu erscheinen, keiner strengen

Regelmäßigkeit bedarf, mehr noch – würde man diesem Mädchen statt der aufgestülpten Nase eine andere, ebenmäßig geformte und plastisch einwandfreie ansetzen, eine solche, wie sie die junge Armenierin besaß, ihr Gesicht hätte sicher seinen ganzen Reiz eingebüßt.

Während das Mädchen am Fenster stand und sich unterhielt, krümmte es sich zusammen, als fröstele es sie in der abendlichen Feuchtigkeit. Sie sah sich immerzu nach uns um, stemmte die Arme in die Seiten oder hob die Hände, um das Haar zu ordnen, sie redete, lachte, und auf ihrem Gesicht malte sich bald Erstaunen, bald Schrecken, und ich kann mich an keinen Augenblick erinnern, an dem ihr Körper und ihr Gesicht sich im Zustand der Ruhe befunden hätten. Das ganze Geheimnis und der Zauber ihrer Schönheit lagen gerade in diesen kleinen, unendlich eleganten Bewegungen, in ihrem Lächeln, ihrem Mienenspiel, den flinken Blicken, die sie auf uns warf, in dem Zusammenklang der feinen, grazilen Bewegungen mit der Jugend, der Frische und der Reinheit ihres Herzens, die in ihrem Lachen und ihrer Stimme mitschwangen, und in der Schwäche, die wir bei Kindern, Vögeln, jungen Hirschen und jungen Bäumen so lieben.

Das war die Schönheit eines Falters, zu der ein Walzer, das Herumflattern in einem Garten, Lachen und Heiterkeit so gut passen und mit der ernste Gedanken, Trauer und Ruhe nichts gemein haben, und es brauchte wohl nur ein starker Wind über den Bahnsteig zu wehen oder Regen zu geben, damit der zerbrechliche zarte Körper plötzlich dahinwelkte und die kapriziöse Schönheit von ihm abfiel wie Blütenstaub.

»Tja ...« murmelte der Offizier seufzend, als wir uns nach dem zweiten Klingelzeichen zu unserem Abteil begaben.

Was dieses »Tja« bedeutete, mag ich nicht beurteilen.

Vielleicht war ihm beklommen zumute, und er mochte sich nicht von dem schönen Mädchen und dem Frühlingsabend trennen und zurück in den stickigen Wagen gehen, vielleicht aber taten ihm, wie auch mir, unwillkürlich die Schöne, er selbst, ich und alle Reisenden leid, die matt und unwillig zu ihren Abteilen schlenderten. Als der Offizier an dem Fenster des Stationsgebäudes vorüberging, hinter dem an seinem Apparat ein blasser, rothaariger Telegrafist mit hohem Lockenkopf, fahlem Gesicht und vorstehenden Backenknochen saß, da seufzte er und meinte:

»Ich wette, dieser Telegrafist ist in das hübsche Ding da verliebt. Inmitten der Steppe unter einem Dach mit diesem ätherischen Geschöpf zu wohnen und sich nicht zu verlieben – das geht über die menschliche Kraft. Und was für ein Unglück ist es, mein Freund, was für ein Hohn, gebeugt, zerzaust, unscheinbar und dabei anständig und nicht auf den Kopf gefallen zu sein und sich in dieses hübsche, dümmliche Mädchen zu verlieben, das ihm nicht die geringste Bedeutung schenkt! Oder noch schlimmer: Stellen Sie sich vor, dieser Telegrafist ist verliebt und gleichzeitig verheiratet, und seine Frau ist genauso gebeugt, zerzaust und anständig wie er selbst ... Welch eine Qual!«

Neben unserem Wagen, auf das Geländer der Plattform gestützt, stand der Schaffner und blickte zu dem schönen Mädchen hin, und sein welkes, unangenehm sattes, von schlaflosen Nächten und dem Schlingern der Wagen erschöpftes Gesicht drückte Rührung und tiefste Trauer aus, als erblicke er in dem Mädchen seine Jugend, sein Glück, seine Nüchternheit und Reinheit, seine Frau, seine Kinder, als bedauere und fühle er mit seinem ganzen Wesen, daß dieses Mädchen nicht ihm gehöre und daß er mit seinem vorzeitigen Altern, seiner Plumpheit und seinem feisten Gesicht von dem gewöhnlichen menschlichen Glück der Reisenden so weit entfernt war wie vom Himmel.

Es wurde zum drittenmal geläutet, es ertönten Pfiffe, und der Zug setzte sich langsam in Bewegung. An unseren Fenstern huschten zuerst der Schaffner und der Stationsvorsteher vorbei, dann der Garten und das schöne Mädchen mit seinem wunderbaren, kindlich-verschmitzten Lächeln ...

Als ich mich hinauslehnte und zurückschaute, sah ich, wie sie, dem Zug nachblickend, auf dem Bahnsteig an dem Fenster vorbeiging, hinter dem der Telegrafist saß, wie sie ihr Haar ordnete und in den Garten lief. Der Bahnhof versperrte nicht mehr den Blick nach Westen, die Ebene lag offen da, aber die Sonne war schon untergegangen, und der Rauch legte sich in schwarzen Schwaden auf die grüne samtene Wintersaat. In der Frühlingsluft, am dunkel gewordenen Himmel und im Abteil – überall lag Wehmut.

Der uns schon bekannte Schaffner kam in den Wagen und zündete die Kerzen an.

Der Namenstag

I

Nach dem Namenstagsdiner mit seinen acht Gängen und endlosen Gesprächen ging die Gattin des Gefeierten, Olga Michajlovna, hinaus in den Garten. Von der Verpflichtung, ununterbrochen zu lächeln und zu sprechen, von dem Klirren des Geschirrs, der Einfalt der Dienstboten, den langen Pausen zwischen den Gängen und von dem Korsett, das sie angelegt hatte, um vor den Gästen ihre Schwangerschaft zu verbergen, war sie vollkommen erschöpft. Sie wollte möglichst weit vom Hause weg, sich in den Schatten setzen und bei dem Gedanken an das Kind, das etwa in zwei Monaten zur Welt kommen sollte, Ruhe finden. Sie war daran gewöhnt, daß ihr diese Gedanken kamen, sobald sie von der großen Allee nach links in einen schmalen Pfad einbog. Hier in dem tiefen Schatten der Pflaumen- und Kirschbäume strichen ihr immer die trockenen Zweige über Hals und Schultern, Spinnweben legten sich ihr aufs Gesicht, und vor ihrem geistigen Auge tauchte jedesmal die Gestalt eines kleinen Menschleins von unbestimmtem Geschlecht und mit undeutlichen Gesichtszügen auf, und sie meinte immer, nicht die Spinnweben, sondern dieses Menschlein kitzele sie zärtlich an Gesicht und Hals. Wenn sich aber am Ende des Pfades ein dünner Flechtzaun zeigte und dahinter bauchige Bienenstöcke mit Ziegeldächern, wenn es in der von keinem Windhauch bewegten Luft nach Heu und Honig duftete und das sanfte Summen der Bienen zu hören war, ergriff das Menschlein von Olga Michajlovna jedesmal völlig Besitz. Sie ließ sich dann auf die kleine Bank neben der aus Weidenruten geflochtenen Laube nieder und versank in Gedanken.

Auch diesmal gelangte sie zu der kleinen Bank, setzte sich und begann nachzudenken; aber statt des kleinen Menschleins erschienen in ihrer Phantasie die großen Leute, vor denen sie gerade weggelaufen war. Es beunruhigte sie stark, daß sie als Hausfrau ihre Gäste allein gelassen hatte, und ihr fiel ein, wie ihr Gatte Pëtr Dmitrič und ihr Onkel Nikolaj Nikolaič sich über die Themen Schwurgericht, Presse und Frauenbildung gestritten hatten. Ihr Mann stritt aus Gewohnheit, um vor den Gästen mit seinen konservativen Ansichten zu paradieren, vor allem aber, um dem Onkel, den er nicht leiden konnte, nicht beizustimmen; der Onkel seinerseits widersprach ihm und bekrittelte jedes seiner Worte, um den Anwesenden zu zeigen, er, der Onkel, habe sich trotz seiner neunundfünfzig Jahre noch Jugend, geistige Frische und Freiheit des Denkens bewahrt. Olga Michajlovna selbst hatte sich gegen Ende des Mahles nicht mehr beherrschen können und ungeschickt das Frauenstudium verteidigt – nicht, weil es einer Verteidigung bedurft hätte, sondern weil sie ihren Mann ärgern wollte, der ihrer Meinung nach ungerecht war. Die Gäste hatte dieser Streit ermüdet, aber sie hielten es alle für notwendig, sich einzumischen; sie redeten viel, obwohl sie alle weder mit dem Schwurgericht noch mit der Frauenbildung etwas zu tun hatten ...

Olga Michajlovna saß diesseits des Zaunes neben der Laube. Die Sonne hatte sich hinter Wolken versteckt, die Bäume und der Himmel sahen trüb aus, wie vor einem Regen, aber trotzdem war es heiß und schwül. Das am Vortag unter den Bäumen gemähte Heu lag unordentlich und traurig da, schimmerte mit seinen welken Blüten und verströmte einen schweren, süßlichen Duft. Es war ganz still. Hinter dem Zaun summten eintönig die Bienen ...

Plötzlich hörte sie Schritte und Stimmen. Jemand ging den Pfad entlang zum Bienenstand.

»Es ist schwül!« sagte eine Frauenstimme. »Was meinen Sie, wird es Regen geben oder nicht?«

»Es wird, meine Schöne, aber erst in der Nacht«, erwiderte lässig eine ihr sehr bekannte Männerstimme. »Es wird einen feinen Regen geben.«

Olga Michajlovna überlegte sich, daß man sie nicht bemerken und vorbeigehen würde, wenn sie sich in der Laube versteckte; sie brauchte dann nicht zu sprechen und gezwungen zu lächeln. Sie raffte ihr Kleid, bückte sich und trat in die Laube. Sogleich überströmte ihr Gesicht, ihren Hals und ihre Hände eine Luft, heiß und schwül wie Dampf. Wären nicht die Schwüle und der stickige Geruch nach Roggenbrot, Dill und Weidenzweigen gewesen, der einem beinahe den Atem benahm, sie hätte sich hier unter dem Strohdach im Dämmerlicht sehr gut vor den

Gästen verstecken und an das kleine Menschlein denken können. Es war still und gemütlich.

»Was für ein hübsches Plätzchen«, sagte die Frauenstimme. »Setzen wir uns ein bißchen, Pëtr Dmitrič.«

Olga Michajlovna blickte durch eine Ritze zwischen zwei Weidenruten. Sie sah ihren Mann, Pëtr Dmitrič, und Ljubočka Šeller, ein siebzehnjähriges Mädchen, das unlängst das Institut absolviert hatte. Pëtr Dmitrič, den Hut im Nacken, von den vielen zum Essen genossenen Getränken matt und träge, ging mit wiegenden Schritten am Zaun entlang und schob mit dem Fuß Heu zusammen. Ljubočka, von der Hitze rosig angehaucht und hübsch wie immer, stand da, die Hände auf dem Rücken, und verfolgte die trägen Bewegungen seines großen schönen Körpers.

Olga Michajlovna wußte, daß ihr Mann den Frauen gefiel, und – sie sah ihn nicht gern mit ihnen zusammen. Es war nichts Besonderes dabei, daß Pëtr Dmitrič lässig Heu zusammenschob, um sich mit Ljubočka draufzusetzen und über nichtige Dinge zu plaudern; es war auch nichts Besonderes dabei, daß die hübsche Ljubočka ihn zärtlich ansah, dennoch empfand Olga Michajlovna Ärger über ihren Mann, aber auch Angst und Befriedigung darüber, daß sie jetzt lauschen konnte.

»Setzen Sie sich, Bezaubernde«, sagte Pëtr Dmitrič, während er sich auf das Heu niederließ und sich reckte. »So, nun erzählen Sie mir was.«

»Das fehlte gerade! Ich fange an zu erzählen, und Sie schlafen dabei ein.«

»Ich einschlafen? Allah kerim! Kann ich denn einschlafen, wenn mich solche Äuglein anschauen?«

An den Worten ihres Mannes und an der Tatsache, daß er sich in Anwesenheit eines jungen Mädchens mit dem Hut im Nacken hingerekelt hatte, war ebenfalls nichts Besonderes. Er wurde von den Frauen verwöhnt, wußte, daß er ihnen gefiel, und hatte sich im Umgang mit ihnen einen besonderen Ton zugelegt, der ihm, wie alle sagten, gut stand. Ljubočka gegenüber benahm er sich ebenso wie zu allen anderen Frauen. Olga Michajlovna aber war trotzdem eifersüchtig.

»Sagen Sie bitte«, begann Ljubočka nach einigem Schweigen, »stimmt es, daß man Sie vor Gericht stellen will?«

»Mich? Ja, das stimmt ... Man zählt mich zu den Bösewichtern, meine Schöne.«

»Aber weswegen denn?«

»Wegen nichts, nur so ... vor allem wegen der Politik«, antwortete Pëtr Dmitrič gähnend. »Der Kampf zwischen links und rechts. Ich, ein Obskurant und Routinier, habe mich erkühnt, in einem offiziellen Schreiben Ausdrücke zu gebrauchen, die für solche unfehlbaren Gladstones wie unseren zuständigen Revierfriedensrichter Kuzma Grigorjevič Vostrjakov und Vladimir Pavlovič Vladimirov beleidigend waren.«

Pëtr Dmitrič gähnte abermals und fuhr fort:

»Bei uns ist es so eingerichtet, daß man sich mißbilligend über die Sonne, den Mond und beliebig andere Dinge äußern darf, aber Gott bewahre Sie davor, die Liberalen anzutasten! Gott bewahre! Ein Liberaler ist so wie ein trockener Giftpilz, der einen mit einer Wolke von Staub überschüttet, wenn man ihn versehentlich mit dem Finger berührt.«

»Was ist Ihnen denn passiert?«

»Nichts Besonderes. Die ganze Geschichte ist aus einer reinen Bagatelle entstanden. Ein gewisser Lehrer, eine ziemlich unansehnliche Person von geistlicher Herkunft, reichte bei Vostrjakov eine Klage gegen einen Gastwirt ein, den er beschuldigte, er hätte ihn öffentlich durch Wort und Tat beleidigt. Aus dem Ganzen war zu ersehen, daß beide, der Lehrer wie der Gastwirt, blau wie die Veilchen waren und beide sich gleich gemein benommen hatten. Wenn man sich beleidigt hatte, dann auf jeden Fall gegenseitig. Vostrjakov hätte beide wegen Ruhestörung bestrafen und hinauswerfen müssen – und fertig. Aber wie ist das bei uns? Bei uns steht niemals die Person im Vordergrund, niemals die Tatsache, sondern die Firma und das Etikett. Ein Lehrer hat immer recht, was für ein Halunke er auch sein mag, denn er ist eben ein Lehrer; ein Gastwirt aber ist immer im Unrecht, weil er Gastwirt und Kulak ist. Vostrjakov verurteilte den Gastwirt zu Arrest, der brachte die Sache vors Kriegsgericht, das aber bestätigte feierlich Vostrjakovs Urteil. Nun, ich blieb bei meiner Meinung ... Habe mich ein bißchen ereifert ... Das ist alles.«

Pëtr Dmitrič sprach ruhig und mit lässiger Ironie. In Wirklichkeit aber beunruhigte ihn die bevorstehende Gerichtsverhandlung sehr. Olga Michajlovna erinnerte sich, wie er, von der unglückseligen Sitzung heimgekehrt, mit allen Kräften bemüht gewesen war, vor den Hausgenossen zu verbergen, daß ihn etwas bedrückte und er mit sich unzufrieden war. Als kluger Mensch mußte er unbedingt spüren, daß er mit seiner eigenen Meinung zu weit gegangen war, und wieviel Verstellung war nötig, um dieses Gefühl vor sich und vor den Menschen zu verbergen! Wie viele unnötige Gespräche gab es, wieviel Verdruß und unaufrichtiges Lachen über Dinge, die gar nicht lächerlich waren! Als er jedoch erfuhr, daß man gerichtlich gegen ihn vorgehen würde, klappte er augenblicklich zusammen und ließ den Mut sinken, er schlief schlecht, stand öfter als sonst am Fenster und trommelte mit den Fingern an die Scheiben. Und er schämte sich, vor seiner Frau zuzugeben, daß ihm schwer zumute war, und sie ärgerte sich ...

»Man sagt, Sie waren im Gouvernement Poltava?« fragte Ljubočka.

»Ja, ich war dort«, erwiderte Pëtr Dmitrič. »Vorgestern bin ich zurückgekommen.«

»Ist es dort nicht schön?«

»Ja, sogar sehr schön. Ich bin, muß ich Ihnen sagen, gerade zur Heumahd hingekommen, und das ist in der Ukraine eine sehr poetische Zeit. Hier haben wir ein großes Haus, einen großen Garten, viele Leute und viel Betrieb, so daß man gar nicht sieht, wie gemäht wird; alles geschieht hier unbemerkt. Dort aber habe ich bei meinem Gehöft fünfzehn Desjatinen Wiese, sie liegen wie auf dem Handteller vor mir – an welchem Fenster man auch steht, überall sieht man die Schnitter. Auf der Wiese wird gemäht, im Garten wird gemäht, Gäste sind keine da, es gibt auch keine Unruhe, und so sieht, hört und spürt man notgedrungen nichts als die Heumahd. Draußen und in den Zimmern riecht es nach Heu, vom frühen Morgen bis zum späten Abend klingen die Sensen. Überhaupt ist es ein liebliches Land. Glauben Sie mir, wenn ich an den Ziehbrunnen Wasser und in den jüdischen Schenken scheußlichen Vodka trank, wenn an den stillen Abenden die Töne einer kleinrussischen Geige oder einer Schellentrommel zu mir drangen, dann lockte mich ein bezaubernder Gedanke – mich dort auf dem Gehöft niederzulassen und zeitlebens da zu wohnen, fern von diesen Sitzungen, klugen

Gesprächen, philosophierenden Frauen und ausgedehnten Mahlzeiten ...«

Pëtr Dmitrič log nicht. Ihm war schwer zumute, und er hatte tatsächlich Verlangen, sich auszuruhen. In das Gouvernement Poltava war er nur deshalb gefahren, um nicht sein Arbeitszimmer, seine Dienstboten, die Bekannten und all das zu sehen, was ihn an seine verletzte Eigenliebe und an seine Fehler erinnern könnte.

Ljubočka sprang plötzlich auf und fuchtelte erschreckt mit den Händen.

»Au, eine Biene, eine Biene!« kreischte sie. »Sie sticht mich!«

»Nicht doch, sie sticht ja gar nicht!« versetzte Pëtr Dmitrič. »Was für ein Angsthase Sie sind!«

»Nein, nein, nein!« schrie Ljubočka und rannte, sich dabei nach der Biene umsehend, schnell weg.

Pëtr Dmitrič folgte ihr und sah ihr gerührt und wehmütig nach. Vielleicht dachte er dabei an sein Gehöft, an die Einsamkeit, und – wer weiß? – vielleicht dachte er sogar daran, wie warm und gemütlich er auf dem Gut leben könnte, wenn dieses Mädchen seine Frau wäre – jung, rein und frisch, nicht durch das Studium verdorben und nicht schwanger ...

Als die Stimmen und Schritte verklungen waren, verließ Olga Michajlovna die Laube und lenkte ihre Schritte zum Haus. Sie hätte weinen mögen; sie war nun bereits sehr eifersüchtig auf ihren Gatten. Es war ihr verständlich, daß Pëtr Dmitrič müde war, unzufrieden mit sich selbst und beschämt, und wenn man sich schämt, so versteckt man sich in erster Linie vor den Angehörigen und offenbart sich Fremden; ebenso begriff sie, daß Ljubočka ungefährlich war, wie alle die Frauen, die jetzt im Haus Kaffee tranken. Aber im großen und ganzen war alles unverständlich und furchtbar, und Olga Michajlovna meinte schon, Pëtr Dmitrič gehöre ihr nicht einmal mehr zur Hälfte ...

»Er hat kein Recht dazu«, murmelte sie, bemüht, ihre Eifersucht und den Ärger auf ihren Mann mit dem Verstand zu erfassen. »Er hat überhaupt kein Recht dazu! Ich werde ihm das alles gleich sagen!«

Sie beschloß, sofort ihren Mann aufzusuchen und sich mit ihm auszusprechen: daß es gemein, unendlich gemein sei, wenn er anderen Frauen gefalle und danach lechze wie nach himmlischem Manna; daß es ungerecht und unehrenhaft sei, Fremden zu geben, was rechtmäßig seiner Frau gehöre; daß er sein Herz vor seiner Frau verschließe, um es dem ersten besten Persönchen, das ihm begegne, auszuschütten. Was hatte ihm seine Frau Böses getan? Was hatte sie sich zuschulden kommen lassen? Schließlich war ihr seine Heuchelei schon längst über – er zierte sich ständig, er kokettierte, sagte nicht, was er dachte, und bemühte sich, anders zu scheinen, als er war und als er hätte sein sollen. Wozu diese Heuchelei? Schickte sich das für einen anständigen Menschen? Wenn er log, so beleidigte er sich und diejenigen, die er anlog, und er mißachtete den Gegenstand seiner Lüge. Wenn er kokettierte und sich am Richtertisch affektiert benahm oder beim Essen nur deshalb von den Privilegien der Behörde sprach, um dem Onkel eins auszuwischen – begriff er denn nicht, daß er damit das Gericht, sich selbst und alle, die ihm zuhörten und zusahen, mißachtete?

Als sie in die Hauptallee einbog, gab sich Olga Michajlovna das Aussehen, als sei sie nur eben in häuslicher Angelegenheit weggegangen. Auf der Terrasse tranken die Männer Likör und aßen Beeren dazu; einer von ihnen, der Untersuchungsrichter, ein korpulenter, bejahrter Mann, ein Spaßvogel und Possenreißer, erzählte offenbar gerade eine nicht salonfähige Anekdote, denn als er die Hausfrau erblickte, griff er sich an seine fetten Lippen, riß die Augen auf und setzte sich hin. Olga Michajlovna mochte die Kreisbeamten nicht. Ihr gefielen auch nicht ihre plumpen, gezierten Frauen, die Klatschereien, die häufigen Besuche, die Kriecherei vor ihrem Mann, den sie alle haßten. Jetzt aber, da sie tranken, satt waren und keine Anstalten machten wegzufahren, fühlte sie, daß ihre Anwesenheit sie ermüdete bis zum Überdruß, aber um nicht unliebenswürdig zu erscheinen, lächelte sie dem Untersuchungsrichter freundlich zu und drohte ihm mit dem Finger. Durch den Saal und den Salon schritt sie lächelnd und mit einer Miene, als ginge sie, Befehle zu erteilen und Anordnungen zu treffen – Gott gebe, daß mich niemand aufhält! dachte sie, aber sie selbst zwang sich, im Salon stehenzubleiben und anstandshalber einem jungen Mann zuzuhören, der Klavier spielte. Nachdem sie einige Augenblicke so gestanden hatte, rief sie: »Bravo, bravo, Monsieur George!«, klatschte zweimal in die Hände und ging weiter.

Ihren Mann fand sie in seinem Arbeitszimmer. Er saß am Tisch und überlegte. Sein Gesicht war streng, nachdenklich und schuldbewußt. Das war nicht mehr jener Pëtr Dmitrič, der beim Essen gestritten hatte und den die Gäste kannten, sondern ein anderer – ein erschöpfter, schuldbewußter und mit sich selbst unzufriedener Mann, den allein seine Frau kannte. In das Arbeitszimmer war er wohl gekommen, um sich Zigaretten zu holen. Vor ihm lag das geöffnete Etui, prall mit Zigaretten gefüllt; eine Hand steckte noch im Tischkasten, als sei er beim Herausnehmen der Zigaretten erstarrt.

Er tat Olga Michajlovna leid. Es war sonnenklar, der Mann quälte sich, wußte nicht ein noch aus und kämpfte vielleicht mit sich. Olga Michajlovna trat schweigend an den Tisch, und da sie zeigen wollte, daß sie nicht mehr an den mittäglichen Streit dachte und nicht mehr böse war, schloß sie das Zigarettenetui und steckte es ihrem Mann in die Seitentasche.

Was soll ich ihm sagen? dachte sie. Ich sage ihm, daß die Lüge dasselbe ist wie ein Wald – je tiefer man sich in den Wald verirrt, desto schwieriger ist es, wieder herauszufinden. Ich sage ihm: Du hast dich von deiner falschen Rolle hinreißen lassen und bist zu weit gegangen; du hast die Menschen gekränkt, die dich mögen und dir nichts Böses getan haben. Geh hin und entschuldige dich bei ihnen, lach über dich selbst, und es wird dir leichter werden. Und wenn du Stille und Einsamkeit suchst, so wollen wir zusammen wegfahren.

Als Pëtr Dmitrič den Blicken seiner Frau begegnete, verlieh er seinem Gesicht plötzlich wieder den gleichgültigen und leicht spöttischen Ausdruck, den es beim Essen und im Garten gehabt hatte; er gähnte und erhob sich.

»Es geht jetzt auf sechs«, sagte er und schaute auf die Uhr. »Wenn die Gäste Erbarmen haben und um elf wegfahren, müssen wir uns noch sechs Stunden gedulden. Sehr lustig, das muß man schon sagen!«

Pfeifend verließ er langsam und mit seinem gewöhnlichen festen Gang das Arbeitszimmer. Man hörte, wie er festen Schrittes durch den Saal und dann durch den Salon ging, wie er über etwas laut lachte und zu dem jungen Klavierspieler »Bra-o! Bra-o!« sagte. Dann verklangen seine Schritte; wahrscheinlich war er in den Garten gegangen. Nun beherrschten Olga Michajlovna nicht mehr Eifersucht und Ärger, sondern richtiger Haß auf seine Schritte, sein unaufrichtiges Lachen und seine Stimme. Sie trat ans Fenster und schaute in den Garten. Pëtr Dmitrič ging bereits die Allee entlang. Die eine Hand in der Hosentasche, mit den Fingern der anderen schnipsend, den Kopf leicht zurückgeworfen, so schritt er dahin, fest auftretend, sich wiegend und mit einer Miene, als sei er sehr zufrieden mit sich, dem Mittagessen, mit seiner Verdauung und mit der Natur ...

In der Allee tauchten zwei kleine Gymnasiasten auf, die Kinder der Gutsbesitzerin Čiževskaja; sie waren gerade angekommen, und mit ihnen ihr Erzieher, ein Student in weißer Uniformjacke und sehr engen Hosen. Als die Kinder und der Student mit Pëtr Dmitrič auf gleicher Höhe waren, blieben sie stehen und gratulierten ihm wahrscheinlich zum Namenstag. Mit einer eleganten Bewegung der Schultern tätschelte er den Kindern die Wangen, dann gab er dem Studenten nachlässig die Hand, ohne ihn anzusehen. Vermutlich lobte der Student das Wetter und verglich es mit dem in Petersburg, denn Pëtr Dmitrič sagte laut und in einem Ton, als spräche er nicht mit einem Gast, sondern mit einem Gerichtsbeamten oder einem Zeugen:

»Was? Bei Ihnen in Petersburg ist es kalt? Bei uns hier, mein Bester, ist das Wetter herrlich, und es gibt Früchte der Erde im Überfluß. Tja? Was?«

Und er schritt weiter, eine Hand in der Tasche und mit den Fingern der anderen schnipsend. Die ganze Zeit, bis ihn die Nußsträucher verdeckten, schaute Olga Michajlovna auf seinen Nacken und staunte. Woher hatte der vierunddreißigjährige Mann den festen Gang eines Generals? Woher den schweren eleganten Schritt? Woher die vibrierende Vorgesetztenstimme, woher alle diese Ausdrücke wie ›tja‹, ›mein Bester‹ und so weiter?

Olga Michajlovna entsann sich, wie sie in den ersten Monaten ihrer Ehe, um sich nicht allein im Haus zu langweilen, in die Stadt zur Gerichtsversammlung gefahren war, wo manchmal statt ihres Taufpaten, des Grafen Aleksej Petrovič, Pëtr Dmitrič den Vorsitz führte. Auf dem Präsidentenstuhl, in Uniform und mit der Kette auf der Brust war er völlig verändert. Majestätische Gesten, eine Donnerstimme, das ›Tja‹, ein geringschätziger Tonfall ... Alles Menschliche, alles Eigene, was Olga

Michajlovna daheim an ihm zu sehen gewohnt war, verschwand hinter der Majestät, und im Sessel saß nicht Pëtr Dmitrič, sondern irgendein anderer Mensch, den alle Herr Präsident nannten. Das Bewußtsein, daß er die Obrigkeit sei, hinderte ihn, ruhig auf seinem Platz zu sitzen, und er suchte nach einer Gelegenheit, um zu läuten, streng ins Publikum zu blicken und zu schreien ... Woher kamen Kurzsichtigkeit und Taubheit, wenn er auf einmal schlecht zu sehen und zu hören begann, majestätisch das Gesicht verzog und verlangte, man solle lauter sprechen und näher an den Tisch herantreten? Von seiner majestätischen Höhe herab konnte er Personen und Laute schlecht unterscheiden, so daß er, selbst wenn Olga Michajlovna in diesen Minuten an ihn herangetreten wäre, wahrscheinlich auch sie angeschrien hätte: ›Wie heißen Sie?‹ Die als Zeugen geladenen Bauern duzte er, das Publikum brüllte er so laut an, daß man seine Stimme bis auf die Straße hörte, den Advokaten gegenüber benahm er sich unmöglich. Wenn ein Rechtsanwalt zu sprechen hatte, drehte er ihm die Seite zu und heftete die zusammengekniffenen Augen auf die Decke, um zu zeigen, daß der Anwalt hier völlig überflüssig sei und daß er ihn nicht anerkenne und ihm nicht zuhöre. Sprach aber ein unscheinbar gekleideter Privatanwalt, dann war Pëtr Dimitrič ganz Ohr und maß den Anwalt mit einem höhnischen, vernichtenden Blick: Da sieht man, hieß das, was es heutzutage für Advokaten gibt! Wiederholt unterbrach er ihn mit den Worten: ›Was wollen Sie damit sagen?‹ Wenn ein geschraubt redender Anwalt irgendein Fremdwort gebrauchte und beispielsweise statt fiktiv faktiv sagte, wurde Pëtr Dmitrič plötzlich lebendig, fragte: ›Was? Wie? Faktiv? Was heißt denn das?‹ und bemerkte darauf schulmeisterhaft: ›Verwenden Sie keine Wörter, die Sie nicht verstehen.‹ Der Anwalt trat dann nach Beendigung seiner Rede ganz rot und schweißbedeckt vom Tisch zurück, während Pëtr Dmitrič selbstzufrieden lächelnd und über seinen Sieg triumphierend, sich in seinem Sessel zurücklehnte. Im Umgang mit den Advokaten ahmte er ein wenig den Grafen Aleksej Petrovič nach, wenn aber der Graf beispielsweise sagte: ›Herr Verteidiger, schweigen Sie doch ein bißchen!‹, so klang das väterlich-gutmütig und natürlich, bei Pëtr Dmitrič dagegen grob und gezwungen.

II

Man hörte Beifallklatschen. Der junge Mann hatte aufgehört zu spielen. Olga Michajlovna fielen ihre Gäste ein, und sie eilte in den Salon.

»Ich habe Ihnen mit Begeisterung zugehört«, sagte sie und trat an das Klavier. »Mit Begeisterung. Sie besitzen erstaunliches Talent! Aber finden Sie nicht auch, daß unser Klavier verstimmt ist?«

In diesem Moment betraten die beiden Gymnasiasten und der Student den Salon.

»Mein Gott, sind das Mitja und Kolja?« rief Olga Michajlovna gedehnt und freudig aus, während sie ihnen entgegenging. »Wie groß Sie geworden sind! Aber wo ist denn Ihre Mama?«

»Ich gratuliere Ihnen zum Namenstag Ihres Gatten«, erwiderte der Student ungezwungen, »und wünsche alles Gute. Ekaterina Andreevna gratuliert ebenfalls und läßt sich entschuldigen. Sie fühlt sich nicht ganz wohl.«

»Das ist aber nicht schön von ihr! Ich habe den ganzen Tag auf sie gewartet. Sind Sie schon lange aus Petersburg zurück?« fragte Olga Michajlovna den Studenten. »Was für Wetter ist denn jetzt dort?« Ohne eine Antwort abzuwarten, blickte sie zärtlich die Gymnasiasten an und wiederholte: »Wie groß Sie geworden sind! Noch unlängst kamen Sie mit Ihrer Kinderfrau her, und jetzt sind Sie schon Gymnasiasten! Das Alte wird älter, und das Junge wächst heran . . . Haben Sie schon gegessen?«

»Ach, machen Sie sich doch bitte keine Umstände«, erwiderte der Student.

»Sie haben doch noch nicht gegessen?«

»Um Himmels willen, machen Sie sich keine Umstände!«

»Aber Sie wollen doch essen?« fragte Olga Michajlovna in grobem und hartem Ton, ungeduldig und ärgerlich – das war ihr unabsichtlich so herausgerutscht, aber sogleich räusperte sie sich, lächelte und wurde rot. »Wie groß Sie geworden sind!« sagte sie weich.

»Machen Sie sich bitte keine Umstände«, sagte der Student noch einmal.

Der Student bat, keine Umstände zu machen, die Kinder schwiegen; offensichtlich waren alle drei hungrig. Olga Michajlovna führte sie in das Eßzimmer und befahl Vasilij, den Tisch zu decken.

»Es ist nicht schön von Ihrer Mutter«, sagte sie, als sie den Kindern ihre Plätze anwies. »Sie hat mich ganz vergessen. Das ist nicht schön, gar nicht schön ... Das sagen Sie ihr auch. – Und an welcher Fakultät studieren Sie?« fragte sie den Studenten.

»An der medizinischen.«

»Nun, ich habe eine Schwäche für Ärzte, stellen Sie sich das vor. Ich bedaure sehr, daß mein Mann kein Arzt ist. Wieviel Mut muß man haben, um zum Beispiel eine Operation durchzuführen oder eine Leiche zu sezieren! Schrecklich! Haben Sie keine Angst? Ich würde vor Angst sterben, glaube ich. Sie trinken doch wohl ein Gläschen Vodka?«

»Machen Sie sich bitte keine Umstände.«

»Zur Begrüßung muß man unbedingt trinken. Ich bin eine Frau, und doch trinke ich manchmal. Mitja und Kolja können Malaga trinken. Der Wein ist nicht stark, Sie brauchen keine Angst zu haben. Wirklich, was für Prachtkerle das geworden sind! Man könnte sie schon verheiraten!«

Olga Michajlovna sprach ohne Unterbrechung. Sie wußte aus Erfahrung, daß es im Umgang mit Gästen viel leichter und bequemer war, zu reden als zuzuhören. Wenn man spricht, braucht man nicht aufmerksam zu sein, keine Antwort auf die Fragen zu überlegen und nicht den Gesichtsausdruck zu wechseln. Aber unabsichtlich stellte sie doch eine ernstgemeinte Frage, der Student antwortete ausführlich, und sie mußte wohl oder übel zuhören. Der Student wußte, daß sie einmal studiert hatte, daher bemühte er sich, als er mit ihr sprach, gut beschlagen zu erscheinen.

»An welcher Fakultät studieren Sie?« fragte sie, da sie vergessen hatte, daß sie diese Frage schon einmal gestellt hatte.

»An der medizinischen.«

Olga Michajlovna fiel plötzlich ein, daß sie lange nicht mehr bei den Damen gewesen war.

»Ja? Das heißt, Sie wollen Arzt werden?« sagte sie und erhob sich. »Das ist schön. Ich bedaure, daß ich selbst nicht Medizin studiert habe. Essen Sie also hier, meine Herren, und gehen Sie dann in den Garten hinaus. Ich werde Sie mit den jungen Damen bekannt machen.«

Sie ging hinaus und schaute auf die Uhr – es war fünf Minuten vor sechs. Sie wunderte sich, daß die Zeit so langsam verstrich, und ihr graute vor den sechs Stunden, die noch bis Mitternacht blieben, wann die Gäste aufbrechen würden. Wie sollte man diese sechs Stunden totschlagen? Was für Phrasen reden? Wie sollte sie sich ihrem Mann gegenüber verhalten?

Im Salon und auf der Terrasse war keine Menschenseele. Alle Gäste hatten sich im Garten verstreut.

Ich werde ihnen vorschlagen, bis zum Tee einen Spaziergang in den Birkenhain oder eine Bootsfahrt zu machen, dachte Olga Michajlovna, während sie zum Krocketplatz eilte, von wo sie Stimmen und Gelächter gehört hatte. – Und die alten Herren werde ich an den Kartentisch setzen ...

Vom Krocketplatz kam ihr der Diener Grigorij mit leeren Flaschen entgegen.

»Wo sind denn die Damen?« fragte sie.

»Bei den Himbeeren. Dort ist auch der Herr.«

»Ach du lieber Gott!« rief jemand auf dem Krocketplatz erbittert. »Ich habe Ihnen das doch schon tausendmal gesagt! Um die Bulgaren zu kennen, muß man sie gesehen haben! Man kann doch nicht nach den Zeitungen urteilen!«

Sei es von diesem Schreien, sei es von etwas anderem – Olga Michajlovna spürte plötzlich eine heftige Schwäche am ganzen Körper, besonders in den Beinen und Schultern. Sie mochte auf einmal weder sprechen noch hören noch sich bewegen.

»Grigorij«, sagte sie matt und mit Anstrengung, »wenn Sie Tee oder irgend etwas servieren, so wenden Sie sich bitte nicht an mich, fragen Sie nicht, sprechen Sie nicht ... Machen Sie alles selbst und ... treten Sie nicht so mit den Füßen auf. Ich bitte Sie ... Ich kann nicht, weil ...«

Sie sprach nicht zu Ende und ging weiter zum Krocketplatz, aber unterwegs fielen ihr die Damen ein, und sie wandte sich zu den Himbeersträuchern. Der Himmel, die Luft und die Bäume blickten finster drein wie zuvor und versprachen Regen; es war heiß und drückend; riesige Schwärme von Krähen, Vorboten des Unwetters, jagten krächzend über den Garten hin. Je näher sie dem Gemüsegarten kam, desto verwilderter, dunkler und enger wurden die Alleen; auf einer von ihnen, die sich im dichten Gestrüpp von wilden Birnbäumen, Sauerklee, jungen Eichen und

Hopfenranken versteckte, umschwärmten Olga Michajlovna ganze Wolken kleiner schwarzer Mücken; sie bedeckte ihr Gesicht mit den Händen und zwang sich, an das kleine Menschlein zu denken ... In ihrer Phantasie huschten Grigorij, Mitja, Kolja und die Gesichter der Bauern vorbei, die am Morgen gratulieren gekommen waren ...

Sie hörte Schritte und öffnete die Augen. Ihr entgegen kam hastig ihr Onkel Nikolaj Nikolaič.

»Bist du es, meine Liebe? Freut mich sehr ...« begann er atemlos. »Auf zwei Worte ...« Er wischte sich mit einem Tuch sein rotes, rasiertes Kinn ab, trat dann plötzlich einen Schritt zurück, schlug die Hände zusammen und riß die Augen auf. »Meine Liebe, wie lange soll das noch so weitergehen?« sprach er hastig und sich überstürzend. »Ich frage dich: wo sind die Grenzen? Ich will nicht einmal davon sprechen, daß seine Deržimorda-Ansichten seine Umwelt demoralisieren, daß er in mir und in jedem ehrlichen, denkenden Menschen alles Heilige und Gute beleidigt – ich spreche nicht davon, doch wenn er wenigstens anständig wäre! Was ist los? Er schreit, brüllt, ziert sich, spielt sich auf wie ein Bonaparte, läßt einen nicht zu Wort kommen ... weiß der Teufel! Was für majestätische Gesten, Generalslachen, was für ein herablassender Ton! Erlaube mir die Frage: wer ist er denn? Ich frage dich: wer ist er denn? Der Gatte seiner Frau, ein Titularrat mit kleinem Grundbesitz, der das Glück hatte, eine reiche Frau zu heiraten! Ein Junker und Parvenu, wie es so viele gibt! Ein Typ wie bei Ščedrin! Ich schwöre bei Gott, eins von beiden ist der Fall: Entweder leidet er an Größenwahn, oder diese alte schwachsinnige Ratte, Graf Aleksej Petrovič, hat tatsächlich recht, wenn er sagt, daß die Kinder und jungen Leute heutzutage spät erwachsen werden und bis zum vierzigsten Lebensjahr noch Droschkenkutscher und General spielen!«

»Das stimmt, das stimmt ...« bestätigte Olga Michajlovna. »Laß mich vorbei.«

»Jetzt urteile mal selbst, wohin das führt«, sagte der Onkel und versperrte ihr den Weg. »Womit wird dieses Sich-Aufspielen als Konservativer und General noch enden? Er ist schon vor Gericht gekommen! Vor Gericht! Ich freue mich sehr! Er hat so lange geschrien und sich so weit gehenlassen, bis er auf der

Anklagebank gelandet ist. Und er kommt nicht einfach vors Kreisgericht, sondern vor den Obersten Gerichtshof! Etwas Schlimmeres als das kann man sich kaum denken. Zweitens hat er sich mit allen verzankt! Heute ist sein Namenstag, aber sieh dich um, kein Vostrjakov, kein Jachontov, kein Vladimirov, kein Ščvud ist gekommen, auch der Graf nicht ... Ich glaube, konservativer als Graf Aleksej Petrovič kann man gar nicht sein, aber auch der ist nicht gekommen. Und er wird auch nicht mehr kommen! Du wirst sehen, er kommt nicht!«

»O mein Gott, was habe ich damit zu tun?« fragte Olga Michajlovna.

»Was heißt das? Du bist doch seine Frau! Du bist klug, hast studiert, und es steht in deiner Macht, aus ihm einen anständig arbeitenden Menschen zu machen!«

»In den Frauenkursen wird nicht gelehrt, wie man auf schwierige Charaktere einwirken kann. Ich werde euch wohl alle um Entschuldigung bitten müssen, daß ich studiert habe«, sagte Olga Michajlovna schneidend. »Hör zu, Onkel, wenn man bei dir den ganzen Tag vor deinem Ohr ein und dieselben Tonfolgen spielt, dann würdest du es auf deinem Platz nicht mehr aushalten und weglaufen. Ich höre schon das ganze Jahr über jeden Tag ein und dasselbe, immer ein und dasselbe. Herrschaften, man muß doch schließlich einmal Mitleid haben!«

Der Onkel machte ein sehr ernstes Gesicht, blickte sie dann forschend an und verzog spöttisch lächelnd den Mund.

»Ach, so ist das«, sang er mit einer Altweiberstimme. »Verzeihung!« sagte er und verbeugte sich würdevoll. »Wenn du selbst unter seinen Einfluß geraten bist und deine Überzeugung geändert hast, so hättest du das auch eher sagen können. Verzeihung!«

»Ja, ich habe meine Überzeugungen geändert!« schrie sie. »Freu dich!«

»Verzeihung!«

Der Onkel verbeugte sich würdevoll ein letztes Mal zur Seite hin, machte, ganz zusammengekrümmt, einen Kratzfuß und kehrte um.

Trottel! dachte Olga Michajlovna. Er sollte lieber heimfahren.

Die Damen und die jungen Leute fand sie im Garten bei den Himbeeren. Die einen aßen Himbeeren, die anderen, die schon genug davon hatten, schlenderten durch die Erdbeerbeete oder wühlten in den Zuckererbsen. Etwas seitlich von den Himbeersträuchern, neben einem Apfelbaum mit großer Krone, der von allen Seiten durch alte Zaunpfähle gestützt wurde, mähte Pëtr Dmitrič Gras. Die Haare fielen ihm in die Stirn, die Krawatte war aufgegangen, die Uhrkette baumelte am Knopfloch. In jedem seiner Schritte und Schwünge spürte man Geschicklichkeit und gewaltige physische Kraft. Neben ihm standen Ljubočka und die Töchter eines Nachbarn, des Obersten Bukreev, Natalja und Valentina, oder, wie alle sie nannten, Nata und Vata, zwei bleichsüchtige, krankhaft üppige Blondinen von sechzehn, siebzehn Jahren; sie trugen weiße Kleider und sahen einander verblüffend ähnlich. Pëtr Dmitrič lehrte sie mähen.

»Das ist sehr einfach ...« meinte er. »Man muß nur die Sense richtig halten und nicht übereifrig sein, das heißt, nicht mehr Kraft aufwenden, als nötig. Hier, so ... Möchten Sie jetzt nicht mal versuchen?« sagte er und bot Ljubočka die Sense an. »Na los!«

Ljubočka nahm ungeschickt die Sense in die Hand, wurde plötzlich rot und fing an zu lachen.

»Keine Angst, Ljubov Aleksandrovna!« rief Olga Michajlovna so laut, damit alle Damen es hören konnten und wußten, daß sie da war. »Keine Angst! Man muß lernen! Heiraten Sie einen Tolstojaner, der zwingt Sie zu mähen.«

Ljubočka hob die Sense, fing jedoch wieder an zu lachen und ließ sie, vor Lachen kraftlos, gleich wieder sinken. Es war ihr peinlich und angenehm zugleich, daß man mit ihr sprach wie mit einer Großen. Ohne zu lächeln und ohne Angst nahm Nata mit ernstem, kaltem Gesicht die Sense, holte aus und verhedderte sich im Gras. Vata, die ebenfalls nicht lächelte und ernst und kalt war wie ihre Schwester, ergriff schweigend die Sense und stieß sie in den Erdboden. Nachdem sie das vollbracht hatten, hakten sich die beiden Schwestern unter und begaben sich schweigend zu den Himbeersträuchern.

Pëtr Dmitrič lachte und feixte wie ein kleiner Junge, und diese kindlich ausgelassene Stimmung, in der er so überaus gutmütig wirkte, paßte viel besser zu ihm als jede andere. So liebte ihn Olga Michajlovna. Seine Jungenhaftigkeit war aber gewöhnlich nicht von langer Dauer. So hielt er es auch diesmal, nachdem er ein wenig Unsinn mit der Sense getrieben hatte, für notwendig, seiner Ausgelassenheit einen ernsten Anstrich zu geben.

»Wissen Sie, wenn ich mähe, fühle ich mich gesünder und normaler«, sagte er. »Würde man mich zwingen, mich allein mit geistiger Tätigkeit zufriedenzugeben, ich würde bestimmt verrückt werden. Ich fühle, ich bin nicht zum Kulturmenschen geboren! Ich muß mähen, pflügen, säen, Pferde zureiten ...«

Und Pëtr Dmitrič begann mit den Damen über die Vorzüge körperlicher Arbeit und über Kultur, dann über Geld und Eigentum zu sprechen. Olga Michajlovna, die ihrem Mann zuhörte, fiel unwillkürlich ihre Mitgift ein.

Es wird die Zeit kommen, dachte sie, da verzeiht er mir nicht, daß ich reicher bin als er. Er ist stolz und empfindlich. Vielleicht wird er mich hassen, weil er mir vieles zu verdanken hat.

Sie blieb neben dem Obersten Bukreev stehen, der Himbeeren aß und ebenfalls an dem Gespräch teilnahm.

»Bitte schön«, sagte er, während er Olga Michajlovna und Pëtr Dmitrič den Weg freigab. »Hier sind ganz reife ... Also nach Meinung Proudhons«, fuhr er mit gehobener Stimme fort, »ist Eigentum Diebstahl. Ich aber erkenne, offen gesagt, Proudhon nicht an und halte ihn nicht für einen Philosophen. Für mich sind die Franzosen keine Autorität, weiß Gott nicht!«

»Nun, was Proudhon und die verschiedenen Buckles angeht, so bin ich da schwach«, meinte Pëtr Dmitrič. »Hinsichtlich der Philosophie wenden Sie sich besser an meine Frau. Sie hat studiert und kennt alle diese Schopenhauer und Proudhon in- und auswendig ...«

Olga Michajlovna wurde es wieder langweilig. Sie ging wieder durch den Garten, den engen Pfad entlang, an Apfel- und Birnbäumen vorbei, und wieder sah sie aus, als hätte sie eine sehr wichtige Angelegenheit zu regeln. Da stand die Hütte des Gärtners ... Auf der Schwelle saß die Gärtnersfrau Varvara mit ihren vier kleinen Kindern, deren große Köpfe geschoren waren. Varvara war ebenfalls schwanger und sollte nach ihrer Berechnung am Eliastag niederkommen. Nachdem sie sich begrüßt hatten, blickte Olga Michajlovna schweigend die Frau und die Kinder an und fragte:

»Nun, wie fühlst du dich ...«

»Es geht ...«

Schweigen trat ein. Beide Frauen schienen sich auch schweigend zu verstehen.

»Es ist schrecklich das erstemal«, sagte Olga Michajlovna, nachdem sie eine Weile nachgedacht hatte, »ich meine immer, ich werde es nicht überleben und dabei sterben ...«

»Das habe ich mir auch eingebildet, aber ich lebe noch ... Man meint so vieles!«

Varvara, die bereits das fünftemal schwanger war und Erfahrung hatte, schaute ein wenig von oben herab auf ihre Herrin und sprach mit ihr in einem belehrenden Ton, und Olga Michajlovna fühlte unwillkürlich ihre Autorität; sie wollte gern von ihrer Angst sprechen, von dem Kind, von ihren Empfindungen, aber sie fürchtete, Varvara würde das kleinlich und naiv vorkommen. Und sie schwieg und wartete, daß Varvara etwas sagen würde.

»Olga, wir gehen nach Hause!« rief Pëtr Dmitrič aus den Himbeersträuchern.

Es gefiel Olga Michajlovna zu schweigen, zu warten und Varvara anzusehen. Sie wäre bereit gewesen, bis in die Nacht hinein so dazustehen, schweigend und ohne jede Notwendigkeit. Aber sie mußte gehen. Kaum hatte sie sich von der Hütte entfernt, da kamen ihr schon Ljubočka, Vata und Nata entgegengelaufen. Die beiden letzteren näherten sich ihr bis auf drei Schritte, dann blieben sie wie angewurzelt stehen; Ljubočka jedoch lief zu ihr heran und fiel ihr um den Hals.

»Liebe! Gute! Teuerste!« sprudelte sie hervor und küßte sie auf Gesicht und Hals. »Wir fahren zum Teetrinken auf die Insel!«

»Auf die Insel! Auf die Insel!« sagten Vata und Nata einstimmig, ohne zu lächeln.

»Aber es wird doch Regen geben, meine Lieben!«

»Es wird nicht regnen, es wird schon nicht!« rief Ljubočka und machte ein weinerliches Gesicht. »Alle sind einverstanden, daß wir fahren! Liebe, Gute!«

»Alle möchten gern zum Teetrinken auf die Insel fahren«, sagte Pëtr Dmitrič näher tretend. »Triff deine Anordnungen ... Wir fahren mit den Booten, die Samovare und alles übrige schicken wir mit den Dienern im Wagen.«

Er ging neben seiner Frau und nahm ihren Arm. Olga Michajlovna wollte ihrem Mann etwas Unangenehmes, Spitzes sagen, vielleicht sogar dabei ihre Mitgift erwähnen; je grausamer, desto besser schien es ihr. Sie überlegte und sagte:

»Weshalb ist Graf Aleksej Petrovič nicht gekommen? Wie schade!«

»Ich bin sehr froh, daß er nicht gekommen ist«, log Pëtr Dmitrič. »Dieser Narr ist mir schon längst zuwider.«

»Aber du hast ihn doch vor dem Essen mit solcher Ungeduld erwartet!«

III

Eine halbe Stunde später drängten sich die Gäste bereits am Ufer um die Pfähle, an denen die Boote angebunden waren. Alle sprachen viel, lachten und konnten, weil es so übermäßig schnell gehen mußte, in den Booten keinen Platz finden. Drei Boote waren schon überfüllt, zwei dagegen standen leer. Von diesen beiden waren die Schlüssel abhanden gekommen, und immer wieder liefen Leute vom Fluß zum Hof, um die Schlüssel zu suchen. Die einen sagten, die Schlüssel habe Grigorij, die anderen meinten, sie befänden sich beim Verwalter, die dritten rieten, den Schmied zu rufen und die Schlösser aufzubrechen. Alle sprachen auf einmal, einander unterbrechend und überschreiend. Pëtr Dmitrič lief ungeduldig am Ufer hin und her und rief:

»Weiß der Teufel, was los ist! Die Schlüssel sollen doch immer in der Diele auf dem Fensterbrett liegen! Wer hat es gewagt, sie von dort wegzunehmen? Der Verwalter kann sich selbst ein Boot anschaffen, wenn er eins braucht!«

Endlich fand man die Schlüssel. Aber da stellte sich heraus, daß zwei Ruder fehlten. Wieder gab es ein Durcheinander. Pëtr Dmitrič, des Aufundabgehens überdrüssig, sprang in einen langen, schmalen, aus einem Pappelstamm gehauenen Kahn, wobei er taumelte und beinahe ins Wasser fiel, und stieß vom Ufer ab. Nach ihm fuhren unter dem lauten Lachen und Kreischen der jungen Damen auch die übrigen Boote los, eins nach dem anderen.

Der weiße bewölkte Himmel, die am Ufer stehenden Bäume, das Schilfrohr und die Boote mit den Menschen und den Rudern spiegelten sich im Wasser; unter den Booten, in der grundlosen Tiefe war ebenfalls Himmel, sah man ebenfalls Vögel fliegen. Das Ufer, an dem der Gutshof lag, war hoch, steil und ganz mit

Bäumen bestanden, an dem anderen, flachen, grünten ausgedehnte, überschwemmte Wiesen und schimmerten Buchten. Die Boote waren etwa fünfzig Faden gefahren, da tauchten auf dem flachen Ufer hinter den traurig hängenden Weiden Bauernhütten und eine Rinderherde auf; man vernahm Lieder, trunkene Schreie und die Klänge einer Harmonika.

Hier und da glitten auf dem Fluß Kähne mit Fischern dahin, die zur Nacht ihre Netze auslegten. In einem dieser Kähne saßen angeheiterte Laienmusikanten und spielten auf selbstgefertigten Violinen und auf einem Violoncello.

Olga Michajlovna saß am Steuer. Sie lächelte freundlich und sprach viel, um die Gäste zu unterhalten; dabei schaute sie immer ihren Mann von der Seite an. Er fuhr mit seinem Boot allen voraus, er stand und arbeitete mit einem Ruder. Der leichte spitze Kahn, der von allen Gästen als Seelenmörder bezeichnet wurde, während ihn Pëtr Dmitrič aus irgendeinem Grund Penderaklia nannte, fuhr flott voran; er sah lebendig und listig aus, schien den schweren Pëtr Dmitrič zu hassen und nur auf einen geeigneten Moment zu warten, um seinen Beinen zu entschlüpfen. Olga Michajlovna blickte auf ihren Mann, und seine von allen bewunderte Schönheit, sein Nacken, seine Pose, seine familiären Umgangsformen den Frauen gegenüber – all das widerte sie an. Sie haßte die Frauen, die in dem Boot saßen, sie war eifersüchtig und zuckte dabei jeden Augenblick zusammen aus Furcht, der schwankende Kahn könne umkippen und Unheil stiften.

»Ruhiger, Pëtr!« rief sie, und vor Angst blieb ihr fast das Herz stehen. »Setz dich hin! Wir glauben dir auch so, daß du Mut hast!«

Auch die Leute, die mit ihr im Boot saßen, störten sie. Es waren ganz gewöhnliche, nicht üble Menschen, so wie es viele gibt, aber jetzt kamen sie ihr alle ungewöhnlich und beschränkt vor. Sie sah in jedem von ihnen einen Heuchler. Da rudert, so dachte sie, der brünette junge Mann mit der goldenen Brille und dem schönen Bärtchen, dieses reiche, satte und stets glückliche Muttersöhnchen, das alle für einen ehrbaren, freisinnigen, fortschrittlichen Menschen halten. Es ist noch kein Jahr her, daß er die Universität beendet hat und in unseren Kreis übergesiedelt ist, aber schon sagt er von sich: ›Wir Zemstvomitglieder.‹ Aber vielleicht in einem Jahr, da wird er es wie viele andere satt haben, da wird er nach Petersburg fahren und, um seine Flucht zu rechtfertigen, überall erzählen, das Zemstvo tauge nichts und man habe ihn betrogen. Von dem zweiten Boot blickt ihn unverwandt seine junge Frau an, sie glaubt, er sei Zemstvomitglied, und ein Jahr später glaubt sie, das Zemstvo tauge nichts. Und da dieser korpulente, sorgfältig rasierte Herr im Strohhut mit breitem Band und mit einer teuren Zigarre zwischen den Zähnen. Dieser Mann sagt gern: ›Zeit ist's, daß wir das Phantasieren aufgeben und uns an die Arbeit machen!‹ Er besitzt Yorkshireschweine, Bienenstände, baut Raps und Ananas an, hat eine Ölmühle, eine Käserei sowie eine italienische doppelte Buchführung. Aber um im Herbst mit seiner Geliebten auf der Krim leben zu können, verkauft er jeden Sommer Wald zum Abholzen und verpfändet Stück um Stück seinen Grund und Boden. Und da ist Onkel Nikolaj Nikolaič, der auf Pëtr Dmitrič böse ist und trotzdem nicht nach Hause fährt!

Olga Michajlovna schaute nach den anderen Booten; auch dort sah sie nur uninteressante Sonderlinge, Schauspieler oder beschränkte Menschen. Sie besann sich auf alle, die sie im Kreis überhaupt kannte, aber sie erinnerte sich nicht an einen einzigen Menschen, von dem man hätte auch nur ein wenig Gutes sagen oder denken können. Alle schienen ihr talentlos, fade, beschränkt, unaufrichtig und herzlos, alle sprachen nicht, wie sie dachten, und handelten nicht, wie sie wollten. Langeweile und Verzweiflung erfaßten Olga Michajlovna, sie mochte plötzlich nicht mehr lächeln und wollte aufspringen und schreien: ›Ich habe die Nase voll von euch!‹, dann über Bord springen und ans Ufer schwimmen.

»Herrschaften, wir nehmen Pëtr Dmitrič ins Schlepptau!« rief jemand.

»Ins Schlepptau! Ins Schlepptau!« fielen die übrigen ein. »Olga Michajlovna, nehmen Sie Ihren Mann ins Schlepptau!«

Um dies zu tun, durfte Olga Michajlovna, die am Steuer saß, nicht den Moment verpassen, an dem sie geschickt die am Bug der Penderaklia hängende Kette packen mußte. Als sie sich zu der Kette hinunterbeugte, verzog Pëtr Dmitrič das Gesicht und blickte sie erschrocken an.

»Daß du dich dabei nur nicht erkältest«, sagte er.

Wenn du um mich und das Kind Angst hast, warum quälst du mich dann? dachte Olga Michajlovna bei sich.

Pëtr Dmitrič gab sich geschlagen und sprang, da er nicht im Schlepptau fahren wollte, von der Penderaklia in das ohnehin überfüllte Boot, und zwar so ungeschickt, daß es sich stark auf die Seite legte und alle vor Schreck aufschrien.

Er ist nur gesprungen, um den Frauen zu gefallen, dachte Olga Michajlovna. Er weiß, daß sie das schön finden . . .

Sie begann an Händen und Füßen zu zittern und meinte, das komme von der Langeweile, dem Ärger, dem gezwungenen Lächeln und dem Unbehagen, das sie am ganzen Körper verspürte. Um vor den Gästen dieses Zittern zu verbergen, bemühte sie sich, noch lauter zu sprechen und zu lachen und sich noch mehr zu bewegen . . .

Sollte ich plötzlich anfangen zu weinen, dachte sie, so werde ich sagen, ich habe Zahnschmerzen . . .

Da aber legten die Boote endlich an der Insel zur Guten Hoffnung an. So nannte man eine Halbinsel, die durch eine scharfe Biegung des Flusses gebildet wurde und auf der es einen alten Hain aus Birken, Eichen, Weiden und Pappeln gab. Unter den Bäumen waren bereits Tische aufgestellt, die Samovare rauchten, und neben dem Geschirr hantierten Vasilij und Grigorij, im Frack und mit gestrickten weißen Handschuhen. Auf dem anderen Ufer, der Guten Hoffnung gegenüber, standen die Kutschen, in denen die Verpflegung gebracht worden war. Von den Kutschen fuhr man mit Körben und Bündeln in einem der Penderaklia sehr ähnlichen Kahn zur Insel hinüber. Die Diener, die Kutscher und sogar der in dem Kahn sitzende Bauer hatten eine feierliche, dem Namenstag angemessene Miene aufgesetzt wie sonst nur Kinder und Bediente.

Während Olga Michajlovna den Tee aufbrühte und die ersten Gläser einschenkte, labten sich die Gäste an Fruchtlikör und Süßigkeiten. Dann aber begann das Durcheinander, wie es beim Picknick während des Teetrinkens üblich, für die Hausfrau aber sehr langweilig und ermüdend ist. Kaum waren Grigorij und Vasilij mit dem Austragen fertig, da streckten sich Olga Michajlovna schon wieder Hände mit leeren Gläsern entgegen. Der eine trank den Tee ohne Zucker, der andere wollte ihn kräftiger, der dritte schwächer, der vierte dankte. Und das alles mußte

Olga Michajlovna im Kopf behalten und dann rufen: ›Ivan Petrovič, waren Sie das ohne Zucker?‹ oder ›Meine Herrschaften, wer wollte ihn schwächer?‹ Wer ihn aber schwächer oder ohne Zucker haben wollte, dachte nicht mehr daran und nahm, von interessanten Gesprächen gefesselt, das erste beste Glas. Unweit des Tisches schlenderten wie Schatten niedergeschlagene Gestalten umher und gaben sich den Anschein, als suchten sie im Gras Pilze oder als läsen sie die Etiketts auf den Schachteln – das waren die, für die die Gläser nicht gereicht hatten. ›Haben Sie schon Tee getrunken?‹ fragte Olga Michajlovna, und der, an den diese Frage gerichtet war, bat dann, keine Umstände zu machen, und sagte: ›Ich kann warten‹, obwohl es für die Hausfrau bequemer gewesen wäre, wenn die Gäste nicht warten, sondern sich beeilen wollten.

Die einen, die in Gespräche verwickelt waren, tranken den Tee langsam und behielten die Gläser über eine halbe Stunde bei sich, die anderen aber, besonders jene, die zum Essen viel getrunken hatten, gingen nicht vom Tisch weg und tranken Glas auf Glas, so daß Olga Michajlovna kaum mit dem Einschenken nachkam. Ein junger Spaßvogel trank den Tee, indem er auf russische Art dazu Zucker abbiß, und sprach immerzu vor sich hin: »Ich sündiger Mensch lasse mich gern mit dem Chinesenkraut verwöhnen!« Immer wieder bat er mit einem tiefen Seufzer: »Bitte noch ein Schälchen!« Er trank viel, zerbiß laut den Zucker und meinte, das alles sei komisch und originell und er ahme großartig die Kaufleute nach. Niemand begriff, daß alle diese Bagatellen die Hausfrau quälten, und es war auch schwer zu merken, denn Olga Michajlovna lächelte die ganze Zeit freundlich und schwatzte Unsinn.

Und dabei fühlte sie sich gar nicht wohl ... Es reizten sie die vielen Menschen, das Gelächter, die Fragerei, der Spaßvogel, die verstörten und sich die Hacken ablaufenden Diener, die um den Tisch tollenden Kinder; es reizte sie, daß Vata der Nata und Kolja dem Mitja ähnelte und daß sie nicht herausbekam, wer von ihnen schon Tee getrunken hatte und wer noch nicht. Sie spürte, wie ihr gezwungen freundliches Lächeln einer bösen Miene wich, und meinte jeden Augenblick, sie werde anfangen zu weinen.

»Herrschaften, es regnet!« rief jemand.

Alle blickten zum Himmel.

»Ja, es regnet tatsächlich ...« bestätigte Pëtr Dmitrič und wischte sich die Wange ab.

Vom Himmel fielen vereinzelte Tropfen, richtiger Regen war es noch nicht, aber die Gäste ließen den Tee stehen und drängten zum Aufbruch. Zuerst wollten alle mit den Wagen fahren, dann aber besannen sie sich eines Besseren und gingen zu den Booten. Olga Michajlovna bat unter dem Vorwand, sie müsse sich möglichst schnell um das Abendessen kümmern, um die Erlaubnis, sich von der Gesellschaft trennen und mit dem Wagen zurückfahren zu dürfen.

Als sie in der Kutsche saß, gönnte sie zuallererst ihrem Gesicht Ruhe und hörte auf zu lächeln. Mit bösem Gesicht fuhr sie durch das Dorf, und mit bösem Gesicht dankte sie für die Verbeugungen der Bauern, denen sie begegnete. Zu Hause angelangt, ging sie über die Hintertreppe in das Schlafzimmer und legte sich auf das Bett ihres Mannes.

»Herr mein Gott«, flüsterte sie, »wozu diese Zwangsarbeit? Weshalb drängen sich diese Leute hier und geben sich den Anschein, als ob sie lustig seien? Wozu lächle und lüge ich? Ich verstehe das nicht, ich verstehe das nicht!«

Man hörte Schritte und Stimmen. Die Gäste waren zurückgekehrt.

Sollen sie, dachte Olga Michajlovna. Ich bleibe noch ein bißchen liegen.

Aber das Stubenmädchen kam ins Schlafzimmer und sagte: »Gnädige Frau, Marja Grigorjevna fährt weg!«

Olga Michajlovna sprang auf, ordnete ihre Frisur und eilte aus dem Schlafzimmer.

»Marja Grigorjevna, was soll das heißen?« begann sie mit gekränkter Stimme, während sie Marja Grigorjevna entgegenging. »Wohin wollen Sie denn so eilig?«

»Es geht nicht anders, meine Liebe, es geht nicht! Ich bin ohnehin schon zu lange geblieben. Zu Hause warten die Kinder auf mich.«

»Das ist nicht schön von Ihnen! Weshalb haben Sie denn die Kinder nicht mitgebracht?«

»Liebste, wenn Sie erlauben, bringe ich sie mal an einem Wochentag zu Ihnen, aber heute ...«

»Ach bitte«, unterbrach sie Olga Michajlovna, »ich würde mich sehr freuen! Sie haben so liebe Kinder! Küssen Sie alle von mir ... Aber wirklich, Sie kränken mich! Ich verstehe nicht, weshalb Sie sich so beeilen!«

»Es geht nicht anders, es geht nicht ... Verzeihen Sie, Liebste, schonen Sie sich. In Ihrem jetzigen Zustand ...«

Sie küßten einander. Nachdem Olga Michajlovna den Gast zum Wagen geleitet hatte, ging sie zu den Damen in den Salon. Dort waren schon die Lichter angezündet, und die Männer setzten sich zum Kartenspiel.

IV

Nach dem Abendessen, ein Viertel nach zwölf, begannen die Gäste aufzubrechen. Zur Verabschiedung der Gäste stand Olga Michajlovna auf der Freitreppe und sagte:

»Sie hätten wirklich einen Schal nehmen sollen! Es wird ein bißchen frisch. Gott gebe, daß Sie sich nicht erkälten!«

»Seien Sie unbesorgt, Olga Michajlovna!« erwiderten die Gäste und nahmen im Wagen Platz. »Nun, leben Sie wohl! Denken Sie daran! Wir erwarten Sie! Vergessen Sie es aber nicht!«

»Brr!« der Kutscher hielt die Pferde zurück.

»Fahr zu, Denis! Leben Sie wohl, Olga Michajlovna!«

»Küssen Sie die Kinder von mir!«

Der Wagen setzte sich in Bewegung und war sogleich in der Dunkelheit verschwunden. In dem roten Kreis, den die Lampe auf den Weg warf, tauchten das nächste Paar oder das nächste Dreigespann ungeduldiger Pferde und die Silhouette eines Kutschers mit ausgestreckten Armen auf. Wieder gab es Küsse, Vorwürfe und Bitten, wiederzukommen oder einen Schal zu nehmen. Pëtr Dmitrič kam aus der Diele und half den Damen beim Einsteigen.

»Du solltest erst nach Efremovščina fahren«, belehrte er den Kutscher. »Über Mankino ist es zwar näher, aber da ist der Weg schlechter. Am Ende wirst du noch umkippen ... Leben Sie wohl, meine Schöne! Mille compliments für Ihren Künstler!«

»Leben Sie wohl, Olga Michajlovna, mein Herzchen! Gehen Sie ins Haus, sonst werden Sie sich erkälten! Es ist feucht!«

»Brr! Bist übermütig!«

»Was habt ihr denn da für Pferde?« fragte Pëtr Dmitrič.

»Haben wir in der großen Fastenzeit bei Chaidarov gekauft«, antwortete der Kutscher.

»Feine Pferdchen ...« Pëtr Dmitrič klopfte das Beipferd auf die Kruppe. »Nun, fahr zu! Geb euch Gott eine glückliche Reise!«

Endlich war auch der letzte Gast abgefahren. Der rote Kreis auf dem Wege begann zu schwanken, er verzerrte sich, schrumpfte zusammen und erlosch – Vasilij hatte die Lampe von der Freitreppe weggetragen. Die vorigen Male waren Pëtr Dmitrič und Olga Michajlovna, nachdem sie die Gäste verabschiedet hatten, im Saal umeinander herumgesprungen, sie hatten in die Hände geklatscht und gesungen: ›Sie sind weg! Sie sind weg! Sie sind weg!‹ Heute jedoch war Olga Michajlovna nicht danach zumute. Sie ging ins Schlafzimmer, zog sich aus und legte sich zu Bett.

Sie glaubte, sie werde sofort und fest einschlafen. Ihre Füße und Schultern schmerzten, der Kopf war von den vielen Gesprächen schwer, und sie verspürte nach wie vor im ganzen Körper ein gewisses Unbehagen. Nachdem sie die Decke bis über den Kopf gezogen hatte, lag sie etwa drei Minuten, dann schaute sie unter der Decke hervor auf das Ikonenlämpchen, lauschte in die Stille und lächelte.

»Schön, sehr schön ...« flüsterte sie und zog die Beine an; sie schienen vom vielen Gehen länger geworden zu sein. »Schlafen, nur schlafen ...«

Ihre Beine fanden aber nicht die rechte Lage, ihr war unbequem, und sie drehte sich auf die andere Seite. Durch das Schlafzimmer flog summend eine große Fliege und stieß ruhelos gegen die Decke. Man hörte auch, wie im Saal Grigorij und Vasilij, vorsichtig auftretend, die Tische abräumten; Olga Michajlovna wollte es scheinen, sie würde erst einschlafen und bequem liegen, wenn diese Laute verklungen seien. Und wieder drehte sie sich ungeduldig auf die andere Seite.

Aus dem Salon erklang die Stimme ihres Mannes. Wahrscheinlich blieb ein Gast zur Nacht, denn Pëtr Dmitrič sagte zu jemandem laut:

»Ich will nicht sagen, Graf Aleksej Petrovič sei unaufrichtig.

Aber er wirkt unwillkürlich so, weil ihr alle, meine Herren, bemüht seid, in ihm etwas anderes zu sehen, als er tatsächlich ist. In seiner Verschrobenheit erblickt man einen originellen Geist, in dem familiären Umgangston Gutmütigkeit, im völligen Fehlen eigener Anschauungen Konservatismus. Räumen wir sogar ein, daß er tatsächlich ein Konservativer im wahrsten Sinne des Wortes ist. Was aber ist in Wirklichkeit Konservatismus?«

Pëtr Dmitrič, der auf den Grafen Aleksej Petrovič, auf die Gäste und auf sich selbst böse war, machte seinem Herzen Luft. Er beschimpfte den Grafen und die Gäste und war aus Ärger über sich selbst bereit, alles mögliche vom Stapel zu lassen. Nachdem er den Gast in sein Zimmer begleitet hatte, ging er im Salon von einer Ecke in die andere, wanderte durch das Eßzimmer, den Korridor, das Arbeitszimmer, dann wieder durch den Salon und betrat schließlich das Schlafzimmer. Olga Michajlovna lag auf dem Rücken, nur bis zum Gürtel zugedeckt (ihr war jetzt heiß), und verfolgte mit bösem Gesicht die Fliege, die immer wieder gegen die Decke stieß.

»Ist jemand zur Nacht geblieben?« fragte sie.

»Egorov.«

Pëtr Dmitrič zog sich aus und legte sich in sein Bett. Er steckte sich schweigend eine Zigarette an und beobachtete gleichfalls die Fliege. Sein Blick war streng und unruhig. Schweigend und vielleicht fünf Minuten lang betrachtete Olga Michajlovna sein schönes Profil. Unwillkürlich schien es ihr, sie würde zu weinen oder zu lachen anfangen, wenn sich ihr Mann plötzlich mit dem Gesicht zu ihr umdrehte und sagte: ›Olga, mir ist so schwer zumute‹ – und es würde ihr leichter werden. Sie meinte, es rühre von der seelischen Spannung her, daß ihre Füße schmerzten und sie sich am ganzen Körper unbehaglich fühlte.

»Pëtr, woran denkst du?« fragte sie.

»An nichts weiter ...« erwiderte der Gatte.

»Du hast in letzter Zeit irgendwelche Geheimnisse vor mir. Das ist nicht schön.«

»Weshalb nicht schön?« antwortete Pëtr Dmitrič trocken, aber nicht sofort. »Jeder von uns hat sein persönliches Leben, deshalb muß er auch seine Geheimnisse haben.«

»Persönliches Leben, seine Geheimnisse ... das sind alles nur leere Worte! Begreif doch, du kränkst mich!« sagte Olga Michajlovna und setzte sich im Bett auf. »Wenn dir schwer ums Herz ist, warum verheimlichst du das vor mir? Und warum findest du es passender, dein Herz vor fremden Frauen auszuschütten statt vor deiner eigenen? Ich habe doch zugehört, wie du dich heute am Bienenstand vor Ljubočka ausgesprochen hast.«

»Na, da gratuliere ich dir. Freut mich sehr, daß du zugehört hast.«

Das bedeutete: laß mich in Ruhe, stör mich nicht beim Nachdenken! Olga Michajlovna wurde wütend. Der Ärger, der Haß und der Zorn, die sich im Laufe des Tages in ihr angesammelt hatten, begannen gleichsam zu sieden; sie wollte sich gern, ohne es auf morgen zu verschieben, sogleich mit ihrem Mann aussprechen, ihn kränken, sich an ihm rächen ... Sie nahm alle Kraft zusammen, um nicht zu schreien, und sagte:

»Du mußt wissen, daß das alles abscheulich ist, abscheulich, abscheulich! Ich habe dich heute den ganzen Tag gehaßt – das hast du damit angerichtet!«

Pëtr Dmitrič setzte sich ebenfalls auf.

»Abscheulich, abscheulich, abscheulich!« fuhr Olga Michajlovna fort und zitterte am ganzen Leib. »Mir brauchst du nicht zu gratulieren! Du solltest lieber dir selbst gratulieren! So eine Schande! Du hast schon so viel zusammengelogen, daß du dich schämen müßtest, mit deiner Frau in einem Zimmer zu bleiben! Ein verlogener Mensch bist du! Ich habe dich durchschaut und verstehe jeden deiner Schritte!«

»Olga, wenn du schlechter Laune bist, dann sag mir das bitte gleich. Dann schlafe ich im Arbeitszimmer.«

Bei diesen Worten nahm Pëtr Dmitrič sein Kissen und verließ das Schlafzimmer. Das hatte Olga Michajlovna nicht erwartet. Mehrere Minuten lang blickte sie schweigend, mit offenem Mund und am ganzen Leib zitternd, auf die Tür, hinter der ihr Mann verschwunden war, und bemühte sich zu ergründen, was das bedeuten sollte. War das einer jener Kniffe, wie ihn unaufrichtige Menschen im Streit anwenden, wenn sie im Unrecht sind, oder war das eine Kränkung, mit Vorbedacht ihrer Eigenliebe zugefügt? Wie sollte sie das verstehen? Olga Michajlovna fiel ihr Vetter ein, ein Offizier und fröhlicher Bursche, der ihr oft lachend erzählt hatte, daß er, wenn nachts ›die teure Gattin an ihm herumnörgele‹, sein Kissen nehme und pfeifend ins Herrenzimmer gehe, während seine Frau in einer dummen und lächerlichen Lage zurückbleibe. Dieser Offizier war mit einer reichen, launischen und dummen Frau verheiratet, die er nicht achtete und lediglich duldete.

Olga Michajlovna sprang aus dem Bett. Ihrer Meinung nach blieb ihr jetzt nur eins – sich so schnell wie möglich anzuziehen und dieses Haus für immer zu verlassen. Das Haus gehörte ihr, um so schlimmer für Pëtr Dmitrič. Ohne zu überlegen, ob das nötig war oder nicht, ging sie schnell ins Arbeitszimmer, um ihrem Mann ihren Entschluß mitzuteilen (Weiberlogik! – schoß es ihr durch den Kopf) und ihm zum Abschied noch etwas Kränkendes, Böses zu sagen ...

Pëtr Dmitrič lag auf dem Sofa und tat, als lese er Zeitung. Neben ihm auf dem Stuhl brannte eine Kerze. Sein Gesicht war von der Zeitung verdeckt und nicht zu sehen.

»Würden Sie mir bitte erklären, was das bedeuten soll? Ich frage Sie!«

»Sie ...« äffte Pëtr Dmitrič sie nach, ohne sein Gesicht zu zeigen. »Ich habe es satt, Olga! Ehrenwort, ich bin müde und mir ist jetzt nicht danach zumute ... Morgen können wir uns zanken.«

»Nein, ich verstehe dich sehr gut!« fuhr Olga Michajlovna fort. »Du haßt mich! Ja, ja! Du haßt mich, weil ich reicher bin als du! Du wirst mir das nie verzeihen und mich immer belügen!« (Weiberlogik! – schoß es ihr abermals durch den Kopf.) »Jetzt lachst du über mich, das weiß ich ... Ich bin sogar überzeugt, du hast mich nur geheiratet, um den Zensus zu bekommen und diese elenden Pferde zu besitzen ... Oh, ich Unglückliche!«

Pëtr Dmitrič ließ die Zeitung fallen und erhob sich. Die unerwartete Kränkung hatte ihn erschüttert. Er lächelte hilflos wie ein Kind und sah seine Frau fassungslos an; er streckte die Hände vor, als wolle er sich vor Schlägen schützen, und sagte mit flehender Stimme:

»Olga!«

In der Erwartung, sie werde noch etwas Schreckliches sagen, preßte er sich gegen die Sofalehne, und seine ganze große Gestalt nahm einen ebenso kindlich hilflosen Ausdruck an wie sein Lächeln.

»Olga, wie konntest du so etwas sagen?« flüsterte er.

Olga Michajlovna kam zur Besinnung. Mit einemmal spürte sie ihre unbändige Liebe zu diesem Menschen, sie dachte daran, daß er, Pëtr Dmitrič, ihr Mann war, ohne den sie nicht einen Tag leben konnte und der sie ebenso unbändig liebte. Sie schluchzte bitterlich, griff sich an den Kopf und lief zurück ins Schlafzimmer.

Sie fiel aufs Bett, und ihr stoßweises, hysterisches Schluchzen, das sie am Atmen hinderte und ihre Arme und Beine krampfhaft zucken ließ, erfüllte das Schlafzimmer. Als ihr einfiel, daß drei oder vier Zimmer weiter ein Gast übernachtete, verbarg sie ihr Gesicht unter dem Kissen, um das Schluchzen zu ersticken, doch das Kissen fiel zu Boden, und sie wäre beinahe selbst gefallen, als sie sich danach bückte. Sie wollte die Decke übers Gesicht ziehen, doch die Hände gehorchten ihr nicht und rissen krampfhaft an allem, woran sie sich klammerte.

Sie glaubte, es sei schon alles verloren, und die Unwahrheit, die sie ausgesprochen hatte, um ihren Mann zu kränken, habe ihr ganzes Leben zerstört. Ihr Mann würde ihr das nie verzeihen. Die Kränkung, die sie ihm zugefügt hatte, war so groß, daß sie weder durch Zärtlichkeiten noch durch Schwüre aus der Welt geschafft werden konnte ... Wie sollte sie ihren Mann davon überzeugen, daß sie selbst nicht glaubte, was sie gesagt hatte?

»Aus! Es ist aus!« schrie sie und bemerkte nicht, wie das Kissen abermals zu Boden fiel. »Mein Gott, mein Gott!«

Wahrscheinlich waren von ihrem Schreien bereits der Gast und die Dienerschaft wach geworden; morgen schon würde der ganze Kreis wissen, daß sie einen Weinkrampf gehabt hatte, und alle würden Pëtr Dmitrič die Schuld geben. Sie strengte sich an, um sich zusammenzunehmen, aber ihr Schluchzen wurde mit jedem Augenblick lauter und lauter.

»Mein Gott!« schrie sie aus vollem Halse und begriff nicht, weshalb sie das schrie. »Mein Gott!«

Ihr war auf einmal, als versinke unter ihr das Bett und als hätten sich ihre Beine in der Bettdecke verwickelt. In das Zimmer trat Pëtr Dmitrič, im Schlafrock, eine Kerze in der Hand.

»Schon gut, Olga!« sagte er.

Sie richtete sich auf, kniete im Bett, kniff vor dem Kerzenlicht die Augen zusammen und stammelte schluchzend:

»Versteh doch ... Versteh doch ...«

Sie wollte sagen, daß die Gäste, seine Lüge und ihre Lüge sie gequält hatten, daß es für sie allzuviel gewesen war, aber sie konnte lediglich stammeln:

»Versteh doch ... versteh doch!«

»Nun, trink!« sagte er und reichte ihr Wasser.

Gehorsam nahm sie das Glas und begann zu trinken, doch sie verschüttete das Wasser, und es floß ihr über Arme, Brust und Knie ... Wahrscheinlich bin ich jetzt furchtbar häßlich, dachte sie. Pëtr Dmitrič legte sie schweigend ins Bett und deckte sie zu, dann nahm er die Kerze und ging hinaus.

»Mein Gott!« schrie Olga Michajlovna wieder. »Pëtr, versteh doch, versteh!«

Plötzlich preßte sich in ihrem Unterleib und am Rücken etwas mit solcher Gewalt zusammen, daß sie unvermittelt zu weinen aufhörte und vor Schmerz in das Kissen biß. Der Schmerz ließ jedoch sofort wieder nach, und sie fing wieder an zu schluchzen.

Das Stubenmädchen trat ein, legte ihr die Bettdecke zurecht und fragte aufgeregt:

»Liebe gnädige Frau, was ist Ihnen?«

»Scheren Sie sich weg!« sagte Pëtr Dmitrič streng und trat an das Bett.

»Versteh doch, versteh ...« begann Olga Michajlovna.

»Olga, ich bitte dich, beruhige dich«, erwiderte er. »Ich wollte dich nicht kränken. Ich hätte das Schlafzimmer nicht verlassen, wenn ich gewußt hätte, daß es so auf dich wirkt. Mir war einfach schwer zumute. Ich sage dir als Ehrenmann ...«

»Versteh doch ... Du hast gelogen, ich hab gelogen ...«

»Ich verstehe ... Nun, genug davon! Ich verstehe ...« sagte Pëtr Dmitrič zärtlich und setzte sich zu ihr aufs Bett. »Du hast das in der Erregung gesagt, das ist verständlich ... Ich schwöre bei Gott, ich liebe dich mehr als alles auf der Welt, und als ich dich heiratete, habe ich kein einziges Mal daran gedacht, daß du reich bist. Ich liebte dich unendlich – nur das ... Ich versichere es dir. Ich litt niemals Not und kannte nicht den Wert des Geldes, deshalb kann ich den Unterschied zwischen deiner und meiner Vermögenslage gar nicht empfinden. Ich glaubte nur, wir seien gleichermaßen reich. Und daß ich in Kleinigkeiten unaufrichtig war, das ... ist natürlich wahr. Mein Leben war bis jetzt so unseriös eingerichtet, daß ich gewissermaßen ohne eine kleine Lüge nicht auskommen konnte. Jetzt ist mir selbst schwer zumute. Lassen wir dieses Gespräch, um Gottes willen!«

Olga Michajlovna spürte abermals den heftigen Schmerz und packte ihren Mann am Ärmel.

»Dieser Schmerz, dieser Schmerz!« stieß sie hastig hervor. »Oh, dieser Schmerz!«

»Der Teufel hätte diese Gäste holen sollen!« murmelte Pëtr Dmitrič und stand auf. »Du hättest heute nicht auf die Insel fahren sollen!« rief er aus. »Und warum hab ich Trottel dich nicht zurückgehalten? Herr, mein Gott!«

Ärgerlich kratzte er sich den Kopf, winkte resigniert ab und ging aus dem Zimmer.

Darauf kam er noch mehrmals wieder, setzte sich zu ihr aufs Bett und redete viel, bald sehr zärtlich, bald aufgebracht, aber sie hörte ihn kaum. Ihr Schluchzen wechselte immer wieder mit furchtbaren Schmerzen, und jeder Schmerz war heftiger und dauerte länger als der vorhergehende. Anfangs hatte sie während eines Schmerzanfalls den Atem angehalten und ins Kopfkissen gebissen, dann aber begann sie mit einer unangenehmen, durchdringenden Stimme zu schreien. Als sie einmal ihren Mann neben sich sitzen sah, fiel ihr ein, daß sie ihn gekränkt hatte, und ohne zu überlegen, ob dies eine Fieberphantasie war oder wirklich Pëtr Dmitrič, ergriff sie mit beiden Händen die seine und küßte sie.

»Du hast gelogen, ich habe gelogen ...« begann sie sich zu rechtfertigen. »Versteh doch, versteh ... Man hat mich gequält, aus der Fassung gebracht ...«

»Olga, wir sind hier nicht allein«, sagte Pëtr Dmitrič.

Olga Michajlovna hob den Kopf und erblickte Varvara, die vor der Kommode kniete und den untersten Kasten herauszog. Die oberen Kästen waren bereits herausgezogen. Als Varvara mit der Kommode fertig war, stand sie auf, rot vor Anstrengung, und machte sich daran, mit kalter, feierlicher Miene eine Schatulle zu öffnen.

»Marja, ich kann sie nicht aufschließen«, flüsterte sie. »Vielleicht bekommst du sie auf.«

Marja, das Stubenmädchen, stocherte mit einer Schere im Leuchter herum, um eine neue Kerze einzusetzen; sie trat zu Varvara und half ihr die Schatulle öffnen.

»Daß nichts verschlossen bleibt . . .« flüsterte Varvara. »Mach doch, meine Gute, auch diese Schachtel auf. Gnädiger Herr«, sagte sie, zu Pëtr Dmitrič gewandt, »Sie sollten zum Vater Michail schicken, damit er in der Kirche die heilige Pforte öffnet! Es muß sein!«

»Macht, was ihr wollt«, erwiderte Pëtr Dmitrič, stoßweise atmend, »holt nur um Gottes willen so schnell wie möglich den Arzt oder die Hebamme! Ist Vasilij schon weg? Schick nach jemandem. Schick deinen Mann!«

Ich komme nieder, begriff Olga Michajlovna. »Varvara«, stöhnte sie, »es wird ja doch nicht lebend geboren.«

»Nicht doch, nicht doch, gnädige Frau . . .« flüsterte Varvara. »Gott würt geben, daß es lebend geboren würt.« (So sprach sie immer das Wort wird aus.) »Es würt leben.«

Als Olga Michajlovna wieder einmal nach einem Schmerzanfall zur Besinnung kam, schluchzte sie nicht und wälzte sich nicht mehr hin und her, sondern stöhnte nur. Dieses Stöhnen konnte sie nicht einmal mehr in den Pausen zwischen den Schmerzanfällen unterdrücken. Die Kerzen brannten noch, aber durch die Gardinen schimmerte bereits das Morgenlicht. Wahrscheinlich war es gegen fünf Uhr. Im Schlafzimmer an dem runden Tisch saß eine unbekannte Frau in weißer Schürze; sie machte einen sehr bescheidenen Eindruck. Ihrer Haltung nach mußte sie schon lange so dasitzen. Olga Michajlovna erriet, daß es die Hebamme war.

»Ist es bald zu Ende?« fragte sie und hörte aus ihrer Stimme einen besonderen, unbekannten Ton heraus, den sie noch nie zuvor bemerkt hatte. – Wahrscheinlich sterbe ich bei der Entbindung, dachte sie.

Vorsichtig trat Pëtr Dmitrič ins Zimmer, angekleidet wie am Tage, und blieb, mit dem Rücken zu seiner Frau, am Fenster stehen. Er hob leicht die Gardine und schaute aus dem Fenster.

»Was für ein Regen«, sagte er.

»Und wie spät ist es?« fragte Olga Michajlovna, um in ihrer Stimme noch einmal den unbekannten Ton zu hören.

»Ein Viertel vor sechs«, antwortete die Hebamme.

Was ist, wenn ich tatsächlich sterbe, dachte Olga Michajlovna und schaute auf den Kopf ihres Mannes und auf die Fensterscheibe, an die der Regen trommelte. Wie wird er ohne mich leben? Mit wem wird er Tee trinken, Mittag essen, sich des Abends unterhalten und schlafen?

Und er erschien ihr wie ein verwaistes Kind; er dauerte sie, und sie wollte ihm gern etwas Angenehmes, Zärtliches und Tröstendes sagen. Sie erinnerte sich, wie er sich im Frühjahr hatte Jagdhunde kaufen wollen und wie sie, da sie die Jagd für ein grausames und gefährliches Vergnügen hielt, ihn daran gehindert hatte.

»Pëtr, kauf dir Jagdhunde!« stöhnte sie.

Er ließ die Gardine herab und trat an ihr Bett; er wollte etwas sagen, aber in diesem Augenblick verspürte Olga Michajlovna wieder den Schmerz und schrie mit ihrer unangenehmen, durchdringenden Stimme hell auf.

Von den Schmerzen, dem häufigen Schreien und dem Stöhnen war sie schon ganz abgestumpft. Sie hörte, sah und sprach auch manchmal, aber sie verstand schlecht und begriff nur, daß sie Schmerzen hatte oder gleich haben würde. Es kam ihr so vor, als sei der Namenstag schon sehr, sehr lange her, als sei er nicht gestern, sondern schon vor einem Jahr gewesen und als dauere ihr neues, schmerzreiches Leben bereits länger als ihre Kindheit, ihre Institutszeit, das Studium und die Ehe und als werde es noch sehr, sehr lange dauern, ohne ein Ende zu finden. Sie sah, wie man der Hebamme Tee brachte, wie man sie zum Frühstück und dann zum Mittagessen rief; sie sah, wie Pëtr Dmitrič sich angewöhnt hatte, hereinzukommen, längere Zeit am Fenster zu stehen und wieder hinauszugehen, und wie sich irgendwelche fremden Männer, das Stubenmädchen und Varvara angewöhnt hatten, hereinzukommen ... Varvara sprach immer nur: ›Es würt schon, es würt schon‹ und ärgerte sich, wenn jemand die Schubkästen bewegte. Olga Michajlovna sah, wie sich im Zimmer und in den Fenstern die Beleuchtung änderte: bald war es dämmerig, bald neblig trübe, bald taghell, so wie es gestern nach dem Mittagessen war, dann wieder dämmerig ... Und jede dieser Veränderungen dauerte so lange wie ihre Kindheit, die Institutszeit, das Studium ...

Am Abend nahmen zwei Ärzte an Olga Michajlovna eine Operation vor; der eine war knochig, kahlköpfig und trug einen breiten roten Bart, der andere war brünett, sah jüdisch aus und trug eine billige Brille. Zu der Tatsache, daß fremde Männer ihren Körper berührten, verhielt sie sich völlig gleichgültig. Sie hatte kein Schamgefühl und keinen Willen mehr, und jeder konnte mit ihr machen, was er wollte. Hätte sich in diesem Augenblick jemand mit einem Messer auf sie gestürzt, Pëtr Dmitrič beleidigt oder ihr das Recht auf das kleine Menschlein entzogen – sie hätte kein einziges Wort gesagt.

Während der Operation gab man ihr Chloroform. Als sie danach erwachte, dauerten die Schmerzen immer noch an, sie waren unerträglich. Es war Nacht. Und Olga Michajlovna erinnerte sich, daß es genauso eine Nacht mit dieser Stille, dem Ikonenlämpchen, der unbeweglich am Bett sitzenden Hebamme, mit den herausgezogenen Schubkästen und dem am Fenster stehenden Pëtr Dmitrič schon einmal gegeben hatte, aber das war vor langer, langer Zeit . . .

V

Ich bin nicht gestorben, dachte Olga Michajlovna, als sie wieder ihre Umwelt zu erfassen begann und als die Schmerzen vergangen waren.

Durch die beiden weit geöffneten Fenster blickte der helle Sommertag; im Garten hinter den Fenstern schilpten die Spatzen und kreischten die Elstern, ohne auch nur eine einzige Sekunde zu verstummen.

Die Schubkästen der Kommode waren wieder geschlossen, das Bett des Gatten war aufgeräumt. Keine Hebamme, keine Varvara, kein Stubenmädchen befand sich im Zimmer; allein Pëtr Dmitrič stand wie zuvor unbeweglich am Fenster und blickte in den Garten. Kein Kinderweinen ertönte, niemand gratulierte ihr und freute sich – offensichtlich war das kleine Menschlein tot geboren.

»Pëtr!« rief Olga Michajlovna ihren Gatten an.

Pëtr Dmitrič schaute sich um. Es mußte viel Zeit vergangen sein, seit der letzte Gast weggefahren war und Olga Michajlovna ihren Mann gekränkt hatte, denn Pëtr Dmitrič war merklich abgemagert, sein Gesicht war eingefallen.

»Was hast du?« fragte er und trat an das Bett.

Er sah zur Seite, bewegte die Lippen und lächelte hilflos wie ein Kind.

»Ist schon alles zu Ende?« fragte Olga Michajlovna.

Pëtr Dmitrič wollte etwas erwidern, aber seine Lippen zitterten, und sein Mund verzog sich greisenhaft wie bei dem zahnlosen Onkel Nikolaj Nikolaič.

»Olga!« sagte er händeringend, und aus seinen Augen stürzten plötzlich große Tränen. »Olga! Ich brauche weder deinen Zensus noch Gerichtssitzungen« – er schluchzte auf –, »ich brauche keine besonderen Meinungen, nicht diese Gäste, nicht deine Mitgift ... nichts brauche ich! Weshalb haben wir nicht auf unser Kind achtgegeben? Ach, wozu noch reden!«

Er winkte resigniert ab und verließ das Schlafzimmer.

Doch Olga Michajlovna war schon alles ganz gleichgültig. Ihr Kopf war noch benebelt vom Chloroform, in ihrem Herzen war alles leer ... Jene stumpfe Gleichgültigkeit dem Leben gegenüber, die sie empfand, als die beiden Ärzte sie operierten, hatte sie immer noch nicht verlassen.

Der Anfall

I

Der Medizinstudent Maier und der Schüler der Moskauer Lehranstalt für Malerei, Bildhauerei und Architektur Rybnikov kamen eines Abends zu ihrem Freund, dem Jurastudenten Vasiljev, und schlugen ihm vor, mit ihnen in die S.-Gasse zu gehen. Vasiljev weigerte sich zuerst lange, dann aber zog er sich an und ging mit.

Sogenannte gefallene Frauen kannte er nur vom Hörensagen und aus Büchern, und noch nie in seinem Leben war er in den Häusern gewesen, in denen sie lebten. Er wußte, daß es unmoralische Frauen gibt, die sich unter dem Druck unglücklicher Umstände – des Milieus, einer schlechten Erziehung, der Not und so weiter – gezwungen sehen, für Geld ihre Ehre zu verkaufen. Sie kennen keine reine Liebe, haben keine Kinder und sind nicht rechtsfähig; Mütter und Schwestern beweinen sie wie Tote, die Wissenschaft behandelt sie als Übel, von den Männern werden sie geduzt. Aber trotz alledem verlieren sie nicht ihre Gottähnlichkeit. Sie alle sind sich ihrer Sünden bewußt und hoffen auf Rettung. Die zur Rettung führenden Mittel können sie im weitesten Umfang benutzen. Zwar stimmt es, daß die Gesellschaft den Menschen ihre Vergangenheit nicht verzeiht, aber vor Gott gilt die heilige Maria von Ägypten nicht weniger als andere Heilige. Wenn Vasiljev auf der Straße an der Kleidung oder am Benehmen eine gefallene Frau erkannte oder eine in einer humoristischen Zeitschrift abgebildet sah, fiel ihm jedesmal eine Geschichte ein, die er vor einiger Zeit irgendwo gelesen hatte: Ein junger Mann, rein und selbstlos, verliebte sich in eine Dirne und machte ihr den Vorschlag, seine Frau zu werden, sie aber nahm Gift, da sie sich solchen Glückes für unwürdig hielt.

Vasiljev wohnte in einer Gasse, die auf den Tverskoj-Boulevard führt. Als er mit seinen Freunden aus dem Haus trat, war es gegen elf Uhr. Unlängst war der erste Schnee gefallen, und alles in der Natur wurde von diesem frischen Schnee beherrscht. Die Luft roch nach Schnee, Schnee knirschte weich unter den Füßen, die Erde, die Dächer, die Bäume und die Bänke auf den

Boulevards – alles war weich, weiß und frisch; daher sahen auch die Häuser anders aus als am Vortag, die Laternen brannten heller, die Luft war durchsichtiger, die Fahrzeuge ratterten gedämpfter, und in das Herz strömte mit der klaren, leichten Frostluft ein Gefühl, das dem frischen, flockigen Schnee ähnelte.

»Es zieht zu diesen düstren Ufern«, sang der Mediziner mit angenehmer Tenorstimme, »mich eine unbekannte Kraft ...«

»Da ist die Mühle ...« fiel der Künstler ein. »Schon zerfallen ...«

»Da ist die Mühle ... Schon zerfallen ...« wiederholte der Mediziner, wobei er die Augenbrauen hochzog und traurig den Kopf schüttelte. Er schwieg, wischte sich die Stirn ab, besann sich auf den Text und sang dann so laut und schön, daß sich die Passanten nach ihm umblickten

»Dort lernte einstmals ja ich kennen, ein freier Mann, der freien Liebe Glück ...«

Alle drei betraten ein Restaurant und tranken, ohne die Mäntel abzulegen, am Büfett zwei Gläschen Vodka. Bevor Vasiljev das zweitemal trank, bemerkte er in dem Vodka ein Stückchen Korken; er hob das Glas an die Augen, betrachtete es lange und blinzelte wie ein Kurzsichtiger. Der Mediziner verstand seinen Gesichtsausdruck nicht und sagte:

»Na, was guckst du? Bitte keine Philosophie! Der Vodka ist zum Trinken da, der Stör zum Essen, die Frauen, damit man sie besucht, der Schnee, damit man auf ihm herumläuft. Wenigstens einen Abend solltest du als Mensch leben!«

»Ich sage ja gar nichts«, erwiderte Vasiljev lachend. »Habe ich denn etwas dagegen?«

Von dem Schnaps wurde ihm warm in der Brust. Gerührt blickte er die Gefährten an, er freute sich an ihnen und beneidete sie. Wie ausgeglichen waren diese gesunden, starken, frohen Menschen, wie abgerundet und glatt waren Geist und Seele. Sie sangen, liebten leidenschaftlich das Theater, malten, redeten viel und tranken, und danach tat ihnen am nächsten Tag nicht einmal der Kopf weh; sie konnten poetisch, verworfen, zärtlich und frech sein; sie verstanden zu arbeiten, zu zürnen, grundlos zu lachen und Unsinn zu schwatzen. Sie waren hitzig, ehrlich, selbstlos und als Menschen nicht schlechter als er, Vasiljev, der jeden seiner Schritte und jedes seiner Worte überwachte, der argwöhnisch und vorsichtig war, bereit, die geringste Lappalie zu einem Problem zu erheben. Und er wollte gern wenigstens einen Abend so leben wie seine Freunde, aus sich herausgehen, sich der Selbstkontrolle entledigen. Und wenn er Vodka trinken mußte? Er würde trinken, wenn auch morgen sein Kopf vor Schmerzen zu bersten drohte. Und wenn man ihn zu Frauen führte? Er würde mitgehen. Er würde lachen, Witze reißen und fröhlich antworten, wenn Passanten ihn anrempelten ...

Lachend verließ er das Restaurant. Seine Freunde gefielen ihm – der eine trug einen zerknitterten breitrandigen Hut, der Anspruch auf künstlerische Großzügigkeit erhob, der andere ein Sealkäppchen, denn er war nicht arm, wollte aber als gelehrter Bohemien gelten. Ihm gefiel der Schnee, das bleiche Laternenlicht, die deutlichen schwarzen Spuren, die die Stiefel der Passanten auf dem ersten Schnee hinterließen. Ihm gefiel die Luft und jener durchsichtige, zärtliche, naive, gleichsam jungfräuliche Ton, den man in der Natur nur zweimal im Jahr beobachten kann: wenn alles mit Schnee bedeckt ist, und im Frühjahr an klaren Tagen oder in Mondnächten, wenn auf dem Fluß das Eis birst.

»Es zieht zu diesen düstren Ufern«, sang er halblaut, »mich eine unbekannte Kraft ...«

Und den ganzen Weg über ging ihm und seinen Freunden dieses Motiv nicht aus dem Sinn, und alle drei sangen es mechanisch und ohne den Takt zu halten.

Vasiljev stellte sich vor, wie zehn Minuten später er und seine Freunde an eine Tür klopfen würden, wie sie über dunkle Korridore und durch dunkle Zimmer zu den Frauen schleichen würden, wie er im Schutz der Dunkelheit ein Streichholz anzünden und plötzlich ein leidendes Gesicht und ein schuldbewußtes Lächeln erblicken würde. Die unbekannte Blondine oder Brünette würde sicher aufgelöstes Haar haben und eine weiße Nachtjacke tragen; sie würde vor dem Licht erschrecken, furchtbar verlegen sein und ausrufen: ›Um Himmels willen, was machen Sie da! Löschen Sie das Licht!‹ Das alles war schrecklich, aber interessant und neu.

II

Vom Trubnaja-Platz bogen die Freunde in die Gračevka-Straße ein und kamen bald darauf in die Gasse, die Vasiljev nur vom Hörensagen kannte. Als er die beiden Häuserreihen mit den hell erleuchteten Fenstern und weit geöffneten Türen sah, als er die heiteren Töne von Klarinetten und Geigen vernahm – Töne, die aus allen Türöffnungen drangen und sich zu einem seltsamen Wirrwarr vermischten, so als stimme irgendwo in der Dunkelheit unter den Dächern ein unsichtbares Orchester die Instrumente –, da sagte er staunend:

»Wie viele Häuser!«

»Was ist das schon«, erwiderte der Mediziner. »In London gibt es noch zehnmal mehr. Dort leben an die hunderttausend von solchen Frauen.«

Die Droschkenkutscher saßen ebenso ruhig und gleichgültig auf dem Bock wie in allen anderen Gassen auch; auf den Gehsteigen bewegten sich die gleichen Passanten wie auf den übrigen Straßen. Niemand hatte es eilig, niemand verbarg sein Gesicht hinter dem Kragen, niemand schüttelte vorwurfsvoll den Kopf ... Und in dieser Gleichgültigkeit, in dem Wirrwarr der Klavier- und Geigentöne, in den hellen Fenstern, in den weit geöffneten Türen spürte man etwas recht Ungeniertes, Unverschämtes, Kühnes und Großzügiges. Wahrscheinlich war es seinerzeit auf den Sklavenmärkten ebenso heiter und geräuschvoll zugegangen, und Gesicht und Gang der Menschen hatte ebensolche Gleichgültigkeit gezeigt.

»Fangen wir ganz von vorne an«, sagte der Künstler.

Die Freunde traten in einen engen Korridor, der von einer Reflektorlampe erhellt war. Als sie die Tür öffneten, erhob sich in der Diele träge ein Mann von einem gelben Sofa, er war in einen schwarzen Gehrock gekleidet und hatte ein unrasiertes Lakaiengesicht und verschlafene Augen. Es roch wie in einer Wäscherei und außerdem nach Essig. Von der Diele führte eine Tür in ein hell erleuchtetes Zimmer. Der Mediziner und der Künstler blieben an dieser Tür stehen, reckten den Hals und schauten beide gleichzeitig in das Zimmer.

»Bona sera, Signori, Rigoletto Hugenotti – Traviata!« begann der Künstler und verbeugte sich theatralisch.

»Havanna, Makkaroni, Pistoletto«, sagte der Mediziner, wobei er sein Käppchen an die Brust drückte und sich tief verbeugte.

Vasiljev stand hinter ihnen. Er wollte sich ebenfalls theatralisch verbeugen und irgend etwas Dummes sagen, aber er lächelte nur, fühlte eine Verlegenheit, die an Scham grenzte, und wartete ungeduldig, was nun kommen würde. In der Tür tauchte eine kleine Blondine von siebzehn oder achtzehn Jahren auf, sie trug kurzgeschnittenes Haar, ein kurzes blaues Kleid und auf der Brust eine weiße Kordel.

»Was stehen Sie denn in der Tür?« fragte sie. »Legen Sie Ihre Mäntel ab und kommen Sie in den Saal.«

Der Mediziner und der Künstler betraten den Saal, wobei sie weiter italienisch sprachen. Vasiljev folgte ihnen unschlüssig.

»Meine Herren, legen Sie Ihre Mäntel ab!« sagte streng der Lakai. »So geht das nicht.«

Außer der Blondine war noch eine sehr korpulente, hochgewachsene Frau im Saal, mit unrussischen Gesichtszügen und entblößten Armen. Sie saß neben dem Flügel und legte auf ihren Knien Patience. Den Gästen schenkte sie keinerlei Beachtung.

»Wo sind denn die übrigen Damen?« fragte der Mediziner.

»Sie trinken Tee«, sagte die Blondine. »Stepan«, rief sie, »geh und sag den Damen, Studenten sind gekommen!«

Kurz darauf kam eine dritte Dame in den Saal; sie hatte ein grellrotes Kleid mit blauen Streifen an. Ihr Gesicht war stark und ungeschickt geschminkt, die Stirn verbarg sich unter den Haaren, die Augen blickten starr und erschrocken. Beim Eintreten stimmte sie sogleich mit einer kräftigen, groben Altstimme ein Lied an. Nach ihr erschien eine vierte Dame, dann noch eine fünfte ...

In alldem konnte Vasiljev nichts Neues und nichts Interessantes erblicken. Es schien ihm, er habe diesen Saal, den Flügel, den Spiegel im primitiv vergoldeten Rahmen, die Kordel, das Kleid mit den blauen Streifen und die stumpfsinnigen, gleichgültigen Gesichter schon irgendwo und mehr als einmal gesehen. Dunkelheit, Stille, Verschwiegenheit und schuldbewußtes Lächeln aber, alles das, was er hier zu finden erwartet hatte und wovor er sich fürchtete – davon bemerkte er auch nicht die Spur.

Alles war gewöhnlich, prosaisch und uninteressant. Eins nur

reizte ein wenig seine Neugier – das war die furchtbare, gleichsam absichtlich erdachte Geschmacklosigkeit, die man an den Gesimsen, den sinnlosen Bildern, den Kleidern und der Kordel bemerkte. In dieser Geschmacklosigkeit lag etwas Charakteristisches, etwas Besonderes ...

Wie armselig und dumm das alles ist, dachte Vasiljev. Wie kann dieser ganze Quatsch, den ich hier sehe, einen normalen Menschen verführen und ihn veranlassen, die schreckliche Sünde zu begehen – für einen Rubel einen lebendigen Menschen zu kaufen? Ich verstehe jede beliebige Sünde, die um des Glanzes, der Schönheit, der Grazie, der Leidenschaft, des Geschmacks willen begangen wird, aber was ist das hier? Weswegen sündigt man hier? Im übrigen aber ... nicht daran denken!

»Spendieren Sie Porter, Bartgesicht!« sagte die Blondine, zu ihm gewandt.

Vasiljev wurde plötzlich verlegen.

»Mit Vergnügen ...« erwiderte er und verbeugte sich höflich. »Nur müssen Sie entschuldigen, Gnädigste, ich ... ich werde nicht mit Ihnen zusammen trinken. Ich trinke nicht.«

Fünf Minuten später waren die Freunde bereits auf dem Weg zu einem anderen Haus.

»Hör mal, weshalb hast du denn Porter bestellt?« fragte der Mediziner ärgerlich. »Was für ein Millionär! Hat einfach sechs Rubel aus dem Fenster geworfen, für nichts und wieder nichts!«

»Wenn sie es will, warum soll man ihr nicht das Vergnügen machen?« erwiderte Vasiljev, um sich zu rechtfertigen.

»Du hast nicht ihr, sondern der Wirtin ein Vergnügen gemacht. Die Gäste zu animieren, gebieten ihnen die Wirtinnen, die daran verdienen.«

»Da ist die Mühle ...« sang der Künstler. »Schon zerfallen ...«

Als die Freunde das nächste Haus betraten, blieben sie nur an der Tür stehen und gingen nicht in den Saal. Ebenso wie in dem ersten Haus erhob sich in der Diele von dem Sofa eine Gestalt im Gehrock und mit einem verschlafenen Lakaiengesicht. Als Vasiljev diesen Lakaien, sein Gesicht und den abgetragenen Gehrock erblickte, dachte er: Was muß ein gewöhnlicher, einfacher russischer Mensch durchmachen, ehe ihn das Schicksal hierher als Lakai verschlägt? Wo ist er früher gewesen, und was hat er gemacht? Was erwartet ihn? Ist er verheiratet? Wo befindet sich seine Mutter, und weiß sie, daß er hier Lakai ist? Und schon richtete Vasiljev in jedem Haus seine Aufmerksamkeit unwillkürlich zuerst auf den Lakaien. In einem dieser Häuser, der Reihenfolge nach wohl dem vierten, war der Lakai klein, schwächlich und mager; über seiner Weste hing eine Uhrkette. Er las den ›Listok‹ und schenkte den Eintretenden keinerlei Beachtung. Als Vasiljev sein Gesicht sah, dachte er, ohne zu wissen warum, ein Mensch mit einem solchen Gesicht könne auch stehlen, morden und einen Meineid leisten. Das Gesicht war tatsächlich interessant – eine hohe Stirn, graue Augen, eine plattgedrückte Nase, schmale, zusammengepreßte Lippen; der Gesichtsausdruck war stumpfsinnig, gleichzeitig aber frech, wie bei einem jungen Jagdhund, wenn er einem Hasen nachsetzt. Vasiljev meinte, es müsse schön sein, die Haare dieses Lakaien zu berühren – waren sie weich oder struppig? Wahrscheinlich waren sie struppig wie ein Hundefell.

III

Von den genossenen zwei Glas Porter war der Künstler auf einmal wie benebelt, und er wurde übertrieben lebhaft.

»Gehen wir in ein anderes Haus!« kommandierte er und fuchtelte mit den Händen. »Ich führ euch in das allerbeste!«

Als er die Freunde in das Haus geführt hatte, das nach seiner Meinung das allerbeste war, äußerte er nachdrücklich den Wunsch, Quadrille zu tanzen. Der Mediziner murrte zwar, weil man für die Musiker einen Rubel zahlen mußte, war aber dann einverstanden, das Visavis des Künstlers zu sein. Sie begannen zu tanzen.

Im allerbesten Haus war es ebenso unschön wie im schlechtesten. Hier gab es genau die gleichen Spiegel und Bilder, die gleichen Frisuren und Kleider. Als Vasiljev die Einrichtung und die Kleidung betrachtete, hatte er bereits begriffen, daß dies keine Geschmacklosigkeit war, sondern etwas, was man den Geschmack, ja sogar den Stil der S.-Gasse nennen und was man nirgendwo anders finden konnte, etwas in seiner Häßlichkeit Vollkommenes, das nicht zufällig, sondern mit der Zeit so geworden war. Nachdem er acht Häuser besucht hatte, verwunderten ihn weder die Farben der Kleider noch die langen Schleppen, noch die grellbunten Schleifen, noch die Matrosenkostüme, noch die kräftigen violett geschminkten Wangen; er begriff: das mußte hier alles so sein, der gemeinsame Stil der ganzen Gasse würde darunter leiden, kleidete sich auch nur eine einzige dieser Frauen menschlich oder hinge man einen anständigen Stich an die Wand.

Wie ungeschickt sie sich verkaufen! dachte er. Verstehen sie denn nicht, daß das Laster nur dann reizvoll ist, wenn es schön und verborgen bleibt, wenn es tugendhaft verhüllt wird? Diskrete schwarze Kleider, bleiche Wangen, ein trauriges Lächeln und Dämmerlicht wirken stärker als dieser geschmacklose Flitter. Dumm sind sie! Wenn sie das nicht selber verstehen, sollten ihnen die Gäste das beibringen ...

Ein Mädchen in einem polnischen Kostüm mit weißem Pelzbesatz trat zu ihm und setzte sich neben ihn.

»Warum tanzen Sie nicht, sympathischer Jüngling?« fragte sie. »Weshalb sind Sie so langweilig?«

»Weil es langweilig ist.«

»Sie sollten einen Lafitte spendieren, dann ist es nicht mehr langweilig.«

Vasiljev erwiderte nichts. Er schwieg ein Weilchen und fragte dann:

»Um wieviel Uhr gehen Sie schlafen?«

»Gegen sechs.«

»Und wann stehen Sie auf?«

»Manchmal um zwei, manchmal um drei.«

»Und was machen Sie, wenn Sie aufgestanden sind?«

»Wir trinken Kaffee, gegen sieben essen wir Mittag.«

»Und was essen Sie da?«

»Gewöhnlich ... Suppe, Beefsteak, Dessert. Unsere Madame sorgt gut für ihre Mädchen. Warum fragen Sie danach?«

»Nur so, um etwas zu reden ...«

Vasiljev wollte mit dem Mädchen noch über vieles reden. Er hätte zu gern erfahren, woher sie stammte, ob ihre Eltern noch lebten und ob sie wußten, daß sie hier war, wie sie in dieses Haus geraten war, ob sie froh und zufrieden oder aber traurig und bedrückt sei und ob sie hoffe, einmal aus ihrer jetzigen Lage herauszukommen ... Aber ihm fiel einfach nicht ein, wie er es anfangen und wie er die Frage formulieren sollte, um nicht indiskret zu erscheinen. Er überlegte lange und fragte dann:

»Wie alt sind Sie?«

»Achtzig«, witzelte das Mädchen und blickte lachend auf die Kunststücke, die der tanzende Künstler mit Armen und Beinen ausführte.

Plötzlich brach sie in schallendes Gelächter aus und sagte so laut, daß alle es hörten, einen langen zynischen Satz. Vasiljev war bestürzt, und da er nicht wußte, was für eine Miene er machen sollte, lächelte er gezwungen. Nur er allein lächelte, alle übrigen – seine Freunde, die Musiker und die Frauen – blickten sich nicht einmal nach seiner Nachbarin um, als hätten sie nichts gehört.

»Spendieren Sie einen Lafitte«, sagte seine Nachbarin wieder.

Vasiljev widerten ihr weißer Pelzbesatz und ihre Stimme an, er ließ sie sitzen. Es kam ihm heiß und schwül vor, und sein Herz begann langsam, aber heftig wie ein Hammer zu pochen: eins, zwei, drei!

»Gehen wir!« sagte er und zupfte den Künstler am Ärmel.

»Warte noch, bis wir fertig sind.«

Während der Künstler und der Mediziner die Quadrille beendeten, betrachtete Vasiljev, um nicht die Frauen ansehen zu müssen, die Musiker. Auf dem Flügel spielte ein würdiger Greis mit einer Brille, der im Gesicht dem französischen Marschall Bazaine ähnlich sah, auf der Geige ein junger Mann mit einem blonden Bärtchen, der nach der letzten Mode gekleidet war. Das Gesicht des jungen Mannes machte keinen dummen und auch keinen verlebten Eindruck, sondern wirkte im Gegenteil klug, jung und frisch. Er war anspruchsvoll und mit Geschmack gekleidet und spielte mit Gefühl. Es war zu fragen: Wie waren der junge Mann und dieser anständige, würdige Alte hierhergeraten? Wieso schämten sie sich nicht, hier zu sitzen? Und woran dachten sie, wenn sie die Frauen anschauten?

Würden heruntergekommene, hungrige, finstere, betrunkene Gestalten mit verlebten oder stumpfsinnigen Gesichtern hier Klavier und Geige spielen, dann wäre ihre Anwesenheit vielleicht verständlich gewesen. So aber begriff Vasiljev gar nichts. Ihm fiel die Geschichte von der gefallenen Frau ein, die er einmal gelesen hatte, und er fand nunmehr, daß jenes menschliche

Antlitz mit dem schuldbewußten Lächeln nichts mit dem gemein hatte, was er hier sah. Er meinte, keine gefallenen Frauen zu sehen, sondern irgendeine besondere, völlig andere Welt, die ihm fremd und unverständlich war; hätte er diese Welt früher auf der Bühne gesehen oder davon in einem Buch gelesen – er hätte es nicht geglaubt . . .

Die Frau mit dem weißen Pelz fing wieder an zu lachen und sprach laut einen gemeinen Satz. Ein Gefühl des Ekels übermannte ihn, er errötete und ging hinaus.

»Warte doch, wir kommen auch!« rief der Künstler ihm nach.

IV

»Ich habe mich eben beim Tanzen mit einer Dame unterhalten«, erzählte der Mediziner, als alle drei auf die Straße traten. »Wir haben von ihrer ersten Liebschaft gesprochen. Der Held war ein Buchhalter aus Smolensk; er hatte eine Frau und fünf Kinder. Sie war siebzehn und wohnte bei ihren Eltern, die mit Seife und Kerzen handelten.«

»Womit hat er denn ihr Herz bezwungen?« fragte Vasiljev.

»Er hat ihr für fünfzig Rubel Wäsche gekauft. Weiß der Teufel!«

Immerhin hat er es doch verstanden, den Roman seiner Dame herauszubekommen – dachte Vasiljev über den Mediziner. Ich aber verstehe das nicht . . .

»Herrschaften, ich gehe nach Hause«, sagte er.

»Warum?«

»Weil ich mich hier nicht benehmen kann. Außerdem ist mir das alles langweilig und zuwider. Was ist daran lustig? Wenn es noch Menschen wären, aber es sind Wilde und Tiere. Ich gehe, mir reicht's!«

»Na, Griša, Grigorij, Bester . . .« sagte der Künstler mit weinerlicher Stimme und schmiegte sich an Vasiljev. »Gehen wir weiter! Wir gehen nur noch in ein Haus, dann soll sie der Teufel holen . . . Bitte! Grigoriana!«

Sie überredeten Vasiljev und führten ihn eine Treppe hinauf. Der Teppich, das vergoldete Geländer, der türöffnende Portier sowie die Panneaus, die die Diele schmückten, waren ganz im

Stil der S.-Gasse gehalten, nur wirkte dieser Stil hier vollendet und imponierend.

»Wirklich, ich würde lieber nach Hause gehen«, sagte Vasiljev, als er den Mantel ablegte.

»Nicht doch, nicht doch, mein Lieber ...« erwiderte der Künstler und küßte ihn auf den Hals. »Sei nicht so launisch ... Gri-Gri, sei ein Kamerad! Wir sind zusammen gekommen, wir gehen auch wieder zusammen. Nein, was für ein Rindvieh du bist, wirklich.«

»Ich kann auf der Straße auf euch warten. Bei Gott, es ist mir widerlich hier!«

»Nicht doch, nicht doch, Griša ... Es ist widerlich, aber du sollst doch beobachten! Verstehst du? Beobachte!«

Vasiljev trat in den Saal und nahm Platz. Außer ihm und seinen Freunden befanden sich noch viele Gäste im Saal: zwei Infanterieoffiziere, ein grauhaariger Glatzkopf mit goldener Brille, zwei blutjunge Studenten aus dem Institut für Landmeßkunde und ein stark angeheiterter Mann mit einem Schauspielergesicht. Alle Damen waren mit diesen Gästen beschäftigt und schenkten Vasiljev keinerlei Beachtung. Nur eine von ihnen, im Kostüm der Aida, blickte ihn von der Seite an, lächelte ihm zu und sprach gähnend:

»Ein Brünetter ist gekommen ...«

Vasiljev pochte das Herz, sein Gesicht brannte. Er schämte sich vor den Gästen seiner Anwesenheit, und zugleich war es ihm widerlich und qualvoll. Ihn peinigte der Gedanke, daß er, ein anständiger, liebevoller Mensch – dafür hatte er sich bislang gehalten –, diese Frauen haßte und ihnen gegenüber nichts als Abscheu empfand. Ihm taten weder diese Frauen leid noch die Musiker, noch die Lakaien.

Das kommt daher, weil ich mich nicht bemühe, sie zu verstehen, dachte er. Sie ähneln alle mehr Tieren als Menschen, und trotzdem sind sie doch Menschen, sie haben eine Seele. Man muß sie verstehen und dann erst urteilen ...

»Griša, geh bloß nicht weg, wart auf uns!« rief ihm der Künstler zu und verschwand irgendwohin.

Bald verschwand auch der Mediziner.

Ja, ich muß mich bemühen, sie zu verstehen, so geht es nicht ... dachte Vasiljev weiter.

Und er begann jeder Frau gespannt ins Gesicht zu sehen und ein schuldbewußtes Lächeln zu suchen. Jedoch – entweder verstand er nicht, in den Gesichtern zu lesen, oder aber keine einzige dieser Frauen fühlte sich schuldig – auf jedem Gesicht las er nur den stumpfen Ausdruck gewöhnlicher, fader Langeweile und Zufriedenheit. Dumme Augen, ein dummes Lächeln, schrille dumme Stimmen, herausfordernde Bewegungen – weiter nichts. Offensichtlich hatte jede von ihnen in ihrer Vergangenheit einen Roman mit einem Buchhalter und mit Wäsche für fünfzig Rubel gehabt, und in der Gegenwart gab es für sie kein anderes Vergnügen als Kaffee, ein Mittagessen mit drei Gängen, Wein, Quadrilletanzen und bis um zwei zu schlafen ...

Da Vasiljev kein einziges schuldbewußtes Lächeln entdecken konnte, suchte er, ob er nicht ein intelligentes Gesicht fände. Seine Aufmerksamkeit fesselte ein blasses, etwas verschlafenes, müdes Gesicht ... Es war eine ältere Brünette, bekleidet mit einem Flitterkostüm; sie saß in einem Sessel und blickte gedankenverloren auf den Fußboden. Vasiljev schritt von einer Ecke in die andere und nahm wie unbeabsichtigt neben ihr Platz.

Ich muß mit etwas Banalem anfangen, dachte er, und dann allmählich zu ernsten Dingen übergehen ...

»Was für ein hübsches Kostüm Sie anhaben«, sagte er und berührte mit dem Finger die Goldfransen an ihrem Halstuch.

»Ist halt so ...« erwiderte die Brünette lässig.

»Aus welchem Gouvernement sind Sie?«

»Ich? Weit her ... Aus Černigov.«

»Ein schönes Gouvernement. Dort ist es schön.«

»Wo wir nicht sind, ist es immer schön.«

Schade, daß ich die Natur nicht beschreiben kann, dachte Vasiljev. Vielleicht würde man sie mit der Schilderung der landschaftlichen Schönheit von Černigov rühren. Sie liebt sie bestimmt, wenn sie dort geboren ist.

»Langweilen Sie sich hier?« fragte er.

»Natürlich langweile ich mich.«

»Warum gehen Sie nicht fort, wenn Sie sich langweilen?«

»Wo soll ich denn hin? Betteln, ja?«

»Betteln ist leichter als hier leben.«

»Und woher wissen Sie das? Haben Sie schon mal gebettelt?«

»Ja, ich habe, als ich mein Studium nicht mehr bezahlen

konnte. Aber auch wenn ich nicht gebettelt hätte – das ist ja so verständlich: Ein Bettler, wie es ihm auch immer ergehen mag, ist ein freier Mensch, Sie aber sind eine Sklavin.«

Die Brünette reckte den Hals und verfolgte mit ihren verschlafenen Augen einen Lakaien, der auf einem Tablett Gläser und Selterswasser trug.

»Spendieren Sie mir Porter«, sagte sie und gähnte wieder.

Porter ... dachte Vasiljev. Und was wäre, wenn jetzt dein Bruder oder deine Mutter hier hereinkäme? Was würdest du sagen? Und was würden sie sagen? Das wäre schon Porter genug, kann ich mir vorstellen ...

Plötzlich hörte man jemanden weinen. Aus dem Nebenzimmer, in das der Lakai Selterswasser gebracht hatte, kam hastig ein blonder Mann mit rotem Gesicht und wütenden Augen. Ihm folgte die hochgewachsene, korpulente Wirtin und rief mit kreischender Stimme:

»Niemand hat Ihnen erlaubt, die Mädchen ins Gesicht zu schlagen! Zu uns kommen bessere Gäste als Sie, aber prügeln tun sie nicht! Sie Scharlatan!«

Es erhob sich Lärm. Vasiljev erschrak und wurde blaß. Im Nebenraum weinte jemand laut und bitterlich, so wie man weint, wenn man gekränkt ist. Und er begriff, daß hier tatsächlich Menschen lebten, wirkliche Menschen, die, wie überall, gekränkt werden, leiden, weinen, um Hilfe bitten ... Der tiefe Haß und der Abscheu machten einem heftigen Gefühl des Bedauerns und der Erbitterung gegen den Beleidiger Platz. Er stürzte in das Zimmer, aus dem das Weinen drang; hinter einer Reihe von Flaschen, die auf der Marmorplatte eines Tisches standen, bemerkte er ein gequältes, tränenfeuchtes Gesicht. Er streckte diesem Gesicht die Hände entgegen und trat auf den Tisch zu, sprang aber sogleich erschreckt zurück. Die weinende Frau war betrunken.

Als er sich durch die lärmende Menge drängte, die den blonden Mann umringte, verlor er den Mut, er bekam es mit der Angst wie ein Schuljunge, und es war ihm, als wolle man in dieser fremden, ihm unverständlichen Welt hinter ihm herjagen, ihn schlagen, ihn mit schmutzigen Worten überschütten ... Er riß seinen Mantel vom Haken und eilte Hals über Kopf die Treppe hinunter.

V

An den Zaun gedrückt, stand er neben dem Haus und wartete auf seine Gefährten. Die Klavier- und Geigentöne, fröhlich, keck, frech und traurig, vermischten sich in der Luft zu einem Chaos, und dieses Durcheinander hörte sich an, als ob in der Dunkelheit über den Dächern ein unsichtbares Orchester die Instrumente stimme. Blickte man hinauf in diese Dunkelheit, so sah man, daß der schwarze Hintergrund ganz mit tanzenden weißen Pünktchen besät war – es schneite. Die Flocken tanzten, wenn sie in den Lichtschein gerieten, träge in der Luft wie Daunenfedern, und noch träger fielen sie zur Erde. Unmassen von Schneeflocken umkreisten Vasiljev und blieben in seinem Bart und an den Wimpern und Brauen hängen . . . Droschkenkutscher, Pferde und Passanten – alles war weiß.

Wie kann der Schnee in diese Gasse fallen! dachte Vasiljev. Verflucht seien diese Häuser!

Weil er die Treppe so schnell heruntergerannt war, knickten seine Beine vor Müdigkeit ein; er keuchte, als habe er einen Berg erklommen, sein Herz schlug so stark, daß man es hören konnte. Er hatte nur den einen Wunsch, so schnell wie möglich aus dieser Gasse herauszukommen und nach Hause zu gehen, aber das Verlangen, auf seine Gefährten zu warten, um seine bedrückenden Empfindungen an ihnen auszulassen, war noch stärker.

Er verstand vieles nicht an diesen Häusern, die Herzen der unglücklichen Frauen blieben ihm nach wie vor ein Rätsel, aber ihm war klar, daß die Sache noch viel schlimmer aussah, als man hätte denken können. Wenn man jene schuldige Frau, die sich vergiftet hatte, eine gefallene nannte, dann hielt es schwer, für alle diese Frauen hier, die jetzt zu dem Chaos von Tönen tanzten und lange abscheuliche Sätze sprachen, eine passende Bezeichnung zu finden. Das waren keine Frauen mehr, die im Begriffe waren, zugrunde zu gehen – sie waren bereits verloren.

Es ist ein Laster, so dachte er, aber sie haben weder das Bewußtsein einer Schuld noch Hoffnung auf Rettung. Man verkauft und kauft sie, läßt sie in Wein und Scheußlichkeiten baden, und sie sind stumpfsinnig und gleichgültig wie die Schafe und begreifen das nicht. Mein Gott, mein Gott!

Ihm war auch klar, daß all das, was man menschliche Würde, Persönlichkeit und Ebenbild Gottes nennt, bis auf den Grund entweiht wurde, ›bis auf die Knochen‹, wie man so sagt, und daß daran nicht nur die Gasse und die stumpfsinnigen Frauen Schuld waren.

Eine Gruppe von Studenten kam an ihm vorüber, weiß von Schnee, fröhlich schwatzend und lachend. Einer von ihnen, ein großer schlanker Mann, blieb stehen, schaute Vasiljev ins Gesicht und sagte mit trunkener Stimme:

»Er ist einer von uns! Hast dich vollaufen lassen, Bruder? Aha, Bruder! Macht nichts, immer bummle! Nur zu! Immer Kopf hoch, Onkel!«

Er packte Vasiljev bei der Schulter und preßte seinen kalten, feuchten Schnurrbart an seine Wange; da glitt er aus, schwankte und schrie, mit beiden Armen fuchtelnd:

»Festhalten! Nicht fallen!«

Und lachend eilte er seinen Gefährten nach.

Durch den Lärm hörte man die Stimme des Künstlers:

»Sie dürfen keine Frau schlagen! Ich erlaube Ihnen das nicht, zum Teufel! Ach, diese Lumpen!«

In der Haustür erschien der Mediziner. Er schaute sich suchend um, und als er Vasiljev erblickte, sagte er aufgeregt:

»Du bist hier? Hör mal, mit Egor kann man weiß Gott nirgends hingehen! Ich verstehe nicht, was für ein Mensch das ist! Einen Skandal hat er angezettelt! Hörst du? Egor!« rief er durch die Tür. »Egor!«

»Ich erlaube Ihnen nicht, Frauen zu schlagen!« hörte man von oben die durchdringende Stimme des Künstlers.

Etwas Schweres, Unförmiges rollte die Treppe herunter. Das war der Künstler, der kopfüber nach unten flog. Offenbar hatte man ihn hinausgeworfen.

Er erhob sich von der Erde, klopfte seinen Hut ab, drohte mit der Faust nach oben und schrie mit bösem, empörtem Gesicht:

»Halunken! Schinder! Blutsauger! Ich erlaube euch nicht zu schlagen! Eine schwache, betrunkene Frau zu schlagen! O ihr . . .«

»Egor . . . Komm doch, Egor . . .« flehte der Mediziner. »Mein Ehrenwort, ich gehe mit dir nicht mehr aus. Ehrenwort!«

Der Künstler beruhigte sich allmählich, und die Freunde machten sich auf den Heimweg.

»Es zieht zu diesen düstren Ufern«, sang der Mediziner, »mich eine unbekannte Kraft ...«

»Da ist die Mühle ...« fiel der Künstler etwas später ein. »Schon zerfallen ... Das schneit aber ordentlich, heilige Mutter Gottes! Griška, warum bist du weggelaufen? Ein Feigling bist du, ein altes Weib, weiter nichts.«

Vasiljev ging hinter den Freunden her, schaute ihnen auf den Rücken und dachte: Eins von beiden – entweder scheint es uns nur so, daß die Prostitution ein Übel ist, und wir übertreiben die Sache, oder aber, wenn die Prostitution tatsächlich ein Übel ist, wie man zu denken gewohnt ist, dann sind meine lieben Freunde ebensolche Sklavenhalter, Gewalttäter und Mörder wie jene Bewohner von Syrien und Kairo, die in der ›Niva‹ geschildert werden. Jetzt singen und lachen sie, sie reden vernünftig, aber haben sie denn nicht soeben erst Hunger, Unwissenheit und Stumpfsinn ausgenutzt? Sie haben es – ich war Zeuge. Wo bleibt da ihre Humanität, die Medizin, die Kunst? Die Wissenschaften, die Künste und die erhabenen Gefühle dieser Seelenmörder erinnern mich an den Speck in einer Anekdote. Zwei Räuber ermordeten in einem Wald einen Bettler; sie teilten seine Kleider unter sich auf und fanden in einer Tasche ein Stück Speck. ›Das trifft sich gut‹, sagte der eine, ›da beißen wir gleich rein.‹ – ›Aber, wie kannst du nur!‹ erwiderte der andere erschrocken. ›Du hast wohl vergessen, daß heute Fasttag ist?‹ Und so aßen sie den Speck nicht. Sie, die einen Menschen umgebracht hatten, verließen den Wald in der Überzeugung, sie seien fromme Leute. So schreiten auch diese beiden hier dahin, nachdem sie sich Frauen gekauft haben, und meinen, sie seien Künstler und Gelehrte ...

»Hört mal zu, ihr!« sagte er ärgerlich und scharf. »Weshalb geht ihr hierher? Begreift ihr denn nicht, wie schrecklich das ist? Eure Medizin sagt, daß jede dieser Frauen vorzeitig an der Schwindsucht oder an einer anderen Krankheit stirbt; die Künste sagen, daß sie moralisch noch eher stirbt. Jede von ihnen stirbt, weil sie in ihrem Leben im Durchschnitt, sagen wir fünfhundert Männer empfängt. Jede wird von fünfhundert Männern getötet, und unter diesen fünfhundert seid auch ihr! Wenn ihr beide euch in eurem Leben hier und an anderen, ähnlichen Orten zweihundertfünfzigmal aufhaltet, so bedeutet das, auf euch beide entfällt eine ermordete Frau! Ist das nicht verständlich? Ist das nicht schrecklich? Zu zweit, zu dritt, zu fünft eine dumme, hungrige Frau ermorden! O mein Gott, ist das nicht schrecklich?«

»Ich hab's ja gewußt, daß es so endet«, sagte der Künstler stirnrunzelnd. »Wir hätten uns mit diesem Trottel und Strohkopf nicht einlassen sollen! Du bildest dir wohl jetzt ein, in deinem Kopf stecken erhabene Gedanken, große Ideen? Nein, weiß der Teufel was, nur keine Ideen! Du siehst mich jetzt voller Haß und Widerwillen an, aber meiner Meinung nach wäre es besser, du würdest noch zwanzig solcher Häuser bauen, statt so zu gucken. In deinem Blick steckt mehr Laster als in der ganzen Gasse! Gehen wir, Volodja, hol ihn der Teufel! Ein Trottel, ein Strohkopf, weiter nichts ...«

»Wir Menschen töten uns gegenseitig«, sagte der Mediziner. »Das ist natürlich unmoralisch, aber die Philosophie kann da auch nicht helfen. Leb wohl!«

Auf dem Trubnaja-Platz trennten sich die Freunde. Allein geblieben, ging Vasiljev schnell den Boulevard entlang. Ihn bedrückten die Dunkelheit und auch der Schnee, der in dichten Flocken auf die Erde fiel und, so schien es, die ganze Welt einhüllen wollte; ihn bedrückte das Licht der Laternen, das bleich durch die Schneewolken schimmerte. Sein Herz war von unbewußter, kleinmütiger Furcht erfüllt. Bisweilen begegneten ihm Passanten, er aber wich ihnen scheu aus. Ihm war, als kämen von überallher Frauen, und als blickten ihn von überallher Frauen an, nichts als Frauen ...

Es geht wieder los, dachte er, der Anfall beginnt ...

VI

Zu Haus lag er auf seinem Bett und sagte immer wieder, am ganzen Körper zitternd:

»Sie leben! Sie leben! Mein Gott, sie leben doch!«

Er strengte seine Phantasie auf jede Weise an und bildete sich ein, mal der Bruder einer gefallenen Frau, mal der Vater, mal selbst eine solche Frau mit geschminkten Wangen zu sein, und all das versetzte ihn in Schrecken.

Er meinte, er müsse die Frage unverzüglich lösen, koste es, was es wolle; das sei keine fremde Angelegenheit, sondern seine ganz persönliche. Er spannte alle Kräfte an, überwand seine Verzweiflung, setzte sich im Bett auf, nahm den Kopf in die Hände und begann nach einer Lösung zu suchen; wie konnte er alle die Frauen retten, die er heute gesehen hatte? Die Regeln zur Lösung von Problemen waren ihm als Wissenschaftler wohlbekannt, und er hielt sich, so erregt er auch war, streng an diese Regeln. Er überdachte die Geschichte dieses Problems, die Literatur dazu, und gegen vier Uhr schritt er bereits von einer Ecke in die andere, bemüht, sich auf alle Versuche zu besinnen, die gegenwärtig angestellt wurden, um solche Frauen zu retten. Er hatte sehr viele gute Freunde, die in möblierten Zimmern wohnten. Unter ihnen waren nicht wenig ehrenwerte, selbstlose Menschen, einige davon hatten solche Rettungsversuche unternommen ...

Alle diese wenigen Versuche, so überlegte Vasiljev, kann man in drei Gruppen einteilen. Die einen kauften eine Frau aus dem Bordell los, mieteten für sie ein Zimmer, kauften ihr eine Nähmaschine, und sie wurde Näherin. Der Mann machte sie, gewollt oder ungewollt, zu seiner Konkubine, und nach Beendigung des Studiums reiste er ab und überließ sie wie irgendeinen Gegenstand einem anderen anständigen Menschen. Und die gefallene Frau blieb, was sie war. Die anderen mieteten, nachdem sie die Frau losgekauft hatten, ihr ebenfalls ein separates Zimmer, kauften die unvermeidliche Nähmaschine und machten sich daran, sie lesen und schreiben zu lehren, ihr zu predigen und sie zum Lesen von Büchern anzuhalten. Die Frau machte das mit und nähte, solange das für sie neu und interessant war, dann aber wurde ihr die Sache langweilig, und sie fing an, insgeheim andere Männer zu empfangen, oder aber sie lief dorthin zurück, wo sie bis um drei Uhr schlafen, wo sie Kaffee trinken und sich satt essen konnte. Die dritten, die am eifrigsten und selbstlosesten waren, taten einen kühnen, entschlossenen Schritt: Sie heirateten. Und wenn das freche, verwöhnte oder stumpfe, eingeschüchterte Tier Gattin, Hausfrau und dann auch Mutter wurde, veränderten sich ihr Leben und ihre Weltanschauung von Grund auf, so daß man später in der Gattin und Mutter schwerlich die einstige gefallene Frau wiedererkannte. Ja, die Heirat war das beste und wohl das einzige Mittel.

»Aber ein unmögliches«, sagte Vasiljev laut und fiel auf das Bett. »Ich bin der letzte, der heiraten könnte! Dazu muß man ein Heiliger sein, unfähig zu hassen, und keinen Ekel kennen. Nehmen wir doch einmal an, wir drei, der Mediziner, der Künstler und ich, wir überwänden uns und heirateten, und alle Frauen dort würden Ehefrauen. Was wäre die Folge? Was käme dabei heraus? Während hier in Moskau alle heirateten, würde der Smolensker Buchhalter wieder eine Schar von Mädchen verführen, und die würden mit anderen aus Saratov, Nižnij Novgorod oder Warschau die frei gewordenen Stellen hier einnehmen ... Und wohin mit den Hunderttausend in London? Wohin mit denen aus Hamburg?«

Die Lampe, in der das Petroleum zu Ende ging, begann zu qualmen. Vasiljev bemerkte es nicht. Er wanderte wieder auf und ab und fuhr fort zu überlegen. Jetzt stellte er die Frage schon anders: Was mußte getan werden, damit keine gefallenen Frauen mehr gebraucht würden? Dazu war notwendig, daß die Männer, die sie kauften und töteten, die ganze Unsittlichkeit ihrer Rolle als Sklavenhalter empfanden und von Entsetzen gepackt wurden. Man mußte die Männer retten.

Mit der Wissenschaft und den Künsten ist offenbar nichts anzufangen ... dachte Vasiljev. Der einzige Ausweg ist das Aposteltum.

Und er träumte, wie er schon am nächsten Abend an der Ecke jener Gasse stehen und zu jedem Passanten sagen würde:

»Wohin gehen Sie und weshalb? Sie sollten Gott fürchten!«

Er würde sich an die gleichgültigen Droschkenkutscher wenden und ihnen zurufen:

»Wozu steht ihr hier? Weshalb empört, entrüstet ihr euch nicht? Ihr glaubt doch an Gott und wißt, daß es Sünde ist, daß die Menschen dafür in die Hölle kommen, weshalb schweigt ihr da? Natürlich, sie sind euch fremd, aber auch sie haben Väter und Brüder, genau solche Menschen wie ihr ...«

Einer seiner Freunde hatte einmal von Vasiljev gesagt, er sei talentiert. Es gebe schriftstellerische, schauspielerische, künstlerische Talente, er aber habe ein besonderes Talent, das *menschliche*. Er verfüge über ein wunderbar feines Gefühl für den Schmerz im allgemeinen. Wie ein guter Schauspieler fremde Bewegungen und eine fremde Stimme wiedergibt, so verstehe es

Vasiljev, in seiner Seele fremden Schmerz nachzufühlen. Wenn er Tränen sehe, weine er; neben einem Kranken werde er selbst krank und stöhne; sehe er Gewaltanwendung, dann scheine es ihm, sie werde an ihm vollbracht, er bekomme es mit der Angst wie ein kleiner Junge und laufe, um Hilfe zu holen. Fremder Schmerz reize, errege ihn, versetze ihn in einen Zustand der Ekstase und so weiter.

Ich weiß nicht, ob der Freund recht hatte, aber was Vasiljev durchlebte, als er meinte, die Frage sei gelöst, ähnelte sehr einer Ekstase. Er weinte, lachte und sprach laut jene Worte, die er am nächsten Tag sagen wollte, er verspürte heiße Liebe zu den Menschen, die ihm gehorchen und mit ihm an der Ecke der Gasse stehen würden, um zu predigen; er setzte sich hin, schrieb Briefe, und er legte vor sich selbst Schwüre ab . . .

All das glich auch deshalb einer Ekstase, weil es nicht lange andauerte. Bald wurde Vasiljev müde. Die Frauen von London, Hamburg und Warschau bedrückten ihn durch ihre große Menge, wie die Berge das Land bedrückten. Er verzagte vor dieser Masse und verlor den Mut; ihm war eingefallen, daß er nicht die Gabe der Rede besaß, daß er furchtsam und kleinmütig war, daß die gleichgültigen Menschen ihn kaum anhören und verstehen würden, ihn, den Jurastudenten aus dem dritten Studienjahr, einen schüchternen, unbedeutenden Menschen, und daß wahrhaftes Aposteltum nicht allein in Predigten, sondern auch in Taten bestehe . . .

Als es hell geworden war und auf der Straße bereits Fahrzeuge ratterten, lag Vasiljev regungslos auf dem Sofa und starrte auf einen Punkt. Er dachte nicht mehr an die Frauen, die Männer und das Aposteltum. Seine ganze Aufmerksamkeit galt dem seelischen Schmerz, der ihn quälte. Es war ein dumpfer, gegenstandsloser, unbestimmter Schmerz, ähnlich wie Schwermut, hochgradige Angst und Verzweiflung zusammengenommen. Er konnte diesen Schmerz zwar lokalisieren: er saß in der Brust und unter dem Herzen – aber er war mit nichts zu vergleichen. Früher hatte er wiederholt heftige Zahnschmerzen, Pleuritis und Neuralgien gehabt, aber all das war nichts im Vergleich zu diesem Seelenschmerz. Bei diesem Schmerz erschien ihm das Leben widerwärtig. Seine Dissertation, die ausgezeichnete Arbeit, die er bereits geschrieben hatte, die Menschen, die er liebte, die Rettung der gefallenen Frauen – all das, was er gestern noch geliebt oder wozu er sich gleichgültig verhalten hatte, reizte ihn jetzt in der Erinnerung ebenso wie der Lärm der Fahrzeuge, das Gerenne der Zimmerkellner und das Tageslicht ... Wenn jetzt jemand vor seinen Augen eine großartige Tat der Barmherzigkeit vollbrächte oder eine empörende Gewalttat beginge, beides hätte einen gleich widerwärtigen Eindruck auf ihn gemacht. Von allen Gedanken, die träge durch sein Gehirn zogen, regten ihn nur zwei nicht auf – der eine war, daß er die Macht hatte, sich jeden Augenblick selbst zu töten, der zweite, daß der Schmerz nicht länger als drei Tage anhalten würde. Das zweite wußte er aus Erfahrung.

Nachdem er noch eine Weile gelegen hatte, stand er auf und wanderte händeringend durchs Zimmer, nicht wie gewöhnlich von einer Ecke in die andere, sondern im Kreis herum an den Wänden entlang. Flüchtig erblickte er sich im Spiegel. Sein Gesicht war bleich und abgemagert, die Schläfen eingefallen; seine Augen waren größer, dunkler und unbeweglicher, als seien es fremde, und sprachen von unerträglichem seelischem Leid.

Mittags klopfte der Künstler an die Tür.

»Grigorij, bist du zu Haus?« fragte er.

Da er keine Antwort erhielt, blieb er kurze Zeit stehen, dachte nach und antwortete dann sich selbst auf ukrainisch:

»Nicht da. Ist zur Universität gegangen, der verdammte Bursche.«

Und er ging weg. Vasiljev legte sich aufs Bett und weinte vor Schmerz, den Kopf in den Kissen vergraben; und je stärker die Tränen flossen, desto entsetzlicher wurde sein Seelenschmerz. Als es dunkelte, dachte er an die qualvolle Nacht, die ihm bevorstand, und furchtbare Verzweiflung bemächtigte sich seiner. Er kleidete sich rasch an, rannte aus dem Zimmer, wobei er die Tür sperrangelweit offenließ, und ging ohne Grund und Ziel auf die Straße. Ohne sich zu fragen, wohin er gehen sollte, lief er eilig die Sadovaja-Straße entlang.

Es schneite wie am Vortag, aber der Schnee taute gleich wieder. Die Hände in die Ärmel gesteckt, zitternd und vor dem Rattern, dem Läuten der Pferdebahn und den Fußgängern erschreckend, ging Vasiljev über die Sadovaja-Straße bis zum Sucharev-Turm, dann zum Roten Tor, und von dort bog er in die Basmannaja-Straße ein. Er betrat eine Schenke und trank ein großes Glas Vodka, aber davon wurde ihm nicht leichter. Als er zum Stadtteil Razguljaj gelangte, wandte er sich nach rechts und schritt durch Gassen, in denen er noch kein einziges Mal im Leben gewesen war. Er kam bis zu der alten Brücke, unter der die Jauza rauscht und von wo aus man in langen Reihen die erleuchteten Fenster der Roten Kasernen sieht. Um seinen Seelenschmerz durch irgendeine neue Empfindung oder einen anderen Schmerz zu betäuben und ohne zu wissen, was er tun sollte, weinend und zitternd, knöpfte Vasiljev Mantel und Gehrock weit auf und bot seine nackte Brust dem feuchten Schnee und dem Wind dar. Aber auch das linderte nicht den Schmerz. Darauf beugte er sich über das Brückengeländer und schaute hinunter auf die schwarze, stürmische Jauza, und er hätte sich kopfüber hineinstürzen mögen, nicht aus Ekel vor dem Leben, nicht um des Selbstmords willen, sondern um sich wund zu stoßen und durch den einen Schmerz den anderen zu betäuben. Doch das schwarze Wasser, die Finsternis, die öden schneebedeckten Ufer waren furchterregend. Es schauderte ihn, und er ging weiter. Er wanderte an den Kasernen entlang, kehrte wieder um, stieg zu einem Wäldchen hinunter und kam von dort wieder auf die Brücke ...

Nein, nach Hause, nach Hause! dachte er. Zu Hause ist es doch leichter ...

Und er kehrte um. Zu Hause angekommen, riß er den feuchten Mantel und die Mütze herunter und wanderte wieder an den Wänden entlang – unermüdlich bis zum nächsten Morgen.

VII

Als am nächsten Morgen der Künstler und der Mediziner zu ihm kamen, lief er im zerrissenen Hemd und mit zerbissenen Händen im Zimmer umher und stöhnte vor Schmerz.

»Um Himmels willen!« schluchzte er, als er die Freunde erblickte. »Bringt mich, wohin ihr wollt, tut, was ihr könnt, aber rettet mich, um Gottes willen, so schnell wie möglich! Ich töte mich noch selbst!«

Der Künstler erbleichte und geriet in Verwirrung. Der Mediziner war ebenfalls nahe daran zu weinen, da er aber meinte, die Mediziner seien verpflichtet, in allen Lebenslagen kaltblütig und besonnen zu bleiben, sagte er ruhig:

»Du hast einen Anfall. Aber das hat nichts zu sagen. Wir gehen gleich zu einem Arzt.«

»Wohin ihr wollt, nur schnell, um Gottes willen!«

»Reg dich nicht auf. Man muß sich beherrschen können.«

Der Künstler und der Mediziner kleideten Vasiljev mit zitternden Händen an und geleiteten ihn auf die Straße.

»Michail Sergeič möchte schon lange deine Bekanntschaft machen«, sagte der Mediziner unterwegs. »Er ist ein sehr lieber Mensch und versteht seine Sache ausgezeichnet. Er hat erst zweiundachtzig Examen gemacht und schon eine sehr große Praxis. Studenten gegenüber benimmt er sich kameradschaftlich.«

»Schneller, schneller ...« drängte Vasiljev.

Michail Sergeič, ein korpulenter Arzt mit blondem Haar, empfing die Freunde höflich, würdig, kühl und lächelte mit nur einer Wange.

»Der Künstler und Herr Maier haben schon mit mir über Ihre Krankheit gesprochen«, sagte er. »Ich freue mich sehr, Ihnen dienen zu können. Nun? Setzen Sie sich, ich bitte sehr ...«

Er ließ Vasiljev in einem großen Sessel neben dem Tisch Platz nehmen und hielt ihm eine Schachtel Zigaretten hin.

»Nun?« begann er und strich sich über die Knie. »Kommen wir zur Sache ... Wie alt sind Sie?«

Er stellte Fragen, der Medizinstudent antwortete. Er fragte, ob Vasiljevs Vater nicht an einer besonderen Krankheit oder an Trunksucht gelitten habe, ob er nicht durch Grausamkeit oder irgendwelche Schrullen aufgefallen sei. Dasselbe fragte er auch über den Großvater, die Mutter und die Geschwister. Als er erfuhr, Vasiljevs Mutter habe eine ausgezeichnete Stimme gehabt und sei manchmal auch im Theater aufgetreten, wurde er plötzlich lebhaft und fragte:

»Verzeihen Sie, entsinnen Sie sich nicht, ob das Theater bei Ihrer Mutter zur Leidenschaft wurde?«

So vergingen etwa zwanzig Minuten. Vasiljev wurde es bereits zuviel, daß der Doktor über seine Knie strich und immerzu ein und dasselbe fragte.

»Soweit ich Ihre Fragen verstehe, Herr Doktor«, sagte er,

»möchten Sie wissen, ob meine Krankheit erblich ist oder nicht. Sie ist nicht erblich.«

Dann fragte der Arzt noch, ob Vasiljev in seiner Jugend nicht irgendwelche geheimen Laster gekannt, ob er nicht eine Kopfverletzung erlitten oder besondere Neigungen, Eigentümlichkeiten oder außergewöhnliche Leidenschaften verspürt habe. Auf die Hälfte der Fragen, die gewöhnlich den Patienten von eifrigen Ärzten gestellt werden, braucht man nicht zu antworten, ohne daß man seiner Gesundheit schadet, aber Michail Sergeič, der Medizinstudent und der Künstler machten Gesichter, als sei alles verloren, beantwortete Vasiljev auch nur eine einzige Frage nicht. Die Antworten, die er erhielt, notierte der Arzt auf einem Zettel. Als er erfuhr, daß Vasiljev bereits die naturwissenschaftliche Fakultät absolviert hatte und nun an der juristischen studierte, wurde er nachdenklich ...

»Im vorigen Jahr hat er eine ausgezeichnete Arbeit geschrieben«, erzählte der Mediziner.

»Verzeihen Sie, aber unterbrechen Sie mich nicht. Sie stören mich, ich muß mich konzentrieren«, sagte der Arzt und lächelte schief. »Ja, natürlich, auch das spielt eine Rolle bei der Anamnese. Forcierte geistige Arbeit, Überanstrengung ... Ja, ja ... Trinken Sie Alkohol?« fragte er, zu Vasiljev gewandt.

»Sehr selten.«

Es vergingen weitere zwanzig Minuten. Der Mediziner äußerte halblaut seine Meinung über die nächstliegenden Ursachen des Anfalls und erzählte, er, der Künstler und Vasiljev seien vor zwei Tagen in die S.-Gasse gegangen.

Der gleichgültige, reservierte und kühle Ton, in dem seine Gefährten und der Arzt über die Frauen und über die unselige Gasse sprachen, erschien Vasiljev im höchsten Grade seltsam ...

»Herr Doktor, sagen Sie mir nur eins«, fragte er, wobei er sich beherrschen mußte, um nicht grob zu werden, »ist die Prostitution ein Übel oder nicht?«

»Mein Lieber, wer bestreitet das?« erwiderte der Doktor mit einer Miene, als habe er für sich alle diese Fragen schon längst gelöst. »Wer bestreitet das?«

»Sie sind Psychiater?« fragte Vasiljev grob.

»Ja.«

»Vielleicht habt ihr auch alle recht!« sagte Vasiljev, stand auf und begann von einer Ecke in die andere zu gehen. »Vielleicht! Aber für mich ist das alles merkwürdig! Daß ich an zwei Fakultäten war, darin erblickt man eine Heldentat; dafür, daß ich eine Arbeit geschrieben habe, die nach drei Jahren überholt und vergessen sein wird, hebt man mich in den Himmel; aber daß ich über gefallene Frauen nicht so gleichgültig sprechen kann wie über diese Stühle hier – dafür kuriert man mich, nennt mich verrückt und bedauert mich!«

Vasiljev überkam mit einemmal unerträgliches Mitleid mit sich selbst, mit den Gefährten, mit allen, die er vorgestern gesehen hatte, und auch mit dem Arzt; er fing an zu weinen und sank in den Sessel.

Die Freunde blickten den Doktor fragend an. Mit einer Miene, als verstehe er die Tränen und die Verzweiflung sehr gut und als fühle er sich auf diesem Gebiet als Fachmann, trat der Arzt zu Vasiljev und gab ihm schweigend ein paar Tropfen ein, dann aber zog er ihn, als dieser sich beruhigt hatte, aus und untersuchte seine Hautempfindlichkeit, die Kniescheibenreflexe und anderes.

Und Vasiljev fühlte sich erleichtert. Als er den Doktor verließ, schämte er sich bereits, das Rattern der Wagen reizte ihn nicht mehr, und auch die Last unter dem Herzen wurde immer leichter und begann gleichsam zu schmelzen. In der Hand hielt er zwei Rezepte – auf dem einen war Bromkalium, auf dem anderen Morphium verordnet . . . Das alles hatte er auch schon vorher eingenommen!

Auf der Straße blieb er ein Weilchen stehen, überlegte und schlenderte, nachdem er sich von seinen Freunden verabschiedet hatte, lässig zur Universität.

Der Schuster und der Teufel

Es war am Heiligen Abend. Marja schnarchte schon längst auf dem Ofen, in der kleinen Lampe war bereits das ganze Petroleum ausgebrannt, Fëdor Nilov aber saß noch immer bei der Arbeit. Er hätte die Arbeit längst weggelegt und wäre auf die Straße gegangen, doch der Kunde aus der Kolokolnyj-Gasse, der vor zwei Wochen Schuhkappen bei ihm bestellt hatte, war gestern dagewesen, hatte geschimpft und befohlen, die Stiefel unverzüglich, bis zur Frühmesse fertigzumachen.

»Ein Sträflingsleben!« knurrte Fëdor während der Arbeit. »Viele Leute schlafen schon längst, andere bummeln, nur du mußt wie Kain dasitzen und, weiß der Teufel, für wen nähen . . .«

Um nicht unversehens einzuschlafen, zog er dann und wann unter dem Tisch eine Flasche hervor, trank daraus, schüttelte nach jedem Schluck den Kopf und sagte laut:

»Mit welchem Recht, sagt mal bitte, gehen die Kunden bummeln, während ich verpflichtet bin, für sie zu nähen? Deshalb, weil sie Geld haben und ich bettelarm bin?«

Er haßte alle Kunden, insbesondere den, der in der Kolokolnyj-Gasse wohnte. Das war ein Herr von finsterem Aussehen; er hatte lange Haare, ein gelbes Gesicht, eine große blaue Brille und eine heisere Stimme. Er trug einen deutschen Namen, so einen, den man nicht aussprechen kann. Von welchem Stand er war und womit er sich befaßte, das zu begreifen war unmöglich. Als Fëdor vor zwei Wochen zu ihm gekommen war, um Maß zu nehmen, saß der Kunde auf dem Fußboden und zerstampfte etwas in einem Mörser. Fëdor hatte noch nicht einmal grüßen können, da loderte plötzlich der Inhalt des Mörsers auf und begann mit einer grellroten Flamme zu brennen. Es roch nach Schwefel und versengten Federn, und das Zimmer füllte sich mit dichtem rosafarbenem Rauch, so daß Fëdor fünfmal niesen mußte; als er wieder auf dem Heimweg war, dachte er: Wer Gott fürchtet, der wird sich nicht mit solchen Sachen abgeben.

Als die Flasche leer war, legte Fëdor die Stiefel auf den Tisch und ließ seinen Gedanken freien Lauf. Er stützte seinen schwer gewordenen Kopf auf die Faust und dachte an seine Armut und an sein schweres, hoffnungsloses Leben, dann aber an die reichen Leute, ihre großen Häuser, ihre Kutschen und Hundertrubelscheine . . . Wie schön wäre es, würden bei diesen Reichen – der Teufel sollte sie holen! – die Häuser bersten, die Pferde krepieren und die Pelze und Zobelfellmützen die Haare verlieren! Wie schön müßte es sein, verwandelten sich die Reichen allmählich in Bettler, die nichts zu essen haben, während der arme Schuster reich wäre und sich selber am Heiligen Abend vor einem armen Schuster aufspielen könnte.

Während Fëdor so träumte, fiel ihm auf einmal seine Arbeit ein, und er schlug die Augen auf.

Das ist mir eine Geschichte! dachte er, als er die Stiefel betrachtete. Die Schuhkappen sind längst fertig, und ich sitze noch immer hier. Ich muß sie doch zu dem Kunden bringen!

Er wickelte sein Werk in ein rotes Tuch, zog sich an und trat auf die Straße. Es schneite kleine, scharfe Flocken, die wie Nadeln ins Gesicht stachen. Es war kalt, glatt und finster, die Gaslaternen brannten trübe, und auf der Straße roch es aus unerklärlichen Gründen so stark nach Petroleum, daß Fëdor immerzu husten und sich räuspern mußte. Auf dem Fahrdamm fuhren die reichen Leute in beiden Richtungen, und jeder der Reichen hatte einen Schinken und eine große Flasche Vodka in der Hand. Aus den Kutschen und Schlitten blickten reiche junge Damen auf Fëdor, zeigten ihm die Zunge und riefen lachend: »Hungerleider! Hungerleider!«

Hinter Fëdor schritten Studenten, Offiziere, Kaufleute und Generale und hänselten ihn:

»Trunkenbold! Trunkenbold! Schuster, verrußter, Stiefelknecht, alt und schlecht! Hungerleider!«

Das alles war kränkend, doch Fëdor schwieg und spuckte nur aus. Als er dem Schuhmachermeister Kuzma Lebëdkin aus Warschau begegnete und dieser zu ihm sagte: ›Ich habe eine reiche Frau geheiratet, für mich arbeiten Gesellen, aber du bist ein Hungerleider, du hast nichts zu beißen‹, da konnte Fëdor nicht an sich halten und rannte hinter ihm her. Er rannte so lange, bis er plötzlich in der Kolokolnyj-Gasse war. Der Kunde wohnte im vierten Haus von der Ecke, seine Wohnung befand sich im obersten Stockwerk. Um zu ihm zu kommen, mußte man über einen langen, dunklen Hof gehen und danach eine sehr hohe, glitschige Treppe hinaufsteigen, die unter den Füßen schwankte. Als Fëdor bei dem Kunden eintrat, saß dieser, wie vor zwei Wochen, auf dem Fußboden und zerstampfte etwas in dem Mörser.

»Euer Hochwohlgeboren, ich bringe die Stiefel«, sagte Fëdor mürrisch.

Der Kunde stand auf und begann schweigend die Stiefel anzuprobieren. Um ihm zu helfen, ließ sich Fëdor auf ein Knie nieder und zog ihm den alten Stiefel aus, aber sogleich sprang er auf und wich entsetzt zur Tür zurück. Der Kunde hatte keinen Fuß, sondern einen Pferdehuf.

Sieh mal einer an! dachte Fëdor. Eine schöne Geschichte!

Als erstes hätte er sich bekreuzigen müssen, dann alles hinwerfen und weglaufen; aber sogleich überlegte er, daß der Teufel ihm das erste- und aller Wahrscheinlichkeit nach auch das letztemal im Leben begegnete und daß es dumm wäre, nicht seine Dienste auszunutzen. Er überwand sich und beschloß, sein Glück zu versuchen. Die Hände auf dem Rücken, um sich nicht bekreuzigen zu können, räusperte er sich ehrerbietig und begann:

»Man sagt, es gäbe auf der Welt nichts Schmutzigeres und Schlimmeres als den Teufel, ich aber verstehe das so, Euer Hochwohlgeboren, daß der Teufel der Gebildetste von allen ist. Der Teufel hat zwar, entschuldigen Sie, Hufe und hinten einen Schwanz, aber sonst steckt in seinem Kopf mehr Verstand als bei manchem Studenten.«

»Solche Worte höre ich gern«, erwiderte der Kunde geschmeichelt. »Danke, Schuster! Was willst du nun?«

Ohne weiter Zeit zu verlieren, begann der Schuster sich über sein Schicksal zu beklagen. Zunächst sprach er davon, daß er von seiner frühen Kindheit an die Reichen beneidet habe. Es habe ihn immer geärgert, daß nicht alle Menschen in großen Häusern wohnen und mit schönen Pferden spazierenfahren. Warum sei er arm, so müsse er fragen. Sei er etwa schlechter als Kuzma Lebëdkin aus Warschau, der ein eigenes Haus besitze und dessen Frau einen Hut trage? Er habe doch die gleiche Nase, die gleichen Arme und Beine, den gleichen Kopf, den gleichen Rücken wie die reichen Leute – weshalb sei er denn da gezwungen zu arbeiten, während andere spazierengingen? Warum sei er mit Marja verheiratet und nicht mit einer Dame, die nach Parfüm dufte? In den Häusern reicher Kunden bekomme er oft schöne junge Damen zu sehen, aber sie schenkten ihm keinerlei Beachtung, sondern lachten nur zuweilen und flüsterten einander zu: ›Was dieser Schuster für eine rote Nase hat!‹ Es stimme zwar, Marja sei eine liebe, gute, arbeitsame Frau, aber sie sei doch ungebildet und habe eine schwere Hand, mit der sie schmerzhaft zuschlage, und wenn in ihrer Gegenwart über Politik oder von etwas Gescheitem gesprochen werde, so mische sie sich ein und verzapfe schrecklichen Unsinn.

»Was willst du nun also?« unterbrach ihn der Kunde.

»Und so bitte ich Sie, Euer Hochwohlgeboren, Satan Ivanyč, wenn Sie so gütig sein wollen, machen Sie einen reichen Menschen aus mir!«

»Es sei! Nur mußt du mir dafür deine Seele vermachen! Ehe noch die Hähne krähen, wirst du diesen Vertrag hier unterschreiben, daß du mir deine Seele vermachst.«

»Euer Hochwohlgeboren!« entgegnete Fëdor höflich. »Als Sie bei mir die Schuhkappen bestellten, habe ich von Ihnen auch kein Geld im voraus genommen. Zuerst muß man die Bestellung ausführen, dann erst kann man Bezahlung fordern.«

»Nun, einverstanden«, stimmte der Kunde zu.

In dem Mörser loderte plötzlich eine helle Flamme empor, dichter rosafarbener Rauch stieg auf, und es roch nach versengten Federn und Schwefel. Als sich der Rauch zerteilte, rieb sich Fëdor die Augen und sah, daß er nicht mehr der Schuster Fëdor war, sondern irgendein anderer Mann, der eine Weste mit Uhrkette und neue Hosen anhatte, und daß er an einem großen Tisch saß, in einem Sessel. Zwei Diener reichten ihm Speisen und sagten unter tiefen Verbeugungen:

»Möge es Ihnen wohl bekommen, das Essen, Euer Hochwohlgeboren!«

Was für ein Reichtum! Die Diener servierten ein großes Stück Hammelbraten und eine Schüssel mit Gurken, danach brachten sie in einer Pfanne eine gebratene Gans, ein wenig später gekochtes Schweinefleisch mit Meerrettich. Und wie das alles vornehm und taktvoll geschah! Fëdor aß und trank vor jedem Gang ein großes Glas ausgezeichneten Vodka, geradeso wie ein General oder ein Graf. Nach dem Schweinefleisch reichte man ihm Grützbrei mit Gänsefett, danach Rühreier mit Speck und gebratene Leber, und er aß alles und war entzückt. Aber was kam noch? Man servierte ihm eine Pirogge mit Zwiebeln und gedämpfte Rüben mit Kvas. – Daß die Herrschaften von solch einer Mahlzeit nicht platzen! dachte er. – Zum Schluß brachte man noch einen großen Topf mit Honig. Nach dem Mittagessen erschien der Teufel mit einer blauen Brille und fragte, sich tief verneigend:

»Sind Sie mit dem Essen zufrieden, Fëdor Panteleič?«

Doch Fëdor konnte nichts herausbringen, kein einziges Wort, so vollgestopft war er nach dem Essen. Es war ihm unangenehm und hinderlich, so satt zu sein, und um sich abzulenken, betrachtete er den Stiefel an seinem linken Fuß.

»Für solche Stiefel habe ich mindestens sieben Rubel fünfzig genommen. Welcher Schuster hat sie denn gemacht?« fragte er.

»Kuzma Lebëdkin«, antwortete ein Diener.

»Ruft den Trottel her!«

Bald darauf erschien Kuzma Lebëdkin aus Warschau. Er blieb in ehrerbietiger Haltung an der Tür stehen und fragte:

»Was befehlen Euer Hochwohlgeboren?«

»Schweig!« schrie Fëdor und stampfte mit dem Fuß auf. »Wage nicht zu reden, sondern denk daran, daß du dem Schusterstand angehörst, was für ein Mensch du bist! Dummkopf! Du kannst doch keine Stiefel machen! Ich hau dir gleich eins in die Fresse! Weshalb bist du gekommen?«

»Wegen des Geldes.«

»Was für Geld willst du denn? Raus! Komm am Sonnabend wieder! Diener, gib ihm eins ins Genick!«

Aber sogleich entsann er sich, wie die Kunden ihn selbst immer verspottet hatten, und ihm wurde schwer ums Herz, und um sich abzulenken, zog er eine dicke Brieftasche heraus und fing an, sein Geld zu zählen. Es war viel Geld, aber Fëdor wollte noch mehr. Der Böse mit der blauen Brille brachte ihm eine andere Brieftasche, die noch dicker war, aber er wollte noch mehr, und je länger er zählte, desto unzufriedener wurde er.

Am Abend kam der Teufel mit einer hochgewachsenen, vollbusigen Dame im roten Kleid zu ihm und sagte, dies sei seine neue Gattin. Bis in die Nacht hinein küßte er sie immerfort und aß Lebkuchen. Zur Nacht aber lag er in einem weichen Daunenbett, wälzte sich von einer Seite auf die andere und konnte nicht einschlafen. Ihm war angst und bange.

»Es ist viel Geld da«, sagte er zu seiner Frau, »eh man sich's versieht, können Diebe es wegnehmen. Du solltest eine Kerze nehmen und nachsehen!«

Die ganze Nacht über konnte er nicht schlafen und stand dauernd auf, um nachzusehen, ob die Truhe noch unversehrt sei. Gegen Morgen mußte er in die Kirche, zur Frühmesse. In der Kirche wird allen, den Reichen wie den Armen, die gleiche Ehre zuteil. Als Fëdor noch arm war, da betete er in der Kirche: ›Herr, vergib mir Sünder!‹ Dasselbe sagte er auch jetzt, nachdem er reich geworden war. Was für ein Unterschied war da? Und nach seinem Tode würde man den reichen Fëdor nicht in Gold, nicht in Diamanten bestatten, sondern in die gleiche schwarze Erde betten wie auch den letzten Armen. Und brennen würde Fëdor in demselben Feuer wie die Schuster. Das alles schien Fëdor kränkend, und dazu kam noch das Schweregefühl im ganzen Körper, das vom Mittagessen herrührte, und statt des Gebets durchzogen sein Gehirn allerlei Gedanken: er dachte an die Geldtruhe, die Diebe und an seine verkaufte, verlorene Seele.

Ärgerlich verließ er die Kirche. Um seine unguten Gedanken zu vertreiben, stimmte er, wie er das früher oft getan, ein Lied an und sang aus vollem Halse. Aber kaum hatte er angefangen, als ein Schutzmann herbeieilte und, die Hand am Mützenschirm, zu ihm sagte:

»Gnädiger Herr, Herrschaften dürfen auf der Straße nicht singen! Sie sind doch kein Schuster!«

Fëdor lehnte sich mit dem Rücken an einen Zaun und überlegte, womit er sich zerstreuen sollte.

»Gnädiger Herr!« rief ihm ein Hausknecht zu. »Lehn dich nicht so an den Zaun, du beschmierst dir sonst deinen Pelz!«

Fëdor betrat einen Laden und kaufte sich die allerbeste Harmonika, ging damit auf die Straße und begann zu spielen. Alle Passanten zeigten mit den Fingern auf ihn und lachten.

»Das will ein feiner Herr sein!« neckten ihn die Droschkenkutscher. »Ein Schuster ist das . . .«

»Dürfen sich Herrschaften so unanständig benehmen?« sagte ein Schutzmann zu ihm. »Fehlt nur noch, daß Sie in eine Kneipe gehen!«

»Gnädiger Herr, eine milde Gabe um Christi willen!« jammerten Bettler, die Fëdor von allen Seiten umringten. »Ein Almosen!«

Früher, als er noch Schuster war, hatten ihn die Bettler gar nicht beachtet, jetzt aber ließen sie ihn nicht weitergehen.

Daheim begrüßte ihn seine neue Frau, die vornehme Dame; sie hatte eine grüne Jacke und einen roten Rock an. Er wollte sie liebkosen und holte schon zum Schlag aus, um ihr eins in den Rücken zu geben, sie aber rief böse:

»Du Bauer! Du Flegel! Verstehst nicht mit Damen umzugehen! Wenn du mich liebst, küß mir das Händchen, aber Prügeln gibt's bei mir nicht.«

Das ist vielleicht ein verwünschtes Leben! dachte Fëdor. Wie Menschen nur so leben können! Kein Lied darf man singen, Harmonika darf man nicht spielen, mit dem Weib darf man nicht schöntun ... Pfui!

Er hatte sich gerade mit der gnädigen Frau an den Teetisch gesetzt, als der Teufel mit der blauen Brille erschien und zu ihm sagte:

»Na, Fëdor Panteleič, ich habe mein Wort gehalten. Jetzt unterschreiben Sie den Vertrag, und dann kommen Sie bitte mit. Nun wissen Sie, was reich sein heißt, es ist genug für Sie!«

Und er schleppte Fëdor in die Hölle, geradewegs ins Feuer, und die Teufel flogen von allen Seiten um ihn herum und schrien:

»Trottel! Dummkopf! Esel!«

In der Hölle stank es furchtbar nach Petroleum, man hätte fast ersticken können.

Und plötzlich war alles verschwunden. Fëdor schlug die Augen auf und erblickte seinen Tisch, die Stiefel und die Blechlampe. Der Lampenzylinder war schwarz, und von dem kleinen Flämmchen, das auf dem Docht brannte, stieg übelriechender Qualm auf wie aus einem Schornstein. Daneben stand der Kunde mit der blauen Brille und schrie böse:

»Du Trottel! Du Dummkopf! Du Esel! Ich werde dich lehren, du Halunke! Vor zwei Wochen hast du den Auftrag angenommen, aber die Stiefel sind immer noch nicht fertig! Du denkst wohl, ich hätte Zeit, fünfmal am Tag wegen der Stiefel hierherzulatschen? Du Schurke! Du Rindvieh!«

Fëdor schüttelte den Kopf und nahm sich die Stiefel vor. Der Kunde schimpfte und drohte noch lange. Als er sich endlich beruhigt hatte, fragte Fëdor finster:

»Was sind Sie eigentlich von Beruf, gnädiger Herr?«

»Ich stelle bengalisches Feuer und Raketen her. Ich bin Pyrotechniker.«

Es läutete zur Frühmesse. Fëdor lieferte die Stiefel ab, erhielt sein Geld und ging in die Kirche.

Draußen fuhren Kutschen und Schlitten mit Bärenfelldecken die Straße herauf und hinunter. Auf dem Gehsteig, unter dem einfachen Volk, gingen Kaufleute, vornehme Damen und Offiziere ... Aber Fëdor beneidete sie nicht und murrte nicht mehr über sein Schicksal. Jetzt erschien es ihm, daß Reiche und Arme gleichermaßen übel dran seien. Die einen hatten die Möglichkeit, mit einer Kutsche zu fahren, die anderen, aus voller Kehle Lieder zu singen und Harmonika zu spielen, und im übrigen erwartete alle ein und dasselbe – das Grab. Im Leben, so meinte er, gebe es nichts, um dessentwillen man dem Teufel auch nur einen kleinen Teil seiner Seele verschreiben möchte.

Die Wette

I

Es war in einer dunklen Herbstnacht. Der alte Bankier ging immer wieder in seinem Arbeitszimmer auf und ab und rief sich ins Gedächtnis zurück, wie er im Herbst vor fünfzehn Jahren eine Abendgesellschaft gegeben hatte. An diesem Abend waren viele gescheite Leute zusammengekommen, und es wurden interessante Gespräche geführt. Unter anderem sprach man über die Todesstrafe. Die Gäste, unter denen sich viele Gelehrte und Journalisten befanden, lehnten in der Mehrzahl die Todesstrafe ab. Sie hielten diese Strafart für veraltet, für untauglich in einem christlichen Staat und für unmoralisch. Einige von ihnen meinten, die Todesstrafe sollte überall durch lebenslängliche Haft ersetzt werden.

»Ich bin da mit Ihnen nicht einverstanden«, sagte der Gastgeber. »Ich habe weder die Todesstrafe noch lebenslängliche Haft ausprobiert, aber wenn man a priori urteilen kann, so ist meiner Meinung nach die Todesstrafe moralischer und humaner als die Haftstrafe. Bei der Hinrichtung wird man sofort getötet, bei lebenslänglicher Haft langsam. Welcher Henker ist da menschlicher? Jener, der einen in wenigen Minuten tötet, oder jener, der das Leben im Verlauf vieler Jahre aus uns herauszieht?«

»Beides ist gleich unmoralisch«, bemerkte einer der Gäste, »denn beides hat das gleiche Ziel – jemandem das Leben zu nehmen. Der Staat ist nicht Gott. Er hat kein Recht, etwas zu nehmen, was er nicht zurückgeben kann, wenn er es will.«

Unter den Gästen war ein Jurist, ein junger Mann von fünfundzwanzig Jahren. Als man ihn nach seiner Meinung fragte, sagte er:

»Todesstrafe und lebenslängliche Haft sind gleichermaßen unmoralisch, aber wenn man mich zwischen Hinrichtung und lebenslänglicher Haft wählen ließe, so würde ich natürlich das zweite wählen. Irgendwie zu leben ist doch besser als gar nicht.«

Man begann lebhaft zu streiten. Der Bankier, damals noch jünger und nervöser, geriet plötzlich in Erregung, hieb mit der Faust auf den Tisch und schrie, zu dem jungen Juristen gewandt: »Das ist nicht wahr! Ich wette zwei Millionen, daß Sie es nicht fünf Jahre in einer Kasematte aushalten.«

»Wenn das ernst gemeint ist«, erwiderte der Jurist, »so halte ich die Wette, daß ich es nicht fünf, sondern fünfzehn Jahre aushalten werde.«

»Fünfzehn? Abgemacht!« schrie der Bankier. »Meine Herren, ich setze zwei Millionen!«

»Einverstanden! Sie setzen die Millionen und ich meine Freiheit«, sagte der Jurist.

Und diese unvernünftige, sinnlose Wette kam zustande! Der Bankier, der damals, verwöhnt und leichtsinnig seine Millionen sinnlos verschleuderte, war von der Wette begeistert. Beim Abendessen trieb er seinen Spaß mit dem Juristen und sagte zu ihm: »Nehmen Sie Vernunft an, junger Mann, solange es noch nicht zu spät ist. Für mich sind zwei Millionen eine Bagatelle, aber Sie riskieren es, drei oder vier der besten Jahre Ihres Lebens zu verlieren. Ich sage – drei oder vier, denn länger halten Sie es doch nicht aus. Vergessen Sie auch nicht, Sie Unglücklicher, daß freiwillige Haft viel schwerer zu ertragen ist als erzwungene. Der Gedanke, daß Sie das Recht haben, jeden Augenblick in die Freiheit zurückzukehren, wird Ihnen in der Kasematte das Leben vergiften. Sie tun mir leid!«

Und nun schritt der Bankier immer wieder durchs Zimmer, dachte an all das zurück und fragte sich: Wozu diese Wette? Was für einen Nutzen hat es, daß der Jurist fünfzehn Jahre seines Lebens verloren hat und ich zwei Millionen wegwerfe? Kann man damit den Menschen beweisen, daß die Todesstrafe schlechter oder besser ist als lebenslängliche Haft? Nein und abermals nein! Unsinn und Narrheit! Bei mir war es die Laune eines satten Menschen, bei dem Juristen gewöhnliche Geldgier ...

Weiter entsann er sich, was nach dem beschriebenen Abend vorgefallen war. Es wurde beschlossen, daß der Jurist seine Haft unter strengster Aufsicht in einem der Nebengebäude im Garten des Bankiers verbüßen sollte. Man kam überein, daß er im Verlauf von fünfzehn Jahren nicht das Recht haben sollte, die Schwelle des Gebäudes zu betreten, lebende Menschen zu sehen, menschliche Stimmen zu hören und Briefe oder Zeitungen zu empfangen. Erlaubt war ihm, ein Musikinstrument zu besitzen,

Bücher zu lesen, Briefe zu schreiben, Wein zu trinken und Tabak zu rauchen. Mit der Außenwelt durfte er sich der Abmachung nach nur schweigend verständigen, durch ein kleines Fenster, das eigens für diesen Zweck geschaffen wurde. Alles Nötige – Bücher, Noten, Wein und sonstiges – konnte er auf schriftliche Anforderung in beliebiger Menge erhalten, aber nur durch das Fenster. Der Vertrag sah alle Einzelheiten und Kleinigkeiten vor, die die Haft zu einer strengen Einzelhaft machten, und verpflichtete den Juristen, genau fünfzehn Jahre, vom 14. November 1870 zwölf Uhr bis zum 14. November 1885 zwölf Uhr, in der Haft zu verweilen. Der geringste Versuch des Juristen, diese Bedingungen zu verletzen, und sei es zwei Minuten vor Ablauf der Frist, würde den Bankier von der Verpflichtung befreien, ihm die zwei Millionen zu zahlen.

Im ersten Jahr der Haft litt der Jurist, soweit man das aus seinen knappen Aufzeichnungen schließen konnte, unter Einsamkeit und Langeweile. Aus dem Gartenhaus hörte man Tag und Nacht Klaviermusik. Er verzichtete auf Wein und Tabak. Der Wein, so schrieb er, errege Wünsche, und diese seien die Hauptfeinde eines Gefangenen; außerdem gebe es nichts Langweiligeres, als guten Wein zu trinken und dabei niemanden zu sehen. Der Tabak aber verderbe die Luft in seinem Zimmer. Im ersten Jahr schickte man dem Juristen Bücher überwiegend leichten Inhalts – Romane mit verwickelten Liebesintrigen, Kriminalgeschichten und phantastische Erzählungen, Komödien und ähnliches mehr.

Im zweiten Jahr verstummte die aus dem Gebäude tönende Musik, und der Jurist verlangte auf seinen Bestellzetteln lediglich Klassiker. Im fünften Jahr erklang von neuem Musik, und der Gefangene bat um Wein. Die ihn durch das kleine Fenster beobachteten, erzählten, er habe dieses ganze Jahr hindurch nur gegessen, getrunken und auf dem Bett gelegen, häufig gegähnt und zornig Selbstgespräche geführt. Bücher las er keine. Zuweilen machte er sich des Nachts ans Schreiben, schrieb lange und zerriß gegen Morgen alles, was er geschrieben hatte. Wiederholt hörte man, wie er weinte.

In der zweiten Hälfte des sechsten Jahres befaßte sich der Gefangene eifrig mit dem Studium von Sprachen, Philosophie und Geschichte. Er stürzte sich gierig auf diese Wissenschaften, so daß der Bankier kaum mit dem Bestellen der Bücher nachkam. Im Laufe von vier Jahren wurden auf sein Verlangen etwa sechshundert Bände beschafft. In der Zeit dieses Eifers erhielt der Bankier von seinem Gefangenen unter anderem folgenden Brief: »Mein lieber Gefängniswärter! Ich schreibe Ihnen diese Zeilen in sechs Sprachen. Zeigen Sie sie bitte kundigen Leuten, sie mögen sie lesen. Wenn sie nicht einen einzigen Fehler finden, so flehe ich Sie an, lassen Sie im Garten einen Gewehrschuß abgeben. Dieser Schuß wird mir verkünden, daß meine Anstrengungen nicht vergeblich waren. Die Genien aller Zeiten und Länder sprechen in verschiedenen Sprachen, aber in ihnen allen brennt ein und dieselbe Flamme. Oh, wenn Sie wüßten, welch überirdisches Glück meine Seele darüber empfindet, daß ich sie verstehen kann!« Der Wunsch des Gefangenen wurde erfüllt. Der Bankier ließ im Garten zwei Schüsse abfeuern.

Später, nach dem zehnten Jahr, saß der Jurist unbeweglich am Tisch und las allein das Evangelium. Dem Bankier kam es seltsam vor, daß ein Mensch, der in vier Jahren sechshundert gelehrte Bücher bewältigt hatte, ungefähr ein Jahr mit der Lektüre eines leichtverständlichen und wenig umfangreichen Buches vergeudete. Das Evangelium wurde von Religionsgeschichte und Theologie abgelöst.

In den letzten beiden Jahren seiner Haft las der Gefangene außergewöhnlich viel und ohne jede Auswahl. Bald befaßte er sich mit Naturwissenschaft, bald verlangte er Byron oder Shakespeare. Es gab von ihm Aufzeichnungen, in denen er gleichzeitig um Literatur über Chemie, ein medizinisches Lehrbuch, einen Roman und irgendein philosophisches oder theologisches Traktat bat. Seine Lektüre war so, als schwämme er auf See zwischen den Trümmern eines Schiffes herum und griffe in dem Wunsch, sein Leben zu retten, begierig bald nach dem einen Wrackstück, bald nach dem anderen!

II

An all das hatte sich der alte Bankier erinnert, und er dachte:

Morgen um zwölf Uhr erhält er die Freiheit zurück. Vereinbarungsgemäß werde ich ihm die zwei Millionen auszahlen müssen. Wenn ich zahle, dann ist alles verloren – ich bin endgültig ruiniert.

Vor fünfzehn Jahren hatte der Bankier seine Millionen sinnlos verschleudert, jetzt aber fürchtete er sich zu fragen, was er mehr habe – Geld oder Schulden? Das Glücksspiel an der Börse, riskante Spekulationen und die Heftigkeit, von der er sich selbst im Alter nicht frei machen konnte, hatten allmählich zum Verfall seiner Geschäfte geführt, und der unerschrockene, selbstgefällige, stolze Reiche hatte sich in einen Durchschnittsbankier verwandelt, der bei jedem Steigen oder Sinken der Papiere zitterte.

»Verfluchte Wette!« murmelte der Alte und griff sich verzweifelt an den Kopf. »Warum ist dieser Mensch nicht gestorben? Er ist bereits vierzig Jahre alt. Er nimmt mir das letzte, wird heiraten, das Leben genießen, an der Börse spielen, und ich werde als Bettler neidisch zugucken und mir jeden Tag ein und dieselbe Phrase von ihm anhören müssen: ›Ihnen verdanke ich das Glück meines Lebens, erlauben Sie mir, Ihnen zu helfen!‹ Nein, das ist zuviel! Die einzige Rettung vor Bankrott und Schande ist der Tod dieses Menschen!«

Die Uhr schlug drei. Der Bankier horchte – alle im Hause schliefen, und man hörte nur, wie hinter den Fenstern die frierenden Bäume rauschten. Bemüht, keinen Lärm zu verursachen, holte er aus dem feuersicheren Schrank den Schlüssel zu der Tür, die fünfzehn Jahre lang nicht geöffnet worden war, zog sich den Mantel an und verließ das Haus.

Im Garten war es finster und kalt. Es regnete. Ein scharfer, feuchter Wind jagte heulend durch den Garten und gönnte den Bäumen keine Ruhe. Der Bankier strengte seine Augen an, aber er sah weder die Erde noch die weißen Statuen, noch das Gartenhaus, noch die Bäume. Als er den Platz erreicht hatte, an dem sich das Gebäude befand, rief er zweimal den Wächter. Keine Antwort. Offensichtlich hatte sich der Wächter vor dem Unwetter zurückgezogen und schlief nun irgendwo in der Küche oder in der Orangerie. Wenn ich den Mut habe, meine Absicht auszuführen, überlegte der Alte, so wird der Verdacht in erster Linie auf den Wächter fallen.

Im Dunkeln ertastete er die Stufen und die Tür und trat in den Vorraum des Gebäudes, dann tappte er in den kleinen Korridor und entzündete ein Streichholz. Hier war keine Menschenseele. Eine leere Bettstelle stand da, in einer Ecke schimmerte dunkel ein eiserner Ofen. Die Siegel an der Tür, die in den Raum des Gefangenen führten, waren unversehrt.

Als das Streichholz erlosch, blickte der Alte, zitternd vor Erregung, durch das kleine Fenster.

Im Zimmer des Gefangenen brannte trübe eine Kerze. Er selbst saß am Tisch. Man sah nur seinen Rücken, seine Haare und seine Hände. Auf dem Tisch, den zwei Sesseln und dem Teppich neben dem Tisch lagen aufgeschlagene Bücher.

Es vergingen fünf Minuten, ohne daß sich der Gefangene ein einziges Mal gerührt hätte. Die fünfzehnjährige Haft hatte ihn gelehrt, unbeweglich dazusitzen. Der Bankier klopfte mit dem Finger an das Fenster, aber der Gefangene antwortete auf dieses Klopfen mit keiner Bewegung. Da riß der Bankier vorsichtig die Siegel von der Tür und steckte den Schlüssel in das Schlüsselloch. Das verrostete Schloß gab einen heiseren Laut von sich, die Tür knarrte. Der Bankier erwartete, es würden sogleich ein Schrei des Erstaunens und Schritte ertönen, aber etwa drei Minuten vergingen, und hinter der Tür blieb es still wie zuvor. Da beschloß er, den Raum zu betreten.

Am Tisch saß unbeweglich ein Mensch, der gewöhnlichen Menschen nicht mehr glich. Es war ein mit Haut bespanntes Skelett, mit langem Frauenhaar und einem zottigen Bart. Sein Gesicht sah gelb und fahl aus, die Wangen waren eingefallen, der Rücken war lang und schmal, die Hand, in die er sein behaartes Haupt stützte, so dünn und mager, daß es einem graute hinzusehen. In seinen Haaren glänzte es schon silbern, und niemand, der in sein greisenhaft ausgemergeltes Gesicht blickte, würde glauben, daß er erst vierzig Jahre alt war. Er schlief ... Vor seinem vornübergeneigten Haupt lag auf dem Tisch ein Blatt Papier, auf dem etwas mit kleiner Handschrift geschrieben stand.

Bedauernswerter Mensch! dachte der Bankier. – Er schläft und sieht wahrscheinlich im Traum die Millionen! Ich brauche diesen Halbtoten nur zu packen, aufs Bett zu werfen, leicht mit dem Kissen zu würgen, und die gewissenhafteste Untersuchung wird keinerlei Anzeichen eines gewaltsamen Todes entdecken. Aber lesen wir erst einmal, was er da geschrieben hat ...

Der Bankier nahm das Blatt vom Tisch und las folgendes:

»Morgen um zwölf Uhr mittags erhalte ich die Freiheit zurück und das Recht, mit den Menschen zu verkehren. Doch bevor ich diesen Raum verlasse und die Sonne wiedersehe, erachte ich es für notwendig, euch einige Worte zu sagen. Mit reinem Gewissen und vor Gott, der mein Zeuge ist, erkläre ich, daß ich Freiheit, Leben, Gesundheit und all das verachte, was in euren Büchern die Güter dieser Welt genannt wird.

Fünfzehn Jahre lang habe ich aufmerksam das irdische Leben studiert. Zwar habe ich die Erde und die Menschen nicht gesehen, aber aus euren Büchern trank ich aromatischen Wein, ich sang Lieder, ich jagte in Wäldern Hirsche und Wildschweine, ich liebte Frauen ... Schöne Mädchen, ätherisch wie die Wolken, geschaffen von der Zauberkraft eurer genialen Dichter, besuchten mich nachts und erzählten mir flüsternd wunderbare Märchen, die mich trunken machten. In euren Büchern erklomm ich die Gipfel des Elbrus und des Montblanc und sah von dort aus, wie des Morgens die Sonne aufging und wie sie des Abends den Himmel, den Ozean und die Berggipfel mit Purpurglut übergoß; ich sah von dort aus, wie über mir Blitze zuckten und die Wolken zerteilten; ich sah grüne Wälder, Felder, Flüsse, Seen und Städte, ich hörte den Gesang der Sirenen und den Klang der Hirtenflöten, ich spürte den Flügelschlag prächtiger Dämonen, die zu mir geflogen kamen, um von Gott zu sprechen ... Eure Bücher ließen mich in bodenlose Tiefen stürzen, ich vollbrachte Wunder, ich tötete, steckte Städte in Brand, predigte neue Religionen und eroberte ganze Reiche ... Eure Bücher schenkten mir Weisheit. Alles, was der unermüdliche menschliche Geist in Jahrhunderten geschaffen hat, ist in meinem Schädel zu einem kleinen Klumpen zusammengepreßt. Ich weiß, daß ich klüger bin als ihr alle.

Und ich verachte eure Bücher, verachte alle Güter dieser Welt und die Weisheit. Alles ist nichtig, vergänglich, illusorisch und trügerisch wie eine Luftspiegelung. Ihr mögt stolz, weise und schön sein – der Tod wird euch genauso verschlingen wie die Mäuse im Keller, und eure Nachkommen, die Geschichte, die Unsterblichkeit eurer Genien werden erstarren oder zusammen mit der Erdkugel verbrennen.

Ihr habt den Verstand verloren und geht nicht den richtigen

Weg. Die Lüge haltet ihr für Wahrheit, Häßlichkeit für Schönheit. Ihr würdet euch wundern, wenn infolge irgendwelcher Umstände auf Apfelbäumen und Apfelsinensträuchern statt der Früchte plötzlich Frösche und Eidechsen wüchsen oder wenn die Rosen den Geruch schwitzender Pferde ausströmten; so wundere ich mich über euch, die ihr den Himmel mit der Erde vertauscht. Ich will euch nicht verstehen.

Um euch durch die Tat zu beweisen, wie sehr ich verachte, wofür ihr lebt, verzichte ich auf die zwei Millionen, von denen ich einst träumte wie von einem Paradies. Um mich des Rechts darauf zu entledigen, werde ich fünf Stunden vor Ablauf der Frist von hier weggehen und damit den Vertrag brechen . . .«

Nachdem der Bankier das gelesen hatte, legte er das Blatt auf den Tisch zurück, küßte den seltsamen Menschen auf den Kopf, fing an zu weinen und verließ das Gebäude. Noch zu keiner anderen Zeit, auch nicht nach großen Börsenverlusten, hatte er sich selbst gegenüber solche Verachtung empfunden wie gerade jetzt. In seine Wohnung zurückgekehrt, legte er sich ins Bett, aber vor Erregung und Schluchzen konnte er lange nicht einschlafen . . .

Am nächsten Morgen kamen schreckensbleich die Wächter zu ihm gelaufen und meldeten, sie hätten gesehen, wie der Mann, der in dem Nebengebäude wohnte, durch ein Fenster in den Garten hinausgeklettert, zum Tor gelaufen und irgendwohin verschwunden sei. Mit den Dienern zusammen begab sich der Bankier sogleich zu dem Gartenhaus und überzeugte sich von der Flucht seines Gefangenen. Um kein überflüssiges Gerede aufkommen zu lassen, nahm er das Blatt mit der Verzichterklärung vom Tisch und verschloß es, in seine Wohnung zurückgekehrt, in dem feuersicheren Schrank.

Die Fürstin

Durch das große, sogenannte Rote Tor des Männerklosters von N. fuhr eine Kutsche, die mit vier wohlgenährten, schönen Pferden bespannt war. Die Mönchspriester und Klosterbrüder, die sich vor der für den Adel reservierten Hälfte des Gästehauses drängten, hatten schon von weitem an dem Kutscher und den Pferden erkannt, wer in der Kutsche saß: es war ihre gute Bekannte, die Fürstin Vera Gavrilovna.

Ein livrierter alter Mann sprang vom Kutschbock und half der Fürstin aus dem Wagen. Sie hob den dunklen Schleier und trat ohne Eile zu den Mönchspriestern, um den Segen zu empfangen; darauf nickte sie den Klosterbrüdern freundlich zu und begab sich in ihre Gemächer.

»Nun, habt ihr euch gelangweilt ohne eure Fürstin?« fragte sie die Mönche, die ihre Sachen brachten. »Ich war einen ganzen Monat nicht bei euch. Na, da bin ich wieder, seht eure Fürstin an. Aber wo ist der Vater Archimandrit? Mein Gott, ich brenne vor Ungeduld! Ein wunderbarer, ein ganz wunderbarer Alter! Ihr solltet stolz darauf sein, daß ihr solch einen Archimandriten habt.«

Als der Archimandrit eintrat, schrie die Fürstin entzückt auf, kreuzte die Arme auf der Brust und trat zu ihm, um den Segen zu empfangen.

»Nein, nein! Laßt sie mich küssen!« rief sie aus, ergriff seine Hand und küßte sie dreimal inbrünstig. »Wie ich mich freue, heiliger Vater, daß ich Euch endlich sehe! Ihr habt sicher Eure Fürstin vergessen, ich aber weilte in Gedanken dauernd in Eurem lieben Kloster. Wie schön es bei Euch ist! In diesem gottgeweihten Leben, fern der geschäftigen Welt, liegt ein ganz besonderer Reiz, heiliger Vater, den ich mit Worten gar nicht wiedergeben kann!«

Die Fürstin bekam rote Wangen, und Tränen traten in ihre Augen. Sie redete pausenlos, leidenschaftlich, der Archimandrit aber, ein siebzigjähriger Greis, ernst, unansehnlich und verlegen, schwieg und sprach nur dann und wann abgehackt und militärisch:

»Sehr wohl, Euer Erlaucht ... zu Befehl ... habe verstanden ...«

»Belieben Sie lange unser Gast zu sein?« fragte er.

»Heute will ich bei Euch übernachten, aber morgen fahre ich zu Klavdija Nikolaevna – wir haben uns schon lange nicht mehr gesehen –, übermorgen komme ich wieder und bleibe dann drei bis vier Tage hier. Meine Seele möchte bei Euch ausruhen, heiliger Vater ...«

Die Fürstin weilte gern im Kloster zu N. In den letzten beiden Jahren hatte sie diesen Ort liebgewonnen und kam im Sommer beinahe jeden Monat, um zwei oder drei Tage, manchmal auch eine Woche hier zu verbringen. Die schüchternen Klosterbrüder, die Stille, die niedrigen Decken, der Duft der Zypressen, die bescheidene Kost, die billigen Vorhänge an den Fenstern – das alles rührte sie, stimmte sie weich und machte sie empfänglich für Kontemplation und schöne Gedanken. Es genügte, daß sie sich nur eine halbe Stunde in diesen Gemächern aufhielt, und schon meinte sie, sie sei ebenfalls schüchtern und bescheiden und dufte nach Zypressen; die Vergangenheit trat weit zurück und verlor ihre Bedeutung, und die Fürstin glaubte dann, sie gleiche trotz ihrer neunundzwanzig Jahre dem alten Archimandriten und sei ebenso wie er nicht für den Reichtum, nicht für irdischen Ruhm und nicht für die Liebe geboren, sondern für ein stilles Leben, von der Welt zurückgezogen und dämmerig wie diese Gemächer ...

Es kommt vor, daß in die dunkle Zelle eines in sein Gebet versunkenen Fastenmönchs plötzlich ein Lichtstrahl fällt oder daß sich ein Vöglein vor dem Zellenfenster niederläßt und ein Lied anstimmt; der strenge Mönch lächelt dann unwillkürlich, und in seiner Brust fließt plötzlich unter dem verzehrenden Gram über die Sünden, gleich dem Bach unter einem Stein, stille unschuldige Freude hervor. Die Fürstin glaubte, sie bringe ebensolchen Trost mit von draußen herein wie der Sonnenstrahl oder das Vöglein; ihr freundliches, heiteres Lächeln, ihr sanfter Blick, ihre Stimme, ihre Scherze, überhaupt ihre ganze kleine, gutgebaute, in ein einfaches schwarzes Gewand gehüllte Gestalt müsse durch ihr Erscheinen bei den einfachen, strengen Menschen ein Gefühl der Rührung und Freude wecken; jeder, der sie anschaute, müsse denken: Gott hat uns einen Engel gesandt ... Und in dem Gefühl, jeder denke unwillkürlich so, lächelte sie noch freundlicher und bemühte sich, einem Vögelchen zu gleichen.

Nachdem sie Tee getrunken und sich ausgeruht hatte, ging sie spazieren. Die Sonne war schon untergegangen. Vom Blumengarten des Klosters wehte die duftende Frische der gerade gegossenen Reseden herüber, aus der Kirche drang der leise Gesang von Männerstimmen, der von ferne sehr angenehm und wehmütig klang. Es war die Zeit der Abendmesse. Die dunklen Fenster, in denen mild die Ikonenlämpchen schimmerten, die Schatten und die Gestalt des alten Mönchs, der in der Vorhalle mit der Opferschale neben dem Heiligenbild saß, drückten solch eine friedliche Ruhe aus, daß der Fürstin unbewußt das Weinen ankam...

Doch hinter dem Tor, auf der Allee zwischen der Mauer und den Birken, wo Bänke standen, war der Abend bereits hereingebrochen. Es wurde sehr schnell dunkel ... Die Fürstin schlenderte die Allee entlang, setzte sich auf eine Bank und versank in Nachdenken.

Sie dachte, es müßte schön sein, sich für das ganze Leben in diesem Kloster niederzulassen, in dem das Leben ruhig und friedlich war wie ein Sommerabend; es wäre schön, alles vollkommen zu vergessen – den undankbaren, lasterhaften Fürsten, ihr riesiges Vermögen, die Gläubiger, die sie jeden Tag belästigten, ihr Ungemach und die Zofe Daša, die heute früh eine herausfordernde Miene aufgesetzt hatte. Es müßte schön sein, das ganze Leben hier auf der Bank zu sitzen und durch die Birkenstämme zu beobachten, wie unten am Bergeshang in Schwaden der Abendnebel entlangzieht, wie weit in der Ferne über dem Wald als schwarze Wolke, einem Schleier ähnlich, die Saatkrähen zu ihrem Nachtlager fliegen, und wie zwei Klosterbrüder – der eine auf einem Schecken reitend, der andere zu Fuß – die Pferde zur nächtlichen Weide treiben und glücklich über ihre Freiheit ausgelassen sind wie kleine Kinder; hell tönen ihre jungen Stimmen in der von keinem Windhauch bewegten Luft, und man versteht jedes Wort. Schön ist es, so zu sitzen und der Stille zu lauschen – bald weht der Wind und bewegt die Wipfel der Birken, bald raschelt ein Frosch im vorjährigen Laub, bald schlägt hinter der Mauer die Kirchturmuhr die Viertelstunde ... Unbeweglich so dasitzen, lauschen und denken, denken, denken...

Eine alte Frau mit einer Umhängetasche ging vorüber. Die Fürstin meinte, es müsse schön sein, diese Alte anzuhalten und ihr irgend etwas Zärtliches, Nettes zu sagen, ihr zu helfen ... Doch die Alte blickte sich nicht einmal um und bog um die Ecke.

Kurz darauf tauchte in der Allee ein hochgewachsener Mann mit einem grauen Bart auf, der einen Strohhut auf dem Kopf trug. Als er in Höhe der Fürstin war, zog er den Hut und verbeugte sich, und an der großen Glatze und der spitzen, gebogenen Nase erkannte die Fürstin den Doktor Michail Ivanovič, der vor fünf Jahren bei ihr in Dubovki in Diensten gestanden hatte. Sie entsann sich, daß jemand ihr gesagt hatte, diesem Doktor sei im Vorjahr die Frau gestorben, und so wollte sie ihm ihr Mitgefühl zeigen und ihn trösten.

»Doktor, Sie erkennen mich wahrscheinlich nicht?« fragte sie und lächelte freundlich.

»Doch, Fürstin, ich habe Sie erkannt«, sagte der Arzt und zog noch einmal den Hut.

»Danke schön, ich dachte schon, Sie hätten Ihre Fürstin vergessen. Die Menschen erinnern sich nur an ihre Feinde, ihre Freunde aber vergessen sie. Sind Sie zum Beten hergekommen?«

»Ich übernachte hier jeden Sonnabend von Berufes wegen. Ich behandle hier die Kranken.«

»Nun, und wie geht es Ihnen?« fragte die Fürstin seufzend. »Ich hörte, Ihre Frau ist gestorben. Was für ein Unglück.«

»Ja, Fürstin, für mich ist das ein großes Unglück.«

»Was soll man machen! Wir müssen alles Unglück in Demut ertragen. Ohne den Willen der Vorsehung fällt kein Haar vom Kopf des Menschen.«

»Ja, Fürstin.«

Auf das freundliche, sanfte Lächeln der Fürstin und ihre Seufzer antwortete der Arzt kalt und trocken: ›Ja, Fürstin‹, und auch seine Miene war kalt und trocken.

Was könnte ich ihm noch sagen? überlegte die Fürstin.

»Wie lange haben wir uns nicht gesehen!« sagte sie. »Fünf Jahre! Wieviel Wasser ist in dieser Zeit ins Meer geflossen, wie viele Veränderungen hat es gegeben, es ist schrecklich, nur daran zu denken! Sie wissen, ich habe geheiratet ... aus einer Gräfin ist eine Fürstin geworden. Und ich habe es schon fertiggebracht, mich von meinem Mann zu trennen.«

»Ja, ich hörte davon.«

»Viele Prüfungen hat mir Gott geschickt! Wahrscheinlich haben Sie auch gehört, daß ich beinahe ruiniert bin. Für die Schulden meines unglückseligen Mannes hat man Dubovki, Kirjakovo und Sofjino verkauft. Nur Baranovo und Michalcevo sind mir geblieben. Es ist schrecklich, zurückzuschauen – wie viele Veränderungen, wieviel Ungemach, wie viele Fehler!«

»Ja, Fürstin, viele Fehler!«

Die Fürstin wurde ein wenig verlegen. Sie kannte ihre Fehler; sie waren so intim, daß nur sie allein daran denken und davon sprechen durfte. Sie konnte sich nicht enthalten zu fragen:

»An welche Fehler denken Sie?«

»Sie haben sie erwähnt, folglich kennen Sie sie ...« erwiderte der Doktor und lächelte boshaft. »Wozu davon reden!«

»Nein, sprechen Sie, Doktor. Ich werde Ihnen sehr dankbar sein! Und bitte, machen Sie keine Umstände mit mir. Ich höre die Wahrheit gern.«

»Ich bin nicht Ihr Richter, Fürstin.«

»Nicht mein Richter? Sie sprechen in einem Ton, daß man merkt, Sie wissen etwas. Sagen Sie es!«

»Wenn Sie es wünschen, dann bitte. Doch leider bin ich kein guter Redner, und man kann mich nicht immer verstehen.«

Der Arzt überlegte und begann: »Es sind viele Fehler, aber der Hauptfehler ist eigentlich, meiner Meinung nach, der allgemeine Geist, mit dem ... der auf allen Ihren Gütern herrscht. Sie sehen, ich kann mich nicht ausdrücken. Will sagen – die Hauptsache ist die Abneigung, der Abscheu gegen die Menschen, den man unbedingt in allem spürt. Auf dieser Abneigung beruht bei Ihnen der ganze Zuschnitt des Lebens. Abneigung gegen die menschliche Stimme, die Gesichter, die Nacken, die Schritte ... mit einem Wort, gegen alles, was den Menschen ausmacht. An allen Türen und auf allen Treppen stehen wohlgenährte, grobe und faule Heiducken in Livree, um unpassend gekleideten Leuten den Eintritt zu verwehren; in der Diele stehen Stühle mit hohen Lehnen, damit während der Bälle und Empfänge die Diener nicht mit ihren Hinterköpfen die Tapeten an den Wänden beschmutzen. In allen Räumen gibt es dicke Teppiche, damit keine menschlichen Schritte zu hören sind; jeder, der eintritt, wird unbedingt darauf aufmerksam gemacht, daß er leise und möglichst wenig sprechen und nichts sagen soll, was Phantasie und Nerven schlecht beeinflussen könnte. Und in Ihrem Kabinett gibt man einem Menschen nicht die Hand und bietet ihm keinen Platz an, genauso, wie Sie mir auch jetzt nicht die Hand gegeben und mich nicht zum Sitzen aufgefordert haben ...«

»Bitte sehr, wenn Sie wollen!« sagte die Fürstin, streckte die Hand aus und lächelte. »Allerdings, sich über solch eine Lappalie zu ärgern ...«

»Ärgere ich mich denn etwa?« erwiderte der Arzt und lachte dabei, sogleich aber wurde er rot, nahm seinen Hut ab, schwenkte ihn und sagte heftig: »Offen gestanden, ich habe schon lange auf eine Gelegenheit gewartet, Ihnen alles zu sagen, alles ... Das heißt, ich will sagen, Sie betrachten alle Menschen wie ein Napoleon, so als Kanonenfutter. Aber Napoleon hatte wenigstens eine Idee, Sie jedoch haben nichts als Abscheu!«

»Ich hege Abscheu gegen die Menschen!« antwortete die Fürstin lächelnd und zuckte verwundert die Achseln. »Ausgerechnet ich!«

»Ja, Sie! Sie wollen Tatsachen? Bitte sehr! Bei Ihnen in Michalcevo leben vom Gnadenbrot drei Ihrer ehemaligen Köche, die in Ihren Küchen von der Ofenglut blind geworden sind. Alles, was es auf den Zehntausenden Desjatinen Ihres Besitzes an Gesundem, Kraftvollem und Schönem gibt, das ist von Ihnen und Ihren Schmarotzern zu Heiducken, Lakaien und Kutschern gemacht worden. Dieses ganze zweibeinige lebende Inventar ist zur Kriecherei erzogen, verfressen, verroht und hat Gestalt und Menschenähnlichkeit verloren, mit einem Wort gesagt ... Junge Mediziner, Agronomen, Lehrer, überhaupt die arbeitende Intelligenz, mein Gott, sie wird von der Tat, von ehrlicher Arbeit losgerissen, man nötigt sie, für ihr Stückchen Brot an allerlei Puppenkomödien teilzunehmen, deren sich jeder anständige Mensch schämen muß! Manch junger Mensch dient noch keine drei Jahre, da wird er zum Heuchler, Schmeichler und Verleumder ... Ist das etwa schön? Ihre polnischen Verwalter, diese niederträchtigen Spione, alle diese Kazimirs und Kajetane, treiben sich von früh bis spät auf den Zehntausenden von Desjatinen herum und bemühen sich, Ihnen zu Gefallen jedem Ochsen dreimal das Fell abzuziehen. Erlauben Sie, ich drücke mich unsystematisch aus, aber das macht nichts! Die einfachen Leute gelten bei Ihnen nicht als Menschen. Doch das Wichtigste ... das Wichtigste, das, was mich am meisten aufregt – Sie besitzen mehr als eine Million Vermögen und tun nichts für die Menschen, gar nichts!«

Die Fürstin saß verwundert, erschreckt und gekränkt da und wußte nicht, was sie sagen und wie sie sich verhalten sollte. Niemals vorher hatte jemand in solchem Ton mit ihr gesprochen. Die unangenehme, zornige Stimme des Arztes und seine unbeholfene, gestammelte Rede verursachten in ihren Ohren und ihrem Kopf ein schneidendes, pochendes Geräusch, dann aber kam es ihr vor, als schlage der gestikulierende Doktor sie mit seinem Hut auf den Kopf.

»Das ist nicht wahr!« sagte sie leise mit flehender Stimme. »Für die Menschen habe ich viel Gutes getan, das wissen Sie selbst!«

»Lassen Sie's genug sein!« schrie der Arzt. »Halten Sie denn Ihre Wohltätigkeit immer noch für etwas Ernstes und Nützliches statt für eine Puppenkomödie? Denn das war doch eine Komödie von Anfang bis Ende, ein Spiel mit der Nächstenliebe, ein sehr offenkundiges Spiel, das sogar Kinder und dumme Weiber verstanden haben! Nehmen wir bloß Ihr – wie hieß es doch? – Heim für alleinstehende alte Frauen, in dem Sie mich zwangen, so eine Art Chefarzt zu sein, und wo Sie selbst Ehrenkurator waren. Herr du mein Gott, was für eine liebenswerte Einrichtung! Sie bauten ein Haus mit Parkettfußböden und einer Wetterfahne auf dem Dach, lasen in den Dörfern an die zehn alte Frauen auf und zwangen sie, unter Flanelldecken, auf Laken aus holländischem Leinen zu schlafen und Kandiszucker zu essen.«

Der Doktor prustete boshaft in seinen Hut und fuhr hastig und stotternd fort: »Das war ein Spiel! Die niederen Dienstgrade des Heimpersonals hielten die Decken und Laken unter Verschluß, damit die Alten sie nicht beschmutzten; sollten doch die alten Vetteln auf dem Fußboden schlafen! So eine alte Frau wagte nicht, sich auf das Bett zu setzen, nicht, eine Jacke anzuziehen, nicht, auf dem glatten Parkett herumzulaufen. Alles wurde zum Paradieren zurückgehalten und vor den Alten versteckt wie vor Dieben; die alten Frauen lebten heimlich von Almosen, und Tag und Nacht beteten sie zu Gott, er solle sie möglichst schnell der Haft und den erbaulichen Predigten der satten Schurken entfliehen lassen, denen Sie die Aufsicht über die alten Frauen übertragen hatten. Und was taten die höheren Dienstgrade? Das war einfach reizend! Da kamen doch so zweimal die Woche abends fünfunddreißigtausend Kuriere angeritten und meldeten, daß morgen die Fürstin, das heißt Sie, in dem Heim sein werden. Das bedeutete, daß ich morgen die Kranken im Stich lassen, mich anziehen und zur Parade fahren mußte. Gut, ich kam. Die alten Frauen, ganz sauber und neu eingekleidet, waren schon in Reih und Glied aufgestellt und warteten. Neben ihnen wandelte eine pensionierte Garnisonsratte, der Aufseher, mit einem süßlichen, angeberhaften Lächeln auf und ab. Die Frauen gähnten und tauschten Blicke, aber sie trauten sich nicht zu murren. Wir warteten. Da kam der Unterverwalter angeritten, eine halbe Stunde nach ihm der Oberverwalter, dann der Hauptverwalter des Ökonomiekontors, dann noch einer und noch einer ... unaufhörlich kamen sie geritten! Alle hatten geheimnisvolle, feierliche Mienen aufgesetzt. Wir warteten, warteten, traten von einem Fuß auf den anderen, schauten auf die Uhr – das alles schweigend, denn wir haßten einander bis aufs Messer. Es verging eine Stunde, es vergingen zwei, und da erschien endlich in der Ferne eine Kutsche, und ... und ...«

Der Arzt ließ ein dünnes Lachen hören und sprach mit einem ganz dünnen Stimmchen weiter:

»Sie stiegen aus der Kutsche, und die alten Hexen sangen auf Kommando der Garnisonsratte: ›Wie ruhmvoll unser Herr in Zion, kann keine Zunge drücken aus ...‹ Nicht übel, wie?«

Der Doktor lachte im Baß und fuchtelte mit der Hand, als wolle er damit anzeigen, daß er vor Lachen kein Wort herausbringen könne. Er lachte hart, schneidend, mit fest zusammengebissenen Zähnen, so wie böse Menschen lachen, und an seiner Stimme, seinem Gesicht und den glänzenden, etwas frechen Augen konnte man erkennen, daß er die Fürstin, das Heim und die alten Frauen zutiefst verachtete. In allem, was er so ungewandt und grob erzählte, lag nichts Lächerliches und Lustiges, aber er lachte mit Vergnügen, ja sogar mit Freuden.

»Und die Schule?« fuhr er fort, vor Lachen schwer atmend. »Erinnern Sie sich, wie Sie wünschten, die Bauernkinder selbst zu unterrichten? Wahrscheinlich haben Sie sehr gut unterrichtet, denn bald liefen die Bengel alle auseinander, so daß man sie dann verprügeln und mit Geld dazu bringen mußte, zu Ihnen zu kommen. Und erinnern Sie sich, wie Sie eigenhändig mit der Flasche die Säuglinge zu ernähren wünschten, deren Mütter auf dem Feld arbeiteten? Sie gingen durch das Dorf und weinten, weil Ihnen keine Säuglinge zu Diensten standen – die Mütter hatten sie alle aufs Feld mitgenommen. Darauf befahl der Dorfälteste den Müttern, der Reihe nach ihre Säuglinge zu Ihrem Spaß daheim zu lassen. Eine erstaunliche Sache! Alle liefen vor Ihren Wohltaten davon wie die Mäuse vor dem Kater! Und warum? Sehr einfach! Nicht deshalb, weil das Volk bei uns unwissend und undankbar ist, wie Sie immer erklärt haben, sondern deshalb, weil in allen Ihren Einfällen – verzeihen Sie den Ausdruck – auch nicht für einen Heller Liebe und Barmherzigkeit steckte! Es war allein der Wunsch, sich mit lebenden Puppen zu amüsieren, nichts anderes ... Wer nicht Menschen von Schoßhündchen zu unterscheiden vermag, der soll sich nicht mit Wohltätigkeit befassen. Ich versichere Ihnen, zwischen Menschen und Schoßhündchen besteht ein großer Unterschied!«

Die Fürstin verspürte furchtbares Herzklopfen, in ihren Ohren pochte es, und immer noch schien es ihr, als hämmere der Arzt ihr mit seinem Hut auf dem Kopf herum. Der Doktor sprach hastig, heftig und unschön, stockend, und gestikulierte dabei viel; sie begriff nur, daß ein grober, schlecht erzogener, böser, undankbarer Mensch mit ihr sprach, was er aber von ihr wollte und wovon er sprach, das verstand sie nicht.

»Gehen Sie!« sagte sie mit weinerlicher Stimme und hob die Arme empor, um ihren Kopf vor dem Hut des Arztes zu schützen. »Gehen Sie!«

»Und wie Sie mit Ihren Angestellten umgehen!« fuhr der empörte Arzt fort. »Sie halten sie nicht für Menschen, sondern behandeln sie wie die letzten Spitzbuben. Beispielsweise – gestatten Sie mir die Frage –, weshalb haben Sie mich entlassen? Ich habe zehn Jahre lang Ihrem Vater gedient, dann Ihnen, und zwar ehrlich, ohne Feiertage oder Urlaub zu kennen, habe mir die Liebe aller Leute im Umkreis von hundert Verst erworben, und eines schönen Tages erklären Sie mir plötzlich, ich sei nicht mehr Ihr Angestellter! Warum? Bis heut verstehe ich das nicht! Ich bin Doktor der Medizin, adlig, habe an der Moskauer Universität studiert, bin Familienvater und doch eine so lächerliche

Figur, daß man mich ohne Angabe von Gründen achtkantig hinauswerfen kann! Wozu mit mir noch Umstände machen? Ich hörte dann, daß meine Frau ohne mein Wissen heimlich dreimal zu Ihnen gegangen ist, um für mich zu bitten, und Sie haben sie nicht einmal empfangen. Es heißt, sie habe im Vorzimmer geweint. Das werde ich der Verewigten niemals verzeihen! Niemals!«

Der Doktor verstummte, biß die Zähne zusammen und überlegte angestrengt, was er noch Unangenehmes und Rachsüchtiges sagen könnte. Ihm fiel etwas ein, und sein finsteres, kaltes Gesicht hellte sich plötzlich auf.

»Nehmen wir nur mal Ihre Beziehungen zu diesem Kloster«, sagte er gierig. »Sie haben niemals jemanden geschont, und je heiliger der Ort, desto größer die Chancen, daß er von Ihrer Barmherzigkeit und engelsgleichen Sanftmut etwas abbekommt. Wozu kommen Sie hierher? Was suchen Sie hier bei den Mönchen, erlaube ich mir zu fragen? Was ist Ihnen Hekuba und was sind Sie für Hekuba? Wiederum nur Zeitvertreib, Spiel, Lästerung der menschlichen Persönlichkeit, weiter nichts. Sie glauben doch nicht an den Gott der Mönche, Ihr Herz hat seinen eigenen Gott, zu dem Sie mit Ihrem Verstand auf spiritistischen Sitzungen gelangt sind. Auf die kirchlichen Riten blicken Sie von oben herab, zur Vormittags- und Abendmesse gehen Sie nicht, Sie schlafen lieber bis Mittag ... Wozu kommen Sie überhaupt her? In ein fremdes Kloster kommen Sie mit Ihrem eigenen Gott und bilden sich ein, das Kloster rechne sich das als besonders große Ehre an! Warum nicht gar! Sie sollten unter anderem fragen, wie teuer den Mönchen Ihre Besuche zu stehen kommen. Sie geruhten heute abend angereist zu kommen, aber schon vorgestern war ein Reiter hier, von der Verwaltung geschickt, um anzukündigen, daß Sie beabsichtigen herzukommen. Den ganzen gestrigen Tag hat man für Sie die Zimmer vorbereitet und gewartet. Heute traf die Vorhut ein – die freche Zofe, die dauernd über den Hof rennt, herumrauscht, einen mit Fragen bestürmt, schaltet und waltet –, nicht zum Aushalten! Heute waren die Mönche den ganzen Tag auf der Hut, denn wenn man Sie nicht mit aller Förmlichkeit empfängt – wie furchtbar! Sie beschweren sich beim Bischof! ›Hochwürden, die Mönche lieben mich nicht. Ich weiß nicht, womit ich sie erzürnt habe. Zwar bin ich eine große Sünderin, aber ich bin doch so unglücklich!‹ Ein Kloster hat schon Ihretwegen einen Verweis bekommen. Der Archimandrit ist ein vielbeschäftigter, gelehrter Mann, er kennt keine freie Minute, Sie aber bestellen ihn dauernd zu sich ins Zimmer. Sie haben keinerlei Achtung, weder vor dem Alter noch vor dem Rang. Es wäre noch gut, wenn Sie viel opferten, es wäre dann nicht so kränkend, aber die Mönche haben ja die ganze Zeit noch nicht hundert Rubel von Ihnen bekommen!«

Wenn man die Fürstin belästigte, sie nicht verstand, sie kränkte, und wenn sie nicht wußte, was sie sagen und tun sollte, dann fing sie gewöhnlich an zu weinen. Auch jetzt verbarg sie schließlich ihr Gesicht und weinte mit einem dünnen Kinderstimmchen. Der Doktor verstummte plötzlich und schaute sie an. Sein Gesicht verfinsterte sich und wurde streng.

»Verzeihen Sie mir, Fürstin«, sagte er dumpf. »Ich habe mich von einem bösen Gefühl hinreißen lassen und mich vergessen. Das ist nicht gut.«

Er hüstelte verwirrt und entfernte sich schnell, wobei er vergaß, den Hut aufzusetzen.

Am Himmel funkelten die Sterne. Wahrscheinlich war hinter dem Kloster der Mond aufgegangen, denn der Himmel war hell, durchsichtig und zart. Längs der weißen Klostermauer flogen lautlos die Fledermäuse.

Die Uhr schlug langsam drei Viertel irgendeiner Stunde, wahrscheinlich der neunten. Die Fürstin erhob sich und ging still zum Tor. Sie fühlte sich gekränkt und weinte, und es kam ihr so vor, als bedauerten sie die Bäume, die Sterne und die Fledermäuse und als schlage die Uhr nur deshalb melodisch, weil sie für sie Mitleid empfand. Sie weinte und dachte daran, daß es gut für sie wäre, für das ganze Leben ins Kloster zu gehen: An stillen Sommerabenden würde sie einsam durch die Alleen wandern, gekränkt, beleidigt, von den Menschen unverstanden, und allein Gott und der gestirnte Himmel würden die Tränen der Dulderin sehen.

In der Kirche wurde noch die Abendmesse gehalten. Die Fürstin blieb stehen und lauschte dem Gesang; wie schön klang er in der von keinem Windhauch bewegten dunklen Luft! Wie süß war es, bei diesem Gesang zu weinen und zu leiden!

Als sie in ihre Gemächer kam, betrachtete sie im Spiegel ihr verweintes Gesicht und puderte sich; darauf setzte sie sich zum Abendessen. Die Mönche wußten, daß sie marinierten Sterlet liebte, desgleichen kleine Pilze, Malaga und einfache Honigkuchen, von denen der Mund nach Zypressen roch, und jedesmal, wenn sie kam, wurde ihr das alles serviert. Während die Fürstin die Pilze aß und den Malaga dazu trank, träumte sie davon, wie man sie endgültig ruinieren und im Stich lassen würde, wie alle ihre Verwalter, Aufseher, Kontoristen und Zofen, für die sie so viel getan hatte, sie verrieten und anfingen, ihr Grobheiten zu sagen, wie alle Menschen, so viele es auf der Welt auch gab, über sie herfielen, sie verlästerten und verlachten; sie würde auf ihren Fürstentitel verzichten, auf Luxus und auf die Gesellschaft, und würde ins Kloster gehen, ohne zu jemandem auch nur ein Wort des Vorwurfs zu äußern; sie würde für ihre Feinde beten, und dann würden alle sie auf einmal verstehen und zu ihr kommen, sie um Verzeihung bitten, aber es würde schon zu spät sein . . .

Nach dem Abendessen ließ sie sich in der Ecke vor dem Heiligenbild auf die Knie nieder und las zwei Kapitel aus dem Evangelium. Dann machte die Zofe ihr das Bett, und sie legte sich schlafen. Sie streckte sich unter der weißen Decke aus und seufzte selig und tief, wie man seufzt, wenn man geweint hat, schloß die Augen und schlief ein . . .

Am Morgen erwachte sie und schaute auf ihre kleine Uhr – es war halb zehn. Über den Teppich neben dem Bett zog sich ein schmaler, heller Lichtstreif von dem Sonnenstrahl, der durch das Fenster fiel und das Zimmer schwach beleuchtete. Hinter der schwarzen Gardine summten die Fliegen.

Es ist noch früh! dachte die Fürstin und schloß die Augen.

Sich im Bett streckend und rekelnd, erinnerte sie sich der gestrigen Begegnung mit dem Doktor und all der Gedanken, mit denen sie am Vorabend eingeschlafen war; sie erinnerte sich, daß sie unglücklich sei. Dann fielen ihr der in Petersburg lebende Gatte ein, die Verwalter, Doktoren, Nachbarn und Beamten, die sie kannte . . . Eine lange Reihe bekannter Männergesichter jagte durch ihre Phantasie. Sie lächelte und dachte, daß alle diese Menschen, falls sie in ihre Seele eindringen und sie verstehen könnten, ihr zu Füßen liegen würden . . .

Um viertel zwölf rief sie die Zofe.

»Anziehen, Daša«, sagte sie schmachtend. »Übrigens, gehen Sie zuerst und sagen Sie, man soll die Pferde anspannen. Ich muß zu Klavdija Nikolaevna fahren.«

Als sie ihre Gemächer verließ, um in den Wagen zu steigen, mußte sie, von dem hellen Tageslicht geblendet, blinzeln, und sie lachte vor Wonne auf – der Tag war wunderbar schön! Mit zusammengekniffenen Augen betrachtete sie die Mönche, die sich an der Freitreppe versammelt hatten, um ihr das Geleit zu geben; sie nickte freundlich und sagte:

»Lebt wohl, meine Freunde! Bis übermorgen.«

Es war für sie eine angenehme Überraschung, daß zusammen mit den Mönchen auch der Doktor an der Treppe stand. Sein Gesicht sah bleich und streng aus.

»Fürstin«, sagte er, den Hut lüftend und schuldbewußt lächelnd, »ich warte schon lange hier auf Sie. Verzeihen Sie mir, um Gottes willen ... Ein ungutes, rachsüchtiges Gefühl hat mich gestern fortgerissen, und ich habe Ihnen Dummheiten gesagt. Mit einem Wort – ich bitte um Vergebung.«

Die Fürstin lächelte freundlich und streckte seinen Lippen ihre Hand entgegen. Er küßte sie und errötete.

Bestrebt, einem Vögelchen zu gleichen, flatterte die Fürstin in den Wagen und nickte nach allen Seiten. Im Herzen war ihr froh, hell und warm zumute, und sie merkte selbst, daß ihr Lächeln ungewöhnlich zärtlich und weich war. Als der Wagen zum Tor rollte und dann über den staubigen Fahrweg, vorbei an Bauernhäusern und Obstgärten, vorbei an Kolonnen von Fuhrwerken und an Pilgern, die in langen Reihen zum Kloster zogen, da blinzelte und lächelte sie noch immer. Sie dachte, daß es keinen größeren Genuß gebe, als überall Wärme, Licht und Freude mitzubringen, Kränkungen zu vergeben und seinen Feinden freundlich zuzulächeln. Die Bauern, denen sie begegnete, grüßten sie, der Wagen knarrte leise, die Räder wirbelten Staubwolken auf, die der Wind in den goldgelben Roggen trug, und der Fürstin schien es, ihr Körper schaukele nicht auf den Kissen einer Kutsche, sondern auf den Wolken, und sie selbst gleiche einem leichten, durchsichtigen Wölkchen ...

»Wie glücklich ich bin!« flüsterte sie und schloß die Augen. »Wie glücklich ich bin!«

Diebe

Der Heilgehilfe Ergunov, ein beschränkter Mensch, im ganzen Kreis als Aufschneider und Trunkenbold bekannt, kehrte an einem Abend nach dem Weihnachtsfest von der Ortschaft Repino zurück, wohin er geritten war, um für das Krankenhaus einzukaufen. Damit er sich nicht verspätete und zeitiger zurückkehrte, hatte ihm der Doktor sein bestes Pferd gegeben.

Anfangs hielt sich das Wetter leidlich, und es war windstill, aber gegen acht Uhr erhob sich ein heftiger Schneesturm, und als es noch etwa sieben Verst bis nach Hause waren, kam der Heilgehilfe völlig vom Wege ab . . .

Das Pferd zu lenken, verstand er nicht, den Weg kannte er nicht, und so ritt er aufs Geratewohl, immer der Nase nach, in der Hoffnung, das Pferd werde sich schon selbst zurechtfinden. So vergingen etwa zwei Stunden, das Pferd war erschöpft, er selbst fror, und es kam ihm schon so vor, als reite er nicht nach Hause, sondern zurück nach Repino. Da aber vernahm er durch das Toben des Schneesturms dumpfes Hundegebell, und voraus zeigte sich ein trüber, roter Fleck; allmählich traten die Umrisse eines hohen Tores und eines langen Zaunes hervor, auf dem mit den Spitzen nach oben Nägel steckten; und dann reckte sich hinter dem Zaun ein krummer Brunnenschwengel empor. Der Wind verjagte den Schneevorhang vor den Augen, und dort, wo der rote Fleck war, wuchs ein kleines, niedriges Häuschen mit hohem Schilfdach in die Höhe. Von den drei Fensterchen war eins erleuchtet und von innen mit etwas Rotem verhängt.

Was für ein Hof war das? Dem Heilgehilfen fiel ein, daß rechts vom Weg, sieben oder sechs Verst vom Krankenhaus entfernt, der Einkehrhof von Andrej Čirikov sein mußte. Er dachte ferner daran, daß dieser Čirikov, der unlängst von Kutschern erschlagen worden war, seine alte Frau sowie seine Tochter Ljubka zurückgelassen hatte, die sich vor zwei Jahren im Krankenhaus hatte behandeln lassen. Der Gasthof genoß einen schlechten Ruf, und es war nicht ungefährlich, dort am späten Abend einzukehren, noch dazu mit einem fremden Pferd. Aber da war nichts zu machen. Der Heilgehilfe tastete nach seinem

Revolver in der Tasche und klopfte, sich streng räuspernd, mit dem Peitschenstiel an den Fensterrahmen.

»He, wer ist da?« rief er. »Mütterchen, laß mich ein zum Aufwärmen!«

Ein schwarzer Hund rollte mit heiserem Gebell Hals über Kopf vor die Füße des Pferdes, darauf ein weißer, dann wieder ein schwarzer – und so etwa zehn Stück! Der Heilgehilfe nahm den größten aufs Korn, holte aus und schlug aus voller Kraft mit der Peitsche nach ihm. Ein kleiner Köter auf hohen Beinen hob die spitze Schnauze und heulte mit feinem, durchdringendem Stimmchen.

Lange stand der Heilgehilfe am Fenster und klopfte. Da aber rötete sich hinter dem Zaun auf den Bäumen am Haus der Rauhreif, das Tor knarrte, und es erschien eine vermummte Frauengestalt mit einer Laterne in der Hand.

»Laß mich zum Aufwärmen ein, Großmütterchen!« sagte der Heilgehilfe. »Bin auf dem Weg zum Krankenhaus und hab mich verirrt. Ein Wetter, daß Gott erbarm. Brauchst keine Angst zu haben, wir sind Hiesige, Großmütterchen.«

»Die Hiesigen sind alle daheim, und Fremde haben wir nicht gerufen«, antwortete die Gestalt grob. »Und weshalb unnötig klopfen? Das Tor ist nicht verschlossen.«

Der Heilgehilfe ritt in den Hof und hielt am Hauseingang.

»Befiehl doch dem Knecht, daß er mein Pferd wegbringt, Großmutter«, sagte er.

»Ich bin keine Großmutter.«

Und tatsächlich war es nicht die Großmutter. Als sie die Laterne löschte, leuchtete ihr Gesicht auf, und der Heilgehilfe erblickte schwarze Augenbrauen und erkannte Ljubka.

»Wo soll es jetzt Knechte geben?« fragte sie, als sie ins Haus trat. »Die einen sind betrunken und schlafen, die anderen sind schon am Morgen nach Repino gegangen. 's ist doch Feiertag ...«

Als Ergunov sein Pferd unter dem Vordach festband, hörte er Wiehern und bemerkte im Dunkeln ein zweites Pferd, auf dem er einen Kosakensattel ertastete. Außer den Wirtsleuten war also noch jemand im Haus. Für alle Fälle sattelte der Heilgehilfe sein Pferd ab und nahm, als er ins Haus ging, die Einkäufe und den Sattel mit.

Das erste Zimmer, das er betrat, war geräumig, gut geheizt und roch nach unlängst gescheuertem Fußboden. Am Tisch unter den Heiligenbildern saß ein kleiner, hagerer Bauer von etwa vierzig Jahren; er hatte ein blondes Bärtchen und war mit einem blauen Hemd bekleidet. Das war Kalašnikov, ein berüchtigter Gauner und Pferdedieb, dessen Vater und dessen Onkel in Bogalëvka eine Schenke besaßen und, wo es sich traf, mit gestohlenen Pferden handelten. Auch er war mehrfach im Krankenhaus gewesen, aber er fuhr nicht hin, um sich behandeln zu lassen, sondern um mit dem Doktor über Pferde zu reden – ob nicht eins verkäuflich sei und ob Seine Hochwohlgeboren, der Herr Doktor, nicht die braune Stute gegen einen falben Wallach eintauschen möchte. Jetzt hatte er seinen Kopf mit Pomade eingeschmiert, und im Ohr glänzte ein silberner Ohrring; überhaupt sah er sehr feiertäglich aus. Stirnrunzelnd und mit herabhängender Unterlippe blickte er aufmerksam in ein großes, zerfleddertes Buch mit Bildern.

Neben dem Ofen, auf dem Fußboden ausgestreckt, lag ein anderer Bauer; sein Gesicht, seine Schultern und seine Brust waren mit einem Halbpelz bedeckt – er schlief wahrscheinlich; neben seinen neuen Stiefeln mit den glänzenden Absatzeisen schimmerten dunkel zwei Lachen von abgetautem Schnee.

Als Kalašnikov den Heilgehilfen erblickte, grüßte er.

»Ja, das Wetter ...« sagte Ergunov und rieb sich mit den Handflächen die erstarrten Knie. »Hinten am Hals ist bei mir alles voll Schnee, ich bin ganz naß, das ist es eben, meine Sachen sind völlig durchgeweicht. Und mein Revolver, scheint's, auch ...«

Er zog den Revolver heraus, betrachtete ihn von allen Seiten und steckte ihn wieder in die Tasche. Aber der Revolver machte keinerlei Eindruck – der Bauer blickte weiter in das Buch.

»Ja, das Wetter ... Bin vom Weg abgekommen, und wären nicht die Hunde hier, 's wär wohl mein Tod gewesen. So eine Geschichte! Aber wo sind denn die Wirtinnen?«

»Die Alte ist nach Repino gefahren, und das Mädchen macht etwas zum Abendessen ...« erwiderte Kalašnikov.

Schweigen trat ein. Der Heilgehilfe blies zitternd und schluchzend in seine Handflächen, saß zusammengekrümmt da und gab sich den Anschein, als sei er völlig durchgefroren und erschöpft.

Im Hof heulten die Hunde, die sich noch nicht beruhigt hatten. Es wurde langweilig.

»Du bist aus Bogalëvka, nicht wahr?« fragte der Heilgehilfe den Bauern streng.

»Ja, aus Bogalëvka.«

Und aus Langeweile dachte der Heilgehilfe an dieses Bogalëvka. Es war ein großes Dorf, das in einer Schlucht lag; wenn man in einer Mondnacht die große Landstraße entlangfuhr und erst nach unten in die dunkle Schlucht, dann aber hinauf zum Himmel blickte, so meinte man, der Mond hinge über einem bodenlosen Abgrund und hier sei das Ende der Welt. Der Weg wand sich steil nach unten und war so schmal, daß man, wenn man wegen einer Epidemie oder zur Pockenimpfung nach Bogalëvka fuhr, dauernd aus vollem Halse schreien oder pfeifen mußte, sonst hätte man, wäre man einem Bauernwagen begegnet, nicht ausweichen können. Die Bauern von Bogalëvka galten als gute Gärtner und Pferdediebe; ihre Gärten trugen reiche Frucht: im Frühling verschwand das ganze Dorf unter weißen Kirschblüten, und im Sommer verkaufte man die Kirschen, den Eimer für drei Kopeken. Du bezahlst drei Kopeken, und dann pflückst du! Die Weiber der Bauern waren schön und gut genährt; sie zogen gern hübsche Kleider an und taten sogar an den Werktagen nichts, sondern saßen immerfort auf den Erdbänken vor dem Haus und suchten sich gegenseitig die Köpfe ab.

Da hörte man Schritte. In das Zimmer trat Ljubka, ein Mädchen von etwa zwanzig Jahren, in einem roten Kleid und barfuß ... Sie sah den Heilgehilfen von der Seite an und ging zweimal von einer Ecke in die andere. Sie ging nicht, sondern sie trippelte, mit kleinen Schritten, wobei sie die Brust vorstreckte; offensichtlich machte es ihr Spaß, mit bloßen Füßen über den frisch gewaschenen Fußboden zu tapsen, und sie hatte sich absichtlich die Schuhe ausgezogen.

Kalašnikov lächelte über irgend etwas und winkte sie mit dem Finger zu sich heran. Sie trat an den Tisch, und er zeigte ihr in dem Buch den Propheten Elias, der ein zum Himmel hinaufjagendes Dreigespann lenkte. Ljubka stützte sich mit dem Ellbogen auf den Tisch; ihr Zopf hing über die Schulter herab, es war ein langer, rotblonder Zopf; sie hatte ihn am Ende mit einem roten Bändchen zusammengebunden, und er reichte fast bis zum Erdboden. Sie lächelte ebenfalls.

»Ein prächtiges, ein bemerkenswertes Bild!« sagte Kalašnikov. »Bemerkenswert!« wiederholte er und machte mit den Händen eine Bewegung, als wolle er statt des Elias die Zügel in die Hand nehmen.

Im Ofen heulte der Wind; es knurrte und piepste, als ob ein großer Hund eine Ratte erwürgte.

»Sieh mal einer an, die Teufel sind außer Rand und Band!« meinte Ljubka.

»Das ist der Wind«, versetzte Kalašnikov; er schwieg ein Weilchen, richtete dann seine Augen auf den Heilgehilfen und fragte: »Wie ist es nach Ihrer gelehrten Meinung, Osip Vasiljevič, gibt es Teufel auf dieser Welt oder nicht?«

»Wie soll ich dir das erklären, Bruder?« erwiderte der Heilgehilfe und zuckte mit einer Schulter. »Wenn man die Sache wissenschaftlich betrachtet, gibt es natürlich keine Teufel, das ist bloß ein Vorurteil; urteilt man aber ganz schlicht und einfach, so wie wir beide hier, da gibt es Teufel, kurz gesagt ... Ich habe in meinem Leben viel durchgemacht ... Nach der Lehrzeit trat ich als Feldscher in ein Dragonerregiment ein und war natürlich auch im Krieg, ich besitze eine Medaille und das Ehrenzeichen des Roten Kreuzes, aber nach dem Vertrag von San Stefano kehrte ich nach Rußland zurück und trat beim Zemstvo in Dienst. Und bei diesem gewaltigen Kreislauf meines Lebens habe ich viel gesehen, das kann ich wohl sagen; davon träumt ein anderer nicht mal. Ich hab auch hin und wieder Teufel gesehen, das heißt nicht solche mit Hörnern oder Schwanz – das sind Dummheiten, aber so etwas Ähnliches, offen gesagt.«

»Wo?« fragte Kalašnikov.

»Mal hier, mal dort. Man braucht gar nicht weit zu gehen; im vorigen Sommer, man soll nicht zur Nacht von ihm sprechen, da traf ich ihn eben hier, ganz dicht beim Hof. Ich fuhr, ja, so war es, wie ich mich entsinne, nach Golyšino, ich fuhr zur Pockenimpfung. Natürlich, wie immer, hatte ich einen Kutschwagen, das Pferd und den nötigen Kram, und außerdem hatte ich meine Uhr bei mir und alles übrige; ich fahre also und sehe mich vor, damit nicht, sozusagen, zu dieser ungelegenen Zeit ... Es gibt doch so allerlei Vagabunden. Ich fahre also auf die Schlangenschlucht zu, verdammt soll sie sein, fahre schon hinunter, und auf einmal, ja, so war es, kommt da einer gegangen. Schwarzes Haar, schwarze Augen, und das ganze Gesicht wie mit Ruß verschmiert ... Er tritt zu dem Pferd und nimmt einfach den linken Zügel: halt! Er sieht sich das Pferd an, dann nämlich mich, dann läßt er den Zügel los und fragt, ohne viel Worte zu machen: ›Wo fährst du hin?‹ Und dabei fletscht er die Zähne und macht böse Augen ... Oho, denke ich, so ein Hanswurst! ›Ich fahre‹, sage ich, ›zum Impfen. Und was geht dich das an?‹ Und er sagt: ›Wenn es so ist‹, sagt er, ›so impf mich auch.‹ Er macht den Arm frei und hält ihn mir unter die Nase. Natürlich hab ich nicht lange mit ihm gehandelt, ich machte mich an die Arbeit und impfte ihn, um ihn loszuwerden. Danach sehe ich mir meine Lanzette an – die war ganz verrostet.«

Der Bauer, der neben dem Ofen schlief, wälzte sich plötzlich herum und warf den Halbpelz ab, und der Heilgehilfe erkannte zu seinem großen Erstaunen den Unbekannten, dem er einst in der Schlangenschlucht begegnet war. Haare, Bart und Augen dieses Bauern waren schwarz wie Ruß, das Gesicht gebräunt, und auf der rechten Backe saß obendrein ein schwarzer Fleck von der Größe einer Linse. Er sah den Heilgehilfen spöttisch an und sagte:

»Den linken Zügel hab ich genommen, das stimmt, aber das mit den Pocken hast du geflunkert, Herr. Nicht mal gesprochen hab ich mit dir über die Pocken.«

Der Heilgehilfe wurde verlegen.

»Ich sprech ja gar nicht von dir«, sagte er. »Bleib liegen.«

Der dunkelhäutige Bauer war noch kein einziges Mal im Krankenhaus gewesen, und der Heilgehilfe wußte nicht, wer er war und woher er kam, und als er ihn nun so ansah, kam er zu der Überzeugung, es müsse ein Zigeuner sein. Der Bauer stand auf, reckte sich laut gähnend, trat zu Ljubka und Kalašnikov, setzte sich zu ihnen und schaute gleichfalls in das Buch. Auf seinem verschlafenen Gesicht zeigten sich Rührung und Neid.

»Da, Merik«, meinte Ljubka, »verschaff mir solche Pferde, und ich fahr in den Himmel.«

»Sünder kommen nicht in den Himmel ...« warf Kalašnikov ein. »Der ist nur für die Heiligkeit da.«

Dann deckte Ljubka den Tisch und brachte ein großes Stück

Speck, Salzgurken sowie einen Holzteller mit gekochtem, in kleine Stücke geschnittenen Fleisch, dazu noch eine Bratpfanne, auf der eine Wurst mit Kohl brutzelte. Ferner erschien auf dem Tisch eine geschliffene Karaffe mit Vodka, der den ganzen Raum mit einem Duft nach Apfelsinenschale erfüllte, als man jedem ein Gläschen davon eingeschenkt hatte.

Der Heilgehilfe ärgerte sich, daß Kalašnikov und der braune Merik sich miteinander unterhielten und ihm keinerlei Beachtung schenkten, als sei er überhaupt nicht im Zimmer. Und er wollte doch gern mit ihnen plaudern, ein bißchen aufschneiden, sich betrinken und satt essen und wenn möglich auch mit Ljubka schäkern, die sich während des Abendessens an die fünfmal neben ihn gesetzt, ihn wie unbeabsichtigt mit ihren schönen Schultern gestreift und mit den Händen ihre breiten Hüften gestreichelt hatte. Sie war ein gesundes Mädchen, lachlustig, flink und unruhig – sie stand auf, setzte sich wieder und drehte im Sitzen ihrem Nachbarn bald die Brust, bald den Rücken zu; sie war wie ein Quecksilber und stieß dauernd mit dem Ellbogen oder dem Knie irgendwo an.

Dem Heilgehilfen gefiel auch nicht, daß die Bauern nur jeder ein Gläschen tranken und nicht mehr, und allein zu trinken, hielt er für unschicklich. Schließlich aber konnte er es nicht mehr aushalten, und er trank noch ein zweites und ein drittes Glas und aß dazu die ganze Wurst auf. Damit die Bauern ihn nicht länger mieden, sondern ihn in ihre Gesellschaft aufnahmen, beschloß er, ihnen zu schmeicheln.

»Prachtkerle habt ihr bei euch in Bogalëvka!« sagte er und wiegte den Kopf.

»Weshalb denn Prachtkerle?« fragte Kalašnikov.

»Nun ja, das ist es eben, was die Pferde angeht. Sie können prachtvoll stehlen!«

»Na, hat sich was von wegen Prachtkerle! Saufbolde und Diebe sind das, weiter nichts.«

»Das war mal, ist aber vorbei«, meinte Merik nach kurzem Schweigen. »Von denen ist doch einzig und allein der alte Filja übriggeblieben, und der ist blind.«

»Ja, einzig und allein Filja«, versetzte Kalašnikov seufzend. »Er ist jetzt an die siebzig; das eine Auge haben ihm die deutschen Siedler ausgestochen, auf dem anderen sieht er schlecht.

Hat den weißen Star. Früher hat immer der Polizeihauptmann, wenn er ihn sah, gerufen: ›He, du, Šamil!‹, und die Bauern sagten ebenfalls so – Šamil und Šamil, aber heute heißt er nur noch der einäugige Filja. Und ein tüchtiger Bursche war das! Mit dem seligen Andrej Grigorjič, Ljubkas Vater, ist er einmal nachts fast bis Rožnovo geschlichen – dort standen damals Reiterregimenter –, und sie haben neun Soldatenpferde weggetrieben, die allerbesten, vor den Posten hatten sie keine Angst, und am andern Morgen haben sie alle Pferde für zwanzig Silberrubel an den Zigeuner Afonka verkauft. Jawohl! Die Heutigen aber haben es nur darauf abgesehen, einem Betrunkenen oder Schlafenden das Pferd wegzutreiben, keine Gottesfurcht haben die, ziehen einem Betrunkenen auch noch die Stiefel aus, und dann verdrücken sie sich, reiten mit dem Pferd an die zweihundert Verst und handeln dann auf dem Markt, handeln wie ein Jude, bis sie der Polizist schnappt, die Dummköpfe. Kein Spaß ist das, sondern einfach eine Schande! Ist nicht viel wert das Völkchen, was soll man da noch viel reden.«

»Und Merik?« fragte Ljubka.

»Merik ist keiner von uns«, erwiderte Kalašnikov. »Er ist aus der Gegend von Charkov, aus Mižirič. Aber sonst ist er ein tüchtiger Bursche, das stimmt, 's wäre Sünde, sich zu beklagen, er ist ein guter Mensch.«

Ljubka schaute Merik verschmitzt und freudig an und sagte:

»Ja, nicht umsonst haben ihn gute Menschen im Eisloch gebadet.«

»Wie das?« fragte der Heilgehilfe.

»Na, eben so ...« antwortete Merik lächelnd. »Filja hatte den Pächtern von Samojlovka drei Pferde weggetrieben, und sie dachten, ich war es. In Samojlovka gibt es an die zehn Pächter, und mit den Knechten kommen wohl so dreißig Mann zusammen, und alles Molokanen ... Da sagt einer auf dem Markt zu mir: ›Komm, Merik, und sieh dir an, was wir vom Jahrmarkt für neue Pferde mitgebracht haben.‹ Ich war natürlich neugierig und ging zu ihnen, und sie, soviel ihrer waren, an die dreißig Mann, banden mir die Hände auf den Rücken und führten mich an den Fluß. ›Wir werden dir die Pferde zeigen‹, meinten sie. Ein Eisloch war schon fertig, und daneben, drei Schritt entfernt, schlugen sie noch ein zweites. Dann nahmen sie also einen

Strick und legten mir eine Schlinge unter die Achseln, und an das andere Ende banden sie einen krummen Stock, so daß er nämlich unter beide Eislöcher hindurchreichte. Sie steckten also den Stock durch die Eislöcher und zogen daran. Und ich plumpste, so wie ich war, mit Pelz und Stiefeln in das Eisloch, und sie standen da und schubsten mich, der eine mit dem Fuß, der andere mit der Axt, dann zogen sie mich unter dem Eis entlang und aus dem andern Loch wieder raus.«

Ljubka erschauerte und krümmte sich zusammen.

»Zuerst überlief es mich heiß vor Kälte«, fuhr Merik fort, »aber als sie mich rauszogen, war ich zu nichts mehr imstande, ich legte mich in den Schnee, und die Molokanen standen daneben und schlugen mich mit Stöcken auf Knie und Ellbogen. Das tat schrecklich weh! Sie schlugen mich ein Weilchen und gingen weg ... An meinem Körper war alles gefroren, die Kleidung war zu Eis geworden, ich stand auf und war ganz kraftlos. Gott sei Dank kam eine Bauersfrau angefahren, die hat mich mitgenommen.«

Inzwischen hatte der Heilgehilfe bereits fünf oder sechs Gläschen getrunken, in seinem Herzen war es heller geworden, und er wollte auch gern etwas Ungewöhnliches erzählen, etwas Wunderbares, und zeigen, daß er auch ein tüchtiger Kerl war und vor nichts Angst hatte.

»Aber bei uns im Gouvernement Penza ...« wollte er gerade beginnen.

War es, weil er viel getrunken hatte und benebelt war, oder vielleicht auch, weil man ihn zweimal beim Lügen ertappt hatte – die Bauern schenkten ihm keinerlei Beachtung und antworteten nicht einmal auf seine Fragen. Obendrein ließen sie sich in seiner Anwesenheit so unbekümmert gehen, daß ihm heiß und kalt wurde, denn das bedeutete, daß sie ihn gar nicht bemerkten.

Kalašnikov hatte solide Manieren wie ein gesetzter, besonnener Mann, er sprach umständlich, und wenn er gähnte, bekreuzigte er jedesmal den Mund, und niemand hätte denken mögen, dies sei ein Dieb, ein herzloser Dieb, der die Armen ausplünderte, der schon zweimal im Gefängnis gesessen hatte und über den von der Gesellschaft schon das Urteil festgesetzt war, er sollte nach Sibirien verschickt werden; jedoch sein Vater und sein Onkel, ebensolche Diebe und Halunken wie er, hatten ihn losgekauft. Merik aber benahm sich wie ein vollendeter Teufelskerl. Er sah, daß Ljubka und Kalašnikov an ihm Gefallen fanden, und hielt sich selbst für einen Prachtkerl, und so stemmte er bald die Arme in die Seiten, bald streckte er die Brust heraus, bald reckte er sich, daß die Bank krachte ...

Nach dem Abendessen betete Kalašnikov, ohne aufzustehen, er wandte sich dabei dem Heiligenbild zu und drückte Merik die Hand; der betete gleichfalls und drückte Kalašnikov die Hand. Ljubka räumte das Abendbrot ab, schüttete Pfefferminzkuchen, geröstete Nüsse und Kürbiskerne auf den Tisch und stellte zwei Flaschen Süßwein dazu.

»Gott hab ihn selig, den Andrej Grigorjič«, sagte Kalašnikov und stieß mit Merik an. »Als er noch lebte, wenn wir uns da manchmal versammelten, hier oder beim Bruder Martyn – mein Gott, mein Gott –, was für Menschen, was für Gespräche waren das! Bemerkenswerte Gespräche! Da waren Martyn, Filja und Fëdor Stukotej ... Es ging vornehm und gediegen zu ... Und wie wir zechten! Oh, wie wir zechten!«

Ljubka ging hinaus und kehrte kurz darauf mit einem grünen Kopftuch und Glasperlen um den Hals zurück.

»Schau mal, Merik, was mir Kalašnikov heute mitgebracht hat!« sagte sie.

Sie betrachtete sich im Spiegel und schüttelte mehrmals den Kopf, damit die Glasperlen klirrten. Danach öffnete sie die Truhe und nahm erst ein Kattunkleid mit roten und blauen Tupfen heraus, dann ein rotes mit Rüschen, das wie Papier knisterte und raschelte, dann ein neues blaues Kopftuch, das wie ein Regenbogen schillerte – das alles zeigte sie und schlug dabei lachend die Hände zusammen, als wäre sie verwundert, daß sie solche Schätze besaß.

Kalašnikov stimmte die Balalajka und begann zu spielen, und der Heilgehilfe konnte einfach nicht feststellen, ob er ein heiteres oder ein schwermütiges Lied spielte, weil es manchmal so traurig war, daß man hätte am liebsten weinen mögen, dann aber wieder lustig wurde. Plötzlich sprang Merik auf und stampfte mit den Absätzen, dann spazierte er mit gespreizten Armen nur auf den Absätzen vom Tisch zum Ofen, vom Ofen zur Truhe, dann sprang er jäh hoch, wie von einer Tarantel gestochen, knallte in der Luft die Absätze zusammen und tanzte dann, im Hocken die Beine vorschnellend, weiter. Ljubka warf beide Arme hoch, kreischte tollkühn auf und trat hinter ihn; zuerst tänzelte sie zur Seite, boshaft, als wolle sie sich an jemand heranschleichen und ihm von hinten einen Schlag versetzen, und stampfte rhythmisch mit den Fersen wie Merik mit den Absätzen; dann drehte sie sich wie ein Kreisel und ging dabei in die Kniebeuge, so daß ihr rotes Kleid sich wie eine Glocke bauschte. Sie finster ansehend und die Zähne fletschend, bewegte sich Merik in der Hocke auf sie zu, um sie mit seinen furchtbaren Beinen zu vernichten, aber sie sprang auf, warf den Kopf zurück, schwenkte die Arme wie ein großer Vogel seine Flügel und schwebte, kaum den Fußboden berührend, durchs Zimmer . . .

Ach, was für ein feuriges Mädel! dachte der Heilgehilfe, setzte sich auf die Truhe und sah von dort dem Tanz zu. – Was für ein Feuer! Alles könnte man hingeben, und das wäre noch zuwenig . . .

Und er bedauerte, daß er Heilgehilfe und kein einfacher Bauer war. Warum trug er ein Jackett mit einem vergoldeten Schlüsselchen und nicht ein blaues, mit einem Strick umgürtetes Hemd? Dann hätte er keck singen, tanzen und trinken und mit beiden Armen Ljubka umfassen können, so wie Merik es tat . . .

Von dem heftigen Stampfen und Schreien klirrte das Geschirr im Schrank, und die Kerze flackerte.

Der Faden riß, und die Glasperlen rollten über den Fußboden, das grüne Kopftuch glitt herunter, und statt Ljubka schimmerte nun eine rote Wolke und glänzten dunkle Augen, und bei Merik sah es aus, als würden jeden Moment seine Arme und Beine abreißen.

Da aber stampfte Merik zum letztenmal auf und blieb wie angewurzelt stehen . . . Erschöpft und ganz außer Atem lehnte sich Ljubka an seine Brust und schmiegte sich an ihn wie an eine Säule, und er umarmte sie, sah ihr in die Augen und sagte sanft und zärtlich wie im Scherz:

»Ich werd schon rausbekommen, wo deine Alte das Geld versteckt hat, dann töte ich sie, und dir schneid ich das Kehlchen mit einem Messerchen durch, dann steck ich den Einkehrhof an . . . Die Leute werden denken, ihr seid im Feuer umgekommen, und ich geh mit eurem Geld nach dem Kuban, da treib ich Pferdehandel und züchte Schafe . . .«

Ljubka sagte nichts dazu, sie sah ihn nur schuldbewußt an und fragte:

»Merik, ist es schön am Kuban?«

Er antwortete nicht, sondern ging zur Truhe, setzte sich darauf und versank in Nachdenken; wahrscheinlich träumte er vom Kuban.

»Ich muß aber nun weg«, sagte Kalašnikov und stand auf. »Filja wird schon auf mich warten. Leb wohl, Ljubka!«

Der Heilgehilfe ging auf den Hof und sah nach, ob Kalašnikov nicht auf seinem Pferd davonritt. Der Schneesturm hielt immer noch an. Weiße Wolken, die sich mit ihren langen Schweifen an Gestrüpp und Sträucher klammerten, jagten über den Hof, und jenseits des Zaunes, auf dem freien Feld, wirbelten Riesen in weißen Totenhemden mit weiten Ärmeln, sie fielen zu Boden und standen wieder auf, schwenkten die Arme und prügelten sich. Und dazu der Wind, der Wind! Die kahlen Birken und Kirschbäume, die seine groben Zärtlichkeiten nicht ertragen konnten, neigten sich tief bis zur Erde und weinten: »Lieber Gott, für welche Sünde hast du uns an die Erde gefesselt und läßt uns nicht in die Freiheit?«

»Brr!« rief Kalašnikov streng und bestieg sein Pferd; die eine Torhälfte war geöffnet, daneben hatte sich eine große Schneewehe gebildet. »Na los, ab!« schrie Kalašnikov. Das kleine kurzbeinige Pferd schritt aus und versank bis zum Bauch in der Schneewehe. Kalašnikov war vom Schnee schon ganz weiß und verschwand bald mit seinem Pferd hinter dem Tor.

Als der Heilgehilfe in das Zimmer zurückkehrte, kroch Ljubka auf dem Fußboden herum und las die Glasperlen auf. Merik war nicht da.

Ein prächtiges Mädel! dachte der Heilgehilfe, legte sich auf die Bank und schob seinen Halbpelz unter den Kopf – Ach, wenn bloß Merik nicht hier wäre!

Ljubka reizte ihn, wie sie so auf dem Fußboden neben der Bank herumkroch, und er dachte, wenn Merik nicht da wäre, würde er jetzt bestimmt aufstehen und sie umarmen, und was weiter geschähe, das würde man schon sehen. Sie war allerdings noch ein Mädchen, aber wohl kaum ein unbescholtenes; und wenn schon – lohnte es sich, in einer Räuberhöhle große Umstände zu machen?

Ljubka hatte die Perlen aufgelesen und ging hinaus. Die Kerze war heruntergebrannt, die Flamme erfaßte bereits das Papier im Leuchter. Der Heilgehilfe legte seinen Revolver sowie die Streichhölzer neben sich und löschte die Kerze aus. Das Ikonenlämpchen flackerte heftig, so daß die Augen davon schmerzten, und Lichtflecken huschten über die Decke, den Fußboden, den Schrank, und dazwischen schwebte Ljubka, kräftig und üppig – bald drehte sie sich wie ein Kreisel, bald war sie vom Tanzen erschöpft und atmete schwer . . .

Ach, wenn doch den Merik die Teufel holen würden! dachte er.

Das Ikonenlämpchen flackerte noch einmal auf, knisterte und erlosch. Jemand, wahrscheinlich Merik, kam ins Zimmer und setzte sich auf die Bank. Er zog an seiner Tabakspfeife, und für einen Augenblick leuchtete seine gebräunte Wange mit dem schwarzen Fleck auf. Widerlicher Tabakgeruch kratzte den Heilgehilfen in der Kehle.

»Du hast ja einen scheußlichen Tabak, verdammt noch mal«, sagte der Heilgehilfe. »Das ist ja schon unerträglich!«

»Ich mische den Tabak mit Haferblüten«, erwiderte Merik nach kurzem Schweigen. »Das ist leichter für die Brust.«

Er rauchte noch ein Weilchen, dann spuckte er aus und ging hinaus. Etwa eine halbe Stunde danach blitzte plötzlich in der Diele ein Licht auf; Merik erschien in Halbpelz und Mütze, hinter ihm Ljubka mit einer Kerze in der Hand.

»Bleib doch, Merik«, sagte Ljubka mit flehender Stimme.

»Nein, Ljubka. Halt mich nicht zurück.«

»Hör mich an, Merik«, sagte Ljubka, und ihre Stimme wurde weich und zärtlich. »Ich weiß, du wirst das Geld meiner Mutter finden, wirst sie und mich zugrunde richten und dann an den Kuban gehen und dort andere Mädchen lieben, aber sei's drum! Ich bitt dich nur um eins, mein Herz – bleib!«

»Nein, ich will mich amüsieren . . .« antwortete Merik und schnallte sich den Gürtel um.

»Wo willst du dich denn amüsieren? Bist doch zu Fuß gekommen, worauf willst du reiten?«

Merik beugte sich zu Ljubka hinab und flüsterte ihr etwas ins Ohr; sie blickte zur Tür und lachte unter Tränen.

»Er schläft, der aufgeblasene Satan . . .« sagte sie.

Merik umarmte sie, küßte sie herzhaft und ging hinaus. Der Heilgehilfe steckte sich den Revolver in die Tasche, sprang hurtig auf und eilte ihm nach.

»Gib den Weg frei!« sagte er zu Ljubka, die auf dem Flur schnell die Tür verriegelt hatte und auf der Schwelle stehengeblieben war. »Mach Platz! Was stehst du da?«

»Warum willst du hinaus?«

»Nach dem Pferd sehen.«

Ljubka sah ihn von unten herauf verschmitzt und zärtlich an.

»Wozu nach dem Pferd sehen? Guck mich lieber an ...« sagte sie; darauf bückte sie sich und berührte mit dem Finger das goldene Schlüsselchen, das an der Uhrkette hing.

»Laß mich durch, sonst reitet er mit meinem Pferd weg«, sagte der Heilgehilfe. »Laß mich, du Teufel!« schrie er, versetzte ihr wütend einen Schlag auf die Schulter und rannte aus voller Kraft mit der Brust gegen sie an, um sie von der Tür wegzustoßen, sie aber hielt sich am Riegel fest und stand wie angewachsen. »Laß mich durch!« schrie er erschöpft. »Er reitet weg, sage ich.«

»Wie sollte er? Er reitet nicht.«

Schwer atmend und sich die schmerzende Schulter reibend, sah sie ihn wieder von unten her an, wurde rot und begann zu lachen.

»Geh nicht weg, mein Herz ...« sagte sie. »Mir ist es langweilig so allein.«

Der Heilgehilfe sah ihr in die Augen, überlegte und umarmte sie, und sie wehrte sich nicht.

»Nun, mach keinen Unsinn, laß mich durch!« bat er.

Sie schwieg.

»Ich hab gehört«, sagte er, »wie du eben zu Merik gesagt hast, daß du ihn liebst.«

»Was sagt man nicht alles ... Wen ich liebe, das weiß nur mein Kopfkissen.«

Darauf berührte sie wieder das Schlüsselchen mit dem Finger und sagte leise:

»Gib mir das ...«

Der Heilgehilfe machte das Schlüsselchen los und gab es ihr. Plötzlich reckte sie den Hals, lauschte gespannt und machte ein ernstes Gesicht; ihr Blick kam dem Heilgehilfen kalt und verschlagen vor. Ihm fiel das Pferd ein, er schob sie nun mit Leichtigkeit beiseite und eilte in den Hof. Unter dem Vordach grunzte gemessen und träge ein schlafendes Schwein, und eine Kuh stieß mit den Hörnern gegen die Balken ... Der Heilgehilfe zündete ein Streichholz an und erblickte das Schwein, die Kuh und die Hunde, die sich von allen Seiten zu ihm, zum Licht, drängten – das Pferd aber war spurlos verschwunden. Schreiend und mit den Händen die Hunde abwehrend, über Schneewehen stolpernd und im Schnee steckenbleibend, rannte er zum Tor hinaus und starrte in die Dunkelheit. Er strengte seine Augen an und sah nur, wie der Schnee wirbelte und wie die Flocken verschiedene Figuren bildeten: bald schaute ihn aus der Finsternis die weiße lachende Fratze eines Toten an, bald jagte ein weißes Pferd vorüber mit einer Reiterin in einem durchsichtigen Kleid, bald flog über seinen Kopf eine Kette weißer Schwäne dahin ... Vor Wut und Kälte zitternd, und ohne zu wissen, was er tun sollte, schoß der Heilgehilfe aus seinem Revolver auf die Hunde und traf nicht einen von ihnen, dann stürzte er ins Haus zurück.

Als er in den Flur trat, hörte er deutlich, wie jemand aus dem Zimmer huschte und die Tür zuschlug. Im Zimmer war es dunkel; der Heilgehilfe stieß an die Tür – sie war verschlossen. Er entzündete Streichholz auf Streichholz und stürzte zurück in den Flur, von dort in die Küche, von der Küche in ein kleines Zimmer, in dem alle Wände mit Röcken und Kleidern behängt waren und wo es nach Kornblumen und Dill roch; in der Ecke neben dem Ofen stand ein Bett mit einem ganzen Berg Kissen darauf. Hier wohnte wahrscheinlich Ljubkas alte Mutter; von hier ging er in ein anderes kleines Zimmer, und dort erblickte er Ljubka. Sie lag auf einer Truhe, in eine bunte, aus Kattunlappen genähte Decke gewickelt, und stellte sich schlafend. Über dem Kopf brannte ein Ikonenlämpchen.

»Wo ist mein Pferd?« fragte der Heilgehilfe streng.

Ljubka rührte sich nicht.

»Wo mein Pferd ist, frage ich dich?« wiederholte der Heilgehilfe noch strenger und riß ihr die Decke herunter. »Ich frage dich, du Teufelin!« schrie er.

Sie sprang auf, kniete sich hin, hielt mit der einen Hand ihr Hemd fest, bemühte sich, mit der anderen die Decke zu packen, und preßte sich an die Wand ... Sie sah den Heilgehilfen voll Angst und Verachtung an, und ihre Augen folgten wie die eines gefangenen Tieres verschlagen der geringsten Bewegung, die er machte.

»Sag, wo das Pferd ist, sonst prügle ich dir die Seele aus dem Leib!« schrie der Heilgehilfe.

»Weg, du widerlicher Kerl!« stieß sie mit heiserer Stimme hervor.

Der Heilgehilfe packte sie am Hemdkragen und riß daran; da konnte er sich nicht länger beherrschen und umarmte das Mädchen mit ganzer Kraft. Sie aber wand sich, fauchend vor Wut, in seiner Umarmung und schlug, als sie eine Hand freibekommen hatte – die andere war in dem zerrissenen Hemd verwickelt –, ihn mit der Faust auf den Scheitel.

Ihm wurde schwindlig vor Schmerz, in seinen Ohren dröhnte und pochte es, er wich zurück und erhielt im gleichen Augenblick einen zweiten Schlag, diesmal gegen die Schläfe. Taumelnd und nach dem Türpfosten greifend, um nicht zu fallen, schlich er in das Zimmer, in dem seine Sachen waren, und legte sich auf die Bank. Nachdem er ein Weilchen so gelegen hatte, nahm er eine Streichholzschachtel aus der Tasche und entzündete ohne jede Notwendigkeit Streichholz auf Streichholz; er strich sie an, blies sie aus und warf sie unter den Tisch, bis alle verbraucht waren.

Inzwischen begann es hinter dem Fenster zu dämmern, die Hähne erhoben ihre Stimme, aber sein Kopf schmerzte noch immer, und in den Ohren dröhnte es, als säße er unter einer Eisenbahnbrücke und hörte, wie über seinem Kopf ein Zug entlangfuhr. Mit Mühe zog er den Halbpelz an und setzte die Mütze auf; den Sattel und das Bündel mit den Einkäufen konnte er nicht finden, die Tasche war leer – nicht ohne Grund war jemand aus dem Zimmer gehuscht, als er vorhin vom Hof hereingekommen war.

Er nahm aus der Küche ein Schüreisen, um die Hunde abzuwehren, und ging auf den Hof, wobei er die Tür weit offen ließ. Der Schneesturm hatte sich inzwischen gelegt, es war still draußen ... Als er durch das Tor schritt, lag das weiße Feld wie tot da, keinen Vogel sah man am morgendlichen Himmel. Zu beiden Seiten des Weges und weit in der Ferne schimmerte bläulich ein kleiner Wald.

Der Heilgehilfe wollte daran denken, wie man ihn im Krankenhaus empfangen und was der Doktor zu ihm sagen würde; er mußte unbedingt darüber nachdenken und sich im voraus Antworten auf die zu erwartenden Fragen zurechtlegen, aber seine Gedanken zerflossen und enteilten. Als er so ging, dachte er nur an Ljubka und an die Bauern, mit denen er die Nacht verbracht hatte; ihm fiel ein, wie Ljubka, nachdem sie ihn das zweitemal geschlagen hatte, sich nach der Decke gebückt und wie dabei ihr aufgelöster Zopf bis auf den Fußboden herabfiel. Im Kopf war ihm ganz wirr, und er dachte: Wozu gibt es auf der Welt Ärzte, Heilgehilfen, Kaufleute, Schreiber, Bauern und nicht einfach freie Menschen? Es gibt doch auch freie Vögel, freie Tiere, den freien Merik, und sie fürchten niemand und brauchen niemand! Und wer hat sich das ausgedacht und gesagt, daß man morgens aufstehen, mittags essen und sich abends hinlegen muß, daß ein Arzt höher steht als ein Heilgehilfe, daß man im Zimmer leben soll und nur seine eigene Frau lieben darf? Warum kann man denn nicht nachts die Mahlzeit einnehmen und am Tag schlafen? Ach, man müßte auf ein Pferd springen, ohne zu fragen, wem es gehört, wie der Teufel mit dem Wind um die Wette über die Felder, durch die Wälder und die Schluchten jagen, man müßte Mädchen lieben und alle Menschen auslachen ...

Der Heilgehilfe warf das Schüreisen in den Schnee, preßte die Stirn an einen kühlen weißen Birkenstamm und versank in Nachdenken, und sein graues, eintöniges Leben, sein Gehalt, seine untergeordnete Stellung, die Apotheke, die ewigen Scherereien mit Schröpfköpfen und spanischen Fliegen – all das kam ihm verächtlich und widerlich vor.

Wer sagt denn, daß es Sünde ist, sich zu amüsieren? fragte er sich ärgerlich. Die so etwas sagen, waren niemals frei wie Merik und Kalašnikov und haben Ljubka nicht geliebt; sie haben das ganze Leben ohne jedes Vergnügen von Almosen gelebt und nur ihre eigenen Frauen geliebt, den Fröschen gleich.

Von sich selbst meinte er nun, er sei nur deshalb bis jetzt noch kein Dieb, Betrüger oder gar Räuber geworden, weil er es nicht verstanden oder weil es ihm an einer passenden Gelegenheit gefehlt habe.

Etwa anderthalb Jahre waren vergangen. An einem Frühlingstag nach der Osterwoche kam der Heilgehilfe, der schon längst aus dem Krankenhaus entlassen und stellungslos war, spätabends in Repino aus der Schenke und schlenderte ziellos die Straße entlang.

Er gelangte aufs freie Feld hinaus. Dort roch es nach Frühling, es wehte ein warmer, sanfter Wind. Still und sternenklar blickte der Nachthimmel auf die Erde herab. Mein Gott, wie endlos war der Himmel und wie unermeßlich weit breitete er sich über der Welt! Gut geschaffen ist die Welt, dachte der Heilgehilfe, aber weshalb und wieso teilen die Menschen einander in nüchterne und betrunkene ein, in angestellte und entlassene und so fort? Warum schläft der Nüchterne und Satte ruhig in seinem Haus, während der Betrunkene und Hungrige über das Feld schlendern muß und keine Bleibe hat? Warum muß der, der nicht arbeitet und kein Gehalt empfängt, unbedingt hungrig und ohne Kleidung und Schuhe sein? Wer hat sich das ausgedacht? Die Vögel und die Tiere des Waldes arbeiten auch nicht und bekommen kein Gehalt und leben doch zu ihrem Vergnügen?

Fern am Himmel, sich weit über den Horizont ausbreitend, flackerte ein schöner, purpurroter Feuerschein. Der Heilgehilfe blieb stehen, schaute lange hin und überlegte: Wieso war es eigentlich eine Sünde, wenn er gestern einen fremden Samovar an sich genommen und in der Schenke vertrunken hatte? Wieso?

Zwei Bauernwagen fuhren den Weg entlang – in dem einen schlief ein Weib, in dem andern saß ein alter Mann ohne Mütze ...

»Großvater, wo brennt es denn?« fragte der Heilgehilfe.

»Das ist der Hof von Andrej Čirikov ...« erwiderte der Alte.

Und dem Heilgehilfen fiel ein, was er vor anderthalb Jahren im Winter auf eben diesem Hof erlebt und wie Merik geprahlt hatte. Er stellte sich vor, wie die alte Frau und Ljubka mit durchschnittener Kehle verbrannten, und er beneidete Merik. Und als er wieder zur Schenke ging und die Häuser der reichen Wirte, Viehhändler und Schmiede sah, überlegte er sich, wie schön es sein müßte, in der Nacht bei einem von diesen Reicheren einzudringen.

Gusev

I

Es ist bereits dunkel geworden, bald wird es Nacht sein.

Gusev, ein zur Reserve entlassener gemeiner Soldat, richtet sich in seiner Koje auf und sagt halblaut:

»Hörst du, Pavel Ivanyč? In Sutschan hat mir ein Soldat erzählt, daß ihr Schiff, während sie fuhren, auf einen großen Fisch aufgelaufen ist und sich den Boden durchgestoßen hat.«

Der Mann von unbekanntem Stand, an den er sich wendet und den alle Pavel Ivanyč nennen, schweigt, als höre er nicht.

Und wieder tritt Stille ein ... Der Wind fegt durch das Tauwerk, die Schiffsschraube rattert, die Wellen schlagen hoch, die Kojen knarren, aber an all das hat sich das Ohr schon längst gewöhnt, und es scheint, als schlafe ringsum alles und hülle sich in Schweigen. Es ist langweilig. Die drei Kranken – zwei Soldaten und ein Matrose, die den ganzen Tag Karten gespielt haben, schlafen bereits und phantasieren.

Anscheinend beginnt das Schiff zu schlingern. Die Koje hebt und senkt sich langsam unter Gusev, als seufze sie – einmal, zweimal, dreimal ... Etwas schlägt auf den Boden auf und klirrt – wahrscheinlich ist ein Krug heruntergefallen.

»Der Wind hat sich von der Kette losgerissen ...« sagt Gusev, aufmerksam lauschend.

Diesmal hustet Pavel Ivanyč und antwortet gereizt:

»Mal ist bei dir ein Schiff auf einen Fisch aufgelaufen, mal hat sich der Wind von der Kette losgerissen ... Ist denn der Wind ein Tier, daß er sich von der Kette losreißt?«

»So sagen die Getauften.«

»Die Getauften sind genau solche unwissende Tröpfe wie du ... was reden sie nicht alles zusammen! Man muß seinen Kopf auf den Schultern behalten und logisch denken. Du bist eben ein stumpfsinniger Mensch.«

Pavel Ivanyč hat unter der Seekrankheit zu leiden. Wenn das Schiff schlingert, ist er gewöhnlich ärgerlich, und ihn reizt die kleinste Lappalie. Und um sich zu ärgern, ist nach Gusevs Meinung doch wirklich kein Grund vorhanden. Was ist zum Beispiel schon seltsam oder sonderbar an einem Fisch oder dem Wind, der sich von der Kette losreißt? Nehmen wir an, der Fisch ist so groß wie ein Berg und sein Rücken so hart wie beim Stör; nehmen wir ferner an, da, wo die Welt zu Ende ist, stehen dicke Mauern, an die sind die bösen Winde angekettet ... Wenn sie sich nicht losgerissen haben, warum jagen sie dann wie besessen über das ganze Meer und rasen wie Hunde? Wenn man sie nicht ankettet, wo bleiben sie dann, wenn es still ist?

Gusev denkt lange an die Fische, die so groß sind wie ein Berg, und an dicke verrostete Ketten, dann wird es ihm langweilig, und er denkt an die Heimat, in die er nun nach fünfjähriger Dienstzeit im Fernen Osten zurückkehrt. Vor seinen Augen erscheint ein gewaltiger großer Teich, ganz von Schnee verweht ... Auf der einen Seite des Teiches steht eine Porzellanfabrik von ziegelroter Farbe mit einem hohen Schornstein und schwarzen Rauchwolken darüber; auf der anderen Seite liegt ein Dorf ... Aus einem Hof, dem fünften vom Dorfrand, kommt sein Bruder Aleksej mit dem Schlitten gefahren; hinter ihm sitzen sein Söhnchen Vanka, dessen Beine in großen Filzstiefeln stecken, und das kleine Mädel Akulka, sie ist ebenfalls in Filzstiefeln. Aleksej ist angeheitert, Vanka lacht, Akulkas Gesicht ist nicht zu sehen – sie hat sich ganz eingemummelt.

Er läßt noch die Kinder erfrieren ... denkt Gusev. »Schick ihnen, o Herr«, flüstert er, »rechten Verstand, damit sie Vater und Mutter ehren und nicht klüger sein wollen als sie ...«

»Hier braucht man neue Schuhsohlen«, phantasiert der kranke Matrose mit tiefer Baßstimme. »Ja, ja.«

Gusevs Gedanken reißen ab, und statt des Teiches erscheint auf einmal ganz unangebracht ein großer Stierkopf ohne Augen, und Pferd und Schlitten fahren nicht mehr, sondern wirbeln in dem schwarzen Rauch. Aber er ist froh, daß er seine Angehörigen gesehen hat. Die Freude benimmt ihm den Atem, jagt ihm einen Schauer über den Rücken, kribbelt in seinen Fingern.

»Gott hat gegeben, daß ich sie wiedersah«, phantasiert er, aber sogleich schlägt er die Augen auf und sucht im Dunkeln nach Wasser.

Er trinkt und legt sich hin, und wieder fährt der Schlitten vorüber, dann ist da wieder der Stierkopf ohne Augen, der Rauch, die Wolken ... Und so geht das bis zum Morgengrauen.

II

Zunächst zeichnet sich in der Dunkelheit ein kleiner blauer Kreis ab, ein rundes Fensterchen – das Bullauge; dann kann Gusev allmählich seinen Kojennachbarn Pavel Ivanyč erkennen. Dieser schläft im Sitzen, weil er im Liegen keine Luft bekommt. Sein Gesicht ist grau, die Nase lang und spitz; und weil er schrecklich abgemagert ist, erscheinen die Augen riesengroß. Seine Schläfen sind eingefallen, der Bart ist schütter, sein Kopfhaar lang ... Sieht man sein Gesicht, kann man nicht herausbekommen, von welchem Stand er ist – ist er ein Adliger, ein Kaufmann oder ein Bauer? Nach seinem Gesichtsausdruck und den langen Haaren zu urteilen, könnte er ein Fastenmönch sein, ein Klosternovize, lauscht man aber seinen Worten, möchte man ihn nicht für einen Mönch halten. Von dem Husten, der stickigen Luft und der Krankheit ist er erschöpft, er atmet schwer und bewegt die ausgedörrten Lippen. Als er bemerkt, daß Gusev ihn anschaut, dreht er ihm das Gesicht zu und sagt: »Jetzt komme ich langsam auf das Richtige ... Ja ... Jetzt verstehe ich alles sehr gut.«

»Was verstehen Sie, Pavel Ivanyč?«

»Folgendes ... Mir kam es immer sonderbar vor, daß ihr Schwerkranken, statt Ruhe zu haben, euch hier auf dem Dampfer befindet, wo es stickig und warm ist und wo es schlingert – mit einem Wort, von alldem droht euch der Tod, jetzt aber ist mir alles klar ... Ja ... Eure Ärzte haben euch auf den Dampfer gesteckt, damit sie euch los sind. Sie haben es satt, sich mit euch Viehzeug abzugeben ... Ihr zahlt ihnen kein Geld, sie haben nur Scherereien mit euch, und ihr verderbt ihnen mit eurem Tod nur die Berichte – folglich seid ihr Viehzeug! Und euch loszuwerden ist nicht schwer ... Dazu braucht man nur: erstens, kein Gewissen und keine Menschenliebe zu haben, und zweitens, die Schiffsführung zu betrügen. Die erste Bedingung kann man unberücksichtigt lassen, in dieser Hinsicht sind wir Künstler, die zweite ist bei einiger Übung immer erfolgreich. Unter vierhundert gesunden Soldaten und Matrosen fallen fünf Kranke nicht auf; so hat man euch also auf den Dampfer getrieben und unter die Gesunden gemischt; ihr wurdet in aller Eile abgezählt, und in dem Durcheinander hat man nichts Schlimmes bemerkt. Als dann der Dampfer abgelegt hatte, da sah man es –

auf dem Deck liegen Paralytiker herum und Schwindsüchtige im letzten Stadium.«

Gusev versteht Pavel Ivanyč nicht; und da er meint, man mache ihm einen Vorwurf, sagt er zu seiner Rechtfertigung:

»Ich habe auf Deck gelegen, weil ich keine Kraft mehr hatte; als man uns von der Barke auf den Dampfer umgeladen hat, war ich schon ganz durchfroren.«

»Einfach empörend!« fährt Pavel Ivanyč fort. »Doch was die Hauptsache ist, sie wissen sehr gut, daß ihr die lange Überfahrt nicht übersteht, und trotzdem hat man euch hier eingeschifft! Nun, nehmen wir an, ihr kommt noch bis zum Indischen Ozean, aber was dann? Es ist schrecklich, daran zu denken ... Und das ist der Dank für euren treuen, makellosen Dienst!«

Pavel Ivanyč macht böse Augen, angeekelt verzieht er das Gesicht und sagt keuchend:

»Man müßte sie sich in den Zeitungen vorknöpfen, daß die Federn fliegen!«

Die beiden kranken Soldaten und der Matrose sind erwacht, und sie spielen bereits Karten. Der Matrose liegt halb in seiner Koje, die Soldaten sitzen in den unbequemsten Stellungen daneben auf dem Fußboden. Der eine Soldat trägt den rechten Arm in der Binde, um die Hand ist ein ganzer Berg Verbandsstoff gewickelt, so daß er die Karten unter der rechten Achsel oder in der Armbeuge hält, mit der Linken spielt er aus. Das Schiff schlingert stark. Man kann weder aufstehen noch Tee trinken, noch Medizin einnehmen.

»Du bist Offiziersbursche gewesen?« fragte Pavel Ivanyč seinen Nachbarn Gusev.

»Jawohl, ich war Bursche.«

»Mein Gott, mein Gott!« ruft Pavel Ivanyč aus und schüttelt traurig den Kopf. »Einen Menschen aus der Heimat herausreißen, ihn fünfzehntausend Verst weit wegschleppen, ihm dann die Schwindsucht an den Hals jagen und ... und wofür das alles, fragt man sich? Um aus ihm einen Burschen für irgendeinen Hauptmann Kopejkin oder Leutnant Dyrka zu machen. Welche Logik!«

»Das ist kein schwerer Dienst, Pavel Ivanyč. Du stehst früh auf, putzt die Stiefel, stellst den Samovar auf, räumst die Zimmer auf, und dann ist nichts mehr zu tun. Der Leutnant zeichnet den ganzen Tag Pläne, und du – wenn du willst, kannst du beten, wenn du willst, ein Buch lesen, wenn du willst, auf die Straße gehen. Gott gebe jedem ein solches Leben.«

»Ja, sehr schön! Der Leutnant zeichnet Pläne, und du sitzt den lieben langen Tag in der Küche und sehnst dich nach der Heimat ... Pläne ... Es kommt nicht auf Pläne an, sondern auf das menschliche Leben! Das Leben wiederholt sich nicht, man muß es schonend behandeln!«

»Ja, natürlich, Pavel Ivanyč, für einen schlechten Menschen gibt es nirgends Schonung, weder zu Hause noch im Dienst, wenn du aber anständig lebst und gehorchst, wer hat es dann nötig, dich zu kränken? Die Herrschaften sind gebildet, die verstehen das ... In den fünf Jahren habe ich einmal im Karzer gesessen, und geschlagen wurde ich, wenn ich mich recht erinnere, nicht mehr als ein einziges Mal ...«

»Wofür?«

»Für Prügelei. Ich habe eine schwere Hand, Pavel Ivanyč. Da kamen mal vier Chinesen zu uns auf den Hof, brachten wohl Holz, ich weiß nicht mehr genau. Na, ich hatte Langeweile, da hab ich sie verdroschen, und dem einen dieser verfluchten Kerle lief das Blut aus der Nase ... Der Leutnant sah das durchs Fenster, wurde böse und gab mir eine Ohrfeige.«

»Ein dummer, bedauernswerter Mensch bist du ...« flüstert Pavel Ivanyč. »Gar nichts begreifst du.«

Von dem Schlingern ist er ganz erschöpft, und er schließt die Augen; sein Kopf fällt bald nach hinten, bald sinkt er ihm auf die Brust. Mehrmals versucht er sich hinzulegen, aber es kommt nichts dabei heraus – die Atemnot hindert ihn.

»Und weshalb hast du die vier Chinesen verprügelt?« fragt er ein wenig später.

»Nur so. Sie kamen auf den Hof, da hab ich sie verprügelt.«

Stille tritt ein ... Die Kartenbrüder spielen etwa zwei Stunden mit Leidenschaft und Geschimpfe, aber das Schlingern ermüdet auch sie; sie werfen die Karten hin und legen sich nieder. Wieder erblickt Gusev den Teich, die Fabrik, das Dorf ... Wieder fährt der Schlitten vorüber, wieder lacht Vanka, und die dumme Akulka hat den Pelz zurückgeschlagen und streckt die Beine hervor: schaut her, gute Leute, ich habe nicht solche Filzstiefel wie Vanka, sondern neue.

»Sechs Jahre ist sie nun schon bald und hat immer noch keinen Verstand!« phantasiert Gusev. »Statt die Beine vorzustrecken, solltest du lieber deinem Onkel beim Militär etwas zu trinken bringen. Ich geb dir Süßigkeiten.«

Da ist Andron mit seiner Steinschloßflinte auf der Schulter, er trägt einen erlegten Hasen, und hinter ihm geht der altersschwache Jude Isajčik und schlägt ihm vor, den Hasen gegen ein Stück Seife einzutauschen. Da ist das schwarze Kälbchen im Flur, da Domna, sie näht ein Hemd und weint über irgend etwas, und da ist wieder der Stierkopf ohne Augen und der schwarze Rauch.

Oben hat jemand laut geschrien, und einige Matrosen sind vorbeigelaufen; es scheint, als habe man etwas Schweres an Deck gezogen oder als sei etwas geplatzt. Wieder läuft man vorbei. Es wird doch kein Unglück geschehen sein? Gusev hebt den Kopf, lauscht und sieht, daß die beiden Soldaten und der Matrose wieder Karten spielen; Pavel Ivanyč sitzt da und bewegt die Lippen. Es ist schwül, er hat kaum Kraft zum Atmen, er möchte gern trinken, aber das Wasser ist warm und widerlich ... Das Schlingern läßt nicht nach.

Plötzlich geht mit einem der kartenspielenden Soldaten etwas Seltsames vor ... Er verwechselt Herz und Karo, irrt sich beim Ausrechnen und läßt die Karten fallen, darauf lächelt er erschreckt und einfältig und sieht die Anwesenden mit großen Augen an.

»Gleich, Brüder ...« sagt er und legt sich auf den Fußboden.

Alle sind verwundert und bestürzt. Man ruft ihn an, aber er antwortet nicht.

»Stepan, ist dir vielleicht nicht gut, wie?« fragt ihn der andere Soldat, der mit der verbundenen Hand. »Sollen wir vielleicht den Popen rufen, wie?«

»Trink Wasser, Stepan«, sagt der Matrose. »Na, Brüderchen, trink schon.«

»Na, was stößt du ihn mit dem Krug an die Zähne?« sagt Gusev ärgerlich. »Siehst du denn nicht, du Schafskopf?«

»Was?«

»Was!« äfft Gusev ihn nach. »Er atmet nicht mehr, er ist tot! Da hast du dein Was! Ist das ein unvernünftiges Volk, Herr, du mein Gott ...!«

III

Das Schiff schlingert nicht mehr, und Pavel Ivanyč ist wieder heiter geworden. Er ärgert sich nicht mehr. Sein Gesichtsausdruck ist prahlerisch, herausfordernd und spöttisch, so als wolle er sagen: Ja, ich werde euch gleich etwas erzählen, daß ihr euch alle vor Lachen den Bauch haltet. Das Bullauge ist geöffnet, ein sanfter Luftzug weht Pavel Ivanyč entgegen. Man hört Stimmen und Ruder auf das Wasser klatschen . . . Gerade unter dem Bullauge heult jemand mit dünnem, widerlichem Stimmchen – wahrscheinlich singt ein Chinese.

»Ja, wir liegen auf der Reede«, sagt Pavel Ivanyč und lächelt spöttisch. »Noch ein Monat etwa, und wir sind in Rußland. Tja, meine hochverehrten Herren Soldaten. Ich fahre nach Odessa und von dort aus direkt nach Charkov. In Charkov habe ich einen Schriftsteller als Freund. Ich gehe hin und sage zu ihm: ›Nun, mein Lieber, laß mal für eine Weile deine widerlichen Sujets von Frauenliebschaften und Naturschönheit und entlarve lieber das zweibeinige Gesindel . . . Da hast du Themen . . .‹«

Er überlegt ein Weilchen und fragt dann:

»Gusev, weißt du, wie ich sie angeführt habe?«

»Wen, Pavel Ivanyč?«

»Na, diese da . . . Verstehst du, hier auf dem Dampfer gibt es nur erste und dritte Klasse, wobei in der dritten Klasse nur die Bauern reisen dürfen, das heißt das Gesindel. Hast du ein Jackett an und siehst auch nur von weitem wie ein Adliger oder ein Bourgeois aus, mußt du erster fahren. Und wenn du dich auf den Kopf stellst, du mußt fünfhundert Rubel hinlegen. ›Wozu?‹ frage ich, ›haben Sie eine solche Ordnung eingeführt? Wollen Sie etwa damit das Prestige der russischen Intelligenz heben?‹ – ›Keineswegs. Wir lassen Sie einfach deshalb nicht, weil ein anständiger Mensch nicht dritter Klasse reisen darf – es ist dort nämlich sehr schlecht und geradezu abscheulich.‹– ›So? Ich danke Ihnen, daß Sie sich so um die anständigen Menschen sorgen. Aber, wie es auch sein mag, schlecht oder gut – ich habe keine fünfhundert Rubel. Ich habe keine Kasse ausgeraubt, keine fremden Völkerschaften ausgebeutet, nicht geschmuggelt und niemand totgeprügelt, deshalb urteilen Sie selbst: Habe ich das

Recht, in der ersten Klasse zu thronen oder mich gar zur russischen Intelligenz zu zählen?‹ Sie lassen sich aber durch Logik nicht beeindrucken ... Ich mußte zum Betrug greifen. Ich zog einen langen Bauernkittel und große Stiefel an, schnitt eine besoffene Bauernfratze und ging zum Agenten: ›Gib ein Billettchen, Euer Hochwohlgeboren‹, sag ich.«

»Und von welchem Stand sind Sie eigentlich?«

»Von geistlichem. Mein Vater war ein ehrenwerter Pope. Er hat den Großen dieser Welt immer die Wahrheit ins Gesicht gesagt und dafür viel zu leiden gehabt.« Pavel Ivanyč ist vom Sprechen erschöpft, er bekommt kaum noch Luft, fährt aber trotzdem fort: »Ja, ich sage jedem die Wahrheit ins Gesicht ... Ich fürchte nichts und niemand. In dieser Beziehung besteht zwischen mir und euch ein gewaltiger Unterschied. Ihr seid unwissende, blinde, eingeschüchterte Menschen, ihr seht nichts, und was ihr seht, das begreift ihr nicht ... Man erzählt euch, daß sich der Wind von der Kette losreißt, daß ihr Rindviecher und Petschenegen seid, und ihr glaubt es. Man schlägt euch ins Genick, und ihr küßt dafür die Hand; wenn euch irgendein Vieh im Waschbärpelz ausplündert und euch ein Fünfzehnkopekenstück als Trinkgeld hinwirft, so sagt ihr: ›Bitte, Euer Händchen, gnädiger Herr!‹ Parias seid ihr, jämmerliche Menschen ... Da bin ich ein andrer Kerl. Ich lebe bewußt, ich sehe alles, so wie der Adler oder der Habicht alles sieht, wenn er über der Erde fliegt, und ich verstehe alles. Ich bin der verkörperte Protest. Bemerke ich Willkür – protestiere ich, bemerke ich einen Frömmler und Heuchler – protestiere ich, bemerke ich ein triumphierendes Schwein – protestiere ich. Und ich bin unbesiegbar, keine spanische Inquisition kann mich zum Schweigen bringen. Ja ... Reißt man mir die Zunge aus – protestiere ich mit Gebärden; mauert man mich in einem Keller ein – schreie ich dort so laut, daß man es eine Verst weit hört, oder ich töte mich durch Hunger, damit auf ihrem schwarzen Gewissen noch ein Zentner mehr lastet; schlägt man mich tot – erscheine ich als Gespenst. Alle Bekannten sagen zu mir: ›Sie sind ein ganz unausstehlicher Mensch, Pavel Ivanyč!‹ Ich bin stolz auf solch einen Ruf. Ich habe drei Jahre lang im Fernen Osten gedient, aber hundert Jahre wird man an mich denken – mit allen habe ich mich überworfen. Meine Freunde schreiben aus Rußland: ›Komm nicht zurück!‹ Aber nun fahre ich gerade ... Ja ... Das ist das Leben, wie ich es verstehe. Das kann man Leben nennen.«

Gusev hört nicht zu und schaut durch das Bullauge. Auf dem durchsichtigen, zart türkisblauen Wasser, ganz von blendender, heißer Sonne übergossen, schaukelt ein Boot, darin stehen halbnackte Chinesen, sie halten Käfige mit Kanarienvögeln hoch und schreien:

»Singt! Singt!«

An das Boot stößt ein zweites an, ein Dampfkutter fährt vorbei. Da ist noch ein Boot, in dem ein dicker Chinese sitzt und mit Stäbchen Reis ißt. Träge schaukelt das Wasser, träge fliegen weiße Möwen darüber hin.

Diesem Fettwanst da müßte man eins ins Genick geben ... denkt Gusev, gähnt und blickt auf den dicken Chinesen.

Er döst vor sich hin, und es kommt ihm so vor, als liege die ganze Natur im Halbschlaf. Die Zeit verstreicht. Unmerklich vergeht der Tag, unmerklich bricht die Dunkelheit herein ... Der Dampfer steht nicht mehr still, sondern fährt bereits weiter.

IV

Es vergehen zwei Tage. Pavel Ivanyč sitzt nicht mehr, sondern liegt; er hat die Augen geschlossen, die Nase scheint noch spitzer.

»Pavel Ivanyč!« ruft Gusev ihn an. »He, Pavel Ivanyč!«

Der öffnet die Augen und bewegt die Lippen.

»Ist Ihnen nicht gut?«

»Es ist nichts ...« antwortet Pavel Ivanyč keuchend. »Nichts, im Gegenteil, es geht mir sogar ... besser ... Du siehst, ich kann auch schon liegen ... Hat sich gebessert ...«

»Na, Gott sei Dank, Pavel Ivanyč.«

»Wenn ich mich mit euch vergleiche, tut ihr mir leid ... ihr armen Teufel. Meine Lungen sind gesund, mein Husten kommt aus dem Magen ... Ich kann die Hölle vertragen, was ist da das Rote Meer! Außerdem verhalte ich mich kritisch zu meiner Krankheit und den Arzneien. Aber ihr ... ihr seid unwissend ... Schwer ist es für euch, sehr, sehr schwer!«

Das Schiff schlingert nicht; es ist still, dabei aber schwül und heiß wie in einem Dampfbad; nicht nur das Sprechen, sogar das

Zuhören fällt schwer. Gusev hat seine Knie umfaßt, seinen Kopf darauf gelegt und denkt an die Heimat. Mein Gott, was für ein Genuß ist es, in solcher Hitze an Schnee und Kälte zu denken! Man fährt Schlitten; plötzlich scheuen die Pferde und gehen durch ... Ohne auf Wege, Gräben und Schluchten zu achten, rasen sie wie besessen durch das Dorf, über den Teich, an der Fabrik vorbei, dann über die Felder ... ›Halt an!‹ schreien Fabrikarbeiter und Entgegenkommende aus vollem Halse. ›Halt an!‹ Aber wozu anhalten! Soll doch der scharfe, kalte Wind ins Gesicht schlagen und in die Hände beißen, sollen doch die von den Hufen aufgewirbelten Schneeklumpen auf die Mütze fallen und hinter den Kragen in den Hals und auf die Brust, sollen doch die Kufen kreischen und die Stränge reißen – zum Teufel damit! Und was für ein Genuß ist es, wenn der Schlitten umkippt und man mit vollem Schwung in einen Schneehaufen fliegt, mit dem Gesicht in den Schnee, und wenn man dann ganz weiß und mit Eiszapfen am Schnurrbart aufsteht, ohne Mütze, ohne Handschuhe und den Gürtel gelöst ... Die Leute lachen, die Hunde bellen ...

Pavel Ivanyč öffnet halb das eine Auge, sieht Gusev an und fragt leise: »Gusev, hat dein Kommandeur gestohlen?«

»Wer soll das wissen, Pavel Ivanyč! Wir wissen es nicht, bis zu uns dringt so was nicht durch.«

Darauf vergeht lange Zeit in Schweigen. Gusev denkt, phantasiert und trinkt immer wieder Wasser; Sprechen und Zuhören fällt ihm schwer, und er fürchtet, man werde mit ihm reden. Eine Stunde vergeht, eine zweite, eine dritte; der Abend bricht an, darauf die Nacht, er aber bemerkt es nicht, er sitzt immer nur da und denkt an den Frost.

Es hört sich so an, als ob jemand ins Lazarett gekommen ist, Stimmen ertönen, aber nach fünf Minuten ist alles wieder still.

»Gott hab ihn selig und gebe ihm die ewige Ruhe!« sagt der Soldat mit der verbundenen Hand. »Er war ein unruhiger Mensch.«

»Was denn?« fragt Gusev. »Wer?«

»Er ist gestorben. Sie haben ihn gerade nach oben getragen.«

»Wenn schon«, murmelt Gusev gähnend. »Gott mit ihm.«

»Was meinst du, Gusev?« fragt ihn der Soldat mit dem Verband nach kurzem Schweigen. »Wird er in den Himmel kommen oder nicht?«

»Von wem sprichst du?«

»Von Pavel Ivanyč.«

»Er wird ... hat sich lange gequält. Und wenn man bedenkt, er ist aus geistlichem Stand, und die Popen haben viele Verwandte, die werden für ihn beten.«

Der Soldat mit dem Verband setzt sich zu Gusev auf die Koje und sagt halblaut:

»Auch du, Gusev, wirst nicht mehr lange unter uns weilen. Du wirst nicht bis nach Rußland kommen.«

»Hat das der Arzt oder der Heilgehilfe gesagt?« fragt Gusev.

»Nicht daß es einer gesagt hätte, aber man sieht's doch ... Einem Menschen, der bald sterben wird, sieht man das gleich an. Du ißt nicht, du trinkst nicht, du bist ganz abgemagert – 's ist schrecklich, das mit anzusehen. Mit einem Wort – Schwindsucht. Ich sag das nicht, um dich aufzuregen, sondern, weil du vielleicht das Abendmahl nehmen oder die Letzte Ölung empfangen möchtest. Und wenn du Geld hast, so solltest du es dem Ersten Offizier geben.«

»Ich hab nicht nach Hause geschrieben ...« sagt Gusev seufzend. »Ich werd sterben, und sie werden's nicht erfahren.«

»Sie erfahren es«, erwidert der kranke Matrose mit Baßstimme. »Wenn du stirbst, schreibt man es hier in's Schiffstagebuch, in Odessa gibt man dem Militärkommandanten einen Auszug, und der schickt ihn an den Amtsbezirk oder sonstwohin.«

Gusev wird es bei diesem Gespräch angst und bange, und ein unbestimmtes Verlangen beginnt ihn zu quälen. Er trinkt Wasser – das ist nicht das Richtige; er wendet sich zu dem Bullauge und atmet die heiße, feuchte Luft ein – das ist auch nicht das Richtige; er bemüht sich, an die Heimat, an den Frost zu denken – aber auch das ist nicht das Richtige ... Schließlich meint er, er werde bestimmt ersticken, wenn er auch nur eine Minute länger im Lazarett bleibt.

»Mir ist so schlecht, Brüder ...« sagt er. »Ich geh nach oben. Führt mich, um Christi willen, nach oben!«

»Gut«, antwortet der Soldat mit dem Verband zustimmend. »Du schaffst es nicht allein, ich werd dich tragen. Halt dich an meinem Hals fest.«

Gusev umklammert den Hals des Soldaten, der umfaßt ihn mit dem gesunden Arm und trägt ihn nach oben. Auf Deck schlafen regellos hingestreckt Reservisten und Matrosen; es sind so viele, daß man kaum durchkommt.

»Stell dich hin«, sagt der Soldat mit dem Verband leise. »Geh ganz langsam hinter mir und halt dich an meinem Hemd fest . . .«

Es ist dunkel. Weder auf Deck noch auf den Masten, noch auf dem Meer ringsum sieht man ein Licht. Am Bug steht unbeweglich wie eine Statue der Wachtposten, aber er macht den Eindruck, als schlafe auch er. Das Schiff scheint seinem eigenen Willen überlassen und zu fahren, wohin es will.

»Jetzt wird man Pavel Ivanyč ins Meer werfen«, sagt der Soldat mit dem Verband. »Er kommt in einen Sack und dann ins Wasser.«

»Ja. So ist es geregelt.«

»Aber daheim in der Erde liegt es sich besser. Wenn auch nur die Mutter mal ans Grab kommt und weint.«

»Natürlich.«

Es riecht nach Dung und nach Heu. Mit hängenden Köpfen stehen Ochsen an der Reling. Eins, zwei, drei . . . acht Stück! Und da ist auch ein kleines Pferdchen. Gusev streckt die Hand aus, um es zu streicheln, aber es schüttelt den Kopf, bleckt die Zähne und will ihn in den Ärmel beißen.

»Verfluchtes Biest . . .« sagt Gusev ärgerlich.

Beide, der Soldat und er, drängen sich leise bis zum Bug vor, bleiben dann an der Reling stehen und blicken schweigend nach oben und nach unten. Oben sind der endlose Himmel und die hellen Sterne, dort ist Ruhe und Stille – genau wie daheim im Dorf, unten aber ist Finsternis und Unordnung. Man versteht nicht, weshalb die hohen Wellen so lärmen. Auf welche Welle man auch blickt, jede ist bemüht, höher als die anderen zu steigen, sie drängt und treibt die vorhergehende; lärmend und mit ihrer weißen Mähne schimmernd, kommt eine dritte angeflogen, die genauso wütend und ungebärdig ist.

Das Meer hat weder Vernunft noch Mitleid. Wäre der Dampfer kleiner und nicht aus dickem Eisen, die Wogen würden ihn erbarmungslos zerschlagen und alle Menschen verschlingen, ohne zwischen Gerechten und Ungerechten zu unterscheiden. Der

Dampfer macht einen ebenso sinnlosen und grausamen Eindruck. Dieses spitznasige Ungeheuer drängt vorwärts und zerschneidet auf seinem Weg Millionen von Wellen; es fürchtet weder Dunkelheit noch Wind, noch die endlose Weite und die Einsamkeit, ihm macht das alles nichts aus, und wenn der Ozean seine eigenen Menschen hätte, dieses Ungeheuer würde sie zerdrücken, ebenfalls ohne Rücksicht auf Gerechte und Ungerechte.

»Wo sind wir jetzt?« fragt Gusev.

»Ich weiß nicht. Wohl auf dem Ozean.«

»Es ist kein Land zu sehen . . .«

»Wo denn auch! Es heißt, erst nach sieben Tagen sehen wir wieder Land.«

Die beiden Soldaten blicken auf den weißen phosphoreszierenden Schaum, sie schweigen und denken nach. Als erster bricht Gusev das Schweigen.

»Aber daran ist gar nichts Schreckliches«, sagt er. »Mir ist nur unheimlich zumute, als ob ich in einem dunklen Wald säße, aber läßt man jetzt, angenommen, ein Boot ins Wasser und ein Offizier befiehlt, zum Fischefangen hundert Verst aufs Meer hinauszufahren – ich würde mitfahren. Oder, sagen wir mal, ein Christenmensch fällt eben jetzt ins Wasser – ich würde ihm nachspringen. Einen Deutschen oder einen Chinesen retten, das würde ich bleibenlassen, aber für einen Christenmenschen würde ich ins Wasser springen.«

»Ist das Sterben nicht schrecklich?«

»Ja. Mir tut es leid um die Wirtschaft. Mein Bruder zu Hause, weißt du, der ist nicht solide genug – er trinkt, er schlägt grundlos seine Frau, die Eltern achtet er nicht. Ohne mich wird alles verkommen, und mein Vater und seine Alte, sieh mal, die werden betteln gehen müssen. Aber, Bruder, meine Beine wollen nicht mehr, und es ist auch schwül hier . . . Gehen wir schlafen.«

V

Gusev kehrt ins Schiffslazarett zurück und legt sich in seine Koje. Wie zuvor quält ihn ein unbestimmtes Verlangen, und er kann durchaus nicht begreifen, was er eigentlich will. In seiner Brust drückt es, im Kopf hämmert es, sein Mund ist so trocken, daß er nur mit Mühe die Zunge bewegen kann. Er döst vor sich hin und phantasiert, und gequält von Alpdrücken, Husten und Hitze schläft er erst gegen Morgen fest ein. Er träumt, in der Kaserne habe man soeben das Brot aus dem Ofen gezogen und er sei in den Ofen hineingekrochen und bearbeite sich dort wie in einem Dampfbad mit dem Birkenbesen. Er schläft zwei Tage, und am dritten gegen Mittag kommen zwei Matrosen von oben und tragen ihn aus dem Lazarett.

Man näht ihn in Segeltuch ein und legt, damit er schwerer wird, zwei Eisenstäbe dazu. In das Tuch eingenäht, gleicht er einer Mohrrübe oder einem Rettich – am Kopf breit, an den Füßen schmal ... Vor Sonnenuntergang trägt man ihn an Deck und legt ihn auf ein Brett; das eine Ende des Brettes ruht auf der Reling, das andere auf einer Kiste, die man auf einen Hocker gestellt hat. Ringsum stehen die Reservisten und die Besatzung ohne Kopfbedeckung.

»Gelobt sei Gott«, beginnt der Geistliche, »jetzt und immerdar und von Ewigkeit zu Ewigkeit.«

»Amen!« singen drei Matrosen.

Die Reservisten und die Besatzung bekreuzigen sich und schielen auf die Wellen. Sonderbar, daß ein Mensch in Segeltuch eingenäht ist und daß er gleich ins Wasser fliegen wird. Kann das nicht jedem passieren?

Der Geistliche streut Erde auf Gusev und verneigt sich. Man singt das Requiem.

Der Wachhabende hebt das Brettende an, und Gusev gleitet hinab, er fliegt mit dem Kopf voran, dreht sich in der Luft und plumpst ins Wasser. Schaum bedeckt ihn, einen Augenblick lang scheint er in Spitzen gehüllt, aber dieser Augenblick vergeht, und er verschwindet in den Wellen.

Er sinkt schnell in die Tiefe. Wird er den Grund erreichen? Es heißt, bis dahin seien es vier Verst. Nachdem er acht oder zehn Faden zurückgelegt hat, sinkt er immer langsamer, er schaukelt gemessen, als überlege er, und von der Strömung mitgerissen, gleitet er bereits schneller zur Seite als nach unten.

Da aber begegnet er auf seinem Weg einem Schwarm kleiner Fische, die man Lotsenfische nennt. Als die Fische den dunklen Körper erblicken, bleiben sie wie angewurzelt stehen, und plötzlich machen sie alle kehrt und verschwinden. Nach weniger als einer Minute schießen sie pfeilschnell abermals auf Gusev zu und pflügen im Zickzack das Wasser um ihn herum.

Darauf taucht ein anderer dunkler Körper auf. Es ist ein Haifisch. Hochmütig und unwillig, als bemerke er Gusev nicht, schwimmt er unter ihn, und Gusev senkt sich auf seinen Rücken. Darauf dreht sich der Hai, mit dem Bauch nach oben, aalt sich in dem warmen, durchsichtigen Wasser und öffnet träge den Rachen mit den zwei Reihen von Zähnen. Die Lotsenfische sind entzückt; sie haben haltgemacht und schauen zu, was weiter wird. Nachdem der Hai mit dem toten Körper gespielt hat, schiebt er, fast ohne zu wollen, den Rachen darunter, fährt vorsichtig mit den Zähnen darüber, und das Segeltuch über dem Körper zerreißt, vom Kopf bis zu den Füßen; der eine Eisenstab fällt heraus und sinkt schnell in die Tiefe, nachdem er die Lotsenfische erschreckt und den Hai in die Seite gestoßen hat.

Oben aber ballen sich währenddessen, wo die Sonne untergeht, Wolken zusammen; die eine Wolke ähnelt einem Triumphbogen, die andere einem Löwen, die dritte einer Schere ... Aus den Wolken tritt ein breiter grüner Strahl und zieht sich bis zur Mitte des Himmels hin; wenig später taucht daneben ein violetter Strahl auf, neben diesem ein goldener, dann ein rosafarbener ... Der Himmel wird zart lila wie Flieder. Der Ozean schaut zunächst finster drein, als er den prächtigen, zauberhaften Himmel sieht, bald aber nimmt er selbst zärtliche, fröhliche, leidenschaftliche Farben an, die man nur schwer mit Worten wiedergeben kann.

Weiber

In dem Dorf Rajbuž, gerade gegenüber der Kirche, steht ein zweistöckiges Haus mit Steinfundament und einem Eisendach. Im unteren Stockwerk wohnt der Hausherr, Filipp Ivanov Kašin, genannt Djudja, mit seiner Familie; im Obergeschoß, wo es im Sommer sehr heiß und im Winter sehr kalt ist, finden durchreisende Beamte, Kaufleute und Gutsbesitzer Quartier. Djudja pachtet Grundstücke, betreibt an der Landstraße eine Schenke, handelt mit Teer, Honig und Vieh und hat schon an die achttausend Rubel zusammengespart, die in der Stadt auf der Bank liegen.

Sein ältester Sohn Fëdor arbeitet als Obermechaniker in einer Fabrik und ist, wie die Bauern von ihm sagen, ein großes Tier geworden, an das man jetzt nicht mehr rankommt. Fëdors Frau Sofja, ein häßliches, kränkliches Weib, lebt im Hause des Schwiegervaters; sie weint immerzu und fährt jeden Sonntag zur Behandlung ins Krankenhaus. Djudjas zweiter Sohn, der bucklige Alëška, lebt ebenfalls im Hause seines Vaters. Man hat ihn vor kurzem mit Varvara verheiratet, einer jungen, schönen, gesunden und putzsüchtigen Frau, die aus einer armen Familie stammt. Wenn Beamte und Kaufleute in dem Wirtshaus absteigen, verlangen sie stets, daß niemand anders als Varvara ihnen den Samovar bringt und das Bett macht.

An einem Juniabend, als die Sonne unterging und es in der Luft nach Heu, warmem Dünger und frisch gemolkener Milch duftete, fuhr auf Djudjas Hof ein einfacher Wagen, auf dem drei Personen saßen – ein Mann von etwa dreißig Jahren in einem Anzug aus Segeltuch, neben ihm ein Knabe von sieben oder acht Jahren in langem schwarzen Überrock mit großen Hornknöpfen und ein junger Bursche in rotem Hemd, der Kutscher.

Der Bursche spannte die Pferde aus und führte sie zum Abkühlen auf die Straße; der Reisende wusch sich und betete, wobei er sich der Kirche zuwandte, dann breitete er neben dem Wagen eine Decke aus und setzte sich mit dem Knaben zum Abendessen hin. Er aß gemächlich und besonnen, und Djudja, der in seinem Leben schon viele Reisende gesehen hatte, erkannte an seinen Manieren den ernsten Geschäftsmann, der sich seines Wertes bewußt war.

Djudja saß auf der Haustreppe, in Weste und ohne Mütze, und wartete darauf, daß der Reisende zu reden begann. Er war es gewohnt, daß die Reisenden abends vor dem Schlafengehen allerlei Geschichten erzählten, und das hatte er gern. Seine Frau, die alte Afanasjevna, und die Schwiegertochter Sofja melkten unter dem Vordach die Kühe; Varvara, seine andere Schwiegertochter, saß im oberen Stockwerk am offenen Fenster und knabberte Sonnenblumenkerne.

»Das Bübchen da ist wohl dein Sohn, was?« fragte Djudja den Reisenden.

»Nein, ein Pflegekind, er ist Waise. Ich habe ihn um meines Seelenheils willen zu mir genommen.«

Sie kamen ins Gespräch. Der Reisende erwies sich als unterhaltsamer, redegewandter Mann, und Djudja erfuhr, daß er ein Kleinbürger und Hausbesitzer aus der Stadt war, daß er Matvej Savvič hieß und jetzt unterwegs war, um Gärten zu besichtigen, die er von den deutschen Siedlern gepachtet hatte, und daß der Knabe Kuzka genannt wurde. Der Abend war heiß und schwül, und niemand mochte schlafen. Als es dunkel wurde und am Himmel hier und da bleiche Sterne aufblinkten, begann Matvej Savvič zu erzählen, wie er zu Kuzka gekommen war. Afanasjevna und Sofja standen etwas abseits und hörten zu. Kuzka ging ans Tor.

»Ja, Großvater, das ist eine außerordentlich umständliche Geschichte, und wenn ich dir alles erzählen wollte, so würde die Nacht nicht dazu ausreichen. Vor zehn Jahren wohnte in unserer Straße, direkt in dem Häuschen neben mir, wo jetzt die Kerzenfabrik und die Ölmühle steht, Marfa Simonovna Kaplunceva, eine alte Witwe. Sie hatte zwei Söhne; der eine arbeitete als Schaffner bei der Eisenbahn, und Vasja, der andere, mein Altersgenosse, lebte zu Hause bei der Mutter. Der verstorbene alte Kapluncev hatte Pferde gehalten, fünf Paar, und Gespanne in die Stadt geschickt; seine Witwe gab dieses Geschäft nicht auf und kommandierte die Kutscher nicht schlechter als der Verewigte, so daß sie an manchen Tagen fünf Rubel Reinverdienst einfuhren. Und der Bursche hatte auch seine kleinen Einnahmen.

Er züchtete Rassetauben und verkaufte sie an Liebhaber; dauernd stand er auf dem Dach, warf einen Besen in die Luft und pfiff; die Tümmler standen hoch am Himmel, ihm aber war das noch zuwenig, und er wollte noch höher hinaus. Er fing Zeisige und Stare und baute Käfige für sie ... Eine wertlose Sache, aber sieh einer an, mit solchen Bagatellen brachte er im Monat an die zehn Rubel zusammen. Nun, im Laufe der Zeit wurden der Alten die Beine schwach, und sie mußte sich ins Bett legen. So kam es, daß das Haus ohne Herrin war, und das ist ebenso wie ein Mensch ohne Augen. Die Alte machte sich Sorgen und beschloß, ihren Vasja zu verheiraten. Man holte sogleich die Brautwerberin, die Weiber schwatzten und kamen vom Hundertsten ins Tausendste, und unser Vasja ging auf Brautschau. Er freite um Mašenka, die Tochter der Witwe Samochvalicha. Man überlegte nicht lange, gab ihnen den Segen, und in einer Woche war die ganze Sache geschaukelt. Das Mädchen war siebzehn Jahre alt, zwar ein bißchen klein geraten, aber sie hatte ein weißes Gesicht, war angenehm und von allen Qualitäten wie ein feines Fräulein; und auch die Mitgift langte: fünfhundert Rubel bar, eine Kuh und Bettzeug ... Die Alte aber, als hätte sie es geahnt, machte sich am dritten Tag nach der Hochzeit auf ins himmlische Jerusalem, allwo es weder Krankheit noch Seufzer gibt. Die jungen Leute ließen eine Totenmesse lesen und begannen sich einzuleben. Ein halbes Jährchen lebten sie herrlich und in Freuden, aber auf einmal gab es neuen Kummer. Wenn das Unglück da ist, ist es nicht aufzuhalten. Vasja wurde auf die Behörde bestellt, wo er das Los ziehen mußte. Man holte das Herzchen zu den Soldaten und gab ihm keinerlei Vergünstigung. Sie steckten ihn in den bunten Rock und schickten ihn ins Königreich Polen. Es war Gottes Wille, da war nichts zu machen. Als er seiner Frau auf dem Hof Lebewohl sagte – ging es noch an, aber wie er das letztemal zum Taubenschlag hinaufblickte, da rollten ihm die Tränen nur so über die Wangen. Es tat einem leid, wenn man ihn so sah. In der ersten Zeit nahm Mašenka, damit es ihr nicht so langweilig wurde, die Mutter zu sich; die wohnte da bis zur Entbindung, als der Junge hier geboren wurde, und dann fuhr sie nach Obojan zur anderen Tochter, die auch verheiratet ist, und Mašenka blieb mit ihrem Kindchen allein. Fünf Fuhrleute, ein ewig betrunkenes, ausgelassenes Volk, dazu die Pferde und Wagen, und mal fiel der Zaun um, mal brannte der Ruß im Schornstein – das waren alles keine Frauensachen, und so fing sie an, sich wegen jeder Kleinigkeit an mich als ihren Nachbarn zu wenden. Nun, ich ging hin, traf Anordnungen, erteilte Ratschläge ... Und wie das bekanntlich so geht, man kommt ins Haus, trinkt Tee und plaudert ein bißchen. Ich war ein junger Mann, geistig rege, sprach über die verschiedensten Sachen, sie war ebenfalls gebildet und zuvorkommend; sie kleidete sich sauber und ging im Sommer mit einem Sonnenschirm. Manchmal erzählte ich ihr von göttlichen Dingen oder von Politik, dann fühlte sie sich geschmeichelt und bewirtete mich mit Tee und Eingemachtem ... Kurzum, was soll ich das noch lang und breit beschreiben, ich sage dir, Großvater, es war noch kein Jahr vergangen, da hatte mich der Teufel, der Feind des Menschengeschlechts, umgarnt. Ich merkte, daß ich mich nicht wohl fühlte, daß mir langweilig war, wenn ich einen Tag mal nicht zu ihr ging. Und ich dachte mir immer etwas aus, damit ich zu ihr hingehen konnte. ›Es ist an der Zeit‹, sagte ich, ›in Ihre Fenster Winterrahmen einzusetzen.‹ Und dann trödelte ich den ganzen Tag bei ihr herum und setzte die Rahmen ein, aber ich paßte gut auf, daß noch zwei Rahmen für den nächsten Tag übrigblieben. ›Man müßte Vasjas Tauben zählen, ob nicht welche verlorengegangen sind.‹ Und so in diesem Sinne. Anfangs besprach ich immer alles mit ihr über den Zaun, schließlich machte ich aber, damit ich nicht so weit zu laufen brauchte, ein Pförtchen in den Zaun. Viel Böses kommt auf dieser Welt vom weiblichen Geschlecht und allerlei Unheil. Nicht nur wir Sünder, auch heilige Männer haben sich verführen lassen. Mašenka wies mich nicht zurück. Statt an ihren Mann zu denken und auf sich zu halten, verliebte sie sich in mich. Ich merkte, daß ihr's auch langweilig war und daß sie immerzu am Zaun entlangstrich und durch die Ritzen in meinen Hof guckte. In meinem Hirn drehte die Phantasie alles um und um. Am Gründonnerstag ging ich früh am Morgen, kaum daß es hell war, auf den Markt. Wie ich an ihrem Tor vorbeikam, war der Böse schon da; als ich hinguckte – die Pforte hatte so ein kleines Gitter obendrauf –, stand sie mitten im Hof, war schon auf und fütterte die Enten. Ich konnte mich nicht beherrschen und rief sie. Sie kam näher und sah mich durchs Gitter an. Das Gesichtchen so weiß; zärtliche, verschlafene Äuglein ... Sie gefiel mir sehr, und ich machte ihr Komplimente, als ständen wir nicht am Gitter, sondern wären auf einer Namenstagsfeier, und sie wurde rot, lachte, sah mir in die Augen, ohne zu blinzeln. Ich verlor den Verstand und fing an, ihr meine verliebten Gefühle zu erklären ... Sie machte die Pforte auf und ließ mich ein, und von diesem Morgen an lebten wir wie Mann und Frau.«

Von der Straße her kam der bucklige Alëška atemlos auf den Hof und eilte, ohne jemand anzusehen, ins Haus; einige Augenblicke später kam er mit einer Harmonika in der Hand wieder herausgerannt, und in seiner Tasche klimperten Kupfermünzen. Er knackte im Laufen Sonnenblumenkerne und verschwand hinter dem Tor.

»Wer war denn das?« fragte Matvej Savvič.

»Mein Sohn Aleksej«, erwiderte Djudja. »Er geht bummeln, der Halunke. Gott hat ihn mit dem Buckel gestraft, so sind wir nicht allzu streng gegen ihn.«

»Und immer treibt er sich mit den anderen Burschen herum, nichts als sich rumtreiben tut er«, fügte die Afanasjevna seufzend hinzu. »Vor der Butterwoche haben wir ihn verheiratet, dachten, 's ist besser so, aber 's ist nur noch schlimmer mit ihm geworden.«

»Hat nichts genutzt. Haben umsonst ein fremdes Mädel glücklich gemacht«, meinte Djudja.

Irgendwo hinter der Kirche wurde ein wunderschönes wehmütiges Lied angestimmt. Die Worte konnte man nicht verstehen, man hörte nur die Stimmen – zwei Tenöre und einen Baß. Da alle lauschten, wurde es auf dem Hof ganz still ... Zwei Stimmen brachen plötzlich den Gesang mit einem schallenden Gelächter ab, nur die dritte, die Tenorstimme, sang weiter und nahm einen derart hohen Ton, daß alle unwillkürlich nach oben blickten, als reiche die Stimme bis an den Himmel. Varvara kam aus dem Haus und schaute, die Augen mit der Hand schützend, als blende sie die Sonne, zur Kirche hin.

»Das sind die Popensöhne und der Lehrer«, sagte sie.

Wieder sangen die drei Stimmen. Matvej Savvič seufzte und fuhr fort: »So war das, Großvater. Etwa nach zwei Jahren bekamen wir von Vasja aus Warschau einen Brief. Er schrieb, die Vorgesetzten wollten ihn zur Erholung nach Hause schicken.

Krank war er. Zu der Zeit hatte ich mir die Grillen aus dem Kopf geschlagen, und man hatte für mich eine gute Braut gefreit, ich wußte nur noch nicht, wie ich von meinem Liebchen loskommen sollte. Jeden Morgen nahm ich mir vor, mit Mašenka zu reden, aber ich wußte nicht, wie ich die Sache anpacken sollte, damit es nicht zu Weibergeheul käme. Der Brief gab mir freie Hand. Wir lasen ihn zusammen, Mašenka und ich, sie wurde weiß wie Schnee, ich aber sagte zu ihr: ›Gott sei Dank‹, sagte ich, ›das heißt, nun bist du wieder eine Ehefrau.‹ Aber sie antwortete mir: ›Ich werd nicht mit ihm leben.‹ – ›Aber er ist doch dein Mann!‹ sagte ich. – ›Leicht gesagt ... Ich hab ihn nie geliebt und mußt ihn gegen meinen Willen heiraten. Meine Mutter hat es befohlen.‹ – ›Hab dich nicht‹, sagte ich, ›antworte, du dumme Gans: bist du mit ihm in der Kirche getraut worden oder nicht?‹ – ›Ich bin getraut‹, sagte sie, › aber ich liebe dich und werd bis zum Tod mit dir leben. Sollen die Leute lachen ... das kümmert mich nicht ...‹ – ›Du bist doch gottesfürchtig‹, sagte ich, ›und hast die Heilige Schrift gelesen, was steht dort geschrieben?‹«

»Bist du dem Manne angetraut, sollst du auch mit ihm leben«, sagte Djudja.

»Mann und Frau sind ein Fleisch. ›Wir beide haben gesündigt‹, sagte ich, ›nun ist es genug, man muß ein Gewissen haben und Gott fürchten. Bekennen wir‹, sagte ich, ›vor Vasja unsere Schuld; er ist ein friedlicher, sanftmütiger Mensch, er wird dich nicht umbringen. Und es ist besser‹, sagte ich, ›auf dieser Welt vom gesetzlichen Ehemann Qualen zu leiden als beim Jüngsten Gericht mit den Zähnen zu klappern.‹ Aber das Weib wollte nicht auf mich hören, sie widersetzte sich, ich konnte reden, wie ich wollte! ›Dich liebe ich!‹ – und fertig. Vasja kam gerade am Pfingstsonnabend an, früh am Morgen. Durch den Zaun konnte ich alles sehen: Er eilte ins Haus und kam gleich darauf mit Kuzka auf dem Arm zurück, und er lachte und weinte, küßte Kuzka und guckte dabei nach dem Taubenschlag – Kuzka aus den Armen zu lassen, tat ihm leid, aber zu den Tauben wollte er auch gern. Ein zärtlicher Mensch war er, so empfindsam. Der Tag verging ohne Zwischenfall, still und ruhig. Man läutete zur Abendmesse, und ich dachte: Morgen ist Pfingsten, warum haben sie das Tor und den Zaun nicht mit Maigrün geschmückt? Die

Sache steht schlecht, dachte ich. Ich ging also zu ihnen. Er saß mitten in der Stube auf dem Fußboden, rollte mit den Augen wie ein Betrunkener, die Tränen liefen ihm die Wangen herunter, und seine Hände zitterten; er nahm Kringel, Halsketten, Pfefferkuchen und allerlei Naschwerk aus einem Beutel und streute alles auf den Fußboden. Kuzka – damals war er drei Jahre alt – kroch umher und kaute Pfefferkuchen, und Mašenka stand leichenblaß neben dem Ofen, zitterte am ganzen Körper, und murmelte: ›Ich bin nicht deine Frau, ich will nicht mit dir leben‹, und lauter so dummes Zeug. Ich verneigte mich tief vor Vasja und sagte: ›Wir sind schuldig vor dir, Vasilij Maksimyč, verzeih um Christi willen!‹ Dann stand ich auf und sagte zu Mašenka folgendes: ›Sie, Marja Semënovna‹, sagte ich, ›müssen jetzt Vasilij Maksimyč die Füße waschen und das Wasser trinken. Und seien Sie ihm eine gehorsame Frau, und für mich beten Sie zu Gott, damit Er‹, sagte ich, ›gnädig ist und mir meine Sünde vergibt.‹ Als ob mir ein Engel des Himmels das eingegeben hätte, so belehrte ich sie, und ich sprach so gefühlvoll, daß mir selbst die Tränen kamen. Zwei Tage darauf kam Vasja zu mir. ›Ich verzeih dir, Matjuša‹, sagte er, ›dir und meiner Frau, Gott sei mit euch. Sie ist eine Soldatenfrau und ein schwaches Weib, sie ist jung, und es ist schwer für sie, auf sich achtzugeben. Sie ist nicht die erste und wird nicht die letzte sein. Ich bitte dich nur‹, sagte er, ›lebe so, als wäre zwischen uns nichts geschehen, und laß dir nichts anmerken, und ich‹, sagte er, ›will mich bemühen, ihr in allem gefällig zu sein, damit sie mich wieder liebgewinnt.‹ Er gab mir die Hand, trank mit mir Tee und ging fröhlich heim. Na, Gott sei Dank, dachte ich und war froh, daß alles so gut ausgegangen war. Aber kaum war Vasja fort, da kam Mašenka. Das reinste Strafgericht! Sie fiel mir um den Hals, weinte und flehte: ›Um Gottes willen, laß mich nicht im Stich, ich kann nicht ohne dich leben!‹«

»So ein gemeines Luder!« warf Djudja seufzend ein.

»Ich schrie sie an, stampfte mit den Füßen, zerrte sie auf den Flur und verriegelte die Tür. ›Geh zu deinem Mann!‹ schrie ich. ›Blamier mich nicht vor den Leuten, fürchte Gott!‹ Aber jeden Tag dieselbe Geschichte. Eines Morgens stand ich auf meinem Hof neben dem Pferdestall und flickte einen Zaum. Auf einmal sehe ich, wie sie durch die Pforte zu mir auf den Hof gerannt kommt, barfuß, bloß in einem Rock, geradewegs zu mir. Sie packt den Zaum mit beiden Händen und beschmiert sich dabei ganz mit Pech, zittert und weint ... ›Ich kann mit ihm nicht leben, ich hasse ihn, es geht über meine Kraft! Wenn du mich nicht liebst, dann schlag mich besser tot!‹ Ich wurde wütend und schlug zweimal mit dem Zaum auf sie ein, doch da kam Vasja durch die Pforte gelaufen und schrie mit verzweifelter Stimme: ›Nicht schlagen! Nicht schlagen!‹ Aber als er bei ihr war, holte er wie von Sinnen aus und schlug sie aus Leibeskräften mit den Fäusten; ich wollte sie schützen, er aber nahm die Leine und prügelte sie. Er schlug auf sie ein und wieherte dabei wie ein junger Hengst: Hihihi!«

»Man sollte die Leine nehmen und dich ...« brummte Varvara und entfernte sich. »So machen sie's mit uns Frauen, die verfluchten Hunde ...«

»Schweig du!« schrie Djudja ihr nach. »Du Stute!«

»Hihihi!« fuhr Matvej Savvič fort. »Aus seinem Hof kam ein Kutscher gelaufen, ich rief meinen Knecht herbei, und zu dritt haben wir Mašenka von ihm weggerissen und am Arm nach Hause geführt. Was für eine Schande! Am selben Abend ging ich sie besuchen. Sie lag auf dem Bett, ganz eingehüllt in feuchte Umschläge, nur Augen und Nase waren zu sehen, und guckte an die Decke. Ich sagte: ›Guten Tag, Marja Semënovna!‹ Sie schwieg. Und Vasja saß in der anderen Stube, hielt sich den Kopf und weinte: ›Ich Bösewicht! Ich hab mein Leben zugrunde gerichtet! Schick mir, o Herr, den Tod!‹ Ich setzte mich auf ein halbes Stündchen zu Mašenka und las ihr die Leviten. Ich versuchte ihr angst zu machen. ›Die Gerechten‹, so sagte ich, ›kommen im Jenseits ins Paradies, du aber kommst in die feurige Hölle, zusammen mit allen Buhlerinnen ... Widersetz dich nicht deinem Mann, geh hin und verneige dich vor ihm.‹ Sie sagte kein Sterbenswörtchen und zuckte nicht mit der Wimper, als hätte ich zu einem Holzklotz gesprochen. Am nächsten Morgen wurde Vasja krank, so was wie Cholera war's, und gegen Abend hörte ich schon, er sei gestorben. Er wurde beerdigt. Mašenka war nicht mit auf dem Friedhof, sie wollte den Leuten nicht ihr schamloses Gesicht und die blauen Flecken zeigen. Und bald lief unter den Bürgern das Gerücht um, Vasja sei nicht eines natürlichen Todes gestorben, sondern Mašenka habe ihn umgebracht. Das hörte auch die Obrigkeit. Vasja wurde ausgegraben und aufgeschnitten, und man fand in seinem Bauch Arsen. Die Sache war sonnenklar; die Polizei kam und holte Mašenka ab und mit ihr auch den armen kleinen Kuzka. Man steckte sie ins Gefängnis. So weit hatte es das Weib gebracht, das war die Strafe Gottes ... Nach acht Monaten kam es zur Verhandlung. Ich entsinne mich noch, wie sie auf der Bank saß, ein weißes Tüchlein auf dem Kopf und in einem grauen Kittel, so mager und bleich, mit unstetem Blick, es war ein Jammer, sie anzusehen ... Hinter ihr ein Soldat mit Gewehr. Sie gestand nichts. Die einen vom Gericht sagten, sie habe ihren Mann vergiftet, die anderen wiesen nach, der Mann habe sich aus Kummer selbst vergiftet. Ich war als Zeuge geladen. Als sie mich fragten, habe ich alles gewissenhaft berichtet. ›Ihre Sünde ist's‹, sagte ich. ›Da gibt's nichts zu verheimlichen, sie hat ihren Mann nicht geliebt, sie hatte ihren Kopf für sich ...‹ Die Verhandlung begann am Morgen, und am späten Abend fällten sie das Urteil: dreizehn Jahre Zwangsarbeit in Sibirien. Nach der Verhandlung saß Mašenka noch drei Monate in unserem Gefängnis. Ich ging zu ihr und brachte ihr aus Menschlichkeit Tee und Zucker. Sie aber zitterte am ganzen Körper, wenn sie mich sah, fuchtelte mit den Händen und murmelte: ›Geh weg! Geh weg!‹ Und preßte Kuzka an sich, als ob sie Angst hätte, ich wollte ihn ihr wegnehmen. ›So weit‹, sagte ich, ›hast du es nun gebracht! Ach, Maša, Maša, du verlorene Seele! Hast nicht auf mich gehört, als ich dir Vernunft beibringen wollte, so weine jetzt nur. Du bist‹, sagte ich, ›selber schuld, dich mußt du anklagen.‹ So las ich ihr die Leviten, sie aber rief: ›Geh weg! Geh weg!‹, preßte sich und Kuzka an die Wand und zitterte. Als man sie in die Gouvernementsstadt abtransportierte, begleitete ich sie bis zum Bahnhof und steckte ihr ein Rubelchen ins Bündel, zur Rettung der Seele. Aber sie kam nicht bis nach Sibirien ... In der Gouvernementsstadt erkrankte sie an Fieber und starb im Gefängnis.«

»Für die Hündin ein hündischer Tod«, sagte Djudja.

»Kuzka schickte man nach Hause zurück ... Ich überlegte lange und nahm ihn schließlich zu mir. Warum nicht? Wenn er auch ein Sträflingsbalg ist, so ist er doch eine lebendige Seele, eine getaufte ... Er tat mir leid. Er soll bei mir Verkäufer werden, und wenn ich keine eigenen Kinder habe, so will ich einen Kaufmann aus ihm machen. Jetzt nehme ich ihn immer mit, wenn ich wohin fahre – er soll sich daran gewöhnen.«

Während Matvej Savvič erzählte, saß Kuzka die ganze Zeit neben dem Tor auf einem kleinen Stein, stützte den Kopf in beide Hände und schaute zum Himmel empor; von weitem sah er in der Dunkelheit wie ein Baumstumpf aus.

»Kuzka, komm schlafen!« rief Matvej Savvič ihm zu.

»Ja, es ist schon Zeit«, meinte auch Djudja und stand auf; er gähnte laut und fügte hinzu: »Jeder will unbedingt nach seinem Kopf leben, keiner will hören, und das kommt dann dabei heraus.«

Über dem Hof stand bereits der Mond am Himmel; er bewegte sich schnell nach der einen Seite, während die Wolken unter ihm nach der anderen wanderten; die Wolken zogen weiter, und der Mond stand immer noch über dem Hof. Matvej Savvič betete, zur Kirche gewandt, und legte sich, nachdem er eine gute Nacht gewünscht hatte, neben dem Wagen auf die Erde. Kuzka betete ebenfalls, legte sich in den Wagen und deckte sich mit seinem Rock zu; um es gemütlicher zu haben, machte er sich im Heu eine kleine Vertiefung und zog die Beine so hoch an, daß seine Ellbogen die Knie berührten. Vom Hof aus sah man, wie Djudja unten im Haus eine Kerze anzündete, die Brille aufsetzte und sich mit einem Buch in die Ecke stellte. Er las lange und verneigte sich dabei.

Die Reisenden waren eingeschlafen. Afanasjevna und Sofja traten zu dem Wagen und betrachteten Kuzka.

»Es schläft, das Waisenkind«, sagte die Alte. »Ist ganz dürr und mager, nur Haut und Knochen. Die leibliche Mutter fehlt ihm, und es ist keiner da, der ihn ordentlich füttert.«

»Mein Griška wird wohl zwei Jährchen älter sein«, sagte Sofja. »Er lebt in der Fabrik, eingesperrt, ohne Mutter. Sicherlich schlägt ihn der Meister. Wie ich vorhin das Bübchen hier sah, fiel mir gleich mein Griška ein – das Herz wollte es mir zerreißen.«

Eine Minute verging in Schweigen.

»Er erinnert sich wohl nicht mehr an seine Mutter«, sagte die Alte.

»Wie sollte er auch!«

Und große Tränen kullerten aus Sofjas Augen.

»Wie ein Kringel hat er sich zusammengerollt«, sagte sie, aufschluchzend und lachend vor Rührung und Mitgefühl. »Mein armes Waisenkind.«

Kuzka zuckte zusammen und schlug die Augen auf. Er erblickte vor sich ein häßliches, runzliges, verweintes Gesicht und daneben ein anderes, ein zahnloses Greisengesicht mit spitzem Kinn und gebogener Nase, und darüber den abgrundtiefen Himmel mit den dahineilenden Wolken und dem Mond, und er schrie entsetzt auf. Sofja schrie ebenfalls auf; beiden antwortete das Echo, und Unruhe kam in die Schwüle; in der Nachbarschaft klopfte der Wächter, und ein Hund bellte. Matvej Savvič murmelte im Schlaf und drehte sich auf die andere Seite.

Spätabends, als Djudja, die Alte und der Wächter im Nachbarhof bereits schliefen, trat Sofja aus dem Tor und setzte sich auf die Bank. Ihr war unerträglich heiß, und vom Weinen schmerzte ihr der Kopf. Die Straße war breit und lang, sie erstreckte sich etwa zwei Verst nach rechts und zwei Verst nach links, kein Ende war abzusehen. Der Mond stand bereits nicht mehr über dem Hof, sondern hinter der Kirche. Die eine Seite der Straße war in Mondlicht getaucht, die andere lag im Dunkel der Schatten; die langen Schatten der Pappeln und der Starenkästen zogen sich über die ganze Straße hin, und der Schatten der Kirche, schwarz und Angst einflößend, legte sich breit auf Djudjas Tor und auf die eine Hälfte des Hauses. Es war still und menschenleer. Vom Ende der Straße her ertönte hin und wieder kaum hörbar Musik; das war sicher Alëška, der auf seiner Harmonika spielte.

Im Schatten neben der Kirchhofmauer bewegte sich jemand, aber man konnte nicht erkennen, ob es ein Mensch war oder eine Kuh oder ob vielleicht überhaupt niemand da war und nur ein großer Vogel in den Bäumen raschelte.

Da trat eine Gestalt aus dem Schatten, blieb stehen, und eine Männerstimme sagte etwas, dann verschwand die Gestalt in der Gasse neben der Kirche. Kurz darauf zeigte sich, etwa sechs Schritt vom Tor entfernt, noch eine Gestalt; sie kam von der Kirche her direkt auf das Tor zu und blieb stehen, als sie Sofja auf der Bank erblickte.

»Bist du's Varvara?« fragte Sofja.

»Vielleicht.«

Es war Varvara. Einige Augenblicke stand sie da, dann kam sie zu der Bank und setzte sich.

»Wo warst du?« fragte Sofja.

Varvara gab keine Antwort.

»Wirst dir noch als junge Frau Kummer auf den Hals laden«, sagte Sofja. »Hast du nicht gehört, wie Mašenka mit den Füßen und der Leine bearbeitet wurde? Paß auf, daß dir das nicht auch passiert.«

»Und wenn schon.«

Varvara lachte in ihr Taschentuch und flüsterte:

»Ich war eben mit dem Popensohn zusammen.«

»Red keinen Unsinn.«

»Wahrhaftig!«

»Das ist Sünde!« flüsterte Sofja.

»Laß doch ... Was gibt's da zu bedauern? Ist es Sünde, meinetwegen; besser vom Blitz erschlagen zu werden als solch ein Leben führen. Ich bin jung und gesund, aber mein Mann ist bucklig, und ich hasse ihn; er ist ja ein Eigenbrötler und schlimmer noch als der verdammte Djudja. Als Mädchen konnte ich mich nicht satt essen und mußte barfuß gehen, ich wollte vor diesem Elend weglaufen, ließ mich von Alëškas Reichtum verlocken und geriet in die Gefangenschaft wie ein Fisch in die Reuse, und es würde mir leichterfallen, mit einer Natter zu schlafen als mit diesem räudigen Alëška. Und wie ist dein Leben? Ich seh's doch mit eigenen Augen! Dein Fëdor hat dich aus der Fabrik fortgejagt zu seinem Vater und sich eine andere angeschafft; den Jungen haben sie dir weggenommen und ihm die Freiheit geraubt. Du arbeitest wie ein Pferd und hörst nicht einmal ein gutes Wort. Lieber sich sein ganzes Leben als Mädchen abrackern, lieber von den Popensöhnen einen halben Rubel nehmen und Almosen sammeln, lieber kopfüber in den Brunnen ...«

»Das ist Sünde!« flüsterte Sofja wieder.

»Na wenn schon.«

Irgendwo hinter der Kirche sangen wieder dieselben drei Stimmen – die beiden Tenöre und der Baß – ein schwermütiges Lied, und wieder konnte man die Worte nicht verstehen.

»Nachtschwärmer ...« spottete Varvara.

Und sie begann im Flüsterton zu erzählen, wie sie sich nachts mit dem Popensohn amüsiere, was er zu ihr sage, was für Kameraden er habe und wie sie sich mit den durchreisenden Beamten und Kaufleuten vergnüge. Von dem schwermütigen Lied wehte ein Hauch freien Lebens herüber, und Sofja fing an zu lachen – es schien ihr sündhaft und schrecklich, und doch hörte es sich so süß an, sie beneidete Varvara, und zugleich tat es ihr leid, daß sie selbst nicht gesündigt hatte, als sie noch jung und schön war ...

Von der alten Kirche auf dem Friedhof schlug es Mitternacht.

»Zeit zum Schlafengehen«, sagte Sofja und stand auf, »sonst erwischt uns noch Djudja.«

Beide gingen leise auf den Hof.

»Ich bin weggegangen und habe nicht gehört, was er danach noch von Mašenka erzählt hat«, sagte Varvara, während sie unterm Fenster ihr Bett bereitete.

»Sie ist im Gefängnis gestorben, hat er gesagt. Hat ihren Mann vergiftet.«

Varvara legte sich neben Sofja, dachte nach und sagte leise:

»Ich könnte meinen Alëška auch umbringen, das würde mir nicht leid tun.«

»Red keinen Unsinn, Gott verzeih dir.«

Als Sofja am Einschlafen war, schmiegte sich Varvara an sie und flüsterte ihr ins Ohr:

»Laß uns Djudja und Alëška umbringen!«

Sofja zuckte zusammen und sagte nichts, dann schlug sie die Augen auf und schaute lange und starr zum Himmel empor.

»Die Leute werden's rauskriegen«, sagte sie dann.

»Sie werden's nicht. Djudja ist schon alt, für ihn ist es Zeit zu sterben, und von Alëška werden sie sagen, er sei im Suff krepiert.«

»Ich habe Angst ... Gott wird uns strafen.«

»Und wenn schon.«

Beide schliefen nicht und dachten schweigend nach.

»Es ist kalt«, sagte Sofja, die schon am ganzen Leib zitterte. »Es muß bald Morgen sein ... Schläfst du?«

»Nein ... Hör nicht auf mich, meine Liebe«, flüsterte Varvara. »Ich bin böse auf sie, diese verfluchten Hunde, und weiß selbst nicht, was ich rede. Schlaf, der Himmel rötet sich schon ... Schlaf ...«

Beide verstummten, beruhigten sich und waren bald eingeschlafen.

Als erste erwachte die Alte. Sie weckte Sofja, und beide gingen unter das Vordach die Kühe melken. Der bucklige Alëška kam zurück, völlig betrunken und ohne Harmonika; Brust und Knie waren ganz voll Staub und Stroh – wahrscheinlich war er unterwegs hingefallen. Schwankend trat er unter das Vordach, warf sich, ohne sich auszuziehen, auf einen Schlitten und begann sogleich zu schnarchen. Als von der aufgehenden Sonne die Kreuze auf der Kirche und danach die Fenster wie im Schein von Flammen erglühten und die Schatten der Bäume und des Brunnenschwengels sich durch das taufeuchte Gras über den Hof hinzogen, sprang Matvej Savvič auf und eilte geschäftig hin und her.

»Kuzka, steh auf!« rief er. »Zeit zum Anspannen! Los, los!«

Das morgendliche Durcheinander begann. Eine junge Jüdin in einem braunen Rüschenkleid führte ein Pferd zur Tränke auf den Hof. Der Ziehbrunnen ächzte kläglich, der Eimer polterte. Kuzka saß verschlafen, matt und von Tau bedeckt auf dem Wagen, zog träge seinen Rock an und hörte zu, wie im Brunnen das Wasser aus dem Eimer schwappte, und er schüttelte sich vor Kälte.

»Tantchen«, rief Matvej Savvič zu Sofja hin, »stoß doch mal meinen Burschen an, er soll die Pferde anspannen!«

Zur gleichen Zeit rief Djudja aus dem Fenster:

»Sofja, laß dir von der Jüdin für das Tränken eine Kopeke geben! Ist aufdringlich, dieses räudige Volk.«

Auf der Straße liefen Schafe hin und her und blökten; Weiber schrien den Hirten an, der auf seiner Flöte spielte, mit der Peitsche knallte oder mit seiner schweren, heiseren Baßstimme antwortete. Drei Schafe kamen in den Hof gelaufen und stießen sich, da sie das Tor nicht fanden, am Zaun. Von dem Lärm erwachte Varvara; sie nahm ihr Bettzeug unter den Arm und ging zum Haus.

»Könntest wenigstens die Schafe wegjagen!« rief die Alte ihr zu. »Feine Dame!«

»Noch was! Werde doch nicht für euch Gesindel arbeiten!« murmelte Varvara, als sie ins Haus ging.

Man schmierte den Wagen und spannte die Pferde an. Aus

dem Haus trat Djudja mit dem Rechenbrett in der Hand, setzte sich auf die Vortreppe und fing an auszurechnen, wieviel der Reisende für Nachtlager, Hafer und Tränke zu zahlen habe.

»Du verlangst aber viel für den Hafer, Großvater«, sagte Matvej Savvič.

»Wenn es dir zu teuer ist, brauchst du ihn nicht zu nehmen. Wir zwingen dich nicht, Kaufmann.«

Als die Reisenden zu ihrem Wagen gingen, um aufzusteigen und loszufahren, wurden sie noch für einige Augenblicke aufgehalten. Kuzkas Mütze war nicht da.

»Wo hast du Ferkel sie gelassen?« rief Matvej Savvič ärgerlich. »Wo ist sie?«

Kuzka verzog erschreckt das Gesicht, rannte um den Wagen herum und eilte, da er die Mütze nicht fand, zum Tor, dann unter das Vordach. Die Alte und Sofja halfen ihm suchen.

»Ich reiß dir die Ohren ab!« schrie Matvej Savvič. »So ein Schmutzfink!«

Die Mütze fand sich auf dem Boden des Wagens. Kuzka wischte mit dem Ärmel das Heu ab, setzte sie auf und kletterte ärgerlich, immer noch mit erschreckter Miene, als fürchte er, von hinten geschlagen zu werden, auf den Wagen. Matvej Savvič bekreuzigte sich, der Bursche zog die Zügel an, und das Fahrzeug setzte sich in Bewegung und rollte zum Hof hinaus.

Meine Frau

1

Ich erhielt folgenden Brief:

»Gnädiger Herr Pavel Andreevič! Nicht weit von Ihnen, nämlich im Dorf Pestrovo, geschehen betrübliche Dinge, die mitzuteilen ich für meine Pflicht halte. Sämtliche Bauern dieses Dorfes haben ihre Häuser und all ihr Hab und Gut verkauft und wollten in das Gouvernement Tomsk übersiedeln; sie sind aber nicht dorthin gelangt, sondern zurückgekehrt. Hier gehört ihnen nun natürlich nichts mehr, alles ist jetzt in fremder Hand; sie hausen zu drei und vier Familien in einem einzigen Bauernhaus, so daß jedes Haus mit nicht weniger als fünfzehn Menschen beiderlei Geschlechts belegt ist, nicht gerechnet die kleinen Kinder, und schließlich haben sie nichts zu essen und hungern, es herrscht Hungertyphus oder Fleckfieber, buchstäblich alle sind krank. Die Heilgehilfin sagt: Wenn du in ein Haus kommst, was siehst du? Alle sind krank, alle phantasieren im Fieber, die eine lacht laut, der andere will die Wände hochklettern; in den Häusern stinkt es, und niemand ist da, der Wasser reichen oder welches holen könnte, als Nahrung dienen lediglich gefrorene Kartoffeln. Was können da die Heilgehilfin und Zobel (unser Zemstvo-Arzt) tun, wenn die Leute statt Arznei in erster Linie Brot brauchen, das sie nicht haben. Die Zemstvo-Verwaltung lehnt Hilfe ab, mit der Begründung, sie seien bereits aus diesem Zemstvo-Bezirk abgemeldet und gehörten zum Gouvernement Tomsk, und es ist auch kein Geld da. Indem ich Ihnen das mitteile, und da ich Ihre humane Einstellung kenne, bitte ich Sie, so schnell wie möglich zu helfen. Einer, der Ihnen wohlgesinnt ist.«

Offenbar hatte die Heilgehilfin selbst oder der Doktor mit dem Tiernamen das geschrieben. Zemstvo-Ärzte und Heilgehilfinnen gelangen im Laufe der Jahre zu der Überzeugung, daß sie *nichts* tun können, und trotzdem werden sie von Menschen bezahlt, die sich nur von gefrorenen Kartoffeln ernähren, und trotzdem halten sie sich aus irgendwelchen Gründen für berechtigt, darüber zu urteilen, ob ich human bin oder nicht.

Beunruhigt durch den anonymen Brief wie auch durch die Tatsache, daß jeden Morgen Bauern in die Gesindeküche kamen und dort auf den Knien lagen und daß man nachts im Speicher eine Wand eingerissen und zwanzig Sack Roggen fortgeschleppt hatte, beunruhigt auch durch die allgemeine Niedergeschlagenheit, die durch Gespräche, Zeitungen und schlechtes Wetter noch vergrößert wurde – von alldem beunruhigt, arbeitete ich lustlos und wenig erfolgreich. Ich schrieb an einer ›Geschichte der Eisenbahn‹; ich mußte dazu eine Menge russischer und ausländischer Bücher, Broschüren und Zeitschriftenaufsätze lesen, mußte mit dem Rechenbrett klappern, Logarithmentafeln wälzen, überlegen und schreiben und dann wieder lesen, klappern und nachdenken; aber kaum hatte ich ein Buch in die Hand genommen, da verwirrten sich meine Gedanken, ich blinzelte mit den Augen, und seufzend stand ich immer wieder vom Tisch auf und schritt durch die großen Zimmer meines öden ländlichen Hauses. Wenn ich des Hinundherlaufens überdrüssig war, blieb ich in meinem Arbeitszimmer am Fenster stehen, schaute über meinen großen Hof, den Teich und das kahle junge Birkengehölz, über das weite, von tauendem Neuschnee bedeckte Feld und erblickte am Horizont auf einem Hügel eine Anhäufung graubrauner Bauernhäuser, von denen über das weiße Feld wie ein unregelmäßiger Streifen ein schwarzer, schmutziger Weg herabführte. Das war Pestrovo, das Dorf, von dem mir der anonyme Briefschreiber berichtet hatte. Wären nicht die Krähen gewesen, die, Regen oder Schnee ankündigend, krächzend über den Teich und das Feld flogen, und hätte ich nicht das Hämmern im Schuppen des Zimmermanns gehört, diese kleine Welt, von der jetzt soviel Aufhebens gemacht wird, wäre dem Toten Meer ähnlich gewesen, so still war hier alles, so unbeweglich, leblos und öde!

Meine Unruhe ließ mich nicht arbeiten und störte mich beim Konzentrieren; ich wußte nicht, was das bedeutete, und glaubte fast, es sei die Enttäuschung. Tatsächlich, ich hatte den Dienst im Verkehrsministerium aufgegeben und war hierher ins Dorf gekommen, um ruhig zu leben und mich mit Literatur über gesellschaftliche Probleme zu befassen. Das war stets mein stiller Traum gewesen. Und nun mußte ich der Ruhe und der Literatur Lebewohl sagen, alles liegenlassen, um mich einzig und allein mit den Bauern zu beschäftigen. Und das war unvermeidlich, weil es außer mir, davon war ich überzeugt, in diesem Kreis wirklich niemanden gab, der den Hungernden helfen könnte. Um mich herum lebten ungebildete, zurückgebliebene, gleichgültige Menschen, die in der überwiegenden Mehrzahl unehrlich oder aber ehrlich, doch unberechenbar und unseriös waren, wie zum Beispiel meine Frau. Auf solche Menschen konnte man nicht zählen, man durfte aber auch die Bauern nicht ihrem Schicksal überlassen; ich mußte mich also in das Unvermeidliche fügen und die Angelegenheiten der Bauern selbst regeln.

Ich begann damit, daß ich beschloß, zugunsten der Hungernden fünftausend Rubel in Silber zu spenden. Dadurch wurde meine Unruhe jedoch nicht vermindert, sondern nur noch verstärkt. Wenn ich am Fenster stand oder in den Zimmern auf und ab ging, quälte mich eine Frage, die es vorher nicht gegeben hatte: wie sollte ich über dieses Geld verfügen? Getreide kaufen lassen, durch die Bauernhäuser gehen und es verteilen – das überstieg die Kräfte eines einzelnen Menschen, abgesehen davon, daß man in der Eile riskierte, einem Satten oder einem Kulaken doppelt soviel wie einem Hungrigen zu geben. Zu der Verwaltung hatte ich kein Vertrauen. Alle diese Zemstvo-Beamten und Steuerinspektoren waren junge Leute, zu denen ich mich mißtrauisch verhielt wie zu der Jugend von heute überhaupt, die materialistisch ist und keine Ideale besitzt. Die Zemstvo-Verwaltung, die Bezirksbehörden und die Kreiskanzleien erweckten in mir ebenfalls nicht den geringsten Wunsch, mich an sie um Hilfe zu wenden; alle diese Institutionen, die sich am Zemstvo- und am Staatskuchen gütlich taten, waren jeden Tag bereit, sich auch noch auf einen dritten Kuchen zu stürzen.

Mir kam der Gedanke, die benachbarten Gutsbesitzer zu mir einzuladen und ihnen vorzuschlagen, in meinem Haus eine Art Komitee oder eine Zentrale zu gründen, wo Spenden zusammenfließen und von wo aus im ganzen Kreis Unterstützungen verteilt und Verfügungen getroffen werden könnten. Eine solche Form der Organisation, die häufigere Beratungen und eine ausgedehnte, unbeschränkte Kontrolle erforderte, entsprach völlig meinen Anschauungen; aber ich stellte mir die Imbisse, Diners, Soupers, den Lärm, den Müßiggang, die Geschwätzigkeit und den schlechten Ton vor, die unvermeidlich von dieser bunt zusammengewürfelten Gesellschaft in mein Haus getragen würden, und nahm schleunigst von diesem meinem Gedanken Abstand.

Was meine Hausgenossen betraf, so konnte ich von ihnen am allerwenigsten Hilfe und Unterstützung erwarten. Von der einstmals großen und geräuschvollen Familie meines Vaters war allein die Gouvernante, Mademoiselle Marie, oder, wie sie jetzt genannt wurde, Marja Gerasimovna – eine völlig unbedeutende Person –, übriggeblieben. Diese kleine, akkurate, etwa siebzigjährige Alte, die ein hellgraues Kleid und eine Haube mit weißen Bändern trug und einer Porzellanpuppe ähnelte, saß ständig im Salon und las ein Buch. Wenn ich an ihr vorüberkam, sagte sie jedesmal, da sie die Ursache meiner Nachdenklichkeit kannte:

»Was wollen Sie, Paša? Ich habe schon früher gesagt, daß es so kommen wird. Sie können das am besten an unserem Gesinde sehen.«

Der andere Teil meiner Familie, das heißt meine Frau Natalja Gavrilovna, lebte im unteren Stockwerk, wo sie sämtliche Zimmer beanspruchte. Sie aß unten zu Mittag, schlief unten und empfing dort ihre Gäste, und es interessierte sie überhaupt nicht, wie ich zu Mittag aß, wie ich schlief oder wen ich empfing. Unsere Beziehungen waren unkompliziert und nicht gespannt, aber kühl, inhaltlos und gleichgültig, wie es bei Menschen der Fall ist, die einander schon so fernstehen, daß sogar ihr Leben in übereinanderliegenden Stockwerken nicht als Nähe anzusehen ist. Die leidenschaftliche, ruhelose, bald süße, bald wie Wermut bittere Liebe, die ich früher für Natalja Gavrilovna empfunden, gab es nicht mehr; es gab auch nicht mehr das frühere Aufbrausen, die lauten Dispute, die Vorwürfe, die Klagen und jene Haßausbrüche, die gewöhnlich damit endeten, daß meine Frau ins Ausland oder zu Verwandten reiste, während ich Geld nachschickte – nicht viel, aber häufig, um das Ehrgefühl meiner Frau zu verletzen. (Meine stolze, selbstbewußte Frau und ihre Verwandtschaft leben auf meine Kosten, und meine Frau konnte nicht auf mein Geld verzichten, sosehr sie das sich wünschte – das bereitete mir Vergnügen und war in meinem Kummer der einzige Trost.) Trafen wir uns jetzt zufällig unten im Flur oder auf dem Hof, grüßte ich sie, und sie lächelte freundlich, wir sprachen vom Wetter, davon, daß man wohl schon die Doppelfenster einsetzen müsse und daß jemand mit Geläut über das Wehr gefahren sei, und dabei las ich in ihrem Gesicht: Ich bin Ihnen treu und werde Ihren guten Namen, den Sie so lieben, nicht in Verruf bringen; Sie sind klug genug, mich nicht zu behelligen – wir sind quitt.

Ich redete mir ein, die Liebe sei schon längst in mir erloschen und ich sei zu sehr von der Arbeit in Anspruch genommen, als daß ich ernstlich über die Beziehungen zu meiner Frau nachdenken könnte. Aber – o weh! – ich dachte es nur. Wenn meine Frau unten laut sprach, dann lauschte ich aufmerksam auf ihre Stimme, obwohl ich kein einziges Wort verstehen konnte. Wenn sie unten Klavier spielte, stand ich auf und hörte zu. Wenn ihre Kutsche vorfuhr oder ihr Reitpferd gebracht wurde, dann ging ich ans Fenster und wartete, bis sie aus dem Haus trat; ich schaute zu, wie sie sich in den Wagen setzte oder das Pferd bestieg und den Hof verließ. Ich fühlte, wie in meinem Herzen etwas Unangenehmes vor sich ging, und fürchtete, meine Blicke und mein Gesichtsausdruck könnten mich verraten. Ich folgte meiner Frau mit den Augen und wartete dann auf ihre Rückkehr, um abermals durchs Fenster ihr Gesicht, ihre Schultern, ihren Pelz, ihren Hut zu sehen; ich fühlte Leere, Traurigkeit und ein grenzenloses Bedauern, und ich wäre gern in ihrer Abwesenheit durch ihre Zimmer gewandert, ich wünschte, daß die Frage, die meine Frau und ich nicht lösen konnten, weil wir nicht zueinander paßten, sich von selber löste, durch den natürlichen Gang der Dinge, das heißt dadurch, daß diese schöne siebenundzwanzigjährige Frau möglichst schnell alterte und mein Haupt grau und kahl würde.

Als eines Tages beim Frühstück mein Verwalter Vladimir Prochoryč mir meldete, die Bauern von Pestrovo rissen bereits die Strohdächer ab, um das Vieh zu füttern, da schaute mich Marja Gerasimovna entsetzt und verständnislos an.

»Was kann ich tun?« sagte ich zu ihr. »Kein Soldat kämpft im Felde allein, ich aber habe noch nie eine solche Einsamkeit gefühlt wie jetzt. Ich würde viel darum geben, fände ich im ganzen Kreise auch nur einen einzigen Menschen, auf den ich mich verlassen könnte.«

»Sie sollten Ivan Ivanyč einladen«, erwiderte Marja Gerasimovna.

»Wirklich!« Ich erinnerte mich und freute mich. »Das ist ein Gedanke! C'est raison!« sang ich vor mich hin und ging in mein Arbeitszimmer, um Ivan Ivanyč einen Brief zu schreiben. »C'est raison, c'est raison ...«

II

Von der Unmenge an Bekannten, die einstmals, so vor fünfunddreißig Jahren, in diesem Haus getafelt, gezecht, Maskenbälle gefeiert, sich verliebt, geheiratet und langweilige Gespräche über ihre prächtigen Hunde und Pferde geführt hatten, war allein Ivan Ivanyč Bragin noch am Leben. Damals war er sehr unternehmungslustig und gesprächig gewesen, ein Krakeeler, ein schnell entflammter Liebhaber, bekannt für seine extreme Einstellung und den besonderen Gesichtsausdruck, der nicht nur Frauen, sondern auch die Männer bezauberte. Jetzt war er sehr alt geworden, erstickte fast im Fett und verlebte den Rest seiner Jahre ohne Einstellung und ohne Gesichtsausdruck. Er kam einen Tag nachdem er meinen Brief erhalten hatte, am Abend, als man ins Eßzimmer gerade den Samovar gebracht hatte und die kleine Marja Gerasimovna eine Zitrone zerteilte.

»Ich freue mich sehr, Sie zu sehen, mein Freund«, sagte ich heiter und ging ihm entgegen. »Sie werden immer voller!«

»Ich werde nicht voller, sondern bin angeschwollen«, erwiderte er. »Mich haben die Bienen gestochen.«

Mit der Vertraulichkeit eines Menschen, der sich selbst über seine Körperfülle lustig macht, umfing er mit beiden Händen meine Taille, legte seinen großen, weichen Kopf mit den nach ukrainischer Art in die Stirn gekämmten Haaren an meine Brust und brach in ein dünnes greisenhaftes Gelächter aus.

»Und Sie werden immer jünger!« meinte er lachend. »Ich weiß nicht, womit Sie sich Kopf und Bart färben, aber Sie sollten das Mittel verraten.« Schnaufend und keuchend umarmte er mich und küßte mich auf die Wange. »Sie sollten mir das Mittel verraten ...« wiederholte er. »Sie sind doch vierzig, mein Lieber?«

»Oho, schon sechsundvierzig!« antwortete ich und lachte ebenfalls.

Ivan Ivanyč roch nach Kerzentalg und Küchendunst, und das paßte zu ihm. Sein großer, aufgedunsener, schwerfälliger Körper war in einen langen Überrock gezwängt, der einem Kutscherkaftan ähnelte, mit seinen Häkchen und Schlaufen anstelle der Knöpfe und mit der hohen Taille, und es wäre seltsam gewesen, hätte er beispielsweise nach Eau de Cologne gerochen. In dem lange nicht rasierten, bläulichen, an eine Klette erinnernden Doppelkinn, den vorstehenden Augen, der Kurzatmigkeit und der ganzen plumpen, unförmigen Gestalt, der Stimme, dem Lachen und seiner Art zu reden konnte man schwerlich jenen schlanken, interessanten Schönredner wiedererkennen, auf den einst die Männer des Kreises eifersüchtig waren.

»Ich brauche Sie dringend, mein Freund«, sagte ich, als wir bereits im Eßzimmer saßen und Tee tranken. »Ich möchte gern Hilfe für die Hungernden organisieren und weiß nicht, wie ich es anfangen soll. Sie können vielleicht so liebenswürdig sein und mir einen Rat geben.«

»Ja, ja, ja ...« entgegnete Ivan Ivanyč seufzend. »Doch, doch, doch ...«

»Ich würde Sie nicht behelligen, aber außer Ihnen, mein Bester, ist hier wirklich niemand, an den ich mich wenden könnte. Sie wissen ja, was für Menschen hier leben.«

»Doch, doch, doch ... Jawohl ...«

Ich dachte: Es steht eine ernsthafte geschäftliche Beratung bevor, an der jeder, unabhängig von seiner Stellung und seinen persönlichen Beziehungen, teilnehmen kann – sollte ich deshalb nicht auch Natalja Gavrilovna einladen?

»Tres faciunt collegium!« sagte ich heiter. »Wie wär's, wenn wir Natalja Gavrilovna einladen würden? Wie denken Sie darüber? Fenja«, sagte ich zu dem Stubenmädchen, »bitten Sie Natalja Gavrilovna, nach oben zu kommen, wenn es geht, gleich. Sagen Sie, es handle sich um eine wichtige Sache.«

Kurz darauf erschien Natalja Gavrilovna. Ich erhob mich, ging ihr entgegen und sagte:

»Verzeihen Sie, Natalie, wenn wir Sie belästigen. Wir sprechen gerade über eine sehr wichtige Sache und hatten den glücklichen Einfall, Ihren guten Rat in Anspruch zu nehmen, den Sie uns nicht versagen werden. Nehmen Sie Platz, bitte.«

Ivan Ivanyč küßte Natalja Gavrilovna die Hand, sie küßte

ihn auf die Stirn, und als wir uns darauf alle an den Tisch setzten, schaute er sie weinerlich an, beugte sich zu ihr und küßte ihr abermals die Hand. Sie trug ein schwarzes Kleid und war sorgfältig frisiert, und ein frischer Parfümduft ging von ihr aus – offenbar wollte sie Besuche machen oder erwartete jemanden. Beim Eintritt ins Eßzimmer streckte sie mir ganz natürlich und freundschaftlich die Hand entgegen und lächelte mir ebenso leutselig zu wie Ivan Ivanyč, und das gefiel mir. Als sie jedoch sprach, zuckten ihre Finger, sie lehnte sich häufig ruckartig gegen die Stuhllehne zurück und redete schnell, und diese Hast beim Sprechen und in ihren Bewegungen reizte mich und erinnerte mich an ihre Heimat Odessa, wo mich einst die Männer und Frauen der Gesellschaft durch ihr schlechtes Benehmen angewidert hatten.

»Ich möchte etwas für die Hungernden tun«, begann ich und fuhr nach kurzer Pause fort: »Geld ist natürlich eine gute Sache, sich aber lediglich auf Geldspenden zu beschränken und sich damit zufriedenzugeben, das würde bedeuten, sich von der Hauptsorge loszukaufen. Die Hilfe muß zwar in Geld, aber vor allem in einer richtigen, seriösen Organisation bestehen. Überlegen wir also, meine Herrschaften, und tun wir etwas.«

Natalja Gavrilovna sah mich fragend an und zuckte mit den Achseln, als wollte sie sagen: Was weiß denn ich?

»Ja, ja, der Hunger ...« murmelte Ivan Ivanyč. »Tatsächlich ... Jawohl ...«

»Die Lage ist ernst«, sagte ich, »und schnelle Hilfe tut not. Ich meine, der erste Punkt der Regeln, die wir aufzustellen haben, muß gerade die Schnelligkeit sein. Militärisch ausgedrückt: Augenmaß, Schnelligkeit, Vorstoß.«

»Ja, Schnelligkeit ...« sagte Ivan Ivanyč schläfrig und matt, als sei er am Einschlummern. »Nur wird da nichts zu machen sein. Die Erde hat nichts hervorgebracht, da beeindruckt sie auch kein Augenmaß und kein Vorstoß ... Naturgewalt ... Gegen Gott und das Schicksal kommt man nicht an ...«

»Ja, aber dem Menschen ist doch Verstand gegeben, um mit den Naturgewalten zu kämpfen.«

»Wie? Ja ... Das ist so, doch ... Jawohl.«

Ivan Ivanyč nieste in sein Taschentuch, kam wieder zu sich

und sah mich und meine Frau an, als sei er gerade erst aufgewacht.

»Ich habe ebenfalls nichts hervorgebracht«, sagte er mit dünnem Lachen und blinzelte listig, als sei das tatsächlich sehr komisch. »Ich habe kein Geld, kein Getreide, aber mein Hof ist voller Knechte wie der vom Grafen Šeremetjev. Ich möchte sie wegjagen, aber sie tun mir irgendwie leid.«

Natalja Gavrilovna lachte und begann Ivan Ivanyč nach seinen häuslichen Angelegenheiten zu fragen. Ihre Anwesenheit bereitete mir ein Vergnügen, wie ich es schon lange nicht mehr empfunden hatte, und ich fürchtete mich, sie anzusehen, damit mein Blick meine verborgenen Gefühle nicht verriet. Unsere Beziehungen waren so, daß diese Gefühle unerwartet und lächerlich erscheinen konnten. Meine Frau sprach mit Ivan Ivanyč und lachte, nicht im geringsten verlegen, daß sie bei mir war und daß ich nicht lachte.

»Also, meine Herrschaften, was wollen wir tun?« fragte ich, nachdem ich eine Pause abgewartet hatte. »Ich schlage vor, zuallererst und möglichst schnell eine Spendenliste anzulegen. Wir, Natalie, werden an unsere Bekannten in der Hauptstadt und in Odessa schreiben und sie um Spenden bitten. Wenn wir eine bestimmte Menge zusammenhaben, kaufen wir Getreide und Viehfutter, und Sie, Ivan Ivanyč, sind dann so gut und nehmen die Verteilung der Zuwendungen in die Hand. Wir verlassen uns in allem auf Ihren Takt und Ihr Organisationstalent und erlauben uns nur, unsererseits dem Wunsch Ausdruck zu geben, daß Sie, bevor Sie die Unterstützung verteilen, sich eingehend an Ort und Stelle mit allen Umständen der Angelegenheit vertraut machen; desgleichen müßten Sie, und das ist sehr wichtig, darauf achten, daß das Getreide nur an die wirklich Notleidenden ausgegeben wird und keinesfalls an Trinker, Faulpelze oder Kulaken.«

»Ja, ja, ja...« murmelte Ivan Ivanyč. »Doch, doch, doch...«

Na, mit dieser sabbernden Ruine wird man keine Bäume ausreißen können, dachte ich, und eine Gereiztheit kam in mir auf.

»Ich habe die Nase voll von diesen Hungernden, sie sollen mir gestohlen bleiben! Und immer sind sie gekränkt, immer gekränkt«, fuhr Ivan Ivanyč fort und lutschte an einer Zitronenschale. »Die Satten kränken die Hungrigen, und die Hungrigen kränken die, die Brot haben. Ja ... Vor Hunger verliert der Mensch den Verstand, er wird dumm und wild. Der Hunger ist keine Kartoffel. Der Hungrige sagt Grobheiten, er stiehlt und tut vielleicht noch Ärgeres ... Das muß man begreifen.«

Ivan Ivanyč verschluckte sich beim Teetrinken, hustete und schüttelte sich unter krächzendem, erstickendem Gelächter.

»Die Geschichte passierte bei Po ... Poltava!« stieß er hervor und versuchte, mit beiden Händen das Lachen und Husten, das ihn am Sprechen hinderte, zu unterdrücken. »Die Geschichte passierte bei Poltava! Als dort drei Jahre nach der Befreiung in zwei Kreisen eine Hungersnot herrschte, kam der selige Fëdor Fëdoryč zu mir und lud mich ein. ›Fahren wir sofort los!‹ Er setzte mir das Messer gleich an die Kehle. ›Warum denn? Also fahren wir‹, sagte ich. Nun, da fuhren wir los. Die Geschichte passierte am Abend, es schneite leicht. Als es schon Nacht war, kamen wir in die Nähe seines Gutshofes, und plötzlich tönte es aus dem Wald – bums! und noch mal – bums! Ach du, der Teufel soll dich ... Ich sprang aus dem Schlitten und gucke – im Dunkel läuft ein Mann auf mich zu und versinkt bis zu den Knien im Schnee; ich packte ihn bei der Schulter, so hier, und schlug ihm die Flinte aus der Hand, da tauchte ein zweiter auf, ich hieb ihm ins Genick, daß er aufschrie und mit der Nase in den Schnee fiel – damals war ich noch gesund und hatte eine harte Faust; als ich mit den beiden fertig war, guckte ich mich um, da saß Fedja schon rittlings auf dem dritten. Wir hielten die drei jungen Burschen fest, banden ihnen die Hände auf den Rücken, damit sie uns und sich nichts Böses antun konnten, und brachten die Trottel in die Küche. Wir waren wütend auf sie und schämten uns für sie – es waren alles Bauern, die wir kannten, gute Leute, sie taten uns leid. Vor Schreck waren sie ganz von Sinnen. Der eine weinte und bat um Verzeihung, der zweite guckte wie ein Tier und schimpfte, der dritte lag auf den Knien und betete zu Gott. Und ich sagte zu Fedja: ›Sei nicht gekränkt, laß sie laufen, die Halunken!‹ Er gab ihnen zu essen, gab jedem ein Pud Mehl und ließ sie laufen: Schert euch zum Teufel! So war es ... Gott schenke ihm das Himmelreich und die ewige Ruhe! Er hatte Verständnis und war nicht beleidigt, aber es gab auch welche, die beleidigt waren, und wie viele Menschen haben sie zugrunde gerichtet! Ja ... Allein wegen der Kločkover Schenke kamen elf Mann in die Arrestantenkompanie. Ja ... Und jetzt ist es genau dasselbe, sieh mal ... Am Donnerstag hat bei mir der Untersuchungsrichter Anisjin übernachtet, und er erzählte folgendes über einen gewissen Gutsbesitzer ... Ja ... In der Nacht hat man bei dem Gutsbesitzer die Wand zum Speicher aufgebrochen und zwanzig Sack Roggen weggeschleppt. Als der Gutsbesitzer am nächsten Morgen erfuhr, daß bei ihm so ein Kriminalfall passiert ist, da schickte er schnurstracks dem Gouverneur ein Telegramm, dann ein zweites an den Staatsanwalt, ein drittes an den Polizeichef, ein viertes an den Untersuchungsrichter ... Bekanntlich fürchtet man Denunzianten ... Die Behörde wurde aufgeschreckt, und es begann ein Tohuwabohu. Zwei Dörfer wurden durchsucht.«

»Erlauben Sie, Ivan Ivanyč«, sagte ich. »Die zwanzig Sack Roggen hat man bei mir gestohlen, und ich bin's, der dem Gouverneur telegrafiert hat. Auch nach Petersburg habe ich telegrafiert. Aber das geschah keineswegs aus Lust am Denunzieren, wie Sie sich auszudrücken beliebten, und nicht, weil ich etwa gekränkt war. Ich betrachte jede Sache vor allem vom prinzipiellen Standpunkt aus. Ob ein Satter oder ein Hungriger stiehlt – für das Gesetz gibt es da keinen Unterschied.«

»Ja, ja ...« murmelte Ivan Ivanyč verlegen. »Natürlich ... Doch, ja ...«

Natalja Gavrilovna war rot geworden.

»Es gibt Menschen ...« sagte sie und hielt inne; sie versuchte, sich zu beherrschen und gleichmütig zu erscheinen, aber sie hielt es nicht aus und blickte mir in die Augen mit einem Haß, den ich nur zu gut kannte. »Es gibt Menschen«, sagte sie, »für die Hunger und menschliches Leid nur existieren, damit sie ihren schlechten, nichtswürdigen Charakter beweisen können.«

Ich wurde verlegen und zuckte mit den Achseln.

»Ich will ganz einfach sagen«, fuhr sie fort, »daß es völlig gleichgültige Menschen gibt, bar jeden Mitgefühls, die aber am menschlichen Leid nicht vorübergehen können und sich einmischen, aus Furcht, es könnte auch ohne sie gehen. Ihrer Eitelkeit ist nichts heilig.«

»Es gibt Menschen«, sagte ich sanft, »die einen Engelscharakter haben, aber ihre prächtigen Gedanken in einer Form zum

Ausdruck bringen, daß es schwerfällt, den Engel von einer Person zu unterscheiden, die in Odessa auf dem Basar Handel treibt.«

Ich gebe zu, das war unpassend ausgedrückt.

Meine Frau sah mich an, als koste es sie große Überwindung, zu schweigen. Ihr plötzliches Aufbrausen und danach ihr überflüssiges Gerede über meinen Wunsch, den Hungernden zu helfen, waren zum mindesten unangebracht; als ich sie heraufbat, erwartete ich ein ganz anderes Verhalten mir und meinen Absichten gegenüber. Ich kann nicht genau sagen, was ich erwartete, doch die Erwartung hatte mich angenehm erregt. Nun aber sah ich, daß es schwierig und vielleicht unklug sein würde, das Gespräch über die Hungernden fortzusetzen.

»Ja ...« murmelte Ivan Ivanyč unvermittelt. »Der Kaufmann Burov hat an die vierhunderttausend, vielleicht auch mehr. Ich sage zu ihm: ›Laß mal für die Hungernden hundert- oder zweihunderttausend springen, Vetter. Du mußt so oder so sterben und kannst nichts nach drüben mitnehmen.‹ Da war er beleidigt. Und sterben muß man doch. Der Tod ist keine Kartoffel.«

Wieder trat Schweigen ein.

»So bleibt nur eins – sich mit dem Alleinsein abzufinden«, sagte ich und seufzte. »Kein Soldat kämpft im Felde allein. Nun, was macht's! Da muß ich eben versuchen, allein zu kämpfen. Vielleicht ist der Krieg gegen den Hunger erfolgreicher als der Krieg gegen die Gleichgültigkeit.«

»Ich werde unten erwartet«, sagte Natalja Gavrilovna. Sie stand auf und wandte sich an Ivan Ivanyč: »Sie kommen doch noch auf einen Augenblick zu mir herunter? Ich verabschiede mich noch nicht von Ihnen.«

Und sie ging.

Ivan Ivanyč trank bereits das siebente Glas Tee, keuchend, schmatzend und bald an seinem Schnurrbart, bald an einer Zitronenschale lutschend. Er schwatzte träge und schläfrig über irgend etwas, doch ich hörte nicht zu und wartete darauf, daß er ging. Schließlich erhob er sich mit einer Miene, als sei er nur zu mir gekommen, um einmal richtig Tee zu trinken, und begann sich zu verabschieden. Beim Hinausbegleiten sagte ich zu ihm:

»Da haben Sie mir also keinen Rat gegeben.«

»Wie? Ich bin ein träger, abgestumpfter Mensch«, erwiderte

er. »Was für Ratschläge kann ich schon geben? Und Sie machen sich unnütz Sorgen ... Ich weiß wirklich nicht, weshalb Sie sich Sorgen machen. Machen Sie sich keine, mein Lieber! Bei Gott, es ist nicht nötig«, flüsterte er zärtlich und aufrichtig und beruhigte mich wie ein Kind. »Bei Gott nicht!«

»Was heißt nicht nötig? Die Bauern reißen das Stroh von den Dächern, und irgendwo soll bereits Typhus ausgebrochen sein.«

»Nun, was ist das schon? Im nächsten Jahr wächst wieder alles, da gibt es neue Dächer, und wenn wir am Typhus sterben, dann werden nach uns andere leben. Wir müssen so oder so alle sterben, wenn nicht jetzt, so später. Machen Sie sich keine Sorgen, mein Schönster!«

»Ich kann nicht sorglos dahinleben«, entgegnete ich gereizt.

Wir standen in der schwach beleuchteten Diele, Ivan Ivanyč nahm plötzlich meinen Ellbogen, und in der Absicht, mir etwas zu sagen, offenbar etwas sehr Wichtiges, schaute er mich einige Augenblicke lang schweigend an.

»Pavel Andreevič«, sagte er leise, und sein feistes, unbewegliches Gesicht und die dunklen Augen bekamen plötzlich jenen besonderen Ausdruck, dessentwegen er einstmals berühmt war, einen tatsächlich bezaubernden Ausdruck. »Pavel Andreevič, ich sage Ihnen als Freund: Ändern Sie Ihren Charakter! Es ist schwierig mit Ihnen! Schwierig, mein Lieber!«

Er blickte mir unverwandt ins Gesicht; der schöne Ausdruck erlosch, die Augen wurden trübe, und er schwatzte träge und schnaufend:

»Ja, ja ... Verzeihen Sie einem alten Mann ... Dummes Zeug ... Jawohl ...«

Schwerfällig die Treppe hinabsteigend, mit gespreizten Armen das Gleichgewicht haltend und mir seinen feisten Rücken und den roten Nacken zeigend, machte er den unangenehmen Eindruck einer Krabbe.

»Sie sollten irgendwohin fahren, Euer Exzellenz«, murmelte er. »Nach Petersburg oder ins Ausland ... Wozu leben Sie hier und verlieren kostbare Zeit? Sie sind ein junger Mann, gesund und reich ... Ja ... Ach, wenn ich etwas jünger wäre, ich würde Reißaus nehmen wie ein Hase, daß mir der Wind um die Ohren pfeift!«

III

Das Aufbrausen meiner Frau erinnerte mich an unser Eheleben. Früher hatte es uns gewöhnlich nach jedem solchen Ausbruch unüberwindlich zueinander hingezogen, wir kamen zusammen, und der ganze Sprengstoff, der sich im Laufe der Zeit in unseren Herzen angesammelt hatte, entlud sich. Auch jetzt, nachdem Ivan Ivanyč gegangen war, zog es mich heftig zu meiner Frau. Ich wollte gern nach unten gehen und ihr sagen, ihr Verhalten beim Tee habe mich gekränkt, sie sei grausam und kleinlich und habe sich in ihrer Spießbürgerlichkeit niemals dazu aufgeschwungen zu verstehen, was ich sprach und was ich tat. Ich schritt lange durch die Zimmer, überlegte, was ich ihr sagen sollte, und versuchte zu erraten, was sie mir antworten würde.

Die Unruhe, die mich in letzter Zeit quälte, erschien mir an diesem Abend, nachdem Ivan Ivanyč weggegangen war, besonders aufreizend. Ich konnte weder sitzen noch stehen, sondern ging immerzu auf und ab, wobei ich die beleuchteten Räume bevorzugte und in der Nähe des Zimmers blieb, in dem Marja Gerasimovna saß. Ich hatte ein Gefühl ähnlich wie damals, während eines Sturmes auf der Nordsee, als alle fürchteten, der Dampfer, der weder Ladung noch Ballast hatte, könnte kentern. An diesem Abend wurde mir klar, daß meine Unruhe nicht Enttäuschung war, wie ich früher angenommen hatte, sondern etwas anderes; was es aber eigentlich war, begriff ich nicht, und das reizte mich noch mehr.

Ich gehe zu ihr, beschloß ich. Ein Vorwand läßt sich schon finden. Ich werde sagen, ich brauche Ivan Ivanyč, das ist alles.

Ich begab mich nach unten und schritt ohne Eile über die Teppiche in der Diele und dem Saal. Ivan Ivanyč saß im Salon auf dem Sofa, trank wieder Tee und sprach leise. Meine Frau stand ihm gegenüber und stützte sich auf die Sessellehne. Auf ihrem Gesicht lag jener ruhige, süße und folgsame Ausdruck, mit dem man Gottesnarren und Sonderlingen zuhört, wenn man hinter ihren sinnlosen Worten und ihrem Gemurmel einen besonderen, verborgenen Sinn vermutet. In der Miene und der Pose meiner Frau schien mir etwas Psychopathisches oder Nonnenhaftes zu liegen, und ihre niedrigen, halbdunklen, sehr warmen Zimmer mit den altmodischen Möbeln, den schlafenden Vögeln in den

Käfigen und dem Duft der Geranien erinnerten mich an die Gemächer einer Äbtissin oder einer frommen alten Generalin.

Ich trat in den Salon. Meine Frau zeigte weder Erstaunen noch Verlegenheit und blickte mich streng und ruhig an, als hätte sie gewußt, daß ich käme.

»Verzeihung«, sagte ich sanft. »Ich freue mich sehr, Ivan Ivanyč, daß Sie noch nicht weggefahren sind. Ich vergaß, Sie oben etwas zu fragen: Wissen Sie nicht den Vor- und Vatersnamen des Vorsitzenden unserer Zemstvo-Verwaltung?«

»Andrej Stanislavovič. Ja ...«

»Merci«, dankte ich, zog ein Büchlein aus der Tasche und schrieb mir den Namen auf.

Es trat Schweigen ein, und meine Frau und Ivan Ivanyč erwarteten wahrscheinlich, daß ich wieder ging; meine Frau glaubte mir die Sache mit dem Vorsitzenden der Zemstvo-Verwaltung nicht – das sah ich an ihren Augen.

»So will ich denn fahren, meine Schöne«, murmelte Ivan Ivanyč, als ich ein-, zweimal durch den Salon geschritten war und darauf neben dem Kamin Platz genommen hatte.

»Nein«, sagte Natalja Gavrilovna hastig und faßte seinen Arm. »Noch ein Viertelstündchen ... Ich bitte Sie.«

Offenbar wollte sie nicht mit mir unter vier Augen bleiben, ohne Zeugen.

Nun, da warte ich eben eine Viertelstunde, dachte ich.

»Ach, es schneit!« sagte ich, wobei ich aufstand und aus dem Fenster blickte. »Ein herrlicher Schnee! Ivan Ivanyč«, fuhr ich, weiter durch den Salon schreitend, fort, »ich bedaure sehr, daß ich kein Jäger bin. Ich kann mir vorstellen, was für ein Vergnügen es sein muß, bei solchem Schnee Hasen und Wölfe zu jagen!«

Meine Frau, die sich nicht vom Fleck rührte und nicht den Kopf wandte, sondern mich nur von der Seite anblickte, verfolgte meine Bewegungen; sie machte eine Miene, als hätte ich in meiner Tasche ein Messer oder einen Revolver versteckt.

»Ivan Ivanyč, nehmen Sie mich doch mal mit auf die Jagd«, fuhr ich sanft fort. »Ich wäre Ihnen sehr, sehr dankbar.«

In diesem Augenblick betrat ein Gast den Salon. Es war ein mir unbekannter Herr von etwa vierzig Jahren, hochgewachsen, stämmig und kahlköpfig, mit großem blondem Bart und kleinen Augen. Wegen seiner zerdrückten sackartigen Kleidung und seiner Manieren hielt ich ihn für einen Küster oder Lehrer, aber meine Frau stellte ihn mir als Doktor Zobel vor.

»Ich freue mich außerordentlich, Sie kennenzulernen!« sagte der Arzt mit lauter Tenorstimme, drückte mir fest die Hand und lächelte naiv. »Freue mich sehr!«

Er setzte sich an den Tisch, nahm ein Glas Tee und fuhr ebenso laut fort:

»Haben Sie nicht zufällig etwas Rum oder Kognak da? Seien Sie so gütig, Olga«, er wandte sich an das Stubenmädchen, »suchen Sie dort mal im Schränkchen, ich bin ganz durchgefroren.«

Ich setzte mich wieder an den Kamin, schaute, lauschte und warf ab und zu ein Wort in die allgemeine Unterhaltung. Meine Frau lächelte den Gästen freundlich zu und beobachtete mich scharf, wie man ein Tier beobachtet; meine Anwesenheit bedrückte sie, und das erregte in mir Eifersucht, Ärger, ja geradezu den Wunsch, ihr weh zu tun. Meine Frau, so dachte ich, diese gemütlichen Zimmer, das Plätzchen neben dem Kamin – sie waren mein, längst mein, aber aus irgendeinem Grunde hatten der kindisch gewordene Ivan Ivanyč oder dieser Zobel mehr Rechte darauf als ich. Heute sah ich meine Frau nicht durchs Fenster, sondern nahe bei mir in der gewöhnlichen häuslichen Umgebung, die ich jetzt in meinen vorgerückten Jahren vermißte, und obwohl sie mich haßte, sehnte ich mich nach ihr, so wie ich mich einst in meiner Kindheit nach meiner Mutter und der Kinderfrau sehnte, und ich fühlte, daß ich sie jetzt, an der Schwelle des Alters, reiner und tiefer liebte als früher – und deshalb spürte ich das Verlangen, zu ihr zu gehen, sie kräftig mit dem Absatz auf die Zehenspitzen zu treten, ihr weh zu tun und dabei zu lächeln.

»Monsieur Waschbär«, sagte ich, an den Arzt gewandt, »wieviel Krankenhäuser gibt es in unserem Kreis?«

»Zobel ...« verbesserte mich meine Frau.

»Zwei«, antwortete Zobel.

»Und wieviel Tote entfallen jährlich auf jedes Krankenhaus?«

»Pavel Andreevič, ich muß mit Ihnen sprechen«, sagte meine Frau zu mir.

Sie entschuldigte sich vor den Gästen und ging ins Nebenzimmer. Ich stand auf und folgte ihr.

»Sie gehen sofort nach oben in Ihre Zimmer«, sagte sie.

»Sie sind schlecht erzogen«, entgegnete ich.

»Sie gehen sofort nach oben in Ihre Zimmer«, wiederholte sie scharf und blickte mir haßerfüllt ins Gesicht.

Sie stand so nahe bei mir, daß mein Bart ihr Gesicht gestreift hätte, würde ich mich ein wenig vorgebeugt haben.

»Was ist denn los?« fragte ich. »Was habe ich mir auf einmal zuschulden kommen lassen?«

Ihr Kinn bebte, sie wischte sich hastig die Augen, schaute flüchtig in den Spiegel und flüsterte:

»Nun fängt die alte Geschichte wieder an. Sie werden natürlich nicht gehen. Nun, wie Sie wollen. Dann gehe ich eben, und Sie können bleiben.«

Sie mit entschlossener Miene, ich achselzuckend und bemüht, spöttisch zu lächeln, so kehrten wir in den Salon zurück. Hier waren bereits neue Gäste angekommen – eine ältere Dame und ein junger Mann mit Brille. Ohne die neuen Gäste zu begrüßen und mich von den alten zu verabschieden, ging ich nach oben in meine Zimmer.

Nach dem, was bei mir während des Tees und dann unten vorgefallen war, wurde mir klar, daß unser ›Familienglück‹, das wir in den letzten zwei Jahren bereits vergessen hatten, aus nichtigen, sinnlosen Ursachen von neuem begann, daß weder ich noch meine Frau es verhindern konnten und daß morgen oder übermorgen nach einem Haßausbruch, aus der Erfahrung der vergangenen Jahre zu urteilen, etwas Scheußliches passieren mußte, etwas, was unsere ganze Lebensordnung umstoßen würde. Das bedeutet, so dachte ich, während ich durch die Zimmer schritt, wir sind in den letzten beiden Jahren nicht klüger, kühler und ruhiger geworden. Das bedeutet, es würde wieder Tränen geben, Geschrei, Verwünschungen, Kofferpacken und Auslandsreisen, und dann die ständige krankhafte Angst, sie könnte dort, im Ausland, mit irgendeinem italienischen oder russischen Geck meinem Namen Schande antun; es würde wieder Paßverweigerung geben, Briefe, völlige Einsamkeit, Sehnsucht nach ihr, und nach fünf Jahren wäre das Alter da, die grauen Haare ... Ich ging umher und stellte mir vor, was nicht sein dürfte, wie sie, eine schöne, üppiger gewordene Frau, einen Mann umarmte, den ich nicht kannte ... Bereits überzeugt, es müßte unbedingt so kommen, fragte ich mich verzweifelt, weshalb ich bei einem der früheren Streite nicht in die Scheidung eingewilligt hatte oder warum sie damals nicht ganz und für immer von mir gegangen war? Dann wäre jetzt nicht diese Sehnsucht nach ihr, der Haß und die Sorge, und ich würde in Ruhe mein Ende erwarten, arbeiten und an nichts denken ...

In den Hof kam eine Kutsche mit zwei Laternen gefahren, dann ein breiter dreispänniger Schlitten. Meine Frau gab offenbar eine Abendgesellschaft.

Bis Mitternacht war es unten still, und ich konnte nichts hören, aber um Mitternacht vernahm ich Stuhlrücken und Geschirrklappern. Man war also beim Nachtmahl. Dann wurden wieder Stühle gerückt, und es drang Lärm von unten herauf, man schien hurra zu rufen. Marja Gerasimovna schlief bereits, und ich war in der oberen Etage ganz allein; im Salon blickten mich von den Wänden die Porträts meiner Vorfahren an, unbedeutender und harter Menschen, und in meinem Arbeitszimmer flackerte im Fenster unangenehm der Widerschein der Lampe. Neidisch und eifersüchtig auf das, was unten vorging, lauschte ich und dachte: Der Herr bin ich; wenn ich will, kann ich in einem Augenblick diese ganze ehrenwerte Gesellschaft davonjagen. Doch ich wußte, das war Unsinn, ich konnte niemand davonjagen, und das Wort ›Herr‹ hatte nichts zu bedeuten. Man kann sich für einen Hausherrn und Kammerjunker, für verheiratet und reich halten, soviel man will, und trotzdem nicht wissen, was das bedeutet.

Nach dem Essen sang unten jemand mit Tenorstimme.

Es ist doch nichts Besonderes vorgefallen! versuchte ich mich zu überzeugen. Weshalb rege ich mich so auf? Morgen werde ich nicht zu ihr hinuntergehen, das ist alles – und unser Streit ist erledigt.

Um viertel zwei ging ich schlafen.

»Sind unten die Gäste schon weggefahren?« fragte ich Aleksej, der mich auskleidete.

»Jawohl, sie sind fort.«

»Und weshalb hat man hurra gerufen?«

»Aleksej Dmitrič Machonov haben tausend Pud Mehl und tausend Rubel an Geld für die Hungernden gespendet. Und die alte Dame, ich kenn ihren Namen nicht, haben versprochen, auf ihrem Gut für hundertfünfzig Mann einen Mittagstisch einzurichten. Gott sei's gedankt ... Von Natalja Gavrilovna ging der Beschluß aus, alle Herrschaften sollen sich jeden Freitag versammeln.«

»Hier unten versammeln?«

»Jawohl. Vor dem Nachtmahl haben sie ein Schriftstück verlesen: Von August bis heute haben Natalja Gavrilovna an achttausend Rubel gesammelt, außer dem Getreide. Gott sei's gedankt ... Ich verstehe das so, Euer Exzellenz, wenn die gnädige Frau sich um die Rettung der Seele bemühen wollen, dann werden sie viel sammeln. Die Leute hier sind reich.«

Nachdem ich Aleksej fortgeschickt hatte, löschte ich das Licht und zog die Decke über den Kopf.

Tatsächlich, weshalb mach ich mir solche Sorgen? dachte ich. Welche Macht zieht mich zu den Hungernden wie den Schmetterling zum Licht? Ich kenne und verstehe sie doch nicht, ich habe sie nie gesehen und habe nichts für sie übrig. Weshalb denn diese Sorge?

Auf einmal bekreuzigte ich mich unter der Decke.

Aber wer ist sie denn? sagte ich zu mir selbst und dachte an meine Frau. Hinter meinem Rücken gibt es in diesem Haus ein ganzes Komitee. Warum heimlich? Warum eine Verschwörung? Was habe ich ihnen getan?

Ivan Ivanyč hatte recht: ich sollte verreisen!

Am nächsten Morgen erwachte ich mit dem festen Entschluß, so schnell wie möglich wegzufahren. Die Einzelheiten des vergangenen Tages – das Gespräch beim Tee, meine Frau, Zobel, das Nachtmahl, meine Ängste – quälten mich, und ich war froh, bald die Umgebung zu verlassen, die mich an all das erinnerte. Als ich beim Kaffeetrinken war, machte mir der Verwalter Vladimir Prochoryč langatmig von verschiedenen Dingen Mitteilung. Das Angenehmste hob er sich bis zum Schluß auf.

»Die Diebe, die bei uns Roggen gestohlen haben, sind gefaßt«, meldete er lächelnd. »Gestern hat der Untersuchungsrichter in Pestrovo drei Bauern verhaftet.«

»Scheren Sie sich weg!« schrie ich ihn an, furchtbar wütend, und mir nichts, dir nichts, ergriff ich ein Körbchen mit Gebäck und warf es auf den Fußboden.

IV

Nach dem Frühstück rieb ich mir die Hände und dachte: Ich muß zu meiner Frau gehen und ihr von meiner Abreise Mitteilung machen. Wozu? Wer will das wissen? Niemand will das wissen, antwortete ich mir selbst, aber warum soll ich es ihr nicht mitteilen, um so mehr, da es ihr Vergnügen bereiten wird? Außerdem wäre es nicht sehr taktvoll gewesen, nach dem gestrigen Streit wegzufahren, ohne ein Wort zu sagen – sie könnte annehmen, ich hätte vor ihr Angst bekommen, und der Gedanke, sie habe mich aus meinem Haus vertrieben, würde sie belasten. Es wäre auch gut, ihr zu erklären, ich wolle fünftausend Rubel spenden, ihr einige Ratschläge, hinsichtlich der Organisation zu geben und sie warnend darauf hinzuweisen, daß ihre Unerfahrenheit in einer so schwierigen, verantwortungsvollen Sache zu den kläglichsten Resultaten führen könnte. Kurz gesagt, es zog mich zu meiner Frau, und als ich mir allerlei Vorwände zurechtlegte, um zu ihr zu gehen, war ich innerlich schon fest entschlossen, es unbedingt zu tun.

Als ich zu ihr ging, war es noch hell, und man hatte die Lampen noch nicht angezündet. Sie saß in ihrem Kabinett, einem Durchgangszimmer zwischen Salon und Schlafzimmer, und schrieb eifrig, tief über den Tisch gebeugt. Als sie mich erblickte, fuhr sie zusammen, kam hinter dem Tisch hervor und blieb in einer Haltung stehen, als wolle sie ihre Papiere vor mir schützen.

»Entschuldigen Sie, ich komme nur auf einen Augenblick«, sagte ich und wurde verlegen, ohne zu wissen, warum. »Ich habe zufällig erfahren, daß Sie, Natalie, eine Hilfsaktion für die Hungernden organisieren.«

»Ja, das tue ich. Aber das ist meine Angelegenheit«, erwiderte sie.

»Ja, das ist Ihre Angelegenheit«, sagte ich sanft. »Ich freue mich darüber, weil es völlig meinen Absichten entspricht. Ich bitte Sie um die Erlaubnis, mich daran beteiligen zu dürfen.«

»Verzeihen Sie, ich kann Ihnen das nicht gestatten«, entgegnete sie und blickte zur Seite.

»Warum denn, Natalie?« fragte ich leise. »Warum? Ich gehöre ebenfalls zu den Satten und möchte ebenfalls den Hungernden helfen.«

»Ich weiß nicht, was Sie dabei wollen?« sagte sie, boshaft lächelnd, und zog eine Schulter hoch. »Niemand hat Sie darum gebeten.«

»Und Sie hat auch niemand gebeten, trotzdem haben Sie in *meinem* Haus ein ganzes Komitee gegründet!« erwiderte ich.

»Ich bin darum gebeten worden, aber Sie, glauben Sie mir, Sie wird nie jemand darum bitten. Gehen Sie und helfen Sie dort, wo man Sie nicht kennt.«

»Mein Gott, sprechen Sie doch nicht in solch einem Ton mit mir.«

Ich bemühte mich, ruhig zu bleiben, und nahm alle meine Kraft zusammen, um nicht die Kaltblütigkeit zu verlieren. In den ersten Minuten fühlte ich mich wohl neben meiner Frau. Mich umfing es irgendwie weich, häuslich, jugendlich, fraulich, im höchsten Maße elegant, und gerade das war es, was in meinem Stockwerk und in meinem Leben überhaupt so sehr fehlte. Meine Frau trug ein Morgenkleid aus rosa Flanell, das sie sehr jung und ihre hastigen, zuweilen schroffen Bewegungen weicher erscheinen ließ. Ihr schönes dunkles Haar, dessen Anblick allein einstmals in mir Leidenschaft erregte, hing jetzt, da sie lange gebeugt dagesessen hatte, herab und machte einen unordentlichen Eindruck, aber mir kam es deshalb noch üppiger und prächtiger vor. Übrigens ist das alles banal bis zur Geschmacklosigkeit. Vor mir stand eine alltägliche Frau, vielleicht weder schön noch elegant, aber es war meine Frau, mit der ich einst zusammen gelebt hatte und mit der ich bis heute zusammen leben würde, wäre nicht ihr unglückseliger Charakter; sie war der einzige Mensch auf der Welt, den ich liebte. Jetzt vor meiner Abreise, da ich wußte, ich würde sie nicht einmal mehr durchs Fenster sehen, erschien mir sogar ihre strenge, kalte Art, mit der sie mir hochmütig und verächtlich lächelnd antwortete, verführerisch; ich war stolz auf sie und gestand mir ein, daß es schrecklich und unmöglich für mich war, von ihr fortzugehen.

»Pavel Andreevič«, sagte sie nach kurzem Schweigen zu mir, »zwei Jahre lang haben wir einander nicht gestört und friedlich gelebt. Weshalb haben Sie es auf einmal für nötig befunden, zu dem Vergangenen zurückzukehren? Gestern sind Sie gekommen und haben mich beleidigt und gedemütigt«, fuhr sie mit erhobener Stimme fort, ihr Gesicht rötete sich, und ihre Augen sprühten vor Haß, »aber mäßigen Sie sich, lassen Sie das, Pavel Andreevič. Morgen reiche ich ein Gesuch ein, man wird mir einen Paß geben, und ich gehe weg, weg, weg! Ich gehe in ein Kloster, in ein Witwenheim, ins Armenhaus . . .«

»Ins Irrenhaus!« rief ich unbeherrscht.

»Sogar ins Irrenhaus! Noch besser! Noch besser!« schrie sie mit blitzenden Augen. »Als ich heute in Pestrovo war, habe ich die hungrigen und kranken Frauen beneidet, weil sie nicht mit einem solchen Mann, wie Sie es sind, zusammenleben müssen. Sie sind ehrbar und frei, aber ich bin durch Ihre Gnade eine Schmarotzerin, der Müßiggang läßt mich verkommen, ich esse Ihr Brot, verschwende Ihr Geld und zahle Ihnen mit meiner Freiheit und einer Treue, die niemand braucht. Dafür, daß Sie mir keinen Paß geben, muß ich Ihren ehrlichen Namen hüten, den Sie nicht haben.«

Ich mußte schweigen. Mit zusammengebissenen Zähnen ging ich schnell in den Salon, kehrte aber sofort wieder um und sagte:

»Ich bitte Sie dringend, solche Versammlungen, Verschwörungen und konspirativen Zusammenkünfte in meinem Haus nicht mehr zu veranstalten! In mein Haus lasse ich nur Leute, die ich kenne, und dieses ganze Gesindel von Ihnen soll sich einen anderen Ort suchen, wenn es sich mit Philanthropie befassen möchte. Ich erlaube nicht, daß man in meinem Haus nachts vor Freude hurra schreit, weil man eine Psychopathin wie Sie ausbeuten kann!«

Meine Frau schritt bleich, die Hände ringend und mit langgezogenem Stöhnen, als hätte sie Zahnschmerzen, hastig aus einer Ecke in die andere. Ich winkte resigniert ab und ging in den Salon. Ich kochte vor Wut, gleichzeitig aber zitterte ich vor Angst, ich könnte mich nicht beherrschen und etwas tun oder sagen, was ich das ganze Leben bereuen würde. Ich preßte fest die Hände zusammen, um mich in der Gewalt zu behalten.

Nachdem ich Wasser getrunken und mich ein wenig beruhigt hatte, kehrte ich zu meiner Frau zurück. Sie stand immer noch so da, als wolle sie den Tisch mit den darauf liegenden Papieren vor mir schützen. Über ihr kaltes, bleiches Gesicht rollten langsam Tränen. Ich schwieg eine Weile und sagte dann bitter, aber bereits ohne Zorn:

»Wie wenig Sie mich verstehen! Wie ungerecht Sie zu mir

sind! Ich schwöre bei meiner Ehre, ich bin mit lauteren Absichten zu Ihnen gekommen, mit dem einzigen Wunsch, etwas Gutes zu tun!«

»Pavel Andreevič«, sagte sie mit auf der Brust gefalteten Händen, und ihr Gesicht nahm den leidenden, flehenden Ausdruck an, mit dem erschreckte, weinende Kinder bitten, man möge sie nicht bestrafen. »Ich weiß sehr wohl, daß Sie mir das abschlagen, wie dem auch sei, ich bitte Sie darum. Überwinden Sie sich, vollbringen Sie wenigstens einmal im Leben eine gute Tat. Ich bitte Sie, gehen Sie fort von hier! Das ist das einzige, was Sie für die Hungernden tun können. Gehen Sie fort, und ich verzeihe Ihnen alles, alles!«

»Sie kränken mich umsonst, Natalie«, sagte ich seufzend und fühlte auf einmal eine besonders versöhnliche Stimmung. »Ich habe bereits beschlossen zu verreisen, aber ich werde nicht gehen, ohne etwas für die Hungernden getan zu haben. Das ist meine Pflicht.«

»Ach!« entgegnete sie leise und runzelte unmutig die Stirn. »Sie können eine ausgezeichnete Eisenbahn oder Brücke bauen, aber für die Hungernden können Sie nichts tun. Begreifen Sie doch!«

»So? Sie haben mir gestern Gleichgültigkeit vorgeworfen und auch, daß ich kein Mitgefühl hätte. Wie gut Sie mich kennen!« sagte ich lächelnd. »Sie glauben an Gott, so mag für Sie auch Gott Zeuge sein, daß ich mir Tag und Nacht Sorgen mache . . .«

»Ich sehe, Sie machen sich Sorgen, aber Hunger und Mitgefühl sind nicht der Grund. Sie machen sich Sorgen darüber, daß die Hungernden ohne Sie auskommen könnten und daß das Zemstvo und alle Hilfsbereiten überhaupt ihre Anleitung gar nicht benötigen.«

Ich schwieg ein wenig, um die Erregung in mir zu unterdrücken, und erwiderte dann:

»Ich bin gekommen, um mit Ihnen über die Angelegenheit zu reden. Setzen Sie sich. Setzen Sie sich, ich bitte Sie.«

Sie setzte sich nicht.

»Setzen Sie sich, ich bitte Sie!« wiederholte ich und wies auf einen Stuhl.

Sie nahm Platz. Ich setzte mich ebenfalls, überlegte ein wenig und sagte:

»Ich bitte Sie, das, was ich sage, ernst zu nehmen. Hören Sie zu ... Von der Nächstenliebe inspiriert, haben Sie es unternommen, Hilfe für die Hungernden zu organisieren. Dagegen habe ich natürlich nichts, ich bin völlig mit Ihnen einverstanden und bereit, Ihnen jeglichen Beistand zu leisten, wie unsere Beziehungen auch immer sein mögen. Aber bei aller meiner Achtung vor Ihrem Verstand und Ihrem Herzen ... und Ihrem Herzen«, wiederholte ich, »kann ich nicht zulassen, daß eine so schwierige, komplizierte und verantwortungsvolle Angelegenheit, wie es die Hilfsaktion ist, allein in Ihren Händen liegt. Sie sind eine Frau, Sie sind unerfahren, lebensfremd, zu vertrauensselig und unbeherrscht. Sie haben sich mit Helfern umgeben, die Sie überhaupt nicht kennen. Ich übertreibe nicht, wenn ich sage, daß unter den genannten Umständen Ihre Tätigkeit unbedingt zwei betrübliche Folgen nach sich ziehen wird. Erstens wird unser Kreis völlig ohne Hilfe bleiben, und zweitens werden Sie für Ihre Fehler und die Fehler Ihrer Helfer nicht nur aus der eigenen Tasche, sondern auch mit Ihrem Ruf bezahlen müssen. Etwaige Unterschlagungen und Versäumnisse werde ich decken, wer aber gibt Ihnen Ihren ehrlichen Namen zurück? Wenn infolge mangelhafter Kontrolle und von Versäumnissen das Gerücht aufkommt, Sie und also auch ich hätten an dieser Sache zweihunderttausend verdient, werden Ihnen dann Ihre Helfer vielleicht beistehen?«

Sie schwieg.

»Nicht aus Eigenliebe, wie Sie sagen«, fuhr ich fort, »sondern einfach aus der Absicht, daß die Hungernden nicht ohne Hilfe bleiben und Sie nicht Ihren ehrlichen Namen verlieren sollen, halte ich es für meine moralische Pflicht, mich in Ihre Angelegenheiten einzumischen.«

»Fassen Sie sich kürzer!« warf meine Frau ein.

»Seien Sie so gut«, fuhr ich fort, »und zeigen Sie mir, wieviel Sie bis heute eingenommen und wieviel Sie bereits ausgegeben haben. Alsdann werden Sie mir täglich über jeden neuen Eingang von Geldern und Naturalien und über jede neue Ausgabe berichten. Sie geben mir auch eine Liste Ihrer Helfer, Natalie. Vielleicht sind es ganz anständige Menschen, daran zweifle ich nicht, trotzdem aber ist es unbedingt nötig, Erkundigungen einzuziehen.«

Sie schwieg. Ich stand auf und ging durchs Zimmer.

»Fangen wir gleich an«, sagte ich und setzte mich an ihren Tisch.

»Meinen Sie das im Ernst?« fragte sie und schaute mich zweifelnd und erschrocken an.

»Natalie, seien Sie vernünftig!« sagte ich flehend, als ich an ihrem Gesicht sah, daß sie protestieren wollte. »Ich bitte Sie, vertrauen Sie ganz auf meine Erfahrung und meine Ehrenhaftigkeit!«

»Ich verstehe trotzdem nicht, was Sie wollen!«

»Zeigen Sie mir, wieviel Sie bereits gesammelt und wieviel Sie ausgegeben haben.«

»Ich habe keine Geheimnisse. Das kann jeder sehen. Bitte.«

Auf dem Tisch lagen fünf Schulhefte, einige Bogen vollgeschriebenen Briefpapiers, eine Karte des Kreises und eine Unmenge Papiere jeder Größe. Die Dämmerung brach herein. Ich zündete eine Kerze an.

»Entschuldigen Sie, bis jetzt kann ich noch nichts sehen«, sagte ich, als ich die Hefte durchblätterte. »Wo haben Sie das Verzeichnis über den Eingang der Geldspenden?«

»Das sieht man aus den Sammellisten.«

»Ja, aber trotzdem ist doch ein Verzeichnis notwendig!« sagte ich und lächelte über ihre Naivität. »Wo haben Sie die Briefe, mit denen Sie Geld- und Naturalspenden erhalten haben? Pardon, Natalie – ein kleiner praktischer Hinweis. Diese Briefe müssen Sie unbedingt aufheben. Sie müssen jeden Brief numerieren und ihn in ein besonderes Verzeichnis eintragen. Ebenso verfahren Sie auch mit Ihren eigenen Briefen. Übrigens werde ich das alles selbst tun.«

»Tun Sie es, tun Sie es . . .« sagte sie.

Ich war sehr mit mir zufrieden. Angeregt von der lebendigen, interessanten Sache, dem kleinen Tisch, den primitiven Heften und dem Reiz, den mir diese Arbeit in der Gesellschaft meiner Frau versprach, fürchtete ich, sie könnte mich plötzlich daran hindern oder durch irgendeinen unerwarteten Streich alles durcheinanderbringen, daher beeilte und bemühte ich mich, der Tatsache, daß ihre Lippen zitterten und sie furchtsam und verwirrt wie ein gefangenes Tier zur Seite blickte, keinerlei Bedeutung beizumessen.

»Wissen Sie was, Natalie«, sagte ich, ohne sie anzusehen. »Gestatten Sie, daß ich alle diese Papiere und Hefte mit zu mir nach oben nehme. Ich sehe sie mir dort an, mache mich damit vertraut und sage Ihnen dann morgen meine Meinung. Haben Sie nicht noch einige Papiere?« fragte ich, während ich Hefte und Blätter zusammenpackte.

»Nehmen Sie, nehmen Sie alles!« antwortete meine Frau, während sie mir half, die Papiere zusammenzulegen, und dicke Tränen rollten ihr über die Wangen. »Nehmen Sie alles! Das ist alles, was mir im Leben geblieben ist. Nehmen Sie mir auch das Letzte.«

»Ach Natalie, Natalie!« Ich seufzte vorwurfsvoll.

Ungestüm zog sie eine Schublade auf, wobei sie mich mit dem Ellbogen vor die Brust stieß und mein Gesicht mit ihren Haaren streifte, nahm Papiere heraus und warf sie vor mir auf den Tisch; dabei rollte Kleingeld auf meine Knie und auf den Fußboden.

»Nehmen Sie alles ...« sagte sie mit heiserer Stimme.

Darauf trat sie von mir zurück, preßte beide Hände an die Schläfen und warf sich aufs Sofa. Ich hob das Geld auf, legte es in die Schublade zurück und verschloß sie, um nicht die Dienstboten in Versuchung zu führen; dann nahm ich alle Papiere unter den Arm und ging nach oben. Als ich an meiner Frau vorbeikam, blieb ich stehen, blickte auf ihren Rücken und die zuckenden Schultern und sagte:

»Was für ein Kind Sie noch sind, Natalie! Ei, ei! Hören Sie, Natalie: Wenn Sie verstehen werden, wie ernst und verantwortungsvoll diese Angelegenheit ist, werden Sie die erste sein, die mir dankbar ist. Ich schwöre es Ihnen.«

Oben angelangt, machte ich mich ohne Eile an die Papiere. Die Hefte waren nicht gebunden, die Seiten nicht numeriert. Die Eintragungen wiesen verschiedene Handschriften auf, offensichtlich kritzelte jeder nach Belieben in den Heften herum. Auf den Listen der Naturalspenden war nicht der Preis der Produkte angegeben. Aber es konnte doch sein, mit Verlaub, daß der Roggen, der heute einen Rubel fünfzehn Kopeken kostete, nach zwei Monaten im Preis auf zwei Rubel fünfzehn Kopeken steigen würde. Wie konnte man so handeln? Dann hieß es: ›An A. M. Zobel zweiunddreißig Rubel gezahlt.‹ Wann gezahlt? Wofür gezahlt? Wo war der Beleg? Nichts war vorhanden, alles war unklar. Bei einer gerichtlichen Untersuchung würden diese Papiere die Angelegenheit nur verdunkeln.

»Wie naiv sie ist!« sagte ich verwundert. »Was für ein Kind sie noch ist!«

Mir war zugleich ärgerlich und zum Lachen zumute.

V

Meine Frau hatte bereits achttausend Rubel gesammelt; fügte man meine fünftausend hinzu, waren es insgesamt dreizehntausend. Für den Anfang war das sehr schön. Die Angelegenheit, die mich so interessierte und beunruhigte, befand sich endlich in meiner Hand; ich tat, was andere nicht tun wollten und konnten, ich erfüllte meine Pflicht und organisierte für die Hungernden eine korrekte, ernsthafte Hilfsaktion.

So schien alles meinen Absichten und Wünschen zu entsprechen, weshalb aber verließ mich meine Unruhe nicht? Vier Stunden lang hatte ich die Papiere meiner Frau durchgesehen, ich hatte mir ihre Bedeutung klargemacht und die Fehler verbessert, doch statt Beruhigung verspürte ich ein Gefühl, als stehe ein Fremder hinter mir und streiche mit rauher Hand über meinen Rücken. Was wollte ich denn noch? Die Organisation der Hilfeleistung war in zuverlässigen Händen, die Hungernden würden satt werden – was brauchte ich noch mehr?

Die leichte vierstündige Arbeit hatte mich unerklärlicherweise erschöpft, so daß ich nicht länger gebückt dasitzen und schreiben mochte. Von unten drang ab und zu dumpfes Stöhnen herauf – das war das Schluchzen meiner Frau. Mein immer sanfter, verschlafener und frömmelnder Aleksej trat zuweilen an den Tisch, um die Kerzen zu putzen, und er sah mich dabei immer irgendwie seltsam an.

Nein, ich muß abreisen! beschloß ich schließlich ganz erschöpft. Ich muß weit weg von diesen herrlichen Eindrücken. Morgen schon fahre ich ab.

Ich nahm die Papiere und Hefte und ging zu meiner Frau. Als ich müde und wie zerschlagen, die Papiere und Hefte mit beiden Händen an die Brust gepreßt, beim Passieren des Schlafzimmers meine Koffer erblickte, da drang von unten Weinen herauf.

»Sie sind Kammerjunker?« fragte jemand an meinem Ohr. »Sehr angenehm. Aber trotzdem sind Sie ein Scheusal.«

»Alles Unsinn, Unsinn, großer Unsinn ...« murmelte ich und stieg die Treppe hinunter. »Großer Unsinn ... Es ist auch Unsinn, daß ich mich angeblich von Eigenliebe und Eitelkeit leiten lasse ... Wie dumm! Gibt man mir vielleicht wegen der Hungernden einen Stern, oder macht man mich zum Departementsdirektor? Das ist Unsinn, alles Unsinn! Und vor wem sollte ich mich hier auf dem Lande rühmen?«

Ich war müde, furchtbar müde, und an meinem Ohr flüsterte jemand: ›Sehr angenehm. Aber trotzdem sind Sie ein Scheusal.‹ Da fiel mir auf einmal eine Zeile aus einem alten Gedicht ein, das ich einst als Kind gekannt hatte: ›Wie angenehm, ein guter Mensch zu sein!‹

Meine Frau lag noch in derselben Haltung auf dem Sofa, das Gesicht nach unten, beide Hände an die Schläfen gepreßt. Sie weinte. Neben ihr stand mit erschrecktem, verdutztem Gesicht das Stubenmädchen. Ich schickte das Mädchen fort, legte die Papiere auf den Tisch, dachte nach und sagte:

»Da ist Ihr Schriftverkehr, Natalie. Es ist alles in Ordnung, alles ist sehr schön, ich bin sehr zufrieden. Morgen reise ich ab.«

Sie weinte weiter. Ich ging in den Salon und nahm im Dunkeln Platz. Das Schluchzen meiner Frau und ihre Seufzer klagten mich an, und um mich zu rechtfertigen, rief ich mir unsere ganze Auseinandersetzung ins Gedächtnis zurück, die damit begonnen hatte, daß mir der unglückliche Gedanke gekommen war, meine Frau zu der Beratung einzuladen, und die mit den Heften und diesem Weinen endete. Das war einer der gewöhnlichen Ausbrüche unseres ehelichen Hasses, abscheulich und sinnlos, deren es nach unserer Hochzeit schon viele gegeben hatte, aber was hatten die Hungernden damit zu tun? Wie konnte es geschehen, daß sie uns im unpassendsten Augenblick in die Quere kamen? Das war genauso, als ob wir, hintereinander herjagend, zufällig in einen Altarraum geraten wären und dort eine Prügelei begonnen hätten.

»Natalie«, rief ich leise aus dem Salon, »genug, genug!«

Um dem Weinen und dem qualvollen Zustand ein Ende zu

machen, mußte ich zu meiner Frau gehen und sie trösten, sie liebkosen oder mich entschuldigen; wie sollte ich das aber anstellen, damit sie mir glaubte? Wie konnte ich ein scheues Reh, das in der Gefangenschaft lebte und mich haßte, davon überzeugen, daß es mir sympathisch war und daß ich an seinem Leid Anteil nahm? Ich hatte meine Frau nie gekannt und daher auch nie gewußt, worüber ich mit ihr sprechen sollte. Ihr Äußeres kannte ich gut und würdigte es nach Gebühr, aber ihr Seelenleben, ihre Moral, ihr Geist, ihre Weltanschauung, ihre häufigen Stimmungswechsel, ihre haßerfüllten Augen, ihr Hochmut, die Belesenheit, mit der sie mich manchmal frappierte, oder der nonnenhafte Ausdruck von gestern – all das war mir fremd und unverständlich. Wenn ich bei den Zusammenstößen mit ihr versucht hatte, herauszubekommen, was für ein Mensch sie war, so gelangte ich mit meiner psychologischen Weisheit nicht weiter als bis zu Definitionen wie: unausgeglichen, unseriös, unglücklicher Charakter, weibliche Logik – und mir schien das völlig ausreichend. Aber jetzt, da sie weinte, hatte ich das leidenschaftliche Verlangen, mehr zu erfahren.

Das Weinen ließ nach. Ich ging zu meiner Frau. Sie saß auf dem Sofa, den Kopf in beide Hände gestützt, und blickte nachdenklich und unbeweglich in das Kerzenlicht.

»Ich reise morgen früh ab«, sagte ich.

Sie schwieg. Ich schritt durchs Zimmer, seufzte und fuhr fort:

»Natalie, als Sie mich baten wegzufahren, da sagten Sie: ›Ich verzeihe Ihnen alles, alles ...‹ Das heißt, ich bin in Ihren Augen vor Ihnen schuldig. Ich bitte Sie, formulieren Sie sachlich und knapp, worin meine Schuld vor Ihnen besteht.«

»Ich bin müde. Später ...« erwiderte meine Frau.

»Was für eine Schuld ist das?« fuhr ich fort. »Was habe ich getan? Sie werden sagen, daß Sie jung, schön sind und leben wollen und daß ich fast doppelt so alt bin wie Sie und Ihnen verhaßt, aber ist denn das eine Schuld? Ich habe Sie nicht zur Heirat gezwungen. Nun, wenn Sie in Freiheit leben wollen, so gehen Sie, ich gebe Sie frei. Sie können gehen und lieben, wen Sie wollen. Ich werde auch in die Scheidung einwilligen.«

»Das brauche ich nicht«, sagte sie. »Sie wissen, ich habe Sie einmal geliebt und mich immer für älter gehalten als Sie. Alles Lappalien ... Ihre Schuld besteht nicht darin, daß Sie älter sind und ich jünger oder daß ich, wäre ich frei, einen anderen lieben könnte, sondern darin, daß Sie ein schwieriger Mensch sind, ein Egoist, ein Menschenfeind.«

»Ich weiß nicht, vielleicht«, entgegnete ich.

»Gehen Sie bitte. Sie würden am liebsten bis morgen auf mir herumhacken, aber ich sage Ihnen, ich bin ganz erschöpft und kann Ihnen nicht antworten. Sie haben mir Ihr Wort gegeben, daß Sie abreisen, ich bin Ihnen dafür sehr dankbar, und mehr brauche ich nicht.«

Meine Frau wollte, daß ich ging, aber es fiel mir nicht leicht. Ich war müde und fürchtete meine großen, ungemütlichen Zimmer, die mir unerträglich waren. Als Kind schmiegte ich mich, wenn mir irgend etwas weh tat, an die Mutter oder an die Kinderfrau und meinte, wenn ich mein Gesicht in den Falten ihres warmen Kleides versteckte, ich versteckte mich vor dem Schmerz. So schien mir auch jetzt, ich könnte mich vor meiner Unruhe nur in diesem kleinen Zimmer, bei meiner Frau verstecken. Ich setzte mich und schützte mit der Hand meine Augen vor dem Licht. Es war still.

»Was für eine Schuld?« fragte meine Frau nach langem Schweigen und sah mich mit roten, tränenglänzenden Augen an. »Sie haben eine ausgezeichnete Bildung genossen und sind wohlerzogen, sehr ehrenwert und gerecht, ein Mann mit Grundsätzen, aber bei Ihnen ist es so, daß Sie, wohin auch immer Sie kommen, überall eine drückende Schwüle verbreiten; etwas überaus Kränkendes, Demütigendes geht von Ihnen aus. Sie sind von ehrenhafter Denkungsart, daher hassen Sie die ganze Welt. Sie hassen die Gläubigen, weil Glaube ein Ausdruck von Rückständigkeit und Unwissenheit ist, und zugleich hassen Sie die Ungläubigen, weil sie keinen Glauben und keine Ideale haben; Sie hassen die Alten wegen ihrer Zurückgebliebenheit und ihres Konservatismus und die Jungen wegen ihrer Freigeisterei. Ihnen sind die Interessen des Volkes und Rußlands teuer, deshalb hassen Sie das Volk, denn Sie vermuten in jedem Menschen einen Dieb und Räuber. Sie hassen alle. Sie sind gerecht und stehen immer auf dem Boden der Gerechtigkeit, daher prozessieren Sie ständig mit den Bauern und Gutsnachbarn. Man hat Ihnen zwanzig Sack Roggen gestohlen, und aus Ordnungsliebe haben Sie sich beim Gouverneur und der gesamten Obrigkeit über die

Bauern beschwert, und über die hiesige Obrigkeit haben Sie sich in Petersburg beschwert. Auf der Grundlage der Gerechtigkeit!« sagte meine Frau und lachte. »Auf Grund des Gesetzes und im Interesse der Moral geben Sie mir nicht meinen Paß. Moral und Gesetz besagen, daß eine junge, gesunde, selbstbewußte Frau ihr Leben in Müßiggang, Schwermut und ständiger Angst zubringen muß und dafür Kost und Logis von einem Mann erhält, den sie nicht liebt. Sie kennen ausgezeichnet die Gesetze, als durchaus ehrenhafter und gerechter Mann achten Sie die Ehre und die Grundlagen des Familienlebens, aber aus alldem hat sich nur ergeben, daß Sie in Ihrem ganzen Leben keine einzige gute Tat vollbracht haben, von allen gehaßt werden, mit allen in Streit liegen und daß Sie in diesen sieben Jahren, die Sie verheiratet sind, noch nicht einmal sieben Monate mit Ihrer Frau gelebt haben. Sie hatten keine Frau, und ich hatte keinen Mann. Mit einem Menschen wie Ihnen kann man unmöglich leben, das geht über die Kraft. In den ersten Jahren hatte ich in Ihrer Gegenwart Angst, jetzt ist es mir nur noch peinlich ... So sind die besten Jahre nutzlos vertan. Im Kampf mit Ihnen verdarb ich mir meinen Charakter, ich wurde schroff, grob, scheu und mißtrauisch ... Ach, wozu darüber reden! Wollen Sie denn das begreifen? Gehen Sie in Gottes Namen Ihrer Wege.«

Meine Frau legte sich aufs Sofa und versank in Nachdenken.

»Und wie hätte das Leben schön und beneidenswert sein können!« sagte sie leise und sah nachdenklich in die Flamme. »Jetzt kann man es nicht mehr zurückholen.«

Wer im Winter auf dem Lande gelebt hat und diese langen, öden, stillen Abende kennt, an denen selbst die Hunde vor Langeweile nicht bellen und die Uhr sich zu quälen scheint, weil ihr das Ticken über ist, und wen an solchen Abenden das erwachte Gewissen geplagt hat, wer sich unruhig hin und her gewälzt und gewünscht hat, sein Gewissen zu betäuben oder zu enträtseln, der wird verstehen, was für eine Zerstreuung und einen Genuß mir diese Frauenstimme bereitete, die in dem kleinen, gemütlichen Zimmer ertönte und mir davon sprach, daß ich ein schlechter Mensch sei. Ich begriff nicht, was mein Gewissen wollte, und meine Frau erklärte mir wie ein Dolmetscher auf weibliche Art, aber klar den Sinn meiner Unruhe. Wie schon oft vorher, in den Augenblicken heftiger Unruhe, erriet ich, daß das ganze

Geheimnis nicht in den Hungernden bestand, sondern darin, daß ich nicht der Mensch war, wie er sein mußte.

Meine Frau erhob sich widerwillig und trat zu mir.

»Pavel Andreevič«, sagte sie und lächelte traurig. »Verzeihen Sie, ich glaube Ihnen nicht – Sie werden nicht abreisen. Aber ich bitte Sie noch einmal. Nennen Sie das« – sie zeigte auf ihre Papiere – »Selbstbetrug, Weiberlogik, einen Fehler, wie Sie wollen, aber stören Sie mich nicht. Das ist alles, was mir im Leben geblieben ist.« Sie drehte sich um und schwieg ein Weilchen. »Früher hatte ich nichts. Meine Jugend habe ich im Kampf mit Ihnen vergeudet. Jetzt habe ich mich an diese Sache geklammert und bin aufgelebt, ich bin glücklich ... Ich glaube, damit habe ich etwas gefunden, was mein Leben rechtfertigen kann.«

»Natalie, Sie sind eine gute, an Ideen reiche Frau«, entgegnete ich und sah meine Frau entzückt an, »und alles, was Sie sagen und tun, ist schön und klug.«

Um meine Erregung zu verbergen, ging ich im Zimmer auf und ab.

»Natalie«, fuhr ich einige Augenblicke später fort, »vor meiner Abreise erbitte ich von Ihnen eine besondere Gnade – helfen Sie mir, etwas für die Hungernden zu tun!«

»Was soll ich tun?« erwiderte meine Frau und zuckte mit den Achseln. »Vielleicht die Sammelliste da?«

Sie wühlte in ihren Papieren und fand die Liste.

»Spenden Sie einen gewissen Geldbetrag«, sagte sie, und an ihrem Ton war zu merken, daß sie ihrer Sammelliste keine ernsthafte Bedeutung beimaß. »Anders können Sie sich an dieser Sache nicht beteiligen.«

Ich nahm die Liste und trug ein: ›Ein Unbekannter – 5000.‹ In diesem ›Ein Unbekannter‹ lag etwas Unschönes, Falsches, Eitles, aber ich begriff das erst, als ich merkte, wie meine Frau heftig errötete und die Liste hastig unter die Papiere schob. Es war uns beiden peinlich. Ich fühlte, ich mußte unbedingt, koste es, was es wolle, diese Ungeschicklichkeit gutmachen, andernfalls würde ich mich später in der Eisenbahn und in Petersburg schämen müssen. Aber wie sollte ich das anfangen? Was sollte ich sagen?

»Ich segne Ihre Tätigkeit, Natalie«, sagte ich aufrichtig, »und wünsche Ihnen jeglichen Erfolg. Erlauben Sie jedoch, Ihnen zum

Abschied einen Rat zu geben. Natalie, seien Sie vorsichtiger im Umgang mit Zobel und mit Ihren Helfern überhaupt und verlassen Sie sich nicht auf sie. Ich will nicht sagen, daß sie nicht ehrlich sind, aber es sind keine Adligen, es sind Menschen ohne Ideen, ohne Ideale und ohne Glauben, ohne Lebensziel, ohne feste Grundsätze, und der ganze Sinn ihres Lebens basiert auf dem Rubel. Der Rubel, der Rubel und nochmals der Rubel!« sagte ich seufzend. »Sie möchten leicht und mühelos Geld verdienen und sind in dieser Beziehung für die Sache um so gefährlicher, je gebildeter sie sind.«

Meine Frau ging zum Sofa und legte sich hin.

»Ideen, ideell«, murmelte sie erschöpft und unwillig. »Ideengut, Ideale, Lebensziel, Grundsätze ... Diese Worte haben Sie immer gebraucht, wenn Sie jemanden demütigen, kränken oder wenn Sie etwas Unangenehmes sagen wollten. So einer sind Sie! Sie mit diesen Ansichten und mit einer solchen Einstellung zu den Menschen nahe an eine Sache heranlassen heißt die Sache schon am ersten Tag verderben. Das sollten Sie endlich begreifen.«

Sie seufzte und schwieg eine Weile.

»Das ist moralische Grobheit, Pavel Andreevič«, fuhr sie fort. »Sie sind gebildet und wohlerzogen, aber in Wirklichkeit sind Sie noch ein richtiger ... Skythe! Das kommt daher, weil Sie das zurückgezogene Leben eines Menschenfeindes führen, mit niemandem verkehren und nichts lesen außer Ihren technischen Büchern. Und es gibt doch gute Menschen, so gute Menschen! Ja ... Aber ich bin müde, das Sprechen fällt mir schwer. Ich muß schlafen.«

»So will ich denn fahren, Natalie«, erwiderte ich.

»Ja, ja ... Merci ...«

Ich blieb noch ein wenig stehen und ging dann nach oben. Eine Stunde später – es war um halb zwei – stieg ich mit einer Kerze in der Hand abermals hinunter, um mit meiner Frau zu reden. Ich wußte nicht, worüber ich mit ihr reden sollte, aber ich fühlte, daß ich ihr etwas Wichtiges, dringend Notwendiges zu sagen hatte. In ihrem Arbeitszimmer war sie nicht. Die ins Schlafzimmer führende Tür war verschlossen.

»Natalie, schlafen Sie?« fragte ich leise.

Es kam keine Antwort. Ich blieb an der Tür stehen, seufzte und ging in den Salon. Dort setzte ich mich auf den Diwan, löschte die Kerze und blieb im Dunkeln sitzen, bis der Tag anbrach.

VI

Um zehn Uhr morgens fuhr ich zur Station. Es fror nicht, aber vom Himmel fielen große nasse Schneeflocken, und es wehte ein unangenehmer feuchter Wind.

Wir fuhren am Teich vorüber, dann am Birkenhain und dann auf dem Weg, der von meinem Fenster aus zu sehen ist, den Berg hinan. Ich schaute mich um, ich wollte zum letztenmal einen Blick auf mein Haus werfen, aber durch den Schnee war nichts zu sehen. Kurz darauf tauchten vorn wie im Nebel dunkle Bauernhäuser auf. Das war Pestrovo.

Wenn ich einmal den Verstand verliere, dann ist Pestrovo daran schuld, dachte ich. Es verfolgt mich.

Wir fuhren die Dorfstraße entlang. Die Dächer auf den Häusern waren unversehrt, kein einziges war abgerissen – mein Verwalter hatte also gelogen. Ein Knabe zog einen Schlitten, auf dem ein Mädchen mit einem kleinen Kerl saß, ein anderer, etwa dreijähriger Junge, den Kopf wie eine Frau eingemummt, an den Händen riesige Fausthandschuhe, versuchte mit der Zunge die Schneeflocken aufzufangen und lachte dabei. Ein Fuhrwerk mit Reisig kam uns entgegen, ein Bauer ging daneben, und man konnte nicht erkennen, ob sein Bart grau vom Alter oder weiß vom Schnee war. Er erkannte meinen Kutscher, lächelte ihm zu und sagte etwas; vor mir zog er mechanisch die Mütze. Aus den Höfen kamen Hunde gelaufen und starrten neugierig meine Pferde an. Alles war ruhig, alltäglich und einfach. Die Umsiedler waren zurückgekehrt, sie hatten kein Brot, in den Häusern ›lacht der eine laut, der andere will die Wände hochklettern‹, aber alles hier war so einfach, daß man gar nicht glauben wollte, es verhalte sich wirklich so. Keine verzweifelten Gesichter, keine um Hilfe schreienden Stimmen, kein Weinen, kein Schelten, sondern Stille ringsum, geordnetes Leben, Kinder, Schlitten, Hunde mit erhobener Rute. Weder die Kinder noch der uns begegnende Bauer ließ Unruhe erkennen, weshalb war ich da so unruhig?

Als ich den lächelnden Bauern erblickte, den Jungen mit den

gewaltigen Fausthandschuhen und die Bauernhäuser und als ich an meine Frau dachte, da begriff ich, daß es keine Not gab, die diese Menschen besiegen konnte; es schien mir, der Sieg liege schon in der Luft; das machte mich stolz, und ich war bereit, ihnen zuzurufen, auch ich sei mit ihnen; aber die Pferde ließen das Dorf hinter sich und erreichten das freie Feld, wieder wirbelte der Schnee, heulte der Wind, und ich blieb mit meinen Gedanken allein. Aus der Millionenmasse von Menschen, die der Sache des Volkes dienten, hatte das Leben nur mich ausgestoßen, als unnützen, unfähigen, schlechten Menschen. Ich war ein Hemmschuh, hatte meinen Anteil an der Not des Volkes, man hatte mich besiegt und ausgestoßen, ich aber eilte zur Station, um abzureisen und mich in Petersburg, in einem Hotel auf der Bolšaja-Morskaja-Straße, zu verstecken.

Nach einer Stunde waren wir auf der Station angelangt. Der Bahnwächter mit seinem Nummernschild und der Kutscher trugen meine Koffer in den Warteraum für Damen. Der Kutscher Nikanor, die Rockschöße hinter den Gürtel gesteckt, in Filzstiefeln, ganz durchnäßt vom Schnee und zufrieden, daß ich wegfuhr, lächelte mir freundlich zu und sagte:

»Glückliche Reise, Euer Exzellenz. Alles Gute.«

Übrigens nennen mich alle Exzellenz, obwohl ich nur Kollegienrat und Kammerjunker bin. Der Bahnwächter teilte mir mit, der Zug habe noch nicht die Nachbarstation verlassen. Ich mußte mithin warten. Ich ging hinaus, mein Kopf war schwer von der durchwachten Nacht, und vor Müdigkeit konnte ich kaum einen Fuß vor den anderen setzen. Ohne jede Absicht begab ich mich zum Pumpenhaus. Ringsum war keine Menschenseele.

Warum fahre ich weg? fragte ich mich. Was erwartet mich dort? Bekannte, die ich bereits einmal verlassen habe, Einsamkeit, Essen im Restaurant, Lärm, elektrische Beleuchtung, von der mir die Augen schmerzen ... Wohin und warum fahre ich? Warum fahre ich?

Es war irgendwie seltsam, abzureisen, ohne daß ich noch einmal mit meiner Frau gesprochen hatte. Mir schien, ich ließ sie im ungewissen zurück. Da ich abreiste, hätte ich ihr sagen müssen, sie habe recht, ich sei tatsächlich ein schlechter Mensch.

Als ich vom Pumpenhaus zurückkehrte, erschien der Bahnhofsvorsteher in der Tür, über den ich mich bereits zweimal bei seiner vorgesetzten Behörde beschwert hatte. Mit hochgeschlagenem Rockkragen, ganz zusammengekrümmt in dem Wind und dem Schneegestöber, trat er zu mir, legte zwei Finger an den Mützenschirm und sagte mir mit verdutztem, gezwungen ehrerbietigem und haßerfülltem Gesicht, der Zug habe zwanzig Minuten Verspätung, ob ich nicht so lange in einem warmen Raum warten wolle?

»Ich danke Ihnen«, erwiderte ich, »aber ich werde wahrscheinlich gar nicht wegfahren. Sagen Sie bitte meinem Kutscher, er soll warten. Ich würde noch überlegen.«

Ich ging auf dem Bahnsteig auf und ab und dachte: Soll ich abreisen oder nicht? Als der Zug ankam, beschloß ich, nicht mitzufahren. Daheim erwarteten mich das Erstaunen und vielleicht auch der Spott meiner Frau, die trostlose obere Etage und meine Unruhe, das aber war in meinem Alter immerhin leichter und irgendwie angenehmer als zwei Tage und zwei Nächte hindurch mit fremden Menschen nach Petersburg zu fahren, wo ich jeden Augenblick würde erkennen müssen, daß mein Leben zu nichts nütze war und sich dem Ende näherte. Nein, da war es schon besser zu Hause, was dort auch sein mochte ... Ich verließ die Station. Bei Tageslicht nach Hause zurückzukehren, wo sich alle so über meine Abreise gefreut hatten, war peinlich. Bis zum Abend könnte ich bei einem meiner Nachbarn bleiben. Aber bei wem? Zu den einen waren meine Beziehungen gespannt, die anderen kannte ich überhaupt nicht. Ich überlegte und erinnerte mich an Ivan Ivanyč.

»Wir fahren zu Bragin!« sagte ich zu dem Kutscher und stieg in den Schlitten.

»Schön weit«, seufzte Nikanor, »das werden wohl an die achtundzwanzig Verst sein, wenn nicht gar dreißig.«

»Bitte, mein Lieber«, antwortete ich in einem Ton, als habe Nikanor das Recht, nicht zu gehorchen. »Fahren wir, bitte!«

Nikanor wiegte zweifelnd den Kopf und meinte bedächtig, man hätte richtigerweise nicht den Čerkes, sondern Mužik oder Čižik als Deichselpferd einspannen sollen, und unschlüssig, als erwarte er, ich würde meinen Entschluß ändern, nahm er mit den Fausthandschuhen die Zügel, erhob sich ein wenig, überlegte und schwang dann die Peitsche.

Eine ganze Reihe inkonsequenter Handlungen ... dachte ich

und verbarg mein Gesicht vor dem Schnee. Ich bin also verrückt geworden. Nun, meinetwegen ...

An einer Stelle ließ Nikanor die Pferde vorsichtig einen sehr hohen, steilen Berg hinuntersteigen; auf der Hälfte des Berges gingen die Pferde jedoch plötzlich durch und jagten in furchtbarem Tempo abwärts. Der Kutscher zuckte zusammen, spreizte die Ellbogen ab und schrie wild und wütend, wie ich es vorher noch nie von ihm gehört hatte:

»He, wir fahren einen General! Wenn ihr euch abhetzt, kauft er neue, ihr Täubchen! He, Vorsicht!«

Erst jetzt, da mir von der ungewöhnlich schnellen Fahrt der Atem stockte, merkte ich, daß er stark betrunken war; vermutlich hatte er auf der Station Alkohol zu sich genommen. Auf dem Grund der Schlucht krachte das Eis, und ein mit Dung vermischter Schneeklumpen wurde emporgeschleudert und prallte schmerzhaft gegen mein Gesicht. Die dahinstürmenden Pferde jagten ebenso schnell den Berg hinauf wie den vorhergehenden hinunter, und ehe ich Nikanor etwas zurufen konnte, flog meine Trojka schon über ebenes Gelände, durch alten Tannenwald, und die hohen Tannen streckten mir von allen Seiten ihre zottigen weißen Tatzen entgegen.

Ich bin verrückt geworden, der Kutscher ist betrunken ... dachte ich. Feine Sache!

Ivan Ivanyč traf ich zu Hause an. Vor Lachen bekam er einen Hustenanfall, legte seinen Kopf an meine Brust und sagte, was er immer sagte, wenn er mich sah:

»Sie werden immer jünger. Ich weiß nicht, womit Sie sich Kopf- und Barthaar färben: Sie sollten mir etwas von dem Mittel geben.«

»Ich wollte Ihnen einen Besuch abstatten, Ivan Ivanyč«, log ich. »Ich bitte um Nachsicht, ich bin aus der Hauptstadt, ich habe Vorurteile und lege Wert auf Besuche.«

»Ich freue mich, mein Lieber! Ich bin schon kindisch geworden, aber ich weiß die Ehre zu schätzen. Jawohl.«

An seiner Stimme und dem selig lächelnden Gesicht konnte ich ersehen, daß ihm mein Besuch sehr schmeichelte. Im Vorzimmer nahmen mir zwei Bauernweiber den Pelz ab, und ein Bauer im roten Hemd hängte ihn an einen Haken. Als ich mit Ivan Ivanyč in sein kleines Arbeitszimmer ging, saßen zwei barfüßige

Mädchen auf dem Fußboden und schauten sich einen Bildband an; sowie sie uns erblickten, sprangen sie auf und liefen davon, und sogleich trat eine hochgewachsene, schlanke alte Frau mit einer Brille ins Zimmer, verbeugte sich gemessen vor mir, nahm das Kopfkissen vom Diwan, hob den Bildband vom Fußboden auf und ging wieder hinaus. Aus den angrenzenden Zimmern hörte man ununterbrochen Flüstern und Schlurfen bloßer Füße.

»Ich erwarte den Doktor zum Mittagessen bei mir«, sagte Ivan Ivanyč. »Er hat versprochen, pünktlich zu kommen. Jawohl. Er ißt jeden Mittwoch bei mir, Gott schenke ihm Gesundheit.« Er beugte sich zu mir und küßte mich auf den Hals. »Sie sind zu mir gekommen, mein Lieber, das heißt, Sie sind mir nicht böse«, flüsterte er schnaufend. »Ärgern Sie sich nicht, mein Bester. Jawohl. Vielleicht war es kränkend, aber Sie brauchen sich nicht zu ärgern. Ich bitte Gott vor meinem Tode nur noch um eins: mit allen in Frieden und Eintracht zu leben, um der Gerechtigkeit willen. Jawohl.«

»Verzeihen Sie, Ivan Ivanyč, wenn ich die Füße auf den Sessel lege«, sagte ich, da ich merkte, daß ich mich, erschöpft wie ich war, nicht mehr zusammennehmen konnte; ich setzte mich auf dem Diwan bequemer hin und legte die Füße auf den Sessel. Von dem Schnee und dem Wind brannte mir das Gesicht, es schien, als habe sich mein ganzer Körper mit Wärme vollgesogen und sei davon erschlafft. »Es ist schön bei Ihnen hier«, fuhr ich fort, »warm, weich, behaglich ... Und Gänsekiele gibt es«, bemerkte ich lachend und sah zum Schreibtisch hin, »eine Sandbüchse ...«

»Wie? Ja, ja ... Den Schreibtisch und das Schränkchen da aus Mahagoni hat der Tischler Gleb Butyga, ein Autodidakt und Leibeigener des Generals Šukov für meinen Vater gemacht. Jawohl ... Ein großer Künstler auf seinem Gebiet.«

Lässig, mit dem Tonfall eines Menschen, der gerade einschlafen will, begann er mir von dem Tischler Butyga zu erzählen. Ich hörte zu. Dann ging Ivan Ivanyč in das Nachbarzimmer, um mir eine wegen ihrer Schönheit und Billigkeit bemerkenswerte Kommode aus Palisanderholz zu zeigen. Er klopfte mit dem Finger gegen die Kommode; darauf lenkte er meine Aufmerksamkeit auf den Kachelofen, der Verzierungen aufwies, wie man sie heute nirgendwo mehr antrifft. Auch gegen den

Ofen klopfte er mit dem Finger. Die Kommode, der Kachelofen, die Sessel und die Bilder, die in Wolle und Seide auf Kanevas gestickt waren und in stabilen, unschönen Rahmen steckten – alles das strömte Gutmütigkeit und Sattheit aus. Wenn man bedenkt, daß alle diese Gegenstände an ebendenselben Plätzen und genau in der gleichen Ordnung standen wie zu der Zeit, als ich noch ein Kind war und mit der Mutter zu den Namenstagen hierhergekommen war, so wollte man einfach nicht glauben, daß sie einmal nicht mehr existieren könnten.

Ich dachte daran, welch gewaltiger Unterschied zwischen Butyga und mir bestand. Butyga, der vor allem dauerhaft und gediegen gebaut und darin das Wichtigste gesehen hatte, maß der Langlebigkeit des Menschen besondere Bedeutung bei, er hatte nicht an den Tod gedacht und wahrscheinlich kaum an dessen Möglichkeit geglaubt; ich dagegen konnte mich, als ich meine Brücken aus Eisen und Stein baute, die Tausende von Jahren überdauern würden, nicht des Gedankens enthalten: Das ist nicht von langer Dauer . . . das ist zu nichts nütze. Kommen später einmal einem verständigen Kunsthistoriker Butygas Schrank und meine Brücke unter die Augen, dann wird er sagen: Das waren zwei in ihrer Art bemerkenswerte Männer – Butyga liebte die Menschen und ließ den Gedanken, sie könnten sterben und zugrunde gehen, nicht zu, daher hatte er, als er sein Möbelstück anfertigte, den unsterblichen Menschen im Auge. Der Ingenieur Asorin dagegen liebte weder die Menschen noch das Leben; selbst in den glücklichen Augenblicken seines Schaffens war ihm der Gedanke an Tod, Zerstörung und Vergänglichkeit nicht zuwider; sehen Sie nur, wie nichtig, vergänglich, zaghaft und kläglich diese Linien sind . . .

»Ich heize nur diese Zimmer«, murmelte Ivan Ivanyč, als er mir seine Räume zeigte. »Seit meine Frau gestorben und mein Sohn im Krieg gefallen ist, habe ich die Paradezimmer abgesperrt. Jawohl . . . hier . . .«

Er öffnete eine Tür, und ich erblickte ein großes Zimmer mit vier Säulen, ein altes Klavier und einen Haufen Erbsen auf dem Fußboden, es roch nach Kälte und Feuchtigkeit.

»In dem andern Zimmer sind Gartenbänke . . .« murmelte Ivan Ivanyč. »Ist keiner mehr da, der Mazurka tanzt . . . Ist abgesperrt.«

Man hörte Lärm. Doktor Zobel war gekommen. Während er sich vor Kälte die Hände rieb und seinen nassen Bart in Ordnung brachte, bemerkte ich, daß er erstens ein sehr langweiliges Leben führte und sich daher freute, Ivan Ivanyč und mich zu treffen, und daß er zweitens ein einfältiger, naiver Mensch war. Er schaute mich in einer Weise an, als wäre ich hoch beglückt, ihn zu sehen, und als interessierte ich mich sehr für ihn.

»Zwei Nächte habe ich nicht geschlafen!« sagte er, wobei er mich naiv ansah und sich kämmte. »Die eine Nacht habe ich bei einer Entbindung zugebracht, in der zweiten haben mich in einem fort die Wanzen gebissen, als ich bei einem Bauern übernachtete. Ich möchte schlafen wie ein Murmeltier, verstehen Sie.«

Mit einer Miene, als müsse mir das unbedingt Vergnügen bereiten, nahm er meinen Arm und führte mich in das Eßzimmer. Seine naiven Augen, der zerknitterte Rock, die billige Krawatte und der Jodoformgeruch machten auf mich einen unangenehmen Eindruck; ich fühlte mich in schlechter Gesellschaft. Als wir uns zu Tisch setzten, goß er mir Vodka ein, und hilflos lächelnd trank ich ihn aus; er legte mir ein Stück Schinken auf den Teller – und ich aß gehorsam.

»Repetitio est mater studiorum«, sagte Zobel und trank hastig ein zweites Gläschen. »Glauben Sie mir, aus Freude, daß ich gute Menschen treffe, ist mir sogar der Schlaf vergangen. Ich bin ein Bauer, in der Einöde verwildert und verroht, aber trotzdem, meine Herren, bin ich immer noch ein intelligenter Mensch und sage Ihnen aufrichtig: es ist schwer, ohne Menschen zu leben.«

Man servierte als kalte Vorspeise weißes Spanferkel mit Meerrettich und saurer Sahne, sodann fette, sehr heiße Kohlsuppe mit Schweinefleisch und Buchweizengrütze, von der wie eine Säule der Dampf aufstieg. Der Doktor redete weiter, und ich kam bald zu der Überzeugung, daß er ein schwacher, seinem Äußeren nach liederlicher und unglücklicher Mensch sei. Von drei Gläschen war er betrunken, er wurde unnatürlich lebhaft, aß viel, wobei er grunzte und schmatzte, und titulierte mich schon italienisch: eccellenza. Mich naiv anblickend, als sei er überzeugt, ich freute mich sehr, ihn zu sehen und zu hören, teilte er mir mit, er lebe schon lange von seiner Frau getrennt und gebe ihr Dreiviertel seines Einkommens. Sie wohne mit den Kindern, die er vergöttere, in der Stadt, und er liebe eine andere, eine verwitwete Gutsbesitzerin, eine intelligente Frau, aber er weile selten bei ihr, da er von früh bis spät von seinem Beruf in Anspruch genommen sei und überhaupt keine freie Zeit habe.

»Den ganzen Tag bin ich im Krankenhaus oder unterwegs«, erzählte er, »und ich schwöre Ihnen, eccellenza, nicht nur, daß ich keine Zeit habe, zu der geliebten Frau hinzufahren, ich habe nicht einmal Zeit, ein Buch zu lesen. Seit zehn Jahren habe ich nichts mehr gelesen! Zehn Jahre, eccellenza! Was die materielle Seite betrifft, so fragen Sie bitte Ivan Ivanyč – manchmal reicht es nicht einmal, um Tabak zu kaufen.«

»Dafür sind Sie moralisch befriedigt«, warf ich ein.

»Wie bitte?« fragte er und kniff das eine Auge zu. »Nein, lassen Sie uns lieber trinken.«

Ich hörte dem Doktor zu und legte wie gewöhnlich meine üblichen Maßstäbe an – Materialist, Idealist, Rubel, Herdeninstinkte und dergleichen mehr, aber nicht ein einziger dieser Maßstäbe paßte auch nur annähernd; und es war seltsam, solange ich nur zuhörte und ihn ansah, war er mir als Mensch völlig klar, sobald ich aber begann, meine Maßstäbe anzulegen, wurde er bei all seiner Offenheit und Einfachheit eine ungewöhnlich komplizierte, verworrene und unverständliche Natur. Kann dieser Mensch, so fragte ich mich, fremde Gelder unterschlagen, Vertrauen mißbrauchen, eine Neigung zu mühelosem Geldverdienen haben? Und jetzt kam mir diese einst ernste, bedeutungsvolle Frage naiv, kleinlich und plump vor.

Man servierte Piroggen, darauf, wie ich mich entsinne, mit langen Pausen dazwischen, in denen wir Fruchtlikör tranken, Taubensoße, Gekröse, gebratenes Ferkel, Ente, Rebhuhn, Blumenkohl, kleine Pasteten, Quark mit Milch, Fruchtgelee und zum Schluß Pfannkuchen mit Konfitüre. Zunächst aß ich mit großem Appetit, besonders die Kohlsuppe und die Grütze, dann aber kaute und schluckte ich nur noch mechanisch, hilflos lächelnd und ohne etwas zu schmecken. Von der heißen Kohlsuppe und der Hitze, die im Zimmer herrschte, brannte mir heftig das Gesicht. Ivan Ivanyč und Zobel waren ebenfalls ganz rot.

»Auf die Gesundheit Ihrer Gattin«, sagte Zobel. »Sie hat mich gern. Sagen Sie ihr, ihr Leibarzt lasse sie grüßen.«

»Eine glückliche Frau, weiß Gott!« meinte Ivan Ivanyč seufzend. »Sie hat sich nicht darum gerissen, sich keine Sorgen gemacht, sich nicht abgehetzt, und doch ist sie jetzt die Erste im Kreis. Die Aktion liegt fast allein in ihren Händen, und alle sind dabei: der Doktor, die Zemstvo-Obrigkeit, die Damen. Bei wirklichen Menschen geht das alles irgendwie von selbst. Jawohl ... Beim Apfelbaum braucht man sich nicht zu sorgen, daß auf ihm Äpfel wachsen – sie wachsen von selbst.«

»Es sind die Gleichgültigen, die sich keine Sorgen machen«, sagte ich.

»Wie? Ja, ja ...« murmelte Ivan Ivanyč, der nicht genau verstanden hatte. »Das stimmt ... Man muß gleichgültig sein. Doch, doch ... Eben ... Man muß nur Gerechtigkeit üben vor Gott und den Menschen, ganz gleich, was geschehen mag.«

»Eccellenza«, sagte Zobel feierlich, »sehen Sie sich einmal die Natur ringsum an: Steckt man die Nase oder ein Ohr aus dem Kragen – beißt der Frost sie ab, bleibt man im Freien eine Stunde stehen – wird man vom Schnee verschüttet. Und das Dorf ist noch dasselbe wie zu Rjuriks Zeiten, es hat sich nicht im geringsten verändert, es sind die gleichen Petschenegen und Polowzer. Wir wissen nur, daß wir unter der Hitze leiden, hungern und auf jede mögliche Weise mit der Natur kämpfen. Wovon sprach ich gerade? Ach ja! Wenn man es richtig bedenkt, verstehen Sie, und diesen, mit Verlaub zu sagen, Brei aufmerksam betrachtet und analysiert, dann ist das kein Leben, sondern ein Brand im Theater. Wer hinfällt oder vor Angst schreit und herumrennt, ist der erste Feind der Ordnung. Man muß strammstehen und auf der Hut sein und darf nicht fackeln! Da ist keine Zeit mehr, die Nase hängenzulassen und sich mit Kleinigkeiten abzugeben. Wenn du es mit der Naturgewalt zu tun hast, dann stelle ihr eine Naturgewalt entgegen – sei fest und unnachgiebig wie ein Stein. Ist es nicht so, Großväterchen?« sagte er lachend zu Ivan Ivanyč. »Ich selbst bin ein Weib, ein Waschlappen, ein Sauertopf und kann daher nichts Saures vertragen. Ich mag keine kleinlichen Gefühle! Der eine bläst Trübsal, der zweite ist feige, der dritte wird, wenn er hier hereinkommt, sagen: ›Sieh mal einer an, sie haben zehn Gänge verdrückt und von den Hungernden gesprochen!‹ Das ist kleinlich und dumm! Der vierte wirft Ihnen vor, eccellenza, daß Sie reich sind. Entschuldigen Sie mich, eccellenza«, fuhr er laut fort und preßte die Hand aufs Herz, »aber daß Sie unseren Untersuchungsrichter bemüht haben, Tag und Nacht Ihre Diebe zu suchen, entschuldigen Sie, das ist ebenfalls kleinlich von Ihnen. Ich bin betrunken, darum sage ich das jetzt, aber verstehen Sie, kleinlich ist das!«

»Wer hat ihn gebeten, sich Scherereien zu machen?« sagte ich und erhob mich; es war mir plötzlich unerträglich peinlich, ich war gekränkt und ging neben dem Tisch auf und ab. »Wer hat ihn gebeten, sich Scherereien zu machen? Ich habe ihn nicht darum gebeten ... Hol ihn der Teufel mit Haut und Haar!«

»Drei hat er verhaftet und wieder freigelassen. Sie erwiesen sich als die Falschen, und nun sucht er neue«, erwiderte Zobel lachend. »Eine Sünde ist das!«

»Und ich habe ihn nicht darum gebeten, sich Scherereien zu machen«, sagte ich und weinte bald vor Erregung. »Wozu, wozu das alles? Nun ja, nehmen wir an, ich bin im Unrecht, nehmen wir an, ich habe schlecht gehandelt, aber weshalb wollen Sie, daß ich noch mehr Unrecht habe?«

»Na, na, na!« entgegnete Zobel und versuchte, mich zu beruhigen. »Na! Ich bin betrunken, deshalb habe ich das auch gesagt. Meine Zunge ist mein Feind.« Er seufzte. »Wir haben gegessen und Fruchtlikör getrunken, und jetzt legen wir uns aufs Ohr.«

Er stand vom Tisch auf, küßte Ivan Ivanyč auf die Stirn und ging, vor Sattheit schwankend, aus dem Zimmer. Ivan Ivanyč und ich rauchten schweigend.

»Ich schlafe nicht nach dem Essen, mein Lieber«, sagte Ivan Ivanyč, »aber gehen Sie bitte ins Diwanzimmer, ruhen Sie sich aus.«

Ich war einverstanden. In dem halbdunklen, stark geheizten Raum, der als Diwanzimmer bezeichnet wurde, standen an den Wänden lange, breite Diwane, fest und schwer, von dem Tischler Butyga gearbeitet; darauf lagen dicke, weiche, weiße Betten, die wahrscheinlich von der Alten mit der Brille bereitet waren. Auf dem einen schlief schon Zobel mit dem Gesicht zur Lehne, ohne Rock und Stiefel, das andere wartete auf mich. Ich zog den Rock und die Schuhe aus, gab mich der Müdigkeit hin, dem Geist Butygas, der durch das stille Diwanzimmer schwebte, sowie dem leisen, zärtlichen Schnarchen Zobels und legte mich gehorsam nieder.

Sogleich träumte ich von meiner Frau, von ihrem Zimmer, dem Stationsvorsteher mit dem haßerfüllten Gesicht, von den

Schneewehen und von einem Theaterbrand ... Mir erschienen die Bauern, die aus meiner Scheune zwanzig Sack Roggen herausschleppten ...

»Trotzdem ist es gut, daß der Untersuchungsrichter sie entlassen hat«, sagte ich.

Ich erwachte von meiner Stimme, schaute einen Augenblick lang verdutzt auf Zobels breiten Rücken, auf die Schnalle an seiner Weste und auf seine dicken Fersen, legte mich darauf wieder hin und schlief erneut ein.

Als ich das zweite Mal erwachte, war es bereits dunkel. Zobel schlief. Ich hatte mich beruhigt und wollte möglichst schnell heim. Ich kleidete mich an und verließ den Raum. Ivan Ivanyč saß in seinem Arbeitszimmer unbeweglich in dem großen Sessel und starrte auf einen Punkt, und es war offensichtlich, daß er sich die ganze Zeit über, während ich schlief, in diesem Zustand der Erstarrung befunden hatte.

»Das tat gut!« sagte ich gähnend. »Mir ist, als sei ich nach dem Osterfestessen erwacht. Ich werde öfter zu Ihnen kommen. Sagen Sie, hat meine Frau schon mal bei Ihnen zu Mittag gegessen?«

»Ma ... Ma ... manchmal«, murmelte Ivan Ivanyč und strengte sich an, um sich von der Stelle zu rühren. »Letzten Sonnabend hat sie hier gegessen. Jawohl ... Sie hat mich gern.«

Nach einigem Schweigen sagte ich:

»Erinnern Sie sich, Ivan Ivanyč, Sie sagten, ich hätte einen schlechten Charakter und es sei schwierig mit mir? Aber was soll man machen, damit sich der Charakter ändert?«

»Ich weiß nicht, mein Lieber ... Ich bin so unbeholfen, leide an Verfettung, ich kann Ihnen keinen Rat mehr geben ... Jawohl ... Ich habe Ihnen das damals gesagt, weil ich Sie gern habe, Ihre Frau habe ich gern, und Ihren Vater habe ich gern gehabt ... Jawohl. Ich werde bald sterben, was habe ich da nötig, vor Ihnen Versteck zu spielen oder Sie zu belügen? Ich sage so: Ich habe Sie sehr gern, aber ich achte Sie nicht. Jawohl, ich achte Sie nicht.«

Er drehte sich zu mir um und sprach leise und keuchend:

»Man kann Sie unmöglich achten, mein Lieber. Dem Aussehen nach sind Sie so etwas wie ein richtiger Mensch. Ihr Äußeres und Ihre Haltung erinnern an den französischen Präsidenten Carnot

– ich habe neulich sein Bild gesehen – jawohl ... Sie sprechen gewählt, Sie sind klug, in Rang und Würden, man kann Ihnen nicht das Wasser reichen, aber Sie haben keine richtige Seele, mein Lieber ... Es ist keine Kraft darin ... Jawohl.«

»Ein Skythe, kurz gesagt«, entgegnete ich lachend. »Aber was ist meine Frau? Erzählen Sie mir etwas über meine Frau. Sie kennen sie noch besser.«

Ich wollte gern über meine Frau sprechen, aber Zobel kam herein und störte uns.

»Ich habe ein Schläfchen gemacht und mich gewaschen«, sagte er und sah mich naiv an. »Ich trinke noch Tee mit Rum, und dann ab nach Hause.«

VII

Es war bereits in der achten Abendstunde. Außer Ivan Ivanyč begleiteten uns vom Vorzimmer bis auf die Freitreppe mit Klagen und allen möglichen guten Wünschen die Weiber, die Alte mit der Brille, die Mädchen und der Bauer. Im Dunkeln, neben den Pferden, standen und liefen Leute mit Laternen herum, sie erklärten unseren Kutschern, wie und wo sie am besten fahren könnten, und wünschten gute Fahrt. Pferde, Schlitten und Menschen waren weiß.

»Woher hat er so viele Leute?« fragte ich, als meine Trojka und der Zweispänner des Doktors im Schritt aus dem Gehöft herausfuhren.

»Das sind alles seine Leibeigenen«, sagte Zobel. »Bis zu ihm ist die Verordnung noch nicht gedrungen. Manch einer aus der alten Dienerschaft beschließt hier sein Leben, nun, es sind auch viele Waisen dabei, die man nirgends unterbringen kann; es gibt auch solche, die sich stur hier festgesetzt haben und die man nicht fortjagen kann. Ein wunderlicher Alter!«

Wieder die schnelle Fahrt, die sonderbare Stimme des betrunkenen Nikanor, der Wind und der lästige Schnee, der in Augen, Mund und alle Falten des Pelzes drang ...

Wie es mich treibt! dachte ich, und die Glöckchen meines Schlittens erklangen zusammen mit denen des Arztes, der Wind pfiff, die Kutscher schrien, und bei diesem wilden Lärm erinnerte ich mich an alle Einzelheiten dieses seltsamen, stürmischen, in meinem Leben einzigartigen Tages, und es kam mir so vor, als hätte ich tatsächlich den Verstand verloren oder aber sei ein anderer Mensch geworden. Es war, als sei mir derjenige, der ich bis heute war, schon fremd geworden.

Der Doktor fuhr hinter mir und unterhielt sich die ganze Zeit laut mit seinem Kutscher. Zuweilen holte er mich ein, fuhr neben mir, bot mir, in der naiven Überzeugung, es sei mir sehr angenehm, Zigaretten an und bat um Streichhölzer. Als er wieder einmal auf gleicher Höhe mit mir war, reckte er sich plötzlich im Schlitten zu seiner ganzen Größe auf, schwenkte die Ärmel seines Pelzes, die beinahe doppelt so lang wie seine Arme waren, und schrie:

»Fahr zu, Vaska! Überhole die Prachtgäule! He, ihr Kätzchen!«

Und des Doktors Kätzchen jagten unter dem lauten hämischen Gelächter Zobels und seines Kutschers Vaska davon. Mein Nikanor war beleidigt und hielt die Trojka zurück, aber als das Geläut des Arztschlittens nicht mehr zu hören war, spreizte er die Ellbogen ab, schrie los, und meine Trojka flog wie besessen hinterdrein. Wir kamen in ein Dorf. Lichter blitzten, die Silhouetten von Bauernhütten tauchten auf, und jemand schrie: ›Diese Teufel!‹ Wir stürmten wohl an die zwei Verst dahin, das Dorf nahm kein Ende. Als wir den Doktor eingeholt hatten und langsamer fuhren, bat er um Streichhölzer und sagte:

»Ernähren Sie mal diese Straße! Und hier gibt es fünf solcher Straßen, mein Herr. Halt! Halt!« schrie er. »Zur Schenke abbiegen! Wir müssen uns aufwärmen und die Pferde verschnaufen lassen.«

Wir hielten vor der Schenke.

»In meinem Sprengel gibt es solch ein Dorf mehr als einmal«, sagte der Doktor, während er die schwere quietschende Tür öffnete und mir den Vortritt ließ. »Selbst bei hellichtem Tage ist da kein Ende abzusehen, und außerdem gibt es noch Querstraßen, da kratzt man sich nur den Nacken. Da kann man kaum etwas machen.«

Wir traten in die ›gute‹ Stube, wo es stark nach Tischtüchern roch; bei unserem Erscheinen sprang ein verschlafener Bauer von der Bank auf, der eine Weste anhatte und das Hemd über der Hose trug. Zobel bestellte Bier, ich Tee.

»Da kann man kaum etwas machen«, sagte Zobel. »Ihre Gattin glaubt es zwar, ich verehre und achte sie, aber ich selbst glaube nicht sehr daran. Solange unsere Beziehungen zum Volk den Charakter gewöhnlicher Wohltätigkeit tragen wie in Waisenhäusern und Invalidenheimen, so lange werden wir nur klügeln, ausweichen und uns selbst betrügen, weiter nichts. Unsere Beziehungen sollten sachlich sein, gegründet auf Berechnung, Kenntnisse und Gerechtigkeit. Mein Vaska war sein ganzes Leben lang bei mir Knecht, er hat nichts geerntet, er ist hungrig und krank. Wenn ich ihm jetzt fünfzehn Kopeken pro Tag gebe, so will ich ihn damit in die frühere Lage eines Knechtes zurückversetzen, das heißt, ich schütze vor allem meine Interessen, und dabei nenne ich diese fünfzehn Kopeken unverständlicherweise Hilfe, Unterstützung und eine gute Tat. Jetzt wollen wir mal so sagen: Nach bescheidenster Rechnung, wenn man sieben Kopeken pro Kopf und fünf Personen pro Familie annimmt, braucht man dreihundertfünfzig Rubel pro Tag. Mit dieser Zahl sind unsere obligatorischen geschäftlichen Beziehungen zu tausend Familien festgelegt. Indessen geben wir nicht dreihundertfünfzig pro Tag, sondern nur zehn und sagen, das sei eine Unterstützung, eine Hilfe, deshalb seien Ihre Gattin und wir alle außergewöhnlich prächtige Menschen, und es lebe die Humanität. So ist es doch, mein Bester! Ach, wenn wir doch weniger von Humanität reden und dafür mehr rechnen, überlegen und uns gewissenhafter unseren Verpflichtungen gegenüber verhalten wollten! Wieviel humane, mitfühlende Menschen gibt es unter uns, die aufrichtig mit Sammellisten von Hof zu Hof laufen, aber ihre Schneider und Köchinnen nicht bezahlen! In unserem Leben gibt es keine Logik, das ist es! Keine Logik!«

Wir schwiegen. Ich rechnete in Gedanken und sagte dann:

»Ich werde tausend Familien zweihundert Tage lang ernähren. Kommen Sie doch morgen zu mir, um das zu besprechen.«

Ich war zufrieden, daß ich das so einfach herausbekam, und freute mich, daß Zobel mir noch einfacher antwortete:

»Einverstanden.«

Wir bezahlten unsere Zeche und verließen die Schenke.

»Ich streune gern so herum«, sagte Zobel, als er in den Schlitten stieg. »Eccellenza, leihen Sie mir ein Streichholz, ich habe meine in der Schenke vergessen.«

Nach einer Viertelstunde blieb sein Zweispänner zurück, und durch das Brausen des Schneesturms hörte man nicht mehr sein Geläut. Zu Hause angekommen, schritt ich durch meine Zimmer und bemühte mich, meine Lage zu überdenken und möglichst klar zu bestimmen; ich hatte für meine Frau keinen einzigen Satz, kein einziges Wort bereit. Mein Kopf wollte nicht arbeiten.

Ohne mir etwas zurechtgelegt zu haben, ging ich hinunter zu meiner Frau. Sie stand in ihrem Zimmer in demselben rosa Morgenkleid und in derselben Pose, mit der sie ihre Papiere vor mir beschützt hatte. Ihr Gesicht drückte Erstaunen und Spott aus. Man sah, daß sie, als sie von meiner Rückkehr erfuhr, sich vorgenommen hatte, nicht zu weinen und zu bitten und sich zu verteidigen wie gestern, sondern über mich zu lachen, mir mit Verachtung zu antworten und entschlossen aufzutreten. Ihr Gesicht sagte: Wenn es so ist, dann leben Sie wohl.

»Natalie, ich bin nicht abgereist«, sagte ich, »aber das ist kein Betrug. Ich habe den Verstand verloren, bin alt, krank, ein anderer Mensch geworden – wie Sie wollen und meinen ... Von dem Vergangenen habe ich mich selbst mit Schrecken abgewandt, mit Schrecken, ich verachte es und schäme mich dessen, und jener neue Mensch, der seit gestern in mir ist, erlaubt mir nicht, abzureisen. Jagen Sie mich nicht weg, Natalie!«

Sie starrte mir prüfend ins Gesicht, und in ihren Augen flackerte Unruhe. Von ihrer Anwesenheit bezaubert, von der Wärme ihres Zimmers erhitzt, streckte ich ihr die Hände entgegen und stammelte wie im Fieber:

»Ich sage Ihnen: Außer Ihnen steht mir niemand nahe. Ich habe keinen Augenblick aufgehört, mich nach Ihnen zu sehnen, und nur hartnäckiger Eigensinn hinderte mich, mir dessen bewußt zu werden. Die vergangene Zeit, da wir als Mann und Frau lebten, kann man nicht zurückholen, und das ist auch nicht notwendig, aber Sie machen mich zu Ihrem Diener, wenn Sie mein ganzes Vermögen nehmen und es verteilen, an wen Sie wollen. Ich bin ruhig geworden, Natalie, ich bin zufrieden ... Ich bin ruhig ...«

Meine Frau, die mir aufmerksam und neugierig ins Gesicht sah, schrie plötzlich leise auf, fing an zu weinen und lief ins Nebenzimmer. Ich ging in meine obere Etage.

Eine Stunde später saß ich bereits am Tisch und schrieb an der ›Geschichte der Eisenbahn‹, und die Hungernden störten mich nicht mehr dabei. Nun verspüre ich keine Unruhe mehr. Weder die Unordnung, die ich sah, als ich kürzlich mit meiner Frau und mit Zobel die Bauernhäuser in Pestrovo inspizierte, noch die unheilschwangeren Gerüchte, noch die Fehler meiner Mitmenschen, noch mein nahes Alter – nichts beunruhigt mich mehr. Wenn im Krieg die herumfliegenden Geschosse die Soldaten nicht daran hindern, über ihre Angelegenheiten zu sprechen, zu essen und ihre Stiefel zu putzen, so hindern mich die Hungernden nicht mehr daran, ruhig zu schlafen und mich mit meinen persönlichen Angelegenheiten zu befassen. Bei mir im Hause, auf dem Gutshof und im weiten Umkreis geht die Arbeit, die Doktor Zobel ›Wohltätigkeitsorgie‹ nennt, flott voran; meine Frau kommt oft zu mir und überfliegt unruhig mit den Augen meine Zimmer, als suche sie etwas, was sie noch den Hungernden geben könnte, um die ›Rechtfertigung ihres Lebens zu finden‹, und ich sehe, daß dank ihr von unserem Vermögen nichts mehr übrig ist und daß wir arm sein werden, aber das regt mich nicht auf, und ich lächle ihr fröhlich zu. Was weiter wird – ich weiß es nicht.

Flattergeist

I

Auf der Hochzeit von Olga Ivanovna waren alle ihre Freunde und guten Bekannten zugegen.

»Sehen Sie ihn an: nicht wahr, es ist etwas an ihm?« sagte sie zu ihren Freunden mit einem Kopfnicken zu ihrem Mann hin, als wünschte sie zu erklären, warum sie gerade diesen schlichten, ganz gewöhnlichen und durch nichts bemerkenswerten Menschen geheiratet hatte.

Ihr Mann, Osip Stepanyč Dymov, war Arzt und besaß den Rang eines Titularrates. Er war in zwei Krankenhäusern tätig: In dem einen als außerplanmäßiger Stationsarzt und in dem anderen als Prosektor. Täglich von neun Uhr morgens bis Mittag hielt er Sprechstunde ab und arbeitete auf seiner Station, und nachmittags fuhr er mit der Pferdebahn in das andere Krankenhaus, wo er die gestorbenen Kranken sezierte. Seine Privatpraxis war klein, sie brachte ihm etwa fünfhundert Rubel im Jahr ein. Das war alles. Was ließe sich noch von ihm sagen?

Indessen waren Olga Ivanovna und ihre Freunde und guten Bekannten alles andere als gewöhnliche Menschen. Jeder von ihnen war durch irgend etwas bemerkenswert und ein bißchen bekannt, hatte bereits einen Namen und galt als Berühmtheit oder aber, wenn er noch nicht berühmt war, berechtigte er doch zu glänzenden Hoffnungen. So der Schauspieler vom Dramatischen Theater, ein großes, längst anerkanntes Talent, ein eleganter, kluger und bescheidener Mann und ausgezeichneter Rezitator, der Olga Ivanovna rezitieren lehrte; so der Sänger von der Oper, ein gutmütiger Doktor, der Olga Ivanovna mit einem Seufzer versicherte, daß sie sich zugrunde richte: wenn sie nicht so faul wäre und sich zusammennähme, dann könnte aus ihr eine bemerkenswerte Sängerin werden; dann noch einige Künstler und an ihrer Spitze der Genre-, Tier- und Landschaftsmaler Rjabovskij, ein sehr schöner, blonder junger Mann von etwa fünfundzwanzig Jahren, der auf Ausstellungen Erfolg gehabt und sein letztes Bild für fünfhundert Rubel verkauft hatte; er korrigierte Olga Ivanovnas Studien und sagte, aus ihr könnte vielleicht etwas Vernünftiges werden; dann ein Cellospieler, dessen Instrument schluchzte und der ganz offen zugab, von allen ihm bekannten Frauen verstehe einzig und allein Olga Ivanovna zu begleiten; dann noch ein junger, aber schon bekannter Schriftsteller, der Romane, Theaterstücke und Erzählungen schrieb. Wer noch? Nun, Vasilij Vasiljič noch, ein gebildeter, wohlhabender Herr, ein Gutsbesitzer, dilettierender Illustrator und Vignettenzeichner, der ein stark entwickeltes Gefühl für den alten russischen Stil, die Bylinen und das Epos besaß; auf Papier, Porzellan und angerußten Tellern vollbrachte er buchstäblich Wunder. Inmitten dieser freien und vom Schicksal verwöhnten Gesellschaft von Künstlern, die zwar taktvoll und bescheiden waren, sich aber der Existenz von irgendwelchen Ärzten nur während einer Krankheit erinnerten und für die der Name Dymov einen ebenso gleichgültigen Klang hatte wie Sidorov oder Tarasov – inmitten dieser Gesellschaft wirkte Dymov fremd, überflüssig und klein, obgleich er groß von Wuchs und breit in den Schultern war. Es schien, als trüge er einen fremden Frack und einen Bart, wie ihn kleine Angestellte haben. Wäre er übrigens Schriftsteller gewesen oder Künstler, man hätte gesagt, daß er mit seinem kurzen Bart an Zola erinnere.

Der Schauspieler sagte zu Olga Ivanovna, sie gleiche mit ihrem flachsblonden Haar und in ihrem Brautkleid einem schlanken Kirschbäumchen, wenn es im Frühling über und über mit zarten weißen Blüten bedeckt sei.

»Nein, hören Sie doch!« sagte Olga Ivanovna zu ihm und ergriff seine Hand. »Wie konnte das plötzlich geschehen? Hören Sie, hören Sie doch ... Sie müssen wissen, daß mein Vater mit Dymov zusammen am selben Krankenhaus tätig war. Als der arme Vater erkrankte, hat Dymov ganze Tage und Nächte an seinem Bett gewacht. Eine solche Selbstaufopferung! Hören Sie, Rjabovskij ... Auch Sie, Herr Schriftsteller, hören Sie zu, das ist sehr interessant. Kommen Sie ein bißchen näher. Eine solche Selbstaufopferung und aufrichtige Teilnahme! Auch ich habe die Nächte nicht geschlafen und beim Vater gesessen, und plötzlich – da haben wir's, hatte ich den guten Jungen erobert! Mein Dymov hatte sich bis über beide Ohren in mich verliebt. Wirklich, das Schicksal ist manchmal so wunderlich. Nun, nach dem Tode des Vaters besuchte er mich hin und wieder, begegnete mir auf der Straße, und eines schönen Abends – bums! – hat er mir auf einmal einen Heiratsantrag gemacht ... wie ein Blitz aus heiterm Himmel ... Ich habe die ganze Nacht hindurch geweint und mich selber ganz toll verliebt. Und jetzt, wie Sie sehen, bin ich eine Ehefrau geworden. Nicht wahr, er hat etwas Starkes, Machtvolles, Bärenhaftes an sich? Jetzt ist uns sein Gesicht zu drei Vierteln zugekehrt, es ist schlecht beleuchtet, aber wenn er sich umdreht, dann schauen Sie sich seine Stirn an. Rjabovskij, was sagen Sie zu dieser Stirn? Dymov, wir sprechen von dir!« rief sie ihrem Mann zu. »Komm her. Reiche Rjabovskij deine ehrenwerte Hand ... So ist's recht. Seid Freunde.«

Dymov streckte Rjabovskij gutmütig und naiv lächelnd die Hand entgegen und sagte:

»Sehr erfreut. Mit mir zusammen hat auch ein gewisser Rjabovskij sein Studium abgeschlossen. Ist das ein Verwandter von Ihnen?«

II

Olga Ivanovna war zweiundzwanzig Jahre alt, Dymov einunddreißig. Sie führten nach der Hochzeit ein vortreffliches Leben. Olga Ivanovna behängte alle Wände im Salon über und über mit eigenen und fremden Malstudien mit und ohne Rahmen, und um den Flügel und die Möbel herum arrangierte sie ein reizvolles Gedränge aus chinesischen Schirmen, Staffeleien, allerhand Fetzen in verschiedenen Farben, Dolchen, kleinen Büsten und Fotografien ... Im Eßzimmer beklebte sie die Wände mit bunten Jahrmarktbildern, hängte Bastschuhe und Sicheln auf, stellte in eine Ecke eine Sense und einen Rechen, und das ergab dann ein Eßzimmer im russischen Stil. Im Schlafzimmer hatte sie, damit es einer Höhle ähnlich wurde, die Decke und die Wände mit dunklem Tuch drapiert, über den Betten eine venezianische Laterne aufgehängt und an die Tür eine Figur mit einer Hellebarde gestellt.

Und alle fanden, daß die jungen Ehegatten ein sehr hübsches kleines Heim hätten.

Täglich, wenn sie gegen elf Uhr aufgestanden war, spielte Olga Ivanovna auf dem Flügel, oder aber sie malte, wenn die Sonne schien, irgend etwas mit Ölfarben. Sodann, nach zwölf

Uhr, fuhr sie zu ihrer Schneiderin. Da sie und Dymov mit Geld äußerst knapp waren, mußten sie und ihre Schneiderin allerhand Kunstgriffe anwenden, damit sie öfter in neuen Kleidern erscheinen und mit ihren Toiletten Aufsehen erregen konnte. Sehr oft brachten sie aus einem umgefärbten Kleid, aus kleinen Tüll-, Spitzen-, Plüsch- und Seidenresten, die nichts kosteten, wahre Wunderwerke zustande, etwas Bezauberndes, das kein Kleid, sondern ein Traum war. Von der Schneiderin fuhr Olga Ivanovna zu irgendeiner ihr bekannten Schauspielerin, um die Theaterneuigkeiten zu erfahren und bei der Gelegenheit um ein Billett für die Premiere eines neuen Stückes oder für eine Benefizvorstellung zu bitten. Von der Schauspielerin fuhr sie gewöhnlich in das Atelier eines Künstlers oder in eine Bilderausstellung, danach zu irgendeiner Berühmtheit – um sie zu sich einzuladen oder einen Besuch zu erwidern, oder einfach, um zu plaudern. Und überall wurde sie fröhlich und freundschaftlich empfangen, und man versicherte ihr, sie sei hübsch, nett und ein seltener Mensch ... Diejenigen, die sie als berühmt und groß bezeichnete, nahmen sie auf wie eine der Ihrigen, wie eine Gleichgestellte, und prophezeiten ihr einstimmig, daß aus ihr, bei ihren Talenten, ihrem Geschmack und Verstand etwas sehr Gescheites werden würde, wenn sie sich nicht zersplittere. Sie sang, spielte Klavier, malte, modellierte, beteiligte sich an Liebhaberaufführungen, doch dies alles nicht irgendwie, sondern mit Talent; ob sie Laternchen für Illuminationen machte, ob sie sich festlich anzog, ob sie jemandem die Krawatte band – alles gelang ihr ungewöhnlich künstlerisch, graziös und reizend. Doch nirgends trat ihre Talentiertheit so deutlich zutage wie in ihrem Geschick, mit berühmten Leuten rasch Bekanntschaft zu schließen und sich mit ihnen anzufreunden. Es brauchte jemand nur ein bißchen berühmt zu werden und von sich reden zu machen, da war sie auch schon mit ihm bekannt, hatte am gleichen Tag mit ihm Freundschaft geschlossen und ihn zu sich eingeladen. Jede neue Bekanntschaft war für sie ein reines Fest. Sie vergötterte berühmte Leute, war stolz auf sie und träumte jede Nacht von ihnen. Sie dürstete nach ihnen und konnte ihren Durst ganz und gar nicht stillen. Alte Bekannte gingen weg und wurden vergessen, neue kamen und lösten sie ab, aber auch an diese gewöhnte sie sich rasch oder war von ihnen enttäuscht, und dann suchte sie begierig nach neuen und immer neuen großen Leuten, fand sie und suchte wieder. Wozu?

Nach vier Uhr aß sie zu Hause mit ihrem Mann zu Mittag. Seine Einfachheit, sein gesunder Verstand und seine Gutmütigkeit versetzten sie in Rührung und Begeisterung. Sie sprang immerfort auf, umfaßte ungestüm seinen Kopf und bedeckte ihn mit Küssen.

»Dymov, du bist ein kluger und edler Mensch«, sagte sie, »aber du hast einen schwerwiegenden Fehler. Du interessierst dich überhaupt nicht für die Kunst. Du lehnst sowohl die Musik wie die Malerei ab.«

»Ich verstehe nichts davon«, sagte er sanft. »Ich habe mich mein ganzes Leben lang mit Naturwissenschaften und Medizin befaßt, und ich hatte keine Zeit, mich für die Künste zu interessieren.«

»Aber das ist doch entsetzlich, Dymov!«

»Warum denn? Deine Bekannten verstehen nichts von Naturwissenschaften und Medizin, trotzdem machst du ihnen keinen Vorwurf daraus. Jedem das Seine. Ich verstehe auch nichts von Landschaften und Opern, aber ich denke so: Wenn kluge Leute ihnen ihr ganzes Leben widmen, andere kluge Leute dafür aber ungeheure Summen bezahlen, dann sind sie eben notwendig. Ich verstehe nichts davon, aber nicht verstehen heißt noch nicht ablehnen.«

»Komm, laß mich deine ehrenwerte Hand drücken!«

Nach dem Mittagessen fuhr Olga Ivanovna zu Bekannten, dann ins Theater oder in ein Konzert und kehrte nach Mitternacht nach Haus zurück.

So ging es jeden Tag.

Mittwochs fanden bei ihr kleine Abendgesellschaften statt. An diesen Abenden spielten die Hausfrau und ihre Gäste nicht Karten, und sie tanzten auch nicht, sondern unterhielten sich mit allerhand Künsten. Der Schauspieler vom Dramatischen Theater rezitierte, der Sänger sang, der Maler zeichnete etwas in die Alben, von denen Olga Ivanovna eine Menge besaß, der Cellist spielte, und die Hausfrau selber zeichnete und modellierte ebenfalls, sie sang und begleitete sich und die anderen. In den Pausen zwischen den Rezitationen, der Musik und dem Gesang sprach und debattierte man über Literatur, Theater und Malerei.

Damen waren nicht anwesend, weil Olga Ivanovna alle Damen außer Schauspielerinnen und ihrer Schneiderin für langweilig und fade hielt. Keine einzige Abendgesellschaft verging, ohne daß die Hausfrau bei jedem Klingeln an der Tür zusammenfuhr und mit einem sieghaften Gesichtsausdruck sagte: ›Das ist er!‹, und mit diesem Wort ›er‹ meinte sie irgendeine neue, eingeladene Berühmtheit.

Dymov war im Salon nicht anwesend, und niemand dachte an seine Existenz.

Doch pünktlich um halb zwölf öffnete sich die Tür, die ins Eßzimmer führte, Dymov erschien mit seinem gutmütigen, sanften Lächeln und sagte händereibend:

»Meine Herren, ich bitte zu einem Imbiß.«

Alle gingen ins Eßzimmer, und jedesmal erblickten sie auf dem Tisch ein und dasselbe: eine Schüssel mit Austern, ein Stück gekochten Schinken oder Kalbfleisch, Sardinen, Käse, Kaviar, Pilze, Vodka und zwei Karaffen Wein.

»Mein lieber maître d'hôtel!« sagte Olga Ivanovna und schlug vor Begeisterung die Hände zusammen. »Du bist einfach bezaubernd! Meine Herren, sehen Sie sich seine Stirn an! Dymov, dreh mir mal dein Profil zu. Meine Herren, schauen Sie hin: das Gesicht eines bengalischen Tigers, aber der Ausdruck ist gut und lieb wie bei einem Hirsch. Uh, du Lieber!«

Die Gäste aßen und dachten, während sie auf Dymov blickten: Tatsächlich ein netter Kerl, vergaßen ihn aber bald und fuhren fort, vom Theater, von Musik und Malerei zu reden.

Die jungen Ehegatten waren glücklich, und ihr Leben verlief wie am Schnürchen. Übrigens, die dritte Woche ihres Honigmondes verbrachten sie nicht glücklich, sondern sogar traurig. Dymov hatte sich im Krankenhaus mit Rose angesteckt, er lag sechs Tage zu Bett und mußte sein schönes schwarzes Haar ratzekahl abschneiden lassen. Olga Ivanovna saß neben ihm und weinte bitterlich, doch als es ihm besser ging, band sie ihm ein weißes Tuch um seinen geschorenen Kopf und malte ihn als Beduinen. Und beide waren vergnügt. Etwa drei Tage nachdem er gesund geworden war und wieder ins Krankenhaus ging, stieß ihm ein neues Mißgeschick zu.

»Ich habe kein Glück, Mama!« sagte er einmal beim Mittagessen. »Heute hatte ich vier Leichen zu sezieren, und ich habe mich gleich in zwei Finger geschnitten. Und erst zu Hause habe ich es bemerkt.«

Olga Ivanovna erschrak. Er lächelte und sagte, das seien Kleinigkeiten, und es passiere ihm häufig, daß er sich beim Sezieren in die Hände schneide.

»Ich vergesse alles um mich her, ich sehe mich nicht vor.«

Olga Ivanovna befürchtete voller Unruhe eine Leicheninfektion und betete in den Nächten zu Gott, aber alles ging gut ab. Und wieder floß das glückliche Leben dahin, ohne Kümmernisse und Sorgen. Die Gegenwart war wunderschön, und sie wurde abgelöst von dem nahenden Frühling, der ihnen bereits von ferne zulächelte und tausend Freuden versprach. Das Glück würde kein Ende haben! Im April, im Mai und im Juni ein Landhaus weit draußen, außerhalb der Stadt, Spaziergänge, Malstudien, Fischfang, Nachtigallen, und dann, vom Juli bis in den Herbst hinein, eine Fahrt mit den Künstlern an die Volga, und an dieser Fahrt wird – als ständiges Mitglied der société – auch Olga Ivanovna teilnehmen. Sie hatte sich bereits zwei Reisekostüme aus Leinen nähen lassen, Farben, Pinsel, Leinwand und eine neue Palette für unterwegs gekauft. Fast jeden Tag kam Rjabovskij zu ihr, um nachzusehen, was für Fortschritte sie in der Malerei gemacht hatte. Wenn sie ihm ihre Malerei zeigte, steckte er die Hände tief in die Taschen, preßte die Lippen fest aufeinander, schnaufte und sagte:

»Tja ... Ihre Wolke da schreit – die Beleuchtung ist nicht abendlich. Der Vordergrund ist irgendwie gequetscht und, Sie verstehen, ein bißchen ... na, nicht so ... Und die kleine Hütte hat sich an etwas verschluckt und piepst jämmerlich ... diese Ecke müßte ein wenig dunkler genommen werden. Aber im allgemeinen nicht übel ... Ich muß es loben.«

Und je unverständlicher er sprach, desto leichter verstand ihn Olga Ivanovna.

III

Am zweiten Pfingsttag nach dem Mittagessen kaufte Dymov Konfekt und verschiedenes zum Imbiß und fuhr zu seiner Frau ins Landhaus. Er hatte sie schon zwei Wochen lang nicht gesehen, und seine Sehnsucht war groß. Während er im Zug saß und nachher, als er in dem großen Waldstück sein Landhaus suchte, verspürte er die ganze Zeit Hunger und Müdigkeit und träumte davon, wie er im Freien zusammen mit seiner Frau zu Abend essen und sich dann schlafen legen würde. Er blickte mit Vergnügen auf sein Paket, in dem Kaviar, Käse und Weißlachs eingewickelt waren.

Als er sein Landhaus gefunden hatte, ging bereits die Sonne unter. Die alte Bediente sagte, die gnädige Frau sei nicht zu Hause, käme aber wahrscheinlich bald. Das Landhaus, das sehr unansehnlich wirkte mit seinen niedrigen, mit Schreibpapier beklebten Decken und den unebenen, rissigen Dielen, hatte nur drei Zimmer. In dem einen stand das Bett, in dem anderen lagen auf Stühlen und Fensterbrettern Gemälde, Pinsel, mit Fett verschmiertes Papier, Herrenhüte und -mäntel herum, und im dritten fand Dymov drei unbekannte Männer vor. Zwei waren bärtige Brünette, der dritte, ein glattrasierter Dicker, war offensichtlich ein Schauspieler. Auf dem Tisch dampfte der Samovar.

»Was wünschen Sie?« fragte der Schauspieler im Baß und betrachtete Dymov griesgrämig. »Sie wollen zu Olga Ivanovna? Warten Sie, sie wird gleich kommen.«

Dymov setzte sich und wartete. Einer der Brünetten blickte hin und wieder schläfrig und träge zu ihm hinüber, goß sich Tee ein und fragte:

»Wollen Sie vielleicht Tee?«

Dymov hätte gern getrunken und gegessen, aber um sich den Appetit nicht zu verderben, schlug er den Tee aus. Bald ertönten Schritte und ein bekanntes Lachen; eine Tür klappte, und ins Zimmer kam Olga Ivanovna gelaufen, in einem breitrandigen Hut und mit dem Malkasten in der Hand, hinter ihr trat mit einem großen Sonnenschirm und einem Klappstuhl der lustige, rotbäckige Rjabovskij ein.

»Dymov!« schrie Olga Ivanovna auf und wurde rot vor Freude. »Dymov!« wiederholte sie, während sie Kopf und Hände an seine Brust legte. »Du bist es! Warum bist du so lange nicht gekommen? Warum nicht? Warum?«

»Wann sollte ich denn, Mama? Ich habe immer zu tun, und bin ich mal frei, dann klappt es nie mit dem Fahrplan.«

»Aber wie ich mich freue, dich zu sehen! Ich habe die ganze, ganze Nacht von dir geträumt, und ich habe solche Angst gehabt, du könntest krank geworden sein. Ach, wenn du wüßtest, wie lieb du bist, wie du zur rechten Zeit gekommen bist! Du wirst mein Retter sein. Du allein kannst mich retten. Morgen wird hier eine überaus originelle Hochzeit sein«, fuhr sie lachend und ihrem Mann die Krawatte bindend fort. »Der junge Telegrafist auf der Station heiratet, ein gewisser Čikeldeev. Ein schöner junger Mann, na, und er ist auch nicht dumm, und im Gesicht, weißt du, hat er so etwas Starkes, Bärenhaftes ... Man kann nach ihm einen jungen Waräger malen. Wir Sommerfrischler mögen ihn sehr gern und haben ihm das Ehrenwort gegeben, zu seiner Hochzeit zu kommen ... Er ist kein reicher Mann, einsam und schüchtern, und es wäre natürlich eine Sünde, ihm die Teilnahme zu verweigern. Stell dir vor, die Trauung ist nach dem Hochamt, danach gehen alle aus der Kirche zu Fuß zum Haus der Braut ... verstehst du, der Hain, der Gesang der Vögel, Sonnenflecken im Gras, und wir alle als verschiedenfarbige Flecken auf dem leuchtendgrünen Hintergrund – sehr originell, im Geschmack der französischen Expressionisten. Aber Dymov, was soll ich in die Kirche anziehen?« sagte Olga Ivanovna und machte ein weinerliches Gesicht. »Ich habe nichts hier, buchstäblich nichts! Weder ein Kleid noch Blumen, noch Handschuhe ... Du mußt mich retten. Wenn du gekommen bist, hat dir folglich das Schicksal befohlen, mich zu retten. Mein Lieber, nimm die Schlüssel, fahr nach Hause und hole dort mein rosa Kleid aus dem Garderobenschrank. Du erinnerst dich, es hängt als erstes drin ... Dann in der Vorratskammer, auf der rechten Seite, wirst du auf dem Fußboden zwei Kartons sehen. Wenn du den obersten aufmachst, dann ist dort nichts als Tüll, Tüll, Tüll und allerhand Restchen, und darunter sind Blumen. Die Blumen nimm alle vorsichtig heraus, gib dir Mühe, Liebling, daß du sie nicht zerdrückst, ich wähle sie dann selbst aus ... Und kauf mir Handschuhe.«

»Gut«, sagte Dymov. »Ich fahre morgen und schicke dir alles.«

»Wann denn morgen?« fragte Olga Ivanovna und blickte ihn verwundert an. »Wie willst du das denn morgen schaffen? Morgen geht der erste Zug um neun Uhr, und die Trauung ist um elf. Nein, Herzchen, es muß heute sein, unbedingt heute! Wenn du morgen nicht herkommen kannst, dann schick es mit einem

Boten. Nun, geh schon ... Gleich muß der Personenzug kommen. Verspäte dich nicht, Liebling.«

»Gut.«

»Ach, wie leid es mir tut, dich wegzulassen«, sagte Olga Ivanovna, und Tränen traten ihr in die Augen. »Und warum hab ich dummes Ding dem Telegrafisten mein Wort gegeben!«

Dymov trank schnell ein Glas Tee, nahm einen Kringel und begab sich, sanft lächelnd, zur Station. Den Kaviar, den Käse und den Weißlachs aber aßen die beiden Brünetten und der dicke Schauspieler auf.

IV

In einer stillen Mondscheinnacht im Juli stand Olga Ivanovna auf dem Deck eines Volgadampfers und blickte bald auf das Wasser, bald auf die schönen Ufer. Neben ihr stand Rjabovskij und erzählte ihr, daß die schwarzen Schatten auf dem Wasser keine Schatten wären, sondern ein Traum, und daß angesichts dieses bezaubernden Wassers mit dem phantastischen Schimmer, angesichts des bodenlosen Himmels und der traurigen, verträumten Ufer, die von der Nichtigkeit unseres Lebens sprachen und dem Vorhandensein von etwas Höherem, Ewigem, Glückseligem, es gut wäre, einzuschlafen, zu sterben, Erinnerung zu werden. Die Vergangenheit sei fade und uninteressant, die Zukunft nicht der Rede wert, und diese wunderbare, im Leben einzigartige Nacht würde bald zu Ende sein, mit der Ewigkeit verschmelzen – wozu denn leben?

Und Olga Ivanovna lauschte bald der Stimme Rjabovskijs, bald der nächtlichen Stille und dachte, daß sie unsterblich sei und niemals sterben werde. Das türkisfarbene Wasser – nie hatte sie früher eine solche Farbe gesehen –, der Himmel, die Ufer, die schwarzen Schatten und eine unerklärliche Freude, die ihre Seele erfüllte, sagten ihr, aus ihr würde eine große Künstlerin werden und irgendwo dort in der Ferne, jenseits der Mondscheinnacht, im unendlichen Raum erwarteten sie der Erfolg und der Ruhm, die Liebe des Volkes ... Während sie lange und starr in die Ferne schaute, war ihr, als sähe sie große Menschenmengen und Lichter, als hörte sie feierliche Musikklänge und Schreie der

Begeisterung, sie sah sich selbst in einem weißen Kleid und Blumen, die von allen Seiten auf sie niederfielen. Sie dachte auch daran, daß neben ihr, die Ellbogen auf das Schiffsgelände gestützt, ein wirklich großer Mann stand, ein Genie, ein Erwählter Gottes. Alles, was er bisher geschaffen hatte, war herrlich, neu und ungewöhnlich, und das, was er mit der Zeit noch schaffen würde, wenn mit der männlichen Reife sein seltenes Talent gewachsen war, würde überwältigend, unermeßlich erhaben sein, das konnte man seinem Gesicht anmerken, seiner Art, sich auszudrücken, und seinem Verhalten zur Natur. Von den Schatten, den abendlichen Tönen, vom Mondschein sprach er irgendwie besonders, in einer ihm eigenen Sprache, so daß man unwillkürlich den Zauber seiner Macht über die Natur verspürte. Er selber war sehr schön, originell, und sein unabhängiges, freies Leben, das nichts zu tun hatte mit allem Alltäglichen, glich dem Leben der Vögel.

»Es wird frisch«, sagte Olga Ivanovna und erschauerte.

Rjabovskij hüllte sie in seinen Mantel und sagte traurig:

»Ich fühle mich in Ihrer Gewalt. Ich bin Ihr Sklave. Warum sind Sie heute so bezaubernd?«

Er schaute sie immerfort an, ohne den Blick abzuwenden, und seine Augen waren schrecklich, und sie fürchtete sich, ihn anzusehen.

»Ich liebe Sie wahnsinnig ...« flüsterte er, und sein Atem streifte ihre Wange. »Sagen Sie mir ein einziges Wort, und ich werde nicht mehr leben, ich gebe die Kunst auf ...« murmelte er in starker Erregung. »Lieben Sie mich, lieben Sie mich ...«

»Sprechen Sie nicht so«, sagte Olga Ivanovna, die Augen schließend. »Das ist furchtbar. Und Dymov?«

»Was soll Dymov? Warum Dymov? Was geht mich Dymov an? Die Volga, der Mond, die Schönheit, meine Liebe, meine Begeisterung, da gibt es gar keinen Dymov ... Ach, ich weiß nichts ... Was brauch ich das Vergangene, schenken Sie mir einen Augenblick, nur einen Augenblick.«

Olga Ivanovnas Herz begann zu klopfen. Sie wollte an ihren Mann denken, aber ihre ganze Vergangenheit mit der Hochzeit, mit Dymov und den Abendgesellschaften erschien ihr klein, nichtig, glanzlos, unnötig und weit, weit entfernt ... Tatsächlich: Was sollte Dymov? Warum Dymov? Was ging sie Dymov an? Ja existierte er denn in der Natur, war er nicht vielleicht nur ein Traum?

Für ihn, den einfachen und gewöhnlichen Menschen, genügt auch das Glück, das er schon bekommen hat, dachte sie und bedeckte das Gesicht mit den Händen. Meinetwegen sollen sie mich *dort* verurteilen, verfluchen, ich aber werde ganz einfach, allen zum Trotz, ohne mich lange zu besinnen, zugrunde gehen, jawohl, ich gehe zugrunde ... Man muß alles im Leben kennenlernen. Gott, wie unheimlich ist das und wie schön!

»Nun, was ist?« murmelte der Künstler, indem er sie umarmte und gierig ihre Hände küßte, mit denen sie den schwachen Versuch machte, ihn abzuwehren. »Liebst du mich? Ja, ja? Oh, welche Nacht! Eine wunderbare Nacht!«

»Ja, welch eine Nacht!« flüsterte sie, ihm in die Augen schauend, die von Tränen glänzten, dann blickte sie sich rasch um, umarmte ihn und küßte ihn fest auf den Mund.

»Wir nähern uns Kinešma!« sagte jemand auf der anderen Seite des Decks.

Schwere Schritte ertönten. Der Kellner vom Büfett ging vorbei.

»Hören Sie«, sagte Olga Ivanovna zu ihm, lachend und weinend vor Glück, »bringen Sie uns Wein.«

Der Künstler, blaß vor Erregung, setzte sich auf eine Bank, blickte Olga Ivanovna flehend und dankbar an, dann schloß er die Augen und sagte mit einem schmachtenden Lächeln:

»Ich bin müde.«

Und lehnte den Kopf an die Reling.

V

Der zweite September war ein warmer und ruhiger, aber trüber Tag. Früh am Morgen zog ein leichter Nebel über die Volga, und nach neun Uhr fing es an zu regnen. Es bestand keine Hoffnung, daß der Himmel sich aufklären würde. Beim Tee sagte Rjabovskij zu Olga Ivanovna, daß die Malerei die allerundankbarste und die allerlangweiligste Kunst sei, daß er kein Künstler wäre und nur Dummköpfe dächten, er habe Talent, und plötzlich ergriff er, mir nichts, dir nichts, ein Messer und kratzte damit auf seiner besten Studie herum. Nach dem Tee saß er düster am Fenster und blickte auf die Volga. Und die Volga war bereits ohne Glanz, trübe und farblos, und sah kalt aus. Alles, alles gemahnte an das Herannahen des schwermütigen, düsteren Herbstes. Und es war, als hätte die Natur die üppigen grünen Matten auf den Ufern, die diamantenen Spiegelungen der Sonnenstrahlen, die durchsichtige blaue Ferne und alles Prächtige und Festtägliche jetzt von der Volga weggenommen und bis zum nächsten Frühling in Truhen verpackt, und Krähen flogen neben der Volga her und neckten sie: ›Kahl bist du! Kahl bist du!‹ Rjabovskij lauschte ihrem Krächzen und dachte daran, daß er schon das Talent verloren und sich verausgabt habe, daß alles auf dieser Welt bedingt, relativ und dumm sei und daß er sich mit dieser Frau nicht hätte einlassen sollen ... Mit einem Wort, er war schlecht gelaunt und blies Trübsal.

Olga Ivanovna saß auf dem Bett hinter einer Trennwand, und während sie mit den Händen durch ihr wunderschönes Flachshaar fuhr, sah sie sich in ihrer Phantasie bald im Salon, bald im Schlafzimmer, bald im Arbeitszimmer ihres Mannes; ihre Phantasie versetzte sie ins Theater, zu ihrer Schneiderin und zu berühmten Freunden. Was taten sie wohl jetzt? Gedachten sie ihrer? Die Saison hatte schon begonnen, und es war Zeit, an die Abendgesellschaften zu denken. Und Dymov? Lieber Dymov! Wie sanft und kindlich-klagend bat er sie in seinen Briefen, recht bald nach Hause zu kommen! Jeden Monat schickte er ihr fünfundsiebzig Rubel, und als sie ihm schrieb, sie habe bei den Künstlern hundert Rubel Schulden, sandte er ihr auch diese hundert. Was für ein guter, großmütiger Mensch! Die Reise hatte Olga Ivanovna ermüdet, sie langweilte sich, und sie wäre so gern recht bald diesen Bauern, der Nähe des Flusses mit dem Geruch von Feuchtigkeit entflohen und das Gefühl der physischen Unsauberkeit losgeworden, das sie die ganze Zeit über empfunden hatte, während sie in Bauernhütten gelebt hatte und von Dorf zu Dorf gezogen war.

Wenn Rjabovskij den Malern nicht sein Ehrenwort gegeben hätte, daß er mit ihnen bis zum zwanzigsten September hier bliebe, dann hätte man bereits heute wegfahren können. Und wie schön wäre das gewesen!

»Mein Gott«, stöhnte Rjabovskij auf, »wann wird es endlich

Sonne geben? Ich kann doch eine sonnige Landschaft nicht ohne Sonne weitermalen . . .!«

»Aber du hast doch eine Studie mit bedecktem Himmel«, sagte Olga Ivanovna und kam hinter der Trennwand hervor. »Erinnerst du dich, rechts im Vordergrund ist Wald, und links sind Gänse und eine Herde Kühe. Jetzt könntest du sie beenden.«

»Äh!« Der Künstler verzog das Gesicht. »Beenden! Glauben Sie wirklich, ich bin so dumm, daß ich nicht weiß, was ich tun muß?«

»Wie hast du dich mir gegenüber verändert!« Olga Ivanovna seufzte.

»Na und, wunderbar!«

Olga Ivanovnas Gesicht fing an zu zittern, sie ging zum Ofen und brach in Tränen aus.

»Ja, nur Tränen haben noch gefehlt. Hören Sie auf! Ich habe tausend Gründe zum Weinen, trotzdem weine ich nicht.«

»Tausend Gründe!« schluchzte Olga Ivanovna. »Der Hauptgrund ist der, daß Sie in mir schon eine Last sehen. Jawohl!« sagte sie und weinte laut. »Wenn ich die Wahrheit sagen soll, so schämen Sie sich unserer Liebe. Sie geben sich immer Mühe, daß die Maler nichts merken sollen, obgleich das nicht zu verheimlichen ist und sie alles längst wissen.«

»Olga, ich bitte Sie um eines«, sagte der Künstler flehend und legte die Hand aufs Herz, »um eines: Quälen Sie mich nicht! Weiter verlange ich nichts von Ihnen!«

»Aber schwören Sie mir, daß Sie mich immer noch liebhaben!«

»Das ist qualvoll!« murmelte der Künstler zwischen den Zähnen und sprang auf. »Es wird damit enden, daß ich mich in die Volga stürze oder wahnsinnig werde. Lassen Sie mich in Ruhe!«

»So schlagen Sie mich tot, schlagen Sie mich doch tot!« schrie Olga Ivanovna. »Schlagen Sie mich tot!«

Sie begann wieder bitterlich zu weinen und begab sich hinter die Trennwand. Auf das Strohdach der Hütte rauschte der Regen hernieder. Rjabovskij faßte sich an den Kopf und ging aus einer Ecke in die andere, dann setzte er mit einem entschlossenen Gesicht, als wolle er jemandem etwas beweisen, die Mütze auf, hängte sich die Flinte über die Schulter und verließ die Hütte.

Als er weggegangen war, lag Olga Ivanovna lange auf dem Bett und weinte. Anfangs dachte sie daran, daß es gut wäre, sich zu vergiften, damit der zurückkehrende Rjabovskij sie tot antreffe, aber dann sah sie sich in Gedanken in ihrem Salon, in dem Arbeitszimmer ihres Mannes und stellte sich vor, wie sie unbeweglich neben Dymov sitzen und sich dem Genuß der physischen Ruhe und Sauberkeit hingeben und abends im Theater sitzen und Masini hören würde. Und die Sehnsucht nach der Zivilisation, nach dem Lärm der Stadt und nach den berühmten Leuten machte ihr das Herz schwer. Die Bäuerin betrat die Hütte und begann gemächlich den Ofen zu heizen, um das Mittagessen zu kochen. Es fing an, brandig zu riechen, und die Luft wurde blau von Rauch. Die Künstler kamen in hohen, schmutzigen Stiefeln und mit regennassen Gesichtern, sie betrachteten die Studien und sagten sich selbst zum Trotz, die Volga habe sogar bei schlechtem Wetter ihre Reize. Und die billige Uhr an der Wand machte ticktack, ticktack ... Die frierenden Fliegen drängten sich im Gotteswinkel um die Heiligenbilder und summten, und man konnte hören, wie in den dicken Pappschachteln unter den Bänken die Schaben herumwuselten ...

Rjabovskij kehrte nach Hause zurück, als die Sonne unterging. Er warf die Mütze auf den Tisch, ließ sich – blaß, erschöpft, in schmutzigen Stiefeln – auf eine Bank fallen und schloß die Augen.

»Ich bin müde ...« sagte er und bewegte die Brauen, bemüht, die Augenlider zu heben.

Um sich bei ihm einzuschmeicheln und zu zeigen, daß sie nicht zürnte, trat Olga Ivanovna zu ihm, küßte ihn schweigend und fuhr ihm mit dem Kamm durch das blonde Haar. Sie hätte ihn gern gekämmt.

»Was ist denn?« fragte er, zuckte zusammen, als hätte man ihn mit etwas Kaltem berührt, und öffnete die Augen. »Was ist denn? Lassen Sie mich in Ruhe, ich bitte Sie.«

Er schob sie mit den Händen beiseite und machte einige Schritte von der Bank weg, und ihr schien, daß sein Gesicht Widerwillen und Ärger ausdrückte. In diesem Augenblick brachte ihm die Bäuerin einen Teller mit Kohlsuppe, den sie vorsichtig mit beiden Händen trug, und Olga Ivanovna sah, wie ihre beiden Daumen von der Kohlsuppe benetzt wurden. Und das schmutzige Weib mit dem starken Bauch und die Kohlsuppe, die Rjabovskij gierig zu essen begann, und die Hütte und dieses ganze Leben, das sie anfangs wegen seiner Einfachheit und künstlerischen Unordnung so geliebt hatte, erschienen ihr jetzt als etwas Entsetzliches. Sie fühlte sich plötzlich beleidigt und sagte kalt:

»Wir müssen uns für einige Zeit trennen, sonst könnten wir uns vor Langeweile ernstlich verzanken. Ich bin es leid. Ich reise heute ab.«

»Womit denn? Willst du auf einem Stöckchen reiten?«

»Heute ist Donnerstag, folglich kommt um halb zehn Uhr ein Dampfer.«

»Ach? Ja, ja ... nun, ja fahre nur ...« sagte Rjabovskij weich und wischte sich statt mit der Serviette mit einem Handtuch den Mund ab. »Du langweilst dich hier und hast auch nichts zu tun, und man müßte ein großer Egoist sein, wenn man dich zurückhalten wollte. Fahre, und nach dem Zwanzigsten sehen wir uns wieder.«

Olga Ivanovna packte fröhlich ihre Sachen, und ihre Wangen röteten sich sogar vor Vergnügen. Sollte das wirklich wahr sein, fragte sie sich, daß sie bald im Salon malen, im Schlafzimmer schlafen und von einem Tischtuch zu Mittag essen würde? Ihr wurde leichter ums Herz, und sie war dem Künstler bereits nicht mehr böse.

»Die Farben und Pinsel lasse ich dir hier, Rjabuša«, sagte sie. »Was übrig ist, bringst du mit ... Sieh nur zu, daß du ohne mich hier nicht faul bist, fang nicht Grillen, sondern arbeite. Du bist ein prächtiger Mensch, mein Rjabuša.«

Um neun Uhr küßte Rjabovskij sie zum Abschied, um sie, wie sie glaubte, nicht auf dem Dampfer im Beisein der Künstler zu küssen, und geleitete sie zur Anlegestelle. Der Dampfer kam bald, und sie fuhr ab.

Nach zweieinhalb Tagen langte sie zu Hause an. Ohne Hut und Regenmantel abzulegen, schwer atmend vor Aufregung, ging sie in den Salon, von dort ins Eßzimmer. Dymov saß ohne Rock, mit aufgeknöpfter Weste am Tisch und schärfte das Messer an der Gabel; vor ihm auf dem Teller lag ein Rebhuhn. Als Olga Ivanovna die Wohnung betrat, war sie überzeugt, daß sie vor ihrem Mann alles verheimlichen müßte und daß es ihr dazu nicht an Geschick und Kraft fehlen würde, aber jetzt, da sie sein breites, sanftes, glückliches Lächeln sah und die strahlenden freudigen Augen, fühlte sie, daß vor diesem Menschen etwas zu verheimlichen ebenso gemein und ebenso widerwärtig, ebenso unmöglich war und daß ihre Kräfte dazu ebensowenig ausreichen würden, wie jemanden zu verleumden, zu bestehlen oder zu töten, und sie beschloß plötzlich, ihm alles zu erzählen, was gewesen war. Nachdem sie sich von ihm hatte küssen und umarmen lassen, ließ sie sich vor ihm auf die Knie nieder und bedeckte das Gesicht mit den Händen.

»Was denn? Was ist, Mama?« fragte er zärtlich. »Hast du Sehnsucht gehabt?«

Sie hob das Gesicht, das rot war vor Scham, und blickte ihn schuldbewußt und flehend an, aber Furcht und Scham hinderten sie, die Wahrheit zu sagen.

»Es ist nichts . . .« sagte sie. »Ich hab nur so . . .«

»Setzen wir uns«, sagte er, hob sie auf und ließ sie am Tisch Platz nehmen. »So ist's recht . . . Iß von dem Rebhuhn. Du bist hungrig geworden, armes Kind.«

Sie sog gierig die heimatliche Luft in sich ein und aß von dem Rebhuhn, er aber schaute sie voller Rührung an und lachte froh.

VI

Seit Mitte des Winters begann Dymov augenscheinlich zu erraten, daß er betrogen wurde. Als habe er kein reines Gewissen, konnte er seiner Frau nicht mehr gerade in die Augen sehen und nicht mehr freudig lächeln, wenn er mit ihr zusammentraf, und um weniger mit ihr allein zu sein, brachte er häufig zum Mittagessen seinen Kollegen Korostelëv mit, ein kleines kahlgeschorenes Männlein mit einem zerknitterten Gesicht, der, wenn er sich mit Olga Ivanovna unterhielt, vor Verlegenheit sämtliche Knöpfe seines Jacketts auf- und wieder zuknöpfte und sich danach mit der rechten Hand an der linken Schnurrbartspitze zupfte. Beim Mittagessen sprachen beide Ärzte darüber, daß bei einem hohen Stand des Zwerchfells der Herzschlag manchmal unregelmäßig sei oder daß in der letzten Zeit sehr oft eine Häufung von Nervenentzündungen zu beobachten sei oder daß

Dymov gestern, als er eine Leiche mit der Diagnose ›perniziöse Anämie‹ sezierte, bei ihr Krebs der Bauchspeicheldrüse entdeckt habe. Und es schien, als führten sie beide nur deshalb ein medizinisches Gespräch, damit Olga Ivanovna die Möglichkeit habe zu schweigen, das heißt, nicht zu lügen. Nach dem Mittagessen setzte sich Korostelëv an den Flügel, und Dymov seufzte und sagte zu ihm:

»Äh, mein Lieber! Nun, was ist zu machen! Spiel mal irgend etwas Trauriges.«

Mit hochgezogenen Schultern und die Finger weit spreizend, schlug Korostelëv einige Akkorde an und sang mit seiner Tenorstimme: ›Wüßtest du einen Ort mir zu nennen, wo der russische Bauer nicht stöhnt?‹ Dymov aber seufzte noch einmal, stützte den Kopf auf die Faust und versank in Nachdenken.

In der letzten Zeit benahm sich Olga Ivanovna äußerst unvorsichtig. Jeden Morgen erwachte sie in der allerschlechtesten Stimmung und mit dem Gedanken, daß sie Rjabovskij nicht mehr liebe und daß gottlob alles schon zu Ende sei. Sobald sie aber Kaffee getrunken hatte, überlegte sie, daß Rjabovskij ihr den Mann genommen habe und daß sie jetzt ohne Mann und ohne Rjabovskij sei; dann erinnerte sie sich an die Gespräche ihrer Bekannten darüber, daß Rjabovskij für die Ausstellung etwas Überwältigendes vorbereite, eine Mischung von Landschafts- und Genremalerei im Geschmack von Polenov, von der alle, die in seinem Atelier gewesen seien, in Begeisterung gerieten. Aber das hatte er doch, dachte sie, unter ihrem Einfluß geschaffen, und er hatte sich überhaupt dank ihrem Einfluß im guten Sinne stark verändert. Ihr Einfluß war so segensreich und so wesentlich, daß er, wenn sie ihn verließ, womöglich zugrunde gehen konnte. Und sie dachte auch daran, daß er das letztemal in einem kurzen changierenden grauen Überröckchen und mit einer neuen Krawatte zu ihr gekommen war und schmachtend gefragt hatte: ›Bin ich schön?‹ Und tatsächlich war er mit seinen langen blonden Locken und den blauen Augen elegant und sehr schön (oder schien es nur so?), und er war freundlich zu ihr gewesen.

Nachdem sie sich an vieles erinnert und vieles erwogen hatte, kleidete sich Olga Ivanovna in großer Erregung an und fuhr ins Atelier zu Rjabovskij. Sie traf ihn fröhlich und begeistert von seinem wirklich großartigen Gemälde an; er sprang umher, trieb Unsinn und antwortete auf ernste Fragen mit Späßen. Olga Ivanovna war eifersüchtig auf dieses Bild und haßte es, aber aus Höflichkeit blieb sie etwa fünf Minuten lang schweigend vor dem Bild stehen, und mit einem Seufzer, so wie man vor einem Heiligtum seufzt, sagte sie leise:

»Ja, so etwas hast du noch nie gemalt. Weißt du, man erschrickt geradezu.«

Dann begann sie ihn anzuflehen, er solle sie liebhaben und sie nicht verlassen, er solle Mitleid mit ihr, der Armen und Unglücklichen haben. Sie weinte, küßte ihm die Hände, verlangte, er solle schwören, daß er sie liebe, und wollte ihm beweisen, daß er ohne ihren guten Einfluß vom Wege abkommen und untergehen würde. Und nachdem sie ihm die gute Stimmung verdorben hatte und sich erniedrigt fühlte, fuhr sie zur Schneiderin oder zu einer ihr bekannten Schauspielerin, bei der sie sich um eine Theaterkarte bemühte.

Wenn sie ihn in seinem Atelier nicht antraf, dann hinterließ sie ihm einen Brief, in welchem sie schwor, sie würde sich unbedingt vergiften, falls er heute nicht zu ihr käme. Er bekam Angst, besuchte sie und blieb zum Mittagessen. Ohne sich in Anwesenheit ihres Mannes zu genieren, sagte er ihr Dreistigkeiten, und sie erwiderte diese. Beide fühlten, daß einer dem anderen Zwang antat, daß sie Despoten und Feinde waren, und sie ärgerten sich, und in ihrem Ärger merkten sie nicht, daß sie sich beide ungehörig benahmen und daß sogar der kahlköpfige Korostelëv alles begriff. Nach dem Mittagessen beeilte sich Rjabovskij, Abschied zu nehmen und wegzugehen.

»Wohin wollen Sie?« fragte ihn Olga Ivanovna im Vorzimmer und blickte ihn voll Haß an.

Er verzog das Gesicht, kniff die Augen zusammen und nannte irgendeine Dame, eine gemeinsame Bekannte, und es war offensichtlich, daß er sich über ihre Eifersucht lustig machte und sie ärgern wollte. Sie ging in ihr Schlafzimmer und legte sich aufs Bett; vor Eifersucht, Ärger und in dem Gefühl der Erniedrigung und Scham biß sie ins Kissen und fing an, laut zu weinen. Dymov ließ Korostelëv im Salon zurück, ging ins Schlafzimmer, und in seiner Verlegenheit und Verwirrung sagte er leise:

»Weine nicht so laut, Mama ... Wozu? Darüber muß man

schweigen ... Man muß sich nichts anmerken lassen ... Weißt du, was geschehen ist, läßt sich bereits nicht wiedergutmachen.«

Da sie nicht wußte, wie sie die bedrückende Eifersucht, von der ihr sogar die Schläfen weh taten, bezähmen sollte, und da sie glaubte, alles könnte noch in Ordnung kommen, wusch sie sich, puderte das verweinte Gesicht und fuhr Hals über Kopf zu der Bekannten. Als sie Rjabovskij bei ihr nicht antraf, fuhr sie zu einer anderen, dann zur dritten ... Anfangs schämte sie sich, daß sie das tat, aber dann gewöhnte sie sich daran, und es konnte geschehen, daß sie an einem Abend bei sämtlichen ihr bekannten Frauen herumfuhr, um Rjabovskij zu suchen, und alle begriffen das.

Einmal sagte sie zu Rjabovskij über ihren Mann:

»Dieser Mensch bedrückt mich mit seiner Großmut!«

Dieser Satz gefiel so gut, daß sie, wenn sie mit den Künstlern zusammenkam, die von ihrer Liebschaft mit Rjabovskij wußten, jedesmal mit einer energischen Handbewegung von ihrem Manne sagte:

»Dieser Mensch bedrückt mich mit seiner Großmut!«

Das Leben verlief nach derselben Ordnung wie im vorigen Jahr. Mittwochs fanden kleine Abendgesellschaften statt. Der Schauspieler rezitierte, die Maler zeichneten, der Cellist spielte, der Sänger sang, und unverändert öffnete sich um halb zwölf die ins Eßzimmer führende Tür, und Dymov sagte lächelnd:

»Meine Herren, ich bitte zu einem Imbiß.«

Nach wie vor suchte Olga Ivanovna nach großen Leuten, fand sie und war nicht befriedigt und suchte wieder. Nach wie vor kehrte sie jeden Tag spät in der Nacht zurück, aber Dymov schlief nicht mehr wie im vorigen Jahr, sondern saß in seinem Kabinett und arbeitete. Er legte sich gegen drei Uhr morgens schlafen und stand um acht Uhr auf.

Eines Abends, als sie im Begriff war, ins Theater zu gehen, und vor dem Spiegel stand, kam Dymov ins Schlafzimmer, in Frack und mit weißer Halsbinde. Er lächelte sanft und blickte seiner Frau freudig wie früher in die Augen. Sein Gesicht strahlte.

»Ich habe soeben meine Dissertation verteidigt«, sagte er, setzte sich und strich sich über die Knie.

»Mit Erfolg?« fragte Olga Ivanovna.

»Und ob!« Er lachte und reckte den Hals, um das Gesicht seiner Frau im Spiegel zu sehen, die immer noch, ihm den Rücken zukehrend, vor dem Spiegel stand und ihre Frisur ordnete. »Und ob!« wiederholte er. »Weißt du, es ist sehr gut möglich, daß man mir eine Privatdozentur für allgemeine Pathologie anbieten wird. Es sieht ganz so aus.«

Seinem glückseligen, strahlenden Gesicht war anzusehen, daß er, hätte Olga Ivanovna seine Freude und seinen Triumph mit ihm geteilt, ihr alles verziehen hätte, das Gegenwärtige und das Zukünftige, und alles vergessen hätte, aber sie verstand nicht, was eine Privatdozentur und allgemeine Pathologie bedeuteten, zudem fürchtete sie, zu spät ins Theater zu kommen, und sagte nichts.

Er blieb noch zwei Minuten sitzen, lächelte schuldbewußt und ging hinaus.

VII

Das war ein höchst unruhiger Tag.

Dymov hatte starke Kopfschmerzen; am Morgen hatte er keinen Tee getrunken, war nicht ins Krankenhaus gegangen und hatte die ganze Zeit in seinem Arbeitszimmer auf dem türkischen Diwan gelegen. Olga Ivanovna hatte sich nach ihrer Gewohnheit kurz nach zwölf Uhr zu Rjabovskij begeben, um ihm ihre Studie, ein Stilleben, zu zeigen und ihn zu fragen, warum er gestern nicht gekommen sei. Die Studie kam ihr miserabel vor, und sie hatte sie nur zu dem Zweck gemalt, um wieder einen Vorwand zu haben, den Künstler aufzusuchen.

Sie trat bei ihm ohne zu läuten ein, und als sie im Vorzimmer die Gummischuhe auszog, glaubte sie zu hören, wie im Atelier jemand leise vorbeilief, nach Frauenart mit dem Kleid raschelnd, und als sie schnell ins Atelier hineinschaute, sah sie gerade noch einen Zipfel von einem braunen Rock, der einen Augenblick lang auftauchte und dann hinter dem großen Bild verschwand, das samt der Staffelei bis zum Boden mit schwarzem Kaliko verhängt war. Es gab keinen Zweifel, eine Frau versteckte sich dort. Wie oft hatte Olga Ivanovna selber Zuflucht hinter diesem Bild gefunden!

Rjabovskij, offensichtlich sehr verlegen, streckte ihr, wie verwundert über ihren Besuch, beide Hände entgegen und sagte, gezwungen lächelnd:

»Aaah! Sehr erfreut, Sie zu sehen. Was haben Sie Gutes zu erzählen?«

Olga Ivanovnas Augen füllten sich mit Tränen. Scham und Bitterkeit überwältigten sie, und nicht für eine Million wäre sie bereit gewesen, in Gegenwart der fremden Frau, einer Rivalin, einer Lügnerin, die jetzt hinter dem Bild stand und wahrscheinlich schadenfroh kicherte, zu sprechen.

»Ich habe Ihnen eine Studie gebracht ...« sagte sie schüchtern, mit dünnem Stimmchen, und ihre Lippen begannen zu beben, »nature morte.«

»Aha ... eine Studie?«

Der Maler nahm die Studie in die Hand, und während er sie betrachtete, ging er gleichsam mechanisch ins andere Zimmer.

Olga Ivanovna folgte ihm ergeben.

»Nature morte ... erste Sorte«, murmelte er, nach einem Reim suchend, »Kurorte ... Torte ... Forte ...«

Im Atelier ertönten eilige Schritte und das Rascheln von Kleidern. Sie war weggegangen. Olga Ivanovna hatte Lust, laut aufzuschreien, den Künstler mit irgend etwas Schwerem auf den Kopf zu schlagen und wegzugehen, aber sie konnte vor Tränen nichts sehen, sie war niedergedrückt von ihrer Scham und fühlte sich schon nicht mehr als Olga Ivanovna und nicht als Künstlerin, sondern als ein winziges Käferchen.

»Ich bin müde ...« sagte der Künstler matt, während er die Studie betrachtete und den Kopf schüttelte, um die Schläfrigkeit zu vertreiben. »Das ist nett, natürlich, aber heute eine Studie und im vorigen Jahr eine Studie, und einen Monat später wird es wieder eine Studie sein ... Wird Ihnen das nicht langweilig? Ich würde an Ihrer Stelle die Malerei aufgeben und mich ernsthaft mit der Musik oder sonst etwas befassen. Sie sind ja doch keine Malerin, sondern Musikerin. Aber wissen Sie, ich bin so müde! Ich werde gleich bitten, daß man uns Tee bringt ... Ja?«

Er ging aus dem Zimmer, und Olga hörte, wie er seinem Diener einen Befehl gab. Um sich nicht verabschieden zu müssen und einer Auseinandersetzung aus dem Wege zu gehen, hauptsächlich aber, um nicht laut zu weinen, lief sie, ehe Rjabovskij zurückkehrte, ganz schnell ins Vorzimmer, zog die Gummischuhe an und trat auf die Straße hinaus. Dort atmete sie erleichtert auf und fühlte sich für immer befreit – von Rjabovskij, von der Malerei und von der drückenden Scham, die im Atelier so auf ihr gelastet hatte. Alles war zu Ende.

Sie fuhr zur Schneiderin, dann zu Barnay, der erst gestern angekommen war, von Barnay in einen Musikalienladen, und die ganze Zeit dachte sie daran, wie sie an Rjabovskij einen kalten und schroffen Brief schreiben würde, voll von dem Gefühl der eigenen Würde, und wie sie im Frühjahr oder im Sommer mit Dymov auf die Krim reisen, sich dort endgültig von der Vergangenheit befreien und ein neues Leben anfangen würde.

Als sie spät am Abend nach Hause zurückkehrte, setzte sie sich, ohne sich umzuziehen, im Salon hin, um den Brief abzufassen. Rjabovskij hatte ihr gesagt, sie sei keine Malerin, und sie würde ihm jetzt aus Rache schreiben, daß er jedes Jahr immer ein und dasselbe male und jeden Tag ein und dasselbe spreche, daß er erstarrt sei und nicht mehr erreichen würde, als er bis jetzt erreicht hatte. Sie hätte ihm auch gern geschrieben, daß er viel ihrem guten Einfluß zu verdanken habe, und wenn er schlecht handelte, so nur deshalb, weil ihr Einfluß durch allerhand zweifelhafte Personen zerstört werde, von der Art jener, die sich heute hinter dem Bild verborgen habe.

»Mama!« rief Dymov aus dem Arbeitszimmer, ohne die Tür zu öffnen. »Mama!«

»Was willst du?«

»Mama, komm nicht zu mir herein, sondern geh nur bis zur Tür ... Also höre ... Vorgestern habe ich mich im Krankenhaus mit Diphtherie angesteckt, und jetzt ... ist mir nicht gut. Schicke ganz schnell nach Korostelëv.«

Olga Ivanovna rief ihren Mann, wie alle ihr bekannten Männer, nicht beim Taufnamen, sondern beim Familiennamen; sein Vorname, Osip, gefiel ihr nicht, weil er sie an den Gogolschen Osip und an einen damit zusammenhängenden Kalauer erinnerte. Nun aber schrie sie auf:

»Osip, das kann nicht sein!«

»Schicke nach ihm! Mir ist nicht gut ...« sagte Dymov hinter der Tür, und man konnte hören, wie er zum Diwan ging und sich niederlegte. »Schicke nach ihm!« ertönte dumpf seine Stimme.

Was soll das heißen? dachte Olga Ivanovna, und ihr wurde kalt vor Entsetzen. Das ist doch gefährlich!

Ohne jede Notwendigkeit nahm sie eine Kerze und ging in ihr Schlafzimmer, und da, während sie noch überlegte, was sie tun sollte, sah sie sich zufällig im Spiegel. Mit dem bleichen, erschrockenen Gesicht, in dem Jackett mit den hohen Keulenärmeln, mit den gelben Volants auf der Brust und dem ungewöhnlichen Verlauf der Streifen auf dem Rock erschien sie sich selbst schreckenerregend und häßlich. Ihr tat Dymov plötzlich so leid, daß es sie schmerzte, ihr tat seine grenzenlose Liebe zu ihr leid, sein junges Leben und sogar dieses verwaiste Bett, in dem er schon lange nicht mehr geschlafen hatte, und sie erinnerte sich an sein ständiges, sanftes, ergebenes Lächeln. Sie fing bitterlich zu weinen an und schrieb einen flehenden Brief an Korostelëv. Es war zwei Uhr nachts.

VIII

Als Olga Ivanovna gegen acht Uhr morgens mit einem vor Schlaflosigkeit schweren Kopf, unfrisiert, unschön und mit einem schuldbewußten Ausdruck aus dem Schlafzimmer kam, ging ein schwarzbärtiger Herr an ihr vorbei ins Vorzimmer, augenscheinlich ein Arzt. Es roch nach Medikamenten. An der Tür zum Arbeitszimmer stand Korostelëv und drehte mit der rechten Hand die linke Schnurrbartspitze.

»Entschuldigen Sie, zu ihm lasse ich Sie nicht hinein«, sagte er mürrisch zu Olga Ivanovna. »Das ist ansteckend. Ja, und was wollen Sie eigentlich bei ihm. Er phantasiert ja doch.«

»Hat er eine richtige Diphtherie?« flüsterte Olga Ivanovna.

»Wer mit dem Kopf durch die Wand rennen will, gehört von Rechts wegen vor Gericht«, murmelte Korostelëv, ohne Olga Ivanovnas Frage zu beantworten. »Wissen Sie, wobei er sich infiziert hat? Am Dienstag hat er bei einem Knaben durch ein Röhrchen den Diphtheriebelag abgesaugt. Und wozu? Dumm ... Ganz törichterweise ...«

»Ist es gefährlich? Sehr?« fragte Olga Ivanovna.

»Ja, es heißt, es sei die schwere Form. Eigentlich sollte man Schreck holen lassen.«

Es kam ein kleiner, rotblonder Mann mit langer Nase und

jüdischem Akzent, dann ein großer, gebückter, zotteliger, der wie ein Protodiakon aussah, dann ein junger, sehr korpulenter, mit einem roten Gesicht und einer Brille. Das waren die Ärzte, sie kamen, um bei ihrem Kollegen zu wachen. Als Korostelëv seine Wachzeit absolviert hatte, ging er nicht nach Hause, sondern blieb da und wanderte wie ein Schatten durch alle Zimmer. Das Stubenmädchen servierte den wachhabenden Ärzten Tee und lief oft in die Apotheke, und es war niemand da, der die Zimmer aufgeräumt hätte. Es war still und trostlos.

Olga Ivanovna saß in ihrem Schlafzimmer und dachte darüber nach, daß Gott sie jetzt dafür strafte, daß sie ihren Mann betrogen hatte. Ein schweigsames, demütiges, unbegreifliches Wesen, das durch seine Sanftmut seine Individualität eingebüßt hatte, das charakterlos und schwach war vor allzu großer Güte, litt dort einsam auf seinem Diwan und klagte nicht. Und wenn es geklagt hätte, und sei es nur in seinen Fieberphantasien, dann hätten die Ärzte erfahren, daß da nicht allein die Diphtherie schuld war. Hätten sie Korostelëv gefragt: Der wußte alles und blickte nicht umsonst so vorwurfsvoll auf die Frau seines Freundes, als sei sie die hauptsächliche und wirkliche Übeltäterin und die Diphtherie nur ihre Helfershelferin. Sie dachte nicht mehr an den Abend im Mondschein auf der Volga und an die Liebeserklärungen und an das poetische Leben in der Hütte, sie wußte nur noch, daß sie aus einer nichtigen Laune heraus, aus Mutwillen sich selber ganz und gar samt Händen und Füßen mit etwas Schmutzigem, Klebrigem beschmiert hatte, das sich jetzt niemals mehr würde abwaschen lassen . . .

Ach, wie furchtbar habe ich mich belogen! dachte sie, als sie sich an die unruhige Liebe zwischen ihr und Rjabovskij erinnerte. Verflucht soll das alles sein . . .!

Um vier Uhr setzte sie sich zusammen mit Korostelëv an den Mittagstisch. Er aß nichts, trank nur Rotwein und machte ein finsteres Gesicht. Sie aß ebenfalls nichts. Bald betete sie in Gedanken und gelobte Gott, daß sie, würde Dymov gesund, ihn wieder liebhaben und ihm eine treue Frau sein würde. Dann wieder, wenn sie sich auf einen Augenblick vergaß, blickte sie Korostelëv an und dachte bei sich: Ist es denn nicht langweilig, ein einfacher, durch nichts bemerkenswerter, unbekannter Mensch zu sein, noch dazu mit einem so zerknitterten Gesicht und schlechten Manieren? Bald schien ihr, daß Gott sie im selben Augenblick dafür töten würde, daß sie aus Angst vor der Ansteckung noch kein einziges Mal bei ihrem Mann im Zimmer gewesen war. Im allgemeinen aber empfand sie ein dumpfes Gefühl der Niedergeschlagenheit und die Gewißheit, daß das Leben verpfuscht und durch nichts wiedergutzumachen sei ...

Nach dem Mittagessen trat die Dämmerung ein. Als Olga Ivanovna in den Salon kam, schlief Korostelëv auf der Chaiselongue, unter den Kopf hatte er sich ein in Gold gesticktes Seidenkissen gelegt. »Kchi-pua ...«, schnarchte er, »kchi-pua.«

Und die Ärzte, die kamen, um Wache zu halten, und wieder fortgingen, bemerkten diese Unordnung nicht. Daß ein fremder Mensch im Salon schlief und schnarchte, daß Studien an den Wänden hingen und die Einrichtung ungewöhnlich war und auch daß die Hausfrau unfrisiert und nachlässig gekleidet war – all dies erweckte jetzt nicht das geringste Interesse. Einer der Ärzte hatte zufällig über etwas gelacht, und dieses Lachen klang irgendwie seltsam und schüchtern, es wurde einem sogar unheimlich dabei.

Als Olga Ivanovna zum zweitenmal in den Salon kam, schlief Korostelëv nicht mehr, er saß da und rauchte.

»Er hat Nasenhöhlendiphtherie«, sagte er halblaut. »Und das Herz arbeitet auch nicht mehr besonders. Im Grunde genommen stehen die Dinge schlecht.«

»Schicken Sie doch nach Schreck«, sagte Olga Ivanovna.

»Der war schon da. Er hat ja festgestellt, daß die Diphtherie in die Nase übergegangen ist. Äh, was ist denn Schreck! Im Grunde genommen ist Schreck nichts. Er ist Schreck, ich bin Korostelëv – und weiter nichts.«

Die Zeit zog sich entsetzlich lange hin. Olga Ivanovna lag angekleidet im Halbschlummer auf dem seit dem Morgen nicht gemachten Bett. Ihr war, als sei die Wohnung vom Fußboden bis zur Decke von einem riesigen Stück Eisen ausgefüllt und als brauche man nur das Eisen hinauszutragen, damit allen wieder fröhlich und leicht zumute würde.

Beim Erwachen fiel ihr ein, daß es kein Eisen war, sondern Dymovs Krankheit.

Nature morte, Forte ... Kurorte ... dachte sie und fiel wieder in einen Dämmerzustand, Sport ... Kurort ... Und wie war es mit Schreck? Schreck, greck, wreck ... kreck. Und wo sind jetzt meine Freunde? Wissen sie, daß wir Kummer haben? Herrgott, rette ... hilf! Schreck, greck ...

Und wieder war das Eisen da ... Die Zeit zog sich lange hin, die Uhr im unteren Stockwerk schlug oft. Hin und wieder hörte man läuten; die Ärzte kamen ... Das Stubenmädchen erschien mit einem leeren Glas auf einem Tablett und fragte:

»Gnädige Frau, befehlen Sie, das Bett zu machen?«

Und sie ging hinaus, da sie keine Antwort bekam. Unten schlug die Uhr; ihr träumte vom Regen an der Volga, und wieder betrat jemand das Schlafzimmer, ein Fremder, wie es schien. Olga Ivanovna sprang auf und erkannte Korostelëv.

»Wieviel ist es?« fragte sie.

»Gegen drei.«

»Nun, wie steht's?«

»Wie soll es stehen! Ich bin gekommen, um Ihnen zu sagen: Es geht zu Ende mit ihm ...«

Er schluchzte auf, setzte sich neben sie auf das Bett und wischte die Tränen mit dem Ärmel ab. Sie hatte nicht gleich begriffen, aber ihr wurde ganz kalt, und sie begann sich langsam zu bekreuzigen.

»Es geht zu Ende mit ihm ...« wiederholte er mit dünner Stimme und schluchzte wieder auf. »Er stirbt, weil er sich selbst geopfert hat ... Was für ein Verlust für die Wissenschaft!« sagte er voll Bitterkeit. »Er war, wenn man uns alle mit ihm vergleicht, ein großer, ungewöhnlicher Mensch! Welche Begabung! Welche Hoffnungen hat er bei uns allen erweckt!« fuhr Korostelëv fort und rang die Hände. »Herr mein Gott, das wäre ein solcher Gelehrter geworden, wie man ihn jetzt mit der Laterne nicht findet. Oska Dymov, Oska Dymov, was hast du angerichtet! Oje, oje, mein Gott!«

Korostelëv bedeckte vor Verzweiflung das Gesicht mit beiden Händen und wiegte den Kopf hin und her.

»Und was für eine sittliche Kraft!« sprach er weiter, immer mehr gegen irgend jemanden in Zorn geratend. »Eine gute, reine, liebende Seele, ein glasklarer Mensch! Er diente der Wissenschaft und ist an der Wissenschaft gestorben. Und gearbeitet hat er wie ein Ochse, Tag und Nacht, keiner hat ihn geschont, und der junge Gelehrte, der künftige Professor, mußte sich eine Praxis suchen und nachts Übersetzungen machen, um diese ... elenden Fetzen zu bezahlen!«

Korostelëv blickte voller Haß auf Olga Ivanovna, ergriff das Laken mit beiden Händen und riß böse daran, als wäre es schuld.

»Sich selbst hat er nicht geschont, und ihn hat man nicht geschont. Äh, was gibt es da im Grunde noch zu reden!«

»Ja, ein seltener Mensch!« sagte mit Baßstimme jemand im Salon.

Olga Ivanovna dachte an ihr ganzes Leben mit ihm, vom Anfang bis zum Ende, mit allen Einzelheiten, und plötzlich begriff sie, daß er tatsächlich ein ungewöhnlicher, seltener und im Vergleich mit denen, die sie kannte, ein großer Mensch war. Und als sie sich daran erinnerte, wie ihr verstorbener Vater und alle seine Kollegen, die Ärzte, zu ihm gestanden hatten, da begriff sie, daß sie alle in ihm eine künftige Berühmtheit gesehen hatten. Die Wände, die Zimmerdecke, die Lampe und der Teppich auf dem Fußboden blinzelten ihr spöttisch zu, als wollten sie sagen: ›Verpaßt! Verpaßt!‹ Weinend stürzte sie aus dem Schlafzimmer, schlüpfte im Salon an einem unbekannten Mann vorbei und lief in das Arbeitszimmer ihres Mannes. Er lag unbeweglich auf dem türkischen Diwan, bis zum Gürtel unter einer Bettdecke. Sein Gesicht war furchtbar eingefallen und abgemagert und hatte eine graugelbe Farbe angenommen, wie sie bei Lebenden niemals anzutreffen ist; und nur an der Stirn, den schwarzen Augenbrauen und an dem bekannten Lächeln konnte man erkennen, daß dies Dymow war. Olga Ivanovna tastete rasch seine Brust, die Stirn und die Hände ab. Die Brust war noch warm, aber die Stirn und die Hände waren unangenehm kalt. Und die halbgeöffneten Augen blickten nicht auf Olga Ivanovna, sondern auf die Bettdecke.

»Dymov!« rief sie laut. »Dymov!«

Sie wollte ihm erklären, daß es ein Irrtum gewesen sei, daß noch nicht alles verloren war, daß das Leben noch herrlich und glücklich sein konnte, daß er ein seltener, ungewöhnlicher, großer Mensch sei und daß sie ihn ihr ganzes Leben lang verehren, anbeten und vor ihm eine heilige Ehrfurcht empfinden würde ...

»Dymov!« rief sie ihn; sie rüttelte ihn an der Schulter und

glaubte nicht daran, daß er niemals mehr aufwachen würde. »Dymov, aber Dymov!«

Im Salon jedoch sagte Korostelëv zu dem Stubenmädchen:

»Was gibt's da zu fragen? Gehen Sie zum Kirchenwächter und fragen Sie, wo die Armenhäuslerinnen wohnen. Sie werden dann die Leiche waschen und zurechtmachen, sie werden alles tun, was nötig ist.«

Nach dem Theater

Als Nadja Zelenina mit ihrer Mutter aus dem Theater, wo man ›Eugen Onegin‹ gespielt hatte, zurückkehrte und in ihr Zimmer kam, warf sie schnell ihr Kleid ab, löste ihren Zopf und setzte sich, nur in Unterrock und weißer Nachtjacke, sofort an den Tisch, um einen ebensolchen Brief wie Tatjana zu schreiben.

»Ich liebe Sie«, schrieb sie, »aber Sie lieben mich nicht, Sie lieben mich nicht!«

So schrieb sie und fing an zu lachen.

Sie war erst sechzehn Jahre alt, und sie hatte noch niemanden geliebt. Sie wußte, der Offizier Gornyj und der Student Gruzdev liebten sie, jetzt aber, nach der Oper, wollte sie daran zweifeln. Ungeliebt und unglücklich zu sein – wie reizvoll das war! In der Tatsache, daß der eine liebt, der andere aber gleichgültig ist, liegt etwas Schönes, Rührendes und Poetisches. Onegin ist deshalb interessant, weil er überhaupt nicht liebt, und Tatjana wirkt bezaubernd, weil sie sehr liebt, und hätten sie einander gleichermaßen geliebt und wären sie gleichermaßen glücklich gewesen, man hätte sie wahrscheinlich langweilig gefunden.

»Hören Sie auf zu beteuern, daß Sie mich lieben«, schrieb Nadja weiter und dachte dabei an den Offizier Gornyj. »Ich kann Ihnen nicht glauben. Sie sind sehr klug, gebildet, seriös, Sie sind außergewöhnlich talentiert und stehen vielleicht vor einer glänzenden Zukunft, ich aber bin ein uninteressantes, unbedeutendes Mädchen, und Sie wissen selbst sehr wohl, daß ich in Ihrem Leben nur ein Hemmschuh sein würde. Sie haben sich zwar in mich verliebt und glauben, in mir Ihr Ideal gefunden zu haben, aber das war ein Irrtum, und Sie fragen sich schon jetzt verzweifelt: Weshalb bin ich diesem Mädchen begegnet? Nur Ihre Güte hindert Sie daran, sich das einzugestehen!«

Nadja tat sich selbst leid, sie fing an zu weinen und fuhr fort:

»Wenn es mir nur nicht so schwerfiele, meine Mutter und meinen Bruder zu verlassen, ich würde Nonnenkleider anziehen und gehen, wohin mich meine Füße tragen. Und Sie würden frei sein und eine andere liebgewinnen. Ach, wäre ich doch schon tot!«

Die Tränen ließen alles Geschriebene verschwimmen; auf dem

Tisch, dem Fußboden und an der Decke zitterten kleine Regenbogen, als schaue Nadja durch ein Prisma. Da sie nicht weiterschreiben konnte, lehnte sie sich in dem Sessel zurück und dachte an Gornyj.

Gott, wie aufregend, wie bezaubernd waren die Männer! Nadja entsann sich, wie hübsch, wie schmeichlerisch, schuldbewußt und sanft der Offizier stets dreinblickte, wenn sie beide über Musik stritten, und wie er sich immer anstrengte, damit seine Stimme nicht zu leidenschaftlich klang. In einer Gesellschaft, in der kalte Überheblichkeit und Gleichgültigkeit als Zeichen guter Erziehung und edler Gesittung gelten, muß man seine Leidenschaft verbergen. Und er verbarg sie, aber es gelang ihm nicht, und alle wußten sehr wohl, daß er die Musik leidenschaftlich liebte. Die endlosen Dispute über Musik und die kühnen Urteile von Menschen, die nichts verstanden, hielten ihn immer in Spannung, er war schreckhaft, schüchtern und schweigsam. Er spielte ausgezeichnet Klavier, wie ein richtiger Pianist, und wäre er nicht Offizier, er wäre bestimmt ein bedeutender Musiker geworden.

Die Tränen in Nadjas Augen waren getrocknet. Sie dachte daran, wie Gornyj ihr in der Philharmonischen Gesellschaft seine Liebe erklärt hatte, in der Garderobe, wo es von allen Seiten zog.

»Ich freue mich sehr, daß Sie endlich den Studenten Gruzdev kennengelernt haben«, schrieb sie weiter. »Er ist ein sehr kluger Mann, Sie werden ihn bestimmt liebgewinnen. Gestern war er bei uns und ist bis zwei Uhr geblieben. Wir waren alle begeistert, und ich habe bedauert, daß Sie nicht gekommen sind. Er sagte viel Bemerkenswertes.«

Nadja legte die Arme auf den Tisch und senkte den Kopf, so daß ihr Haar den Brief bedeckte. Ihr war eingefallen, daß der Student Gruzdev sie ebenfalls liebte und daß er das gleiche Recht auf einen Brief hatte wie Gornyj. In der Tat, sollte sie nicht lieber an Gruzdev schreiben? Ohne ersichtlichen Grund regte sich Freude in ihrer Brust: Zunächst war die Freude klein und rollte durch ihre Brust wie ein Gummiball, dann wurde sie mächtiger, größer und strömte gleich einer Welle dahin. Nadja hatte Gornyj und Gruzdev bereits vergessen, ihre Gedanken verwirrten sich, die Freude wuchs und wuchs, breitete sich aus über Arme und Beine, und es schien, als streiche ein leiser, kühler

Wind über ihren Kopf und zause leicht ihr Haar. Ihre Schultern erbebten von einem leisen Lachen, auch der Tisch und das Lampenglas bebten, und Tränen tropften auf den Brief. Sie war außerstande, dieses Lachen zu unterdrücken, und um sich selbst zu beweisen, daß sie nicht ohne Grund lachte, dachte sie schnell an etwas Komisches.

»Was für ein komischer Pudel!« stieß sie hervor, als sie merkte, daß sie vor Lachen kaum noch Luft bekam. »Was für ein komischer Pudel!«

Sie dachte daran, wie Gruzdev gestern nach dem Tee mit dem Pudel Maksim Unsinn getrieben und dann von einem sehr klugen Pudel erzählt hatte, der auf dem Hof einen Raben jagte; der Rabe hatte sich umgedreht und gesagt: ›Ach, du Gauner!‹ Der Pudel, der nicht ahnte, daß er an einen gelehrten Raben geraten war, wurde furchtbar verlegen und wich befremdet zurück, dann begann er zu bellen.

»Nein, ich werde doch Gruzdev lieben«, beschloß Nadja und zerriß den Brief.

Sie dachte nun an den Studenten, an seine Liebe, an ihre Liebe, aber dabei kam nur heraus, daß sich die Gedanken in ihrem Kopf verwirrten und sie an alles dachte – an ihre Mutter, an die Straße, an den Bleistift, an das Klavier ... sie dachte an alles vor Freude, sie fand, alles sei gut und prächtig, und die Freude sagte ihr, dies sei noch nicht alles, ein wenig später würde es noch besser werden. Bald würde Frühling und Sommer sein, sie würde mit der Mutter nach Gorbiki fahren, Gornyj würde auf Urlaub kommen, er würde mit ihr im Garten spazierengehen und ihr den Hof machen. Auch Gruzdev würde kommen. Er würde mit ihr Krocket spielen und kegeln und ihr komische oder staunenswerte Dinge erzählen. Leidenschaftlich sehnte sie sich nach dem Garten, nach der Dunkelheit, dem blauen Himmel und den Sternen. Wieder erbebten ihre Schultern vor Lachen, und es kam ihr vor, als dufte es im Zimmer nach Wermut und als schlage ein Zweig ans Fenster.

Sie ging zu ihrem Bett und setzte sich, und da sie nicht wußte, wohin mit der großen Freude, die sie quälte, schaute sie auf das Heiligenbild, das über dem Kopfende des Bettes hing, und murmelte:

»Mein Gott! Mein Gott! Mein Gott!«

In der Verbannung

Der alte Semën, dem man den Spitznamen der Gescheite gegeben hatte, und ein junger Tatar, dessen Namen niemand kannte, saßen am Ufer des Flusses beim Lagerfeuer; die anderen drei Fährleute befanden sich in der Hütte. Semën, ein Greis von sechzig Jahren, hager und ohne Zähne, aber breitschultrig und noch von gesundem Aussehen, war betrunken; er hätte sich schon längst schlafen gelegt, doch in seiner Tasche steckte eine halbe Flasche Vodka, und er fürchtete, die Burschen in der Hütte könnten ihn um Vodka bitten. Der Tatar war krank, er litt Schmerzen und erzählte, fest in seine Lumpen gehüllt, wie schön es im Gouvernement Simbirsk sei und was für eine schöne und kluge Frau er daheim zurückgelassen habe. Er war nicht älter als fünfundzwanzig, und jetzt, beim Schein des Feuers, glich er mit seinem bleichen, traurigen und kränklichen Gesicht einem Knaben.

»Hier ist natürlich kein Paradies«, sagte der Gescheite. »Du siehst selbst: Wasser, kahle Ufer, ringsum Lehm – weiter nichts ... Die Osterwoche ist schon lange vorbei, aber auf dem Fluß treibt noch Eis, und heute morgen hat es geschneit.«

»Schlimm! Schlimm!« entgegnete der Tatar und sah sich schaudernd um ...

Zehn Schritte entfernt strömte der dunkle, kalte Fluß dahin; er brauste, schlug klatschend gegen das ausgewachsene, lehmige Ufer und floß schnell weiter, dem fernen Meer entgegen. Unmittelbar am Ufer hob sich dunkel eine große Barke ab, die die Fährleute Karbas nennen. Weit entfernt, am gegenüberliegenden Ufer, krochen, verlöschend und miteinander verschmelzend, Flammen wie Schlangen dahin – man brannte dort das vorjährige Gras ab. Hinter den Schlangen war es wieder dunkel. Man hörte, wie kleine Eisschollen an den Kahn schlugen. Es war feucht und kalt ...

Der Tatar schaute zum Himmel empor. Dort gab es ebenso viele Sterne wie in seiner Heimat und die gleiche Finsternis, aber etwas fehlte. Daheim, im Gouvernement Simbirsk, sahen die Sterne und auch der Himmel ganz anders aus.

»Schlimm! Schlimm!« wiederholte er.

»Wirst dich dran gewöhnen!« erwiderte der Gescheite und lachte auf. »Jetzt bist du noch jung und dumm, noch nicht trocken hinter den Ohren, und in deiner Dummheit bildest du dir ein, es gibt keinen unglücklicheren Menschen als dich, aber es kommt die Zeit, da wirst du selber sagen: Gebe Gott einem jeden solch ein Leben. Schau mich an. In einer Woche geht das Wasser zurück, und dann richten wir hier eine Fähre ein, ihr alle werdet durch Sibirien streifen, ich aber bleibe zurück und fahre von einem Ufer zum andern. Schon zweiundzwanzig Jahre fahre ich so. Und Gott sei Dank, ich brauch nichts weiter. Gebe Gott einem jeden solch ein Leben.«

Der Tatar legte Reisig ins Feuer, rückte näher heran und sagte:

»Mein Vater kränklicher Mensch. Wenn er stirbt, kommen Mutter und Frau her. Haben es versprochen.«

»Wozu brauchst du Mutter und Frau?« fragte der Gescheite. »Das ist alles dummes Zeug, Bruder. Damit verwirrt dich nur der Böse, daß ihn die Pest! Hör nicht auf ihn, den Verfluchten. Laß ihm nicht seinen Willen. Er kommt dir mit der Frau, du aber sag ihm zum Trotz: Ich will nicht! Er kommt dir mit der Freiheit, du aber widersetze dich – ich will nicht! Nichts brauche ich, weder Vater noch Mutter, noch Frau, noch Freiheit, weder Haus noch Hof! Nichts brauche ich, daß sie die Pest!«

Der Gescheite tat einen Zug aus der Flasche und fuhr fort:

»Ich bin, Brüderchen, kein einfacher Bauer, bin nicht aus dem Bauernstand, sondern der Sohn eines Küsters, und als ich in Kursk noch in Freiheit lebte, da bin ich im Rock gegangen, aber jetzt bin ich an einem Punkt angelangt, da kann ich nackt auf der Erde schlafen und Gras essen. Gott gebe einem jeden solch ein Leben. Ich brauche nichts und fürchte niemand, und ich habe begriffen, daß es keinen Menschen gibt, der reicher und freier ist als ich. Wie sie mich aus Rußland hierher verschickt haben, da habe ich mich vom ersten Tag an gesträubt: ich will nichts! Der Böse kam mir mit der Frau, mit den Verwandten, mit der Freiheit, ich aber sagte zu ihm: Ich brauche nichts! Ich blieb hartnäckig, und wie du siehst, lebe ich gut und beklage mich nicht. Wenn aber einer dem Bösen nachgibt und auch nur einmal auf ihn hört, der ist verloren, für den gibt es keine Rettung – er versinkt im Sumpf bis über die Ohren und kommt nicht mehr raus.

Nicht nur solche wie ihr, nicht nur dumme Bauern, sondern auch vornehme, gebildete Herrschaften gehen zugrunde. Vor fünfzehn Jahren hat man aus Rußland einen Herrn hierher verbannt. Er hatte da mit seinen Brüdern nicht geteilt und im Testament was gefälscht. Es hieß, er war ein Fürst oder Baron, vielleicht war er aber auch nur ein einfacher Bauer – wer kann das wissen! Nun, der Herr kam angefahren, und als erstes kaufte er sich in Muchortinskoe ein Haus sowie Land. ›Ich will‹, so sagt er, ›von meiner Arbeit leben, im Schweiße meines Angesichts, weil ich jetzt kein Herr mehr bin, sondern ein Ansiedler.‹ ›Nun‹, sage ich, ›helf dir Gott, das ist eine gute Sache.‹ Ein junger Mann war er damals, geschäftig, fürsorglich; er mähte selbst und ging auf Fischfang und ritt an die sechzig Verst am Tag. Nur das eine war vom Übel: schon vom ersten Jahr an fuhr er immer nach Gyrino auf die Post. Er stand dann bei mir auf der Fähre und seufzte: ›Ach, Semën, daß man mir so lange von daheim kein Geld geschickt hat!‹ – ›Geld ist nicht nötig, Vasilij Sergeič‹, sage ich. ›Wozu braucht man es? Lassen Sie das Alte hinter sich, vergessen Sie's, als ob es überhaupt nicht gewesen wäre, als hätten Sie's nur geträumt, und fangen Sie ein neues Leben an. Hören Sie nicht auf den Bösen‹, sage ich, ›er bringt einem nichts Gutes, sondern legt einem nur die Schlinge um den Hals. Heute wollen Sie Geld haben, aber es vergeht nur kurze Zeit, dann wollen Sie etwas anderes, und dann noch mehr und immer noch mehr. Wenn Sie‹, sage ich, ›glücklich sein wollen, dann dürfen Sie vor allem keine Wünsche mehr haben. Ja ... Wenn uns beide das Schicksal bitter getroffen hat, so soll man es nicht um Gnade bitten und vor ihm auf die Knie fallen, sondern man muß es verachten und darüber lachen. Sonst lacht es über uns.‹ Das habe ich zu ihm gesagt ... Zwei Jahre später setze ich ihn auf diese Seite über, und er reibt sich die Hände und lacht: ›Ich fahre nach Gyrino‹, sagt er, ›meine Frau abholen. Sie hat Mitleid mit mir‹, sagt er, ›und ist hergekommen. Eine gute Frau habe ich.‹ Er war vor Freude ganz außer Atem. Einen Tag später kommt er dann mit seiner Frau angefahren. Eine junge, schöne Dame, hat einen Hut auf; in den Armen hält sie ein kleines Mädchen. Und vielerlei Gepäck ist dabei. Und mein Vasilij Sergeič schwänzelt um sie herum, kann sich nicht satt sehen an ihr und sie nicht genug loben. ›Ja, Bruder Semën, auch in Sibirien leben Menschen!‹ Na, denke ich, meinetwegen, freu dich nicht zu früh. Von da an fragte er beinahe jede Woche in Gyrino nach, ob man nicht Geld aus Rußland geschickt habe. Er brauchte eine Unmenge Geld. ›Meinetwegen‹, so sagte er, ›vergeudet sie hier in Sibirien ihre Jugend und ihre Schönheit, und sie teilt mein bittres Los mit mir, und deswegen muß ich ihr jedes Vergnügen gönnen.‹ Damit es für die gnädige Frau lustiger sei, schloß er mit Beamten und allerlei Pack Bekanntschaft. Und dieser ganzen Gesellschaft mußte er natürlich zu essen und zu trinken geben, und ein Klavier mußte sein und ein wuschliges Hündchen auf dem Sofa – verrecken hätte es sollen ... Luxus, mit einem Wort – Verwöhnung. Nicht lange blieb die Gnädige bei ihm. Wie sollte sie auch? Lehm, Wasser, Kälte, man kriegt weder Obst noch Gemüse, ringsherum lauter Ungebildete und Betrunkene, keinerlei Umgang, und sie ist eine verwöhnte Dame aus der Hauptstadt ... Natürlich ödete sie das an. Und ihr Mann, was man auch sagt, war kein Herr mehr, sondern ein Ansiedler – das ist keine Ehre. Nach drei Jahren, ich entsinne mich noch, es war in der Nacht vor Himmelfahrt, da wird vom anderen Ufer gerufen. Ich fahre mit der Fähre hinüber – es ist die Dame, ganz vermummt, und mit ihr ein junger Herr, einer von den Beamten. Mit einer Trojka ... Ich hole sie herüber, sie steigen wieder ein – und schon sind sie über alle Berge, kaum daß man sie gesehen hat. Gegen Morgen kommt Vasilij Sergeič mit einem Zweispänner angefahren. ›Ist nicht meine Frau hier durchgekommen, Semën, mit einem Herrn mit Brille?‹ – ›Jawohl‹, sage ich, ›such mal den Wind auf dem Felde!‹ Er jagte hinterher, fünf Tage und fünf Nächte eilte er ihnen nach. Als ich ihn danach wieder an das andere Ufer übersetzte, fiel er auf der Fähre zu Boden, schlug mit dem Kopf auf die Bretter und heulte. ›So ist es nun‹, sage ich. Ich lache und erinnere ihn an seine Worte: ›Auch in Sibirien leben Menschen!‹ Und er schlägt mit dem Kopf noch ärger auf die Bretter ... Darauf wollte er gern wieder frei sein. Seine Frau war nach Rußland abgehauen, darum zog es ihn dorthin, um sie wiederzusehen und sie von ihrem Liebhaber loszueisen. Und nun, Brüderchen, ritt er beinahe jeden Tag bald zur Post, bald in die Stadt zur Behörde. Lauter Bittschriften hat er abgeschickt und eingereicht, damit man ihn begnadigen und nach Hause lassen soll, und wie er erzählte, hat er allein für Telegramme an die zweihundert Rubel ausgegeben. Seinen Landbesitz hat er verkauft und sein Haus an Juden verpfändet. Er selber wurde grau und krumm, im Gesicht wurde er gelb wie ein Schwindsüchtiger. Wenn er mit einem sprach, ging es: kche-kche-kche ... und er hatte Tränen in den Augen. Er hat sich mit den Bittschriften beinahe acht Jahre lang herumgeschunden, und dann lebte er wieder auf und wurde fröhlich – er hatte sich einen neuen Spaß ausgedacht. Sein Töchterchen war nämlich herangewachsen. Er schaut sie an und kann sich nicht satt sehen an ihr. Und um die Wahrheit zu sagen, sie ist gar nicht übel: hübsch, schwarzhaarig und lebhaft. Jeden Sonntag fährt er mit ihr nach Gyrino in die Kirche. Sie stehen beide nebeneinander auf der Fähre, sie lacht, und er läßt kein Auge von ihr. ›Ja, Semën‹, sagt er, ›auch in Sibirien leben Menschen. Auch in Sibirien gibt es Glück. Schau mal‹, sagt er, ›was für ein Töchterchen ich habe! So eine findest du wohl auf tausend Verst nicht noch einmal.‹ – ›Dein Töchterchen ist schön‹, sage ich, ›das ist wahr, tatsächlich ...‹ Aber bei mir denke ich: Wart nur ab ... Sie ist ein junges Mädchen, hat heißes Blut und möchte leben, aber was für ein Leben ist das hier? Und sie wurde schwermütig, Bruder ... Sie siechte dahin, kam ganz von Kräften, wurde krank und ist jetzt völlig herunter. Schwindsucht. Da hast du das sibirische Glück, hol's der Kuckuck, da hast du die Menschen, die auch in Sibirien leben ... Dauernd fährt er zu den Ärzten und holt sie zu sich. Sobald er hört, daß zwei- oder dreihundert Verst entfernt ein Arzt oder ein Quacksalber wohnt, da fährt er hin und holt ihn. Schrecklich viel Geld ist schon für die Ärzte draufgegangen; nach meiner Ansicht wäre es besser gewesen, dieses Geld zu versaufen ... Sie wird so oder so sterben. Sie stirbt auf jeden Fall, er ist dann ganz verloren. Er wird sich aufhängen vor Gram oder nach Rußland fliehen – das ist doch klar. Wenn er flieht, dann fängt man ihn wieder ein, dann kommt das Gericht, die Katorga, und er bekommt die Peitsche zu schmecken ...«

»Gut, gut«, murmelte der Tatar, der sich vor Kälte zusammenkrümmte.

»Was ist gut?« fragte der Gescheite.

»Frau, Tochter ... Mag sein Katorga, mag sein Kummer, dafür hat er Frau und Tochter gesehen ... Du sagst, man braucht nichts. Aber nichts – das ist schlecht! Seine Frau hat mit ihm gelebt drei Jahr – das war für ihn Geschenk Gottes. Nichts – das ist schlecht, drei Jahr – das ist gut. Das du nicht verstehst!«

Zitternd, mühsam nach russischen Wörtern suchend, von denen er nur wenige kannte, und stotternd sprach der Tatar davon, Gott möge verhüten, daß er in der Fremde krank werde, daß er hier sterbe und in der kalten braunen Erde verscharrt werde. Käme seine Frau auch nur für einen Tag oder gar nur für eine Stunde zu ihm, er würde für dieses Glück gern alle Qualen auf sich nehmen, und er würde Gott danken. Besser ein Tag voller Glück als gar nichts.

Dann erzählte er wieder, was für eine schöne und kluge Frau er daheim zurückgelassen habe; darauf stützte er den Kopf in beide Hände, fing an zu weinen und versicherte Semën, er sei ganz unschuldig und leide grundlos. Seine beiden Brüder und sein Onkel hätten einem Bauern Pferde gestohlen und den Alten halbtot geschlagen, aber die Gesellschaft habe nicht nach dem Gewissen gerichtet und alle drei Brüder zur Verbannung nach Sibirien verurteilt, der Onkel aber, ein reicher Mann, sei zu Hause geblieben.

»Wirst dich dran gewööööhnen!« meinte Semën.

Der Tatar schwieg und starrte mit verweinten Augen ins Feuer; auf seinem Gesicht malten sich Zweifel und Erschrecken, als könne er immer noch nicht begreifen, warum er hier in Finsternis und Nässe unter fremden Menschen lebe und nicht im Gouvernement Simbirsk. Der Gescheite legte sich neben dem Feuer nieder; er schmunzelte und stimmte halblaut ein Lied an.

»Was hat sie schon für Freude hier bei ihrem Vater?« sagte er nach einer Weile. »Er liebt sie, sie ist ihm ein Trost, das ist wahr; aber, Bruder, ich möcht ihm nicht den Finger in den Mund legen – er ist ein strenger Alter, ein harter Mann. Und für junge Mädchen ist Strenge nichts ... Sie brauchen Zärtlichkeit und hahaha und hihoho, Parfüm und Pomade. Ja ... Ach, das sind Sachen, das sind Sachen!« Semën seufzte und erhob sich schwerfällig. »Der Vodka ist alle, also Zeit zum Schlafen. Wie? Ich gehe, Bruder ...«

Allein geblieben, warf der Tatar Reisig ins Feuer, legte sich hin und blickte in die Flammen; er dachte an das heimatliche Dorf und an seine Frau; käme sie auch nur für einen Monat, nur für einen Tag, sie könnte dann, wenn sie wollte, wieder heimfahren! Besser einen Monat oder nur einen Tag als gar nicht. Wenn aber seine Frau ihr Versprechen hielt und kam, womit sollte er sie ernähren? Wo sollte sie hier wohnen?

»Wenn es nichts zu essen gibt, wie dann leben?« fragte der Tatar laut.

Dafür, daß er hier Tag und Nacht ruderte, zahlte man ihm nur zehn Kopeken pro Tag; zwar gaben die Fahrgäste Trinkgeld, aber die Kameraden teilten alle Einnahmen unter sich auf, gaben dem Tataren nichts ab und lachten nur über ihn. Aber die Not gebiert Hunger, Kälte und Angst ... Jetzt, da der ganze Körper schmerzte und zitterte, müßte man in die Hütte gehen und sich schlafen legen, aber dort hatte er nichts zum Zudecken, und es war kälter als am Ufer; hier hatte er auch nichts zum Zudecken, aber dafür konnte er wenigstens das Feuer schüren ...

In einer Woche, wenn das Wasser ganz zurückgehen und hier eine Fähre eingerichtet würde, dann wären alle Fährleute außer Semën überflüssig, dann würde der Tatar von Dorf zu Dorf wandern und um eine milde Gabe und um Arbeit bitten. Seine Frau war erst siebzehn Jahre alt; sie war schön, verwöhnt, schüchtern – sollte sie denn auch mit unverhülltem Gesicht durch die Dörfer gehen und betteln? Nein, schon daran zu denken war schrecklich ...

Es wurde bereits hell; deutlich zeichneten sich die Barke, die Weidensträucher über dem Wasser und die gekräuselten Wellen ab, und sah man sich um, so war da der lehmige Abhang, unten stand die kleine, mit braunem Stroh gedeckte Hütte, und weiter oben klebten die Bauernhäuschen. Im Dorf krähten schon die Hähne.

Der rote lehmige Abhang, die Barke, der Fluß, die fremden bösen Menschen, der Hunger, die Kälte, die Leiden – vielleicht war das alles gar nicht die Wirklichkeit. Wahrscheinlich träume ich das nur, dachte der Tatar. Er spürte, daß er schlief, und er hörte sein Schnarchen ... Natürlich war er zu Hause, im Gouvernement Simbirsk, und er brauchte nur den Namen seiner Frau auszusprechen, und sie würde antworten; und im Nebenzimmer war seine Mutter ... Was für schreckliche Träume es doch gab! Wozu waren sie da? Der Tatar lächelte und öffnete die Augen. Was für ein Fluß war das? Die Volga?

Es schneite.

»Hol über!« rief jemand auf dem anderen Ufer. »Fäääähre!«

Der Tatar kam zu sich und ging die Kameraden wecken, um auf die andere Seite überzusetzen. Im Gehen ihre zerrissenen Pelze anziehend, mit heiseren verschlafenen Stimmen schimpfend und vor Kälte schaudernd, erschienen die Fährleute am Ufer. Nach dem Schlafen kam ihnen der Fluß, von dem ihnen durchdringende Kälte entgegenschlug, offensichtlich widerlich und unheimlich vor. Ohne sich zu beeilen, sprangen sie in die Barke ... Der Tatar und drei der Fährleute ergriffen die langen Ruder mit den breiten Blättern, die im Dunkeln wie Krebsscheren aussahen, und Semën stemmte sich mit dem Bauch gegen das lange Steuer. Am anderen Ufer wurde immer noch gerufen und zweimal mit dem Revolver geschossen; man glaubte wahrscheinlich, die Fährleute schliefen oder seien ins Dorf, in die Schenke, gegangen.

»Schon gut, kommst schon noch zurecht!« sagte der Gescheite im Ton eines Menschen, der davon überzeugt ist, daß es auf dieser Welt nicht notwendig sei, sich zu beeilen. »Ist doch alles egal, wird doch nichts Gescheites draus.«

Die schwere, plumpe Barke löste sich vom Ufer und schwamm durch die Weidenbüsche, und nur daran, daß das Gebüsch allmählich zurückblieb, war zu erkennen, daß sie nicht auf einer Stelle stand, sondern sich vorwärts bewegte. Die Fährleute schwangen gleichmäßig und im Takt die Ruder; der Gescheite lag mit dem Bauch auf dem Steuer, er flog mit dem Steuer von einer Seite zur anderen und beschrieb dabei in der Luft einen Bogen. In der Dunkelheit sah es so aus, als säßen die Männer auf einem vorsintflutlichen Tier mit langen Pfoten und führen in ein kaltes, trostloses Land, wie es einem manchmal als Alptraum erscheint.

Sie ließen das Weidengebüsch hinter sich und erreichten das offene Wasser. Am anderen Ufer vernahm man bereits das Aufschlagen der Ruder und das gleichmäßige Platschen des Wassers, und man rief: ›Schneller! Schneller!‹ Noch etwa zehn Minuten vergingen, und die Barke stieß schwer gegen die Anlegestelle.

»Es stöbert immer noch, es stöbert immer noch!« murmelte Semën und wischte sich den Schnee aus dem Gesicht. »Wo das herkommt, weiß der liebe Himmel!«

Am anderen Ufer wartete ein hagerer, nicht sehr großer Mann, der einen Fuchspelz und eine weiße Lammfellmütze trug. Er stand in einiger Entfernung von seinen Pferden und rührte sich nicht; er zog ein verdrossenes konzentriertes Gesicht, als versuche er, sich an etwas zu erinnern, und als ärgere er sich über sein unzuverlässiges Gedächtnis. Als Semën zu ihm trat und lächelnd die Mütze zog, sagte er:

»Ich muß nach Anastasjevka. Meiner Tochter geht es wieder schlechter, und in Anastasjevka soll ein neuer Arzt eingesetzt sein.«

Man zog den Reisewagen auf die Barke und fuhr über den Fluß zurück. Der Mann, den Semën mit Vasilij Sergeič anredete, stand während der ganzen Überfahrt unbeweglich da, preßte seine wulstigen Lippen fest aufeinander und starrte auf einen Punkt; als der Kutscher ihn um die Erlaubnis bat, in seiner Gegenwart rauchen zu dürfen, antwortete er nicht, als habe er gar nicht hingehört.

Semën, der mit dem Bauch auf dem Steuer lag, blickte ihn spöttisch an und sagte:

»Auch in Sibirien leben Menschen. Sie leeeben!«

Der Gescheite hatte eine triumphierende Miene aufgesetzt, als habe er etwas bewiesen und als freue er sich, daß es so gekommen war, wie er vermutet hatte. Das unglückliche, hilflose Aussehen des Mannes im Fuchspelz bereitete ihm offensichtlich großes Vergnügen.

»Scheußlich, jetzt zu fahren, Vasilij Sergeič«, sagte er, als am Ufer die Pferde angespannt wurden. »Sie hätten mit der Reise noch zwei Wochen warten sollen, bis es trockener ist. Sie hätten auch überhaupt nicht zu fahren brauchen ... Wenn das Fahren noch einen Sinn hätte, aber so, das wissen Sie ja selbst, fahren die Menschen nur ewig herum, Tag und Nacht, und alles ohne jeden Sinn. So ist es!«

Vasilij Sergeič gab schweigend ein Trinkgeld, stieg in seinen Wagen und fuhr weiter.

»Da rast er zum Doktor!« sagte Semën, vor Kälte erschauernd. »Ja, such mal den rechten Arzt, fang den Wind auf dem Felde, pack den Teufel beim Schwanz, verflucht noch mal! Seltsame Käuze, Herrgott, verzeih mir Sünder!«

Der Tatar trat zu dem Gescheiten, sah ihn voller Haß und

Abscheu an und stieß, zitternd und seine gebrochene Rede mit tatarischen Wörtern mischend, hervor:

»Er ist ... gut, aber du – schlecht! Du schlecht! Der Herr hat gutes Herz, er sehr gut, aber du ein Tier, du schlecht! Der Herr lebt, aber du schon verreckt ... Gott schuf Menschen, damit er lebt, damit er Freude hat und Trauer hat und Kummer hat, aber du willst nichts, das heißt, du lebst nicht, du ein Stein, Lehm! Ein Stein braucht nichts, und du brauchst nichts ... Du ein Stein – Gott liebt dich nicht, aber den Herrn er liebt.«

Alle lachten; der Tatar runzelte verächtlich die Stirn, winkte resigniert ab, hüllte sich fester in seine Lumpen und ging zum Lagerfeuer. Die Fährleute und Semën schlenderten zur Hütte.

»Eine Kälte!« sagte heiser einer der Fährleute, als er sich auf dem Stroh ausstreckte, mit dem der feuchte Lehmfußboden bedeckt war.

»Ja, warm ist's nicht!« stimmte ein anderer zu. »Ein Zuchthausleben!«

Alle hatten sich niedergelegt. Der Wind riß die Tür auf, und Schnee wehte in die Hütte. Niemand mochte aufstehen und die Tür schließen – sie waren zu verfroren und zu faul.

»Mir ist wohl!« murmelte Semën beim Einschlafen. »Gebe Gott einem jeden solch ein Leben.«

»Du bist bekanntlich auch einer von den ganz Ausgekochten. Dich holen nicht mal die Teufel.«

Vom Hof her hörte man Laute, die wie das Jaulen eines Hundes klangen.

»Was ist das? Wer ist da?«

»Der Tatar heult.«

»Sieh mal an ... So ein komischer Kauz!«

»Wird sich dran gewöööhnen!« sagte Semën und schlief sofort ein.

Bald schliefen auch die übrigen. Die Tür aber blieb offen.

Die Nachbarn

Pëtr Michajlyč Ivašin befand sich in sehr schlechter Laune; seine Schwester, ein junges Mädchen, war zu Vlasjič gezogen, einem verheirateten Mann. Um sich auf irgendeine Weise von der bedrückenden, niedergeschlagenen Stimmung zu befreien, die ihn weder im Haus noch auf dem Feld verließ, rief er sein Gerechtigkeitsgefühl zu Hilfe, seine ehrenhaften, guten Ansichten – er war doch immer für die freie Liebe eingetreten! –, aber das half nichts, und gegen seinen Willen gelangte er jedesmal zu dem gleichen Schluß wie die dumme Kinderfrau, das heißt, seine Schwester habe schlecht gehandelt und Vlasjič habe die Schwester geraubt.

Und das war eine Qual.

Die Mutter kam den ganzen Tag nicht aus ihrem Zimmer heraus, die Kinderfrau sprach im Flüsterton und seufzte immerzu, die Tante schickte sich jeden Tag an abzureisen, und ihre Koffer wurden bald in die Diele, bald wieder zurück ins Zimmer getragen. In Haus, Hof und Garten war es so still, als sei im Haus jemand gestorben. Die Tante, die Dienerschaft und sogar die Bauern, so schien es jedenfalls Pëtr Michajlyč, blickten ihn unsicher und befremdet an, als wollten sie sagen: ›Man hat deine Schwester verführt, warum unternimmst du nichts?‹ Er bezichtigte sich selbst der Untätigkeit, obwohl er nicht wußte, was er eigentlich tun sollte.

So vergingen sechs Tage. Am siebenten – es war an einem Sonntag nach dem Mittagessen – brachte ein reitender Bote einen Brief. Die Adresse war in einer ihm vertrauten weiblichen Handschrift geschrieben: ›Ihrer Exz. Anna Nikolaevna Ivašina.‹ Pëtr Michajlyč wollte es scheinen, in dem Briefumschlag, der Handschrift und dem nicht ausgeschriebenen Wort ›Exz.‹ liege etwas Aufreizendes, Herausforderndes, Freidenkerisches. Und weibliche Freidenkerei ist hartnäckig, unerbittlich, grausam ...

Sie ist eher bereit zu sterben, als der unglücklichen Mutter ein Zugeständnis zu machen und sie um Verzeihung zu bitten, dachte Pëtr Michajlyč, als er mit dem Brief zu seiner Mutter ging.

Die Mutter lag angezogen auf dem Bett. Als sie ihren Sohn

erblickte, erhob sie sich schnell, ordnete ihre grauen Haare, die unter der Haube hervorquollen, und fragte hastig:

»Was? Was?«

»Das hier hat die geschickt«, sagte der Sohn und reichte ihr den Brief.

Zinas Name wurde im Hause nicht erwähnt; von Zina sprach man nur noch in der unpersönlichen Form: »die hat geschickt; die ist gegangen ...«

Die Mutter erkannte die Handschrift ihrer Tochter, und ihr Gesicht wurde unschön, böse, und die grauen Haare quollen wieder unter der Haube hervor.

»Nein!« sagte sie und machte dabei eine Handbewegung, als verbrenne sie sich an dem Brief die Finger. »Nein, nein, niemals! Um keinen Preis!«

Die Mutter begann vor Kummer und Scham hysterisch zu schluchzen; offensichtlich wollte sie gern den Brief lesen, doch ihr Stolz ließ es nicht zu. Pëtr Michajlyč begriff, daß er selbst den Brief entsiegeln und laut vorlesen müßte, aber er wurde plötzlich von einem Zorn übermannt, wie er ihn früher nicht gekannt hatte; er lief auf den Hof und schrie den Reiter an:

»Sag, daß es keine Antwort gibt! Es gibt keine Antwort! Sag das auch so, du Rindvieh!«

Und er zerriß den Brief; darauf traten Tränen in seine Augen, er hielt sich für grausam, schuldig und unglücklich und ging hinaus aufs Feld.

Er stand erst im achtundzwanzigsten Lebensjahr, aber er war schon dick, trug nach der Art alter Herren ganz weite, bequeme Kleidung und litt an Atemnot. Er hatte bereits die besten Anlagen zu einem alten Junggesellen. Er verliebte sich nicht, dachte nicht ans Heiraten und liebte nur seine Mutter, seine Schwester, die Kinderfrau und den Gärtner Vasiljič; er aß gern gut, schlief gern nach dem Mittagsmahl, sprach gern über Politik und geistreiche Themen ... Seinerzeit hatte er ein Universitätsstudium absolviert, aber das betrachtete er jetzt so, als habe er nur einer Verpflichtung genügt, die für Jünglinge im Alter von achtzehn bis fünfundzwanzig Jahren unvermeidlich war; wenigstens hatten die Gedanken, die ihm jetzt jeden Tag durch den Kopf gingen, mit der Universität und den Wissenschaften, die er studiert hatte, nichts mehr gemein.

Auf dem Feld war es heiß und still wie vor einem Regen. Im Wald herrschte eine drückende Schwüle, von den Fichten und dem moderigen Laub ging ein schwerer, betäubender Duft aus. Pëtr Michajlyč blieb öfter stehen und wischte sich die feuchte Stirn. Er besichtigte sein Sommer- und Wintergetreide, schritt um den Kleeacker und scheuchte am Waldrand zweimal ein Rebhuhn mit seinen Küken auf; die ganze Zeit über mußte er daran denken, daß dieser unerträgliche Zustand nicht ewig dauern konnte und daß man ihn so oder so beenden mußte. Auf irgendeine dumme, unsinnige Weise beenden, aber unbedingt beenden.

»Aber wie denn? Was soll man tun?« fragte er sich und blickte flehend zum Himmel und zu den Bäumen empor, als erbitte er ihre Hilfe.

Doch der Himmel und die Bäume schwiegen. Die ehrenhaften Ansichten konnten nicht helfen, und der gesunde Menschenverstand sagte ihm, die qualvolle Frage könne nicht anders als dumm gelöst werden und die heutige Szene mit dem reitenden Boten sei nicht die letzte ihrer Art gewesen. Es war furchtbar, daran zu denken, was noch kommen würde!

Als er nach Hause zurückkehrte, ging bereits die Sonne unter. Jetzt kam es ihm schon vor, als sei die Frage überhaupt nicht zu lösen. Mit der vollendeten Tatsache konnte man sich nicht abfinden, doch ebenso unmöglich war es, sich nicht darein zu fügen, und einen Mittelweg gab es nicht. Als er, den Hut in der Hand und mit dem Taschentuch fächelnd, den Weg entlangging und ihm bis nach Haus noch etwa zwei Verst blieben, hörte er hinter sich Geläut. Es war eine durchdachte, sehr gelungene Zusammenstellung von Glöckchen und Schellen, die gläsern klingende Töne ergab. Mit solchem Geläut fuhr nur der Polizeichef Medovskij, ein früherer Husarenoffizier, ein entfernter Verwandter von Pëtr Michajlyč, der sein Geld durchgebracht hatte und nun ein kranker, verbrauchter Mann war. Den Ivašins war er kein Fremder, und Zina gegenüber hegte er zärtliche väterliche Gefühle, er war von ihr begeistert.

»Ich will gerade zu Ihnen«, sagte er, als er Pëtr Michajlyč eingeholt hatte. »Steigen Sie ein, ich nehme Sie mit.«

Er lächelte und blickte fröhlich drein; augenscheinlich wußte er noch nicht, daß Zina zu Vlasjič gezogen war; vielleicht hatte er auch schon davon gehört, glaubte es aber nicht. Pëtr Michajlyč fühlte sich in einer schwierigen Lage.

»Seien Sie willkommen«, murmelte er und wurde so rot, daß ihm beinahe die Tränen kamen; er wußte nicht, was er ihm vorlügen sollte. »Ich freue mich sehr«, fuhr er fort und bemühte sich zu lächeln, »aber ... Zina ist weggefahren, und die Mutter ist krank.«

»Wie ärgerlich!« erwiderte der Polizeichef und blickte Pëtr Michajlyč nachdenklich an. »Und ich hatte mir vorgenommen, den Abend bei Ihnen zu verbringen. Wo ist denn Zinaida Michajlovna hingefahren?«

»Zu den Sinickijs, und von dort wollte sie wohl zum Kloster. Ich weiß es nicht genau.«

Der Polizeichef sagte noch etwas und kehrte um. Pëtr Michajlyč ging nach Hause und dachte mit Schrecken daran, was für ein Gefühl der Polizeichef haben würde, wenn er die Wahrheit erführe. Und Pëtr Michajlyč stellte sich dieses Gefühl vor; er versuchte, es nachzuempfinden, während er ins Haus ging.

Hilf, o Herr, hilf ... dachte er.

Im Eßzimmer saß die Tante allein beim Abendtee. Wie gewöhnlich machte sie eine Miene, als sei sie zwar schwach und schutzlos, erlaube aber niemandem, sie zu kränken. Pëtr Michajlyč setzte sich ans andere Ende des Tisches – er mochte die Tante nicht – und begann schweigend Tee zu trinken.

»Deine Mutter hat heute wieder nicht zu Mittag gegessen«, sagte die Tante. »Du solltest achtgeben, Petruša. Mit Hungern kann man den Kummer nicht vertreiben.«

Pëtr Michajlyč erschien es geschmacklos, daß sich die Tante in fremde Angelegenheiten einmischte und ihre Abreise davon abhängig machte, daß Zina gegangen war. Er wollte ihr einige Grobheiten sagen, beherrschte sich aber. Dabei fühlte er, daß die geeignete Zeit zum Handeln gekommen war, daß er es einfach nicht länger aushalten konnte. Entweder unverzüglich handeln oder sich hinwerfen, schreien und mit dem Kopf auf den Fußboden schlagen. Er stellte sich Vlasjič und Zina vor, wie sie sich, beide Freidenker und selbstzufriedene Menschen, gerade unter einem Ahornbaum küßten, und alles Schwere und Böse, das sich in den letzten sieben Tagen in ihm angestaut hatte, ergoß sich über Vlasjič.

Der eine hat meine Schwester verführt und sie geraubt, dachte er, der nächste wird kommen und der Mutter das Messer an die Kehle setzen, der dritte wird das Haus anzünden oder ausrauben ... Und das alles unter dem Deckmantel von Freundschaft, hohen Ideen und Leiden!

»Nein, das lasse ich nicht zu!« schrie Pëtr Michajlyč plötzlich und hieb mit der Faust auf den Tisch.

Er sprang auf und lief aus dem Zimmer. Im Stall stand das gesattelte Pferd des Verwalters. Er saß auf und galoppierte zu Vlasjič.

Seine Seele befand sich in Aufruhr. Er fühlte, daß er unbedingt etwas Ungewöhnliches, Einschneidendes tun mußte, und würde er dies auch sein ganzes Leben lang bereuen. Sollte er Vlasjič einen Schuft nennen, ihm eine Ohrfeige geben und ihn dann zum Duell fordern? Vlasjič war aber keiner von denen, die sich duellieren; von dem Schuft und der Ohrfeige würde er nur noch unglücklicher werden und sich noch mehr in sich selbst verkriechen. Diese unglücklichen, still duldenden Menschen sind auch die unausstehlichsten und schwierigsten. Ihnen geht alles straflos durch. Wenn ein unglücklicher Mensch auf einen verdienten Vorwurf hin einen mit seinen tiefliegenden schuldbewußten Augen ansieht, schmerzlich lächelt und ergeben den Kopf hinhält, dann hat wohl auch die Gerechtigkeit selbst nicht den Mut, gegen ihn die Hand zu erheben.

Ganz egal. Ich werde ihm in ihrer Gegenwart eins mit der Reitpeitsche überziehen und ihm Frechheiten sagen, beschloß Pëtr Michajlyč.

Er ritt durch seinen Wald, dann über das Brachland und stellte sich vor, wie Zina, um ihr Vorgehen zu rechtfertigen, von den Rechten der Frau sprechen würde, von der Freiheit der Persönlichkeit und davon, daß es zwischen einer kirchlichen und einer bürgerlichen Ehe keinerlei Unterschied gebe. Sie würde sich nach Frauenart über etwas streiten, was sie nicht verstand. Wahrscheinlich würde sie dann zu guter Letzt fragen: ›Was geht dich das an? Mit welchem Recht mischst du dich ein?‹

»Ja, ich habe kein Recht dazu«, murmelte Pëtr Michajlyč. »Aber um so besser ... Je grober, je weniger im Recht, desto besser.«

Es war schwül. Dicht über dem Erdboden standen Schwärme

von Mücken, und auf dem Brachland riefen klagend die Kiebitze. Alles deutete auf Regen hin, aber noch war kein einziges Wölkchen zu sehen. Pëtr Michajlyč ritt über seinen Grenzrain und jagte über freies Feld. Er war diesen Weg oft geritten und kannte jeden Strauch und jede Vertiefung. Was weit voraus jetzt in der Dämmerung wie ein dunkler Felsen aussah, war die rote Kirche; er sah sie mit allen Einzelheiten vor sich, sogar den Stuck auf dem Tor und die Kälbchen, die immer in der Umzäunung weideten. Eine Verst von der Kirche entfernt schimmerte zur Rechten das Wäldchen, das dem Grafen Koltovič gehörte. Dahinter begann bereits Vlasjičs Besitz.

Hinter der Kirche und dem gräflichen Wäldchen zog eine riesige schwarze Wolke herauf, in der bleiche Blitze aufflammten.

Auch das noch! dachte Pëtr Michajlyč. Hilf, o Herr, hilf!

Von dem schnellen Ritt war das Pferd bald erschöpft, genauso wie Pëtr Michajlyč selbst. Die Gewitterwolke schaute zornig auf ihn herab, als wolle sie ihm empfehlen, nach Hause zurückzukehren. Es wurde ein bißchen unheimlich.

Ich werde ihnen beweisen, daß sie im Unrecht sind! ermunterte er sich selbst. Sie werden sagen, das sei die freie Liebe, die Freiheit der Persönlichkeit; aber die Freiheit liegt in der Enthaltsamkeit und nicht in der Unterwerfung unter die Leidenschaften. Bei ihnen ist es Unzucht und keine Freiheit!

Da war der große gräfliche Teich; von der Wolke schimmerte er blau und düster, und es roch nach Feuchtigkeit und Schlamm. Neben dem Knüppeldamm neigten sich zwei Weiden, eine alte und eine junge, einander zärtlich zu. An derselben Stelle war Pëtr Michajlyč vor zwei Wochen mit Vlasjič vorbeigegangen, sie hatten halblaut ein Studentenlied gesungen: ›Nicht zu lieben, heißt die Jugend zu vergeuden . . .‹ Ein erbärmliches Lied!

Als Pëtr Michajlyč durch das Wäldchen ritt, donnerte es, die Bäume rauschten und bogen sich im Wind. Er mußte sich beeilen. Vom Wäldchen bis zu Vlasjičs Gutshof mußte er noch eine Verst über eine Wiese reiten. Hier standen zu beiden Seiten des Weges alte Birken. Sie sahen ebenso traurig und unglücklich aus wie ihr Besitzer Vlasjič, und sie waren ebenso schlank und hochgewachsen wie er. Auf die Birken und das Gras rauschte ein heftiger Regen nieder; der Wind hatte sich gelegt, als es zu regnen begann, und es roch nach feuchter Erde und nach Pappeln. Da sah man auch schon Vlasjičs Zaun mit der gelben Akazie, die ebenfalls schlank und hochgewachsen war; dort, wo der Zaun umgefallen war, stand ein verwilderter Obstgarten.

Pëtr Michajlyč dachte nicht mehr an die Ohrfeige und auch nicht mehr an die Reitpeitsche, und er wußte nicht, was er bei Vlasjič tun sollte. Ihm wurde angst. Er fürchtete für sich und seine Schwester, und ihm war bange davor, daß er sie gleich sehen würde. Wie würde sie sich zu ihrem Bruder verhalten? Worüber würden sie beide sprechen? Sollte er nicht lieber umkehren, solange es noch nicht zu spät war?

Während er so dachte, galoppierte er durch die Lindenallee zum Haus, bog um die breiten Fliederbüsche und erblickte auf einmal Vlasjič.

Vlasjič, ohne Hut, in einem Kattunhemd und hohen Stiefeln, ging geduckt durch den Regen von der Hausecke zur Außentreppe; ihm folgte ein Arbeiter, der einen Hammer und einen Kasten mit Nägeln trug. Wahrscheinlich hatten sie einen Fensterladen repariert, der im Wind klapperte. Als Vlasjič Pëtr Michajlyč erblickte, blieb er stehen.

»Du bist's?« sagte er lächelnd. »Ach, das ist schön.«

»Ja, ich bin's, wie du siehst ...« erwiderte Pëtr Michajlyč leise, bemüht, von beiden Armen das Regenwasser abzuschütteln.

»Nun, das ist gut. Freue mich sehr«, sagte Vlasjič, aber er gab ihm nicht die Hand – offenbar konnte er sich nicht dazu entschließen und wartete ab, ob der andere sie ihm reichte. »Gut für den Hafer!« meinte er und blickte zum Himmel empor.

»Ja.«

Schweigend gingen sie ins Haus. Rechts führte eine Tür vom Flur in ein Vorzimmer, und von dort kam man in einen Saal, links gelangte man in ein kleines Zimmer, das im Winter der Verwalter bewohnte. In dieses Zimmer traten Pëtr Michajlyč und Vlasjič.

»Wo hat dich der Regen erwischt?« fragte Vlasjič.

»Nicht weit weg. Fast vor dem Haus.«

Pëtr Michajlyč setzte sich aufs Bett. Er war froh, daß der Regen rauschte und es dunkel im Zimmer war. So ist es besser – es ist nicht so bedrückend, und man braucht dem Gesprächspartner nicht ins Gesicht zu sehen. Er empfand keine Erbitterung mehr, sondern Furcht und Ärger über sich selbst. Er fühlte, daß er es schlecht angefangen hatte und daß bei seinem Ausflug nichts Vernünftiges herauskommen würde.

Beide schwiegen eine Weile und gaben sich den Anschein, als lauschten sie auf den Regen.

»Ich danke dir, Petruša«, begann Vlasjič, nachdem er sich geräuspert hatte. »Ich bin dir sehr dankbar dafür, daß du gekommen bist. Das ist großmütig und edel von dir. Ich verstehe das, glaube mir, und weiß es hoch zu schätzen. Das kannst du mir glauben.«

Er blickte zum Fenster und fuhr, mitten im Zimmer stehend, fort:

»Alles ging so heimlich vor sich, als hätten wir uns vor dir versteckt. Der Gedanke, du könntest vielleicht gekränkt und böse auf uns sein, lag die ganzen Tage wie ein Schatten über unserem Glück. Aber erlaube mir, uns zu rechtfertigen. Wir haben nicht deshalb heimlich gehandelt, weil wir dir zu wenig trauten. Erstens geschah alles ganz überraschend, auf irgendeine plötzliche Eingebung hin, und es blieb keine Zeit zum Überlegen. Zweitens ist das eine intime, heikle Angelegenheit ... Es war peinlich, einen Dritten da hineinzuziehen, und sei es ein so nahestehender Mensch, wie du es bist. Vor allem aber rechneten wir dabei stark auf deine Großmütigkeit. Du bist der großmütigste, der edelste Mensch. Ich bin dir unendlich dankbar. Wenn du jemals mein Leben brauchst, so komm und nimm es.«

Vlasjič sprach mit leiser, gedämpfter Baßstimme, immer in der gleichen Tonhöhe, als summe er; er war sichtlich erregt. Pëtr Michajlyč fühlte, daß nun die Reihe an ihm war zu sprechen und daß, falls er nur zuhörte und schwieg, das für ihn bedeuten würde, er führe sich tatsächlich wie der großmütigste und edelste Trottel auf, und dazu war er nicht hergekommen. Er stand schnell auf und sagte halblaut und keuchend:

»Hör zu, Grigorij, du weißt, ich habe dich gern gehabt und konnte meiner Schwester keinen besseren Mann wünschen, aber was geschehen ist, ist schrecklich! Entsetzlich, daran zu denken!«

»Wieso denn entsetzlich?« fragte Vlasjič mit zitternder Stimme. »Es wäre entsetzlich, wenn wir schlecht gehandelt hätten, aber das ist doch nicht der Fall!«

»Hör mal, Grigorij, du weißt, ich habe keine Vorurteile, aber entschuldige meine Offenheit, meiner Meinung nach habt ihr beide egoistisch gehandelt. Natürlich werde ich das nicht zu Zina sagen, das würde sie betrüben, aber du sollst wissen: Meine Mutter leidet derart, daß es einfach nicht zu beschreiben ist.«

»Ja, das ist traurig«, sagte Vlasjič und seufzte. »Wir haben das vorausgesehen, Petruša, aber was sollten wir machen? Wenn unser Vorgehen jemanden betrübt, so heißt das doch nicht, daß es schlecht ist. Was tun! Jeder ernste Schritt von uns muß unvermeidlich jemanden betrüben. Würdest du ausziehen, um für die Freiheit zu kämpfen, so würdest du deiner Mutter ebenfalls Leid zufügen. Was tun! Wer die Ruhe seiner Angehörigen über alles stellt, der muß völlig darauf verzichten, einer Idee zu leben.«

Hinter dem Fenster flammte ein Blitz auf, und von seinem Schein veränderte sich gleichsam Vlasjičs Gedankenfluß. Er setzte sich zu Pëtr Michajlyč und sprach von etwas ganz anderem.

»Ich verehre deine Schwester, Petruša«, sagte er. »Wenn ich zu dir fuhr, hatte ich jedesmal ein Gefühl, als ginge ich auf eine Wallfahrt, und ich habe Zina tatsächlich angebetet. Nun wächst meine Verehrung mit jedem Tag. Sie steht für mich höher als eine Ehefrau! Höher!«

Vlasjič fuchtelte mit den Händen.

»Sie ist mein Heiligtum. Seit sie bei mir lebt, betrete ich mein Haus wie einen Tempel. Sie ist eine seltene, ungewöhnliche, sie ist die edelste aller Frauen!«

Na, wieder die alte Leier! dachte Pëtr Michajlyč, das Wort Frau gefiel ihm nicht.

»Warum wollt ihr nicht richtig heiraten?« fragte er. »Wieviel verlangt deine Frau für die Scheidung?«

»Fünfundsiebzigtausend.«

»Ein bißchen viel. Kannst du nicht etwas abhandeln?«

»Keine Kopeke wird sie ablassen. Sie ist eine schreckliche Frau, mein Lieber«, sagte Vlasjič seufzend. »Ich habe dir früher nie von ihr erzählt, es war mir zuwider, an sie zu denken, aber da es nun zu diesem Vorfall gekommen ist, werde ich davon sprechen. Ich habe sie unter dem Einfluß eines guten, ehrlichen Augenblicks geheiratet. In unserem Regiment – wenn du Einzelheiten wissen willst – ließ sich ein Bataillonskommandeur mit einem achtzehnjährigen Mädchen ein, das heißt, er verführte sie einfach, lebte zwei Monate mit ihr und ließ sie dann sitzen. Sie befand sich in einer ganz schrecklichen Lage, mein Lieber. Zu den Eltern zurückzukehren, schämte sie sich, und die hätten sie auch nicht aufgenommen, der Liebhaber aber hatte sie verlassen – nun geh in die Kasernen und verkaufe dich. Die Regimentskameraden waren empört. Sie waren selbst auch keine Heiligen, aber diese Gemeinheit schlug dem Faß den Boden aus. Außerdem konnte keiner im Regiment den Bataillonskommandeur leiden. Um ihn hereinzulegen, verstehst du, veranstalteten die empörten Fähnriche und Leutnants eine Geldsammlung zum Wohle des unglücklichen Mädchens. Als wir jungen Offiziere nun zur Beratung zusammenkamen und der eine fünf, der andere zehn Rubel herausrückte, da war ich auf einmal Feuer und Flamme. Die Situation erschien mir äußerst passend für eine Heldentat. Ich eilte zu dem Mädchen und drückte ihr mit begeisterten Worten mein Mitgefühl aus. Und während ich zu ihr ging und als ich dann mit ihr sprach, da liebte ich sie schon glühend als eine Erniedrigte und Beleidigte. Ja ... Nun, es kam so weit, daß ich ihr eine Woche danach einen Heiratsantrag machte. Meine Vorgesetzten und Kameraden fanden meine Heirat unpassend und eines Offiziers unwürdig. Doch das entflammte mich noch mehr. Ich schrieb einen langen Brief, verstehst du, in dem ich darlegte, meine Handlungsweise müsse mit goldenen Lettern in die Geschichte des Regiments eingetragen werden, und ähnliches mehr. Den Brief schickte ich dem Kommandeur, eine Abschrift davon den Kameraden. Natürlich war ich erregt, und es ging nicht ohne Grobheiten ab. Man ersuchte mich, das Regiment zu verlassen. Irgendwo habe ich noch das Konzept aufbewahrt, ich werde es dir mal zu lesen geben. Es ist mit viel Gefühl geschrieben. Du wirst sehen, was für rechtschaffene, lichte Augenblicke ich durchlebte. Ich reichte meinen Abschied ein und zog mit meiner Frau hierher. Mein Vater hatte einige Schulden hinterlassen, Geld hatte ich keins, meine Frau aber schloß vom ersten Tag an Bekanntschaften, sie begann sich herauszuputzen und Karten zu spielen, und ich war gezwungen, das Gut zu verpfänden. Sie führte ein unschönes Leben, verstehst du, und von allen meinen Nachbarn warst du als einziger nicht ihr Geliebter. Nach zwei Jahren gab ich ihr eine Abfindung, alles, was ich damals hatte, und sie zog in die Stadt. Ja ... Und jetzt zahle ich ihr jährlich zwölfhundert Rubel. Eine schreckliche Frau! Es gibt eine Fliege, mein Lieber, die legt ihre Eier auf dem Rücken einer Spinne in einer Weise ab, daß diese sie nicht abwerfen kann. Die Larve wächst in die Spinne hinein und trinkt ihr Herzblut. Genauso ist diese Frau in mich hineingewachsen und trinkt mein Herzblut. Sie haßt und verachtet mich, weil ich die Dummheit beging, eine solche Frau wie sie zu heiraten. Meine Hochherzigkeit dünkt sie kläglich. ›Ein kluger Mann hat mich sitzenlassen‹, sagt sie, ›ein Dummkopf hat mich genommen.‹ Ihrer Meinung nach konnte nur ein bemitleidenswerter Idiot so handeln wie ich. Das ist für mich unerträglich bitter, mein Lieber. Überhaupt, mein Lieber, das sage ich in Klammern, das Schicksal drückt mich nieder. Es zwingt mich in die Knie.«

Pëtr Michajlyč hörte Vlasjič zu und fragte sich zweifelnd, was Zina an diesem Mann so gefallen konnte. Er ist doch nicht mehr jung, sagte er sich, schon einundvierzig Jahre alt – hager, sehnig, schmalbrüstig, mit langer Nase und grauen Strähnen im Bart. Wenn er spricht, so klingt es, als summe er, er lächelt schmerzlich, und beim Gespräch fuchtelt er unschön mit den Händen. Er läßt weder Gesundheit noch schönes männliches Benehmen, noch weltmännische Manieren, noch Frohsinn erkennen, sondern hat, vom Äußeren gesehen, etwas Düsteres, Unbestimmtes an sich. Er kleidet sich ohne Geschmack, die Einrichtung seiner Zimmer ist trostlos, Poesie und Malerei erkennt er nicht an, weil sie ›nicht den Bedürfnissen des Tages entsprechen‹ – das heißt, weil er sie nicht versteht; Musik vermag ihn nicht zu rühren. Er ist ein schlechter Landwirt. Sein Gut ist vollkommen heruntergewirtschaftet und verpfändet; für die zweite Hypothek zahlt er zwölf Prozent Zinsen, außerdem schuldet er noch etwa zehntausend Rubel auf Wechsel. Wenn die Zeit kommt, da er die Zinsen bezahlen oder seiner Frau Geld schicken muß, dann bittet er überall um ein Darlehen, und das mit einer Miene, als sei ihm das Haus abgebrannt, und zugleich verkauft er Hals über Kopf seinen Wintervorrat an Brennholz für fünf Rubel, seinen Strohschober für drei Rubel, und dann läßt er seine Öfen mit dem Gartenzaun oder mit alten Frühbeetrahmen heizen. Seine Wiesen zerwühlen die Schweine, im Wald läuft das Vieh der Bauern durchs Unterholz, und die alten Bäume werden mit jedem Winter weniger; im Obst- und Gemüsegarten liegen Bienenkästen und verrostete Eimer herum. Er hat keinerlei Talente, keine Begabung, er ist nicht einmal fähig, wie ein Mensch zu leben. Im praktischen Leben ist er ein naiver, schwacher Mann, den man leicht hintergehen und kränken kann, und die Bauern nennen ihn nicht umsonst einfältig.

Er ist liberal und gilt im Kreis als ein Roter, aber auch das ist er auf eine langweilige Art. Seine Freigeisterei enthält weder Originalität noch Pathos; wenn er sich empört, entrüstet oder freut, dann hat das alles dieselbe Note, es ist kraftlos und ohne Wirkung. Sogar in Augenblicken großer Begeisterung hebt er nicht einmal den Kopf. Am langweiligsten aber ist, daß er es fertigbringt, seine guten, rechtschaffenen Ideen so auszudrücken, daß sie banal und rückständig erscheinen. Es erinnert an etwas Altes, vor langer Zeit Gelesenes, wenn er bedächtig und mit tiefsinniger Miene von den redlichen, hellen Augenblicken, von den besten Jahren zu sprechen beginnt oder wenn er sich über die Jugend begeistert, die der Gesellschaft vorangeschritten ist und immer voranschreitet, oder wenn er die russischen Menschen dafür tadelt, daß sie mit dreißig Jahren den Schlafrock anziehen und das Vermächtnis ihrer Alma mater vergessen. Wenn man bei ihm übernachtet, legt er einem Pisarev oder Darwin auf den Nachttisch. Wenn man sagt, man habe diese Autoren schon gelesen, geht er und holt Dobroljubov.

Das nannte man im Kreis Freigeisterei, und viele betrachteten sie als unschuldige, harmlose Absonderlichkeit; aber diese Freigeisterei machte ihn dennoch tief unglücklich. Sie war für ihn jene Larve, von der er gerade gesprochen hatte – sie wuchs tief in ihn hinein und trank sein Herzblut. In der Vergangenheit die seltsame Ehe im Stil Dostoevskijs, lange Briefe mit Abschriften, schlecht und unleserlich, aber mit viel Gefühl geschrieben; endlose Mißverständnisse, Erklärungen und Enttäuschungen; darauf Schulden, die zweite Hypothek, die Rente für die Frau, die monatlichen Anleihen – und das alles nützte niemandem etwas, weder ihm selbst noch den Menschen. Und in der Gegenwart überstürzt er alles, genau wie früher; er versucht, Heldentaten zu vollbringen, und mischt sich in fremde Angelegenheiten, verfaßt wie früher bei jeder passenden Gelegenheit lange Briefe mit Abschriften, führt ermüdende schablonenhafte Gespräche über die Gemeinde, über die Entwicklung der Heimindustrie und über die Einrichtung von Käsereien – Gespräche, die einander alle ähneln. Es ist, als würden sie nicht von einem lebendigen Gehirn, sondern von einer Maschine produziert. Und schließlich dieser Skandal mit Zina, von dem man nicht weiß, wie er noch enden wird.

Dabei ist die Schwester noch jung – sie ist erst zweiundzwanzig Jahre alt –, eine schöne Erscheinung, elegant, fröhlich, eine Lachtaube, eine Plaudertasche, streitsüchtig und leidenschaftlich musikalisch; sie kennt sich aus in Kleidung, Büchern und gediegener Einrichtung, und bei sich zu Hause würde sie kein solches Zimmerchen wie dieses dulden, wo es nach Schuhzeug und billigem Vodka riecht. Sie ist ebenfalls liberal, aber in ihrer Freigeisterei spürt man ein Übermaß an Kraft, die Eitelkeit eines starken, tapferen jungen Mädchens, den leidenschaftlichen Wunsch, besser und origineller zu sein als die anderen . . . Wie konnte es nur geschehen, daß sie sich in Vlasjič verliebte?

Er ist ein Don Quijote, ein eigensinniger Fanatiker, ein Besessener, dachte Pëtr Michajlyč, und sie ist so nachgiebig, charakterschwach und willfährig wie ich . . . Wir beide ergeben uns bald und ohne Widerstand. Sie hat ihn liebgewonnen; aber liebe ich ihn denn nicht auch trotz allem?

Pëtr Michajlyč hielt Vlasjič für einen guten, ehrlichen, aber beschränkten, einseitigen Menschen. In Vlasjičs Aufregungen und Leiden und in seinem ganzen Leben sah er keinen höheren Sinn, weder in der Gegenwart noch in der Zukunft, er sah nur Langeweile und Lebensunfähigkeit. Die Selbstaufopferung und all das, was Vlasjič Heldentum oder Streben nach Ehrlichkeit nannte, war für ihn nichts als eine sinnlose Vergeudung der Kräfte, waren Blindgänger, für die man sehr viel Pulver brauchte. Was Vlasjič in fanatischem Glauben für ungewöhnliche Redlichkeit und für Unfehlbarkeit seines Denkens hielt, erschien ihm als naiv, ja sogar krankhaft. Daß es Vlasjič sein ganzes Leben lang fertigbekam, das Unbedeutende mit dem Wertvollen zu verwechseln, daß er aus Dummheit heiratete und das als Heldentat betrachtete, daß er dann mit Frauen Verhältnisse einging und das als Triumph seiner Idee ansah – das war einfach unverständlich.

Doch Pëtr Michajlyč liebte Vlasjič trotz allem, er spürte in ihm irgendeine Kraft, und merkwürdigerweise hatte er niemals den Mut, ihm zu widersprechen.

Vlasjič rückte nahe an ihn heran, um sich im Finstern, beim Rauschen des Regens, mit ihm zu unterhalten, und er räusperte sich schon, bereit, lang und breit so etwas wie die Geschichte seiner Heirat zu erzählen; für Pëtr Michajlyč jedoch war es unerträglich, ihm zuzuhören; ihn quälte der Gedanke, daß er gleich seine Schwester sehen würde.

»Ja, du hast kein Glück gehabt im Leben«, sagte er sanft, »aber entschuldige, wir sind beide von der Hauptsache abgekommen. Wir sprechen nicht von dem Wichtigsten.«

»Ja, ja, tatsächlich. Kehren wir also zur Hauptsache zurück«, erwiderte Vlasjič und stand auf. »Ich sage dir, Petruša: Unser Gewissen ist rein. Wir sind nicht getraut, aber unsere Ehe ist völlig gesetzlich – das brauche ich dir nicht zu beweisen, und das willst du auch gar nicht hören. Du denkst ebenso frei wie ich, und Gott sei Dank haben wir in dieser Hinsicht keine Meinungsverschiedenheiten. Was aber unsere Zukunft betrifft, so braucht sie dich nicht zu sorgen. Ich werde im Schweiße meines Angesichts arbeiten, werde nachts nicht schlafen – mit einem Wort, ich werde alle meine Kräfte anspannen, damit Zina glücklich wird. Ihr Leben wird wunderbar sein. Du fragst, ob ich dazu imstande bin? Ich bin es, mein Lieber! Wenn der Mensch jeden Augenblick immer nur an ein und dasselbe denkt, dann fällt es ihm nicht schwer zu erreichen, was er will. Aber gehen wir zu Zina. Wir müssen ihr eine Freude bereiten.«

Pëtr Michajlyč klopfte das Herz. Er stand auf, folgte Vlasjič in die Diele und von dort in den Saal. In diesem riesengroßen, finsteren Raum gab es nur ein Klavier und eine lange Reihe altertümlicher bronzierter Stühle, auf denen nie jemand gesessen hatte. Auf dem Klavier brannte eine Kerze. Vom Saal gingen sie schweigend ins Eßzimmer. Es war ebenfalls sehr geräumig und ungemütlich, in der Mitte des Zimmers stand ein runder Ausziehtisch auf sechs schweren Beinen, auf dem sich eine einzige Kerze befand. Die Uhr in dem großen roten Gehäuse, das einem Heiligenschrein ähnelte, zeigte halb drei.

Vlasjič öffnete die Tür zum Nebenzimmer und sagte:

»Zinočka, Petruša ist da!«

Sogleich ertönten eilige Schritte, und Zina trat ein, hochgewachsen, üppig und sehr bleich, so wie Pëtr Michajlyč sie das letztemal zu Hause gesehen hatte, in einem schwarzen Rock und einer roten Jacke, an deren Gürtel eine große Schnalle war. Sie legte einen Arm um den Bruder und küßte ihn auf die Schläfe.

»Was für ein Gewitter!« sagte sie. »Grigorij war weggegangen, und ich war allein im ganzen Haus.«

Sie war nicht verlegen und schaute ihren Bruder herzlich und offen an, so wie daheim; als Pëtr Michajlyč sie sah, schwand seine Verlegenheit.

»Aber du fürchtest dich doch nicht etwa vorm Gewitter«, sagte er und setzte sich an den Tisch.

»Ja, aber hier sind die Zimmer so riesengroß, das Haus ist alt, und wenn es donnert, klingt es, als wäre das alles ein Schrank mit Geschirr. Überhaupt ist das ein liebliches Häuschen«, fuhr sie fort und setzte sich dem Bruder gegenüber. »Hier ist mit jedem Zimmer eine angenehme Erinnerung verbunden. Kannst du dir vorstellen, in meinem Zimmer hat sich Grigorijs Großvater erschossen.«

»Im August werde ich Geld haben, da lasse ich das Seitengebäude im Garten herrichten«, sagte Vlasjič.

»Ich weiß nicht, warum, aber beim Gewitter fällt mir der Großvater ein«, fuhr Zina fort. »Und in diesem Eßzimmer hat man einen Menschen totgeprügelt.«

»Das ist tatsächlich der Fall«, bestätigte Vlasjič und schaute Pëtr Michajlyč mit großen Augen an. »In den vierziger Jahren hatte ein gewisser Olivier, ein Franzose, dieses Gut gepachtet. Ein Bild seiner Tochter liegt bei uns auf dem Dachboden herum. Ein sehr hübsches Mädchen. Dieser Olivier verachtete, so erzählte mir mein Vater, die Russen wegen ihrer Unwissenheit und verhöhnte sie grausam. So verlangte er, daß der Geistliche, wenn er eine halbe Verst entfernt vorüberging, die Mütze abnahm; und wenn Oliviers Familie durchs Dorf fuhr, mußte man in der Kirche die Glocken läuten. Mit den Leibeigenen und überhaupt mit den kleinen Leuten machte er natürlich noch weniger Federlesens. Einmal kam hier auf der Landstraße einer der gutmütigsten Söhne des wandernden Rußlands vorbei, so einer wie Gogols Seminarist Choma Brut. Er bat um ein Nachtlager, er gefiel den Verwaltern, und sie behielten ihn im Kontor. Es gibt da viele Varianten. Die einen besagen, daß der Seminarist die Bauern aufwiegelte, die anderen, Oliviers Tochter habe sich in ihn verliebt. Ich weiß nicht, welche richtig ist, aber eines schönen

Abends rief ihn Olivier hierher und verhörte ihn, dann befahl er, ihn zu verprügeln. Verstehst du, er selbst sitzt an diesem Tisch und trinkt Bordeaux, und die Stallknechte verprügeln den Seminaristen. Wahrscheinlich wurde er gefoltert. Gegen Morgen verstarb der Seminarist an den erlittenen Mißhandlungen, und seine Leiche wurde irgendwo versteckt. Es heißt, man habe sie in Koltovičs Teich geworfen. Die Sache wurde ruchbar, aber der Franzose bezahlte an den Richtigen einige tausend Rubel und übersiedelte ins Elsaß. Übrigens war auch die Pachtzeit abgelaufen, und so war die Angelegenheit erledigt.«

»Was für Lumpen!« sagte Zina und zuckte zusammen.

»Mein Vater konnte sich gut an Olivier und seine Tochter erinnern. Er sagte, sie sei eine bemerkenswerte Schönheit und dabei exzentrisch gewesen. Ich glaube, der Seminarist hat beides getan, die Bauern aufgewiegelt und die Tochter verführt. Vielleicht war es auch gar kein Seminarist, sondern irgend jemand inkognito.«

Zina sann vor sich hin – die Geschichte mit dem Seminaristen und der schönen Französin hatte offenbar ihre Phantasie beflügelt. Pëtr Michajlyč schien es, als habe sie sich in der letzten Woche gar nicht verändert, sie war nur ein wenig blasser geworden. Sie wirkte ruhig und sah wie immer aus, als sei sie zusammen mit ihrem Bruder bei Vlasjič zu Gast. Pëtr Michajlyč fühlte jedoch, daß mit ihm eine Veränderung vorgegangen war. In der Tat, früher, als sie noch zu Hause wohnte, hatte er mit ihr durchaus alles besprechen können, jetzt aber war er nicht einmal imstande, die einfache Frage zu stellen: ›Wie geht es dir?‹ Diese Frage erschien ihm ungeschickt und unnötig. Wahrscheinlich war auch in ihr eine solche Veränderung vorgegangen. Sie beeilte sich nicht, das Gespräch auf die Mutter, auf das Haus oder auf ihre Liebe zu Vlasjič zu bringen; sie rechtfertigte sich nicht, sie sagte nicht, die bürgerliche Ehe sei besser als die kirchliche, sie regte sich nicht auf und dachte ruhig an die Geschichte mit Olivier ... Und warum hatten sie auf einmal von Olivier gesprochen?

»Ihr habt beide vom Regen nasse Schultern«, sagte Zina und lächelte fröhlich; diese kleine Ähnlichkeit zwischen ihrem Bruder und Vlasjič rührte sie.

Pëtr Michajlyč empfand die ganze Bitterkeit und die ganze Furchtbarkeit seiner Lage. Ihm fiel sein leer gewordenes Haus ein, der verschlossene Flügel und Zinas helles Zimmer, in das nun niemand mehr hineinging; er mußte daran denken, daß es auf den Gartenwegen keine Spuren von kleinen Füßchen mehr gab und daß vor dem Teetrinken am Abend niemand mehr mit lautem Lachen baden ging. Das, was er seit frühester Kindheit immer mehr liebgewonnen, woran er gern gedacht hatte, wenn er im schwül-warmen Klassenzimmer oder im Hörsaal saß – die Klarheit, Sauberkeit, Freude, alles, was das Haus mit Leben und Helle erfüllt hatte –, das war unwiderruflich vorbei, es war verschwunden und hatte sich vermengt mit der rohen, plumpen Geschichte eines Bataillonskommandeurs, eines großmütigen Fähnrichs, eines lasterhaften Weibes, eines Großvaters, der sich erschossen hatte ... Von der Mutter zu sprechen oder zu denken, die Vergangenheit könne wiederkehren – das würde bedeuten, nicht zu verstehen, was klar war.

Pëtr Michajlyčs Augen füllten sich mit Tränen, und seine Hand, die auf dem Tisch lag, zitterte. Zina erriet, woran er dachte, und ihre Augen wurden ebenfalls rot und glänzten.

»Grigorij, komm mal her!« sagte sie zu Vlasjič.

Beide traten ans Fenster und unterhielten sich im Flüsterton. An der Art und Weise, wie Vlasjič sich zu ihr neigte und wie er sie ansah, erkannte Pëtr Michajlyč einmal mehr, daß alles bereits unwiderruflich war und daß man über nichts mehr zu sprechen brauchte. Zina ging hinaus.

»So ist es, mein Lieber«, begann Vlasjič nach einigem Schweigen, rieb sich die Hände und lächelte. »Ich habe vorhin immer unser Leben ein Glück genannt, aber das ist sozusagen literarisch ausgedrückt. In Wirklichkeit hat es kein Glücksgefühl gegeben. Zina hat die ganze Zeit über an dich und an ihre Mutter gedacht und dabei gelitten; wenn ich sie sah, litt ich ebenfalls. Sie ist eine freie, kühne Natur, aber wenn man nicht daran gewöhnt ist, weißt du, ist es schwer, und jung ist sie außerdem. Die Dienerschaft nennt sie gnädiges Fräulein; es ist sicher eine Lappalie, aber das regt sie auf. So ist es, mein Lieber.«

Zina brachte einen Teller mit Erdbeeren. Hinter ihr ging ein kleines Stubenmädchen, das demütig und eingeschüchtert aussah. Sie stellte einen Krug mit Milch auf den Tisch und verneigte sich sehr, sehr tief ... Sie hatte etwas mit den altertümlichen Möbeln gemein, war genauso steif und langweilig.

Vom Regen war nichts mehr zu hören. Pëtr Michajlyč aß Erdbeeren, und Vlasjič und Zina sahen ihm schweigend zu. Man mußte endlich mit dem zwecklosen, aber unvermeidlichen Gespräch beginnen, und alle drei spürten, wie schwer das war. Pëtr Michajlyčs Augen füllten sich wieder mit Tränen; er schob den Teller von sich und erklärte, es sei für ihn bereits an der Zeit, heimzureiten, sonst würde es zu spät werden und vielleicht wieder regnen. Der Augenblick war gekommen, da Zina anstandshalber von ihren Angehörigen und ihrem neuen Leben sprechen mußte.

»Wie geht es zu Hause?« fragte sie hastig, und ihr blasses Gesicht zitterte. »Wie geht es Mama?«

»Du kennst ja Mama ...« erwiderte Pëtr Michajlyč, ohne sie anzusehen.

»Petruša, du hast lange über das nachgedacht, was geschehen ist«, sagte sie und faßte den Bruder am Ärmel, und er begriff, wie schwer ihr das Sprechen fiel. »Du hast lange nachgedacht; sag mir, kann man damit rechnen, daß sich Mama einmal mit Grigorij ... und überhaupt mit dieser Lage aussöhnen wird?«

Sie stand dicht vor ihrem Bruder, das Gesicht ihm zugewandt, und er wunderte sich, daß sie so schön war und daß er das früher nicht bemerkt hatte. Daß seine verwöhnte und elegante Schwester, die der Mutter so sehr ähnelte, mit Vlasjič zusammenlebte, neben dem steifen Stubenmädchen, neben dem sechsbeinigen Tisch, in einem Haus, in dem man einen Menschen totgeprügelt hatte, daß sie jetzt nicht mit ihm nach Hause zurückkehren, sondern über Nacht hier bleiben würde – das erschien ihm unwahrscheinlich absurd.

»Du kennst ja Mama ...« wiederholte er, ohne auf ihre Frage einzugehen. »Meiner Meinung nach müßte man anstandshalber ... etwas tun, sie um Verzeihung bitten, vielleicht ...«

»Aber um Verzeihung bitten heißt doch, sich den Anschein geben, als ob wir schlecht gehandelt hätten. Um die Mutter zu beruhigen, bin ich bereit zu lügen, aber das führt doch zu nichts. Ich kenne Mama. Nun, dann komme, was da kommen soll!« sagte Zina, die wieder heiterer wurde, weil das Unangenehmste bereits ausgesprochen war. »Warten wir fünf oder zehn Jahre, gedulden wir uns, und nehmen wir es, wie Gott es fügt.«

Sie nahm den Arm ihres Bruders und schmiegte sich, als sie über den dunklen Flur gingen, an seine Schulter.

Sie traten auf die Außentreppe. Pëtr Michajlyč verabschiedete sich, bestieg sein Pferd und ließ es im Schritt gehen; Zina und Vlasjič begleiteten ihn noch ein Stück. Es war still und warm, und es duftete wunderbar nach Heu; am Himmel glitzerten zwischen den Wolken hell die Sterne. Vlasjičs alter Garten, der so viele traurige Geschichten mit angesehen hatte, schlief, in Dunkelheit gehüllt, und es stimmte irgendwie wehmutsvoll, ihn zu durchqueren.

»Ich habe mit Zina heute nach dem Essen einige wahrhaft lichte Minuten verbracht!« sagte Vlasjič. »Ich habe ihr einen ausgezeichneten Aufsatz über die Auswandererfrage vorgelesen. Lies ihn, mein Lieber! Das mußt du unbedingt lesen! Der Aufsatz ist in seiner Ehrlichkeit bemerkenswert; ich konnte nicht umhin und habe der Redaktion einen Brief zur Weiterleitung an den Autor geschrieben. Nur eine Zeile habe ich geschrieben: Ich danke Ihnen und drücke Ihnen fest die rechtschaffene Hand!«

Pëtr Michajlyč wollte sagen: Misch dich bitte nicht in fremde Angelegenheiten! – Aber er schwieg.

Vlasjič schritt neben dem rechten Steigbügel, Zina neben dem linken; beide hatten scheinbar vergessen, daß sie umkehren mußten, und es war feucht und nicht mehr weit bis zu Koltovičs Wäldchen. Pëtr Michajlyč fühlte, daß sie etwas von ihm erwarteten, obwohl sie selbst nicht wußten, was, und er bedauerte sie unendlich. Jetzt, da sie, nachdenklich und mit ergebener Miene, neben dem Pferd herschritten, war er zutiefst überzeugt, daß sie unglücklich waren und gar nicht glücklich sein konnten, und ihre Liebe erschien ihm wie ein trauriger, nicht wiedergutzumachender Irrtum. Vor Mitleid und in dem Bewußtsein, daß er in keiner Weise helfen konnte, verfiel er in jenen Zustand seelischer Erschöpfung, in dem er, um sich von dem bedrückenden Gefühl des Mitleids zu befreien, zu jeglichem Opfer bereit war.

»Ich werde über Nacht immer zu euch kommen«, sagte er.

Das aber sah so aus, als wolle er Konzessionen machen, und es befriedigte ihn nicht. Als sie an Koltovičs Wäldchen stehenblieben, um sich zu verabschieden, beugte er sich zu Zina hinunter, berührte sie an der Schulter und sagte:

»Du hast recht, Zina. Du hast gut gehandelt.«

Um nicht noch mehr zu sagen und um nicht loszuweinen, versetzte er dem Pferd einen Hieb und galoppierte in das Wäldchen. Als er durch das Dunkel ritt, blickte er sich um und sah, wie Vlasjič und Zina den Weg entlang nach Hause gingen – er breit ausschreitend, sie neben ihm mit ihrem hastigen, hüpfenden Gang –, und sie unterhielten sich lebhaft.

Ich bin ein altes Weib, dachte Pëtr Michajlyč. Ich bin losgeritten, um die Frage zu lösen, habe sie aber nur noch mehr kompliziert. Nun, meinetwegen!

Ihm war beklommen zumute. Als er das Wäldchen hinter sich gelassen hatte, ritt er im Schritt weiter und zügelte dann neben dem Teich das Pferd. Er wollte still sitzen und nachdenken. Der Mond ging auf und spiegelte sich auf der anderen Seite des Teiches als rote Säule. Irgendwo rollte von Zeit zu Zeit dumpf der Donner. Pëtr Michajlyč blickte starr auf das Wasser und stellte sich die Verzweiflung seiner Schwester vor, ihre leidende Blässe und die kalten Augen, mit denen sie vor den Menschen ihre Erniedrigung verbergen würde. Er konnte sich auch schon ihre Schwangerschaft vorstellen, den Tod der Mutter, die Beerdigung und Zinas Entsetzen ... Die stolze, abergläubische alte Dame würde die Sache nicht anders als mit dem Tod beenden. Schreckliche Zukunftsbilder zeichneten sich vor ihm auf dem dunklen glatten Wasser ab, und unter den bleichen Frauengestalten sah er sich selbst, kleinmütig, schwach, mit schuldbewußtem Gesicht ...

Hundert Schritt entfernt stand auf dem rechten Ufer des Teiches reglos etwas Dunkles – war es ein Mensch oder ein großer Baumstumpf? Pëtr Michajlyč fiel der Seminarist ein, den man getötet und in diesen Teich geworfen hatte.

Olivier hatte unmenschlich gehandelt, aber er hat doch die Frage so oder so gelöst, ich aber habe nichts gelöst, sondern die Sache nur kompliziert, dachte er, während er die dunkle Gestalt ansah, die einem Gespenst glich. Er hat gesagt und getan, was er dachte, ich aber sage und tue nicht, was ich denke; und ich weiß ja noch nicht einmal richtig, was ich eigentlich denke ...

Er ritt an die dunkle Gestalt heran – es war eine alte verwitterte Säule, die von einem Gebäude übriggeblieben war.

Aus dem Wäldchen und von Koltovičs Gut strömte ein starker Duft von Maiglöckchen und Honiggräsern herüber. Pëtr Michajlyč ritt am Ufer des Teiches entlang, schaute traurig auf das Wasser und kam, als er sein Leben an sich vorüberziehen ließ, zu der Überzeugung, daß er bis heute nicht das gesagt und getan hatte, was er dachte, und die Leute hatten ihn dafür bezahlt; daher erschien ihm sein ganzes Leben nun ebenso düster wie dieses Wasser, in dem sich der nächtliche Himmel spiegelte und in dem die Wasserpflanzen wild wucherten. Und es wollte ihm scheinen, er könnte das nie wieder gutmachen.

Angst

Erzählung meines Freundes

Dmitrij Petrovič Silin hatte das Universitätsstudium absolviert und in Petersburg als Beamter gedient, aber mit dreißig Jahren gab er den Dienst auf und befaßte sich mit Landwirtschaft. Die Wirtschaft ging ihm nicht schlecht von der Hand, aber trotzdem wollte mir scheinen, daß er nicht am richtigen Platz stand und besser getan hätte, nach Petersburg zurückzukehren. Immer wenn er mir, braungebrannt, bestaubt und von der Arbeit ganz erschöpft, am Tor oder an der Vortreppe begegnete und dann beim Abendessen mit der Müdigkeit kämpfte und seine Frau ihn wie ein Kind schlafen legte, oder wenn er, seine Müdigkeit überwindend, mit weicher, herzlicher, beinahe flehender Stimme seine schönen Gedanken darlegte, dann sah ich in ihm keinen Landwirt und keinen Agronomen, sondern nur einen abgearbeiteten Menschen, und mir war klar, daß er die Landwirtschaft gar nicht brauchte, sondern nur eins: daß der Tag herumging – und dann Gott sei Dank!

Ich besuchte ihn gern und war, wie es sich gerade traf, mal zwei oder mal drei Tage bei ihm zu Gast. Ich liebte sein Haus, den Park, den großen Obstgarten, das Flüßchen und auch seine Philosophie, die ein wenig kraftlos und gekünstelt, aber doch klar war. Wahrscheinlich liebte ich auch ihn selbst, obwohl ich das nicht mit Bestimmtheit sagen kann, weil ich bis heute nicht meine damaligen Gefühle begreife. Er war ein kluger, gutmütiger, interessanter und aufrichtiger Mensch, aber ich entsinne mich noch sehr gut, daß ich unangenehm berührt und betreten war, wenn er mir seine intimen Geheimnisse anvertraute und unsere Beziehungen Freundschaft nannte. In seiner Freundschaft zu mir lag etwas Unbequemes, Lästiges, und ich hätte ihr lieber eine gewöhnliche gute Bekanntschaft vorgezogen.

Die Sache war die, daß seine Frau, Marija Sergeevna, mir außerordentlich gefiel. Ich war nicht in sie verliebt, aber mir gefielen ihr Gesicht, ihre Augen, ihre Stimme, ihr Gang; ich sehnte mich nach ihr, wenn ich sie lange nicht sah, und in meiner Phantasie stellte ich mir damals nichts lieber vor als diese junge, schöne, elegante Frau. Ich hatte ihr gegenüber keinerlei bestimmte Absichten und träumte von nichts, und ich weiß nicht, warum, aber jedesmal, wenn wir beide allein waren, mußte ich daran denken, daß ihr Mann mich seinen Freund nannte, und dann wurde mir unbehaglich zumute. Spielte sie auf dem Flügel meine Lieblingslieder oder erzählte sie mir etwas Interessantes, dann hörte ich mit Vergnügen zu, zugleich aber mußte ich daran denken, daß sie ihren Mann liebte, daß er mein Freund war und daß sie selbst mich für seinen Freund hielt; meine Stimmung war dann verdorben, und ich wurde träge, ungeschickt und langweilig. Sie bemerkte diese Veränderung und sagte gewöhnlich:

»Sie langweilen sich ohne Ihren Freund. Ich muß jemanden zu ihm aufs Feld schicken.«

Und wenn Dmitrij Petrovič kam, sagte sie:

»Nun, Ihr Freund ist jetzt da. Freuen Sie sich.«

So ging es anderthalb Jahre lang.

Einmal, an einem Julisonntag, fuhr ich mit Dmitrij Petrovič aus Langeweile nach dem Dorf Klušino, um einige Kleinigkeiten für das Abendessen einzukaufen. Während wir durch die Läden schlenderten, ging die Sonne unter, und der Abend brach an, jener Abend, den ich wohl in meinem ganzen Leben nicht vergessen werde. Nachdem wir Käse, der wie ein Stück Seife aussah, sowie nach Teer riechende steinharte Wurst gekauft hatten, begaben wir uns in die Kneipe und fragten, ob kein Bier da sei. Unser Kutscher fuhr zur Schmiede, um die Pferde beschlagen zu lassen, und wir sagten ihm, wir würden an der Kirche auf ihn warten. Wir gingen umher, redeten, lachten über unsere Einkäufe, und schweigend, mit geheimnisvoller Miene wie ein Polizeispitzel folgte uns ein Mann, dem man in unserem Kreis den ziemlich seltsamen Spitznamen Vierzig Märtyrer gegeben hatte. Dieser Vierzig Märtyrer war kein anderer als Gavrila Severov, oder einfach Gavrjuška, der bei mir kurze Zeit Lakai gewesen war und den ich wegen Trunksucht entlassen mußte. Er hatte auch bei Dmitrij Petrovič gedient und war von ihm wegen der gleichen Verfehlung entlassen worden. Er war ein übler Trunkenbold, und sein ganzes Schicksal war genauso trunken und wüst wie er selbst. Sein Vater war Geistlicher gewesen, seine Mutter eine Adlige, er gehörte also seiner Geburt nach zu den privilegierten Schichten, aber sooft ich auch in sein abgezehrtes, ehrerbietiges, stets schweißbedecktes Gesicht blickte oder seinen bereits grau werdenden roten Bart, sein erbärmlich zerrissenes Jackett und das rote Russenhemd betrachtete, ich konnte niemals auch nur eine Spur von dem entdecken, was man bei uns im gesellschaftlichen Leben als privilegiert bezeichnet. Er nannte sich gebildet und erzählte, er habe an einer geistlichen Lehranstalt studiert, aber das Studium nicht beendet, da man ihn wegen Tabakrauchens entlassen habe. Darauf hat er im bischöflichen Chor gesungen und etwa zwei Jahre in einem Kloster gelebt, wo man ihn ebenfalls hinauswarf, aber nicht wegen des Rauchens, sondern wegen ›Schwachheit‹. Er wanderte durch zwei Gouvernements, reichte Bittschriften beim Konsistorium und bei verschiedenen Amtsstellen ein und stand viermal vor Gericht. Schließlich blieb er in unserem Kreis hängen und war als Lakai, Waldhüter, Hundewärter und Kirchendiener tätig; er heiratete eine lebenslustige Witwe, eine Köchin, versank endgültig im Lakaienleben und gewöhnte sich so an seinen Schmutz und seine Unannehmlichkeiten, daß er von seiner privilegierten Herkunft schon selber mit gewissem Zweifel sprach, wie von einem Mythos. Zu der Zeit, von der die Rede ist, trieb er sich ohne feste Stelle herum und gab sich als Pferdedoktor und Jäger aus, seine Frau aber war spurlos verschwunden.

Von der Schenke gingen wir zur Kirche und setzten uns in Erwartung des Kutschers in den Vorraum. Vierzig Märtyrer stand in einiger Entfernung und führte die Hand zum Mund, um ehrerbietig hineinzuhusten, wenn es nötig sein sollte. Es war bereits dunkel; es roch stark nach abendlicher Feuchtigkeit, und der Mond schickte sich an aufzugehen. An dem sternklaren Himmel waren nur zwei Wolken zu sehen, gerade über uns – eine große und eine etwas kleinere; sie eilten wie Mutter und Tochter hintereinander her, dorthin, wo das Abendrot verglühte.

»Ein prächtiger Tag heute«, sagte Dmitrij Petrovič.

»Ganz außergewöhnlich ...« meinte Vierzig Märtyrer zustimmend und hustete ehrerbietig in die Hand. »Wie geruhten Sie, Dmitrij Petrovič, darauf zu kommen, hierherzufahren?« fragte er mit schmeichelnder Stimme, sichtlich bemüht, ein Gespräch anzuknüpfen.

Dmitrij Petrovič antwortete nicht. Vierzig Märtyrer seufzte tief und murmelte leise, ohne uns anzusehen:

»Ich leide einzig aus einem Grund, über den ich vor dem allmächtigen Gott Rechenschaft ablegen muß. Natürlich bin ich ein verlorener, unfähiger Mensch, aber glauben Sie mir auf Ehre und Gewissen: ohne ein Stück Brot geht es einem schlimmer als einem Hund ... Verzeihen Sie, Dmitrij Petrovič!«

Silin hörte nicht hin und dachte an irgend etwas, den Kopf in die Fäuste gestützt. Die Kirche stand am Ende der Straße, auf dem Steilufer, und wir konnten durch das Gitter der Einfriedung den Fluß, die überschwemmten Wiesen auf dem jenseitigen Ufer und den grellen, purpurroten Schein eines Lagerfeuers sehen, um das sich schwarze Menschen und Pferde bewegten. Und ein Stück weiter, hinter dem Lagerfeuer, sah man noch mehr Lichter – das war das Dörfchen ... Dort wurde ein Lied gesungen.

Auf dem Fluß und hier und da auf der Wiese stieg Nebel empor. Hohe, schmale Nebelfetzen, dicht und weiß wie Milch, wanderten über den Fluß, verdeckten die Spiegelbilder der Gestirne und klammerten sich an die Weidenbäume. Sie änderten jeden Augenblick ihr Aussehen, und es schien, als ob die einen sich umarmten, die anderen sich verbeugten, die dritten ihre Arme mit den wie bei einem Priestergewand weiten Ärmeln betend zum Himmel emporstreckten ... Wahrscheinlich kam Dmitrij Petrovič durch sie auf Gespenster oder Verstorbene, denn er wandte mir sein Gesicht zu und fragte mit traurigem Lächeln:

»Sagen Sie mir, mein Lieber, wie kommt es, daß wir, wenn wir etwas Seltsames, Schreckliches, Geheimnisvolles und Phantastisches erzählen wollen, den Stoff nicht aus dem Leben nehmen, sondern bestimmt aus der Welt der Geister und Schatten?«

»Schrecklich ist, was uns unverständlich bleibt.«

»Aber ist Ihnen etwa das Leben verständlich? Sagen Sie: Verstehen Sie etwa das Leben besser als das Jenseits?«

Dmitrij Petrovič rückte ganz nahe zu mir heran, so daß ich seinen Atem auf meiner Wange spürte. In der abendlichen Dämmerung schien sein bleiches, hageres Gesicht noch bleicher, sein dunkler Bart noch schwärzer als Ruß. Seine Augen blickten traurig, aufrichtig und etwas erschreckt, als schicke er sich an, mir etwas Schreckliches zu erzählen. Er schaute mich an und fuhr mit seiner wie gewöhnlich flehentlich klingenden Stimme fort:

»Unser Leben und das Jenseits sind gleichermaßen unbegreiflich und schrecklich. Wer Geister fürchtet, der muß auch mich, diese Lichter und den Himmel fürchten, weil das alles, wenn man sich richtig hineindenkt, nicht weniger unfaßbar und phantastisch ist als Erscheinungen aus dem Jenseits. Prinz Hamlet ging nicht in den Tod, weil er die Gesichte fürchtete, die vielleicht seinen Todesschlaf heimsuchen würden; sein berühmter Monolog gefällt mir, aber er hat mich, offen gestanden, nie berührt. Ich gestehe Ihnen als meinem Freund, in schwermütigen Augenblicken habe ich mir manchmal meine Todesstunde ausgemalt, meine Phantasie erfand Tausende von düstersten Visionen, und es gelang mir, mich in qualvolle Exaltation, in Alpträume hineinzusteigern, und ich versichere Ihnen, das kam mir nicht schrecklicher vor als die Wirklichkeit. Wozu lange reden, Visionen sind schrecklich, aber schrecklich ist auch das Leben. Ich begreife das Leben nicht, mein Lieber, und ich fürchte es. Ich weiß nicht, ob ich nicht ein kranker, übergeschnappter Mensch bin. Ein normaler, gesunder Mensch glaubt, er begreift alles, was er sieht und hört, ich aber habe diesen Glauben eingebüßt und vergifte mich tagaus, tagein selbst mit Angst. Es gibt eine Krankheit, die man Platzangst nennt, so leide ich an Lebensangst. Wenn ich im Grase liege und lange ein Insekt beobachte, das erst gestern geboren wurde und noch nichts begreift, dann scheint es mir, sein Leben bestehe aus ununterbrochenem Entsetzen, und ich sehe in ihm mich selbst.«

»Wovor fürchten Sie sich eigentlich?« fragte ich.

»Vor allem. Ich bin von Natur ein nicht sehr tief veranlagter Mensch und interessiere mich wenig für solche Fragen wie das Jenseits oder das Schicksal der Menschheit und bewege mich überhaupt selten in höheren Sphären. Ich fürchte in erster Linie das Alltägliche, vor dem sich niemand von uns verschließen kann. Ich bin unfähig zu unterscheiden, was an meinen Handlungen aufrichtig und was verlogen ist, und sie beunruhigen mich; ich erkenne, daß Lebensverhältnisse und Erziehung mich in einen engen Kreis von Lügen verstrickt haben, daß mein ganzes Leben nichts anderes ist als ein tägliches Bemühen, mich und die Menschen zu betrügen und das nicht zu bemerken, und ich fürchte mich bei dem Gedanken, ich könnte bis zu meinem Tode aus dieser Lüge nicht mehr herausfinden. Heute tue ich etwas, aber morgen begreife ich nicht mehr, wozu ich das getan habe. Ich trat in Petersburg eine Stelle an und erschrak, ich kam hierher, um mich mit Landwirtschaft zu befassen, und erschrak abermals ... Ich sehe, daß wir wenig wissen und daher jeden Tag irren, wir sind ungerecht, verzehren uns vor Sehnsucht nach einem anderen Leben, wir vergeuden all unsere Kräfte für dummes Zeug, das wir nicht brauchen und das uns nur hindert, richtig zu leben, und das fürchte ich, weil ich nicht begreife, wozu und für wen das alles nötig ist. Ich habe Angst, Bauern anzusehen, ich weiß nicht, für welche höheren Zwecke sie leiden und wozu sie leben. Wenn das Leben Genuß ist, dann sind sie überflüssige, nutzlose Menschen; wenn aber der Sinn und Zweck des Lebens in Not und völliger, hoffnungsloser Unwissenheit besteht, dann begreife ich nicht, für wen und wozu diese Quälerei notwendig ist. Ich begreife nichts und niemand. Versuchen Sie doch einmal, dieses Subjekt da zu begreifen!« sagte Dmitrij Petrovič und zeigte auf Vierzig Märtyrer. »Versetzen Sie sich hinein!«

Als Vierzig Märtyrer bemerkte, daß wir ihn beide ansahen, hustete er ehrerbietig in die Faust und sagte:

»Bei guten Herrschaften war ich immer ein treuer Diener, aber der Hauptgrund sind die alkoholischen Getränke. Wenn Sie mir unglücklichem Menschen entgegenkommen und mir eine Stelle geben, ich würde das Heiligenbild küssen. Mein Ehrenwort!«

Der Kirchendiener ging vorbei, blickte uns erstaunt an und begann am Seil zu ziehen. Die Glocke schlug langsam und gemessen, schrill die abendliche Stille unterbrechend, zehn Uhr.

»Es ist ja schon zehn!« sagte Dmitrij Petrovič und seufzte. »Es wäre Zeit für uns, zu fahren. Ja, mein Lieber, wenn Sie wüßten, wie sehr ich meine gewöhnlichen, alltäglichen Gedanken fürchte, in denen doch, meine ich, nichts Schreckliches liegen sollte. Um nicht zu denken, zerstreue ich mich mit Arbeit, und ich rackere mich ab, damit ich nachts fest schlafe. Für meine Frau und die Kinder, für alle anderen ist das belanglos, doch für mich ist das schwer, mein Lieber!«

Er rieb sich das Gesicht mit den Händen, räusperte sich und lachte auf.

»Wenn ich Ihnen erzählen könnte, wie dumm ich mich im Leben angestellt habe!« sagte er. »Alle sagen mir: Sie haben eine liebe Frau, reizende Kinder und sind selbst ein prachtvoller Hausvater. Die Leute meinen, ich sei sehr glücklich, und sie beneiden mich. Nun, wenn es darauf ankommt, dann sage ich Ihnen im Vertrauen: Mein glückliches Familienleben ist ein einziges trauriges Mißverständnis, und ich fürchte mich davor.«

Sein bleiches Gesicht entstellte ein gespanntes Lächeln. Er faßte mich um die Taille und fuhr halblaut fort:

»Sie sind mein wirklicher Freund, ich vertraue Ihnen und schätze Sie hoch. Die Freundschaft schickt uns der Himmel, damit wir uns aussprechen und uns vor den Geheimnissen retten können, die uns niederdrücken. Erlauben Sie mir also, Ihre freundschaftliche Zuneigung auszunutzen und Ihnen die ganze Wahrheit zu sagen. Mein Familienleben, das Ihnen so wunderschön vorkommt, ist mein größtes Unglück und der Gegenstand meiner größten Angst. Ich habe seltsam und töricht geheiratet. Ich muß Ihnen sagen, ich liebte bis zu meiner Heirat Maša wahnsinnig und warb zwei Jahre lang um sie. Ich machte ihr fünfmal einen Heiratsantrag, sie wies mich immer wieder ab, weil ich ihr völlig gleichgültig war. Beim sechstenmal, als ich liebestoll vor ihr auf den Knien lag und sie um ihre Hand wie um ein Almosen bat, willigte sie ein ... Sie sagte zu mir: ›Ich liebe Sie nicht, aber ich werde Ihnen treu sein ...‹ Diese Bedingung nahm ich entzückt an. Damals verstand ich, was das bedeutet, heute aber, das schwöre ich bei Gott, verstehe ich es nicht. ›Ich liebe Sie nicht, aber ich werde Ihnen treu sein‹ – was heißt das? Darüber liegt Nebel und Dunkelheit ... Ich liebe sie heute noch ebenso heftig wie am ersten Tag unserer Ehe, sie aber steht mir, so scheint es mir, nach wie vor gleichgültig gegenüber, und wahrscheinlich freut sie sich immer, wenn ich das Haus verlasse. Ich weiß nicht bestimmt, ob sie mich liebt oder nicht, ich weiß nicht, ich weiß es nicht, aber wir leben doch unter einem Dach, sagen du zueinander, schlafen zusammen, haben Kinder, unser Eigentum gehört uns gemeinsam ... Was heißt das also? Was soll das? Verstehen Sie etwas davon, mein Lieber? Eine grausame Quälerei! Weil ich von unseren Beziehungen nichts begreife, hasse ich bald sie, bald mich, bald uns beide zusammen, in meinem Kopf ist alles durcheinander, ich quäle mich und stumpfe ab, und wie zum Trotz wird sie mit jedem Tag schöner und bewundernswerter ... Meiner Meinung nach ist ihr Haar herrlich, und sie lächelt wie keine andere Frau. Ich liebe und weiß, es ist hoffnungslos. Die hoffnungslose Liebe zu einer Frau, von der ich schon zwei Kinder habe! Ist das etwa verständlich und nicht schrecklich? Ist das etwa nicht schrecklicher als Gespenster?«

Er befand sich in einer Stimmung, in der er noch sehr lange geredet hätte, aber zum Glück hörte man die Stimme des Kutschers. Unsere Pferde kamen zurück. Wir stiegen in die Kutsche; Vierzig Märtyrer half uns mit gezogener Mütze hinauf und tat das mit einer Miene, als habe er schon lange auf eine Gelegenheit gewartet, unsere kostbaren Körper zu berühren.

»Dmitrij Petrovič, erlauben Sie, daß ich zu Ihnen komme«, sagte er, wobei er heftig mit den Augen zwinkerte und den Kopf zur Seite neigte. »Erweisen Sie göttliche Barmherzigkeit! Ich vergehe vor Hunger!«

»Na schön«, erwiderte Silin. »Komm zu mir, für drei Tage, dann wollen wir weitersehen.«

»Zu Befehl!« rief Vierzig Märtyrer erfreut aus. »Ich komme noch heute.«

Bis nach Hause waren es sechs Verst. Dmitrij Petrovič, zufrieden, sich endlich dem Freund gegenüber ausgesprochen zu haben, hielt den ganzen Weg über meine Taille umfaßt und erzählte mir nun nicht mehr mit Bitterkeit und erschreckt, sondern heiter, daß er, wenn in seiner Familie alles zum besten stünde, nach Petersburg zurückkehren und sich dort mit der Wissenschaft befassen würde. Die Strömung, so meinte er, die so viele begabte junge Leute auf das Land getrieben habe, sei eine traurige Strömung. Roggen und Weizen gebe es in Rußland viel, aber keine kultivierten Menschen. Es sei notwendig, daß sich die begabte, gesunde Jugend mit Wissenschaft, Kunst und Politik befasse; anders vorzugehen, heiße unökonomisch vorzugehen. Er philosophierte mit Vergnügen und bedauerte, daß er sich am nächsten Morgen von mir trennen müsse, weil er zur Holzauktion fahre.

Ich fühlte mich unbehaglich und bedrückt, und es kam mir vor, als betröge ich einen Menschen. Zugleich aber war mir das angenehm. Ich betrachtete den riesengroßen, purpurroten Mond, der gerade aufging, und stellte mir eine hochgewachsene, schlanke Blondine vor, bleich, stets elegant und nach einem eigenartigen moschusähnlichen Parfüm duftend, und ich dachte heiteren Sinnes daran, daß sie ihren Mann nicht liebte.

Als wir wieder zu Hause waren, setzten wir uns zum Abendessen. Marija Sergeevna bewirtete uns lachend mit unseren Einkäufen, und ich fand, sie habe tatsächlich wunderbare Haare und lächle wie keine andere Frau. Ich folgte ihr mit den Augen und wollte gern in jeder ihrer Bewegungen und in jedem ihrer Blicke erkennen, daß sie ihren Mann nicht liebte, und ich meinte es zu erkennen.

Dmitrij Petrovič kämpfte bald mit der Müdigkeit. Nach dem Abendessen blieb er noch etwa zehn Minuten bei uns sitzen und sagte dann:

»Wie ihr wollt, Herrschaften, aber ich muß morgen früh um drei aufstehen. Erlaubt, daß ich euch verlasse.«

Er küßte zärtlich seine Frau, drückte kräftig und dankbar meine Hand und nahm mir mein Wort ab, daß ich unbedingt in der nächsten Woche wiederkommen würde. Um am Morgen nicht zu verschlafen, wollte er im Seitenflügel übernachten.

Marija Sergeevna ging nach Petersburger Art gewöhnlich spät schlafen, und heute freute mich das, ohne daß ich wußte, warum.

»Also?« begann ich, als wir allein geblieben waren. »Also, seien Sie so gut und spielen Sie etwas.«

Ich mochte keine Musik, doch ich wußte nicht, wie ich ein Gespräch anfangen sollte. Sie setzte sich an den Flügel und spielte, ich weiß nicht mehr, was. Ich saß neben ihr, betrachtete ihre weißen üppigen Arme und bemühte mich, etwas in ihrem kalten, gleichgültigen Gesicht zu lesen. Da aber lächelte sie und blickte mich an.

»Sie langweilen sich ohne Ihren Freund«, sagte sie.

Ich lachte.

»Für die Freundschaft würde es genügen, einmal im Monat hierherzufahren, ich aber bin hier öfter als einmal in der Woche.«

Als ich das gesagt hatte, stand ich auf und schritt erregt von einer Ecke in die andere. Sie stand ebenfalls auf und ging zum Kamin.

»Was wollen Sie damit sagen?« fragte sie und richtete ihre großen hellen Augen auf mich.

Ich antwortete nicht.

»Sie haben die Unwahrheit gesagt«, fuhr sie nach kurzem Nachdenken fort. »Sie sind nur wegen Dmitrij Petrovič hier.

Aber was soll's, ich freue mich sehr. In unseren Tagen findet man nur selten eine solche Freundschaft.«

Aha! dachte ich, und da ich nicht wußte, was ich sagen sollte, fragte ich:

»Wollen Sie im Garten spazierengehen?«

»Nein.«

Ich trat hinaus auf die Terrasse. In meinem Kopf kribbelte es, und vor Erregung war mir kalt. Ich war bereits überzeugt, daß unser Gespräch ganz belanglos sein würde und daß wir einander nichts Besonderes zu sagen wüßten, daß aber in dieser Nacht bestimmt das geschehen würde, wovon ich nicht einmal zu träumen gewagt hatte. Unbedingt in dieser Nacht – oder nie.

»Welch schönes Wetter!« sagte ich laut.

»Für mich ist das völlig einerlei«, kam die Antwort.

Ich ging in den Salon. Marija Sergeevna stand immer noch neben dem Kamin, die Hände auf dem Rücken verschränkt, und blickte gedankenverloren zur Seite.

»Warum ist das für Sie völlig einerlei?« fragte ich.

»Weil ich mich langweile. Ihnen ist es nur ohne Ihren Freund langweilig, mir aber immer. Übrigens ... interessiert Sie das ja gar nicht.«

Ich setzte mich an den Flügel und griff einige Akkorde; ich wartete ab, was sie sagen würde.

»Bitte machen Sie keine Umstände«, sagte sie, wobei sie mich zornig ansah und offenbar nahe daran war, vor Wut zu weinen. »Wenn Sie schlafen möchten, dann gehen Sie. Denken Sie nicht, daß Sie sich mit Dmitrij Petrovičs Frau langweilen müssen, weil Sie sein Freund sind. Ich will kein Opfer. Bitte gehen Sie.«

Ich ging natürlich nicht. Sie trat hinaus auf die Terrasse, während ich im Salon blieb und noch fünf Minuten in den Noten blätterte. Dann ging auch ich hinaus. Wir standen nebeneinander im Schatten der Markisen, unter uns die Stufen, vom Mondlicht übergossen. Über die Blumenbeete und den gelben Sand der Alleen streckten sich die schwarzen Schatten der Bäume.

»Ich muß ebenfalls morgen abreisen«, sagte ich.

»Natürlich, wenn der Ehemann nicht zu Hause ist, dann können Sie nicht hierbleiben«, entgegnete sie spöttisch. »Ich kann mir vorstellen, wie unglücklich Sie wären, wenn Sie sich in mich verlieben würden. Warten Sie nur ab, ich werfe mich Ihnen noch einmal an den Hals ... Ich will sehen, wie entsetzt Sie vor mir weglaufen. Das muß interessant sein.«

Ihre Worte und ihr bleiches Gesicht waren zornerfüllt, aber ihre Augen waren voll zärtlicher, leidenschaftlicher Liebe. Ich sah dieses herrliche Geschöpf schon wie mein Eigentum an, und ich bemerkte nun zum erstenmal, daß sie goldenes Haar und wundervolle Brauen hatte, wie ich sie niemals zuvor gesehen. Der Gedanke, ich könnte sie sogleich an mich ziehen, sie liebkosen und ihre prachtvollen Haare streicheln, kam mir auf einmal so ungeheuerlich vor, daß ich auflachte und die Augen schloß.

»Aber es ist schon höchste Zeit ... Ich wünsche Ihnen eine ruhige Nacht«, sagte sie.

»Ich will keine ruhige Nacht ...« erwiderte ich und folgte ihr lachend in den Salon. »Ich werde diese Nacht verfluchen, wenn sie ruhig sein sollte.«

Als ich ihr die Hand drückte und sie bis zur Tür begleitete, sah ich an ihrem Gesicht, daß sie mich verstand und froh darüber war, daß auch ich sie verstand.

Ich ging auf mein Zimmer. Auf meinem Tisch lag neben Büchern Dmitrij Petrovičs Mütze, und das erinnerte mich an seine Freundschaft. Ich nahm meinen Spazierstock und ging in den Garten. Dort stieg schon Nebel auf, und Bäume und Sträucher umarmend, geisterten die gleichen hohen, schmalen Gespenster umher, die ich vorhin auf dem Fluß gesehen hatte. Wie schade, daß ich nicht mit ihnen reden konnte!

In der ungewöhnlich durchsichtigen Luft zeichnete sich deutlich jedes Blättchen, jedes Tautröpfchen ab – all das lächelte mir in der Stille schlaftrunken zu, und während ich an den grünen Bänken vorüberging, entsann ich mich der Worte aus einem Drama von Shakespeare: ›Wie süß schläft der Mondschein auf der Bank allhier!‹

Im Garten gab es eine Anhöhe. Ich stieg hinauf und setzte mich hin. Ein bezauberndes Gefühl hatte von mir Besitz ergriffen. Ich wußte bestimmt, ich würde sie gleich umarmen, mich an ihren prachtvollen Körper schmiegen und ihre goldenen Brauen küssen, und ich wollte das nicht glauben, wollte mich schelten, und ich bedauerte, daß sie mich so wenig quälte und sich so schnell ergab.

Da aber erklangen unvermutet schwere Schritte. In der Allee

erschien ein Mann von mittlerer Größe, in dem ich sogleich Vierzig Märtyrer erkannte. Er setzte sich auf eine Bank und seufzte tief, dann bekreuzigte er sich dreimal und legte sich hin. Nach wenigen Augenblicken stand er auf und legte sich auf die andere Seite. Die Mücken und die nächtliche Feuchtigkeit ließen ihn nicht einschlafen.

»Ach, so ein Leben!« sagte er. »So ein unglückliches, bitteres Leben!«

Als ich seinen hageren, zusammengekrümmten Körper sah und seine schweren, heiseren Seufzer hörte, fiel mir noch ein unglückliches, bitteres Leben ein, das mir heute gebeichtet worden war, und mir wurde angst und bange vor meinem glückseligen Zustand. Ich stieg von der Anhöhe herab und ging ins Haus.

Das Leben ist seiner Meinung nach schrecklich, dachte ich, darum mach keine Umstände damit, verändere es und nimm alles, was du ihm entreißen kannst, ehe es dich erdrückt.

Auf der Terrasse stand Marija Sergeevna. Ich umarmte sie schweigend und küßte gierig ihre Brauen, ihre Schläfen, ihren Hals ...

In meinem Zimmer erzählte sie mir, sie liebe mich schon lange, schon über ein Jahr. Sie schwor mir ihre Liebe, weinte und bat, ich solle sie mitnehmen. Ich führte sie ab und zu ans Fenster, um im Mondlicht ihr Gesicht zu betrachten, sie erschien mir wie ein wunderbarer Traum, und ich beeilte mich, sie fest zu umarmen, damit ich an die Wirklichkeit glaubte. Lange schon hatte ich solch ein Entzücken nicht mehr durchlebt ... Dennoch aber verspürte ich in der Tiefe meines Herzens ein Unbehagen, und mir war nicht ganz wohl. In ihrer Liebe zu mir lag etwas Unbequemes, Lästiges, so wie in Dmitrij Petrovičs Freundschaft. Es war eine große ernsthafte Liebe mit Tränen und Schwüren, ich aber wollte nichts Ernsthaftes – keine Tränen, keine Schwüre, keine Gespräche über die Zukunft. Diese Mondnacht sollte in unserem Leben wie ein Meteor aufleuchten – mehr nicht.

Genau um drei Uhr ging sie von mir, und als ich, in der Tür stehend, ihr nachsah, erschien am Ende des Korridors plötzlich Dmitrij Petrovič. Als sie ihm begegnete, fuhr sie zusammen und machte ihm Platz, und ihre ganze Gestalt drückte Abscheu aus. Er lächelte sonderbar, räusperte sich und kam zu mir ins Zimmer.

»Ich habe hier gestern eine Mütze vergessen ...« sagte er, ohne mich anzusehen.

Er fand die Mütze und setzte sie mit beiden Händen auf; darauf sah er mein verwirrtes Gesicht und meine Pantoffeln an und sagte mit einer fremden, seltsamen, heiseren Stimme:

»Es ist wohl mein Schicksal, nichts zu verstehen. Wenn Sie etwas verstehen, dann ... gratuliere ich Ihnen. Ich tappe im dunkeln.«

Er ging hustend fort. Dann sah ich vom Fenster aus, wie er vor dem Stall selbst die Pferde anspannte. Seine Hände zitterten, er beeilte sich und sah sich nach dem Haus um; wahrscheinlich hatte er Angst. Dann stieg er in den Reisewagen und hieb mit seltsamer Miene, als fürchte er irgendwelche Verfolger, auf die Pferde ein.

Etwas später fuhr auch ich fort. Die Sonne war bereits aufgegangen, und der gestrige Nebel drückte sich scheu an Sträucher und Hügel. Auf dem Kutschbock saß Vierzig Märtyrer, der schon irgendwo hatte etwas trinken können, und faselte dummes Zeug.

»Ich bin ein freier Mensch!« schrie er die Pferde an. »He, ihr Himbeerfarbenen! Ich bin ein erblicher Ehrenbürger, wenn ihr's wissen wollt!«

Die Angst Dmitrij Petrovičs, der mir nicht aus dem Kopf ging, übertrug sich auch auf mich. Ich dachte an das Vorgefallene und verstand nichts. Ich sah die Saatkrähen an, mir war seltsam zumute, und ich hatte Angst davor, daß sie flogen.

»Weshalb habe ich das getan?« fragte ich mich erstaunt und verwundert. »Weshalb kam es gerade so und nicht anders? Für wen und wofür war es nötig, daß sie mich ernsthaft liebte und daß er wegen seiner Mütze ins Zimmer kam? Was hat seine Mütze damit zu tun?«

Am gleichen Tag reiste ich nach Petersburg ab; Dmitrij Petrovič und seine Frau habe ich nie wiedergesehen. Wie es heißt, sollen sie immer noch zusammenleben.

Anhang

Zu dieser Ausgabe

In Auswahl und Übersetzung ist unsere Ausgabe der Čechovschen Prosa identisch mit der dreibändigen Dünndruck-Ausgabe des Winkler Verlags, München: ›Anton Tschechow, Kurzgeschichten und frühe Erzählungen (1883–1887)‹, ›Erzählungen aus den mittleren Jahren (1887–1892)‹ und ›Späte Erzählungen (1893–1903)‹, München 1968/1969.

Diese bislang vollständigste deutsche Čechov-Edition geht zurück auf die von den DDR-Slavisten Gerhard Dick und Wolf Düwel besorgte Ausgabe: ›Anton Tschechow, Gesammelte Werke in Einzelbänden‹, insgesamt acht Bände (Prosa, Dramen, Briefe, Notizbücher, ›Insel Sachalin‹), erschienen im Verlag Rütten & Loening, Berlin 1964f.

Die Übersetzung dieser beiden Ausgaben basiert auf der – was die Textgestalt betrifft – bis heute aktuellsten russischen Čechov-Edition des Moskauer Staatsverlags für Schöne Literatur (Goslitizdat), 12 Bände, Moskau 1954–1957. Die neue, auf 30 Bände berechnete wissenschaftlich-kritische Čechov-Ausgabe, deren erste Bände 1975 erschienen, konnte bei der Revision der Übersetzungen nicht mehr berücksichtigt werden.

Mit Ausnahme der ›Kleinen Romane‹ (oder ›Novellen‹ – der russische Terminus ›povesti‹ deckt beide Begriffe unvollkommen und besitzt im Deutschen keine rechte Entsprechung) sind die Erzählungen wie in der Ausgabe bei Rütten & Loening chronologisch geordnet, entsprechend den Daten der russischen Erstveröffentlichung.

Die Anmerkungen unserer Ausgabe nennen an erster Stelle jeweils Titel und Titel des russischen Originals sowie Datum und Ort der Erstveröffentlichung; ein Verzeichnis der Abkürzungen der Zeitschriftentitel findet sich in jedem Band gesondert, den Anmerkungen vorangestellt. Es folgen Hinweise auf Korrekturen und Veränderungen, die Čechov bei Nachdrucken der Texte in den Erzählungs-Sammelbänden bis 1899 vorgenommen hat, d. h. bis zum Erscheinen der ersten russischen Gesamtausgabe bei A. F. Marks, Petersburg.

Schließlich der Vermerk, welche Erzählung Čechov in welchen Band der ›Gesammelten Werke‹, der einzigen von ihm selbst kontrollierten Gesamtausgabe aufgenommen hat; diese Information erscheint insofern wichtig, als Čechov dabei vom streng chronologischen Ordnungsprinzip abgegangen ist, vielmehr den Charakter der einzelnen Erzählung zum Maßstab machte und dadurch, aus der Distanz von etwa 15 Jahren, eine eigene Einschätzung seiner frühen Arbeiten vorgenommen hat.

Die Anmerkungen greifen bewußt zurück auf ältere, Čechov zeitgenössische Nachschlagwerke; Zitate daraus besitzen ein eigenes Kolorit und vermitteln vom damaligen Wissensstand oft mehr als moderne Lexika dies vermögen. Pëtr Kropotkins Literaturgeschichte des russischen XIX. Jahrhunderts, ›Ideale und Wirklichkeit in der russischen Literatur‹, erstmals 1906 auf deutsch erschienen und eine der besten Informationsquellen über Literatur und Gesellschaft der Čechov-Zeit, liegt inzwischen im Nachdruck als Band 762 der ›edition suhrkamp‹ vor.

Zeitschriften, in denen Čechov publizierte

Novoe vremja – ›Neue Zeit‹, ab 1869 in Petersburg erscheinende Tageszeitung, bürgerlich-konservativ, in den 80er Jahren zunehmend reaktionärer Orientierung, 1876 von Čechovs erstem Verleger, dem Publizisten A. S. Suvorin übernommen. Čechov veröffentlichte ab 1886 relativ regelmäßig in den Sonntagsbeilagen des ›Novoe vremja‹, bis zum Bruch mit Suvorin, zu dem es wegen dessen Haltung in der Affäre Dreyfus kam. Von der Zensur wurde ›Novoe vremja‹ als »die gemäßigtste und wohlmeinendste aller in Petersburg existierenden Zeitungen« gelobt.

Peterburgskaja gazeta – ›Petersburger Zeitung‹, Tageszeitung, erschien 1867–1917, Boulevardblatt. Parallel zu seiner Tätigkeit für die Moskauer ›Oskolki‹ publizierte Čechov in den Jahren 1885 bis 1887 regelmäßig wöchentlich in der ›Peterburgskaja gazeta‹.

Sever – ›Der Norden‹, bürgerlich-liberale Wochenzeitung für Literatur und Kunst, erschien zwischen 1884 und 1914 in Petersburg. Gelegentliche Mitarbeit Čechovs.

Severnyj vestnik – ›Nördlicher Bote‹, ›Bote des Nordens‹, literarisch-wissenschaftliche und politische Monatszeitschrift, erschien 1885 bis 1898 in Petersburg, in den 80er Jahren liberal-demokratischer Orientierung, nach dem Verbot der linken ›Otečestvennye zapiski‹ (Vaterländische Annalen) ging eine Reihe von Mitarbeitern zum SV über, so der Kritiker Michajlovskij, Pleščeev, Uspenskij u. a. In den 90er Jahren geriet der ›Severnyj vestnik‹ zunehmend unter den Einfluß der Symbolisten. Außer Novellen publizierte Čechov im ›Severnyj vestnik‹ auch das Theaterstück ›Ivanov‹ (detebe 20102).

Vsemirnaja illjustracija – ›Illustrierte Welt‹, ›Die Welt im Bild‹, illustrierte Wochenzeitung, erschien 1869–1898 in Petersburg, vielgelesenes Blatt, vertrat den Kurs der Regierungspolitik.

Abkürzungen

ChL – *Chmurye ljudi* (Mürrische Menschen), Spb. (A. S. Suvorin) 1890; [10]1899.
PiR – *Povesti i rasskazy* (Novellen und Erzählungen), M. (I. D. Sytin) 1894; [2]1898.
PNr. 6 – *Palata Nr. 6* (Krankenzimmer Nr. 6), Spb. (A. S. Suvorin) 1893; [7]1899. Parallel dazu erschien die Ausgabe gleichen Titels, M. (›Posrednik‹) 1893; [2]1894; [3]1899.
SS – *Sobranie sočinenij* (Gesammelte Werke), Spb. (A. F. Marks) 1899 ff. Band I erschien 1899, Band II – 1900; die Bände III bis XI – 1901; Band XII – 1903; Band XIII posthum 1906.

Zur Transkription

Die Transkription der russischen Namen folgt der in der Slavistik üblichen, die für die spezifisch russischen Laute diakritische Zeichen benützt. Die wichtigsten, vom deutschen Alphabet abweichenden Laute des Russischen sind:

č – ›tsch‹, wie Čechov
c – immer ›ts‹, wie in ›Zeichen‹
ch – immer hartes ›ch‹, wie in ›ach!‹ (nie wie in ›ich‹)
s – immer stimmloses, scharfes ›s‹, wie in ›essen‹
š – immer stimmloses, scharfes ›sch‹, wie in ›Asche‹
šč – nicht ›schtsch‹, sondern weiches, gedehntes ›sch‹ (š)
v – im Silbenanlaut, vor Vokalen und stimmhaften Konsonanten = ›w‹
im Silbenauslaut und vor stimmlosen Konsonanten = ›ff‹
z – immer stimmhaftes, weiches ›s‹, wie in ›Rose‹
ž – immer stimmhaftes, weiches ›sch‹, wie in frz. ›jour‹

Jedes ›e‹ und ›i‹ palatalisiert den vorausgehenden Konsonanten, das heißt, wird mit einem leichten ›j‹-Vorschlag gesprochen.

Betontes ›e‹ (ë) wird wie ›jo‹ gesprochen und zieht automatisch die Wortbetonung auf sich.

Unbetontes ›o‹ wie ›a‹; betontes ›o‹ immer offen, wie im Wort ›offen‹ (nie wie in ›Ofen‹).

Namen und Anrede im Russischen

Im Russischen setzt sich jeder Name aus drei Teilen zusammen – dem Vornamen (Anton), dem Vatersnamen (Pavlovič oder, bei Frauen, Pavlovna) und dem Familiennamen (Čechov). Die offizielle Anrede besteht aus Vor- und Vatersnamen (was das im Deutschen übliche ›Herr‹ bzw. ›Frau‹ ersetzt) – ›Anton Pavlovič‹ ist demnach soviel wie deutsch ›Herr Čechov‹. Die intim-vertrauliche Anrede beschränkt sich wie im Deutschen auf den Vornamen bzw. dessen Koseformen.

Im gesprochenen Russisch werden die ›korrekten‹ Formen des Vatersnamens gelegentlich abgeschliffen (für ›Ivan Ivan*ovič*‹ oft auch nur ›Ivan Ivan*yč*‹), woraus sich zuweilen zweierlei Schreibweisen ergeben. Die ›abgeschliffene‹ Form wird gegenüber Personen gebraucht, die man zwar siezt, mit denen man aber doch auf bestimmte Weise vertraut ist, während die ›korrekte‹ Form des Vatersnamens in hochoffiziellen Situationen gebraucht wird, gegenüber Respektspersonen, Höhergestellten usw.

Maße und Gewichte

Gewichte:
- 1 *Pud* = 40 Pfund oder 16,38 kg
- 1 *Pfund* = 32 Lot oder 96 Zolotnik oder 410 g
- 1 *Lot* = 3 Zolotnik oder 12,80 g
- 1 *Zolotnik* = 4,26 g

Längenmaße:
- 1 *Verst* = 500 Sažen oder 1067 m
- 1 *Sažen* = 3 Aršin = 48 Veršok oder 2,134 m
- 1 *Aršin* = 16 Veršok oder 71,1 cm
- 1 *Veršok* = 44,45 mm

Flächenmaße:
- 1 *Desjatine* = 2400 Quadrat-Sažen oder 1,0925 ha
- 1 *Quadrat-Verst* = 104,17 Desjatinen = 1,138 km²

Russische Feiertage, Kirchenfeste, Fasten

Die Zahl der Feiertage lag im zaristischen Rußland wesentlich höher als in westlichen Ländern zur selben Zeit; das ›Große Enzyklopädische Wörterbuch‹, der russische Brockhaus, zählt in Band 48 (1898) in Rußland 98 Feiertage bei 267 Arbeitstagen (zum Vergleich Preußen: 60 bei 305 Arbeitstagen). Unter die Feiertage fielen, zu Čechovs Zeiten und in der zeitgenössischen Sprache des Baedeker, Staatsfeiertage wie das »Namensfest der Kaiserin«, »Geburtsfest des Kaisers«, »Krönungsfest«, »Namensfest der Kaiserin-Witwe«, »Geburtsfest des Thronfolgers Alexei Nikolajewitsch« u. a.

Kirchenfeste waren neben dem Weihnachtsfest (am 25., 26. und 27. Dezember – die Datenangaben jeweils nach dem alten Kalender), Ostern (Donnerstag, Freitag und Samstag in der Karwoche sowie 1., 2. und 3. Osterfeiertag), Christi Himmelfahrt, Pfingsten (zwei Tage) sowie dem Freitag und Samstag in der Butterwoche, d. h. der Woche vor Beginn der Großen Osterfasten:

6. Januar	Erscheinung Christi
2. Februar	Christi Darstellung
25. März	Mariä Verkündigung
9. Mai	Fest des hl. Nikolaus des Wundertäters
29. Juni	Fest der Apostel Petrus und Paulus
6. August	Verklärung Christi
15. August	Mariä Himmelfahrt
29. August	Johannis Enthauptung
30. August	Fest des hl. Alexander Nevskij
8. September	Mariä Geburt
14. September	Kreuzeserhöhung
26. September	Fest des Evangelisten Johannes
1. Oktober	Mariä Schutz und Fürbitte
22. Oktober	Fest des wundertätigen Bildes der hl. Muttergottes von Kazan
21. November	Mariä Opfer
6. Dezember	Fest des hl. wundertätigen Nikolaus

Die Fasten (russisch ›post‹) der russisch-orthodoxen Kirche unterteilen sich in ein- und mehrtägige Fasten.
Die mehrtägigen Fasten sind:

1. die *Großen Fasten*, beginnend mit dem Montag nach der Karnevals- oder Butterwoche, 40 Tage vor Ostern;
2. die *Apostel*- oder *Petersfasten* vor Peter und Paul; diese sind vom Datum des Osterfestes abhängig, daher von unterschiedlicher Länge;
3. *Uspenskij post* vom 1. bis 15. August zu Ehren der Muttergottes, vor Mariä Himmelfahrt;
4. die *Weihnachts*- oder *Philippifasten* vor Weihnachten, beginnend mit dem 14. November, 40 Tage vor Christi Geburt.

Eintägige Fasten jeweils mittwochs und freitags, mit Ausnahme der Karwoche (da diese Woche als »ein einziger lichter Tag« angesehen wurde), der Pfingstwoche, der zwölf Tage zwischen Weihnachten und Christi Erscheinung; ferner am

14. September zur Kreuzeserhöhung
29. August zu Johannis Enthauptung und am
5. Januar, dem Vorabend von Christi Erscheinung.
(Nach dem ›Großen Enzyklopädischen Wörterbuch‹, St.-Petersburg, Brockhaus/Efron, 1898, Band 48.)

Die russischen Rangklassen

Die Liste der Rangklassen in Rußland geht zurück auf Peter I. In Anlehnung an westliche Vorbilder (Frankreich, Preußen, Dänemark und Schweden) wurden durch Erlaß 1722 vierzehn Rangklassen geschaffen, die praktisch und ohne wesentliche Veränderung bis 1917 in Kraft blieben. Der petrinischen Reform des Staats- und Militärdiensts lag der Gedanke zugrunde, daß auch Nichtadelige durch Leistung (durch Erreichen eines Rangs) in den Adel erhoben werden konnten.

Zu Čechovs Zeiten wurden folgende Ränge an Zivil- bzw. Militärbeamte verliehen:

Klasse	*Zivildienst*	*Militärdienst*
1	Kanzler	Generalfeldmarschall General-Admiral
2	Wirklicher Geheimrat	General Admiral
3	Geheimrat	Generalleutnant Vize-Admiral
4	Wirklicher Staatsrat Oberstaatsanwalt	Generalmajor Konter-Admiral
5	Staatsrat	
6	Kollegienrat Militärrat	Oberst Kapitän 1. Ranges
7	Hofrat	Oberstleutnant Kapitän 2. Ranges
8	Kollegienassessor	Hauptmann Rittmeister
9	Titularrat	Stabshauptmann Stabsrittmeister Leutnant
10	Kollegiensekretär	Leutnant Schiffsfähnrich
11	Schiffssekretär	
12	Gouvernementssekretär	Sekondeleutnant Kornett

13 Provinzsekretär
Senatsregistrator
Synodalregistrator
Kabinettsregistrator
14 Kollegienregistrator

Personen der ersten vier Rangklassen gebührte die Anrede ›Euer Exzellenz‹.

Der Adelstitel, der auf dem Dienstwege verliehen wurde, war erblich für den, der ein Amt des 9. Rangs erreicht hatte; den Adelstitel beantragen konnte z. B. auch ein Unternehmen, das sein 100jähriges Jubiläum feierte (vgl. die Novelle ›Drei Jahre‹, vgl. Gaevs Rede im 1. Akt des ›Kirschgarten‹ (detebe 20269 und 20083).

Nicht übersetzte Ausdrücke

Bliny – im Singular blin: der Pfannkuchen, der Fladen aus Buchweizen-, Weizen- oder Gerstenmehl (Pavlovskij), vgl. deutsch Plinse, auch Plinze. Russisches Backwerk, in schwimmendem Fett gebacken. Bliny wurden vor allem in der Butterwoche, der russischen Karnevalswoche vor den 40tägigen Großen Fasten gebacken.

Katorga – vgl. Pavlovskij: »1. (veralt.) die Galeere, das Ruderschiff; 2. die Festungsbau-, Bergbaustrafe, Zwangsarbeit in den Bergwerken«; so auch oft übersetzt, zu Čechovs Zeiten meist in Sibirien, auf Sachalin oder in den Bergwerken am Karischen Meer verbüßt, verbunden mit anschließender Verbannung zur Zwangskolonisierung Sibiriens. *Katorga* aber auch im übertragenen Sinne – schweres, unerträgliches Leben, Hundeleben. Davon abgeleitet: *Katoržnik*, ›Zuchthäusler‹, der die Katorga verbüßt. Über Katorga und russischen Strafvollzug vgl. ausführlich Čechov, ›Die Insel Sachalin‹ (detebe 20270).

Kulak – wörtl. (Pavlovskij): »1. die Faust; ... 5. der Aufkäufer, Kleinhändler, Wiederverkäufer; 6. der Geizhals, Knicker«; davon abgeleitetes Abstraktum: Aufkäuferei, Mäklerei; die Wucherei. Meint abschätzig den reichen, durch Wuchergeschäfte reichgewordenen Bauern, für den es in der russischen Literatur zahlreiche Beispiele gibt – vgl. etwa Vosmibratov in Ostrovskijs Komödie ›Der Wald‹, vgl. zu diesem Begriff auch Čechov über die Rolle Lopachins im ›Kirschgarten‹.

Kvas – auch Kwaß, erfrischendes Getränk, zubereitet aus gesäuertem Schwarzbrotteig oder Schwarzbrot und Malz (Pavlovskij). Ein in Rußland beliebtes Getränk, das die Stelle des Biers vertritt. Bei den

Bauern besteht der K. nur aus einem trüben, sauern, noch gärenden Aufguß auf geschrotenes Getreide. Dagegen sind die feinern Sorten K., besonders der Äpfel- und Himbeerkwas, sehr wohlschmeckend (Brockhaus, 14. Aufl., Leipzig 1902).

Njanja – die russische Kinderfrau, die Amme; ist Bezeichnung und Anrede zugleich für die Amme, die neben den Dienstboten gehalten wurde und die – vgl. ›Drei Schwestern‹, ›Onkel Vanja‹ – im Hause verblieb, auch wenn die Kinder längst herangewachsen waren.

Varenje – russische Spezialität, Eingemachtes, erscheint in Übersetzungen als ›Konfitüre‹, ›Marmelade‹, als ›das Eingemachte‹ (›Eingemachtes‹), aber auch als ›Saft‹ (so auch Pavlovskij). Wird anstelle von Zucker oft zum Süßen des Tees benützt.

Zakuska – vgl. Pavlovskij: »1. der Imbiß, das Gabelfrühstück; 2. die Zukost, das Zugemüse, Beiessen; 3. das Nachessen, Dessert, der Nachtisch.« In den vorliegenden Übersetzungen oft auch mit ›Imbiß‹ übersetzt, meint das, was man unmittelbar nach dem heruntergestürzten Glas Vodka ißt und was in Rußland unabdingbar zum Vodkatrinken gehört. Was als Zakuska alles genossen werden kann, diskutieren exemplarisch Lebedev, Borkin und Šabelskij im III. Akt des ›Ivanov‹ (detebe 20102).

Zemstvo – russischer terminus technicus aus der Verwaltung, bezeichnet die teilweise Selbstverwaltung des Landes im lokalen Bereich, eine der Errungenschaften aus der Zeit der ›großen‹ Reformen, eingeführt nach Aufhebung der Leibeigenschaft 1861, um die staatliche Verwaltung zu entlasten. Auf drei Jahre gewählte Vertreter der Adeligen, Bürger und Bauern (wobei das Wahlrecht dem Adel die führende Position sicherte) entschieden ab 1864 über die Instandhaltung von Straßen und Brücken, Unterhaltung von Fuhr- und Postdiensten, über den Ausbau des Elementarschulwesens, über Einrichtungen des Gesundheitswesens, z. B. den Bau neuer Krankenhäuser (vgl. ›Krankenzimmer Nr. 6‹; der in den Übersetzungen erscheinende ›Landarzt‹, zemskij vrač, ist der vom Zemstvo angestellte, der Zemstvo-Arzt). Die Zemstvos auf Kreis- und Gouvernementsebene befanden sich in ständiger Rivalität zur staatlichen Verwaltung und wurden 1890 durch Gesetz in ihren Kompetenzen derart eingeschränkt, daß sie praktisch zur Bedeutungslosigkeit verurteilt waren.

Anmerkungen

Die Macht des Bösen (Bez zaglavija; wörtlich: ›Ohne Titel‹). Novoe vremja, 1. Januar 1888; Titel dort: ›Ein Märchen‹. Unterschrift: ›An. Čechov‹ (in der Zeitung ›Novoe vremja‹ unterzeichnete Čechov von

Anbeginn seiner Mitarbeit mit vollem Namen). Mit dem neuen Titel (›Ohne Titel‹) in dem Almanach zugunsten der Opfer der Mißernte (›Pomošč' postradavšim ot neurožaja), 1899. ²1900. Unverändert in SS IV, 1901.

Schlafen, nur schlafen (Spat' chočetsja). Peterburgskaja gazeta, 25. Januar 1888, ›A. Čechonte‹, Mit Korrekturen in ChL, 1890f. Nahezu unverändert dann in SS V, 1901.

Ein unangenehmer Vorfall (Neprijatnost'). Novoe vremja, 3. Juni 1888, dort unter dem Titel: ›Lappalie aus dem Leben‹ (Žitejskaja meloč). Mit neuem Titel, Korrekturen in ChL, 1890. Mit geringen Korrekturen in SS V, 1901.

Zemstvoarzt – oft auch bloß mit ›Landarzt‹ übersetzt, der vom Zemstvo (vgl. o.) angestellte Arzt.

Ovčinnikov – russ. ›ovčina‹: das Schaf-, Lammfell; der im Schafspelz geht.

Whint – russ. ›vint‹, Kartenspiel, dem Whist verwandt, wird zu viert gespielt; Näheres vgl. Anmerkung zur gleichnamigen Erzählung in Band I (detebe 20261), auch die Erzählung ›Die Beamtenprüfung‹.

die Nihilisten – ›Nihilismus‹, von Ivan Turgenev (in dessen Roman ›Väter und Söhne‹, 1862) geprägter Begriff für eine Einstellung junger russischer Intellektueller in den 60er Jahren des vorigen Jahrhunderts, den Jahren der ›großen‹ Reformen. Pëtr Kropotkin: »Zuvörderst erklärte der Nihilist den Krieg gegen alles, was man ›die konventionellen Lügen der zivilisierten Gesellschaft‹ nennen kann. Unbedingte Aufrichtigkeit war für ihn charakteristisch, und um dieser Aufrichtigkeit willen gab er jeden Wahn, jedes Vorurteil, jede Angewohnheit und Sitte auf, die sich vor dem Richterstuhl ihrer eigenen Vernunft nicht rechtfertigen ließen, und forderte von andern das gleiche Verhalten. Vor keiner Autorität wollte er sich beugen; er unterzog alle sozialen Einrichtungen oder Sitten einer kritischen Prüfung und empörte sich dabei gegen jede Art von mehr oder minder verhülltem Sophismus.« (Aus den ›Memoiren eines russischen Revolutionärs‹.) Nihilismus, wie er hier gemeint ist, hat wohl mit liberalen, demokratischen, von der konservativen Norm abweichenden Meinungen zu tun, nichts jedoch mit dem (›anarchistischen‹) Terrorismus, der 1881 in der Ermordung des Zaren Alexander II. gipfelte.

Lichter (Ogni). Severnyj vestnik, Nr. 6 (Juni) 1888; ›Anton Čechov‹. Geschrieben April–Mai 1888. Nicht in SS.

Wir bauen zusammen die Eisenbahnlinie – bzw. ›eine‹ Eisenbahnlinie; in Rußland waren 1855 erst 1045 km Eisenbahnen in Betrieb, und infolge der abgewirtschafteten Staatsfinanzen (Krimkrieg) wurde in den folgenden Jahren der Bau von Eisenbahnen Privatgesellschaften übertragen. Forciert wurde der Ausbau des russischen Eisenbahnnetzes in den 80–90er Jahren.

Lager der Amalekiter oder Philister ... – Volksstämme im Südwesten Palästinas; die Philister hatten sich die Israeliten tributpflichtig gemacht, was den Anstoß zur Entstehung des israelitischen Königtums und zur Bekämpfung der Philister und Amalekiter gab. Saul, 1055–1033 v. u. Z., erster König Israels.

wie Othello, »in das Tal der vorgerückten Jahre ...« – bei Shakespeare, ›Othello‹, III. Akt, 3. Szene: »... Vielleicht wohl, weil ich schwarz bin, / Und mir des leichten Umgangs Gabe fehlt / Der Stutzer ziert; auch weil sich meine Jahre / Schon abwärts senken; –« (in der Übersetzung von Schlegel/Tieck).

die salomonische Eitelkeit ... – Salomo, König von Israel, 993–953 v. u. Z. Im Alten Testament ihm zugeschrieben die Kapitel ›Prediger‹ und ›Das Hohelied‹. »Es ist alles ganz eitel, sprach der Prediger, es ist alles ganz eitel ... Ich, der Prediger, war König über Israel zu Jerusalem und richtete mein Herz, zu suchen und zu forschen weislich alles, was man unter dem Himmel tut. Solche unselige Mühe hat Gott den Menschenkindern gegeben, daß sie sich darin quälen müssen. Ich sah an alles Tun, das unter der Sonne geschieht; und siehe, es war alles eitel und Haschen nach dem Wind.« (Prediger, 1.)

Darwin oder Shakespeare – Charles Robert Darwin, 1809–1882, englischer Naturforscher, Begründer der Lehre von der Entstehung und Entwicklung der Pflanzen- und Tierarten, auch in Rußland viel diskutiert. ›Darwin oder Shakespeare‹ hier stellvertretend für ›Bücher von großen Wissenschaftlern oder Künstlern‹.

Pessimismus – vgl. Ananjev weiter unten über die ›Stimmung‹ Ende der 70er Jahre und über die Niedergeschlagenheit der fortschrittlichen Intelligenz im Rußland der 80er Jahre, den Jahren wütender Reaktion (nicht nur auf die Terrorattentate und den Tod des Zaren 1881), bei Kropotkin, ›Memoiren eines russischen Revolutionärs‹, ›Ideale und Wirklichkeit in der russischen Literatur‹.

das Jahr 187 ..., bald nach dem Krieg – also 1878 oder 1879; ›der Krieg‹: der Russisch-Türkische Krieg von 1877/78, der mit dem Frieden von San Stefano (3. März 1878) endete.

Sobakevič – Gestalt des brutal-›lebenstüchtigen‹, reaktionären Gutsbesitzers, der betrügt, um nicht betrogen zu werden, aus dem berühmten Roman ›Die toten Seelen‹ von Nikolaj Gogol. Sprechender Name, abgeleitet von russ. ›sobaka‹: der Hund.

Katorga – der russische Terminus technicus für ›Zwangsarbeit‹; Sträflinge, unterschiedslos Politische wie Kriminelle, wurden zu Kolonisierungsarbeiten nach Sachalin geschickt, eine Insel im Fernen Osten, nördlich von Japan. Über Katorga und Sachalin vgl. ausführlich Čechovs Reise-Report ›Die Insel Sachalin‹. (detebe 20270)

Blutgeld – auch im russischen Original deutsch.

von Malinin und Burenin – Aleksandr Fëdorovič Malinin, 1834 bis 1888, berühmter russischer Pädagoge, Herausgeber und, mit K. P. Burenin, Verfasser zahlreicher Lehrbücher zur Mathematik und Physik; die hier zitierte Aufgabensammlung zur Arithmetik erschien 1866, 15. Aufl., 1888.

Äskulap – oder Asklepios, in der griechischen Mythologie der Gott der Heilkunde; hier spöttisch für Arzt.

»Ihr Taten längst vergessener Tage ...« – die ersten beiden Verse des Ersten Gesangs der Verserzählung ›Ruslan und Ljudmila‹ von Aleksandr Puškin, 1817–20.

Du zürnst, Jupiter, also bist du im Unrecht – Ausspruch des griechischen Schriftstellers und Redners Lukian (2. Jahrhundert n. u. Z.), geflügeltes, von Čechov öfter benütztes Wort.

Kanevas-Stickerei – Kanevas, franz. Canevas, grobes lockeres Gewebe mit viereckigen Öffnungen, dient als Grundlage für Buntstickereien (Stramin), zu Fliegenfenstern, Luftfenstern.

Es fehlen nur noch die Tscherkessen – d. h. die Kaukasusbewohner, um das Bild der russischen Romantik komplett zu machen.

Jakute – Angehöriger eines sibirischen Volksstammes, eines turkotatarischen Volks, das ursprünglich in den Gegenden des Bajkalsees beheimatet war; »Ihre Zahl beträgt (1897) 227 384. Sie sind, wenigstens dem Namen nach, Christen. Das Jakutische, ein altertümlicher und reiner Turkdialekt, ist die allgemeine Verkehrssprache von Irkutsk bis Ochotsk und vom Eismeer bis an die chinesische Grenze« (Brockhaus, 14. Aufl., Leipzig 1902).

Pjatigorsk – Stadt, Badeort im Kaukasus, am Fuß des Kaukasusgebirges gelegen, 45 000 Einwohner; seiner warmen Schwefelquellen wegen besucht. Stadt, in die Lermontov verbannt worden war und in der er im Duell fiel. Lermontov-Denkmal, Lermontov-Grotte usw. Reiseziel und Ort, um auf den Spuren der russischen Romantik zu wandeln.

das zweite Glockenzeichen – auf den Bahnhöfen der russischen Eisenbahnen wurde die Abfahrt des Zuges durch drei Glockensignale markiert; mit dem dritten setzte der Zug sich in Bewegung.

Berg Ararat – einer der höchsten Berge des Kaukasus, südlich Erivan an der Grenze zwischen Rußland, Persien und der Türkei, 5198 m hoch.

Die Schönen (Krasavicy; mögl. Übersetzung auch ›Schönheiten‹). Novoe vremja, 21. September 1888. Gekürzt nachgedruckt im Almanach ›Unter anderem‹, 1894. Mit neuen Korrekturen in SS III, 1901.

Der Namenstag (Imeniny). Severnyj vestnik, Nr. 11 (November) 1888, ›Anton Čechov‹. Umgearbeitet, gekürzt für eine Einzelausgabe 1893, ²1894, ³1899. Mit weiteren Korrekturen in SS IV, 1901.
Vgl. zu dieser Erzählung das Theaterstück ›Ivanov‹. (detebe 20102)

Frauenbildung, Frauenstudium – in den 60er Jahren setzte unter den russischen Frauen die Bewegung um Zugang zu höherer Bildung ein; die zaristische Regierung hatte erklärt, daß sie Frauen zu den bestehenden Universitäten nicht zulasse, woraufhin sich die Anstrengungen der Frauen vornehmlich auf Gründung eigener Universitäten richteten. Kropotkin beschreibt im 3. Kapitel, Teil II, seiner ›Memoiren‹ die russische Frauenbewegung ausführlich: »Man faßte Pläne zur Eröffnung einer medizinischen Akademie oder von Universitäten für die Frauen; Besprechungen über Schulen oder verschiedene Unterrichtsmethoden fanden im Anschluß an die Kurse statt, und Hunderte von Frauen verfolgten diese Fragen mit leidenschaftlichem Interesse und erörterten sie unermüdlich in Privatkreisen. Man gründete Genossenschaften von Übersetzerinnen, Verlegerinnen, Druckerinnen und Buchbinderinnen, um Arbeit für die ärmsten Mitglieder der Schwesternschaft zu gewinnen, die, von der Hoffnung beseelt, eines Tages auch ihrerseits der höheren Bildung teilhaftig zu werden, nach Petersburg geströmt waren, und sich zu jeder Arbeit bereit erklärten, um ihr Dasein zu fristen« usw.

unfehlbare Gladstones – William Ewart Gladstone, 1809–1898, britischer Staatsmann, Wissenschaftler (Arbeiten über die Antike, Übersetzungen z. B. der Oden des Horaz); Tory, in der 2. Hälfte des XIX. Jahrhunderts Führer der Liberalen Partei. Premierminister 1868–1874, 1880–1885, 1886 und 1892–1894.

Vostrjakov – russ. ›vostrjak‹: ›lebhafter, flinker Bursche‹; 2. ›der Witzling‹, ›Witzkopf‹ (Pavlovskij); ›vostrit‹: ›schärfen, schleifen, scharfmachen‹.

Kulak – wörtl. (Pavlovskij): 1. ›die Faust‹; [...] 5. ›der Aufkäufer‹, ›Kleinhändler‹, ›Wiederverkäufer‹; 6. ›der Geizhals‹, ›Knicker‹; davon abgeleitetes Abstraktum: ›Aufkäufer‹, ›Mäklerei‹; ›die Wucherei‹. Meint abschätzig den reichen, durch Wuchergeschäfte reichgewordenen Bauern, vgl. etwa Vosmibratov in Ostrovskijs Komödie ›Der Wald‹.

Deržimorda-Ansichten – Deržimorda: Gestalt des ruppigen kleinen Polizisten aus der klassischen Komödie ›Der Revisor‹ von Nikolaj

Gogol; sprechender Name, russ. ›morda‹: die Fresse, ›derži‹ (imperativ): ›halt‹, also etwa: ›Halt die Fresse‹.

Ščedrin – Pseudonym des russischen Schriftstellers Michail Saltykov, 1826–1889; Satiriker und revolutionärer Demokrat, den Narodniki nahestehend, Mitarbeit an den Zeitschriften ›Sovremennik‹ und ›Otečestvennye zapiski‹; einer der Förderer und Freunde Čechovs. Hauptwerke: ›Die Geschichte einer Stadt‹ (1869–70), ›Die Herren Golovlëv‹ (1875–1880).

Heiraten Sie einen Tolstojaner – Anhänger der Lehre Tolstojs, die Tolstoj, 1828–1910, in den letzten 30 Jahren seines Lebens in zahlreichen Schriften, Aufrufen, Traktaten und Broschüren verfocht, eine christlich motivierte Lehre der Gewaltlosigkeit (gewaltlosen Widerstand eingeschlossen), der Liebe und der Anarchie; dazu gehörte, kein Fleisch zu essen, möglichst einfach zu leben; überhaupt sein Leben dem des einfachen russischen Bauern anzugleichen – was der Landsehnsucht weiter Kreise enttäuschter russischer Intellektueller entsprach. *Und er zwingt sie zu mähen,* hier vermutlich als ironische Anspielung auf die Szene der Heumahd im Roman ›Anna Karenina‹.

Proudhon – Pierre-Joseph Proudhon, 1809–1865, französischer Publizist, Soziologe und Ökonom, Ideologe des sogenannten utopischen Sozialismus und einer der theoretischen Begründer des Anarchismus; in seinem Werk ›Qu'est-ce que la propriété‹ stellte er den berühmten Satz auf: »Eigentum ist Diebstahl«.

Buckles – Buckle, Henry Thomas, 1821–1862, englischer Kulturhistoriker; Essays ›On liberty‹, ›On the influence of women on the progress of knowledge‹, Autor einer ›History of civilisation in England‹ (1857). »Das Werk erregte allgemeines Aufsehen, zum Teil heftigen Widerspruch. Man warf B. nicht mit Unrecht doktrinäre Einseitigkeit und Hang zu einer materialistischen Weltanschauung vor« (Brockhaus, 14. Aufl., Leipzig 1901).

Schopenhauer – Arthur, deutscher Philosoph, 1788–1860; Begründer eines metaphysischen Pessimismus; im Rußland der 80er Jahre, einer Zeit der wütenden politischen Reaktion, viel gelesen, viel diskutiert; über den ›Pessimismus‹ unter den russischen Intellektuellen nach 1884 vgl. Kropotkin, ›Ideale und Wirklichkeit in der russischen Literatur‹.

Eliastag – russischer Kirchenfeiertag, 20. Juli alten Stils.

Wald zum Abholzen verkaufen – nach alter russischer Meinung, wonach zu einem richtigen Gut auch ein großer Wald gehört, Inbegriff für »Mißwirtschaft treiben«; billigstes Mittel für den verkommenden Grundadel, sich Geld zu beschaffen. Vgl. Ostrovskijs Komödie ›Der Wald‹, auch Astrov im ›Onkel Vanja‹ usw.

Zwangsarbeit – im russischen Original stärker: »katoržnaja rabota«, vgl. Katorga; meint die Schwerstarbeit der russischen Sträflinge in Sibirien (Sachalin).

Mille compliments – franz. ›Tausend Grüße‹; compliment im Sinn von Höflichkeitsbezeugung, Artigkeit.

Der Anfall (Pripadok). Erstmals im Almanach ›Dem Andenken V. M. Garšins‹, 1889, erschienen Dezember 1888. Mit geringen Veränderungen in ChL, 1890. 1895, geringfügig korrigiert, in dem Almanach ›Lichtschimmer‹. Nochmals überarbeitet für SS v, 1901.

Garšin – Vsevolod M. Garšin, geb. 1855, russischer Lyriker und Erzähler, hatte sich April 1888 in Petersburg das Leben genommen.

Maria von Ägypten, die Heilige – nach der Legende hat sie in ihrer Jugend ein ausschweifendes Leben geführt; danach schloß sie sich einem Wallfahrtszug nach Jerusalem zum Feste der Kreuzeserhöhung an und lebte dann 47 Jahre als Büßerin in der Wüste.

Tverskoj Boulevard – im Zentrum Moskaus, Stück des inneren Rings, zwischen dem heutigen Puškin-Platz und Nikitskie vorota.

»Es zieht zu diesen düstren Ufern ...« – aus der russischen Oper ›Rusalka‹ (Die Nymphe), 1855 verfaßt von Aleksandr Dargomyžskij, 1813–1869, nach dem gleichnamigen Drama in Versen von Aleksandr Puškin. In der Übersetzung von Henry von Heiseler lauten die entsprechenden Stellen:
»Geheimnisvoll an diesen trüben Strand / Zieht eine dunkle Kraft mich wider Willen«;
»Da ist die Mühle ... sie ist schon verfallen«;
»Hier kam dereinst die Liebe mir entgegen, / Den Freien grüßte freier Liebe Gruß«.

Trubnaja-Platz – im Zentrum Moskaus, ebenfalls auf dem inneren Ring gelegen, an der Ecke Petrovskij Boulevard und Neglinnyj Proezd befand sich das Restaurant ›Eremitage‹.

Gračevka – häufiger auch unter dem Namen ›Dračevka‹, Straße in Moskau, heute ›Trubnaja ulica‹; in dieser Straße lebte Čechovs Familie, als dieser 1879 aus Taganrog nach Moskau kam. »Dieser Bezirk erfreute sich in Moskau eines üblen Rufs: hier gab es viele öffentliche Häuser, deren Bewohnerinnen Čechov später das Material für seine Erzählung ›Der Anfall‹ lieferten.« (A. Derman, Moskau im Leben und Werk Čechovs, M. 1948)

›Listok‹ – russ. das ›Kleine Blatt‹

Quadrille – »ist ein Tanz, der von vier, je zwei sich gegenüberstehenden Paaren in mannichfaltigen beliebigen Touren aufgeführt wird. Die Musik ist fröhlichen Charakters, enthält vier Theile, ein jeder von 8 Takten, in 2/4 Takten, und wie jeder Theil, so werden auch die Touren wiederholt. Nach Zahl der Touren derselben gibt es 3, 4 und mehrtourige Q., die jedesmal mit einem Walzertheile schließen.« (Wigand's Conversations-Lexikon. Für alle Stände. Leipzig, 1850.)

Lafitte – französische Weinsorte.

Bazaine – François Achille, 1811–1888, französischer Marschall.

im Kostüm der Aida – Titelgestalt der Oper von Verdi; Aida, eine äthiopische Sklavin, liebt den ägyptischen Feldherrn Radames, spielt in der Zeit der Pharaonen; Mode und Unterhaltungsliteratur der Gründerzeit machten zahlreiche Anleihen aus jener Zeit, vgl. weiter unten den Hinweis auf die russische ›Gartenlaube‹: »dann sind meine lieben Freunde ebensolche Sklavenhalter, Gewalttäter und Mörder wie jene Bewohner von Syrien und Kairo, die in der ›Niva‹ geschildert werden«.

Černigov – Gouvernement und Gouv.-Hauptstadt in Südrußland, in der ›Provinz‹.

Niva – russ. ›Die Flur‹, in Petersburg erscheinende illustrierte Wochenzeitung, erschien 1870–1918, bis 1904 im Verlag A. F. Marks, der ab 1899 auch Čechov verlegte. Die ›Niva‹ brachte, neben geschildertem Schund, besonders in ihrer monatlichen Literaturbeilage ernste Literatur, so z. B. Tolstojs Roman ›Auferstehung‹. Parallel dazu publizierte das Unternehmen Volksausgaben russischer und ausländischer Klassiker, u. a. Werkausgaben von Lomonosov, Griboedov, Gogol, Dostoevskij, Turgenev, Gončarov; Heinrich Heine, Ibsen, Molière, Hamsun, Oscar Wilde u. a. Um 1900 betrug die wöchentliche Auflage der Zeitung 235 000 Exemplare, um 1917 – 275 Tausend.

Pleuritis – medizin. ›Brustfellentzündung‹, entsteht nach Erkältungen und Verletzungen des Brustkorbs oder, sekundär, durch Fortsetzung entzündlicher Prozesse.

Neuralgien – griech., medizin. »Nervenschmerzen«; »selbständig, in Anfällen auftretender Schmerz im Verlauf einzelner Nerven, besonders der Kopfnerven. Ursachen oft unbekannt, mitunter Verletzungen, Blutarmut, Metallvergiftungen, Infektion mit Malaria. Der Verlauf ist chronisch. Behandlung: bei Malariainfektion mit Chinin; Beseitigung der Ursachen, Anwendung des konstanten galvanischen Stroms; Ausschneiden eines Stücks aus dem kranken Nerv.« (Meyers Hand-Lexikon, Leipzig 1878.)

die Sadovaja-Straße entlang – d. i. den äußeren Ring entlang: Sadovaja, Sucharevskaja, Spasskaja ulica, dann rechts am Kazaner Bahnhof vorbei die Novobasmannaja ulica zum Dvorcovyj most, von wo aus man die Roten Kasernen sehen konnte; hin und zurück ein Weg von über 10 Kilometern.

Jauza – Zufluß der Moskva; die Brücke über die Jauza, vermutlich Dvorcovyj most, die Roten Kasernen, die Basmannaja ulica vgl. auch ›Drei Schwestern‹, 1. Akt. (detebe 20103)

Anamnese – griech.-latein. terminus technicus der Medizin, Vorgeschichte einer Krankheit.

Bromkalium, Morphium – Beruhigungsmittel.

Der Schuster und der Teufel (Sapožnik i nečistaja sila). Peterburgskaja gazeta, 25. Dezember 1888; ›Anton Čechov‹, von nun an publizierte Čechov immer als ›Anton Čechov‹ oder, abgekürzt, ›An. Čechov‹. Gekürzt, mit stilistischen Korrekturen in SS I, 1899.

Hungerleider! Hungerleider! – im Russischen das Wort für ›Bettler‹ (Niščij).

Pyrotechniker – griech. Feuerwerker.

Die Wette (Pari). Novoe vremja, 1. Januar 1889, mit Untertitel: ›Ein Märchen‹. Überarbeitet, gekürzt in SS IV, 1901.

die Todesstrafe – war in Europa abgeschafft in den Ländern Rumänien (1864), Portugal (1867), Holland (1870), in Italien wurde sie 1889 abgeschafft. »In der Schweiz wurde sie 1874 für unzulässig erklärt, schon 1879 aber außer für polit. Verbrechen wieder zugelassen. In Rußland besteht die T. noch bei Hoch- und Landesverrat, verbrecherischen Handlungen gegen den Kaiser und die Mitglieder des kaiserl. Hauses und schweren Quarantäneverbrechen« (Brockhaus, 14. Aufl., Leipzig 1903). In den Jahren der Reaktion einer- und der Terrorattentate andererseits in Rußland ein brisanter Diskussionsstoff; so hatte Lev Tolstoj einen Offenen Protestbrief gegen die Hinrichtung der Mörder Alexanders II. geschrieben. Über die Strafe lebenslänglich, was Katorga mit anschließender Verbannung nach Sibirien bedeutete, vgl. Čechov in seinem Buch ›Die Insel Sachalin‹. (detebe 20270).

Im zweiten Jahr ... – in der ursprünglichen Fassung las der Jurist im dritten Jahr politische Ökonomie und römisches Recht, im vierten Jahr wiederum Byron, Shakespeare, dazu Homer, Voltaire, Goethe; das letzte Buch, das er las, war der ›Don Quijote‹ des Cervantes, das vorletzte ›Was ist mein Glaube‹ von Lev Tolstoj.

Die Fürstin (Knjaginja). Novoe vremja, 26. März 1889. Mit Korrekturen in ChL, 1890. Erneut und nur geringfügig bearbeitet für SS V, 1901.

Archimandrit – griech. In der russisch-orthodoxen Kirche Vorsteher eines oder mehrerer Klöster (griech. ›mandra‹: das Kloster); wurde von den Mönchen gewählt, mußte von den Diözesanbischöfen bestätigt werden.

Wie ruhmvoll unser Herr in Zion ... – bekanntes russisches Kirchenlied; als Zapfenstreich benutzt.

Hekuba – geflügeltes Wort, vgl. ›Hamlet‹: »... Und alles das um nichts! / Um Hekuba! / Was ist ihm Hekuba, was ist er ihr, / Daß er um sie soll weinen?« Hekuba in der griechischen Sage die Gattin des Priamos, Königin von Troja.

Diebe (Vory). Novoe vremja, 1. April 1890; dort mit dem Titel: ›Teufel‹. Überarbeitet in SS IV, 1901. Vgl. hierzu den Einakter ›Auf der großen Straße‹.

an einem Abend nach dem Weihnachtsfest – d. h. an einem der Weihnachtsfeiertage nach Heiligabend, vgl. weiter unten Ljubka: »Es ist doch Feiertag.«

war im Krieg – gemeint ist der Russisch-Türkische Krieg von 1877/78.

Vertrag von San Stefano – Friedensvertrag, der den Russisch-Türkischen Krieg 1878 beendete.

Molokanen – von russ. ›moloko‹ (Milch), etwa: ›Milchtrinker‹, eine der zahlreichen Sekten der russischen Kirche, entstanden in der 2. Hälfte des XVIII. Jahrhunderts, nicht zuletzt unter dem Einfluß der aus Deutschland eingewanderten Pietisten. Die Molokanen enthielten sich des Genusses von Fleisch, mißachteten die Riten, Heiligen, Ikonen usw. der russisch-orthodoxen Staatskirche; einziger Ausgangspunkt für die Glaubenslehre der Molokanen war die Bibel; ihre geistigen Lehrer, die ›Starcy‹, waren Lehrer, galten nicht als Priester im kirchlichen Sinn.

nach dem Kuban – Fluß im Nordkaukasus, entspringt im Elbrus-Massiv, mündet ins Azovsche Meer; nach ihm benannt das Kuban-Gebiet um Ekaterinodar, Stavropol, Majkop.

Schröpfköpfe – veraltetes medizin. Gerät zum Schröpfen, d. i. lokalen Flüssigkeits- bzw. Blutentzug zu bewerkstelligen; »gewöhnlich kleine Glocken aus Glas. Man hielt dieselben über eine Flamme, um darin durch die Hitze die Luft zu verdünnen, und stülpte sie dann rasch auf die Haut, wo sie sich beim Erkalten durch den Druck der äußeren Atmosphäre fest ansaugten, die Haut in die Höhe zogen und Flüssigkeiten aus derselben zum Heraustreten brachten« (Brockhaus, 14. Aufl., Leipzig 1903).

Spanische Fliege – Name eines zu den Blasenkäfern zählenden Käfers, der ein blasenziehendes Gift (Kantharidenkampfer oder Cantharidin) enthält, das in der Medizin Verwendung fand als Spanischfliegenpflaster, Salbe, Tinktur; Tinktur und Pflaster

»werden angewendet, um Blasen zu ziehen, die Salbe, um lange Eiterung zu unterhalten. Innerlich wirken die Kanthariden sehr kräftig auf den Harn- und Geschlechtsapparat und können selbst Nierenentzündung bewirken« (nach Brockhaus, Leipzig 1903).

Gusev. Novoe vremja, 25. Dezember 1890. Mit Korrekturen in PNr. 6, 1893. Nur noch geringe Korrekturen dann in SS VI, 1901. In der ersten Version hatte die Erzählung nur drei Kapitel (I = 1 und 2, II = 3, III = 4 und 5). Datiert: ›Colombo, 12. November‹, da Čechov die Erzählung auf der Insel Ceylon zu schreiben begonnen hatte, auf der Rückreise von Sachalin nach Rußland.

Sutschan – Ortschaft östlich von Vladivostok, am gleichnamigen Fluß gelegen, nördlich der Bucht Nachodka.

Hauptmann Kopejkin – von russ. Kopeke abgeleitet.

Leutnant Dyrka – russ. ›dyra‹: das Loch.

Petschenege – turko-tatarisches Volk aus der Zeit des Kiever Reichs, im XII. Jahrhundert ausgestorben; hier als Schimpfwort gebraucht, vgl. auch die gleichnamige Erzählung, Band

Weiber (Baby). Novoe vremja, 25. Juni 1891. Mit Veränderungen in PNr. 6, 1893. Als Einzelausgabe, gekürzt, 1894, ²1895, ³1897. Nurmehr geringe Korrekturen in SS VI, 1901.

Kašin – russ. ›kaša‹: der Brei.

Kapluncev – russ. ›kaplun‹: der Kapaun.

Samochvalicha – russ. ›samo‹ (in Zusammensetzung): Selbst-; ›chvalit'‹: loben, preisen, rühmen.

Butterwoche – geht auf das heidnisch-slavische Fest der Austreibung des Winters zurück; die Karnevalswoche, Vorfastenwoche, in der nur noch Milch- und Eierspeisen, Bliny etc. genossen wurden. Danach begannen die 40tägigen Großen Fasten.

Meine Frau (Žena). Severnyj vestnik, Nr. 1 (Januar) 1892; geschrieben Mitte Oktober bis Dezember 1891 (Zensurstempel: 21. Dezember 1891). Unverändert als Einzelausgabe 1893, ²1894, ³1899. Mit starken Kürzungen, Korrekturen in SS V, 1901.

Bauern, wollten ins Gouvernement Tomsk übersiedeln – Tomsk: Gouvernement, Kreis und Gouvernementshauptstadt in Zentralasien, zu Westsibirien zählend; während Ostsibirien durch die Muravjevsche Bevölkerungspolitik vorwiegend durch entlassene Sträflinge und Kosaken kolonisiert wurde, versuchte die zaristische Regierung in der 2. Hälfte des XIX. Jahrhunderts verstärkt, nicht zuletzt, um der Verelendung der 1861 (durch die Aufhebung der Leibeigenschaft) ›befreiten‹ Bauern entgegenzuwirken, den

Bauern die Auswanderung und Kolonisierung Sibiriens schmackhaft zu machen.

Zemstvo-Arzt – der vom lokalen Zemstvo angestellte Arzt.

der Doktor mit dem Tiernamen – Zobel, russ. ›Sobol'‹.

Kulak – der durch Wuchergeschäfte reichgewordene Bauer, vgl. Anmerkung zur Erzählung ›Der Namenstag‹.

C'est raison – Küchenfranzösisch, meint: ›Das ist vernünftig‹ bzw. ›Du hast recht‹ (Tu as raison).

Tres faciunt collegium – latein. Geflügeltes Wort, ›Drei machen ein Kollegium aus.‹

Die Geschichte passierte bei Poltava – Poltava: Gouvernement und Gouvernementshauptstadt in der Ukraine. Ivan Ivanyč zitiert hier die erste Zeile eines populären Liedes des Sängers und Chorleiters I. E. Molčanov, 1809–1881.

drei Jahre nach der Befreiung – meint die Aufhebung der Leibeigenschaft 1861, die sogenannte ›Bauernbefreiung‹, die, 1861 verkündet, erst zwei Jahre später in Kraft trat und bei deren Durchführung es, wie bereits bei der Verkündung, zu Unruhen und Protesten unter den Bauern gekommen war.

Monsieur Waschbär – ›Zobel‹ und ›Waschbär‹ liegen, russisch, ähnlich weit auseinander: ›Sobol'‹ und ›Enot‹.

lacht der eine, der andere . . . – redensartlich wie im Deutschen ›die Wände hochgehn‹ für explodieren, eine Wut haben, vor Schmerz.

Kanevas – franz. canevas, grobes gitterartiges Gewebe, das als Grundlage, als Unterlage für Stickereien benützt wurde, auch für Fliegenfenster.

Repetitio est mater studiorum – latein. Geflügeltes Wort: ›Wiederholung ist die Mutter der Wissenschaften.‹

Eccellenza – italien. ›Exzellenz‹, bei Čechov russisch transkribiert: ›ekčelenca‹.

Mazurka – auch ›Masurek‹, »ein aus der Woiwodschaft Masovien stammender und danach benannter poln. Nationaltanz, im 3/4-Takt, von originellem, leidenschaftlich-wildem Charakter, kam unter dem König August III. (1733–63) in Aufnahme und hat sich von dessen Hof aus überallhin verbreitet. Der M. als Musikstück liebt scharfe rhythmische Einschnitte, Synkopen etc. und wurde besonders von Chopin in meisterhafter Weise behandelt.« (Meyers Konversations-Lexikon, 3. Aufl. Leipzig 1877.)

Rjuriks Zeiten – in übertragenem Sinn etwa in der Bedeutung von: ›im Mittelalter‹, ›in grauer Vorzeit‹; Rjurik – Warägerfürst, sagenhafter Gründer des alten russischen Reiches, der ›Kiever Rus‹ im IX. Jahrhundert. (Die Gründung Kievs: 862.)

dieselben Petschenegen, Polowzer – Namen turkotatarischer Nomadenvölker aus der Zeit des Kiever Reichs, die Petschenegen im XII. Jahrhundert ausgestorben. ›Petschenege‹ im Russisch der Čechovzeit ein Schimpfwort, vgl. die Erzählung gleichen Titels.

Carnot – Marie François Sadi Carnot, 1837–1894, französischer Staatsmann; Abgeordneter der gemäßigten Linken, zwischen 1887 und 1894 Präsident der Republik.

Das sind alles seine Leibeigenen – »bis zu ihm ist die Verordnung noch nicht gedrungen«: die Verordnung bzw. der Zarenerlaß von der Aufhebung der Leibeigenschaft im Jahr 1861; hier als Hinweis auf die besondere Rückständigkeit der Gegend. Die Aufhebung der Leibeigenschaft wurde vom Adel, der in den Gouvernements und Landkreisen das Sagen hatte, boykottiert und, in rückständigen Gebieten, einfach verschleppt.

Flattergeist (Poprygun'ja). Sever, Nr. 1 und Nr. 2, 1892. Mit geringen Korrekturen in PiR, 1894. Nochmals leicht überarbeitet für SS VIII, 1901.

Dymov – russ. ›dym‹: der Rauch.

Prosektor – latein. ›Vorschneider‹; Vorbereiter anatomischer Präparate zu Unterrichtszwecken; Assistent an anatomischen Lehranstalten.

Rjabovskij – russ. ›rjaboj‹: 1. scheckig, gescheckt; 2. pockennarbig, blatternarbig; 3. rauh, uneben.

Bylinen – russ. die epische russische Volksdichtung, epische Gesänge, »welche den isländischen Sagas entsprechen. Sie werden bis auf den heutigen Tag in den nordrussischen Dörfern von besonderen Barden gesungen, die sie auf einem besonderen Instrument – das ebenfalls sehr alten Ursprungs ist – begleiten. Der alte Sänger rezitiert ein oder zwei Sätze, wobei er sich auf seinem Instrument begleitet; dann folgt eine Melodie, in die jeder Einzelne seine eigene Modulation einführt, bevor er das Rezitativ der epischen Erzählung wieder aufnimmt. Leider sind diese alten Barden im raschen Aussterben begriffen, aber noch vor 35 Jahren gab es einige von ihnen in der Provinz Olonec, nordöstlich von St. Petersburg, und ich hörte einen von ihnen, den A. Hilferding nach der Hauptstadt gebracht hatte, und der vor der russischen geographischen Gesellschaft seine wundervollen Balladen sang.« (Pëtr Kropotkin, ›Ideale und Wirklichkeit in der russischen Literatur‹, dt. Leipzig 1906.)

Zola – Emile Zola, 1840–1902, französischer Schriftsteller und Romancier, in Rußland sehr populär; so erschien Zolas Roman-Epopöe über das Zweite Kaiserreich (›Histoire naturelle et sociale d'une famille sous le Second Empire‹, 20 Bände, 1871–1893)

Band für Band fast ausnahmslos noch im Erscheinungsjahr der französischen Ausgabe auch in russischer Übersetzung; 1902–1904 lag eine russische Zola-Ausgabe in 48 Bänden vor. Zola auf Bildern: hohe Stirn, Zwicker, schwarzer Schnurrbart und Kinnbart.

Benefizvorstellung – wurde an den russischen Theatern für berühmte Schauspieler, Jubilare, Publikumslieblinge, auch Regisseure veranstaltet; der Erlös der Vorstellung, die auch ins Repertoire übernommen werden konnte, kam dem betreffenden Benefizianten zugute. Die Uraufführung des ›Ivanov‹ von Čechov war z. B. Benefizvorstellung für den Schauspieler Svetlov; vgl. auch die Čechov-Erzählung ›Nach der Benefizvorstellung‹.

maître d'hôtel – franz. ›der Haushofmeister‹, auch ›der Oberkellner‹.

société – franz. ›die Gesellschaft‹.

Ihr Leben verlief wie am Schnürchen – gibt nicht genau das Bild; im russischen Original: ›po maslu‹, entsprechend dem deutschen Bild ›wie in Butter‹.

einen jungen Waräger malen – die Waräger (russ. ›varjagi‹), skandinavischer Stamm, ›Wikinger‹ laut Duden, Gründer des ersten russischen Staatswesens, des Kiever Reichs, unter ihrem Fürsten Rjurik im IX. Jahrhundert; blond, blauäugig, ›germanisch‹.

Kinešma – Stadt am Oberlauf der Volga, noch nordöstlich von Moskau, zwischen Kostroma und Nižnij Novgorod (heute Gorkij).

Masini – Angelo Masini, 1844–1926, italienischer Opernsänger (Tenor); gastierte in Rußland 1877/78, nahm von 1879 bis 1903 an Vorstellungen der Italienischen Oper in St. Petersburg teil.

perniziöse Anämie – latein. medizin. ›perniziös‹: bösartig; ›Anämie‹: Blutarmut.

Korostelëv – russ. ›korostel'‹: die Wasserralle, das Riedhuhn.

Wüßtest du einen Ort mir zu nennen – Zitat nach einem Gedicht von Nikolaj A. Nekrasov (1821–1878), nämlich den ›Gedanken vor einer Schloßtreppe‹ (1858):

»Nenne mir, nenne mir, russische Erde,
Nur ein einziges Dorf, einen Ort,
Wo nicht der Sämann, der Schnitter der Ähren,
Wo nicht der russische Landmann stöhnt!
Auf allen Feldern kann man es hören,
Aus allen Kerkern sein Klageruf stöhnt!«
(Nachdichtung von Martin Remané)

Polenov – Vasilij Dmitrievič Polenov, 1844–1927, russischer Maler, Kunstpädagoge und Bühnenbildner; Mitglied der Künstlergruppe der Peredvižniki. Realistische, lyrisch-zarte Landschaftsbilder, Themen aus dem Alltagsleben; von Čechov sehr geschätzt.

Dieser Satz gefiel so gut – gefiel *ihr* so gut, daß usw.

meine Dissertation verteidigt – die Dissertation hatte im akademischen System des vorrevolutionären Rußland etwa den Stellenwert einer Habilitationsschrift in Deutschland; sie mußte in einem Colloquium vor Fachkollegen verteidigt werden. Danach konnte der so Promovierte eine Dozentur annehmen, d. h. er hatte die venia legendi erworben und konnte Vorlesungen halten.

nature morte – franz. ›das Stilleben‹, im Russischen als Lehnwort (natjur mort). Die ›Reimworte‹ des russischen Originals darauf: ›pervyi sort‹ (erste Klasse, erste Sorte), ›kurort‹ (Kurort), ›čort‹ (Teufel), ›port‹ (Hafen).

Barnay – Ludwig Barnay, 1842–1924, deutscher Schauspieler, Tragöde, Theaterdirektor; Helden- und Charakterdarsteller der ›Meininger‹, Mitbegründer des Deutschen Theaters in Berlin (1883), von 1887–94 Direktor des Berliner Theaters; spielte Hamlet, Othello, Wallenstein, Tell u. a.

der Gogolsche Osip – Gestalt des groben, unverschämten Dieners des Chlestakov aus Gogols klassischer Komödie ›Der Revisor‹ (1834/35).

einem damit zusammenhängenden Kalauer – der im russ. Original zitiert, aber nicht übersetzbar ist: ›Osip ochrip, a Archip osip‹, wörtlich: ›Osip ist heisergeworden, Archip ist heisergeworden‹; osipnut' wie ochripnut' bedeuten gleichermaßen ›heiserwerden‹.

Nature morte – vgl. o. Reimwörter hier: ›natjur mort‹ (nature morte), ›port‹ (Hafen), ›sport‹ (Sport), ›Kurort‹ (Kurort).

Schreck – russ. ›šrek‹; der einzige Reim mit semantischer Bedeutung: ›grek‹ (der Grieche).

Nach dem Theater (Posle teatra). Peterburgskaja gazeta, 7. April 1892; Titel dort: ›Freude‹. Mit Kürzungen und Korrekturen in SS II, 1900.

Zelenina – russ. ›zelënyj‹: grün.

Eugen Onegin – Oper von Pëtr Čajkovskij (Tschaikowski), 1840 bis 1893, nach dem gleichnamigen Roman (›Evgenij Onegin‹) von Aleksandr Puškin. Tatjana, ein Provinzmädchen, verliebt sich in den Petersburger Adeligen Onegin, gesteht ihm ihre Liebe in einem Brief, Onegin bleibt jedoch kühl und erklärt ihr gelassen, daß er sie nicht lieben könne. Jahre danach begegnet er Tatjana wieder, die inzwischen den Fürsten Gremin geheiratet hat und zur vornehmen Petersburger Gesellschaft gehört; er verliebt sich in sie. Tatjana aber bittet Onegin in einem berühmten Monolog, zu gehen, sie will ihrem Mann treu bleiben, auch wenn sie ihn nicht so liebt wie dereinst Onegin, den sie (»warum soll ichs vor Ihnen leugnen«) immer noch liebt. Vgl. dazu Kropotkin, ›Ideale und Wirklichkeit in der russischen Literatur‹.

Offizier Gornyj – russ. ›gornyj‹ (von gora: der Berg): zum Berg, zum Gebirge gehörig; Anspielung auf das romantische Klischee, wonach zum echten Offizier nachgerade gehörte, daß er einmal im Gebirge, d. i. im Kaukasus, gewesen war. Ein Reflex dessen vgl. auch die Gestalt Solënyjs in den ›Drei Schwestern‹ (detebe 20103).

Student Gruzdev – russ. ›gruzd‹: der Pfifferling.

In der Verbannung (V ssylke). Vsemirnaja illjustracija, 20. Mai 1892, mit dem Untertitel: ›Skizze von Ant. P. Čechov‹. Mit Veränderungen in PiR, 1894; danach unverändert in SS v, 1901.

Gouvernement Simbirsk – Gouvernement im Südosten des europäischen Rußland, eines der Volga-Gouvernements, südlich von Kazan, nördlich von Samara.

kommen Mutter und Frau her – auf die Zeit der Zwangsarbeit (Katorga) folgte die Verbannung; d. h. der ehemalige Sträfling erhielt die Erlaubnis, sich an einer bestimmten Stelle anzusiedeln und dort zu arbeiten, Land urbar zu machen. Er hatte das Recht, seine Familie aus Rußland nachkommen zu lassen. Dieses Recht hatten allerdings auch die Katoržniki, vgl. ›Die Insel Sachalin‹.

kein Herr mehr, sondern ein Ansiedler – d. i. ein verbannter ›Kolonist‹, ein Strafbauer.

kein Geld geschickt von daheim – d. h. er hat als Ansiedler und Bauer keine fortune, sondern ist auf Geldsendungen seiner Angehörigen angewiesen.

Wenn er flieht, fängt man ihn wieder ein ... – über Fluchtmöglichkeiten und -aussichten (Strafgefangener wie Verbannter) vgl. ausführlich und sehr eindrücklich ›Die Insel Sachalin‹; dieser von Semën dem Gescheiten vorgezeichnete Verlauf war der Regelfall.

Die Nachbarn (Sosedi). Knižki nedeli, Nr. 7 (Juli) 1892. Mit stilistischen Korrekturen in PiR, 1894; weitere Veränderungen für SS VIII, 1901.

Deckmantel von Freundschaft, hohen Ideen und Leiden – ›hohe Ideen und Leiden‹ entsprach der allgemeinen Überzeugung der russischen Intellektuellen in den 80–90er Jahren, Jahren der politischen Reaktion und allgemeinen Depression, daß es, Rußland einer besseren Zukunft zuzuführen, großer Leiden und Entbehrungen bedürfe.

zum Duell fordern – über die Bewertung der Unsitte sich zu duellieren vgl. Čechovs Novelle ›Das Duell‹ (detebe 20267).

ein Roter – russ. ›krasnyj‹, als politischer Terminus in der 3. Aufl. von Pavlovskij, 1911, nicht verzeichnet (wohl ›Rotes Kreuz‹, auch krasnoštannik: ›der Rothbuchs‹, rothe Hosen Tragende (Spitzname für Franzosen)‹ –); 2. Aufl. des Dal'schen Wörterbuchs: »in der Übersetzung a. d. Französ.: ›erklärter Republikaner‹« (1881); schon bei Turgenev in der Bedeutung von extrem linker politischer Überzeugung, Revolutionär.

den Schlafrock anziehen – meint, das träge Leben eines russischen Gutsbesitzers führen, den politischen Idealen der Jugend auf immer adieu sagen und ein Oblomov werden (vgl. die Beschreibung Ivašins zu Beginn); Oblomov, Titelgestalt des gleichnamigen Romans von Ivan Gončarov (1812–1891), erschienen 1859, erregte sofort großes Aufsehen als kritische Schilderung eines Zustands der russischen Adelsgesellschaft. »Das ganze russische Leben, die ganze russische Geschichte trägt Spuren dieser Krankheit – jener Trägheit von Geist und Herz, jenes ›Rechtes auf Faulheit‹, das als Tugend proklamiert wird, jenes Konservatismus und jener Schlaffheit, jener Verachtung fieberischer Tätigkeit, die Oblomov charakterisieren und die zur Zeit der Leibeigenschaft selbst unter den besten Leuten in Rußland – und sogar unter den Unzufriedenen, so gebräuchlich war. ›Ein trauriges Resultat der Leibeigenschaft‹ – so wurde damals gesagt, aber je mehr wir uns von den Zeiten der [1861 aufgehobenen] Leibeigenschaft entfernen, um so mehr beginnen wir zu erkennen, daß Oblomov in uns nicht gestorben ist: daß es nicht die Leibeigenschaft allein ist, die diesen Menschentypus hervorbringt, sondern daß die Lebensbedingungen der Wohlhabenheit und des zivilisierten Lebens für seine Erhaltung sorgen. [...] Der Typus Oblomovs [ist] nicht auf Rußland beschränkt: es ist ein Allerweltstypus, ein Typus, der von unserer gegenwärtigen Zivilisation mit ihrem üppigen, selbstzufriedenen Leben gezüchtet wurde. Es ist der konservative Typus, nicht im politischen Sinne, sondern im Sinne von Konservatismus des Wohllebens. Ein Mann, der eine gewisse Wohlhabenheit erreicht oder ererbt hat, läßt sich nicht gern dazu bringen, etwas Neues zu unternehmen, weil es Unannehmlichkeiten und Sorgen in seine gesicherte Existenz hineintragen könnte. Er bringt daher ein Leben hin, dem alle Impulse des wirklichen Lebens fehlen, aus Furcht, daß durch diese die Ruhe seiner dahinvegetierenden Existenz gestört werden könnte.«

das Vermächtnis ihrer Alma mater vergessen – Alma mater, latein. im Akademikerjargon Bezeichnung für die Universität, die im vorrevolutionären Rußland traditionell Hort liberaler, demokratischer Ideen war. Der intellektuelle, studierende Adelige, der fünf Jahre nach Studienabschluß, Anfang 30, den ›Schlafrock anzog‹, ist bei Čechov ein ständig wiederkehrendes Motiv; s. die Theaterstücke ›Platonov‹ und ›Ivanov‹ (detebe 20104 und 20102).

Pisarev oder Darwin – damals Inbegriff der fortschrittlichen Autoren, des sozialen Fortschritts und der exakten Naturwissenschaften. *Charles Darwin,* 1809–1882, englischer Naturforscher, Begründer der Lehre von der Entstehung und Entwicklung der Pflanzen- und Tierarten. *Dmitrij Ivanovič Pisarev,* 1840–1868, russischer Kritiker, Publizist und revolutionärer Demokrat, übte auf die fortschrittliche russische Jugend »einen Einfluß aus, der dem Belinskijs, Černyševskijs und Dobroljubovs an die Seite zu stellen ist. [...] Sein Ideal war der ›gedankenvolle Realist‹ – der Typus, den Turgenev gerade in Bazarov [im Roman ›Väter und Söhne‹ – P. U.] schilderte, und den Pisarev in seinen kritischen Essays weiter entwickelte. Er teilte Bazarovs geringe Meinung von der Kunst, aber als eine Konzession stellte er die Forderung auf, daß die russische Kunst wenigstens die Höhen erklimmen sollte, die die Kunst in Goethe, Heine und Börne erreicht hatte, um die Menschheit zu erheben; von denjenigen aber, die fortwährend von der Kunst sprechen, aber nichts schaffen können, was ihr einigermaßen nahe käme, verlangte er, daß sie ihre Fähigkeiten auf einem mehr innerhalb ihrer Kräfte liegenden Gebiet betätigen sollten. Dies ist der Grund, weshalb er sich so eingehend der Aufgabe widmete, die Poesie Puškins in ihrer verhältnismäßigen Wertlosigkeit zu beleuchten. In der Ethik war er ganz einig mit dem Nihilisten Bazarov, der sich keiner anderen Autorität als der eigenen Vernunft beugte, und er glaubte, daß die Hauptnotwendigkeit zu jener Zeit war, den *durch und durch wissenschaftlich gebildeten Realisten* zu entwickeln, der mit allen Traditionen und Irrtümern der alten Zeit brechen und bei seiner Arbeit das menschliche Leben mit dem gesunden Menschenverstand des Realisten betrachten würde.« (Kropotkin, ›Ideale und Wirklichkeit‹)

Dobroljubov – Nikolaj Aleksandrovič Dobroljubov, 1836–1861, russischer Kritiker und Publizist, revolutionärer Demokrat, Mitarbeiter der Zeitschrift ›Sovremennik‹. »Er fragt bei einem Kunstwerk nur darnach, ob es treu und richtig das Leben wiedergibt, oder nicht. Wenn nicht, so geht er daran vorüber; aber wenn es das wirkliche Leben darstellte, dann schrieb er Essays *über dieses Leben;* und seine Essays wurden Essays über moralische, politische und ökonomische Fragen, während das Kunstwerk nur die Unterlagen zu einer solchen Diskussion lieferte. [...] Solche Essays von solch einer Persönlichkeit geschrieben, waren genau das, was man in der Unruhe dieser Jahre brauchte, um bessere Menschen für die kommenden Kämpfe vorzubereiten. Sie waren eine Schule für die politische und moralische Erziehung.« (Kropotkin, ›Ideale und Wirklichkeit‹, dt. Leipzig 1906.) Dobroljubov kann in dieser Beziehung als der Vorgänger Pisarevs bezeichnet werden.

Gogols Seminarist Choma Brut – Gestalt des wandernden, durch Rußland ziehenden Philosophiestudenten aus der Gogolschen Erzählung ›Der Vij‹.

Angst (Strach). Novoe vremja, 25. Dezember 1892. Nahezu unverändert in PNr. 6, 1893; mit weiteren kleinen Korrekturen in SS VI, 1901.

Silin – russ. ›sila‹: die Kraft, Gewalt.

Prinz Hamlet – der berühmte Monolog des Hamlet, »Sein oder nicht sein, das ist hier die Frage«.

Ihr Himbeerfarbenen – sehr wörtlich übersetzt (malinovyj); im übertragenen Sinn bedeutet ›malina‹ (eto prosto malina): »das ist einfach herrlich, ist eine wahre Lust«; »Ihr Schönen«.

Anton Čechov im Diogenes Verlag

»Er hat seine Erzählungen mit vollkommener Kunstfertigkeit gestaltet: *Die Bauern* zum Beispiel sind ebenso vollkommen wie Flauberts *Madame Bovary*. Er bemühte sich, einfach, klar und knapp zu schreiben. Seine drastischste Forderung war, daß der Schriftsteller Anfang und Ende seiner Erzählung weglassen sollte. Er selbst hat das getan, und zwar so rigoros, daß seine Freunde sagten, man solle ihm die Manuskripte wegschnappen, bevor er die Möglichkeit habe, sie zu verstümmeln: ›Sonst beschränken sich am Ende die Erzählungen darauf, daß sie jung waren, sich verliebten, heirateten und unglücklich wurden.‹ Als man das Čechov erzählte, sagte er: ›Aber so ist es doch tatsächlich.‹« *W. Somerset Maugham*

»Ein Poet wie Whitman? ein Dramatiker wie Shakespeare? ein großer Mann wie sie alle? – all das vereinigt er ja in sich. Aber Čechov ist noch mehr. Er ist mein Freund.« *Sean O'Casey*

»Welche Schriftsteller mich als jungen Menschen beeinflußt haben? Čechov! Als Dramatiker? Čechov! Als Erzähler? Čechov!« *Tennessee Williams*

● **Das dramatische Werk**
Neu übersetzt, transkribiert und herausgegeben von Peter Urban. Jeder Band bringt den unzensurierten Text mit sämtlichen Varianten und Lesearten, Auszüge aus Čechovs Notizbüchern, Anmerkungen und einen editorischen Bericht

Der Kirschgarten
Komödie in vier Akten

Der Waldschrat
Komödie in vier Akten

Die Möwe
Komödie in vier Akten

Onkel Vanja
Szenen aus dem Landleben in vier Akten

Ivanov
Drama in vier Akten

Drei Schwestern
Drama in vier Akten

Die Vaterlosen
[Platonov]. Das ›Stück ohne Titel‹

Sämtliche Einakter

● Das erzählende Werk
Deutsch von Gerhard Dick, Wolf Düwel, Ada Knipper, Georg Schwarz, Hertha von Schulz und Michael Pfeiffer. Gesamtredaktion, Anmerkungen und Nachweise von Peter Urban

Ein unbedeutender Mensch
Erzählungen 1883–1885

Gespräch eines Betrunkenen mit einem nüchternen Teufel
Erzählungen 1886

Die Steppe
Erzählungen 1887–1888

Flattergeist
Erzählungen 1888–1892

Rothschilds Geige
Erzählungen 1893–1896

Die Dame mit dem Hündchen
Erzählungen 1897–1903

Eine langweilige Geschichte/Das Duell
Kleine Romane I

Krankenzimmer Nr. 6/ Erzählung eines Unbekannten
Kleine Romane II

Drei Jahre/Mein Leben
Kleine Romane III

Die Insel Sachalin
Reisebericht

Das Drama auf der Jagd
Eine wahre Begebenheit. Neu übersetzt von Peter Urban

Die Dame mit dem Hündchen/Herzchen
Zwei Erzählungen

Meistererzählungen
Ausgewählt von Franz Sutter

● Briefe
in 5 Bänden. Die größte nicht-russische Briefausgabe in der Neuübersetzung und -edition von Peter Urban. Jeder Band enthält Faksimiles, einen umfangreichen Anhang mit editorischem Bericht, Anmerkungen und einer Chronik; im letzten Band zusätzlich ein Personen- und Werkregister

● Tagebücher Notizbücher
Herausgegeben und vollständig neu übersetzt von Peter Urban. Mit Vorwort, editorischem Bericht, ausführlichen Anmerkungen und Personenregister

● Čechov-Chronik
Leben und Werk von Anton Čechov Herausgegeben von Peter Urban. Der Anhang bringt ein Nachwort, das Inhaltsverzeichnis der ersten russischen Gesamtausgabe und eine Bibliographie aller deutschen Übersetzungen

● Anton Čechov Sein Leben in Bildern
Herausgegeben von Peter Urban. Mit 739 Abbildungen, einem Anhang mit Daten zu Leben und Werk und einem Personenregister

● Freiheit von Gewalt und Lüge
Gedanken über Aufklärung, Fortschritt, Kunst, Liebe, Müßiggang und Politik. Zusammengestellt von Peter Urban. Mit fünf Porträts und einer Selbstkarikatur von Doktor Čechov

● Das Čechov Lesebuch
Herausgegeben, kommentiert und mit einem Vorwort von Peter Urban

● Über Čechov
Herausgegeben von Peter Urban

● Wie soll man leben?
Anton Čechov liest Marc Aurel Herausgegeben, übersetzt und mit einem Vorwort von Peter Urban